POST-MODERNISMO
NO
ROMANCE PORTUGUÊS CONTEMPORÂNEO

Fios de Ariadne
Máscaras de Proteu

ANA PAULA DOS SANTOS DUARTE ARNAUT

POST-MODERNISMO
NO
ROMANCE PORTUGUÊS CONTEMPORÂNEO

Fios de Ariadne
Máscaras de Proteu

Dissertação de Doutoramento em Literatura Portuguesa, apresentada à Faculdade de Letras da Universidade de Coimbra.

ALMEDINA

TÍTULO:	POST-MODERNISMO NO ROMANCE PORTUGUÊS CONTEMPORÂNEO
AUTOR:	ANA PAULA DOS SANTOS DUARTE ARNAUT
EDITOR:	LIVRARIA ALMEDINA – COIMBRA www.almedina.net
LIVRARIAS:	LIVRARIA ALMEDINA ARCO DE ALMEDINA, 15 TELEF. 239 851900 FAX 239 851901 3004-509 COIMBRA – PORTUGAL livraria@almedina.net LIVRARIA ALMEDINA ARRÁBIDA SHOPPING, LOJA 158 PRACETA HENRIQUE MOREIRA AFURADA 4400-475 V. N. GAIA – PORTUGAL arrabida@almedina.net LIVRARIA ALMEDINA – PORTO RUA DE CEUTA, 79 TELEF. 22 2059773 FAX 22 2039497 4050-191 PORTO – PORTUGAL porto@almedina.net EDIÇÕES GLOBO, LDA. RUA S. FILIPE NERY, 37-A (AO RATO) TELEF. 21 3857619 FAX 21 3844661 1250-225 LISBOA – PORTUGAL globo@almedina.net LIVRARIA ALMEDINA ATRIUM SALDANHA LOJAS 71 A 74 PRAÇA DUQUE DE SALDANHA, 1 TELEF. 21 3712690 atrium@almedina.net LIVRARIA ALMEDINA – BRAGA CAMPUS DE GUALTAR UNIVERSIDADE DO MINHO 4700-320 BRAGA TELEF. 253 678 822 braga@almedina.net
EXECUÇÃO GRÁFICA:	G.C. – GRÁFICA DE COIMBRA, LDA. PALHEIRA – ASSAFARGE 3001-453 COIMBRA Email: producao@graficadecoimbra.pt NOVEMBRO, 2002
DEPÓSITO LEGAL:	188348/02

Toda a reprodução desta obra, por fotocópia ou outro qualquer processo, sem prévia autorização escrita do Editor, é ilícita e passível de procedimento judicial contra o infractor.

APRESENTAÇÃO

Atente-se desde já, tendo em conta a abertura deste livro de Ana Paula Arnaut, no título e no propósito do seu capítulo inicial: "Para uma poética do Post-Modernismo". Parece uma expressão tentativa e, de facto, assim é, porque Post-Modernismo no Romance Português Contemporâneo *aborda um conjunto de obras e de problemas em boa parte ainda em desenvolvimento: de 1968, ano de publicação d*'O Delfim *de José Cardoso Pires, a 1995, data d*'As Batalhas do Caia *de Mário Cláudio decorre a indagação que Ana Paula Arnaut leva a cabo e que compreende ainda* Balada da Praia dos Cães *(1982) do mencionado Cardoso Pires,* Manual de Pintura e Caligrafia *(1977) e* História do Cerco de Lisboa *(1989) de José Saramago,* Era Bom que Trocássemos umas Ideias sobre o Assunto *(1995) e* A Paixão do Conde de Fróis *(1986) e ainda* Amadeo *(1984) de Mário Cláudio. É este, pois, o* corpus *do* contemporâneo *(romance contemporâneo, entenda-se) estabelecido por Ana Paula Arnaut para o que aqui importa, num ponderado reconhecimento da relevância de obras e autores que, merecendo aquele atributo, estão situados num tempo cujos contornos literários, culturais e ideológicos se apresentam já relativamente definidos.*

Inicia-se assim um trajecto de questionações várias, desenvolvido ao longo de um estudo em que desde já desejo salientar três qualidades fundamentais. Primeira qualidade: este é um trabalho equilibradamente estruturado; segunda: uma sólida informação teórica, conseguida, note-se, num domínio cuja bibliografia de referência é consideravelmente dispersa e não raro atravessada por conflitualidades expressas; terceira: uma apreciável capacidade hermenêutica, em que penetração interpretativa e interacções teóricas se completam harmoniosamente. Tudo isto num vasto campo discursivo em que se cruzam, entrecruzam e metamorfoseiam dis-

Post-Modernismo no Romance Português Contemporâneo

cursos literários, discursos filosóficos e signos civilizacionais, tudo dando pertinência às sugestivas metáforas que afloram no subtítulo deste estudo de Ana Paula Arnaut: fios de Arfadne-máscaras de Proteu.

No sentido de desde já sublinhar (não mais do que isso; o leitor atento fará os seus juízos) o que entendo serem os componentes mais relevantes de Post-Modernismo no Romance Português Contemporâneo, *notarei o decisivo lugar que aqui é atribuído a* O Delfim. *Trata-se de um romance que, bem se sabe, constitui uma espécie de placa giratória de onde se aponta, em vários aspectos (formais, temáticos, ideológicos, até mesmo estilísticos), para os rumos evolutivos de uma parte importante da ficção portuguesa, no final do século passado; alguma dessa ficção corresponde ainda àquilo a que Eduardo Lourenço chamou, num ensaio justamente famoso, "uma literatura desenvolta", essa mesma que era enunciada por uma geração de escritores que o mesmo ensaísta designou, no mesmo texto, como os "filhos de Álvaro de Campos".*

Conforme bem sublinha a análise de Ana Paula Arnaut, O Delfim *institui e tende a fixar procedimentos narrativos e escolhas temáticas que, podendo mostrar ainda difusas afinidades éticas com o legado neo-realista, valem, contudo, por si e pela dinâmica de subversão de mitos e de traumas (o marialvismo, por exemplo) que instauram. As subversões da representação canonicamente realista, os efeitos de multi-perspectivismo, a pluralidade dos registos e das linguagens, a incorporação num discurso literário não raro fragmentário de discursos outros – o cinema, a televisão, o relato policial, a publicidade, o discurso de imprensa, etc. –, tudo isso e ainda o que é axial neste romance: a insinuação de um relativismo gnoseológico e ideológico, matriz e razão de ser do anti-dogmatismo que, não dispensando a ironia e mesmo o sarcasmo, é marca dominante deste grande romance.*

Muito do que acontece depois, na ficção portuguesa post--moderna, tem que ver com isto, de uma forma ou de outra. Não por acaso, um dos dois romances de José Saramago que Ana Paula Arnaut analisa neste seu estudo é Manual de Pintura e Caligrafia. *Só quem pense que a pesquisa séria e bem alicerçada se faz obrigatoriamente em torno das grandes obras – no caso de Sara-*

Prefácio

mago: o Memorial do Convento, O Ano da Morte de Ricardo Reis *ou* Ensaio sobre a Cegueira –, *só quem tal pense, dizia, ignorará o significado de obras consideradas menores (e nem é esse o caso do* Manual), *quando se trata de observar certas inflexões de trajecto ou o emergir de um impulso de inovação, seja essa inovação temática, formal ou ideológica. Pelo que aqui importa,* Manual de Pintura e Caligrafia *faz todo o sentido: é nele que o Saramago que depois conhecemos e que com justiça foi consagrado formula uma reflexão sobre a representação literária, os seus excessos, os seus limites e os seus equívocos, como que abrindo caminho àquilo que Ana Paula Arnaut sugestivamente designa como "deflação da ilusão realista". É em boa parte isso que se questiona num romance como este, em registo de ensaio, o que inevitavelmente leva a recordar o subtítulo da primeira edição de* Manual de Pintura e Caligrafia: Ensaio de Romance.

O leitor que com proveito ler este trabalho encontrará nele o aprofundamento do que aqui apenas pode ser sugerido e o mais que agora não cabe dizer, num quadro de postulações metateóricas e de indagações críticas em que se lida com os problemas nucleares que a ficção portuguesa post-moderna obriga a equacionar: a já aludida "deflação de ilusão realista", a orientação auto-refexiva dos discursos ficcionais, a desconstrução de figuras e de eventos históricos ficcionalmente revisitados, a metaficcionalidade e os procedimentos narrativos que desencadeia, a confrontação do post-moderno com escritores canonizados do passado, etc., etc. Parafraseando Ana Paula Arnaut, que inscreve no título de um capítulo ("A História contra-ataca") a alusão a um dos grandes relatos do nosso tempo, é caso para dizer: a literatura contra-ataca, porque de certa forma é isso que sempre acontece, mesmo quando pensamos que a sua capacidade de auto-regeneração estava já esgotava. Ler este estudo é também perceber os avatares e as estratégias – vocábulo consabidamente tocado por conotações bélicas – desse contra-ataque.

Dizer o que aqui fica é já avançar alguma coisa acerca da importância deste trabalho e do impacto que ele certamente terá entre nós. Não se estranha que assim seja: Ana Paula Arnaut tem desenvolvido um trajecto académico seguro e coerente, cujo marco inicial é a sua dissertação de mestrado, Memorial do Convento. História, ficção e ideologia *(Coimbra: Fora do Texto, 1996). Nela tal como no estudo que agora se apresenta (também ele originariamente um trabalho académico, no caso, uma tese de doutoramento), a autora combina harmoniosamente a vocação de investigadora com a saudável capacidade para cultivar uma expressão desenvolta e mesmo, a espaços, ligeiramente provocatória. E também aquilo que não é, por certo, uma qualidade menor: a intuição para rastrear e analisar temas e problemas cruciais na nossa história literária recente, precisamente aquela que mais tem motivado a sua atenção.*

Por tudo isto, lendo Post-Modernismo no Romance Português Contemporâneo *é possível, é seguro e é estimulante dialogarmos criticamente com os grandes sentidos da axiologia post-modernista: com o sentido da História e com a sua revisão ficcional, em activa cumplicidade com a chamada nova História; com o sentido da memória e com as formas da sua legitimação e deslegitimação colectivas; com o sentido do sagrado e com a dinâmica de dessacralização que dialecticamente ele estimula; com as tensões entre o que é canónico e o que o não é; com a suposta morte das ideologias e com a tese do fim da História; com o sentido da mudança, com a sua funcionalidade e mesmo com a axiologia que pode suscitar. Com tudo isto e também com a progressiva afirmação do Post--Modernismo ficcional português, mais nítido e firmemente recortado depois deste trabalho de Ana Paula Arnaut. O que permite concluir, em termos que a autora por certo aceitará, que depois de oito passeios no bosque da nossa ficção contemporânea já se vislumbra, lá ao fundo e por entre as árvores, esse unicórnio do século, chamado post-modernismo.*

CARLOS REIS

As palavras são pedras (...);
o que nelas vive é o espírito que por elas passa.

Vergílio Ferreira, *Aparição.*

Palavras cria-as o tempo e o tempo as mata (...).

José Cardoso Pires, *O Delfim.*

A meus pais.
Ao António.

AGRADECIMENTOS

Disse José Saramago no seu último romance, *A Caverna*, que "as palavras são assim mesmo, vão e voltam, e vão, e voltam, e voltam, e vão". As palavras podem estar gastas, podem mesmo parecer ou aparecer mortas e, no entanto, a elas voltamos sempre, ressuscitando-as num novo contexto ou, simplesmente, inscrevendo-lhes novos sentidos e abrindo-lhes outros caminhos. Elas são, afinal, a matéria-prima das nossas emoções e das nossas vivências. Talvez por isso, depois de terminar esta dissertação de doutoramento, não pudesse deixar de recordar essas outras, ditas por Óscar Lopes: "Escrever um texto denso é passar por uma vivência de profunda solidão".

Palavras necessárias, estas, porque palavras sentidas por todos quantos enveredam pela investigação requerida a um trabalho académico. Todavia, a solidão a que aqui se alude acaba, inevitavelmente, por se abrir a uma nova e aparentemente contraditória carga semântica. A solidão acompanhada de quem trabalha com o apoio incondicional da família, dos *mestres*, dos companheiros de instituição, dos alunos e dos amigos.

A minha profunda gratidão, pois, ao Professor Doutor Carlos Reis, sem o qual não teria sido possível a concretização deste trabalho. *Mestre* e mentor de longa data, a ele lhe devo as brilhantes lições e os profícuos debates que possibilitaram o encontro com os fios de Ariadne que me têm orientado nos labirínticos universos literários.

Agradeço, ainda, e num momento em que tão frequentemente se critica a falta de auxílio institucional, o apoio da Fundação Calouste Gulbenkian, pela concessão de duas Bolsas de Estudo que possibilitaram as minhas deslocações aos Estados Unidos, viagens indispensáveis para recolher a bibliografia teórica fundamental à consecução do trabalho. Devo também manifestar a minha gratidão à Professora Doutora Ellen Sapega, do Departamento de Espanhol e Português da Universidade de Wisconsin-Madison, não apenas pela ajuda prestada em questões burocráticas mas, sobretudo, por ter desempenhado, mesmo que pontualmente, o papel de mentora com quem pude discutir alguns dos aspectos técnico-científicos da matéria em apreço.

Um agradecimento especial aos meus ex-professores, aos meus colegas e alunos, bem como aos funcionários dos diversos Institutos da Faculdade de Letras.

Duas últimas mas não menos sentidas palavras de apreço: uma, de profunda gratidão à minha família; outra, de enorme reconhecimento aos meus amigos Margarida Couto e Rato (em nome de outros que sabem quem são). Também ao Jorge Rocha.

ÍNDICE GERAL

Pág.

INTRODUÇÃO 13

CAPÍTULO I: Para uma Poética do Post-Modernismo

1. Labirintos 23
2. Cartografias 44
3. Encantamentos 55
4. 'Decantamentos' 62

CAPÍTULO II: *O Delfim* **– Continuidade(s) e ruptura(s). A instauração de um novo paradigma periodológico?**

1. Ariadne: silêncios inquietos 77
2. Orfeu: vozes subversivas 101
3. Baco: ruídos perturbadores 115
4. Narciso: máscaras e espelhos 126
5. Proteu: de narrador a detective(s), de dramaturgo a ensaísta 132

CAPÍTULO III: (In)definições genológicas
(*Manual de Pintura e Caligrafia, Amadeo, Balada da Praia dos Cães*)

1. Generofagias: o ludíbrio do paratexto 141
2. Generofagias textuais: dança de alteridade 154
3. Generofagias textuais: sinfonia de vidas 176
4. Generofagias textuais: valsa de realidades 198

12 *Post-Modernismo no Romance Português Contemporâneo*

CAPÍTULO IV: Referencialidade vs Metaficção? A dicotomia de morte anunciada
(*Manual de Pintura e Caligrafia, Era bom que trocássemos umas ideias sobre o assunto, As Batalhas do Caia*)

1. *Larvatus pro creatione 1* 219
2. *Larvatus pro creatione 2* 245
3. *Larvatus pro creatione 3* 274
4. *Habent sua fata concetti* 287

CAPÍTULO V: A História contra-ataca
(*História do Cerco de Lisboa, A Paixão do Conde de Fróis*)

1. História e (meta)ficção históri(ográfi)ca 295
2. Viagem ao centro da escrita: irreverência e subversão da H(h)istória 321
   2.1. Distanásias dessacralizantes 324
3. A saga continua 330

CONCLUSÃO 355

BIBLIOGRAFIA 365

ÍNDICE DE AUTORES 381

INTRODUÇÃO

> Não diremos mortais palavras, sons
> Molhados de saliva mastigada
> Na dobagem dos dentes e da língua.
> Coadas entre os lábios, as palavras
> São as sombras confusas, agitadas,
> Do vertical silêncio que se expande.
>
> JOSÉ SARAMAGO, *Os Poemas Possíveis.*

1. A imaginação literária dos escritores que livremente re-criam uma infinidade de mundos, bem como a capacidade criativa dos ensaístas e críticos (professores incluídos) que comentam e dissecam os escritos produzidos, têm vindo gradualmente a reflectir (e independentemente de uma acepção positiva ou negativa do conceito) a ideia de que, como disse Fredric Jameson, o Post-Modernismo é um termo que não podemos deixar de usar. O mesmo se pode dizer, em termos mais genéricos e mais prosaicos, da imaginação colectiva que, a propósito de tudo e de nada, se serve da tipologia para classificar as mais diversas manifestações culturais – da literatura ao pronto-a-vestir, da arquitectura à dança, da publicidade à televisão.

O problema que se coloca neste acolhimento diz respeito ao facto de nem sempre haver a preocupação de definir e, por conseguinte, de compreender as variadas possibilidades oferecidas por uma expressão tipológica, o Post-Modernismo, que se reveste das potencialidades de um verdadeiro *puzzle* hermenêutico.

Sendo certo que a análise do quase infinito leque de aplicações do termo e do conceito em apreço (tal como faz Francisco Umbral no *Guía de la Postmodernidad*) não caberia no âmbito de um estudo desta índole, preocupámo-nos, todavia, em seleccionar um conjunto de obras, romances de designação genologicamente fluida, que, em nosso entender, apresentam e esclarecem os mais marcantes códigos do Post-Modernismo seguido e oferecido pela literatura coeva.

No entanto, como não podia deixar de acontecer, antes de procedermos à ilustração e à análise da forma como as coordenadas desse movimento literário se consubstanciam no *corpus* seleccionado, bem como ao modo como elas se articulam com anteriores directivas estético-ideológicas e com outros contextos sócio-culturais, examinaremos o percurso histórico do termo e, *eo ipso*, do conceito. Abordaremos ainda a problematização da designação, isto é, as posições pró (William Van O'Connor, Leslie Fiedler, Susan Sontag) e contra a validade e a utilidade da literatura post-modernista (Irving Howe, Harry Levin, ou Charles Newman).

Para tal, recorreremos numa primeira fase de abordagem aos panoramas histórico-conceptuais traçados por Hans Bertens e por Michael Köhler, contributos indispensáveis para o entendimento diacrónico do fenómeno que no começo dos anos setenta inicia a sua migração dos Estados Unidos para a Europa. Tendo em conta as raízes norte-americanas do Post-Modernismo, basear-nos-emos também em estudos de âmbito menos abrangente, mas nem por isso menos importante (Andreas Huyssen, Gerald Graff, William Spanos, Susan Sontag, entre outros), cujo objectivo visa, essencialmente, a análise da produção literária (e do seu contexto) que depois da Segunda Grande Guerra começa a caracterizar o mercado intelectual desse país.

Não deixaremos de registar anteriores acepções e utilizações da expressão, pois, mesmo não dizendo directamente respeito ao campo da literatura e mesmo configurando, por vezes, um mero interesse arqueológico, pareceram-nos sobejamente pertinentes para ilustrar a confusão terminológico-semântica que, desde tempos mais ou menos remotos, a vem ensombrando.

Um dos maiores problemas diz respeito, por um lado, à utilização mais ou menos indiscriminada dos termos Post-Modernismo e post-modernidade, apesar de se começar a verificar algum acordo "quanto ao facto de o termo «pós-modernismo» poder ser apropriado (...) para descrever algumas das (...) mudanças «na forma-

Introdução 15

ção da sensibilidade, das práticas e do discurso»" (ou das artes em geral), reservando-se o termo pós-modernidade, "aparentemente relacionado", para a "mais ampla e, em certos casos, mais ambiciosa" referência à possível emergência de uma condição histórica diferente, sugerindo, assim, "que a configuração cultural do pós--modernismo pode, ela própria, ser um elemento constituinte de uma constelação socioeconómica e política mais vasta" [1].

Por outro lado, uma segunda indefinição respeita ao modo como, em literatura, os dois termos se articulam com o movimento modernista. O problema que, em consideração mais restrita, desde início parece pôr-se no estabelecimento de uma relação de continuidade e/ou de ruptura em relação às características genéricas dessa estética (cuja designação se encontra indelevelmente inscrita no novo termo) decorre, curiosamente, de um mesmo e único factor: a utilização do prefixo 'post'.

Assim, mesmo evidenciando pontos de vista diversos sobre o assunto (pois uns comentam-no positivamente e outros vêem-no disforicamente), enquanto para autores como William Van O'Connor, Leslie Fiedler, Susan Sontag, Irving Howe, Harry Levin ou Charles Newman o prefixo aponta para uma total autonomia relativamente ao Modernismo, para Gerald Graff, Andreas Huyssen ou Ihab Hassan, pelo contrário, ele adquirirá, correctamente em nossa opinião, uma certa dimensão de continuidade. Dimensão esta que, de um modo ou de outro, sempre se encontra presente na constituição de um novo período literário. Como sugestivamente escreve Douwe Fokkema: "there never was a unilinear succession of literary currents or periods, clearly distinguishable from each other like the carriages of a train" [2].

2. Apesar das afinidades que, praticamente desde sempre, podemos detectar e estabelecer entre a produção e a evolução culturais de Portugal e as concretizadas em outros países, europeus ou

---

[1] Barry Smart, *A pós-modernidade*. Trad. Ana Paula Curado. Mem Martins: Pub. Europa-América, 1993, p. 17.

[2] Douwe Fokkema, "Preliminary Remarks", in D. Fokkema e H. Bertens (eds.), *Approaching Postmodernism*. Amsterdam/Philadelphia: John Benjamins, 1986, p. 1.

não, a verdade é que, como verificaremos, a nossa cena literária não tem acolhido estudos sistemáticos sobre esta matéria. Com efeito, se a leitura das obras publicadas essencialmente no seio da década de sessenta começa a permitir entrever uma relação, ou melhor, uma assimilação literária efectiva das coordenadas do Post--Modernismo, o certo é que a produção ensaística portuguesa parece ter secundarizado, até muito recentemente (com José Augusto--França, João Barrento, Maria Alzira Seixo, Fernando Guimarães), o debate que dominou, e domina ainda, a cena norte-americana.

As diversas tentativas para estabelecer novas fendas e novas derrocadas na muralha da ficção portuguesa prender-se-ão, até muito recentemente também (com Roxana Eminescu, por exemplo), mais com obras cujas características não chegam a assumir a forma de período literário (Eduardo Lourenço, Liberto Cruz) do que com romances que, de facto, permitiriam descortinar o efectivo ponto de viragem periodológica e, em consequência, importar para o centro dos debates a polémica sobre questões de continuidade e de ruptura do novo paradigma e, em consequência, sobre os seus principais códigos.

A escassez das referências que faremos a ensaístas portugueses será, no entanto, colmatada pela extrapolação permitida a partir da leitura de diversos autores estrangeiros, na tentativa de validarmos a existência de uma literatura post-modernista em Portugal. Pretendemos, assim, contrariar a ideia expressa por João Barrento sobre o facto de o pós-moderno (o Post-Modernismo) ser o unicórnio do século, uma criatura de que todos falam mas nunca ninguém viu a passear pelos deleitosos bosques [literários] portugueses[3].

3. Tendo como suporte *O Delfim* e *Balada da Praia dos Cães* de José Cardoso Pires, *Manual de Pintura e Caligrafia* e *História do Cerco de Lisboa* de José Saramago, *Amadeo* e *As Batalhas do Caia* de Mário Cláudio, *Era bom que trocássemos umas ideias sobre o assunto* e *A Paixão do Conde de Fróis* de Mário de Carvalho, o desenvolvimento do tema que levamos a cabo nesta disserta-

---

[3] Cf. João Barrento, "A razão transversal – *requiem* pelo pós-moderno", in *Vértice*, Abril, 1990, p. 31.

ção pretende, pois, por um lado, equacionar as relações evidenciadas entre a literatura post-modernista (cujas características iremos apontando e precisando) e anteriores coordenadas estéticas e ideológicas. Por outro lado, a exposição visa demonstrar que, apesar dessa articulação possível, a ficção portuguesa mais recente apresenta outras características que, seja pela peculiar conjugação a que são submetidas, seja pela sua particular utilização, parecem revestir-se de capacidades para instaurar um novo período literário.

É neste sentido que consideraremos de fundamental importância a publicação de *O Delfim*, em 1968.

Deste modo, mesmo sendo verdade que a evolução literária não se processa *ex abrupto*, não é menos correcto dizer-se que, por questões de ordem prática, é sempre de alguma conveniência delimitar um acontecimento ou identificar uma obra como o ponto de viragem e de mutação literárias. Relembremos, para tanto, o início do Romantismo, do Realismo-Naturalismo, do Simbolismo ou do Neo-Realismo, respectivamente com a publicação de *Camões* de Almeida Garrett, com a realização das *Conferências Democráticas do Casino Lisbonense*, com a publicação de *Oaristos* de Eugénio de Castro ou, mais recentemente, com a publicação, em 1939, de *Gaibéus* de Alves Redol.

O Delfim apresentar-se-á, pois, como o primeiro romance português onde, por vezes em filigrana, confluem as principais linguagens estéticas que, na esteira do Post-Modernismo norte-americano, irão nortear o futuro do Post-Modernismo nacional. Não se apresentando, em termos latos, propriamente como uma novidade literária, a mistura de géneros e a decorrente fluidez genológica, a polifonia e a fragmentação narrativas, e a metaficção (ou a modelização paródica da História em outros romances) serão, todavia, sujeitas a *nuances* simbólicas e, em alguns casos, ostensivamente subversivas. A articulação a estabelecer não dirá respeito, então, a uma simples e linear continuidade; tratar-se-á, antes, de uma apropriação relacional de um vasto leque de compromissos estéticos, literários e culturais de gerações precedentes.

A possibilidade de se instaurar um sentido de descontinuidade (contínua) em relação ao passado residirá, pois, no grau e na maneira como a sua realização e a sua aplicação são levadas a cabo na tessitura narrativa. As estratégias são similares, sem dúvida, mas elas não se traduzirão numa mera recuperação pautada por uma coexistência pacífica num enunciado palimpséstico; pelo contrário, travestir-se-ão de sentidos que, apesar de semântica e formalmente relacionais, acabam por tropeçar em conceptualizações anteriores, inaugurando, por isso, novos rumos ficcionais.

Assim acontecerá, por exemplo, entre outras subversões que depois analisaremos, com a consubstanciação do empenhamento ideológico típico dos neo-realistas ou, ainda (e não esquecendo que uma das linhas narrativas de *O Delfim* diz respeito à tentativa de dilucidação de um suposto crime), com a frustração do tradicional modo como deve terminar um romance policial, numa notória implosão de códigos genológicos.

Ao mesmo tempo, confirmaremos que a mistura de influências provenientes de diversos (sub)géneros redunda, não numa apropriação tranquila que quase não se nota, mas antes numa utilização que, pelo seu teor metaficcional, de quando em quando ostensivamente metaficcional, chama a atenção para o texto como artefacto e, consequentemente, procede à inversão do pacto coleridgiano da suspensão voluntária da descrença.

A fluidez genológica indiciada em *O Delfim* será verificada e corroborada de modo mais incisivo a partir de *Manual de Pintura e Caligrafia* (1977), *Balada da Praia dos Cães* (1982) e *Amadeo* (1984). O esbatimento de fronteiras entre os géneros começará a ser debatido em função das expectativas criadas quer pelo título das obras quer pela indicação do género, na capa ou em paratextos diversos como acontece no texto cardoseano.

O que Jacques Derrida apodou de "the law of the law of genre", traduzir-se-á, agora, abertamente, e como corroboraremos a partir da conexão entre os paratextos e os textos, em "a principle of impurity, a parasitical economy", em "a law of abounding, of *excess*, the law of participation without membership"[4].

Constataremos também que, se a José Cardoso Pires ficaremos devedores do primeiro romance post-modernista, será contudo a José Saramago e ao seu *Manual de Pintura e Caligrafia* que pode-

---

[4] Jacques Derrida, "The Law of Genre", in *Critical Inquiry*. Vol.7, n.º 1, Autumn, 1980, p. 59 (itálico do autor).

Introdução 19

remos atribuir o mérito de ser o primeiro escritor a, de forma sistemática, precisa e objectiva, inscrever num romance uma vertente ensaística (no caso sobre o próprio processo de escrita) que, mais uma vez através de procedimentos metaficcionais, diluirá, implodindo (e entre outras), as fronteiras canonicamente apontadas aos dois géneros em causa (ou seja, romance e ensaio).

Para além de procedermos a uma ilustração mais pormenorizada das marcas do Post-Modernismo (que permitem tornar evidente, em simultâneo, a continuidade e a fuga em relação a anteriores tradições literárias), sublinharemos que o romance saramaguiano se reveste, ainda, de crucial importância no que diz respeito ao tratamento da problemática da representação-imitação do real.

Na pintura como na escrita, o artista, pictórico e posteriormente verbal, tomará e assumirá a consciência da necessidade de se rebelar, e também de se revelar, contra a tradição, criando formas desviadas e desviantes de representação. Formas que, como veremos, não obstarão, nunca de forma total e absoluta como alguns defendem (Gerald Graff, Robert Scholes, Raymond Federman, Richard Kostelanetz, Jerome Klinkowitz ou Ronald Sukenick), à manutenção de um índice de referencialidade necessário à ancoragem ao real circundante.

Mesmo sabendo, na esteira do que José Saramago escreve no seu último romance, que "as próprias palavras" "não são coisas, que só as designam o melhor que podem", a grande e última verdade será, no entanto, como o mesmo autor continua a afirmar, que elas

> designando as modelam, mesmo se exemplarmente serviram, supondo que tal pôde suceder em alguma ocasião, são milhões de vezes usadas e atiradas fora outras tantas, e depois nós, humildes, de rabo entre as pernas, como o cão Achado quando a vergonha o encolhe, temos de ir buscá-las novamente, barro pisado que também elas são, amassado e mastigado, deglutido e restituído, o eterno retorno existe mesmo, sim senhor, mas não é esse, é este [5].

---

[5] José Saramago, *A Caverna*. Lisboa: Caminho, 2000, p. 157.

20   *Post-Modernismo no Romance Português Contemporâneo*

Apesar de velha de séculos platónicos e aristotélicos, a questão da representação e/ou da referencialidade da obra de arte literária não parece, pois, ter deixado de ser problemática nos agitados e controversos tempos do presente.

Não sendo nosso objectivo primacial delinear um sistemático percurso histórico do conceito de mimese, tarefa árdua magistralmente levada a cabo por Erich Auerbach (em 1946) e, mais recentemente (em 1992), por Gunter Gebauer e Christoph Wulf, não deixaremos, contudo, de aludir às fundadoras e emblemáticas posições desses pensadores cuja escola ainda faz doutrina. Mesmo não sendo seguida nos seus termos originais, esta doutrina serve, ainda, de ponto de partida para enveredar por diversas outras constelações de abordagens e de desenvolvimentos teóricos e práticos da "interpretação da realidade através da representação literária ou 'imitação'", nas palavras de Auerbach[6].

Tratar-se-á, assim, de colocar o problema da representação do real, ou melhor, do modo como o Post-Modernismo reformula, desvia e adapta o ancestral conceito de mimese. Em derradeira instância, os romances *Manual de Pintura e Caligrafia* (1977), *Era bom que trocássemos umas ideias sobre o assunto* e *As Batalhas do Caia* (ambos publicados em 1995) levar-nos-ão não apenas à diluição da dicotomia mimese-metaficção, mas também, pelo facto de assim criarem um novo mundo possível, à oportunidade de incutir um outro sentido ao tradicional conceito de imitação. O sentido que, prendendo-se com a apresentação e com o desvendamento, de modos variados e em diferentes graus, dos bastidores do processo que preside à/e acompanha a criação literária, diz respeito à imitação do labor artístico do escritor.

4. A apresentação, e a representação, à boca de cena dos problemas inerentes à criação ficcional aliar-se-á àquela que Linda Hutcheon considera a grande marca do Post-Modernismo. Referimo-nos, agora, à modelização paródica da História patente, também aqui de formas variadas mas igualmente interessantes, em

---

[6] Erich Auerbach, *Mimesis. A representação da realidade na literatura ocidental.* Trad. Suzi Frankl Sperber. São Paulo: Ed. Perspectiva, 1971, p. 486.

História do Cerco de Lisboa e em *A Paixão do Conde de Fróis*, romances dados à estampa em 1989 e em 1986, respectivamente.

A peculiaridade do tratamento post-modernista da História traduzir-se-á num afastamento quer das concepções românticas postas em prática por Almeida Garrett ou por Alexandre Herculano (na senda de Walter Scott), quer das grandes linhas de abordagem teórica preconizadas por Georges Lukács. Manter-se-á, sem dúvida, o interesse pelo passado nacional mas, ao contrário de uma linha tradicional, inverter-se-ão as áreas de enfoque e, por conseguinte, os objectivos primeiros inerentes ao género.

Já não se trata, entre outras características, de utilizar os grandes nomes e os grandes acontecimentos do passado com intuitos moralizantes, pedagógicos e didácticos; trata-se, sim, e acima de tudo, de o modalizar e de o parodiar (por vezes de o apresentar do avesso), no sentido de desmitificar a importância concedida a certos e determinados episódios. Trata-se, ainda, de o corrigir, corrigindo e revendo também o modo como ele tem vindo a ser transmitido (oficialmente pela História e oficiosamente por um certo tipo de romance histórico).

A utilização de procedimentos metaficcionais, mais ostensivos no romance saramaguiano do que no de Mário de Carvalho, servirá agora, por exemplo, para questionar a validade das fontes históricas. O que assim se inscreverá é uma nova moral e uma nova pedagogia que chamam a atenção para a parcialidade do conhecimento histórico (conforme aponta Elisabeth Wesseling), para a hipótese de, afinal, pondo em dúvida o que (supostamente) aconteceu e que nos foi facultado, validar, apesar de tudo, a hipótese de que as coisas podem muito bem ter sido como agora se re-apresentam.

Deixando de lado a passividade com que se lia o romance histórico, o leitor será chamado a desempenhar um papel mais interventivo: porque constantemente sentirá a consciência do jogo artístico levado a cabo e porque, decorrente disso, se verá levado a encetar pesquisas paralelas que corroborem, ou não, os dados postos na mesa da ficção. Em qualquer dos casos, a entropia semântica e formal que se estabelece levá-lo-á, inquestionavelmente, a uma interacção a que não estava habituado.

A implosão do próprio conceito de verdade e a decorrente abertura para albergar uma pluralidade de verdades conduzir-nos-á, na sequência do que faz Umberto Eco (servindo-se, por sua vez, da oposição traçada por Richard Rorty), a, muito frequentemente, combinar a interpretação com o uso dos textos.

Assim, sendo nossa preocupação proceder à sua leitura "in order to discover, along with our reactions to [them], something about [their] nature", não deixaremos, todavia, de usá-los como ponto de partida "in order to get something else, even accepting the risk of misinterpreting [them] from the semantic point of view" [7].

Correremos conscientemente esse risco na certeza, porém, de que um trabalho desta natureza, sendo inquestionavelmente o ponto de chegada e de confluência de diversas leituras, e das inerentes e não menos diversas solidões, é também, e acima de tudo, o ponto de partida para outras investigações académicas.

---

[7] Umberto Eco, *The Limits of Interpretation*. Bloomington & Indianapolis: Indianapolis University Press, 1990, p. 57.

CAPÍTULO I

Para uma poética do post-modernismo

> Se o lavrador semeara primeiro trigo, e sobre o trigo
> semeara centeio, e sobre o centeio semeara milho grosso
> e miúdo, e sobre o milho semeara cevada, que havia de
> nascer? – Uma mata grossa brava, uma confusão verde.
> (...) Como semeiam tanta variedade, não podem colher
> cousa certa.
>
> PADRE ANTÓNIO VIEIRA

1. Labirintos

Salvaguardando as devidas distâncias temporais e ideológicas, estas palavras de António Vieira ilustram o ponto a que, presentemente, chegou o debate sobre o(s) termo(s) e o(s) conceito(s) de Post-Modernismo [1]. Com efeito, os diversos teóricos da matéria parecem não ter chegado a qualquer conclusão definitiva e cabal desde que, na década de setenta [2], a polémica sobre este assunto

---

[1] De entre a vasta gama de termos e de grafias que encontrámos nos estudos críticos, optámos por utilizar esta variante ao longo da dissertação. Respeitaremos, contudo, termos e grafias diversos, de acordo com o registo particular de cada autor.

[2] Veja-se a este propósito, Hans Bertens, "The Postmodern *Weltanschauung* and its Relation with Modernism: An Introductory Survey", in D. Fokkema e H. Bertens (eds.), *Approaching Postmodernism*. Ed. cit., p. 9; S. Connor, *Postmodernist Culture. An Introduction to Theories of the Contemporary*. Oxford: Basil Blackwell, 1992, p. 6; T. Docherty (ed.), *Postmodernism: A Reader*. New York: Harvester Wheatsheaf, 1993, p. 36; A. Huyssen, *After the Great Divide. Modernism, Mass Culture, Postmodernism*.

24 Post-Modernismo no Romance Português Contemporâneo

sobe definitivamente ao palco sócio-político-cultural, onde passa a ocupar o papel de protagonista, desafiando e provocando as mentalidades, gerando tantas e tão diversas aporias que, efectivamente, se torna difícil "colher cousa certa".

Um consenso internacional sobre o que deve entender-se por Post-Modernismo afigura-se-nos tarefa praticamente impossível, pois esbarra em dificuldades praticamente insuperáveis. Em primeiro lugar, a indeterminação reside na semântica da palavra (o que é o Post-Modernismo, quais as suas origens, isto é, se continua, transformando, algumas das características estéticas do Modernismo ou, se pelo contrário, se assume como um período de inovação que entra em ruptura com o passado).

Em segundo lugar, e decorrente do ponto anterior, o problema põe-se (entre outros, respeitantes, por exemplo, ao uso de uma mesma terminologia para designar diferentes estéticas) na inclusão, ou na exclusão, dos conceitos de vanguarda no mais abrangente conceito de Modernismo; opção que, e como intuiremos a partir das posições defendidas por alguns críticos em cenários literários onde é mais corrente a separação desses conceitos, marcará, indelevelmente, o tipo de aproximação e de caracterização relacional (ideia de continuidade e/ou de ruptura incluídas) do fenómeno Post-Modernismo.

Em terceiro lugar, o problema radica quer na larga variedade de termos propostos para designar as recentes manifestações literárias[3], quer na extensão (que artes/ramos do saber conquista) e na

---

Bloomington and Indiana: Indiana University Press, 1986, p. 195; Mike Featherstone, "In Pursuit of the Postmodern", in *Theory, Culture & Society*, vol.5, n.º 2-3, June, 1988, p. 208.

[3] Destacamos os seguintes: Sobreficção (Raymond Federman), Modernismo sofisticado (James Mellard), nova ficção (Philip Stevick), literatura contemporânea (Charles Russell) – cf. H. Bertens, art. cit., pp. 11, 35, 36, 40, respectivamente; Neo-Vanguarda (Miklos Szabolcsi), modernismo tardio (John Barth) – cf. Ihab Hassan, "The Culture of Postmodernism", in Monique Chefdor *et alii* (eds.), *Modernism: Challenges and Perspectives*. Urbana and Chicago: University of Illinois Press, 1986, pp. 319-320 ou I. Hassan, *The Postmodern Turn. Essays in Postmodern Theory and Culture*. Columbus: Ohio State University Press, 1987, p. 94; Neo-Modernismo (Frank Kermode) – cf. Malcolm Bradbury, "Modernisms/Postmodernisms", in I. Hassan e Sally Hassan (eds.), *Innovation/Rennovation: New Perspectives on the Humanities*. Madison: University of Wisconsin Press, 1983, p. 322 ou Matei Calinescu, "Postmodernism and Some

delimitação temporal da nova era (quando se inicia e até quando se estende), quer, em última instância, na utilização indiscriminada das dicotomias modernidade/Modernismo, post-modernidade/Post-Modernismo.

Empecendo-se muitas vezes, coadjuvando-se, contudo, em alguns pontos, diversas e profícuas têm sido as teorizações a este respeito. Todavia, antes de sobre elas nos debruçarmos mais pormenorizadamente consideramos de toda a utilidade, num trabalho deste jaez, delinear, na esteira de autores como Michael Köhler ou Hans Bertens[4], entre outros, o controverso cenário do termo e do conceito em apreço, até porque, para compreendermos o Post-Modernismo impõe-se o entendimento dos Post-Modernismos.

De acordo com Köhler, o conceito de «Pós-moderno» foi inicialmente utilizado no contexto linguístico hispano-americano quando, em 1934, na Introdução à *Antología de la Poesía Española y Hispanoamericana*, Federico de Onís distingue o modernismo literário, compreendido entre 1896 e 1905, de duas fases posteriores designadas por pós-modernismo (1905-1914) e por ultra-modernismo (1914-1932). Caracterizadas, respectivamente, como conservadora e inovadora, a primeira visava, consequentemente, corrigir os excessos do modernismo, enquanto a segunda se impunha pela tentativa de renovação estética face a esse mesmo movimento[5].

Paradoxes of Periodization", in Douwe Fokkema e H. Bertens (eds.), op. cit., p. 252. Susan Suleiman, questionando-se sobre o facto de diferentes designações influenciarem ou não a nossa recepção de uma obra, refere os seguintes termos que, alegadamente, têm sido utilizados de modo indiscriminado para caracterizar os mesmos textos: Modernistas, Modernistas tardios, Postmodernistas, metaficções, paraficções, transficções, fabulações e narrativas narcisistas – cf. "Naming and Difference: Reflections on 'Modernism' *versus* 'Postmodernism' in Literature", in D. Fokkema e H. Bertens (eds.), op. cit., p. 256.

[4] As historicizações de Köhler (1977) e Bertens (1984) são indispensáveis sínteses do 'mercado de ideias' post-modernista – *vide*, respectivamente, "«Pós-Modernismo»: um panorama histórico-conceptual", in *Crítica*, n.º 5, Maio, 1989 e "The Postmodern *Weltanschauung* and its Relation with Modernism", in D. Fokkema e H. Bertens (eds.), op. cit. Para uma perspectiva mais englobante e genérica, *vide* Gerhard Hoffman *et alii*, "'Modern', 'Postmodern' and 'Contemporary' as criteria for the analysis of 20th century literature", in *Amerikastudien*. Vol.22, n.º 1, pp. 19-46.

[5] Em 1952, ainda no contexto linguístico hispano-americano é possível encontrar uma acepção semelhante à de Onís no *Diccionario Enciclopédico* UTEHA, Cidade do

26   *Post-Modernismo no Romance Português Contemporâneo*

Esta concepção de Modernismo, e consequentemente as suas respectivas ramificações, reveste-se mais de interesse arqueológico do que prático, na medida em que constitui um período literário que não se adequa directa e linearmente a outros cenários literários onde, sob a mesma denominação periodológica, imperam estéticas diversas. Neste caso, a correspondência estabelece-se, sensivelmente, com o Simbolismo francófono, desse modo se afastando do que, presentemente, sob influência primacial da crítica anglo-americana, tem norteado os polémicos debates sobre o tema do Post--Modernismo [6].

México: "postmodernismo.m.Movimento literário conservador, dentro el modernismo, frente al ultramodernismo mas o menos revolucionario" (Köhler, art. cit., p. 23). Posteriormente, em 1962, Octavio Corvalon parece enveredar por uma acepção diversa ao resumir sob o título do trabalho, *El Postmodernismo* (relativo à literatura hispano-americana entre as duas guerras), o que Federico de Onís, cuja distinção menciona no Prefácio, nomeara por ultra-modernismo.

Acerca do exposto, *vide*: Jacques Demougin (dir.), *Dictionnaire historique, thématique et technique des littératures*. 2.ª ed., Paris: Larousse, 1989; Lucio Felici *et alii* (dir.), *La Nuova Enciclopedia della Letteratura Garzanti*. Milano: Garzanti, 1987; Federico Carlos Sainz de Robles, *Diccionario de la Literatura*. 4.ª ed., Madrid: Aguilar, 1982; Michael Groden *et alii* (eds.), *The Johns Hopkins Guide to Literary Criticism*, Baltimore and London: The Johns Hopkins Univ. Press, 1994; Matei Calinescu, *Five Faces of Modernity. Modernism, Avant-Garde, Decadence, Kitsch, Postmodernism*. Durham: Duke Univ. Press, 1987, pp. 68-78 e *passim*. Aduza-se que, ainda de acordo com Köhler, art. cit., p. 11, José Mainer Baqué (*Atlas de literatura latino-americana*) apresenta, em 1972, uma utilização do conceito próxima da que nos é familiar (pelo menos em termos de demarcação temporal). Destarte, "o modernismo indica aqui a literatura até 1930, o pós-modernismo o desenvolvimento até aos nossos dias".

Registem-se, somente a título de curiosidade, porque sem maiores consequências, outras ocorrências anteriores, nomeadamente em 1870 quando o pintor inglês Chapman, visando distanciar-se dos modernos Impressionistas franceses, alvitra uma pintura postmoderna; e em 1917 quando Rudolf Pannwitz, na obra *The Crisis in European Culture*, descreve pontualmente o que julga dever ser o homem postmoderno, apresentando-o como uma elegíaca súmula de propensões desportivas, religiosas, nacionalistas e militares – cf., respectivamente, Michael Köhler, art. cit., p. 23, n.7 e Wolfgang Welsh e Mike Sandbothe, "Postmodernity as a Philosophical Concept", in H. Bertens e D. Fokkema (eds.), *International Postmodernism*. Amsterdam/Philadelphia: John Benjamins, 1996, pp. 76-77.

[6] De forma confusa e estranha, tendo em conta o desfasamento periodológico entre a evolução da história literária espanhola e portuguesa e brasileira, também a *Grande Enciclopédia Portuguesa e Brasileira*. Lisboa – Rio de Janeiro: Ed. Enciclopédia, s./d. (mas aparentemente publicada depois de 1945, a avaliar pela nota que antecede os volu-

Parece ser, com efeito, no cenário anglófono, e não num contexto literário mas histórico, que é possível encontrar (ainda que embrionariamente, como veremos) reflexões atinentes a uma mudança de paradigma, sob a égide da designação de era 'Pós-Moderna'. Reflexões estas que, posteriormente, permitirão outras e mais pertinentes tomadas de posição também de índole histórico-social, mas acrescidas das consequentes extrapolações, nem sempre pacíficas, para o campo literário.

Sublinhamos, então, que, de acordo com Thomas Docherty, o termo 'postmoderno' foi primeiro cunhado pelo historiador inglês Arnold Toynbee, em 1939, na obra *A Study of History*[7]. É no entanto possível recuar ao ano de 1934 para encontrarmos uma primeira sugestão desse termo, na medida em que no volume inicial da obra mencionada Toynbee subentende uma mudança de épocas no século XIX.

Considerando o final do período moderno por volta de 1875 aponta, assim, para uma ruptura que deixa entrever a entrada num período depois da era Moderna[8]. Esta ideia é posteriormente ama-

---

mes, informando que a ortografia seguida é resultante da Convenção Ortográfica Luso-Brasileira desse ano), envereda por uma acepção de pós-modernismo semelhante à de Onís: "Assim se denominou um movimento de reacção conservadora, começado nos primeiros anos deste século, depois da fugaz, mas considerável revolução literária nos países latinos que se chamou modernismo e que fora, por seu turno, no movimento pendular das ideias e das formas, uma negação da literatura precedente. O modernismo tivera na América do Sul larga projecção, por meio de uma pléiade de poetas sobrepujada pela excelsa figura do nicaragueno Ruben Dario, que particularmente influenciou a poesia brasileira e um tanto a portuguesa. O pós-modernismo, que tem na língua castelhana vultos da estatura de Madariaga e Gabriela Mistral, assim como entre nós Sardinha e Pessoa, reagindo contra o retórico e o habitual que o triunfo ordinàriamente traz às escolas, o refinamento verbal, o cultivo do acessório, do «versalhesco», o aparente amor da fama, a sensualidade e a exaltação da sensibilidade, levando ao pessimismo melancólico, trouxe um regresso, nuns à tradição clássica, noutros ao romantismo, ou, no conceito de Federico de Onís, a um prosaísmo sentimental".

[7] Cf. Thomas Docherty (ed.), *Postmodernism: A Reader*. Ed. cit., pp. xv-xvi.

[8] "For the Western World as a whole the close of this preceding age may be equated approximately with the end of the third quarter of the nineteenth century of our era" (Arnold Toynbee, *A Study of History*. Vol.I [1.ª ed. 1934]. Oxford: Oxford University Press, 1939, p. 1, n.2). A chegada da nova era é politicamente justificada nestes termos: "All states alike are feeling less and less able to stand by themselves economically(...). In the new age, the dominant note in the corporate consciousness of communi-

durecida e, em 1939, no volume V da obra, o historiador usa efectivamente o termo 'Post-Moderno', deslocando, contudo, a fronteira cronológica do final do modernismo para os anos entre 1914-18 (Primeira Guerra Mundial) e, consequentemente, adiando a articulação e a configuração da nova era, correspondente à última fase da civilização ocidental, para os anos entre 1918 e 1939[9].

Balizas cronológicas ainda fluidas mas, sem dúvida, bastante próximas do que comummente se aceita como o cenário temporal de uma mudança de paradigma, gerado pelas contingências político-económicas advenientes da dupla experiência de duas Gran-

---

ties is a sense of being parts of some larger universe, whereas, in the age which is now over, the dominant note in their counsciousness was an aspiration to be universes in themselves. This change of note indicates an unmistakable turn in a tide, which, when it reached high-water mark about the year 1875, had been flowing steadily in one direction for four centuries", *ibidem*, pp. 14-15.

Utilização idêntica deste novo epistema, no âmbito da história das ideias e não propriamente no âmbito da história literária, é também levada a cabo, segundo Köhler, por Charles Olson na década de 30 (cf. "«Pós-Modernismo»: um panorama histórico--conceptual", in op. cit., pp. 12-13).

[9] "As soon as the modern political map of our Western World began to take shape, the masters of the new-model states made haste to engage in fratricidal warfare on the larger scale which their ample resources made possible for them. The contest for hegemony between the Hapsburgs and the Bourbons, which inaugurated the Modern Age of our Western history, has been followed by the wars of Philip II and the wars of Louis XIV and the Revolucionary and Napoleonic wars of A.D. 1792-1815; our own 'Post-Modern' Age has been inaugurated by the General War of 1914-18; and every one of these major conflicts has brought with it a crop of minor wars – some preceding it as its overture, and others following it as its sequel.(...)If a furore of fraticidal warfare within the bosom of a society is presumptive evidence that a dominant minority has come on to the scene, we must confess that, to judge by the recent course of our Western history, our Western Society, in its present fourth chapter, has arrived at the stage upon which the Hellenic Society entered after the opening of the third chapter of Hellenic history *post Alexandrum*" (Arnold Toynbee, *A Study of History*. Vol.V. Oxford: Oxford University Press, 1940, p. 43) (sublinhado nosso).

Do exposto ressalta que Köhler foi induzido em erro relativamente à estreia inglesa do termo. Com efeito, ao basear-se, não nas primeiras edições de *A Study of History*, mas numa edição reduzida das primeiras partes (I-VI), publicada em 1947 por D.C. Somervell, o autor alemão, apesar de atribuir ao historiador inglês a responsabilidade da ampla difusão da designação, é levado a radicar o primeiro achado inglês do termo, derivado da tradição sul-americana, em 1942 quando Dudley Fitts classifica como "manifesto do "pós-modernismo" um soneto de G. Martinez (epígrafe ao volume *Anthology of Contemporary Latin-American Poetry*). Note-se como indiscriminadamente são feitas referências ao termo e ao conceito de 'pós-modernismo' e de era 'Pós-Moderna'!.

des Guerras e pelas consequentes repercussões no domínio sócio--cultural. Aduza-se, todavia, que, numa espécie de antecipação do desenrolar futuro dos acontecimentos, a questão cronológica não parece ser para o próprio Toynbee um assunto pacífico e resolvido já que, posteriormente, quando em 1954 se publica o volume IX de *A Study of History*, o autor retoma a delimitação presente de forma embrionária no volume inicial, explicitamente se referindo a uma anárquica fase post-Moderna na civilização Ocidental "in the seventh and eigth decades of the nineteenth century"[10].

Não sendo ainda tempo de desenvolver ou de tentar dilucidar questões de ordem cronológica, e antes de avançarmos para outras tomadas de posição na cena literária, registemos, a título de curiosidade, mas concedendo-lhe contudo alguma relevância tendo em conta a extensão ensaística com que é apresentada, a carga semântica que Bernard Iddings Bell imprimiu ao conceito de Postmodernismo.

De algum modo antecipando embrionariamente a ampla apropriação e difusão do termo pelos mais variados ramos do saber e da cultura, este autor publica em 1926 uma colecção de ensaios com o sugestivo título de *Postmodernism and Other Essays*[11]; título sugestivo, dizíamos, mas certamente enganador para quem na obra esperava explicitamente encontrar qualquer tipo de estreita conexão com os estudos históricos ou literários.

Com efeito, movimentando-se nas movediças areias da cena religiosa anglo-saxónica (cenário que subjacente e enviesadamente

---

[10] Arnold Toynbee, *A Study of History*. Vol.IX. London: Oxford University Press, 1954, p. 235. A ambiguidade cronológica aumenta ao verificarmos que no volume VIII, p. 338, o ponto de viragem não é especificamente colocado no século XIX mas, pelo contrário, na transição deste para o século seguinte, coincidindo com a emergência de uma nova classe industrial urbana: "We think of the new chapter of Western history that opened at the turn of the fifteenth and sixteenth centuries as being modern *par excellence* because, for the next four centuries and more, until the opening of a 'post-Modern Age' at the turn of the nineteenth and twentieth centuries, the middle class was in the saddle in the larger and more prominent part of the Western World as a whole".

[11] Bernard Iddings Bell, *Postmodernism and Other Essays*. Milwaukee, Wis.: Morehouse Publishing Company, 1926. Cf., em especial, pp. 3-30 e 53-66 ("How Modernism Went Half Way and Stopped", "How We Turned to Science for the Truth", "How Our Situation is not Without Precedent" e "Possible Principles of Postmodernism").

30   *Post-Modernismo no Romance Português Contemporâneo*

poderá viabilizar extrapolações para o cenário histórico e, dessa forma, implicitamente contribuir para eventuais demarcações de sociológicos cenários post-modernos), Iddings Bell defende que os anos vinte em que escreve, assistindo à consolidação de uma substancial alteração da crença, de raízes Reformistas, na infalibilidade da Bíblia, testemunham, outrossim, o colapso do Protestantismo como sistema e a consequente instauração de uma nova visão do mundo em que permanece, todavia, a crença, também de raízes Reformistas, na competência do intelecto humano.

O progressivo afastamento das dogmáticas coordenadas de vida facultadas pelas Escrituras e a consequente impossibilidade de nelas ler, como factos literais, o que apenas podia ser lido simbolicamente, terá tido início em finais do século dezanove, momento em que, por isso, o mundo Protestante enceta o caminho para o Liberalismo, também denominado (incorrectamente, segundo o mesmo autor) por Modernismo; termo que acaba no entanto por fazer prevalecer, tendo em conta a sua mais ampla difusão e aceitação.

Todavia, estes princípios do Modernismo, baseados na prevalência da ideia de que a verdade se consegue não pela aceitação inquestionável da Bíblia mas pelo intelecto e pelo raciocínio científico, pareciam não ser suficientes para um mundo onde ainda subsistia a ideia de que a investigação científica não era passível de coadjuvar as descobertas religiosas e onde as próprias limitações do intelecto impediam que se lidasse adequadamente com os problemas envolvidos.

Os anos vinte eram, pois, o tempo para uma nova escola de aspirações religiosas, uma escola em sintonia não com o cientificismo ainda preconceituoso da geração antecedente, mas em consonância com as convicções dos cientistas do hoje a que se reporta este acto de escrita. Assim, descartado o Fundamentalismo por estar fora de moda e o Modernismo por parecer já não ser moderno, I. Bell propõe que os novos ventos sejam cunhados de Postmodernismo – conceito ao qual, apesar de tudo (e mais uma vez antecipando futuros cenários em contextos outros) se reconhece a impossibilidade de uma cabal e sistemática definição.

Dos seis princípios delineados com o objectivo de orientar e liderar o que considera uma geração confusa, destacamos, num leque essencialmente preocupado com a teoria da encarnação como base da religião, o que concerne à asserção de que o Post-modernismo não deverá ser desagradavelmente dogmático, já que, de algum modo, e colorido por outras *nuances*, será este que extensionalmente caracterizará também o panorama histórico-social e literário de que nos ocupamos [12].

E neste mais amplo cenário cumpre registar a interpretação levada a cabo nos anos 80 por Jerome Mazzaro, Donald Allen e George Butterick dos conceitos de postmoderno/postmodernismo de Randall Jarrell (década de 40) e de Charles Olson (década de 50). Entendidas como posições análogas entre si (de acordo com o estabelecimento de uma linha de continuidade da filosofia existencialista de Heidegger) e pioneiramente similares a uma das correntes utilizações do termo e do conceito em apreço no campo do cenário literário norte-americano dos anos 50-60, as concepções de Randall e de Olson permitem entrever, segundo os seus interpretantes, uma rebelião contra um Modernismo demasiado formalista. Facto que assim permite a sua inserção no grupo dos que, como oportunamente verificaremos, defendem uma linha de descontinuidade entre (um certo) Modernismo e (um certo) Post-Modernismo. Deste modo:

> Without the technical language of the structuralists, the formulation of the essencial differences between "modernism" and "postmodernism" becomes: in conceiving of language as a fall from unity, modernism seeks to restore the original state often by proposing silence or the destruction of language; postmodernism accepts the division and uses language and self-definition...as the basis for identity. Modernism tends, as a consequence, to be more mystical in the traditional senses of that word whereas postmodernism, for all it seeming mysticism, is irrevocably wordly and social [13].

---

[12] Cf. a propósito dos princípios referidos, o capítulo subordinado ao título "Possible principles of Postmodernism", *ibidem*, pp. 53-66.

[13] J. Mazzaro *apud* H. Bertens, "The Postmodern *Weltanschauung* and its Relation with Modernism", in D. Fokkema e H. Bertens (eds.), *Approaching Postmodernism*. Ed. cit., p. 12.

Não se pense, contudo, que impera o consenso no seio desses que defendem uma relação de ruptura periodológica entre os dois movimentos (ideia que não partilhamos, pelo menos no que diz respeito ao cenário literário português) pois, na verdade, a concordância nesse aspecto pontual está bem longe de permitir falar de uniformidade ou de coexistência pacífica de pontos de vista.

Com efeito, se para alguns autores como os já mencionados, ou como William Van O'Connor que (no panorama Inglês de 1963) vê o Postmodernismo como um afastamento positivo do modo como os modernistas desenvolviam o principal tema da alienação, a mudança é vista em termos honorífica e encomiasticamente eufóricos [14], para críticos como Irving Howe e Harry Levin, o cenário social e a literatura desta nova sociedade de massas são disfórica e mefistofelicamente comentados [15]. Atente-se, à laia de ilustração, na definição de 'sociedade de massas':

> a relatively comfortable, half welfare and half garrison society in which the population grows passive, indifferent and atomized; in which traditional loyalties, ties and associations become lax or dissolve entirely; in which coherent publics based on definite interests and opinions gradually fall apart; and in which man becomes a consumer, himself mass produced like the products, diversions and values that he absorves;

ou registem-se, tão somente, as breves palavras de Levin em carta a M. Köhler:

> Naturalmente, preferirei pensar que a situação mudou objectivamente – e não para melhor, se olharmos para a obra recente de Mailer, Bellow ou Updike, ou para o que algures chamei «o conto do Departamento de Inglês» (Barth, Pynchon) [16].

---

[14] Cf. William Van O'Connor, "The new hero and a shift in literary conventions", in *The New University Wits and the End of Modernism*. Carbondale: Southern Illinois University Press, 1963, pp. 142-143.

[15] Cf. Irving Howe, "Mass Society and Postmodern Fiction", in *Partisan Review*. Vol.XXVI, n.º 3, 1959 e Harry Levin, "What Was Modernism", in *Refractions: Essays in Comparative Literature*. New York and London: Oxford University Press, 1966.

[16] I. Howe, art. cit., p. 426 e H. Levin, cit. por Köhler, "«Pós-Modernismo»: um panorama histórico-conceptual", in *Crítica*, n.º 5, pp. 13-14. Veja-se, ainda, Matei Calinescu, *Five Faces of Modernity*. Ed. cit., pp. 136-138.

Para uma poética do post-modernismo 33

Destarte, Postmodernismo, sendo também um fenómeno dos anos 50 americanos, é um desvio/declínio do Modernismo [17], um reaparecimento de uma "anti-intellectual undercurrent" que ameaçava o humanismo e o iluminismo característicos desse movimento [18]. Para além disso, Howe considera que o carácter amorfo, passivo, a ausência de crenças e de causas da sociedade do pós-guerra tinha claras repercussões nos romances. As personagens, reflectindo o estado da sociedade coeva (resultado e ponto de chegada cumulativo de crónica confusão de valores), andavam à deriva num mundo onde haviam desaparecido as conexões estabelecidas pela tradição entre um certo comportamento social e um determinado código espiritual e/ou moral. O grande problema do romancista prendia--se, pois, com a dificuldade em dar forma romanesca a esse mundo cada vez mais vazio de crenças e mais repleto de fluidas experiências e vivências [19].

Em meados da década de sessenta, Leslie Fiedler [20], admitindo embora como correctos alguns dos aspectos da proposta de Howe, nomeadamente a ideia de se ter verificado uma quebra de valores na época do pós-guerra, é bem menos céptico quanto aos efeitos dessa ruptura, aceitando-a não como nefasta mas, pelo contrário,

---

[17] Acerca do exposto e sua relação com a despolitização que, durante os anos 40 e 50 se verificou na arte e na vida intelectual americanas, e o consequente realinhamento do modernismo e vanguardas de início do século com o liberalismo conservador dos tempos, cf. Andreas Huyssen. *After the Great Divide*. Ed. cit., p. 169 e David Harvey, *The Condition of Posmodernity. An Enquiry into the Origins of Cultural Change*. Cambridge MA and Oxford UK:Blackwell, 1992, pp. 36-38.

[18] Cf. A. Huyssen, op. cit., p. 161.

[19] Cf. Irving Howe, art. cit., p. 428. De acordo com Bertens ("The Postmodern *Weltanschauung...*", in Douwe Fokkema e Hans Bertens (eds.), *Approaching Postmodernism*. Ed. cit., pp. 13-14), este ponto de vista não tem presentemente muitos apoiantes, no entanto considera-o importante no que diz respeito a um inicial reconhecimento do papel que viria a ser desempenhado pela dúvida epistemológica ("a respeito da possibilidade de representar e explicar a realidade" – cf. D. Fokkema, *Modernismo e Pós-Modernismo*. Trad. De Abel Barros Baptista. Lisboa: Vega, 1984, p. 35) e ontológica (sobre o que se pode conhecer do Ser) no panorama literário do pós-guerra americano.

[20] Cf. Leslie Fiedler, "Cross the Border – Close that Gap: Post-Modernism", in Marcus Cunliffe (ed.), *American Literature Since 1900*. London: Penguin, 1993, pp. 329-351.

34   Post-Modernismo no Romance Português Contemporâneo

como algo de positivo que, de forma incisiva, contraria o elitismo da anterior geração modernista:

> But the new audience has not waited for new critics to guide them in this direction. Reversing the process typical of Modernism – under whose aegis an unwilling, ageing elite audience was bullied and cajoled slowly, slowly, into accepting the most vital art of its time – Post-Modernism provides an example of a young, mass audience urging certain ageing, reluctant critics onwards towards the abandonment of their former elite status in return for a freedom the prospect of which more terrifies than elates them. In fact, Post--Modernism implies the closing of the gap between critic and audience, too, if by critic one understands 'leader of taste' and by audience 'follower'. But most importantly of all, it implies the closing of the gap between artist and audience, or at any rate, between professional and amateur in the realm of art [21].

Advogando, pois, peremptoriamente, a morte do tipo de literatura produzida durante o pontificado de autores como Marcel Proust, Thomas Mann, James Joyce, no romance, e T.S. Eliot e Paul Valéry, entre outros, na poesia, defende que a tendência central desta década se deve consubstanciar numa "revolução futurista". Uma "revolução" atinente à produção de obras que presentifiquem um afastamento do passado, por um lado, e, por outro lado, uma antecipação do futuro; obras anti-artísticas e anti-sérias [22] adequadas a um novo modo de ser e de estar em sociedade, adequadas a uma nova consciência Posthumanista dos que designa por 'new mutants' [23].

---

[21] *Ibidem*, p. 344-345. Aplicando na prática o abandono de uma estética de elite na literatura e na crítica, e assim tentando fechar o fosso a que alude, Fiedler inicialmente publica este artigo na *Playboy Magazine*. *Vide*, a propósito, Hans Bertens, *The Idea of the Postmodern. A History*. London & New York: Routledge, 1996, p. 30. Exemplo semelhante parece ter seguido José Saramago que, meses após a atribuição do Prémio Nobel da Literatura, concede uma entrevista à mesma revista, cf. "José Saramago: El Nobel de Literatura habla para Playboy de su vida y su obra", in *Playboy Magazine*, n.º 241, Janeiro 1999, pp. 51-53.

[22] Cf. Leslie Fiedler, art. cit., pp. 329-332.

[23] Cf. *idem*, "The New Mutants", in *Partisan Review*. Vol.32, n.º 4, 1965, pp. 509, 511: "Specifically, the tradition from which they strive to disengage is the tradition of the human, as the West (understanding the West to extend from the United States to Russia)

Deste modo, o movimento que denomina por literatura futurista desloca-se da periferia para o centro da cena literária norte--americana, deixando de proceder ao registo de modelos não existentes, os mitos antigos que exploravam o impossível, mas, pelo contrário, confrontando e desmontando os mitos coevos, tendo em vista uma antecipação ou profetização de um futuro possível [24].

Susan Sontag partilha este anti-Modernismo e, sem dúvida, a "nova sensibilidade" que refere, identificada com a contracultura americana, com a Pop Art, corresponde à aludida "revolução futurista" de Fiedler. Para este, o romance post-modernista basear-se-á, incorporando-os, em subgéneros considerados marginais, no sentido de subliterários (a pornografia, o *western* ou a ficção científica), assim se fechando o fosso entre a cultura elitista e a cultura de massas. Tal acontece porque se esbate

> The notion of one art for the 'cultured', i.e., the favoured few in any given society – in our own chiefly the university educated – and another sub-art for the 'uncultured', i.e., an excluded majority as deficient in Gutenberg skills as they are untutored in 'taste'(…) [25].

A concepção de Postmodernismo de Sontag deve, pois, ser entendida em íntima conexão com a referida nova consciência Posthumanista. Esta subleva-se, indubitavelmente, não nos parece difícil perceber porquê, contra os (de algum modo ainda remanescentes) conceitos humanistas tradicionais; conceitos relativos à maneira de ser e à função da arte quer como representação de uma realidade exterior, quer como expressão subjectiva [26], quer, ainda,

---

has defined it, Humanism itself, both in its bourgeois and Marxist forms; and more especially, the cult of reason – that dream of Socrates, redreamed by the Renaissance and surviving all travesties down to only yesterday. (…) what the students were protesting in large part, I have come to believe, was the very notion of man which the universities sought to impose upon them: that bourgeois-Protestant version of Humanism, with its view of man as justified by rationality, work, duty, vocation, maturity, success; and its concomitant understanding of childhood and adolescence as a temporarily privileged time of preparation for assuming those burdens".

[24] Cf. *ibidem*, p. 507.

[25] Leslie Fiedler, "Cross the Border – Close that Gap: Post-Modernism", in Marcus Cunliffe (ed.), *American Literature Since 1900*. Ed. cit., p. 344.

[26] Cf. Susan Sontag, "Against Interpretation", in *Against Interpretation and Other Essays*. New York: Farrar, Straus & Giroux, 1966, p. 4.

36 Post-Modernismo no Romance Português Contemporâneo

como objecto de consumo para os "favoured few". Estes, críticos incluídos, são os protagonistas privilegiados do processo de intelectualização e de interpretação contra o qual se insurge Sontag. A autora equaciona, consequentemente, a sua estética postmodernista também em termos de uma acutilante crítica à hermenêutica literária contemporânea protagonizada pelo *New Criticism*:

> Today (...) the project of interpretation is largely reactionary, stifling. Like the fumes of the automobile and of heavy industry which befoul the urban atmosphere, the effusion of interpretations of art today poisons our sensibilities. (...) interpretation is the revenge of the intelect upon art./Even more. It is the revenge of the intellect upon the world.To interpret is to impoverish, to deplete the world – in order to set up a shadow world of 'meanings'. (...).
>
> But it should be noted that interpretation is not simply the compliment that mediocrity pays to genius. It is, indeed, the modern way of understanding something, and it is applied to works of every quality [27].

Alguns outros críticos, em consonância com a posição de Sontag, radicalmente afirmam, numa extrapolação social não inócua de implicações ideológicas, que a relação interpretativa do *New Criticism* com a literatura é, sensivelmente, idêntica à opressão exercida pela polícia urbana sobre as minorias. De forma mais metafórica, mas nem por isso menos clara e elucidativa, Bruce Franklin equaciona a essência do reaccionarismo formal dos *new critics* nos seguintes termos algo jocosos: "the ostrich sticks his head in the sand and admires the structured relationship among the grains" [28].

Clama-se, pois, por um "flight from interpretation", exige-se uma maior preocupação com as inovações formais em detrimento da função e da concepção de arte acima referidas. Essas inovações originarão, consequentemente, formas de arte paródicas ou abs-

---

[27] *Ibidem,* pp. 7 e 8-9.

[28] Bruce Franklin *apud* Gerald Graff, "What Was New Criticism", in *Literature Against Itself: Literary Ideas on Modern Society*, Chicago & London: The University of Chicago Press, 1979, p. 130.

tractas, ou, simplesmente, "non-art"[29]; formas mais ou menos impermeáveis à típica atitude modernista consubstanciada num trabalho de descodificação do que se crê ser o significado subjacente ao texto que urge compreender.

Pelo contrário, no que concerne à arte postmodernista, que se estende por ramos tão diversos como o científico, o tecnológico ou o popular, sendo por isso designada como "unitary sensibility"[30], Sontag enfatiza a subjectiva experiência imediata, não intelectualizada, facultada não pelo conteúdo mas pelos malabarismos de experimentação de novas técnicas formais.

A partir desta atitude radical desenvolve-se uma nova metodologia crítica que exige, além do exposto, e como sua consequência, um novo leque vocabular, descritivo e não prescritivo, a partir do qual se mostre "*how it is what it is*, even *that it is what it is*, rather than to show *what it means*"[31]. O que parece desafiar-se é a função mimética da literatura, o modo tradicional de os modernistas (de os cultores de um certo Modernismo, leia-se) apreenderem, descreverem e representarem a realidade social e física.

Reflectindo (sobre) o seu próprio processo de construção, a *New Novel* referida por Leslie Fiedler e protagonizada por Kurt Vonnegut Jr., William Burroughs ou John Barth, entre outros, apresenta-se como uma soma de fragmentos do real, de peças de um *puzzle* montadas e coladas na tessitura narrativa numa orquestração que, no futuro próximo das décadas de setenta e oitenta, oscilaria

---

[29] Cf. Susan Sontag, "Against Interpretation", in op. cit., p. 10.

[30] Em "One culture and the new sensibility", in op. cit., p. 296, Sontag afirma ainda que "this new sensibility is rooted, as it must be in our experience, experiences which are new in the history of humanity – in extreme and social mobility, in the crowdedness of the human scene (...); in the availability of new sensations such as speed (physical speed, as in airplane travel; speed of images, as in the cinema); and in the pan-cultural perspective on the arts that is possible through the mass reproduction of art objects (...)/ What we are getting is not the demise of art, but a transformation of the function of art (...). Art today is a new kind of instrument, an instrument for modifying consciousness and organizing new modes of sensibility". Veja-se sobre o mesmo assunto, *idem*, "On Style", in *Partisan Review*. Vol.34, n.º 4, 1965, pp. 543-566.

Este ponto de vista será retomado por Hassan com algumas variações; a "unitary sensibility" será, por exemplo, designada por "immanence".

[31] Susan Sontag, "Against Interpretation", in op. cit., p. 14.

38 Post-Modernismo no Romance Português Contemporâneo

cada vez mais, de acordo com alguns, entre a paranóia e a esquizo-frenia (bastas vezes consubstanciadas numa quase pulverização da linguagem).

Notas bem diferentes, aparentemente, de uma pauta anterior-mente preenchida, como já foi dito por outras palavras, pela representação simbólica e metafórica de uma realidade a que se preten-dia impor significado e ordem moral e espiritual.

Se, de acordo com Bertens, a concepção deste Postmodernismo experimentalmente formalista e eroticamente autotélico de Fiedler e de Sontag se traduz numa revolta instintiva contra as premissas do Modernismo [32], no caso de Richard Wasson (que, em 1969, alarga o raio de alcance do movimento postmodernista – a denomi-nada "new sensibility" –, ao considerá-lo como um fenómeno inter-nacional e não especificamente americano), pelo contrário, é possí-vel detectar uma revolta intelectual e filosófica. Nesta afloram, apesar de tudo, algumas afinidades com o exposto nos parágrafos anteriores, nomeadamente no que respeita à identificação do Post-modernismo com a emergência do movimento da contracultura:

> Wasson's Postmodernists [Iris Murdoch, Alain Robbe-Grillet, John Barth, Thomas Pynchon] believe in a literature that denies unity, that replaces a world that offers ontological anchors, so called higher discourses, with "a world of contingency, a world in which man is free to cope spontaneously with experience" [33].

O Postmodernismo, questão agora deslocada para um contexto filosófico, é, então, caracterizado por uma dúvida ontológica, inicial e embrionariamente presente em Irving Howe, como referimos, radical, agora, ao ponto de advogar a impossibilidade de represen-tação da relação ser/mundo, de aceitar que o mundo exterior nunca é adequado à subjectividade do herói e do autor. Não mais se entende a literatura como um dos meios privilegiados para fazer sentido, pelo contrário, derrogando pretensões epistemológicas, sublinha-se a ideia de que a realidade (e a História, segundo dedu-

---

[32] Cf. H. Bertens "The Postmodern *Weltanschauung...*", in D. Fokkema e H. Bertens (eds.), *Approaching Postmodernism*. Ed. cit., p. 19 e *passim*.

[33] *Ibidem*, p. 19. Cf. Emory Elliot, "Notes on a New Sensibility", in *Partisan Review*. Vol.XXXVI, n.º 3, 1969, pp. 474, 476.

Para uma poética do post-modernismo 39

zimos) não é susceptível de compreensão e, consequentemente, de representação [34].

A. Huyssen escreve, em 1981, que o problema do postmodernismo

> is that it relegates history to the dustbin of an obsolete epistémè, arguing gleefully that history does not exist except as text; i.e., as historiography – of course, if the 'referent' of historiography, that which historians write about, is eliminated, then history is indeed up for grabs or, to put it in more trendy words, up for 'strong misreadings' [35].

Serão estes "strong misreadings", no entanto, que fomentarão o peculiar tratamento da História no romance histórico do Post--Modernismo (matéria que nos ocupará no capítulo V da dissertação) quer no que diz respeito à incorporação de elementos até então marginalizados, quer, em consequência, no que concerne ao estabelecimento de uma ideologia precisa que contrariará a opinião dos que advogam o carácter inócuo e despolitizado das obras deste movimento literário.

Todavia, em última instância, o que se nos oferece, na e pela linguagem, e aceitando que, apesar de tudo, a obra não é inefável, é uma espécie de mimese profunda, ou imagem segunda, em oposição a uma mimese superficial, ou imagem primeira.

Isto é, se o romance tradicional traduzia a visível euforia provocada pelo desenvolvimento económico-social da década de cinquenta, o romance novo especulava, pela própria forma e também pela já aludida explosão (implosão?) da história e dos mitos contemporâneos, a desordem, o caos, a incongruência, o sentido do absurdo de reminiscências existencialistas. Além disso, ele reflectia, ainda, a vitalidade que, de forma latente e latejante, subjazia na mesma América do pós-guerra [36]. A teoria mimética que se pretende repudiar acaba, pois, segundo cremos, por sobreviver obliqua-

---

[34] Cf. Emory Elliot, art. cit., p. 463 e *passim* e H. Bertens, *The Idea of the Postmodern*. Ed. cit., pp. 37-52 (capítulo intitulado "Modernism, Existentialism, Postmodernism in the 1970s).

[35] A. Huyssens, "The Search for Tradition: Avant-Garde and Postmodernism in the 1970s", in *After the Great Divide*. Ed. cit., p. 172.

[36] Cf. Emory Elliot (ed.), *Columbia Literary History of the United States*. New York: Columbia University Press, 1988, p. 1146 e *passim*.

mente, o que significa, em última instância, que de um modo ou de outro, como oportunamente desenvolveremos e defenderemos, a alegada crise de representação, sendo porventura deslocada, descentrada em relação às tradicionais práticas ancestralmente enraizadas em Platão, nunca é, por certo, total e absoluta.

O posicionamento de Graff face ao conceito em apreço, "at the moment when so much literature reads as if it were literary criticism and at least some literary criticism tries hard to look like literature"[37], aproxima-se, por um lado, do de I. Howe quanto à constatação de que a ficção postmodernista assenta numa crise ontológica que, apenas exaltando e promovendo o bizarro e o absurdo, praticamente elimina o sentido e o significado. Por outro lado, contraria as considerações celebratórias, hedonisticamente anti-interpretativas, tecidas por Fiedler e por Sontag.

Ao mesmo tempo, redimensiona as conexões passíveis de serem estabelecidas com os movimentos literários anteriores, instaurando, pois, a ideia de que a nova tendência não deve ser vista como uma ruptura e um novo começo perante o passado. Muito pelo contrário, ela deve ser entendida como paródica linha de chegada dos conceitos de arte e de artista, característicos do *ethos* do Romantismo de mil e oitocentos e do Modernismo precedente:

> I want in particular to challenge the standard description of postmodernism as an overturning of romantic and modernist traditions. To characterize postmodernism as a "breakthrough" – a cant term of our day – is to place a greater distance between current writers and their predecessors than is, I think, justified. (…) postmodernism should be seen not as a break with romantic assumptions but rather as a logical culmination of the premises of these earlier movements. (…).

> Though it looks back mockingly on the modernist tradition and professes to have got beyond it, postmodernism literature remains tied to that tradition and unable to break with it. The very concepts through which modernism is demystified derive from modernism itself[38].

---

[37] Gerald Graff, "Culture, Criticism, and Unreality", in *Literature Against Itself*. Ed. cit., p. 1.

[38] *Idem*, "The Myth of the Postmodern Breakthrough", in op. cit., pp. 32 e 62, respectivamente.

No âmbito do que acima expusemos relativamente às conexões que estabelece com as teorias de Howe e de Sontag, acrescente-se que as considerações de Graff alargam-se, ainda, pela distinção entre duas formas de postmodernismo.

A uma, nega relevância moral e filosófica, em virtude de não ter conseguido alcançar "a state of balance between unchecked fabulation and objective social realism". Facto que transforma a literatura em "a trivial playing with the infinity of imaginative possibilities", em puro jogo estético onde se quebram os laços com o real e onde a rejeição das perspectivas realistas se estabelece em favor de uma "celebration of *energy* – the vitalism of a world that cannot be understood or controlled"; maneira outra de afirmar e de reiterar que "Literature, in short, is closer to physical force than to an understanding or 'criticism of life'" [39].

Em relação à segunda, considerada mais moderada, na medida em que mantém uma ligação com o humanismo clássico tradicional, manifesta alguma condescendência porque, apesar de apresentar "solipsistic distortion as the only possible perspective, it nevertheless presents this distortion as distortion", implicitamente afirmando, pois, um conceito de 'normal(idade)', mesmo que este se consubstancie em conceito tragicamente perdido [40].

A indeterminação na demarcação de fronteiras estanques entre os dois tipos de postmodernismo, e a consequente dificuldade de inserção de uma obra em um ou em outro é, todavia, ilustrada pelo facto de o próprio Gerald Graff exemplarmente caucionar os comentários a uma mesma obra no âmbito dos parâmetros de cada um dos postmodernismos [41].

---

[39] *Idem*, "Babbitt at the Abyss", in op. cit., pp. 238 e "The Myth of the Postmodern Breakthrough", p. 58. Corroboremos o exposto com esta outra citação (p. 57): "Here [in the more celebratory form of postmodernism] there is scarcely any memory of an objective order of values in the past and no regret over its disappearence in the present. Concepts like 'significant external reality' and 'the human condition' figure only as symbols of the arbitrary authority and predetermination of a repressive past, and their disappearence is viewed as liberation".

[40] Cf. *ibidem*, p. 56.

[41] Referimo-nos aos comentários a *Snow White*, de Donald Barthelme nos dois artigos acima citados. No primeiro a obra é considerada como parte do 'mau postmodernismo', enquanto no segundo, contraditoriamente, parece aceitar-se a sua inclusão no 'bom postmodernismo' (cf. em particular pp. 53 e 227).

42   *Post-Modernismo no Romance Português Contemporâneo*

A volatilidade de critérios e de opiniões atinentes aos diversos Post-Modernismos que vimos referindo é, mais uma vez, corroborada pelo facto de as propostas de William Spanos representarem mais um diferente contributo, mais um pomo de eventuais e posteriores discordâncias num cenário conceptual instável, porque múltiplo. É-o, outrossim, mesmo pontualmente, na medida em que se submetem a revisão algumas das posições defendidas nos ensaios iniciais da década de setenta.

Deste modo, apesar de continuar a conceber o postmodernismo, posteriormente designado Posthumanismo[42], como um fenómeno internacional, Spanos deixa, por exemplo, de o entender como um acontecimento meramente cronológico. Passa a aceitá-lo, no entanto, como um fenómeno ontológico e como "a inherent mode of human understanding that has become prominent in the present (de-centered) historical conjuncture" e que sempre terá existido na história literária Ocidental, mas cujos efeitos se fazem notar de forma sistemática depois da II Grande Guerra[43].

Representado, sobretudo, por autores cujas obras eram marginalizadas e consideradas menores, porque parodiavam e travestiam os grandes expoentes do épico, do trágico ou do lírico, este impulso postmoderno é, todavia, e de acordo com o que consideramos um raciocínio de enraizamento e fundamentação demasiado extenso e abrangente, passível de ser observado em obras menos canónicas, ou melhor, menos canonizadas, de um leque de autores consagrados que abrange os ancestrais Eurípedes e Petrónio e os mais contemporâneos Blake e Melville[44].

---

[42] Cf. William Spanos, "Rethinking the Postmodernity of the Discourse of Postmodernism", in Hans Bertens e Douwe Fokkema (eds.), *International Postmodernism. Theory and Literary Practice*. Ed. cit., pp. 68.

[43] Cf. *idem*, "Postmodern Literature and Its Occasion: Rethinking the Preterite Middle", in *Repetitions. The Postmodern Occasion in Literature and Culture*. Baton Rouge and London: Louisiana University Press, 1987, pp. 194 e 67.

[44] Cf. *idem*, "Overture in the Recursive Mode", in op. cit., pp. 7-8 e, mais explicitamente, o artigo citado na nota anterior, pp. 192-193: "I want to say at the outset that I am not particularly satisfied with the word *postmodernism* to describe the literature of the contemporary historical conjuncture. Besides its monolithic implications, the word evokes a dynastic historical model and thus points to its origin in logocentrism and its place in the metaphysical tradition. That is, the word is misleading in suggesting that the

Para uma poética do post-modernismo

Assim, sob a égide da filosofia existencialista de raiz heideggeriana, William Spanos, aceitando que a existência não é perfeita e, muito menos, dimana da lógica, reconhece que a contingência, que prefere designar por 'invasão ontológica', impossibilita a continuação do exercício da tradição humanista de representação ainda recentemente alinhada (no Realismo de oitocentos) com a forma ficcional proposta por Aristóteles. Spanos recusa, ainda, o *ethos* da tradição modernista-simbolista, situado entre finais do século XIX e a Segunda Guerra Mundial, acusando-o de, "In displacing a positivistic in favor of an idealistic mode of representational perception", ter simplesmente substituído "The well-made chronicle" por uma "'well-wrought urn'" [45], cuja linguagem de estatuto autotélico impossibilitava a inscrição do homem no mundo.

Por isso, recusando enveredar por coercivas estruturas teleológicas, características não apenas, como referimos, da 'ficção de modo pretérito', este autor enceta a apologia do que sublinha ser a verdadeira forma postmodernista de escrever. Designando-a como uma estética de 'de-composição', enraíza-a nessas obras que desde tempos imemoriais ensombram a seriedade do cânone literário, e cujas características essenciais são, entre outras, a subversão da intriga, a frustração das expectativas do leitor e a recusa em fornecer uma visão organizada e totalitária do mundo:

> It is, therefore, no accident that the postmodern literary imagination at large insists on the disorienting *mystery*, the ominous and threatening uncanniness of being that resists naming, and that the paradigmatic literary archetype it has discovered is the anti-detective story (and its antipsychoanalytical analogue), the formal purpose of which is to evoke the impulse to 'detect' or to psychoanalize – to track down the secret cause – in order to violently frustrate this impulse by refusing to solve the crime (or find the cause of the neurosis) [46].

---

literature I call postmodern is restricted to a moment within and emanating belatedly from a developing historical narrative which has some kind of original source (*archè*) and ultimate end (*télos*). It thus obscures one crucial aspect of my sense of what the postmodern impulse is: that there has been a 'postmodern' urge to art throughout the literary history of the West".

[45] *Idem*, "The Detective and the Boundary: Some Notes on the Postmodern Literary Imagination", in op. cit., p. 32.

[46] Art. cit., in *ibidem*, pp. 24-25.

44   Post-Modernismo no Romance Português Contemporâneo

À espacialidade icónica da poética modernista-simbolista e à sua consequente a-historicidade e a-temporalidade, deverá substituir-se a tendência postmodernista cujos parâmetros visarão, pois, "to engage literature in an ontological dialogue with the world in behalf of dis-covering the radical historicity of men and women"[47], o que significa, em última instância, que algo pode ser salvo da dúvida ontológica atribuída à literatura postmodernista.

Se é certo que a maior influência de Spanos é o Existencialismo de Heidegger, não é menos correcto afirmar-se que Richard Palmer é quem mais tende para uma ontologia heideggeriana.

Tal como Spanos, aceita a contingência e a fragmentação da historicidade como necessária à compreensão do mundo, mas este é ontologicamente revelado através da linguagem que, deste modo, se torna num útil instrumento de conhecimento. O raio de entendimento de Palmer é mais vasto que o de Spanos, já que inclui no seu epistema a contracultura americana e, neste ponto aproxima-se de Fiedler, apesar da sua base existencialista. Através do existencialismo de Heidegger, este Postmodernismo incorporou e transcendeu a total dúvida epistemológica (niilismo)[48].

2. Cartografias

Nos anos setenta, no final dos quais se assiste à migração do Post-Modernismo para a Europa, via Paris e Frankfurt[49], este conceito torna-se cada vez mais inclusivo, deixando apenas de nomear certas tendências particulares das duas décadas anteriores. Ele passa a designar, conjuntamente, manifestações literárias e culturais que, agora também no campo da arquitectura, teatro, pintura, música, dança e cinema, entre outras, não podem ser classificadas como

---

[47] Art. cit., in *ibidem*, p. 45.

[48] Cf. Richard E. Palmer, "Postmodernity and Hermeneutics", in *Boundary 2*. Vol.5, n.º 2, Winter 1977, pp. 363-388.

[49] Cf. Andreas Huyssen, "Mapping the Postmodern", in *After the Great Divide. Modernism. Mass Culture. Postmodernism*. Ed. cit., p. 184 e Hans Bertens, "Postmodern Culture(s)", in Edmund J. Smyth (ed.), *Postmodernism and Contemporary Fiction*. London: B.T. Batsford, 1991, p. 123.

Para uma poética do post-modernismo

realistas ou modernistas. Para isso contribuem Ihab Hassan, Matei Calinescu e Jean-François Lyotard.

Antes de levarmos a cabo a explanação de outras acepções do termo, acreditamos ser profícuo aduzir algumas considerações tecidas por Andreas Huyssen. Estas, de algum modo, ajudam a dilucidar, a quem se formou no âmbito de um panorama literário europeu, as posições de alguns autores que, nos Estados Unidos, advogam uma ruptura total com o cânone modernista. Assim, ao abordar o postmodernismo das décadas de 60 e de 70, o autor afirma que o que se rejeita e/ou critica é uma certa versão de modernismo [50]; aquela que nos anos 50 o passar do tempo e as relações de poder se encarregaram de canonizar e de legitimar como tradição, tornando-o "part of the liberal-conservative consensus of the times, and (...) a propaganda weapon in the cultural-political arsenal of Cold War anti-communism" [51].

---

[50] A. Huyssen, art. cit., p. 188: "Against the codified high modernism of the preceding decades, the postmodernism of the 1960s tried to revitalize the heritage of the European avangarde and to give it an american form (...). By the 1970s, that avangardist postmodernism of the 1960s had in turn exausted its potencial, even though some of its manifestations continued well into the new decade. What was new in the 1970s was, on the one hand, the emergence of a culture of eclecticism, a largely affirmative postmodernism which had abandoned any claim to critique, transgression or negation; and, on the other hand, an alternative postmodernism in which resistance, critique, and negation of the status quo were redifined in non-modernist and non-avangardist terms, terms which match the political developments in contemporary culture more effectively than the older theories of modernism".

[51] *Ibidem*, p. 190: "The modernism against which artists rebelled was no longer felt to be an adversary culture. It no longer opposed a dominant class and its world view, nor had it maintained its programmatic purity from contamination by the culture of industry. In other words, the revolt sprang precisely from the success of modernism, from the fact that in the United States, as in West Germany and France, for that matter, modernism had been perverted into a form of affirmative culture".

A este propósito *vide*, ainda, Malcolm Bradbury, "Modernisms/Postmodernisms", in I. Hassan e S. Hassan (eds.), *Innovation/Renovation*. Ed. cit., pp. 320-321; David Harvey, *The Condition of Postmodernity*. Ed. cit. pp. 36-38 e 116 onde conclui, como A. Huyssen ("Mapping the Postmodern", in op. cit., p. 191), pela continuidade do postmodernismo americano da linha do Modernismo europeu: "there is much more continuity than difference between the broad history of modernism and the mouvement called postmodernism. It seems more sensible to me to see the latter as a particular kind of crisis within the former, one that emphasizes the fragmentary, the ephemeral, and the chaotic side of Baudelaire's formulation (that side which Marx so admirably dissects as

46 *Post-Modernismo no Romance Português Contemporâneo*

Enquanto na Europa o movimento modernista incluía as iconoclastas e mais inovadoras subcorrentes colaterais, como o Dadaísmo e o Surrealismo, visando, desde cedo, minar e atacar as instituições culturais burguesas ("épater le bourgeois"), bem como os mais tradicionais modos de representação e de sensibilidade po(i)ética, nos Estados Unidos essas tendências permaneceram praticamente desconhecidas ou marginais até aos anos 60, momento em que são recuperados da tradição europeia. Esta ausência parcelar talvez tenha sido, pois, o motivo por que a produção literária desta década tenha aparecido, para alguns, como diametralmente diferente da produção literária que no passado próximo se praticava. Destarte,

> The audience's expectation horizon in the United States was fundamentally different from what it was in Europe. Where Europeans might react with a sense of déjà vu, Americans could legitimately sustain a sense of novelty, excitement and breakthrough [52].

A sensação de novidade e de ruptura apontadas por Huyssen nos anos sessenta consubstancia-se em diferentes tratamentos da imaginação temporal, em iconoclásticos ataques à própria instituição artística, em visões eufóricas da sociedade postindustrial ou,

---

integral to the capitalist mode of production) while expressing a deep scepticism as to any particular prescriptions as to how the eternal and immutable should be conceived of, represented, or expressed".

[52] Andreas Huyssen, "The Search for Tradition", in op. cit., p. 167. *Vide* sobre o assunto, Pierre de Boisdeffre, *Où va le roman*. Paris: Ed. Mondiales, 1972, p. 37, nota 4 e Hans Bertens, "Postmodern Culture(s)", in Edmund J. Smyth (ed.), *Postmodernism and Contemporary Fiction*. Ed. cit., p. 124.

De acordo com Huyssen, a revolta iconoclasta do Modernismo Europeu é passível de ser explicada pelo facto de tal só fazer sentido em países onde "'high art' had an essential role to play in legitimizing bourgeois political and social domination, e.g., in the museum and salon culture, in the theaters, concert halls and opera houses and in the socialization and education process in general. The cultural politics of the 20th century avangardism would have been meaningless (if not regressive) in the United States where 'high art' was still struggling hard to gain wider legitimacy and to be taken seriously by the public".

Vide, também, Helmut Lethen, "Modernism Cut in Half: The Exclusion of the Avant-Garde and the Debate on Postmodernism", in D. Fokkema e Hans Bertens, *Approaching Postmodernism*. Ed. cit., pp. 233-238.

ainda, na tentativa de validar a(s) cultura(s) popular(es) enquanto desafio ao cânone da 'arte elevada'. Assim, de acordo com o exposto, não é de estranhar que, a partir da década de setenta, o conceito em apreço tenha começado a merecer mais pacíficas e eclécticas abordagens, no sentido de disseminação de uma ideia de ruptura total e absoluta (que por exemplo lhe é apontada por Leslie Fiedler) com um Modernismo (melhor será dizer com Modernismos) que, afinal, de modos diversos, nele se prolonga em travestis não menos variados:

> The situation in the 70s seems to be characterized rather by an ever wider dispersal and dissemination of artistic pratices all working out of the ruins of the modernist edifice, raiding it for ideas, plundering its vocabulary and supplementing it with randomly chosen images and motifs from pre-modern and nonmodern cultures as well as from contemporary mass culture. Modernist styles have actually not been abolished (...), all modernist and avangardist techniques, forms and images are now stored for instant recall in the computerized memory banks of our culture[53].

Exemplo do que acabamos de expor é, genericamente, nos anos setenta e oitenta, o Postmodernismo de Ihab Hassan. Considerando-o como um conceito semanticamente instável não só devido à prolixidade de opiniões que vinha gerando, mas também pela indefinição de resposta relativamente ao facto de se tratar de uma mera tendência literária ou de um extenso e inclusivo fenómeno cultural (cuja indissociabilidade de uma mutação no Humanismo Ocidental é também alvitrada[54]), o postmodernismo deste autor pode, e deve, ser classificado como ecléctico na medida em que respiga algumas das anteriores tendências e acepções.

Numa primeira acepção do conceito, este crítico, que de Richard Wasson adopta e difunde a noção de se tratar de um

---

[53] A. Huyssen, "Mapping the Postmodern", in op. cit., p. 196; cf. pp. 191-195 para as referências anteriores.

[54] Cf. Ihab Hassan, "The Question of Postmodernism", in Harry Garvin (ed.), *Bucknell Review: Romanticism, Modernism, Postmodernism*. Lewisburg: Bucknell University Press, 1980, pp. 120 e *passim*.

movimento de índole internacional, aproxima o seu Postmodernismo do anti-formalismo, da arte que se nega a si própria e do impulso anárquico das estéticas continentais de vanguarda, do desejo de des-fazer típico de Dada e do Surrealismo[55].

Alterando as fronteiras cronológicas, vê-o (tal como William Spanos) como o clímax de uma subcorrente que se vinha fazendo sentir na história da cultura ocidental; facto que corrobora, sem dúvida, a ideia da existência de continuidades e de descontinuidades como traços complementares na formação e na alteração de paradigmas periodológicos:

> any definition of postmodernism calls upon a fourfold vision of complementarities, embracing continuity and discontinuity, diachrony and synchrony. But a definition of the concept also requires a dialectical vision, for defining traits are often antithetical, and to ignore this tendency of historical reality is to lapse into single vision and Newton's sleep. Defining traits are dialectical and also plural; to elect a single trait as an absolute criterion of postmodern grace is to make of all other writers preterites. Thus we can not simply rest – as I have sometimes done – on the assumption that postmodernism is antiformal, anarchic, or decreative; for though it is indeed all of these, and despite its will to unmaking, it also contains the need to discover a "unitary sensibility" (Sontag), to "cross the border and close the gap" (Fiedler), and to attain, as I have suggested, an immanence of discourse, a neo-gnostic im-mediacy of mind[56].

---

[55] Cf. *idem*, *The Dismemberment of Orpheus. Toward a Postmodern Literature*. New York: Oxford University Press, 1971, pp. 48-79.

[56] *Idem*, "Toward a Concept of Postmodernism", in *The Postmodern Turn. Essays in Postmodern Theory and Culture*. Columbus: Ohio University Press, 1987, p. 89. Igualmente clara e exemplificativa da posição assumida é, entre muitas outras, a ideia de que "Modernism and postmodernism are not separated by an Iron Curtain or Chinese Wall, for history is a palimpsest, and culture is permeable to time past, time present, and time future. We are all, I suspect, a little Victorian, Modern and Postmodern, at once. And an author may in his or her own time, easily write both a modernist and postmodernist work. (...) More generally, on a certain level of narrative abstraction, modernism itself may be rightly assimilated to romanticism, romanticism related to the enlightenment, the latter to the renaissance, and so back, if not to the Olduvai Gorge, then certainly to ancient Greece", *ibidem*, p. 88.

Para uma poética do post-modernismo

A história literária é entendida em termos de um vasto palimpsesto onde ecoa essa linha de continuidade, esse fio de Ariadne (e talvez por isso as obras e os autores que a título ilustrativo refere pertençam ao Modernismo), do que designa como uma tradição do silêncio, tradição que se estende até ao presente aparato conceptual do Postmodernismo.

Neste, a cabeça desmembrada de Orpheu continua a entoar, proteicamente re-inventando, cânticos diversos e plurais, muitas vezes enformados em fluidas re-modelações genológicas onde o que acontece, afinal, é uma incorporação subversiva, em maior ou menor dimensão, de temas e de artifícios técnico-formais anteriormente utilizados.

Entendendo o silêncio como a "metaphor of language that expresses, with harsh and subtle cadences, the stress in art, culture, and consciousness"[57], identifica-o, ainda, com essa tradição vanguardista na literatura cujas raízes remontam a Sade e a Beckett. Raízes que, posteriormente, se desenvolvem em negatividade e absurdo pela paródia, o paradoxo, a alucinação e a desumanização do homem na Patafísica de Alfred Jarry[58]; pela dissecação, inversão e invenção de palavras no Dadaísmo de Tristan Tzara[59]; ou, simplesmente, pelo que denomina efectivação das intenções espirituais do Dadaísmo, consubstanciadas na escrita automática e no esbatimento de fronteiras entre o real e o imaginário no Surrealismo de um André Breton[60].

O que incisivamente se equaciona é uma anti-literatura de continuidade que, entre outras tendências, implica, indubitável e obviamente, a alienação da razão, da sociedade e da própria arte, agora conectadas ao *nonsense* e às suas consequentes subversões, quer no domínio formal quer no linguístico, num crescendo que culmina numa espécie de dissolução do mundo conhecido e da sua história[61].

---

[57] Ihab Hassan, *The Dismemberment of Orpheus*. Ed. cit., p. 12.
[58] *Ibidem*, p. 51.
[59] Cf. *ibidem*, p. 59.
[60] Cf. *ibidem*, p. 70 e *passim*.
[61] Cf. *ibidem*, pp. 13-14.

50   *Post-Modernismo no Romance Português Contemporâneo*

Aparentemente apocalíptica, se entendida *tout court*, esta posição é, contudo, passível de um enfoque mais eufórico. Este torna-se possível se considerarmos que é por essa dissolução que se iniciam outras formas de re-criação do real e outras emergências de novos sentidos do acto literário onde, agora, pluralmente convivem o escritor, o leitor, a arte e a realidade, derrogando quaisquer pretensões autoritárias quer na afirmação de sentido(s), quer na construção linear do mundo. Deste modo, se

> After Sade, everything becomes possible – in the mind. After Lautréamont, after Rimbaud, everything becomes possible in literature, including the ritual murder of language. [E se] The body of the world can be torn; Orpheus can be dismembered; consciousness can be inverted[62],

então o mundo postmoderno, como intuição terminal desse vasto leque de possibilidades, é, no fundo, caracterizado por duas grandes tendências; essas que Hassan acabará por reunir sob o único neologismo de "indetermanence". A indeterminação como resultado do descentramento provocado pela ausência de ontologia e a imanência (inicialmente denominada neo-gnosticismo) enquanto tendência da mente para se apropriar de toda a realidade[63].

Posteriormente, incorpora a influência formativa de Nietzsche, do estruturalismo e do pós-estruturalismo. No campo literário chama ao seu paradigma conceptual (que também estende à área da crítica) o romance não ficcional, o Novo Jornalismo americano,

---

[62] *Ibidem*, pp. 78-79.

[63] Cf. Ihab Hassan, *The Postmodern Turn*. Ed. cit., pp. 46-83, 92-93, 199 (onde conclui que "indetermanence" é "indeterminacy lodged in immanence") e *idem*, *The Right Promethean Fire. Imagination, Science, and Cultural Change*. Urbana, Chicago and London: University of Illinois Press, 1980, pp. 91-124. De acordo com Matei Calinescu, *Five Faces of Modernity*. Ed.cit., p. 280: "What distinguishes Hassan from earlier literary users of the term is both his superior grasp of philosophical issues and his more lucid perception of the fine points of artistic analogy and contrast between modernism and postmodernism". Apesar de afirmar nem sempre concordar com a sua visão, por vezes contraditória, do 'epistema postmodernista', Calinescu (tal como Bertens em *The Idea of the Postmodern*. Ed. cit., p. 17) reconhece que os estudos de Hassan representam "perhaps the single most impressive attempt to build a philosophical-literary concept of postmodernism in America."

Para uma poética do post-modernismo 51

subgéneros como o romance fantástico ou a ficção científica e o romance metaficcional (auto-reflexivo). Mas a maioria das características postmodernas, relacionando-se com o desconstrucionismo, é norteada por uma radical dúvida epistemológica e ontológica; aceita-se e convive-se com a impossibilidade de fugir do caos e da anarquia, rejeitam-se os grandes discursos e qualquer tipo de autoridade.

Esta aludida deslegitimação das grandes narrativas, bem como o ataque às tradições políticas e intelectuais que do Iluminismo as vinham norteando, é uma posição acerrimamente defendida por Jean-François Lyotard. Importa sublinhar, no entanto, que se trata de uma posição não isenta de alguma arbitrariedade, na medida em que, eventualmente, Lyotard incorre no erro que critica. Com efeito, o que parece consumar-se em *A Condição Pós-Moderna* é, afinal, a substituição de uma metanarrativa enraizada na tradição por uma outra radicada nas exigências e nas contingências do presente.

De acordo com este autor, a condição postmoderna (entenda-se a condição do saber nas sociedades mais desenvolvidas) "designa o estado da cultura após as transformações que afectaram as regras dos jogos da ciência, da literatura e das artes a partir do fim do século XIX", possibilitando, assim, por volta de 1950, a mudança de estatuto do saber "ao mesmo tempo que as sociedades entram na era pós-industrial e as culturas na era dita pós-moderna"[64]. Esta condição é caracterizada por uma radical crise epistemológica e ontológica que é, afinal, uma crise de legitimação respeitante ao facto de as grandes narrativas e metanarrativas que organizavam a sociedade burguesa das Luzes entrarem em desuso. Neste sentido, a literatura postmodernista é "unmaking"; ela desfaz, expõe o (tradicionalmente) não apresentável, expõe o que julgamos poder ser entendido como o próprio processo de construção da obra.

Por outras palavras, anteriormente elidia-se o modo como se organizavam e dispunham os alicerces e as traves narrativas que escoravam uma construção estruturada e coerente de sentido, deste

---

[64] Jean-François Lyotard, *A condição Pós-Moderna*. Trad. José Bragança de Miranda. Lisboa: Gradiva, s./d., pp. 7 e 11, respectivamente.

52   *Post-Modernismo no Romance Português Contemporâneo*

modo permitindo apenas o acesso à matéria final e deste modo facilitando ao leitor/espectador a entrada num universo que momentaneamente se acatava como real, política e socialmente legítimo ou, no mínimo, tornado possível e credível pela suspensão voluntária da descrença. Agora, pelo desnudamento do próprio processo de des-construção, pouco mais resta do que, ao invés, e de modo nem sempre confortável, voluntariamente suspender a crença na veracidade e fiabilidade da narrativa.

> É portanto este o diferendo: a estética moderna é uma estética do sublime, mas nostálgica; permite que o «impresentificável» seja alegado apenas como um conteúdo ausente, mas a forma continua a proporcionar ao leitor ou ao espectador, graças à sua consistência reconhecível, matéria para consolação e prazer. Ora estes sentimentos não formam o verdadeiro sentimento sublime, que é uma combinação intrínseca de prazer e dor: o prazer de que a razão exceda qualquer «presentificação», a dor de que a imaginação ou a sensibilidade não estejam à altura do conceito.
>
> O pós-moderno seria aquilo que no moderno alega o «impresentificável» na própria «presentificação»; aquilo que se recusa à consolação das boas formas, ao consenso de um gosto que permitiria sentir em comum a nostalgia do impossível; aquilo que se investiga com «presentificações» novas, não para as desfrutar, mas para melhor fazer sentir o que há de «impresentificável». Um artista, um escritor pós-moderno está na situação de um filósofo: o texto que escreve, a obra que realiza não são em princípio governadas por regras já estabelecidas, e não podem ser julgadas mediante um juízo determinante, aplicando a esse texto, a essa obra, categorias conhecidas. Estas regras e estas categorias são aquilo que a obra ou o texto procura. O artista e o escritor trabalham portanto sem regras, e para estabelecer as regras daquilo que foi feito[65].

Julgamos, ainda, que a dicotomia referida entre os dois tipos de texto, o moderno e o pós-moderno, é passível de ser lida, *lato sensu*, respectivamente, à luz da distinção barthesiana entre texto de prazer – "aquele que contenta, enche, dá euforia; aquele que

---

[65] *Idem, O Pós-Moderno Explicado às Crianças.* 2.ª ed. Trad. Tereza Coelho. Lisboa: D. Quixote, 1987, p. 26.

Para uma poética do post-modernismo

vem da cultura, não rompe com ela, está ligado a uma prática **confortável** da leitura" – e texto de fruição –

> aquele que coloca em situação de perda, aquele que desconforta (talvez até chegar a um certo aborrecimento), faz vacilar as bases históricas, culturais, psicológicas, do leitor, a consistência dos seus gostos, dos seus valores e das suas recordações, faz entrar em crise a sua relação com a linguagem[66].

Todavia, e apesar do aludido diferendo, a verdade é que, para Lyotard, o pós-moderno não é visto como uma negação do moderno mas, pelo contrário, como uma sua parte, como o seu cumprimento, em termos da instauração de uma nova condição do saber que põe em causa o papel legitimador das grandes narrativas e a consequente unidimensionalidade e plenipotência da razão iluminista:

> a ciência joga o seu próprio jogo, não pode legitimar os outros jogos de linguagem. Por exemplo o da prescrição escapa-lhe. Mas, sobretudo, já não pode legitimar-se a si mesma, como a especulação pressupunha[67].

Recusa-se, em suma, a ideia de que um novo epistema já se encontra firme e cabalmente estabelecido, epistema esse que, numa acepção que não a de Michel Foucault, apontaria para relações laterais entre disciplinas adjacentes e distintas, assim enfatizando as continuidades, e não as descontinuidades, de época para época. Na medida em que aceita como ainda vivo e vital o impulso do modernismo precedente, Lyotard é, pois, de acordo com Fredric Jameson, o que podemos designar por promodernista/propostmodernista.

---

[66] Roland Barthes, *O prazer do texto*, 2.ª ed. Trad. de Maria Margarida Barahona. Lisboa: Ed. 70, s./d., p. 49 (destacado do autor). Para Stanley Fish a ficção pós-modernista oferece uma "apresentação literária 'dialéctica', uma apresentação que perturba os leitores, forçando-os a examinar seus próprios valores e crenças, em vez de satisfazê-los ou mostrar-lhes complacência", cf. Linda Hutcheon, *Poética do Pós-Modernismo*. Trad. Ricardo Cruz. Rio de Janeiro: Imago, 1988, p. 69.

[67] Cf. J.-F. Lyotard. *A condição Pós-Moderna*. Ed. cit., p. 79 e *passim*.

54   *Post-Modernismo no Romance Português Contemporâneo*

Se na primeira das posições apontadas Lyotard parece aproximar-se de Jürgen Habermas (o qual, fazendo radicar as origens da modernidade no projecto Iluminista de setecentos, acredita que esta é, na essência, um projecto inacabado), a verdade é que o segundo pólo da equação permite estabelecer a diferença pois, ao contrário do teórico neomarxista, o filósofo francês não compreende o postmodernismo negativamente [68].

A este propósito, o de uma possível rotulagem de posições em relação ao conceito em apreço, não podemos deixar de completar a lúcida e pertinente reflexão de Fredric Jameson, pois acreditamos

---

[68] Cf. Jürgen Habermas, "A modernidade: um projecto inacabado?", in *Crítica*, n.º 2, Nov., 1987, pp. 5-24). Veja-se sobre o mesmo assunto, Richard Rorty, "Habermas e Lyotard acerca da pós-modernidade", in *ibidem*, pp. 39-56. David Herman ("Modernism versus Postmodernism: Toward an Analytic Distinction", in *Poetics Today*. Vol.12, n.º 1, Spring, 1991, pp. 56-57) considera que, em relação à passagem de um para outro paradigma, não se deve falar de mudança de dominante mas antes aceitar que a dicotomia epistemologia – o que sabemos ou representamos/ontologia – o que há para saber, para ser representado, coexiste na problemática da representação; devendo-se isolar, genealogicamente, os 'semideiros escusos' pelos quais se perpetua esse conflito. Para Herman, então, "the shift from modern to postmodern suggests a kind of lateral mouvement – not so much an advancement as a realignment – within the somewhat implosive conceptual matrix whose emergence we associate with the Enlightenment". A propósito das polémicas entre as duas grandes linhas típicas do Post-Modernismo (neoconservadora e neomarxista) Calinescu sugere, demonstrando o seu ecléctico bom senso, uma visão dialógica, mais bakhtiniana, polifónica, onde os princípios absolutos pareceriam fora de lugar (cf. op. cit., p. 292).

Refira-se, ainda, a posição mais absoluta, logo menos ecléctica, de Brian McHale. Para este, a distinção entre modernismo e postmodernismo deve ser feita com base em duas diferentes dominantes: epistemológica, no primeiro caso, e ontológica, no segundo. Explicite-se, contudo, que 'ontologia' deriva para McHale do uso do termo consagrado por Ingarden e Pavel para quem "an ontology is a theoretical description of a universe", cf. "Change of Dominant from Modernist to Postmodernist Writing", in D. Fokkema e H. Bertens (eds.), *Approaching Postmodernism*. Ed. cit., p. 75, n.3.

A polémica caracterização dos períodos em causa é ainda corroborada pelo facto de autores como W. Krysinski, L. McCaffery e C. Russell procederem à inversão dos adjectivos. Assim, e ao contrário de McHale, a dominante modernista será de ordem ontológica e a dominante postmodernista de ordem epistemológica (cf., respectivamente, *Carrefour de signes: essais sur le roman moderne*. Haia: Mouton, 1981; *The Metafictional Muse*. Pittsburgh: University of Pittsburgh Press, 1982; "The Vault of Language: Self-Reflective Artifice in Contemporary American Fiction", in *Modern Fiction Studies,* 20, 3, 1974, pp. 349-59).

Para uma poética do post-modernismo 55

que, de algum modo e em alguns aspectos, como posteriormente sublinharemos, ela arrepia caminho para um melhor entendimento do coevo estado das coisas.

3. Encantamentos

As diversas posições sobre o postmodernismo, agora simultaneamente entendido como um problema estético e político, são, então, susceptíveis de ser alinhadas sob, pelo menos, mais três itens para além do exposto: a desses teóricos que saúdam o post-modernismo de um ponto de vista antimodernista, os antimodernistas/propostmodernistas; a daqueles para quem esta é a era de aperfeiçoamento das autênticas e genuínas obras do período precedente, uma espécie de linha de chegada do modernismo clássico ou tardio, os promodernistas/antipostmodernistas; e, finalmente, a dos que consideram que o postmodernismo se reveste de uma intensificação dialéctica da capacidade inovadora do modernismo que, à semelhança do primeiro conceito, é também visto negativa e disforicamente, os antimodernistas/antipostmodernistas [69].

Apesar da diversidade de posições, algumas nem sempre favoráveis à validade e fiabilidade do conceito, a verdade é que

> we are within the culture of postmodernism to the point where its
> facile repudiation is as impossible as its equally facile celebration
> of it is complacent and corrupt [70].

Se é notório que as posições precedentes resultam de articulações em relação ao modernismo, procurando e aceitando, ou não, semelhanças de família, o postmodernismo de Jameson não deve ser entendido como uma mera e redutora categoria literária atinente a diferenças específicas entre as duas estéticas referidas.

---

[69] Cf. Fredric Jameson, *The Ideologies of Theory*. Vol.2. London: Routledge, p. 105 e *passim*. De acordo com o autor, a linearidade patente neste esquema combinatório pode, no entanto, ser perturbada pelo facto de cada um dos agrupamentos se oferecer como susceptível de uma expressão politicamente progressista ou reaccionária.

[70] *Ibidem*, p. 111; veja-se, também, *idem, Postmodernism or the Cultural Logic of Late Capitalism*. London, New York: Verso, 1991, p. xxii.

Por outras palavras, o postmodernismo não é, para este teórico, apenas uma categoria ou dominante cultural susceptível de designar e caracterizar uma nova época eventualmente distinta do passado. Pelo contrário, ele consubstancia a correlação entre o aparecimento de um novo tipo de vida social e uma nova ordem económica: o sistema capitalista tardio, cuja lógica de comodificação e reificação intensifica[71] (essencialmente nos anos sessenta, com início em fins dos anos quarenta, início da década de cinquenta), sendo, por isso, susceptível de ser tomado como seu sinónimo[72].

Deste modo, e apesar de claramente defender, como Ihab Hassan e outros, que não é possível falar de rompimentos bruscos entre períodos, a verdade é que se constata a necessidade de utilizar o neologismo em causa.

Reestruturando-se e recuperando-se embora os traços do modernismo precedente, numa espécie de reacção metamórfica que induz a uma metonímia periodológica, não só é diversa a importância a eles dada, como também é de outra índole a função cultural protagonizada pela arte. As suas características primaciais estendem-se agora pelo domínio do pastiche e pelas noções de esquizofrenia e de sujeito esquizóide (de Lacan e de Deleuze), com as óbvias consequências no que concerne à consumação de outra experiência no tempo e no espaço. Facto que remete, mais uma vez, para a noção barthesiana de texto de fruição.

Numa linha teórica próxima da que observámos em Jean-François Lyotard, e em alguns aspectos obliquamente afim da defendida por Fredric Jameson, Matei Calinescu, depois de em 1983 ter evidenciado, ainda, algumas grandes reservas relativamente à chegada de uma nova era (considerando que o que então denominava por renascença pluralista era mais um fenómeno em formação e um *desideratum*[73]), parece, posteriormente, proceder a uma revi-

---

[71] Cf. *idem*, "Postmodernism and Consumer Society", in Hal Foster (ed.), *The Anti-Aesthetic. Essays on Postmodern Culture*. Port Townsend /Washington: Bay Press, 1983, p. 113 e *passim*.

[72] Cf. *idem*, *Postmodernism or the Cultural Logic of Late Capitalism*. Ed. cit., pp. xxii, xviii, xxi, por exemplo, ou atente-se, tão somente, no título sinonimicamente disjuntivo.

[73] Cf. M. Calinescu, "From the One to the Many: Pluralism in Today's Thought", in I. Hassan e S. Hassan (eds.), *Innovation/Renovation*. Ed cit., p. 284: "Can we really

são de critérios. Tal acontece quando, em 1987, demonstra uma maior consciencificação do facto de que algo de novo havia efectivamente passado a exercer tutela no plano da *praxis* literária, no plano da *praxis* social também, ao equacionar e aceitar o postmodernismo como a nova cara da modernidade:

> Has the notion of postmodernism developed, over the last decade or so, enough distinctive features to make a "cultural physiognomist" regard it as a full-fledged "face of modernity", on a par with modernism, decadence, the avant-garde, or kitsch? Clearly this is a rhetorical question, since the very fact of adding to Faces of Modernity this new chapter on postmodernism implies a positive answer. But, on the other hand, this implicit "yes, postmodernism is a new face of modernity" can only remain vague, tentative, and in fact meaningless, until its pros and cons are examined at closer range, properly qualified and modulated[74].

De qualquer modo, este novo pluralismo postmoderno claramente se distingue do modernismo. Diga-se, contudo, que esta distinção periodológica não implica, por si só, a ideia minimalista de ruptura; com efeito, para Calinescu, o termo postmodernismo sugere simultaneamente inovação e renovação, reacção contra e continuação do modernismo, até porque, em sua opinião e em consonância com outros pontos de vista já tornados relevantes, não se verificam transições bruscas entre epistemas. Os períodos literários são, então, semanticamente fluidos e flexíveis[75], o que obsta a que se creia, como o fez Foucault, numa descontinuidade radical.

---

speak of a pluralist renaissance in today's Western culture? In trying to answer this question I must begin by admitting that a pluralist renaissance in contemporary thought, as I see it, is as much a phenomenon-in-the-making as a *desideratum*, to both of which I feel committed, but without being able to entertain any kind of certainty with regard to their success. The pluralistic-dialogic frame of mind is essentially fragile. Its delicate balance can be tipped not only by resurgent fanaticisms or intolerant monologic orthodoxies but also by the odd phenomenon of ideologies that work without anyone believing in them.

[74] Matei Calinescu, *Five Faces of Modernity*. Ed. cit., p. 265.

[75] Cf. *idem*, "Paradoxes of Periodization", in D. Fokkema e H. Bertens (eds.), *Approaching Postmodernism*. Ed. cit., p. 251: "With Postmodernism trying to define itself in more specific terms (about which we may agree or disagree), Modernism, and more broadly modernity, recovers not only its own historicity, that is, its uniqueness in the irreversible succession of time, but also its place in a larger pattern of continuities and

58   *Post-Modernismo no Romance Português Contemporâneo*

O postmodernismo, termo pelo qual não nutre grande simpatia mas que, como diria Fredric Jameson, não podemos deixar de usar[76], eclecticamente refinado, é entendido, pois, já o dissemos, como mais uma cara da modernidade: mantém semelhanças de família com o anti-autoritarismo do modernismo, com o questionamento da unidade, valorizando a parte contra o todo, mantendo, ainda, semelhanças gémeas com a estética da vanguarda[77].

Acrescente-se ao exposto que a modernidade, *lato sensu*, não é um conceito uno e homogéneo. É, pelo contrário, passível de ser entendido de modo dúplice, de acordo com dois distintos conjuntos de valores. Referimo-nos, concretamente, ao que entendemos poder ser apodado de modernidade social e ao que Calinescu designa por modernidade estética:

> Modernity in the broadest sense, as it has asserted itself historically, is reflected in the irreconcilable opposition between the sets of values corresponding to (1) the objectified, socially measurable time of capitalist civilization (time as a more or less precious commodity, bought and sold on the market), and (2) the personal, subjective, imaginative *durée*, the private time created by the unfolding of the "self"[78].

---

discontinuities which is symbolized by the term postmodernism itself (suggestive of both reation to and continuation of, Modernism") (cf.também pp. 243-244). Modernismo e Post-Modernismo não são, pois, incompatíveis; exemplo disso é o facto de a renascença pluralista consubstanciada no segundo aceitar os modelos monistas do pensamento do primeiro (equivalentes ao que Jean-François Lyotard denomina "higher discourse"). *Vide* a este propósito, *idem*, "From the One to the Many: Pluralism in Today's Thought", in Ihab Hassan e Sally Hassan (eds.), *Innovation/Renovation*. Ed. cit., pp. 257, 263, 273.

A(s) dependência(s) e independência(s), estéticas, filosóficas e ideológicas, consubstanciadas no prefixo 'pós', são também apontadas por Linda Hutcheon, *Poética do Pós-Modernismo*. Ed. cit., p. 36 e *passim* e por Jonathan Culler, "Structuralism and Grammatology", in William Spanos *et alii* (orgs.), *The Question of Textuality: Strategies of Reading in Contemporary American Criticism*. Bloomington: Indiana University Press, 1982, p. 81.

[76] Cf. F. Jameson, *Postmodernism or The Cultural Logic of Late Capitalism*. Ed. cit., p. xxi, e M. Calinescu, "Paradoxes of Periodization", in D. Fokkema e H. Bertens (eds.), *Approaching Postmodernism*. Ed.cit., pp. 252-253.

[77] Cf. Matei Calinescu, *Five Faces of Modernity*. Ed. cit., p. 312.

[78] *Ibidem*, p. 5. A propósito do processo de diferenciação entre modernismo e modernidade cf., também, Scott Lash, "Discourse or Figure? Postmodernism as a 'Regime of Signification'", in *Theory, Culture & Society*. Ed. cit., pp. 311-313.

Para uma poética do post-modernismo 59

A separação entre estas duas modernidades ter-se-á verificado em algum momento da primeira metade do século XIX[79], sendo as linhas de desenvolvimento da última (como conceito estético e não sócio-político, no sentido de momento da história da civilização ocidental) que conduzem ao modernismo. O posicionamento anti-burguês dessa modernidade estética, enraizada no Romantismo, coloca-a, ainda de acordo com Matei Calinescu, no pólo contrário e antinómico dessa outra vista como produto da mentalidade burguesa adveniente da emergência e desenvolvimento do capitalismo. Ora, se acreditamos que a aludida separação entre as duas antagónicas modernidades se tenha efectivado numa primeira fase, a verdade é que acreditamos também que a já mencionada canonização do *ethos* modernista acaba por atenuar essa antinomia.

Por outras palavras, a posterior inserção e aceitação como cânone das obras saídas da modernidade estética permitem, cremos que indubitavelmente, voltar a falar de re-convergência desses pólos outrora separados, re-colocando-os (e relembramos enviesadamente o pensamento de Jameson) numa posição interdependente; reposicionando-os, se preferirmos, numa linha em que alguns dos travestis da modernidade estética (postmodernismo em particular) acabam, em última instância, por tacitamente reflectir, refutando-as ou não, as demandas dessoutra modernidade político-socialmente multifacetada por *nuances* capitalistas.

Assim, as alegadas relações hostis entre ambos os conceitos redundam não apenas em eventuais influências mútuas resultantes das tentativas de hetero-destruição, mas transfiguram-se, ao invés, numa espécie de aliança tácita (e, de algum modo e em alguns pontos, aliança pacífica), mesmo que esta não seja teoricamente linear e não gere posicionamentos consensuais.

Todavia, podendo ser embora, como assume Fredric Jameson, um possível produto do capitalismo tardio, o postmodernismo não deve ser univocamente associado, numa relação simples de causa-efeito, a uma mera especulação do sistema que o vê emergir.

Agora sob a égide de Calinescu[80], consideramos verificar-se a necessidade de relativizar este ponto, alvitrando uma resposta afir-

---

[79] Cf. M. Calinescu, op. cit., p. 41 e *passim* (cf., ainda, pp. 3 e 5).
[80] Cf. *ibidem*, pp. 294-295.

mativa à questão, deixada em aberto por Jameson, sobre se o post-modernismo, numa linha repristinatória da subversividade do *ethos* modernista, de alguma forma resiste a esta lógica associativa[81]. O carácter afirmativo desta nossa assunção é passível de encontrar justificação, como em local oportuno desenvolveremos, se atentarmos na, em tudo menos político-ideologicamente inócua, revisão histórica que perpassa por alguns romances coevos.

O que acabamos de expor encontra de algum modo eco no que H. Bertens designa por conceitos 'aplicados' de Postmodernismo, teorias mais directamente relacionadas com o *corpus* literário, mais sistémicas e, por isso, menos globalizantes e incapazes de assumir, em sua opinião, proporções epistémicas.

Admitindo-se embora a possibilidade de inserir esses conceitos 'aplicados', essencialmente em dois grandes modos/formas, a verdade é que também aqui importa sublinhar variações de índole terminológica. *Lato sensu*, Bertens considera que a literatura post--modernista se distribui por um dos dois pólos da dicotomia referencialidade/não referencialidade, sendo o primeiro "broadly associated with a phenomenological approach, in which a subject – far less stable and coherent than in Modernist fiction – actively tries to engage the world", enquanto o segundo, que inclui "self-reflexive or metaficcional writing and it also includes performative writing, if that writing does not aim at referentiality and meaning (...)", não pode "establish meanings that go beyond the text or beyond the process of writing as it is reflected by the text", sendo, por isso, associado a perspectivas estruturalistas ou postestruturalistas[82].

Ainda a propósito de conceitos 'aplicados' de postmodernismo, Hans Bertens apresenta posições defendidas por diversos outros autores que dele diferem em questões pontuais e terminológicas. Destacamos as seguintes: para Gerald Graff, como já aludimos, é possível distinguir um modo auto-reflexivo (ou metaficcional) "which still has a tenuous link with reality" e um modo celebratório, solipsista "which mindlessly embraces chaos". A estas duas

---

[81] Cf. Fredric Jameson, "Postmodernism and Consumer Society", in Hal Foster, *The Anti-Aesthetic*. Ed. cit., p. 125.

[82] Cf. Hans Bertens, "The Postmodern *Weltanschauung*...", in D. Fokkema e H. Bertens (eds.), *Approaching Postmodernism*. Ed. cit., pp. 47-48.

acepções correspondem, grosso modo, os dois impulsos que Raymond Federman delimita na ficção post-modernista: um, no sentido da metaficção, isto é, a obra deve continuamente expor-se como ficção, denunciando-se como "an endless denunciation of [its] own fraudulence"; outro, no sentido da criatividade que leva a "long, meandering sentences, delirious verbal articulations, repetitions, lists... an entire mechanism of montage and collage" na tentativa de avaliar o mundo, mas sem contudo lhe impor uma ordem pré--estabelecida.

James Mellard, por seu lado, fala de uma *performance* post-modernista que pode ser actualizada pelo que designa como dois modos antitéticos: como processo ou como produto, como "play, act, event and context", ou como "game, artifact, icon and text". Por outras palavras, obras que brincam com a realidade e com as convenções e tradições literárias, e obras auto-reflexivas cujos artifícios técnico-compositivos enfatizam "the object produced – the iconic art object itself". São notórias as semelhanças com o posicionamento de Graff, mas a diferença entre ambos reside no facto de Mellard não envidar quaisquer esforços para radicar as suas propostas no mundo real.

Charles Russell defende que as duas direcções seguidas pela literatura contemporânea (Post-Moderna) são a epistemológica e a auto-reflexiva. A primeira trata da relação do indivíduo com o meio, oferece não um estudo exaustivo do mundo mas, antes, o modo como esse mundo é filtrado através da consciência; a segunda diz respeito aos artifícios formais e estruturais da língua.

Richard Todd alvitra dois tipos de Post-Modernismo: de um lado, o texto auto-referencial (self-referent), não mimético; do outro, o texto que foge ao solipsismo pelo enraizamento e empenhamento na e pela história, texto de qualquer modo problematizante face ao registo realista puro e simples (other-referent)[83].

---

[83] Cf. *ibidem*, pp. 38-40 para as posições defendidas por Graff, Federman, Mellard e Russell e "The Presence of Postmodernism in British Fiction: Aspects of Style and Selfhood" (pp. 105-106), para a proposta de Todd. Veremos que qualquer um dos modos apontados é passível de ser entendido como metaficcional.

Consideramos, contudo, que Bertens abre caminho para um terceiro modo de literatura postmodernista ao referir a existência de obras, chamemos-lhes híbridas, que combinam os dois anteriores modos mencionados. Estes três grandes grupos pelos quais se pode distribuir o novo *corpus* consubstanciam-se em outras tantas, conceptualmente equivalentes, hipóteses de abordagem crítica: a partir de um enfoque temático, de uma perspectiva formal ou, muito eclecticamente, a partir de um ponto de vista preocupado com a coexistência de aspectos temáticos e formais peculiares[84].

4. 'Decantamentos'

Apesar de ser nosso objectivo primacial a progressiva demarcação de uma posição neste emaranhado de proteicas conceptualizações terminológicas e teóricas, hipoteticamente resultantes de uma não elaboração e fundamentação *ex post facto*, a verdade é que, em última instância, haverá sempre que deixar em aberto a ideia clara de que são vários os fios de Ariadne que facultam a re--visitação deste labirinto onde o político e o social sempre se misturam com o literário e o cultural.

Acreditamos, pois, importa sublinhá-lo mais uma vez, que o panorama caógeno que envolve a cultura contemporânea e a literatura em especial, advém, consequentemente, da diversidade dos

---

[84] Cf. Hans Bertens, "The Debate on Postmodernism", in Bertens e Fokkema (eds.), *International Postmodernism*. Ed. cit., pp. 8-13. Em termos mais latos, pois visa o leque de políticas culturais americanas, H. Foster ("(Post)Modern Politics", in Edmund J. Smyth (ed.), *Postmodernism and Contemporary Fiction*. Ed. cit., p. 67) delimita, pelo menos, duas posições sobre o postmodernismo: "'Neoconservative' postmodernism is the more familiar of the two: defined mostly in terms of style, it depends on modernism, which, reduced to its own formalist image, is countered with a return to narrative, ornament and the figure. This position is often one of reaction, but in more ways than the stylistic – for also proclaimed is the return of history (the humanist tradition) and the return of the subject (the artist/architect as the master *auteur*)./'Poststructuralist postmodernism, on the other hand, assumes 'the death of man' not only as original creator of unique artifacts but also as the centered subject of representation and of history. This postmodernism, opposed to the neoconservative, is profoundly anti-humanist: rather than a return to representation, it launches a critique in which representation is shown to be more constitutive of reality than transparent to it".

Para uma poética do post-modernismo 63

aparatos teóricos que suscitam dúvidas como: a) quando começa a modernidade e a post-modernidade?; b) quando se inicia o Modernismo e o Post-Modernismo?; c) é a modernidade sinónimo de Modernismo e a post-modernidade sinónimo de Post-Modernismo?; d) o paradigma post-modernista situa-se numa linha de continuidade ou de ruptura com o paradigma modernista? qual, então, o significado do prefixo 'post'?; e e) onde reside a razão – nos defensores ou nos opositores do Post-Modernismo?

A dificuldade de dilucidação dos conceitos epocais em apreço no primeiro ponto radica, de imediato, na possível identificação sinonímica de modernidade com o conceito que lhe dá origem – 'moderno' – e no plural conteúdo semântico-cronológico do mesmo. Com efeito, 'moderno', permite, no mínimo, a extrapolação para uma tríade de sentidos diversos.

Em primeiro lugar, o que remete para o seu reconhecimento como termo e conceito equivalentes a era moderna, na linha ventilada por múltiplos historiadores de época a partir do Renascimento (mas também aqui os problemas se colocam, principalmente porque este é susceptível de variadas delimitações *a quo* e *ad quem*, facto que justifica que entre ele e a modernidade se possam identificar outros períodos); em segundo lugar, o sentido que alude ao período a partir de 1900, sendo aqui coincidente com o Modernismo enquanto fenómeno cultural; em terceiro lugar, o sentido que se traduz em conceito actual e pertinente em todas as épocas porque, afinal, como diria Rimbaud, ser-se moderno é ser-se do tempo presente [85].

Os problemas parecem continuar também quanto à delimitação epocal, atinente, agora, ao fim do moderno/modernidade e ao início de uma nova era post-moderna. A este propósito, Michael Köhler refere quatro hipóteses possíveis: num primeiro caso em que o presente é caracterizado como «pós-moderno", a cesura ocorre cerca de 1875 e justifica-se pelo facto de ser esta a época de uma nova orientação da cultura, a época de mudanças tanto na

---

[85] Cf. José-Augusto França, "Situação do pós-moderno, moda do pós-modernismo", in *(In)definições de cultura*. Lisboa: Presença, 1997, pp. 38-45 e Carlos Ceia, *O que é afinal o Pós-Modernismo?*. Lisboa: Ed. Século XXI, 1998, p. 20.

política como na história das ideias (Olson e "1.º" Toynbee). Neste caso, o "«Pós-moderno» inclui já, na sua própria duração, o modernismo, do qual já não se distingue então um «pós-modernismo»"; utilização esta que vem "ao encontro de todos aqueles que contestam uma ruptura da arte mais recente com o paradigma do modernismo".

No segundo caso (em que, como nas hipóteses seguintes, se desloca "para muito mais tarde a fronteira entre as duas épocas", pois faz "coincidir Moderno com modernismo"), o fim do moderno (coincidente com a II Grande Guerra) permite assistir a uma literatura de reacção contra os excessos do modernismo, retomando uma linha de orientação de processos realistas. Facto que leva, de acordo com este autor, à necessidade de adoptar a designação «ultra-modernismo» (na esteira da tipologia de Onís) para a produção literária dos anos 60. Esta, ao contrário da anterior (da qual derivariam as características do pós-moderno), envereda pela consecução de processos e técnicas vanguardistas.

A terceira hipótese considera ser nos anos 60 que é possível observar uma sensibilidade pós-moderna (sendo a década anterior considerada como a fase inicial da post-modernidade) que se rebela contra o denominado modernismo clássico, ao mesmo tempo que respiga a alternativa tradição dadaísta e surrealista.

A última e quarta hipótese é, para Köhler, a mais adequada; o pós-modernismo tem efectivamente o seu início nos anos 70, a época do pós-guerra até esta data deverá ser apodada de modernismo tardio (período de 'ensaios' onde coexistiu o tradicionalismo dos clássicos modernos e o vanguardismo do Dadaísmo e do Surrealismo) [86].

Enveredamos contudo, embora pontualmente relativizando, pela proposta de Boaventura de Sousa Santos que radica o início da era moderna – sinónimo de modernidade – em 1500, estendendo o seu *terminus* até à década de noventa do século XX onde localiza o paradigma emergente da pós-modernidade.

---

[86] Cf. M. Köhler, "«Pós-Modernismo»: um panorama histórico-conceptual", in *Crítica*, n.º 5. Ed. cit., pp. 19, 20-22.

A pertinência e a utilidade prática da sua proposta reside no facto de proceder à subdivisão desse vasto lapso de tempo em fases que incluem a formação da modernidade (séculos XVI--XVIII) e o teste do seu cumprimento, coincidindo este com a emergência do capitalismo cujo desenvolvimento se apresenta, por seu turno, de modo tripartido: século XIX, o capitalismo liberal; final de XIX a fim de 1960, o capitalismo organizado; fim de 1960 até hoje, o capitalismo financeiro ou desorganizado:

> o primeiro período tornou claro no plano social e político que o projecto da modernidade era demasiado ambicioso e internamente contraditório e que, por isso, o excesso das promessas se saldaria historicamente num défice talvez irreparável. O segundo período tentou que fossem cumpridas, e até cumpridas em excesso, algumas das promessas, ao mesmo tempo que procurou compatibilizar com elas outras promessas contraditórias na expectativa de que o défice no cumprimento destas, mesmo se irreparável, fosse o menor possível. O terceiro período, que estamos a viver, representa a consciência de que esse défice, que é de facto irreparável, é maior do que se julgou anteriormente, e de tal modo que não faz sentido continuar à espera que o projecto da modernidade se cumpra no que até agora se não cumpriu. O projecto da modernidade cumpriu algumas das suas promessas e até as cumpriu em excesso, e por isso mesmo inviabilizou o cumprimento de todas as restantes[87].

A falência do que considera um projecto ambicioso e revolucionário não pode, pois, como acredita Habermas ao mostrar as antinomias do terceiro período, ser resolvida plena e cabalmente pela tentativa de dar consecução a esse projecto incompleto recorrendo aos instrumentos analíticos, políticos e culturais desenvolvidos pela própria modernidade.

O que falta da modernidade (continuamos sob a égide de Sousa Santos) não pode ser concluído em termos modernos mas, pelo

---

[87] Boaventura de Sousa Santos, *Pela mão de Alice. O social e o político na pós--modernidade*. Porto: Afrontamento, 1994, pp. 72-73 (cf., também, pp. 74-82). Gianni Vattimo apesar de considerar que "O «pós» de pós-modernidade indica de facto uma despedida da modernidade", refere "uma dificuldade real: a de isolar uma característica de autêntica viragem nas condições – da existência do pensamento – que se consideram pós--modernas em relação aos traços gerais da modernidade" (*O fim da modernidade. Niilismo e hermenêutica na cultura pós-moderna*. Lisboa: Presença, 1987, pp. 8-9).

contrário, em termos desse outro paradigma que considera emergente na década de noventa do século XX – o da pós-modernidade. As raízes deste, em nosso entendimento, devem, no entanto, recuar à década de setenta, depois da Revolução de Abril, génese de radicais mudanças políticas, económicas, sociais e intelectuais[88]. Reportamo-nos, como é evidente, ao cenário português, já que no panorama norte-americano, e apesar da prolixidade de conceptualizações glosadas à volta do(s) termo(s) e do(s) conceito(s) em apreço, a mudança de paradigma no post-II Grande Guerra parece ser um aspecto relativamente consensual.

Acrescente-se, todavia, que talvez seja possível, remota e muito embrionariamente, recuar até ao ano de 1968 para começar a entrever a viragem radical que no Portugal de 1974 se consolida[89]. Tal justifica-se em virtude de ser essa a data em que um "novo estilo" é inaugurado por Marcelo Caetano, um 'salazar' de tonalidades um pouco menos obscuras e escusas que o anterior.

A proposta de Adolfo Casais Monteiro, que em meados da década de cinquenta faz coincidir o fim da modernidade com a descoberta da bomba atómica, parece-nos, pois, demasiadamente remota para se aplicar ao cenário social português e, consequentemente, não obstante as repercussões à escala mundial advenientes de tal descoberta, mais próxima de uma delimitação cronológica aplicável a outros cenários sociais:

> A modernidade tornou-se um mito como outro qualquer. A modernidade já acabou. Já não é «O grande Pã é morto» que se ouve no fundo das florestas. Agora, por entre o rumor dos arranha-céus, ouve-se: «A modernidade é morta». Precisa-se de um nome, porque outra coisa nasceu. Se não nasceu, precisa de nascer, por-

---

[88] Visão menos optimista é a de Vítor Manuel de Aguiar e Silva, para quem "em sociedades como a portuguesa, nas quais o projecto da modernidade iluminista representa um projecto relativamente abortado, ou pelo menos em atraso, pretender aplicar este modelo da pós-modernidade, como a norte-americana, a inglesa, a alemã, a francesa e até a italiana, não pode deixar de ser, pelo menos, questionável" (*O Primeiro de Janeiro.* Suplemento das Artes e das Letras, 2 de Agosto de 1989, p. 6 – entrevista conduzida por Américo Lindeza Diogo *et alii*).

[89] Cf. Mário Soares, "Da Queda de Salazar (1968) às «Eleições» de 1969", in João Medina (dir.), *História Contemporânea de Portugal.* Vol. Estado Novo II. Camarate:Multilar, 1990, p. 157 e *passim*.

que o homem da modernidade morreu, e enquanto a nova idade não tiver nome, como será possível ela nascer? A modernidade morreu com a descoberta da bomba atómica. A modernidade não é suficientemente apocalíptica, nela não cabe a força, a persistência necessária para fazer o homem mais forte do que a bomba atómica. Morreu de medo[90].

As múltiplas e variadas sementeiras, para retomar a imagem de Vieira, continuam no que diz respeito à utilização, indiscriminada na maioria dos casos (como temos constatado), de post-modernidade e de Post-Modernismo; facto que nos leva a propor uma diferenciação terminológica e conceptual. Assim, e na linha de orientação de Thomas Docherty, de Matei Calinescu, ou mais estritamente na de Richard Palmer, propomos que o termo post-modernidade se reporte a um contexto social abrangente, ao que podemos designar por macroparadigma sócio-político-cultural, em que se encontra inserido o Post-Modernismo, entendido como microparadigma estético-literário[91].

Não concordamos, pois, com Fernando Pinto do Amaral que elege também para o âmbito dos estudos literários o termo pós--modernidade, em detrimento de pós-modernismo, alegando que, desse modo, evitará reduzir "a um movimento em -*ismo* algo que pode ter o alcance de uma nova consciência histórica em vários domínios do pensamento ocidental"[92]. Não querendo negar, de modo algum, a pertinência e a existência englobantes de uma nova consciência post-moderna, e apesar de aceitarmos as ambiguidades e as dificuldades de designação e concatenação periodológica mais evidentes no termo Post-Modernismo do que em outras designações (relembre-se *ad exemplum* o Neo-Realismo), e praticamente

---

[90] Adolfo Casais Monteiro, "A ideia de modernidade", in *A palavra essencial*. 2.ª ed. Lisboa: Verbo, 1972, pp. 19-20.

[91] Cf. T. Docherty. *Postmodernism: A Reader*. Ed. cit., p. 3 e M. Calinescu, *Five Faces of Modernity*. Ed. cit. pp. 268-269. A noção de Post-Modernismo como tendência artística e de post-modernidade como fenómeno cultural é mais pormenorizadamente debatida por Richard E. Palmer em "Postmodernity and Hermeneutics", in *Boundary 2*. Vol.5, n.º 2, Winter, 1977, pp. 363-393.

[92] Fernando Pinto do Amaral, *O mosaico fluido. Modernidade e pós-modernidade na poesia portuguesa mais recente*. Lisboa: Assírio & Alvim, 1991, p. 24.

consubstanciados no prefixo 'post', acreditamos que essa é a opção terminológica e conceptual que melhor torna possível distinguir específicas áreas de saber (a do domínio mais amplo da Sociologia e a do mais restrito campo da literatura) que, por encaixe e de modos diversos, mutuamente se influenciarão e se especularão [93].

Com efeito, as ligações entre estes dois domínios estabelece-se de forma estreita. Apesar da paródica auto-reflexividade e da desorganização sintáctica, entre outros aspectos, as obras post-modernistas claramente se enraízam na realidade política e cultural quer pelo tratamento mais ou menos velado de temas e de tempos históricos, quer pelo recurso a personagens recognoscíveis. Esse enraizamento ocorre, ainda, pela criação ficcional de modelos de mundo que se identificam com a realidade em que vivemos (leia-se e entenda-se o tempo verbal numa dupla remissão para o passado e o presente) ou que, numa atitude ideologicamente empenhada [94], a refutam e/ou a subvertem.

Acreditamos, pois, numa atitude ecléctica sempre cara ao Post-Modernismo (relembre-se H. Bertens para quem "eclecticism is widely seen as an important characteristic of Postmodernism" [95]), que as obras que escolhemos como exemplos de aplicação dos princípios deste período se situam, como certificaremos, a meio

---

[93] Registemos as palavras de José-Augusto França a propósito da diferença entre modernidade e modernismo e extrapolemos para a ilustração da dicotomia dialógica post--modernidade/Post-Modernismo: "Antes de mais, porém, acordemos nisto: que o neologismo *modernidade*, derivado de *moderno*, se distingue do outro seu derivado, parece que mais antigo: *modernismo*. Com efeito, *modernidade* é «estado e qualidade de quem e do que é moderno», e também «período de tempo historiável em que determinados fenómenos associáveis são considerados como modernos», estabelecendo-se assim, nos dois sentidos, como antónimo de *antiguidade*. *Modernismo* é um «movimento para o (ou do) que é moderno, tendente a criar uma consciência do moderno ou a produzir obras traduzindo a sua existência». Se a diferença conceptual entre ambos os termos é grande, outra, de ordem psicológica e moral, sematologicamente gerada, é maior ainda: se o conceito de *modernidade* é ambíguo, o de *modernismo* tem sido equívoco, com brasas puxadas para sardinhas duvidosas" ("«Il faut être absolument moderne»", Rimbaud", in *(In)definições de cultura.* Ed. cit., p. 32).

[94] Cf. Linda Hutcheon, *The Politics of Postmodernism.* London & New York: Routledge, 1991, p. 3 e *passim.*

[95] Hans Bertens, "The Postmodern *Weltanschauung...*", in D. Fokkema e H. Bertens (eds.), *Approaching Postmodernism.* Ed. cit., p. 48.

caminho entre a referencialidade e a não referencialidade, a aceitação e a subversão histórico-social, a continuidade e a ruptura relativamente a anteriores cenários literários.

Se, como afirma Sousa Santos, o paradigma da pós-modernidade em Portugal é/pode ser ainda uma realidade em emergência (leia-se em desenvolvimento), o que faz dele mais uma tendência do que um facto consumado, o paradigma post-modernista é, quer queiramos quer não, uma realidade efectiva. O seu aparecimento decorre, sensivelmente, como posteriormente tencionamos demonstrar e justificar, no seio dos anos 60, depois de algumas ainda tímidas tentativas de mudança de rumo literário verificadas na década anterior. Mudanças traduzidas mais na senda de uma nova tonalidade existencialista, ou das técnicas do *nouveau roman* (de que, aliás, o Post-Modernismo também se apropriará [96]), do que numa esteira embrionária do que, de facto, virão a ser os jogos técnico--semânticos do Post-Modernismo.

Registemos, a propósito, algumas das posições de conceituados estudiosos da literatura nacional: para Luíz Francisco Rebello a "fenda na muralha, aparentemente inexpugnável, da ficção naturalista, obrigando a uma revisão radical dos respectivos cânones" [97], ocorre em 1950 (1949) com a publicação de *Mudança,* de Vergílio Ferreira. Fenda de algum modo irreversivelmente consumada em 1959, momento em que, de forma mais premente, se começa a falar na cena literária nacional de *nouveau roman*, visto por muitos como a solução para a falência do romance coevo de um ou de outro modo enfeudado no tradicionalismo realista.

Idêntica posição é assumida por Eduardo Lourenço e por Liberto Cruz que, em ensaios de 1966 e de 1971, respectivamente, assumem a publicação do romance vergiliano, como o ponto de viragem na literatura lusa [98]. Se preferirmos as palavras de Eduardo

---

[96] *Vide* a propósito, Edmund J. Smyth, "The Nouveau Roman: Modernity and Postmodernity", in Edmund J. Smyth (ed.), *Postmodernism and Contemporary Fiction.* Ed. cit., pp. 54-73.

[97] Luíz F. Rebello, "Uma nova consciência romanesca", in Urbano Tavares Rodrigues, *Bastardos do Sol.* 5.ª ed. Lisboa: Caminho, 1982, p. 13.

[98] Cf. Eduardo Lourenço, "Uma literatura desenvolta ou os filhos de Álvaro de Campos", in *O Tempo e o Modo*, n.º 42, Outubro, 1966, p. 923 e Liberto Cruz, "Viragem

Lourenço, 1949 é, pois, o ano que marca o início de uma "literatura desenvolta", originária nesse "terramoto espiritual em contínua expansão que se chamou Álvaro de Campos" (e talvez por isso se tenha sentido tentado a designá-la por Neo-modernismo[99]).

Este expressivo comentário parece servir de mote para a posterior e mais acintosa asserção de Liberto Cruz que vê os efeitos provocados pela primeira geração modernista como:

> O relâmpago breve, mas intenso, provocado pelo escândalo tónico de *Orfeu*, [que] em vez de fornecer luz cegou por completo muito escritor português demasiado preocupado com a gramática e com a historiazinha onde fossem palpáveis e evidentes o princípio, o meio e o fim[100].

A emancipação desta literatura desenvolta de algum modo se consuma, de acordo com o primeiro, em 1953/54 com a publicação de *A Sibila*[101] (que simultaneamente assinalaria o fim do Neo--Realismo) e, de acordo com o segundo, na década de 60 com o desvanecimento da sombra tutelar de Eça de Queirós e suas consequentes repercussões quer na temática, quer no *modus faciendi* das novas produções literárias. A indubitável novidade das obras que então surgem no mercado literário nacional instituem, para Eduardo Lourenço, um "novo território literário"[102] mapeado por nomes como Vergílio Ferreira, Agustina Bessa Luís, Ruben A., entre

---

do romance português", in *Arquivos do Centro Cultural Português*. Vol.III. Lisboa: Gulbenkian, 1971, p. 622.

Esta ideia é reiterada por Eduardo Lourenço em "Sobre *Mudança*" (in *O canto do signo. Existência e literatura*. Lisboa: Presença, 1994 – Prefácio à 3.ª ed. de *Mudança* Lisboa: Portugália, 1969) onde, apesar de reconhecer que neste romance se percebem "ecos da futura má consciência romanesca", não deixa de frisar que este se conserva "ainda no que podemos designar de «horizonte de Eça» (cf. também pp. xix-xx), assim contrariando a afirmação de que *Mudança* destruiria "a forma do romance tradicional" (p. xxiii).

[99] Eduardo Lourenço, "Uma literatura desenvolta ou os filhos de Álvaro de Campos", pp. 926-927.

[100] Liberto Cruz, art. cit., p. 618.

[101] Cf. Eduardo Lourenço. "Sobre *Mudança*", in op. cit., p. 107 e "Agustina Bessa Luís ou o Neo-Romantismo", in *Colóquio. Revista de Artes e Letras*, n.º 26, Dezembro, 1963, p. 47 e *passim*.

[102] Eduardo Lourenço, "Uma literatura desenvolta...", p. 923.

Para uma poética do post-modernismo 71

outros, e onde, ainda pontualmente, se evidencia "um ante-gosto de literatura «pop»" resultante de uma

> torrente de *prosa nova*, sem frio nos olhos, livre até da obsessão da liberdade, supremamente desenvolta, através da qual não se contesta *isto* ou *aquilo*, apenas, mas um comportamento orgânico que sob os nossos olhos se desarticula, a falsa sublimidade de uma Ética que era uma máscara e nessas páginas recentes nos aparece como o que é: puro caos de valores cobrindo a custo a nudez implacável dos «interesses criados» e a desordem profunda da ordem sacrossanta[103].

(Ora, se não devemos esquecer que à data de publicação deste artigo José Cardoso Pires não havia ainda publicado *O Delfim*, também não podemos deixar de apontar que o artigo "Sobre *Mudança*" surge depois da publicação do romance cardoseano!).

O posicionamento de Eduardo Lourenço é comungado por Álvaro Manuel Machado que, em 1977, se refere a *A Sibila* como a obra que inaugura "um universo totalmente novo, não só em Portugal mas também no romance europeu contemporâneo"[104].

Por seu turno, Nelly Novaes Coelho faz também remontar aos anos 50 o início de uma nova ficção criativa, marcada pelo predomínio da "palavra-invenção gerada pelo influxo surrealista" que, ainda de acordo com a autora, retoma

> certa linha interrompida do Modernismo de 1915: a da prosa da geração de *Orpheu*, com o Almada Negreiros de *A Engomadeira*, *K4 Quadrado Azul*, «Saltimbancos», etc., ou com o Mário de Sá-Carneiro de *Céu em Fogo* e *A Confissão de Lúcio*[105].

Aduza-se todavia que, contrariamente às opiniões já expressas, esta autora aponta como exemplo, a par de *Caranguejo* (1954), de Ruben A., ou de *A Cidade das Flores* (1959), de Augusto Abelaira, não *A Sibila* mas *A Muralha* (1957).

---

[103] *Ibidem*, p. 928.

[104] Álvaro Manuel Machado, *A novelística portuguesa contemporânea*. Lisboa: Biblioteca Breve, 1977, p. 15, cf. também, p. 64.

[105] Nelly Novaes Coelho, "Linguagem e ambiguidade na ficção portuguesa contemporânea", in *Colóquio/Letras*, n.º 12, 1973, pp. 70 e 69, respectivamente.

72 Post-Modernismo no Romance Português Contemporâneo

Opinião diversa (respeitante à importância das obras de Agustina para a renovação do romance português) e em nosso entender mais correcta é a veiculada por Roxana Eminescu, para quem

> Não há referência à escrita, nos livros da autora, «o princípio da narrativa» não se identifica com o princípio do livro a escrever. O narrador, aqui, é ou não o autor do romance, e este facto é indiferente. O narrador aponta para a história (a narração da história) como narrativa, mas o mistério da escrita continua ocultado, como no romance clássico. O narrador é o contador de histórias: o autor é *deus-ex-machina*, não *persona*, mas «personne», quer dizer, ninguém [106].

A ensaísta, contrariando também o exercício da paixão da escrita que Álvaro Manuel Machado lhe atribui [107], afirma ainda:

> Não, não é a paixão da escrita, nem mesmo a da narração, mas a paixão pelo conhecimento sócio-histórico, que não é nada para desdenhar. Zola tinha a mesma paixão, só que não há aqui lugar para «uma decisiva renovação do romance português» [108].

O momento crucial das letras portuguesas coevas situar-se-ia, então, em 1968 com a publicação de, entre outros, *O Delfim*, de José Cardoso Pires.

Fernando Guimarães, por outro lado, considera que a crise do "sentido de modernidade" se instaura entre os anos setenta e os anos oitenta, período em que, devido ao esgotamento (pela canonização e legitimação institucional) dos

> poderes de negação que permitiam definir os grandes movimentos de vanguarda (...) se deslocou para o campo da literatura o conceito de *pós-moderno*, o qual se começou a definir no contexto de uma problemática filosófica mais ou menos difusa que, aliás, dir-se-ia estar na continuidade daquelas concepções que, a partir do século XIX, mais se generalizaram ao serem anunciadas as crises da razão,

---

[106] Roxana Eminescu, *Novas coordenadas do romance português*. Lisboa: Bib. Breve, 1983, p. 22.

[107] Cf. Álvaro M. Machado, op. cit., p. 65.

[108] Roxana Eminescu, op. cit., p. 23 e *passim*.

dos sistemas, dos valores ou dos fundamentos do próprio pensar filosófico [109].

Para o autor, as transformações que ocorrem na passagem de um para outro período concernem: em oposição à actividade intelectual

a tendência para privilegiar o que se possa revelar como instintivo, vital, marcadamente emocional. (...) à imagem romântica ou ao símbolo (...) opõe-se uma escrita muito marcada por um novo realismo ou, como como lhe chamará Guilherme Merquior, microrealismo, o qual tende para uma expressão de carácter descritivo. (...) substituição de um espírito de vanguarda por um sentido totalmente diferente, o do revivalismo. Daí as citações, o intencional regresso a formas historicamente definidas, o eclectismo, a convocação de estilos polifonicamente diversificados e entrosados que hão-de permitir que se fale de um novo-romantismo (...), de novo simbolismo, de novo expressionismo, de novo surrealismo abjeccionista, etc., para não falarmos antes de uma figura que poderá ser comum a todas formas de *revival* e que é precisamente a da paródia ou a da ironia [110].

Eduardo Prado Coelho opina, por seu turno, e a propósito do panorama poético português, que

nos anos 60, o que encontramos é o último estádio de um exercício da prática poética catalogável em termos de definição teórica, impulso geracional e plataforma editorial estabilizada. De então para cá, acentuam-se os traços comuns de um estado das coisas poéticas caracterizadas por personalidades mais ou menos fortes ou significativas e por percursos isolados de fulgor variável. A esta dispersão afável, sem pulsões ostensivas de afirmação geracional, nem mensagens programadas, nem entusiasmos excessivos, poderemos dar o nome, disponível e ambíguo como quase todos os que se encontram para estas funções, de *pós-modernidade* [111].

---

[109] Fernando Guimarães, *A Poesia contemporânea portuguesa e o fim da modernidade*. Lisboa: Caminho, 1989, p. 157.

[110] *Ibidem*, p. 158.

[111] Eduardo Prado Coelho, "A poesia portuguesa contemporânea", in *A noite do mundo*. Lisboa: IN-CM, 1988, pp. 114-115 (itálico do autor).

74　Post-Modernismo no Romance Português Contemporâneo

Esta nova corrente literária post-modernista desenvolve-se simultaneamente numa linha de ruptura e de continuação, *non nova, sed nove*, da estética modernista cujo início, de modo relativamente consensual, com ligeiras oscilações de um para outro autor, remonta a 1915, ou à geração de Orpheu [112]. Cremos, contudo, na esteira de autores como Jorge de Sena, Pedro da Silveira, Fernando Pessoa, José Carlos Seabra Pereira ou Jacinto do Prado Coelho, ser impossível olvidar o envolvimento dos modernistas com as correntes finisseculares de novecentos e marginalizar os contributos dos movimentos de vanguarda.

Aliada à quase unanimidade de delimitação cronológica inicial do Modernismo, registe-se, pois, a não menos consensual ideia de que, em maior ou menor grau, os modernistas de novecentos respigam algumas das coordenadas estéticas e ideológicas dos movimentos finisseculares. Jorge de Sena afirma, por exemplo, que

> Camilo Pessanha só muito mais tarde vem a ter o favor do público de poesia, depois de andarem de mão em mão os seus poemas dispersos a satisfazer, principalmente, a sede de Simbolismo autêntico que seria uma das características essenciais do chamado grupo de ORPHEU, nas vésperas de publicação desta revista.

> Assim, em sentido mais lato, o Modernismo é uma nova época que se anuncia a partir dos meados do século XIX, como se quisermos "pré-modernismo", e que assume uma feição própria entre os princípios do século XX e os meados deste século, quando acabam de repercutir (e ainda prosseguem de algum modo) os "ismos" dessas décadas, e em que ainda continuamos e continuaremos, com novas posições e transformações de que dificilmente podemos ter uma perspectiva exacta. Em sentido restrito, Modernismo foi a fase dupla – post-simbolismo e vanguardismo – que durou desde c. 1910 a c. 1950 [113].

---

[112] É esta a opinião de, entre outros, Adolfo Casais Monteiro, *A poesia portuguesa contemporânea*. Lisboa: Sá da Costa, 1977, p. 88; D. Mourão-Ferreira, "«Orpheu»1", in *Hospital das letras*. 2.ª ed. Lisboa: IN-CM, 1981, pp. 121-122; Eugénio Lisboa, *Poesia portuguesa: do "Orpheu" ao Neo-Realismo*. Lisboa: Biblioteca Breve, 1980, p. 13 e ss. Jacinto do Prado Coelho (*Dicionário de Literatura*. 3.ª ed. Porto: Figueirinhas, 1982, p. 654) refere ter sido "por volta de 1913, em Lisboa, que se constituiu o núcleo do grupo modernista".

[113] Jorge de Sena, *Estudos de literatura portuguesa – II*. Lisboa: Edições 70, 1988, p. 66 (capítulo II) e *idem* (Antologia, trad., prefácio e notas), *Poesia do século XX*. Coimbra: Fora do Texto, 1994, p. 75 ("Sobre o Modernismo"), respectivamente.

Para uma poética do post-modernismo

Aduza-se, todavia, que na configuração e constituição de uma estética post-modernista desempenha ainda particular importância, e para lá das tendências literárias acabadas de mencionar, o aproveitamento, entre outras características, e em alguns casos (romance de temática histórica, por exemplo), da vertente ideológica típica do Neo-Realismo.

Citemos, mais uma vez, Andreas Huyssen e sirvamo-nos do que diz dos anos 70 americanos para ilustrar o que entendemos verificar-se no panorama literário português, nesta era denominada por Manuel Carrilho como "palavra encantada" e percebida como "imaginary museum" por André Malraux [114]:

> Modernist styles have actually not been abolished, but, as one art
> critic recently observed, continue «to enjoy a kind of half-life in

---

Pedro da Silveira em "Uns simples apontamentos (I)" (in *Vértice*. Vol. XXII, n.º 228, Setembro, 1962, p. 444) comenta a propósito: "Em vez de 1915, 1889 poderia até com bastante justeza, classificar-se de Ano I do Modernismo Português. Se bem que os grandes nomes do nosso Simbolismo não tivessem arriscado muito na revolução formal da poética, o certo é que ela começava, com eles, a germinar". Outra não é, também, a opinião do próprio Fernando Pessoa: "Descendemos de três movimentos mais antigos – o «Simbolismo» francês, o panteísmo transcendentalista português, e a baralhada de coisas sem sentido e contraditórias de que o futurismo, o cubismo e outros quejandos são expressões ocasionais, embora, para sermos exactos, descendamos mais do seu espírito do que da sua letra" (*Páginas íntimas e de auto-interpretação*. Textos estabelecidos e prefaciados por Jacinto do Prado Coelho e Georg Rudolf Lind. Lisboa: Ática, s./d.). Sobre o mesmo assunto *vide*: José Carlos Seabra Pereira, *Decadentismo e Simbolismo na Poesia Portuguesa*. Coimbra: Centro de Estudos Românicos, 1975, p. 456 ss; Jacinto do Prado Coelho, "Alguns temas da moderna poesia portuguesa", in *A letra e o leitor*. 2.ª ed. Lisboa: Moraes, 1977; M. Bradbury, "Modernisms/Postmodernisms", in Ihab Hassan e Sally Hassan (eds.), *Innovation/Renovation*. Ed. cit., p. 313.

[114] Cf. Manuel Maria Carrilho, *Elogio da modernidade. Ideias. Figuras. Trajectos*. Lisboa: Presença, 1989, p. 64 e Malcolm Bradbury, art. cit, in I. Hassan e S. Hassan (eds.), op. cit., p. 324, onde a ideia de "imaginary museum" é completada nos seguintes termos: "a time when mechanical storage, culture overlap, and pluralism, and the global village assimilativeness of modern consciousness, made most styles of the past and the present, from whatever sources, simultaneously available and useable. Hence we no longer possessed a style but a vast compendium of styles, jostling each other in threatening and often parodic relation. In art and architecture this view of our times as being a period of outstanding eclecticism, generating an enormous jumble of contradictory styles and movements, has been commonplace". A mesma ideia pode ser encontrada em M. Calinescu, "From the One to the Many: Pluralism in Today's Thought", in *ibidem*, pp. 284-286.

76 Post-Modernismo no Romance Português Contemporâneo

mass culture» (…). Yet, another way of putting it would be to say that all modernist and avantgardist techniques, forms and images are now stored for instant recall in the computerized memory banks of our culture. But the same memory also stores all of pre--modernist art as well as the genres, codes, and image words of popular cultures and modern mass culture [115].

A partir do que se denomina por "memória computorizada", o escritor post-modernista vai, pois, proceder a uma nova e diferente re-apropriação, re-organização e re-construção de, finalmente, um novo edifício literário.

Não se trata, pura e simplesmente, como disse José-Augusto França, de que é "Como se estivéssemos a viver em pós-modernidade sem dar por isso, na continuidade de uma criação já detectável antes".

A elevada frequência de publicações que, dentro dos velhos--continuados-e-subvertidos-e-por-isso-novos-códigos do novo período, têm sido dadas à estampa desde 1968 não desautoriza apenas este suposto alheamento. Ela contraria, também, e finalmente, a asserção de João Barrento (na esteira de Matthias Politycki) sobre o facto de o pós-moderno ser o unicórnio do século, essa criatura de que todos falam mas nunca ninguém viu a passear pelos deleitosos bosques [literários] portugueses [116].

---

[115] A. Huyssen, *After the Great Divide*. Ed. cit., p. 196.

[116] Cf. João Barrento, "A razão transversal – *requiem* pelo pós-moderno", in *Vértice*, Abril, 1990, p. 31. Para a citação anterior, cf. José-Augusto França, "Situação do pós-moderno", in *(In)definições de cultura*. Ed. cit., p. 44.

CAPÍTULO II

O Delfim – Continuidade(s) e ruptura(s). A instauração de um novo paradigma periodológico?

> A nova prosa deita-se na antiga cama da Literatura com o àvontade supremo do gato de Pessoa.
>
> EDUARDO LOURENÇO

> É que, a mor das vezes, as novidades são repetições, ampliações, variações – ou o que lhes queiram chamar – de *novidades* de outros tempos – cá estou eu de novo a repetir pleonasticamente as palavras ...
>
> JOSÉ BLANC DE PORTUGAL

1. Ariadne: silêncios inquietos

A determinação do *terminus a quo* e do *terminus ad quem* de qualquer período literário não é sempre tarefa fácil, epistemologicamente precisa e, muito menos, teoreticamente conclusiva e consensual, principalmente quando da matéria-prima literária nos separa um escasso lapso de tempo. Principalmente, ainda, quando o termo e o conceito em apreço parecem ser, como para Charles Newman, pouco mais do que "um hífen cercado por uma contradição". Para este, com efeito, se o Post-modernismo é algo mais do que isso, é apenas

> one of those concepts which must be pursued very deeply to discover how calculatingly superficial it is. Neither pointed like an oxymoron nor soothing like a neologism, it functions as a rhetorical trope, an aposiopetic pause, in which the hyphen is its most distinctive feature – a stutter step, a tenuous graft, the bobbed tale of the hybrid [1].

Se casos há em que as novas coordenadas estéticas, ideológicas [2] e técnico-compositivas se traduzem num movimento de dentro para fora, isto é, emergem no âmbito de uma prática literária efectiva, no seio de um grupo de escritores manifestamente empenhados em seguir o que propõem, a verdade é que tal parece não acontecer no actual cenário literário.

O rótulo e a concatenação de características conducentes à conformação de uma nova tendência estética é, agora, da responsabilidade dos que mantêm relações próximas, mas perifericamente exógenas, com a produção literária, pela publicação de estudos críticos, trabalhos académicos ou Histórias da Literatura.

Relembro, à guiza de ilustração do acima exposto, Almeida Garrett, no Prefácio à *Lírica de João Mínimo*; Eça de Queirós e a sistematização e difusão programática dos princípios estético-ideológicos do Realismo-Naturalismo, na intervenção feita por ocasião das Conferências Democráticas do Casino Lisbonense; Eugénio de Castro, na Introdução a *Oaristos*; José Régio com "Uma Literatura Viva", no n.º 1 da revista *Presença*; ou, ainda, diversos textos programáticos de cultores do Neo-Realismo [3], *versus* a ausência de

---

[1] Charles Newman, *The Post-Modern Aura. The Act of Fiction in an Age of Inflation*. Evanston: Northwestern University Press, 1985, p. 17.

[2] Ao longo da dissertação teremos em mente as palavras de Guy Rocher a propósito do conceito de ideologia: "un système d'idées et de jugements, explicite et généralement organisé, qui sert à décrire, expliquer, interpréter ou justifier la situation d'un groupe ou d'une collectivité et qui s'inspirant largement de valeurs, propose une orientation précise à l'action historique de ce groupe ou de cette collectivité", in *Introduction à la sociologie générale. L'action sociale*. Paris: Ed. HMH, 1968, p. 127.

[3] Propositadamente enraizámos a ilustração deste ponto na referência a um dos mais conceituados autores do nosso Romantismo pois parece ser "a partir do tempo romântico que se torna premente o debate em torno da questão dos períodos (envolvendo

qualquer tipo de manifestação doutrinária (subentenda-se verbalização de uma consciência periodológica) sobre o Post-Modernismo da parte de autores [mais ou menos] commumente aceites pela crítica como protagonistas desse novo impulso. Impulso que, segundo acreditamos, se reveste presentemente das exigências necessárias à designação de 'período literário', entendido como "secção de tempo dominada por um sistema de normas, convenções e padrões literários, cuja introdução, difusão, diversificação, integração e desaparecimento podem ser seguidos por nós"[4].

A eclosão do novo sócio-código (ou código de grupo)[5] remonta, em nossa opinião, ao ano de 1968, ou, mais precisamente, à publicação de *O Delfim*, de José Cardoso Pires. Assiste-se com esta obra, como posteriormente pretendemos demonstrar, a uma multímoda re-invenção de tradições estéticas, desse modo permitindo, indubitavelmente, a abertura da cena literária a uma nova produção romanesca cujas características se equacionam numa linha de continuidade não só dos delírios conceptuais e formais do Modernismo, vanguardas evidentemente incluídas, mas também das coordenadas ideológicas do movimento neo-realista, nomeadamente no que concerne à crítica social e aos temas adjacentes.

---

a sua denominação, o seu significado estético-cultural, etc.); ao mesmo tempo, é também a partir de então que por assim dizer se acelera a sucessão de **períodos literários**, que, em determinados momentos (sobretudo no final do século passado), se tornou quase alucinante" (Carlos Reis, *O conhecimento da literatura. Introdução aos Estudos Literários*. Coimbra: Almedina, 1995, p. 383).

[4] René Wellek e Austin Warren, *Teoria da literatura*. Lisboa: Pub. Europa-América, 1962, p. 335

[5] De acordo com Douwe Fokkema (*Modernismo e Pós-Modernismo*. Trad. de Abel Barros Baptista, Lisboa: Vega, s./d., p. 25), este é o conjunto de convenções estabelecidas "por um grupo de escritores frequentemente pertencentes a uma geração particular, a um movimento ou corrente literários e reconhecido pelos seus leitores contemporâneos e vindouros". Consideramos, na esteira deste autor, ser mais apropriada a utilização deste termo em substituição da designação de código de período porque, em primeiro lugar, evita-se a pressuposição do "desenvolvimento unilinear de toda a literatura", nem sempre passível de ser de igual modo periodologicamente rotulada. Em segundo lugar porque, por outro lado, a expressão preterida "obscurece a existência simultânea da vanguarda, da literatura canonizada e da literatura popular (*Trivialliteratur*), produzidas e lidas por diferentes comunidades semióticas. O conceito de código de período tende a ofuscar o facto de que, para além da sucessão da literatura de vanguarda, continuam a ler-se formas mais antigas de literatura".

80   *Post-Modernismo no Romance Português Contemporâneo*

Contudo, apesar das alegadas afinidades, consideramos que a realização estética que passa a ser posta em prática, mesmo com o aproveitamento que do passado se faz, permite, claramente, falar também de distanciamento em relação aos aludidos movimentos periodológicos e, consequentemente, encará-la como ponto de viragem, na medida em que o resultado final acaba por se consubstanciar na inauguração de outros caminhos estéticos. Aproveita-se, com efeito, mas permite-se a distorção, a subversão, a subordinação do que outrora era subordinante, ao mesmo tempo que em primeiro plano se colocam processos de semiose e policódigos anteriormente subalternizados. Registem-se, a propósito, as palavras de Claudio Guillén:

> Los sistemas literarios evolucionan de una manera muy especial, que se caracteriza por la continuidad de ciertos componentes, la desaparición de otros, el despertar de posibilidades olvidadas, la veloz irrupción de unas innovaciones o el impacto retardado de otras[6].

É certo que anteriormente a Maio de 1968, data a todos os títulos emblemática também por ser a da publicação de *O Delfim*, é possível corroborar a existência de obras que, de modo mais ou menos flagrante, desagregam e, consequentemente, se afastam do Neo-Realismo, em primeiro plano desde a publicação de *Gaibéus* em 1939[7]. Este afastamento consubstancia-se, em alguns casos, mais em termos formais e estruturais do que propriamente temáticos e, em outros, pelos novos vínculos existencialistas evidenciados.

Não é menos certo, todavia, que estas obras, a que já fizemos referência no capítulo anterior (*Mudança* e *A Sibila*, entre outras),

---

[6] Claudio Guillén, *Teorías de la historia literaria*. Madrid: Espasa-Calpe, 1989, pp. 264-265. Para René Wellek os conceitos periodológicos "will be combined with different traits, survivals from the past, anticipations of the future and quite individual peculiarities" (*Concepts of Criticism*. New Haven & London: Yale University Press, 1963, p. 252).

[7] O facto de termos vindo a demarcar fronteiras inter-períodos a partir de marcos cronológicos bem precisos não significa, de modo algum, a nossa anuência à ideia de instituição *ex abrupto* de novas tendências no campo literário. Obviamente que qualquer tipo de transição é precedida de 'pré-manifestações', doutrinárias e literárias, levadas a cabo por um colectivo de autores, por vezes de acordo com um Programa estético-ideológico pré-estabelecido.

não são, ainda, o significativo ponto de viragem periodológica, mas antes estilos de época, subgéneros do romance cuja produção se não manifesta em termos quantitativamente suficientes para permitir uma consubstanciação em período literário.

Aliás, a ideia de mudança, no âmbito aludido por Eduardo Lourenço ou por Liberto Cruz, entre outros, adequa-se com maior propriedade (apesar das afinidades que o primeiro vê entre alguns aspectos de *Mudança* e as tonalidades queirosianas) se a relação dialéctica se estabelecer face à, ainda, tradicional sombra tutelar de Eça de Queirós, mais do que face ao romance neo-realista, *tout court*. Tal verifica-se mesmo tendo em mente a falta de coesão interna deste movimento e, consequentemente, o carácter mais esteticizante, mais artisticamente apurado de produções literárias como *Uma Abelha na Chuva*, de Carlos de Oliveira, já cerca de 1945 presumivelmente acusado de "mágoa e desalento/como se toda a pena dos meus versos/não fosse carne vossa, homens dispersos/e a minha dor a tua, pensamento" [8].

Se as obras supracitadas de alguma forma abrem caminho a um outro panorama artístico-literário, de recorte existencialista ou de clara (e em alguns casos algo mais do que isso [9]) influência do *nouveau roman*, elas fazem-no apenas no sentido de estabelecer mais uma tendência pontual, repetimos, do que propriamente um novo paradigma periodológico. Faltam-lhes, para isso, as consequentes repercussões mais alargadas e sistemáticas, consubstanciadas na/e pela aceitação da nova *praxis* por um grupo de escritores, num *continuum* temporal mais alargado.

Não pretendemos com o exposto retirar o carácter brilhante e inovador de alguma produção romanesca publicada nas décadas de

---

[8] Carlos de Oliveira, "Soneto", in *Obras completas de* Carlos de Oliveira. Lisboa: Caminho, 1992, p. 58.

[9] Relembrem-se as enormes semelhanças entre *A Centopeia* de Alfredo Margarido (1960) e *La Jalousie* de Alain Robbe-Grillet. *Vide* sobre o assunto: Tomaz de Figueiredo, "«Mille-Pattes au Portugal» ou dois romances da Nova Vaga" e "O Enterro da Centopeia", in *Diário Popular* de 31 de Agosto e de 28 de Setembro de 1961, respectivamente; António Quadros, "«A Centopeia», narrativa de Alfredo Margarido", in *Diário Popular* de 28 de Setembro de 1961; José Palla e Carmo, "«A Centopeia» de Alfredo Margarido", in *Jornal de Letras e Artes* de 1 de Novembro de 1961.

82　　Post-Modernismo no Romance Português Contemporâneo

50 e 60. Pelo contrário, consideramos tão somente que a sua importância radica no facto de ela ser o ponto intermédio, o inicial limbo reactivo necessário à conformação de um novo período literário. "Nova literatura", sim, conforme designação de Eduardo Lourenço em "Uma literatura desenvolta", mas não ainda a literatura nova que virá a marcar quantitativa e qualitativamente o Post-Modernismo português.

O Delfim afigura-se-nos, pois, como o ponto de chegada e de confluência, ora ironicamente desencantada, ora parodicamente encantada, ou não fosse a paródia uma das características da nova estética, de registos, de estratégias discursivas e de temas do próximo passado cenário literário. Palimpsesto, manta de retalhos, a corroborar a falência da ideia dos que advogam cortes radicais com o passado, é esta a obra que verdadeiramente inicia os novos rumos ficcionais, os da ficção portuguesa post-modernista, norteados pelos ventos que, por terras norte-americanas, se faziam já sentir desde o final da Segunda Grande Guerra.

Temos já referido, frequentemente, a pertinência da ideia de continuidade e descontinuidade relativa à evolução literária. Cumpre-nos, desta feita, justificá-la a partir de uma atitude heurística, sedimentada, por enquanto, nas relações que *O Delfim* estabelece com o Neo-Realismo, principalmente com uma sua vertente mais ortodoxa. Neste caso, a *praxis* literária posta em prática concedeu, indubitavelmente, nítida exclusividade a um conjunto de directrizes ideológicas, claramente enfeudadas e tematicamente caucionadas pelo materialismo histórico e dialéctico, relegando a importância de artifícios estéticos, sob pena de, pensava-se, essa cedência ofuscar a objectividade requerida ao escritor empenhado na denúncia das injustiças praticadas no palco social.

Nas palavras de Alves Redol a obra literária deveria ser, acima de tudo, "um dos gritos exactos de um drama colectivo e privado" [10]; não pretendendo "ficar na literatura como obra de arte", queria "ser, antes de tudo, um documentário humano fixado no

---

[10] Alves Redol, "breve memória para os que têm menos de 40 anos ou para quantos já esqueceram o que aconteceu em 1939", in *Gaibéus*. 6.ª ed. Lisboa: Pub. Europa-América, 1965, p. 30 (sublinhado nosso).

Ribatejo", tornando-se, depois disso "o que os outros entende-rem"[11].

Esta quase obrigatoriedade, melhor será escrever autocoacção atinente ao despojamento estético, num "compromisso deliberado da reportagem com o romance"[12], pode justificar-se, ainda, de acordo com Mário Sacramento, pelo facto de a própria conjuntura político-social da época obstar (e não é difícil descortinar as razões para isso) a que a "batalha pela dignificação dos homens aviltados", a denúncia da "exploração descarnada do homem pelo homem", tomada "nos seus aspectos mais crus, na lâmina viva do dia a dia"[13] (os certos aspectos da vida social que se pretendia dar a conhecer), coubesse, como em outras circunstâncias,

> ao jornalismo, à política e ao livro doutrinário. O próprio ensaio (...) se mostrou impossível, pois as limitações de tema, terminologia e forma a que teve de sujeitar-se tornaram-no um nado-morto. A poesia, o conto, a novela e o romance, mas sobretudo os dois últimos, foram a expressão possível, mas mesmo assim mitigada, de uma linha conjuntural que, em condições normais, deveria reflectir-se na literatura como vivência ideo-sensível apenas. Não tendo podido alijar esse lastro, o neo-realismo não só teve dificuldade em atingir uma expressão estética, como sofreu deturpações, desvios e crises inevitáveis[14].

O objectivo primacial da exposição dos conflitos e das injustiças do Novo Humanismo seria, pois, em última instância, desalienar o Homem tendo em vista a transformação da sociedade[15]. Para assegurar a inteligibilidade da mensagem que se pretendia veicular, não mais se podia fazer, aparentemente, do que enveredar por uma

---

[11] *Ibidem*, Epígrafe.

[12] *Ibidem*, "breve memória...", p. 30.

[13] *Ibidem*, pp. 22 e 28, respectivamente.

[14] Mário Sacramento, *Há uma estética neo-realista?*. 2.ªed. Lisboa: Vega, 1985, p. 22.

[15] Neste, entre outros, se opõe o Novo Humanismo ao Humanismo burguês de oitocentos em que o Homem "Era determinado pelo meio social e, sobretudo pela hereditariedade (...). Era determinado sem nada poder determinar: impotente perante circunstâncias ou factores que o transcendessem e de que era o joguete" (Alexandre Pinheiro Torres, *O Neo-Realismo literário português*. Lisboa: Moraes, 1977, p. 30).

monológica e linear narração, dessas em que os conflitos protagonizados por personagens-tipo se revestem de princípio, meio e fim. Dessas, ainda, em que o narrador premeditadamente se distancia dos factos relatados, por via de uma perspectiva externa ou omnisciente, desse modo não perturbando o raciocínio e o conforto da leitura.

No entanto, como também aponta Mário Sacramento, esta primeira fase do Neo-Realismo, em que a literatura de modos diversos se sacrifica à ciência, acaba por se desdobrar numa outra linha onde a asserção inversa é a que se torna verdadeira. Assim, e intertextualmente aproveitando alguns célebres versos de Fernando Pessoa/Álvaro de Campos, a lealdade que se deve "À Tabacaria do outro lado da rua, como coisa real por fora" sacrifica-se, em derradeira instância, "à sensação de que tudo é sonho, como coisa real por dentro". Indelevelmente se sublinha, pois, que a realidade a que se faz alusão é sempre esteticamente mediatizada pelo sujeito que dela faz matéria-prima de romance.

Não sendo "portanto o verismo naturalista o sentido que é intrínseco a uma estética neo-realista, que sim o de uma revelação dinamizadora da subjectividade que apreende o real"[16], compreende-se que obras como *Uma Abelha na Chuva* (1953) de Carlos de Oliveira, ou *O Hóspede de Job* (1963) de José Cardoso Pires, sejam consideradas, apesar da sua especificidade eminentemente literária, obras importantes deste paradigma literário.

Aduza-se, aliás, que o último romance mencionado antecipa alguma coisa do que virá a ser, posteriormente, o apanágio da estética post-modernista que percorrerá a tessitura romanesca de *O Delfim* (deste modo corroborando a ideia de que, se não há saltos bruscos entre períodos literários, muito menos os há em termos da evolução individual de cada escritor).

Numa espécie de apêndice final a *O Hóspede de Job*, Cardoso Pires afirma:

> Escrito, numa primeira versão, entre Março de 53 e Maio de 54, O HÓSPEDE DE JOB já nessa altura não visava a preocupação *documental* (aliás legítima) de certas obras ditas «de testemunho».

---

[16] Mário Sacramento, op. cit., p. 25.

> Seria, antes, e espero que continue a ser, apesar das sucessivas cor-
> recções que lhe fui introduzindo até agora, uma «história de pro-
> veito e exemplo» – um romance, no sentido tradicional do termo,
> destinado unicamente a ilustrar uma legenda, uma moral ou um
> clima humano, para lá de qualquer imediatismo de tempo e de
> lugar histórico.

Nesta "história de proveito e exemplo", a expressão ideológica, mais intuída do que explicitamente captada, dilui-se, pois, pelos meandros de uma expressão estética genericamente caracterizada por quadros-retalhos de vidas (de Floripes, da tia Liberata e de Nelinho, de Aníbal, Abílio e Portela, por exemplo), também eles disseminados pelas páginas do romance. A sua organização, num todo mais ou menos coeso e coerente, depende, agora, já não do narrador, mas do leitor.

A este cumpre, também, a tarefa de descobrir esses antagonis-mos sociais (como o que no capítulo V é ilustrado pelo conflito latente entre os guardas e os homens que jogam às cartas na taberna de Cimadas) que são, frequentemente, mais sugeridos do que ditos, pois são facultados através de sinais/símbolos em filigrana e não tanto por via de asserções ideologicamente explícitas [17].

Ora, se *O Delfim* prolonga a vertente ideológica do empenha-mento dos neo-realistas, tendo como pano de fundo a vida da população da Gafeira, fá-lo, também, de modo implícito e não explícito.

Em primeiro lugar, porque o topónimo Gafeira se apresenta, a todos os títulos, como simbólico. Com efeito, como escreve Júlio Carvalho, e relativizando algumas designações menos correctas do ponto de vista semiótico e científico (a condição icónica assumida pelo termo e o facto de considerar gafa/gafeira como sinónimos de sarna) que, por isso, transcrevemos entre parêntesis, grafando em destacado o termo que nos parece correcto:

> A aldeia simboliza um mundo em deterioração; uma comunidade
> que assiste pacificamente ao seu fim. O termo usado pelo autor
> para designá-la assume uma condição (icônica)/**simbólica**, pois

---

[17] Cf. *ibidem*, pp. 31-32.

gafeira, denotativamente, significa a (sarna; uma espécie de doença da pele do tipo da lepra)/**lepra**. O signo (...) não designa a comunidade pelo fato desta estar acometida desse mal, mas referencializada uma condição social – uma ("sarna")/**lepra** social – ou melhor dizendo, uma doença provocada pela miséria econômica [18].

Além disso, relembramos que o facto de os leprosos serem afastados do contacto com o mundo (pelo horror que a doença desde sempre causou) pode, numa simbologia extensional (adveniente de considerarmos a Gafeira como o reflexo, em microcosmos, do Portugal pré-25 de Abril), ser lido como representação do isolamento então vivido pelos portugueses.

Em segundo lugar, o leitor mais desprevenido pode ficar com a ideia de que só pontual e obliquamente se interessa a personagem-narrador não só pelas relações explorador/explorados (a consubstanciar na figura do protagonista Tomás Manuel da Palma Bravo e nos camponeses-operários), mas também pelos temas afins da opressão/exploração, da posse da terra, da alienação, mostrando-se mais empenhado no seu papel de visitante-caçador que aproveita para dar a conhecer a aldeia e as suas personagens.

Contudo, uma leitura mais atenta evidencia a falácia deste ponto de vista, sendo possível descortinar, desde o antecapítulo, a presença de elementos e de referências passíveis de, simbolicamente, presentificarem alguns dos mais caros temas ao Neo-Realismo. Referimo-nos, desta feita, à ideia de opressão (e à consequente crítica social), novamente mais sugerida do que dita, pela omnipresença da lagoa, quase sempre assinalada e materializada pela "coroa de nuvens", "por aquele halo derramado à flor das árvores" [19] que, qual Deus, do alto, observa e controla a vida dos gafeirenses.

Se numa primeira e longa fase a posse da lagoa foi um dos meios de os Palma Bravo estabelecerem uma relação de domínio

---

[18] Júlio Carvalho, "«O Delfim»: leitura semiológica", in *Vozes*. Vol.LXVIII, n.º 4, Maio 1974, p. 306. Para as definições de ícone e símbolo, *vide* Umberto Eco, *Tratado de semiótica generale*. Barcelona: Lumen, 1978, pp. 303 e *passim*.

[19] José Cardoso Pires, *O Delfim*. Lisboa: Moraes, 1968, pp. 10, 11 e *passim*.

O Delfim – *Continuidade(s) e ruptura(s) ...* 87

sobre a população[20], impedindo-a de a ela se chegarem, quer para caçar quer para pescar, a verdade é que, mesmo após o desapareci-mento deste, ela não deixa de poder ser lida como metonímia do carácter opressivo do grupo que as circunstâncias tornam domi-nante. Mesmo se inconscientemente, como no caso possível do Grupo dos Noventa e Oito, a anterior dialéctica da opressão acaba por repetir-se (apesar de modo diferente e atenuado, já que agora se trata de um sistema cooperativista), pela manutenção do preço da licença de caça, mesmo depois de terem arrematado a lagoa por menos trinta contos do que no tempo do Engenheiro[21].

Na Gafeira "«(...) Agora quem quiser caçar na lagoa já não precisa da autorização do Infante para nada»"[22], mas necessita, todavia, e em sua substituição, da autorização do Regedor[23] – reunido em cooperativa com os Noventa e Oito, sim, mas, acres-cente-se, "à face da lei"[24] – assim remetendo para a obrigatória relação de dependência com um outro poder instituído.

Além disso, não esqueçamos, já que no-lo assegura o narra-dor, a figura do antigo opressor, Tomás Palma Bravo, ensombra, ainda, e não só porque "vivo algures"[25], os destinos gafeirenses. A presença desta personagem manifesta-se, outrossim, na perma-nência dos seus mastins nas imediações da Casa e da lagoa, desse modo "encarnando o [seu] espírito de propriedade"[26].

---

[20] *«Se até agora foi a minha família quem governou a lagoa, não hei-de ser eu quem a vai perder»*, *ibidem*, p. 43 (itálico do autor, sublinhado nosso). O facto de nela se encontrarem os despojos dos antepassados do Engenheiro não só a sacraliza como refor-ça a ideia de posse, mesmo *post mortem*. Na mesma sequência de ideias, refira-se que o próprio Engenheiro acalenta o desejo de aí vir a ser enterrado (*ibidem*, pp. 66, 75, 137--138 e *passim*).

[21] Cf. Lélia Duarte, "Aspectos míticos e ideológicos em Pessach: a Travessia e O Delfim", in *VI Encontro Nacional de Professores Universitários Brasileiros de Litera-tura Portuguesa*, 16 a 19 de Agosto de 1978, p. 134.

[22] José Cardoso Pires, *O Delfim*, p. 30.

[23] *Ibidem*, p. 79.

[24] *Ibidem*, pp. 83-84 (sublinhado nosso).

[25] *Ibidem*, p. 75.

[26] *Ibidem*, p. 90; veja-se a propósito, José Cardoso Pires, *E agora, José?*. Lisboa: Moraes, 1977, p. 153. Além do mais, "antes de serem memória, recordação, os cães são a assinatura do amo, de quem imitam a autoridade e os vícios", e, por isso, são "os cães--polícias da G.N.R., insaciáveis e sanguinários" (*O Delfim*, p. 88). Na mesma linha de

88   Post-Modernismo no Romance Português Contemporâneo

Demoremo-nos um pouco mais no que simbolicamente o episódio acima mencionado poderá ainda traduzir, aceitando a asserção de Alves Redol de que "fora do contexto social do lugar e do tempo não há obra literária que se compreenda na raiz"[27]. O que em última instância parece ressaltar do exposto, e sublinhando a ideia que faz da Gafeira um microcosmos representativo da situação repressiva vivida pelo Portugal de ontem[28], é a especulação literária, e à escala reduzida do mundo gafeirense, da criação de oportunidades para ultrapassar essa dialéctica de forças existente no Portugal coetâneo à publicação de *O Delfim*.

Por outras palavras, o episódio dos Noventa e Oito representa uma situação que de algum modo altera e suaviza a estrutura da *praxis* político-social, repondo na Gafeira, pelo menos parcial e embrionariamente, o equilíbrio e a justiça sociais que também no Portugal real se vinham tentando repor (ainda sem sucesso absoluto mas premonitoriamente contribuindo para a implementação da futura Democracia) através, por exemplo, da candidatura do General Humberto Delgado, em Junho de 1958; da Greve Universitária de 1962 ou de alguns actos ofensivos da Liga de União e de Acção Revolucionária contra o governo salazarista, em 1967.

Num caso como noutro, no espaço mítico da Gafeira ou no real espaço português, a lagartixa, "brasão do tempo", "[d]o nosso tempo amesquinhado", não desperta completamente do sono que a tornara imóvel, apenas se sacode "no seu sono [ainda] de pedra"[29]

---

raciocínio, veja-se Alves Redol, *Gaibéus*. Ed. cit., p. 167: "O cavalo, o galgo e as cachopas que lhe caíam nos braços" eram os orgulhos de Agostinho Serra, o "ricaço" lavrador.

[27] Alves Redol, "breve memória", in *Gaibéus*, p. 36.

[28] Cf. Lélia Duarte, art. cit., 133 e Herlander Cordeiro *et alii*, *O Delfim de* José Cardoso Pires. *Propostas para uma leitura orientada*. Porto: Porto Editora, 1995, p. 35; José Cardoso Pires, *E agora, José?*. Ed. cit., p. 143.

[29] *O Delfim*, pp. 81, 80 e 82, respectivamente. Uma identificação mais precisa entre a atitude dos cooperativistas, na pessoa do Regedor, e o movimento da lagartixa, como abertura simbólica para os novos tempos a vir, surge na p. 86: "Olhando em frente e a direito, no sentido da muralha onde uma lagartixa, há muito imóvel, poderia despertar num rasgo inesperado e lançar-se à vida com a mesma astúcia com que ele, Regedor, se lançara do fundo da sua loja para a posse da lagoa". Para outras referências à lagartixa, vejam-se as pp. 260, 344, 351 e 363. Sobre o assunto, *vide*: Maria Lúcia Lepecki, *Ideologia e imaginário. Ensaio sobre* José Cardoso Pires. Lisboa: Moraes, 1977,

em momentos de alguma liberdade relativa e momentânea, como esse da transferência de posse da lagoa. Relativize-se, destarte, o "tudo mudou na Gafeira" [30] opinado pelo autor-narrador no final da obra e justifique-se a liberdade tomada nessa relativização com as palavras de José Cardoso Pires:

> toda a ficção comunica em equações bem menos lineares do que o discurso das disciplinas científicas, por exemplo, ou o da informação convencional. O seu registo é diferente, a sua elongação mais ampla. Há nele permanências subjectivas, liberdades e incitações que o situam noutras zonas de leitura e de apreensão. E sem querer, já estamos no problema do costume – na correlação autor/leitor e respectiva margem de liberdade que lhe concede cada tipo de narração [31].

Retornemos, todavia, à leitura da lagoa como prolongamento simbólico do poder (e consequentemente da opressão que ecoa de tempos ancestrais), caucionando a simbologia com a referência a excertos enviesadamente elucidativos, não esquecendo contudo que esta é, como veremos, apenas uma entre outras valências possíveis:

> O abade sabia molhar a pena sem carregar muito nas tintas e se fez elogios aos Palma Bravos foi suficientemente cauteloso para não se chegar demasiado à lagoa. Ai não, que não foi. Até porque a lagoa queima, não é assim?

---

p. 141; Herlander Cordeiro *et alii*, op. cit., p. 48; Júlio Carvalho, "«O Delfim»: leitura semiológica", in *Vozes*, n.º cit., p. 309; Nelly Novaes Coelho, "José Cardoso Pires – O Delfim: uma obra 'aberta'", in *Escritores Portugueses*. S. Paulo: Quíron, 1973, p. 165.

A premonição acerca do fechamento do ciclo de opressão – *lato sensu* a queda dos Palma Bravo, acrescentemos – consubstancia-se para L. Duarte, art. cit., p. 137, no facto de Tomás Manuel ser o undécimo da família. Apesar de ambivalente, pois o 11 pode surgir "como o início de uma renovação ou como uma ruptura e deterioração do 10, uma falha no universo", a verdade é que no caso da personagem em questão só a segunda acepção é plausível já que não houve nascimento de filho varão (cf. *O Delfim*, p. 61). Veja-se, ainda, Eunice Cabral, José Cardoso Pires. *Representações do mundo social na ficção (1958-1982)*. Lisboa: Cosmos, 1999, pp. 77-80, sobre "A bebida como metáfora da extinção de um mundo".

[30] *O Delfim*, p. 362.

[31] José Cardoso Pires, "Memória Descritiva", in *E agora, José?*. Ed. cit., pp. 141-142 (cf. também pp. 173 e 174).

90 Post-Modernismo no Romance Português Contemporâneo

> «A lagoa queima, a lagoa queima...» Onde ouvi eu isto? (...)
> «Está envenenada, é uma lagoa de chumbo e de pólvora. E ai
> daquele que meter lá a mão...» Onde diabo fui eu buscar isto?
>
> Lagoa, para a gente daqui, quer dizer coração, refúgio da abundân-
> cia. Odre. Ilha. Ilha de água cercada de terra por todos os lados e
> por espingardas de lei.
> Mas ilha, odre, coroa de fumos ou constelação de aves, é a partir
> dela que uma comunidade de camponeses-operários mede o uni-
> verso; não a partir da fábrica onde trabalha, nem da horta que
> cultiva nas horas livres [32].

O primeiro excerto é passível de ser lido à luz da ancestralidade
da ideia de opressão, consubstanciada na posse da lagoa, pelo
facto de nem o próprio Abade Saraiva lhe ter feito qualquer menção nos idos tempos de 1801, desse modo como que revelando
que, se o fizesse, entraria por 'semideiros escusos' cuja menção
ensombraria, provavelmente, o tom encomiástico das referências
aos Palma Bravo ("a lagoa queima, não é assim?").

Na cautela evidenciada na atitude do Abade pode ainda ler-se
a crítica social, ao poder desde sempre encarnado pelos 'senhores
feudais' dos diversos tempos, e, também, a denúncia velada da não
menos ancestral aliança entre a Igreja e o Estado.

> Aliás, não por acaso, Tomás Palma Bravo surge acompanhado de
> *"Dois cães e um escudeiro*, como numa tapeçaria medieval". Mol-
> dura de superioridade dominadora de uma classe também ilustrada
> pelo episódio dos lenços vermelhos que, como se afirma, podia
> muito bem ter sido protagonizado por Tomás Manuel, o Gago, ou,
> ainda, pelo exemplo "dum celebrado tio Gaspar que só descia à
> aldeia para ouvir missa e que, mesmo então, nunca fitava ninguém
> de frente. Fazia-o por pena, dizia ele. Receava que essa gente
> cegasse quando lhe sentisse o brilho do olhar" [33].

O segundo excerto, para além de evidenciar metaforicamente
a centralidade que a lagoa exerce na vida gafeirense – "coração",
"refúgio da abundância", "odre", "ilha" (sentido salvífico por exten-

---

[32] José Cardoso Pires, *O Delfim*, pp. 42 e 129, respectivamente.

[33] Cf. *ibidem*, pp. 25 (itálico do autor), 163-168 e 35, respectivamente.

são arquetípica da ilha como refúgio de náufragos) – reafirma-a, também e paralelamente, como local/palco opressivo. Maria Lúcia Lepecki entende-a como,

> Lugar de exercício da caça, [que] aponta para a morte (do caçado) e vida do caçador: e eis que se conhece, por virtude da imagem complexa, a verdadeira proposta significativa da lagoa, espaço da morte do explorador, da vida dos explorados que conseguiram a posse do bem de produção [34].

Contudo, parece-nos plausível fazer um outro tipo de leitura: por um lado, numa abordagem denotativa, a assunção da importância da lagoa para os habitantes da Gafeira que aí encontram complemento do sustento; por outro lado, metaforicamente extrapolando, o 'caçado' pode presentificar os gafeirenses que, sem salvo-conduto, ousassem entrar naquele cenário, associando-se, então, o caçador às "espingardas de lei", à guarda, extensão do braço dominante de Palma Bravo [35].

Um outro local se revela, ainda, susceptível de facultar ilações de cariz ideológico, extensionalmente relacionadas com aqueles que vimos referindo a propósito da lagoa. O *largo* e a sombra da muralha que o atravessa revelam-se, com efeito, pregnantes de significados de opressão, de alienação e de crítica social que se estende, como não podia deixar de ser, ao macrocosmos português:

> O *largo*. (Aqui me apareceu pela primeira vez o Engenheiro, anunciado por dois cães.) O largo:
> Visto da janela onde me encontro é um <u>terreiro nu</u>, todo valas e pó. <u>Grande de mais para a aldeia</u> – é facto, <u>grande de mais</u>. <u>E inútil</u>, dir-se-á. Pois, também isso. <u>Inútil, sem sentido</u>, porque <u>raramente alguém o procura</u> apesar de estar onde está, à beira da estrada e em

---

[34] Maria Lúcia Lepecki, op. cit., p. 85.

[35] Recordando o seu primeiro serão na Casa da Lagoa, no ano anterior, regista o narrador: "No dia seguinte (seis em ponto, minha hospedeira) estarei de volta, dessa vez para mergulhar no vale e atirar aos gansos e aos galeirões, protegido por este homem que, com uma assinatura, um salvo-conduto, me defende (me defendia) das balas dos guardas" e, posteriormente, "Daí que os gafeirenses lhe conheçam tão bem os ciclos, as estações, os animais que as frequentam e as armadilhas de que dispõe – as dela e as dos guardas" (*O Delfim*, pp. 75 e 130, respectivamente).

pleno coração da comunidade (...). Um largo, aquilo a que verdadeiramente se chama largo, terra batida, tem de ser calcado por alguma coisa, pés humanos, trânsito, o que for, ao passo que este aqui, salvo nas horas de missa, é <u>percorrido unicamente pelo espectro do enorme paredão de granito</u> que se levanta nas traseiras da sacristia. Diariamente, ano após ano, século após século, essa muralha, mal o sol se firma, envia a sua sombra para o terreiro, arrastando uma outra, a da igreja. Leva-a envolvida, viaja com ela pelo deserto de buracos de pó, cobre o chão, arrefece-o, e ao meio-dia recolhe-se, expulsa pelo sol a pino. Mas a tarde é dela. À tarde a sombra recomeça a invasão, crescendo à medida que a luz enfraquece. Tão escura, observe-se, tão carregada de hora para hora, que parece uma mensagem antecipada da noite; ou, se preferirem, uma insinuação de trevas posta a circular pela muralha em pleno dia para <u>tornar o largo mais só, deixando-o entregue aos vermes que o minam</u>.

Antigamente, cinquenta, setenta anos atrás, <u>o terreiro</u> foi com certeza uma <u>praça de feira</u>, porque não? <u>Um arraial. Um encontro de marchantes</u>, com almocreves e mercadores de sardinha vindos de longe atrás das muares. Haveria barbeiros tosquiando ao sol e mendigos de chaga e alforge; tabuleiros com arrufadas; galinheiras de guarda aos seus pequeninos cestos de ovos (...).

<u>Feira e arraial</u> (...) e <u>lojas cheias de forasteiros, lojas cheias, lojas cheias</u>, e – atrevo-me a acrescentar – <u>dinheiro e vinho a correr</u>, mesmo que fosse a hora da missa e os <u>camponeses embalados nos negócios e nas conversas de balcão</u> esquecem lamentavelmente os seus deveres de cristandade. (...) <u>A igreja, já de si pequena para a povoação, não comportaria os mercadores de fora</u> e os mais atrasados haviam de ficar à porta (...) [36].

Atente-se, em primeiro lugar, no facto de o substantivo 'largo' aparecer, curiosamente, grafado em itálico. O que através deste processo sub-repticiamente se permite é o subentendimento da ausência da dimensão semântico-pragmática a esse espaço primordialmente destinada. Ausência essa que, à medida que a descrição se

---

[36] *Ibidem*, pp. 13-14 e 16-17, respectivamente (sublinhado nosso).

desenrola, se vai explicitando através da utilização de um leque vocabular disfórico, indicador da abulia e da falta de vitalidade do largo no tempo do presente de enunciação: "terreiro nu", "Grande de mais para a aldeia", "grande de mais. E inútil", "Inútil, sem sentido", "percorrido unicamente pelo espectro do enorme paredão de granito", "raramente alguém o procura", tornando-o "mais só, deixando-o entregue aos vermes que o minam".

"O desejo de criar um clima, de reconstruir uma ambiência" [37] que servirá de alibi para a crítica social, e que facultará bem mais do que o desenvolvimento e a ilustração de uma intriga, é mais plenamente conseguido, apesar de uma forma sibilina, pela comparação com a vitalidade que, "Antigamente, em tempos mais felizes" [38] (seguramente antes de 1926), caracterizava esse mesmo espaço: "o terreiro", "praça de feira", "Um arraial", "Um encontro de marchantes" "Feira e arraial", "lojas cheias de forasteiros, lojas cheias, lojas cheias", "dinheiro e vinho a correr", "camponeses embalados nos negócios e nas conversas de balcão", "A igreja, já de si pequena para a povoação, não comportaria os mercadores de fora".

O que nesta dicotomia intertemporal se evidencia, em última instância, é a exaltação de um passado que se opõe à presente crise económica, à estagnação social e à decadência de valores advenientes de um regime ditatorial. Este, fechado em si mesmo, levou as gentes a procurar melhor vida em outros países, assim se desertificando as gafeiras portuguesas. Os que ficam no "cenário que socialmente já era híbrido, nem arado, nem indústria" [39], descaracterizam-se, transformam-se em camponeses-operários, rodas da engrenagem e vítimas da opressão decorrente de um sistema de tonalidades capitalistas regido por 'Palma Bravos'. O fenómeno da emigração, implícito na abordagem paralela aos dois excertos em apreço, explicita-se no tecido narrativo nas inúmeras referências, por onde perpassa um tom de amarga ironia, aos "rapazes com transistors e blusões de plástico recebidos de longe" e às "moças de perfil de

---

[37] Liberto Cruz, José Cardoso Pires. Análise crítica e selecção de textos. Lisboa: Arcádia, 1972, p. 31.

[38] *O Delfim*, p. 16.

[39] José Cardoso Pires, *E agora, José?*. Ed. cit., p. 168.

94 Post-Modernismo no Romance Português Contemporâneo

luto – as *viúvas de vivos* (...) sempre a rezarem pelos maridos distantes"[40].

A escrita da opressão alimenta-se, ainda, do facto de a anterior vitalidade do largo gafeirense ser substituída pela diária invasão da sombra da muralha. Esta ganha valor simbólico acrescentado por arrastar na sua a sombra da igreja, desde sempre associada, histórica e literariamente, a um dos braços do poder instituído.

Como temos vindo a verificar, a matéria-prima da ortodoxia neo-realista, bem como o modo mais ou menos linear como deveriam ser facultadas as relações entre exploradores/explorados (no cenário bem determinado do campo ou da fábrica onde, por mísero salário, o homem tornado máquina trabalhava de sol a sol), surgem travestidas em *O Delfim*, por exemplo, quer pela desconstrução do trabalho de escrita, quer por um aparato simbólico que desloca o centro dos conflitos para espaços como a lagoa e o largo. Espaços que, quase elevados à categoria de personagens, funcionam por si só como veículos de extrapolação e de transmissão ideológica.

Mais explícita, porque consubstanciada numa exploração-reificação mais directa, é a relação estabelecida entre Tomás Manuel e Domingos, o criado maneta, também "galho pendurado ao vento" ou "cachorro de três patas"[41]. Arrogando os divinos poderes de fazer o homem, o Engenheiro reconstrói-o "peça por peça, depois de o ter arrancado a uma guilhotina da fábrica, sem um braço", alienando-o da sua condição de homem, reduzindo-o a "mandíbulas de um alicate" e "joelhos (...) de um torno", ou tratando-o

---

[40] *O Delfim*, p. 21. Cf., ainda, pp. 34, 59, 114, 154-155, 170, 257, 261-262.

De costas para o terreiro estão também as gentes de Cimadas, em seu lugar surgem os cavaleiros armados do sargento Leandro da G.N.R., cf. José Cardoso Pires, *O Hóspede de Job*. 7.ª ed. Lisboa: O Jornal, 1983, p. 33 e *passim*. Deserto está também "O Largo" de Manuel da Fonseca: morto pelo comboio, símbolo de um progresso que não beneficia a todos, deixou de ser o centro do mundo da Vila. Apesar de presente, a ideia de decadência parece aqui atenuar-se com a referência ao facto de, tendo-se os homens separado do convívio no Largo "de acordo com os interesses e as necessidades", passarem a ouvir as telefonias, a ler jornais e a discutir, sentindo "cada dia mais", "que alguma coisa está acontecendo" (*O Fogo e as Cinzas*. Lisboa: Portugália, 1965).

[41] *O Delfim*, pp. 169 e 270, respectivamente. A propósito da violência exercida sobre Domingos, cf. pp. 182 e 233.

O Delfim – *Continuidade(s) e ruptura(s)...* 95

como meio animal, de acordo com a receita "«Vinho por medida, rédea curta e porrada na garupa»"[42].

O tema da alienação, sempre tão caro ao Neo-Realismo, encontra-se, pois, indelevelmente também inscrito nas páginas desta obra mas, note-se, não se consubstancia propriamente numa explícita alienação a necessidades económicas. Ora, se, de acordo com a definição burilada por Alexandre Pinheiro Torres, o alienado é "o indivíduo roubado a si mesmo. O seu *ser* como que transita para alguém ou para algo que lhe é alheio", é "aquele que perde a sua própria personalidade. Esquecendo-se de *quem* é julga-se outrem, *vive* a personalidade de outrem"[43], então Domingos é protagonista de uma tripla alienação.

Alienado porque roubado a si mesmo pelo Engenheiro que o trata como um animal ou como o prolongamento não de uma máquina-instrumento de cultivar a terra, caso dos romances ortodoxos, mas, sinal dos tempos e do carácter do patrão, de uma máquina-automóvel-diversão, Jaguar modelo E-4.2 litros. Neste sentido, e relembremos como ilustração as breves citações do antepenúltimo parágrafo, Domingos protagoniza a continuidade do ancestral *processo de instrumentalização e exploração do homem pelo homem;* ideia que vai ao encontro do que Pinheiro Torres designa por alienação, ou privação, económica e social. Alienado, porque moldado à imagem e semelhança de Tomás Manuel, num processo de alienação biográfica (intrinsecamente dependente do que acabamos de referir) que o impede de livremente construir o seu próprio *ser.* Alienado também, e agora no campo sentimental, porque acaba, *in extremis*, por absorver, ainda que momentaneamente, "como a água que brota das fragas se encaminha para o destino da mão que a descobriu", o lugar do seu re-criador no leito de Maria das Mercês.

Todavia, também neste caso, como no da leitura simbólica da transferência de poderes sobre a lagoa, parece entrever-se, apesar

---

[42] *Ibidem*, pp. 72-73, 272-273 e 269, respectivamente.

[43] Alexandre Pinheiro Torres. *O Neo-Realismo literário em Portugal.* Ed. cit., p. 36 (itálicos do autor). Cf., ainda, pp. 37-40, 63.

de tudo, a possibilidade de contrariar o domínio do *status quo* instituído:

> Fechei o parêntese sobre Domingos. Deus fez o operário e em seguida deu-lhe o castigo tirando-lhe o braço; o Engenheiro pegou no barro desprezado, moldou-o à sua maneira e fez o homem. Que arrogância, «fazer o homem». Mas está cá escrito, está no meu caderno.
>
> E assim o Domingos foi renascendo da miséria do seu corpo, como diria um narrador patriarcal; e o corpo fez-se sábio e avisado, ganhando destreza, utilidade, lugar humano; e, para inquietação de Maria das Mercês, foi-se ajustando à sombra do amo, absorvendo--a, como a água que brota das fragas se encaminha para o destino da mão que a descobriu. Por sua vez, a esposa maninha (a que morreria ignorando se estava de facto nela a maldição da esterilidade) sentia o vazio crescer à sua volta à medida que o criado se fazia homem e que a mão livre conquistava triunfo para a glória e orgulho de Tomás Manuel. Não esqueçamos: «Domingos, o intocável» – foi como ela lhe chamou nessa tarde, mordendo o fio de ouro. Ainda que desinteressada, mordia-o.
>
> E o que são as coisas, santa hospedeira. Entre dama e valete há sempre uma carta apagada que decide a partida. Acontece. Qualquer jogador de bisca o sabe. Mas isto não vem no caderno[44].

Não sem alguma ambiguidade, é certo, o que o excerto subtilmente evidencia é a possibilidade de os mais desfavorecidos ultrapassarem a reificação a que são submetidos, progressivamente conquistando o lugar humano que de direito lhes cabe. De um tempo de aprendizagem e de maturação surgirá a oportunidade de as cartas apagadas começarem a resolver a partida, mesmo que inconscientemente, ou acidentalmente, mesmo que, para isso, o preço a pagar seja a morte. Saliente-se que o facto de este processo

---

[44] *O Delfim*, pp. 276-277. De acordo com Eunice Cabral, *José Cardoso Pires. Representações do mundo social na ficção (1958-1982)*. Ed. cit., p. 184, esta atitude patriarcal, melhor será dizer de assunção de um carácter divino, por parte de Tomás Manuel, bem representativa da mentalidade do cosmos social retratado, é passível de ser analogamente ilustrada quando, a propósito da notícia de um lavrador que festeja o nascimento de um filho varão, se comenta: "Sei como é fundo neles, e magoado, o sonho de fazerem um homem à sua maneira, ensinando-lhe mundo e mulheres" (*O Delfim*, p. 151).

de superação não aparentar ser totalmente consciente coloca Domingos num limbo intermédio, mas progressivo, aos dois primeiros estádios de alienação delineados por Alexandre Pinheiro Torres:

> 1.º) homem alienado mas *inconsciente* da alienação que o subjuga;
> 2.º) homem alienado mas já *consciente* da alienação de que é vítima, embora ignorante das causas históricas da sua submissão e dos meios de a vencer;
> 3.º) homem já conhecedor das próprias causas mas não resolvido a utilizar os meios de que possa dispor para vencer a alienação, meios esses nem sempre ao dispor, por estreito controle policial do Estado, ou por falta de unidade de esforços de todos os que se encontram na mesma situação, precisamente quando seria necessária a conjugação de vontades;
> 4.º) homem na situação de revolta ou guerra aberta contra as causas da alienação, ou seja, contra aqueles que se apresentam como defensores dum *statu quo* que garante a perpetuidade da alienação[45].

Sublinhe-se, ainda, que a transição-evolução de Domingos de um para outro estádio, mesmo que intermédio, não se verifica *ex abrupto*. A mudança é, pelo contrário, lenta e gradual, como estilisticamente podemos comprovar, entre outros exemplos, pela utilização da forma perifrástica em "E assim o Domingos foi renascendo da miséria do seu corpo". O que desse modo se expõe é o início da superação de uma situação de miséria; a esta começa a contrapor-se esse estado outro reflectido na dupla adjectivação, que no agora de um passado que se recorda faz de Domingos um corpo "sábio e avisado", ou na gradação de substantivos, que do mesmo corpo dizem ter ido ganhando "destreza, utilidade, lugar humano".

Repare-se que o carácter incompleto do processo de desalienação protagonizado pela personagem é passível de ser ilustrado pela repetição, explícita ou implícita, do substantivo 'corpo'. O que essa repetição exemplifica é a reiteração de um processo de mudança que, todavia, permanece mais físico do que psiquicamente consciente, mesmo quando, posteriormente, a narrativa atesta um ligeiro grau de insubmissão contra a obrigação de acompanhar os

---

[45] Alexandre Pinheiro Torres, op. cit., pp. 39-40 (itálicos do autor).

98 Post-Modernismo no Romance Português Contemporâneo

desvarios nocturnos de Tomás Palma Bravo. Até porque, nesse caso, não só a rebelião não se traduz em actuação directa, porque apenas verbalizada, como também essa verbalização se reveste de um carácter diferido:

> Lavadores e moços da gasolina habituaram-se a vê-lo na compa-nhia do mestiço que Deus tem. Ele fresco, Domingos ensonado, ambos regressavam das noitadas de Lisboa, infestados de vício, como se lhes podia ler na cara (...);

> Tantas aventuras, vinho e mulheres cansavam o mestiço, como podia testemunhar o pessoal da estação Shell que o viu, madruga-das a fio, sentado ao lado de Tomás Manuel, lívido e a pestanejar, e vestindo fatos de bom corte que tinham servido ao patrão. Vinha destruído e humilhado porque – foi o Padre Novo quem mo confir-mou – era um indivíduo orgulhoso, parecendo que não. As aventu-ras humilhavam-no, estava farto.
> «Jura», exigiu Maria das Mercês, muito pronta.
> E o Domingos:
> «Juro, senhora. Eu perca também este braço.» [46].

Além do mais, e apesar de um processo de humanização que leva Domingos a ajustar-se "à sombra do amo, absorvendo-a...", a verdade é que nos parece ser também por esse facto que a fuga completa se torna impossível pois, dessa feita, e a partir daí, caberá a Maria das Mercês exercer parte activa no processo de instrumen-talização e de alienação do criado, já que nele sublimará os desejos que Tomás parece não satisfazer, ao mesmo tempo que, pela con-sumação do adultério, se permite ousar tocar na 'propriedade pri-vada' do marido. "Não esqueçamos: «Domingos, o intocável» [como tudo o que estava na posse do Engenheiro] – foi como ela lhe chamou nessa tarde".

De qualquer modo, reiteramos, o que parece sobressair deste excerto, mesmo que sub-repticiamente, é a possibilidade de enten-der a alienação como um estado não irreversível. A hipótese de uma liberdade a haver, num futuro sempre cada vez mais próximo, surge à luz da expressão de relevante pendor aforístico e popular

---

[46] *O Delfim*, pp. 329 e 332.

O Delfim – *Continuidade(s) e ruptura(s)* ...

de que "Entre dama e valete há sempre uma carta apagada que decide a partida". Domingos encarna, pois, essa "carta apagada" pela qual passa a mudança de rumo na dialéctica dos fenómenos histórico-sociais que em *O Delfim* pareciam cristalizados no poder ancestral de uma família.

Por outro lado, a referência ao tema da esterilidade (de Tomás Manuel? de Maria das Mercês?, para o caso não interessa, nem tão pouco o autor-narrador, numa linha de indeterminação característica de textos post-modernistas [47], parece interessar-se pelo esclarecimento da questão) aponta, premonitoriamente, tal como a lagartixa que se sacode, para a agonia sociológica e para a extinção do poder de uma classe indubitavelmente representada pelo(s) Palma Bravo.

O mesmo sentido de sobrevivência dos mais fracos pode, simbolicamente, ser lido na referência (já no presente de enunciação) aos casebres dos gafeirenses como "Pequenas arcas de Noé" pois, como bem sabemos de acordo com o que reza a tradição, os seus ocupantes foram os únicos a sobreviver ao dilúvio:

> Vejo interiores de casebres alumiados a petróleo, são uma espinha de traves coberta com telhas em escama. Cavernames de navio, é o que me lembram. Pequenas arcas de Noé. Num ou noutro há o gato e a criança de barriga nua e de pernas arqueadas; num ou noutro há o cachorro e a galinha presa pela pata a uma cadeira (...) [48].

---

[47] Gerald Graff (na esteira de Timothy Bahti), contrariando E. D. Hirsch cujo argumento se baseia no facto de "without the stable determinacy of meaning there can be no knowledge in interpretation, nor any knowledge in the many humanistic disciplines based upon textual interpretation", defende a possibilidade de aos textos literários ser inerente o conceito de indeterminação, entendido como "a dimension that resists the grasp of everyday rational understanding". Ao contrário do conceito de ambiguidade, que denota "a property of a text which, however elusive it might be was assumed to be finally capable of being described by an interpretation of the text", o conceito de indeterminação, alargando o raio de acção da ambiguidade ao expor a limitação de o texto plena e cabalmente permitir, e sancionar, uma interpretação definida, evidencia, pois, "a property (...) that enters into and infects the interpretation of the text, so that it is not just literature but also *interpretation* of literature that is fraught with uncertainty" ("Determinay/Indeterminacy", in Frank Lentricchia e Thomas McLaughlin (eds.), *Critical Terms for Literary Study*. 2nd ed. Chicago and London: The University of Chicago Press, 1995, p. 163 – itálico do autor).

[48] *O Delfim*, p. 223. Para este episódio bíblico, *vide* Antigo Testamento. Génesis, 6.13-24, in *Bíblia Sagrada*. 19.ª ed. Lisboa: Difusora Bíblica, 1995, pp. 24-26.

Retornando, todavia, à problemática da alienação, aduza-se que o(s) Palma Bravo, metaforicamente entendidos, são, também eles, seres alienados, desta feita por via dos preconceitos de classe, em geral, ou, mais concretamente no caso de Tomás Manuel, também por via de preconceitos machistas:

> «(...) Tu sabes a razão por que nenhum homem deve fornicar a mulher legítima?» Fica calado, à espera; calado e a oscilar. «Tu sabes,» torna depois, «porque é que isso deve ser considerado um delito perante a lei? Chiu, eu explico. Porque a mulher legítima é o parente mais próximo que o homem tem, e entre parentes próximos as ligações estão proibidas. É ou não é bem jogado?» «Está frio. Desconfio que já me constipei.» [49].

Não admira portanto que Maria das Mercês, como outras mulheres de romances neo-realistas (Maria dos Prazeres em *Uma Abelha na Chuva* de Carlos de Oliveira, Cilinha em *Pequenos Burgueses*, do mesmo autor), seja também uma personagem sentimentalmente alienada.

A diferença fundamental, neste caso, é que, enquanto as mulheres-personagens de romances neo-realistas dos anos quarenta e cinquenta se ficam pelo erotismo onírico pois, nas palavras de Alexandre Pinheiro Torres, "O mundo da Gândara dos anos 40 não pode sequer ter a ambição de ser o da Inglaterra dos anos 20"[50], Maria das Mercês ultrapassa essa linha do erotismo pensado ("Não esqueçamos: «Domingos, o intocável» – foi como ela lhe chamou nessa tarde, mordendo o fio de ouro. Ainda que desinteressada, mordia-o"), acabando por fisicamente consumar o desejo.

A liberdade erótica de que se fala, corroborada, ainda, pelo relato da cena de masturbação protagonizada por Maria das Mercês[51], permite, indelevelmente, justificar nesta obra essa linha de novidade que Eduardo Lourenço (re-)começa a ver progressivamente instaurada, no campo da prosa narrativa, no que designa por "nova literatura"[52], embrião, já o dissemos, do terramoto futuro da literatura nova do Post-Modernismo.

---

[49] *O Delfim*, p. 125.
[50] Alexandre Pinheiro Torres, op. cit., p. 65.
[51] Cf. *O Delfim*, p. 213; ver, também, pp. 283-284.
[52] Eduardo Lourenço, "Uma literatura desenvolta ou os filhos de Álvaro de Campos", in op cit., pp. 931 e *passim*.

2. Orfeu: vozes subversivas

O que também ressalta de alguns dos últimos excertos citados, a par com muitos outros, é a possibilidade de caucionar, pelo desfibramento do monologismo da instância narrativa, uma linha de descontinuidade face à ortodoxia neo-realista. Se em *Gaibéus*, por exemplo, a única polifonia possível era a do som das máquinas, a do "balanço das espigas que tombam ao contacto das foices", ou a do "ruído metálico das enxadas" que se juntava ao "tilintar das guizeiras e à chiada dos carros"[53], em *O Delfim* esses são precisamente os sons que se não ouvem. Ouve-se, sim, pelo contrário, um vasto leque de vozes que, de diversos modos, vão coadjuvando o narrador na árdua tarefa de re-construir o universo romanesco.

Tributário, segundo Carlos Reis, de "uma concepção Ingardiana da obra literária, entendida como entidade orgânica e harmonizada pela articulação dos vários estratos que a integram"[54], o conceito de polifonia radica nos estudos teóricos de Mikhail Bakhtin. Principalmente desde *Rabelais and his World*, publicada, por diversos motivos, anos após a sua redacção, Bakhtin evidencia uma crescente e sistemática preocupação em considerar o romance como resultado de fórmulas diametralmente opostas às do romance tradicional, nomeadamente as que validavam a existência de uma voz canonicamente autoritária como única forma de veicular os acontecimentos a narrar, procedendo *eo ipso* à inscrição de vozes outras, enraizadas não na cultura oficial mas na cultura popular carnavalesca, considerada tão relevante como a primeira.

As aludidas manifestações da cultura popular, algumas das quais passíveis de serem detectadas em *O Delfim*, distribuem-se pelas seguintes três categorias:

1. *Ritual spectacles*: carnival pageants, comic shows of the marketplace.
2. *Comic verbal compositions*: parodies both oral and written, in Latin and in the vernacular.

---

[53] Alves Redol, *Gaibéus*. Ed. cit., pp. 232 e *passim*, 59 e 230, respectivamente.

[54] Carlos Reis e Ana Cristina M. Lopes, *Dicionário de narratologia*. 5.ª ed. Coimbra: Almedina, 1996, p. 352.

102   *Post-Modernismo no Romance Português Contemporâneo*

3. *Various genres of billingstate*: curses, oaths, popular blazons[55].

Da copresença e interactividade dialógica destes discursos e do discurso do narrador constrói-se e (des)organiza-se o mundo romanesco enquanto fenómeno plurilinguístico, pluridiscursivo e plurivocal[56].

Na senda dos estudos bakhtinianos sobre a estrutura da narrativa, Julia Kristeva considera o texto como uma entidade compósita matizada pela influência do sujeito de enunciação, cujo discurso, por sua vez, de algum modo reflecte a presença do destinatário e de uma série de textos coevos ou anteriores[57].

Para Cardoso Pires, por exemplo, o estilo do romancista pode definir-se e avaliar-se "pelo seu conceito do leitor a quem se dirige, ou seja, pela exigência que faz dele e do seu instinto"[58]; da cum-

---

[55] Mikhail Bakhtin, *Rabelais and His World*. Trans. Hélène Iswolsky. Bloomington: Indiana University Press, 1984, p. 5 (itálico do autor).

[56] Cf. Mikhaïl Bakhtine, *esthétique et théorie du roman*. Trad. Daria Olivier. Paris: Gallimard, 1978, p. 87 e 102. "L'orientation dialogique du discours est, naturellement, un phénomème propre à tout discours. C'est la fixation naturelle de toute parole vivante. Sur toutes ses voies vers l'objet, dans toutes les directions, le discours en rencontre un autre, «étranger», et ne peut éviter une action vive et intense avec lui". Registe-se, ainda, que "le style du roman, c'est un assemblage de styles; le langage du roman, c'est un systèmes de «langues». Chacun des élèments du langage du roman est défini directement aux unités stylistiques dans lesquelles il s'intègre directement: discours stylistiquement individualisé du personnage, récit familier du narrateur, lettres, etc." (*ibidem*, p. 88).

[57] Para Julia Kristeva, *Recherches pour une sémanalyse*. Paris: Seuil, 1969, pp. 145-146, o texto é entendido como "croisement de mots (de textes) où on lit au moins un autre mot (texte)", isto é, mais do que uma relação intersubjectiva entre diversos enunciados, o que ocorre é uma relação intertextual, em que "tout texte se construit comme mosaïque de citations, tout texte est l'absorption et transformation d'un autre texte", seja como reminiscência, seja como citação no seu sentido literal (*ibidem*, pp. 191-196).

Para outra acepção do fenómeno, agora denominado transtextualidade, *vide* Gérard Genette, *Palimpsestes. La littérature au second dégré*. Paris: Seuil, 1982, pp. 8-16.

[58] José Cardoso Pires, *E agora, José?*. Ed. cit., pp. 142-143.

De acordo com Tzvetan Todorov, esta questão do "rapport entre l'auteur et son livre (ou son discours) est, dans l'oeuvre de Bakhtine, abondamment débattue; l'une des thèses mises en avant est que l'auteur n'est pas le seul responsable du contenu du discours qu'il produit; le destinataire participe également, tel du moin que l'imagine l'auteur: on n'écrit pas de la même façon selon qu'on s'adresse à tel ou tel public" (*Mikhail Bakhtine: le principe dialogique. Suivi de Écrits du cercle Bakhtine*. Paris: Seuil, 1980, p. 23).

O Delfim – *Continuidade(s) e ruptura(s)...*

plicidade resultante desse imanente jogo dialéctico depende toda a orquestração das traves-mestras do romance.

Se, como já constatámos anteriormente, o discurso do narrador de *O Delfim* surge impregnado de ilações de cariz ideológico, também as outras vozes com as quais se estabelece a linha dialógica (seja pela transcrição directa das falas das personagens, seja pela incorporação/apropriação de outros registos) revelam nitidamente uma linguagem ideologicamente saturada [59], passível de ilustrar uma visão de um mundo onde os mais fortes exercem o seu domínio sobre os mais fracos.

Retome-se e relembre-se, pois, o já transcrito "parêntese sobre Domingos" onde, a avaliar pelas palavras que a seguir citamos, são notórias as marcas do hipotexto bíblico. Este surge corrosivamente orquestrado (a criação do homem e a criação da mulher) e parodiado em função da linha ideológica acima exposta, desse modo convocando para *O Delfim* simultaneamente um dos temas caros ao Post--Modernismo, a deslegitimação das grandes narrativas, e uma das suas grandes contradições pois, ao actuar "no sentido de subverter os discursos dominantes", no caso os religiosos, acaba por depender "desses mesmos discursos para sua própria existência física: aquilo que 'já foi dito'" [60]:

> Deus, a seguir, disse: «Façamos o homem à Nossa imagem, à Nossa semelhança, para que domine sobre os peixes do mar, sobre as aves do céu, sobre os animais domésticos e sobre todos os répteis que rastejam sobre a terra».
>
> O Senhor Deus formou o homem do pó da terra e insuflou-lhe pelas narinas o sopro da vida, e o homem transformou-se num ser vivo.
>
> Da costela que retirara do homem, o Senhor Deus fez a mulher e conduziu-a até ao homem [61].

---

[59] Cf. Mikhaïl Bakhtine, *esthétique et théorie du roman*. Ed. cit., p. 95. Esta ideia de contaminação ideológica do discurso remete para a noção de ideologema, definida por Julia Kristeva como "fonction intertextuelle que l'on peut lire 'matérialisé' aux différents niveaux de la structure de chaque texte, et qui s'étend tout au long de son trajet en lui donnant ses coordonnées historiques et sociales", ou, mais sucintamente, como "la fonction qui relie les pratiques translinguistiques d'une société en condensant le mode dominant de pensée" (op. cit., pp. 114 e 60, respectivamente).

[60] Linda Hutcheon, *Poética do Pós-Modernismo*. Ed. cit., p. 70 e *passim*.

[61] Antigo Testamento. Génesis 1.26, 2.7 e 2.22, in *Bíblia Sagrada*. Ed. cit., pp. 18-20.

Domingos, o criado maneta, é, então, protagonista de uma situação duplamente opressiva[62]: porque moldado por Tomás Palma Bravo, o patrão que "pegou no barro desprezado, moldou-o à sua maneira e fez o homem", e, em última instância, porque desprezado pela própria entidade divina que no texto cardoseano fez o operário, e não o homem, e "em seguida deu-lhe o castigo tirando--lhe o braço". O efeito que se obtém através da substituição do vocábulo 'homem' pelo vocábulo 'operário', num contexto que, para além de ser o da mítica criação do homem, remete também para o não menos mítico castigo adveniente da queda original, é, subtilmente, sublinhar as condições de isolamento e de desfavorecimento social e divino (a eterna aliança entre o poder temporal e o poder espiritual) em que vivem os mais fracos.

Neste sentido, o destinatário da maldição de Deus é, evidentemente, o operário:

> «(...) maldita seja a terra por tua causa. E dela só arrancarás alimento à custa de penoso trabalho, em todos os dias da tua vida. Produzir-te-á espinhos e abrolhos, e comerás a erva dos campos. Comerás o pão com o suor do teu rosto, até que voltes à terra de onde foste tirado; porque tu és pó e em pó te hás-de tornar»[63].

A ideia de supremacia dos mais fortes é ainda ilustrada pela alusão bíblica a Jonas. Protagonizando um castigo semelhante ao infligido ao profeta por ter desobedecido ao Senhor (deveria ir pregar para Ninive e seguiu para Jope e, por isso, "o Senhor fez que ali houvesse um grande peixe para engolir Jonas; e Jonas esteve três dias e três noites no ventre do peixe"[64]), também Do-

---

[62] Domingos parece ser encarado pelas gentes da Gafeira como o equivalente do capataz dos romances neo-realistas, oriundo normalmente da mesma classe dos explorados mas, ao contrário destes, é visto como um vendido e não como um alugado (cf. Alves Redol, *Gaibéus*. Ed. cit., p. 67 e *passim*). O ostracismo a que é votado torna-se evidente, por exemplo, quando o Velho-dum-Só Dente se lhe refere como "um lobisomem de três patas", não havendo dúvida de que, com ele, "a praga está completa. Fidalgos, criados, cães, não falta ninguém" (*O Delfim*, p. 191; ver, também, p. 33). Neste sentido as injustiças sofridas adquirem não uma dupla mas uma tripla dimensão.

[63] Antigo Testamento. Génesis, 3.17-19, in *Bíblia Sagrada*. Ed cit., p. 21.

[64] Antigo Testamento. Jonas, 2.1, in *idem*, p. 1242.

mingos se vê obrigado a mergulhar no mundo do Engenheiro. Mundo esse aqui presentificado pelo Jaguar:

> As maxilas soltaram-se, a boca do grande esqualo abriu-se à luz do dia, deixando à mostra um ventre de tubos, traqueias e tendões de aço onde o mestiço mergulhou. «Jonas e o seu mundo privado,» pensei [65].

A preocupação social do autor-narrador é também evidente quando se apropria das palavras de São Mateus a fim de, ironicamente, justificar as desigualdades sociais:

> Assunto a desenvolver no meu caderno de notas: a caridade como elemento de equilíbrio social; logo, como estabilizador das hierarquias. *«Da necessidade da existência dos pobres para se alcançar o Reino dos Céus»* [66].

Outros casos há em que a citação e o hipotexto bíblico contribuem, agora, para satirizar o eventual regresso de Tomás Manuel à Gafeira:

> Seria um transtorno para a Parábola se o Filho Pródigo regressasse ao lar com uma carraspana [67];

ou para caricaturar a morte por hidropisia do décimo Palma Bravo:

> O próprio Dom Abade, se fosse vivo, poderia testemunhar que no reduto cristão onde me encontro também houve sempre um Palma Bravo a repartir com a família e os servos o pão da natividade. «Alegrem-se os céus e a terra...», cantavam os querubins na lagoa (...). E talvez haja aí quem ainda se lembre do velho a dirigir-se para a mesa do banquete por entre filas de criados, atrás da sua enorme barriga de água. Que peso, que sacrifício – e ele, sorridente. Então os céus e a terra alegravam-se, no dizer dos querubins das alturas, e o vendedor das lotarias (se porventura tivesse sido convi-

---

[65] *O Delfim*, p. 272.

[66] *Ibidem*, p. 74 (itálico do autor). Para a referência feita, *vide* Novo Testamento, Evangelho Segundo São Mateus, 5.3, in *Bíblia Sagrada*. Ed. cit., p. 1293 ("Bem-aventurados os pobres em espírito, porque deles é o reino dos céus").

[67] *O Delfim* p. 232. *Vide* para a Parábola, Novo Testamento. Evangelho Segundo São Lucas, 15.11-32, in *Bíblia Sagrada*. Ed. cit., pp. 1326-1327.

106 Post-Modernismo no Romance Português Contemporâneo

dado) não deixaria de comentar que o fidalgo tanto bebera que acabara afogado na própria barriga (…). *No princípio era a água e a água estava nele…* Ofendi, zeloso abade. Posso continuar? [68].

Por extensão, critica-se a caridadezinha uma vez por ano praticada, mas que vai alegrando os céus e a terra, como cantavam os querubins, por altura do bíblico nascimento de Jesus [69]. Cântico que no 'reinado' de Tomás Manuel se torna "quase esquecido", começando "a tremular sobre a lagoa", até que acaba por deixar de se ouvir, depois de definitivamente evidenciado o fracasso e a miséria grotesca da ceia-de-Natal-como-demonstração-de-autoridade convocada pelo Engenheiro: "os querubins não se ouvem, merda para os querubins" [70].

O recurso ao hipotexto bíblico serve, ainda, para ridicularizar o machismo de Tomás Manuel

> (*Ecce homo*, este é o meu whisky. Bebei dele em louvor do melhor par de testículos que a terra há-de conhecer;
> Enquanto comiam, tomou Jesus o pão e, depois de pronunciar a bênção, partiu-o e deu-o aos Seus discípulos, dizendo: «Tomai, comei: Isto é o Meu corpo». Tomou, em seguida, um cálice, deu graças e Entregou-lho dizendo: «Bebei dele todos. Porque este é o meu sangue, sangue da Aliança, que vai ser derramado por muitos para remissão dos pecados» [71])

e, também, para corroborar a ancestralidade da sua opinião sobre a subserviência feminina, assim aproveitando para expor, ironicamente, quer um certo tipo de mentalidade quer o discurso d'O Livro:

---

[68] *O Delfim*, p. 173 (itálico do autor). *Vide* Novo Testamento. Evangelho Segundo São João, 1.1, in *Bíblia Sagrada*. Ed. cit., p. 1402 ("No princípio já existia o Verbo, e o Verbo estava com Deus, e o Verbo era Deus").

[69] *Vide* Novo Testamento. Evangelho Segundo São Lucas, 2.13-14, in *Bíblia Sagrada*. Ed. cit., p. 1362.

[70] *O Delfim*, pp. 176 e 178. O que nesta ceia "estava à prova era uma concepção divinizante do Chefe (alguma razão deve haver para que o cenário apareça tão engrinaldado com alusões bíblicas e cânticos de querubim). Mas o resultado viu-se: acaba no grotesco, na paródia cruel em que descambam todas as reimplantações de rituais em contexto que já lhes são alheios" (*E agora, José?*. Ed. cit., p. 164).

[71] *O Delfim*, p. 157 (itálico do autor) e Novo Testamento. Evangelho Segundo São Mateus, 26.26-28, in *Bíblia Sagrada*. Ed. cit., p. 1327, respectivamente.

Em Roma sê romano, na Gafeira sê mais prevenido com as mulheres do que São Paulo. Se fosse ao apóstolo andava sempre com uma louva-a-deus enrolada nas epístolas para exemplificar (…) «Eis aqui a morte pelo pecado…» (…) «E eu penso em São Paulo. Fazes-me lembrar o São Paulo a amaldiçoar as mulheres.» (…) Tomás, discípulo de Paulo (…);

«Não é por nada, mas nestas coisas as mulheres dão azar…» E eu, morto por alegrar a conversa: «Já lá dizia São Paulo.» (…) «Com que então dão azar?» digo eu em ar de troça. (…) «Sabias, (…) que nestes sítios as mulheres menstruadas não podem amassar pão (…) nem fazer vinho. E qualquer das duas coisas tem mistério. Pão e Vinho… Vem na Bíblia.» [72].

São Paulo não amaldiçoou propriamente as mulheres mas, na verdade, são vários os excertos da 1.ª Carta aos Coríntios, ou da Carta aos Colossenses, em que o sexo feminino é inferiorizado, sendo-lhe recusada a igualdade de atitudes:

A cabeça de todo o homem é Cristo, a cabeça da mulher é o homem e a cabeça de Cristo é Deus,

calem-se as mulheres nas assembleias, pois não lhes é permitido falar; mostrem-se submissas, como diz a própria Lei. Se querem aprender alguma coisa, perguntem-no em casa aos seus maridos, porque não é decente que a mulher fale na Igreja,

Moral familiar cristã: Mulheres, sede submissas aos vossos maridos, como convém ao Senhor [73].

Ditames morais que também se prolongam em *O Delfim*, por vezes em versões mais modernas. Assim acontece com o provérbio pronunciado por Tomás Manuel, e provavelmente da sua lavra:

---

[72] *O Delfim*, pp. 313-314 e 323-324. A referência às impurezas da mulher, e do homem, encontra-se no Velho Testamento, 15.19-24 e *passim*, in *Bíblia Sagrada*. Ed. cit., pp. 153-154.

[73] Novo Testamento. 1.ª Carta aos Coríntios, 11.3 e 14.34-35; Carta aos Colossenses, 3.18, in *Bíblia Sagrada*. Ed. cit., pp. 1513, 1517 e 1553, respectivamente.

Cf. *O Delfim*, pp. 111 para a citação do provérbio que se segue e pp. 105-106 para a alusão ao tio Gaspar.

"Para a cabra e para a mulher, corda curta é que se quer". Assim acontece, ainda, com o exemplo do tio Gaspar que se gabava de conhecer as mulheres pelos dentes, actividade que Tomás Manuel acaba por exercitar nas raparigas dos clubes que frequenta.

A pluridiscursividade implicada nas práticas transtextuais que vimos referindo, se em muito contribui para uma mais nítida caracterização das personagens envolvidas, necessita, todavia, de ser tacitamente aliada a outros discursos; vozes outras que ensombram o relato e a partir das quais se preenchem algumas das lacunas advenientes da limitação do ponto de vista do narrador[74].

Aparentemente, o móbil não premeditado da progressão da história é a busca da verdade acerca dos [supostos] crimes ocorridos na Casa da Lagoa mas, em virtude da ausência do escritor-furão nesse lapso de tempo, tal objectivo só é alcançado através de informações recolhidas em conversa com diversas personagens (Velho-dum-Só Dente, Hospedeira, Regedor, Padre Novo). Ora, como quase sempre acontece na transmissão oral de relatos, os factos nem sempre o são, ou nem sempre são da maneira que se conta. Como bem diria a hospedeira, quando o caso passa às bocas do povo, "nem Deus cala os mudos...":

> Segundo o comerciante, proprietário de uma casa de porta aberta, já se sabe: a verdade está nos autos. Nada de crime. Segundo o cauteleiro a moeda foi o ciúme. A patroa mata o criado, e o marido, roído de mágoa, mata-a por sua vez (...). Parece que os estou a

---

[74] O já aludido desvirtuamento do papel do narrador como "potestade omnisciente" (Oscar Tacca, *As vozes do romance*. Trad. Margarida Gouveia. Coimbra: Almedina, 1983, p. 70) é pontualmente corroborado na tessitura narrativa de *O Delfim* através dos seguintes exemplos: "Se assim foi (como é de crer que tenha sido)", p. 22; "E sempre a falar-lhes, sempre num sermão constante que, à distância onde me encontrava, me parecia um discorrer de conselhos paternais", p. 23; "Separa-nos a largura de uma rua que atravessa a aldeia e que desemboca no largo e na estrada nacional número não sei quantos, e separa-nos uma fracção de tempo – quanto ao certo?", p. 51; "aquilo que podia fazer alguma luz sobre a questão, é assunto que ficou no segredo dos doutores, no compromisso que ficou entre a mortalha e a bata branca", p. 141; "Que terá sido feito do Engenheiro? Fugiu à morte da mulher?", p. 146; Em toda a Gafeira só ele [o Regedor] e o Padre Novo sabem ao certo o que aconteceu na última noite dos Palma Bravo", p. 194; "Há música saída de um alpendre(?)", p. 261; "Com a prática que tinha de lidar com um marido entrevado, levou o patrão desde o carro até à cozinha, banhou-lhe o rosto e pôs-lhe adesivos. Teria sido assim?", p. 339; "Quanto tempo terá levado ele a fazer este caminho?", p. 340.

O Delfim – *Continuidade(s) e ruptura(s)* ...

ouvir: dois pregadores em fúria. Discutem a morte e já lhe metem
almas do outro mundo de permeio; falam de cães, cães-fantasmas
(ou terei entendido mal?) e nada os pode deter[75].

Assim, os fios desta re-constituição duplamente diferida (posterior e em segundas bocas) enovelam-se progressivamente, não só
porque difusos, variados e pouco consistentes, mas também porque vão despoletando na memória da instância narrativa recordações de episódios proximamente remotos de precisamente um ano;
episódios ocorridos aquando da primeira visita à aldeia e à Casa da
Lagoa e registados no célebre caderno de apontamentos, manancial
de dados e precioso coadjuvante na re-construção de tempos mortos e de recordações abstractas e desfocadas[76].

Por isso, este caderno é bastas vezes revisitado e tornado presente através de paratextos como as notas de rodapé que surgem,
quer como explicitação de designações pouco claras, como essa de
'camponeses-operários', –

Designação imprópria, só aplicável ao camponês que, numa agricultura em vias de industrialização, adquiriu um perfil próximo do
operário sem contudo se ter identificado com ele. Não dispondo de
terras, o homem da Gafeira exerce como recurso uma actividade

---

[75] *Ibidem*, pp. 32-33. Comentário da hospedeira na p. 338.

[76] "eu vou-me aproximando, de caderno na mão. Furo por entre anexins pitores-
cos, tropeço em memórias e curiosidades da minha passagem pela Gafeira e não distingo
bem a mulher que fuma e espera. Tenho de a desenterrar dos rabiscos que escrevi há um
ano, destas ruínas de prosa (…). Maria das Mercês é um contorno interrompido que
entrevejo nas linhas dos meus apontamentos, um rosto no escuro a morrer e a avivar-se a
cada fumaça que vou puxando (…)" (*ibidem*, pp. 287-288).

A importância dos dados compilados no caderno como matéria-prima despoletadora
da narrativa é corroborada pelo próprio autor-narrador em, pelo menos, três ocasiões:
"No caderno vêm outras coisas, um comentário, uma citação, provérbios locais, desenhos
(imagine-se), lembranças que ocorrem com a famigerada indicação de «ideia a desenvolver»" (*ibidem*, p. 279), como essa que encontramos em rodapé na p. 312: "Em anotação a
uma conversa com o Padre Novo, encontro no caderno uma *ideia a desenvolver* – minha
ou dele, não posso precisar: «A descrição do passado revela um sentido profético no
comportamento dos indivíduos que resulta de os estarmos a estudar numa trajectória
histórica já conhecida.»"; "Está dito, ao arraial não falto, custe o que custar. E ao entarde-
cer, quando se firmar no alto dos pinhais a tentadora coroa de nuvens, não abrirei o meu
caderno de apontamentos, e menos ainda a *Monografia*. Ficou-me de emenda. Para a
próxima terei o cuidado de escolher outra leitura, de preferência um canto de alegria"
(*ibidem*, p. 363). Ver também p. 94.

110 Post-Modernismo no Romance Português Contemporâneo

não especializada nas fábricas dos arredores. A impossibilidade de garantir um futuro na indústria e a desadaptação gradual ao campo conferem-lhe um comportamento indeciso a que, à falta de melhor, se atribui a designação de «camponês-operário». – *Do caderno de apontamentos.* –,

quer como complemento da citação que surge no corpo do texto: "«Quem me trata mal os criados é porque não me pode tratar mal a mim»" – provérbio/sentença de Tomás Manuel, construído à margem desse outro de raiz popular: "«Quem não pode com o patrão vinga-se no cão»". Aduza-se ainda que as notas de rodapé servem, também, como confirmação da fidelidade do registo: à afirmação de Tomás Manuel de que «Os cemitérios são de todos, a lagoa é só minha. Adoro as exclusividades», aduz-se a seguinte nota infrapaginal:

> Textual, como consta dos meus apontamentos. Tomás Manuel defendia o «princípio da exclusividade» que torna socialmente feliz o homem. «Todo o acesso é provocado pelo desejo de exclusividade», sustentava ele, se bem que por outras palavras [77].

Outras frases de Palma Bravo, bem como anotações elucidativas do carácter de figuras várias, algumas afins, são também citadas a partir do caderno:

> Neste ponto desenha-se-me, muito clara, uma frase de Tomás Manuel que anotei (ou não – é questão de procurar) no meu caderno: *«Se até agora foi a minha família quem governou a lagoa, não hei-de ser eu quem a vai perder.»*;

> Há serviço, propriedade, demonstração de poder, como provam (entre as anotações do meu caderno):
> a) o caso de um Palma Bravo, um dos mais antigos, não sei qual, ensinando que pelo ladrar dos cães se conhece o respeito da casa. Sublinhado *pelo ladrar dos cães*;

---

[77] *Ibidem*, p. 75 e pp. 129-130 e 288, respectivamente, para a nota infrapaginal e para o provérbio e sua variante. Para outros provérbios, cf. pp. 59, 69, 132, 245, 173, 157, 289.

Depreendemos a prolixidade de anotações sobre os Palma Bravo a partir de considerações como a seguinte (p. 307): "Os charutos cansam-me (…). Tanto como as expressões e os princípios que tenho apontados no meu caderno e que à medida que os vou lendo me parecem mais semelhantes uns aos outros, quase repetidos de Palma Bravo para Palma Bravo, de geração para geração".

b) Padre Benjamim Tarroso, prior da Gafeira, declarando que preferia caçar de salto com o criado a levar com ele o mais fino cachorro (...)

c) a parábola da filha desobediente, contada pelo Engenheiro com as sábias palavras do tio Doutor Gaspar, pai desventurado: «Um homem dá tudo menos os cães e os cavalos»

finalmente d) a definição de Domingos: um indivíduo que tratava as máquinas como se fossem animais e que dominava os cães como se fossem máquinas. «A precisão requer um instinto especial, e este tipo tem-no (...) – comentário (aproximado) de Tomás Manuel (...)[78].

Como se o novelo da história (e do discurso)[79] não estivesse já suficientemente embaraçado, os fios do tempo presente e do passado próximo – distante de um ano – são atados a fios de um passado mais remoto, através da *Monografia do Termo da Gafeira* do Abade Agostinho Saraiva.

Citada *ipsis verbis* ou simplesmente de memória, as venerandas palavras do Dom Abade servem, segundo julgamos, diferentes propósitos, nem sempre de significação inócua: por um lado, reconstituir o passado remoto da Gafeira, sugerido pela presença de elementos como a muralha, ou lembrar o pitoresco do passado para compreender o presente:

> Porque para quem conheça a aldeia (consulte-se a Monografia do Termo da Gafeira, do Abade Agostinho Saraiva, MDCCCI) é ali que está o pórtico do povoado, o mastro, segundo ele, dumas gloriosas termas romanas mandadas construir por Octavius Theophilus, Pai da Pátria. Lá se pode ler, na pedra imperial (e na gravura que abre o livro), o mandato solene gravado a todos os ventos: ISIDI DOMIN – M. OCT. LIB THEOPHILVS[80];

---

[78] *Ibidem*, pp. 43 e 93-94, respectivamente. Outras citações a propósito do prior Tarroso surgem posteriormente nas pp. 266-267.

[79] Para a distinção destes termos, *vide* Vítor Manuel Aguiar e Silva, *A estrutura do romance*. Coimbra: Almedina, 1974, p. 42 e Gérard Genette, *Discurso da narrativa*. Trad. Fernando Cabral Martins. Lisboa: Vega, s./d., pp. 23-24.

[80] *O Delfim*, p. 15. Cf. para outros exemplos: p. 18 (águas milagrosas da Gafeira – ruínas das termas romanas), p. 57 (o que há-de encontrar ao relê-lo: soldados, túmulos...), p. 257 (aquedutos subterrâneos), pp. 258-259 (achados arqueológicos, ruínas das termas romanas, hereditariedade de traços físicos das mulheres da Gafeira; a propósito da descrição de achados arqueológicos indica-se, inclusivamente, o capítulo, a folha e o verso).

112 Post-Modernismo no Romance Português Contemporâneo

«No Livro das Confirmações do arcebispo Gusmão Contador dava-se a Gafeira, à data de 1778, com igual número de almas ao da própria cabeça do concelho [...] ao passo que em uma última relação se vê não haver mais do que 1044 habitantes, entre varões e fêmeas, e disto se tira prova do abatimento a que esta terra se acha condenada.» – Saraiva, *Monografia*[81].

A prosa do Abade converte-se, pois, em uma maneira de atestar a veracidade da existência da aldeia, subvertendo e minando a nossa certeza de se tratar de um lugar ficcional. Facto este que, em termos pragmáticos, torna mais eficiente a veiculação (e a inculcação) ideológica pois implica que se aceitem como (mais) verídicos, ou pelo menos como mais verosímeis, os conflitos sociais explícitos ou implícitos na tessitura narrativa.

Por outro lado, servindo simultaneamente para reconstituir a ascendência de Tomás Manuel, subtilmente permitindo entrever a ancestralidade do seu domínio, a *Monografia*, ou melhor, os comentários que a ela e ao seu autor se tecem (ou à Hospedeira em sua substituição) permitem também atestar o distanciamento ideológico do narrador em relação à encomiástica recomendação dos Palma Bravo:

O livro do Dom Abade pesa-me na mão. Não preciso de o abrir para antever o universo que me espera. Numas folhas encontrarei um acampamento militar, noutras um cipo funerário de Tibúrcio, o Moço, poeta cirurgião; noutras, galerias, aras votivas, dedicatórias.
A páginas tantas entra-se na idade dos varões lavradores.
«Subiu este lugar ao conceito do Paço e do Reino mercê de alguns honrados que o povoaram e protegeram com o seu braço, mormente os da casa Palma Bravo...»
E é como se tivesse a minha hospedeira a interromper-me a leitura, deleitada: «Os oito fidalgos de bom coração»...

A propósito destes o narrador já havia tecido os seguintes comentários:

---

[81] *Ibidem*, p. 17 (em rodapé). Não por acaso refere no antecapítulo ter "a mão direita pousada num livro antigo – *Monografia do Termo da Gafeira* – ou seja, que tenho a mão sobre a palavra veneranda de certo abade que, entre mil setecentos e noventa, mil oitocentos e um, decifrou o passado deste território" (p. 9).

eu que percorri linha a linha toda a Monografia do Abade Domigos Saraiva, que transcrevi inclusivamente algumas páginas num caderno que trouxe comigo e que por acaso está acolá, naquela mala, eu, leitor impuro, garanto com a mão na mesma piedosa obra que jamais encontrei nela o menor traço de qualquer fidalgo de bom coração. A sério, palavra de senhor escritor. O abade sabia molhar a pena sem carregar muito nas tintas e se fez elogios aos Palma Bravo foi suficientemente cauteloso para não se chegar demasiado à lagoa. Até porque a lagoa queima, não é assim?[82].

De acordo com esta linha de raciocínio, não nos resta senão discordar de Maria Luiza Ritzel Remédios que alega, ao ratificar as antinomias explorador/explorado pela oposição dos espaços em que normalmente circulam as personagens (alto – explorador, baixo – explorado), "o narrador, no plano espacial, acompanhando, do alto, a personagem, assume o seu sistema fraseológico, ideológico e psicológico"[83].

Pode, efectivamente, não ocorrer um confronto ideológico directo entre as duas personagens, mas são múltiplos os exemplos, como já constatámos, em que a regulação da simpatia do narrador

---

[82] *Ibidem*, pp. 60 e 41, respectivamente. Com a mesma condescendência irónica que evidencia perante as ingenuidades do "monge amigo", "zelador de *antiquitates lusitanae* (…), instalado na sua prosa cuidada, no seu elzevir oitocentista" (p. 58), o narrador comenta a reaccionária opinião da Dona da Pensão de que "«Foi a ânsia de luxar que atirou com tantos emigrantes daqui para fora…»": "Ah, hospedeira, que por vezes chego a pensar que é o doutor Agostinho Saraiva quem fala por detrás dessa boca de pétalas. Só ele criticaria assim os camponeses que abandonam a terra e os rapazes que vestem blusões de plástico e vão para o café ver televisão. «Luxo e desgoverno…»", *ibidem*, p. 59. A mesma atitude é evidenciada quando ficcionalmente se dirige ao Abade: "Ofendi, zeloso abade. Posso continuar?", p. 173; "Tracemos-lhe uma cruz, Abade Doutor: *«Requiem aeternam dona eis, Domine…»*", p. 356.
O distanciamento ideológico do narrador em relação ao domínio exercido pelos Palma Bravo pode, ainda, ser corroborado pelo comentário escrito à margem da Relação de pagamentos (que se apresenta em forma de citação) efectuados por Tomás, o Nono: "Administração paternalista. Vestuário, recreio, alimentação, fornecidos diariamente como método de controle da dependência", p. 269.
[83] Maria Luiza Ritzel Remédios, *O romance português contemporâneo*. Santa Maria: Ed. UFSM, 1986, p. 192. A eventual e aparente compatibilidade dos discursos, o do narrador e o de Tomás Palma Bravo, deve, por conseguinte, ser lida ironicamente. Sobre o assunto, *vide* Eunice Cabral, *José Cardoso Pires. Representações do mundo social na ficção (1958-82)*. Ed. cit., p. 185 e *passim*.

114   *Post-Modernismo no Romance Português Contemporâneo*

evidencia exactamente o oposto, ou seja, o afastamento perante os sistemas ideológicos perfilhados pelo(s) Palma Bravo. Tal afastamento é feito por via de uma linguagem irónica e jocosamente paródica, até porque, como bem disse António Aragão, "Sabe melhor apedrejar rindo do que mendigar chorando o direito que nos cabe"[84].

Da necessidade e importância da "leitura nas entrelinhas da frase censurada" nos dá indício o próprio José Cardoso Pires, a propósito das polinomásias de Tomás Manuel:

> Ao tratá-lo numa ocasião por Infante, noutra por Engenheiro Avicultor, noutra por Engenheiro Anfitrião, noutra ainda por Tomás Manuel Undécimo, e por aí fora, o que o Narrador deve ter pretendido foi comentar ironicamente (criar distanciamento crítico, portanto) a atitude do protagonista citando-o pelas máscaras com que ele enfrenta as diversas situações domésticas. Seriam como cognomes épicos, essas denominações e cada qual relacionada com uma metamorfose do herói. De modo que, aparecendo assim, tão abundantemente e em sucessão, tudo faz pensar que visam a destituir o protagonista de uma personalidade constante e coerente[85].

Retornemos, contudo, à obra do Abade. Não esqueçamos que a *Monografia* é um livro inventado pelo autor, tal como acontece com o *Tratado das Aves*[86], o que nos leva a considerar que as citações daí retiradas se revestem de um estatuto diferente do das extraídas de obras efectivamente publicadas.

Acreditamos, por isso, poder de algum modo alargar a intertextualidade genettiana, propondo que esses casos, em que incluímos, também, o *Livro dos Conselhos* de José Saramago ou os «Papéis de Alexandra Alpha» de Cardoso Pires, se passem a designar por citações fictícias ou simuladas, ou, ainda, por quase citações.

---

[84] *Apud* A. Hatherly e E. M. de Melo e Castro, *PO-EX. Textos teóricos e documentos da poesia experimental portuguesa*. Lisboa: Moraes, 1981, p. 54.

[85] José Cardoso Pires, *E agora, José?*. Ed. cit., 166. Cf. p. 169.

[86] "Sentenças de Palma Bravo, transcrições do Dom Abade ou do «Tratado das Aves» [cf. *O Delfim*, pp. 301-302], anexins e bagatelas são coisas lá do arsenal dele, não minhas. Fazem parte dos seus métodos de trabalho, embora tenha sido eu que as fui buscar a lugar nenhum e lhas meti na bagagem que ele levou para a Gafeira" (*ibidem*, p. 150).

3. Baco: ruídos perturbadores

A bakhtiniana noção de pluridiscursividade, resultante do cruzamento e do encontro dialógico entre o discurso do narrador e os outros discursos alheios, vozes "chegadas de sítios incríveis" por via de diferentes práticas transtextuais, é, ainda, enriquecida na obra em apreço pelo reaproveitamento intertextual de características identificativas de outros sócio-códigos, nomeadamente do Modernismo, do Surrealismo e da Poesia Experimental.

Sob a forma de citação ou de alusão, as palavras e a técnica interseccionista de Fernando Pessoa atravessam algumas páginas de *O Delfim*:

> É só copiar:
> ...Que pandeiretas / etc, etc / As paredes estão na Andaluzia... / De repente todo o espaço pára / Pára, escorrega, desembrulha-se..., / e num canto do tecto (que é de madeira, mas isso não interessa ao poema)... / etc, etc. / Há ramos de violetas / Sobre o eu estar de olhos fechados...
>
> As gargalhadas saltitam por entre a vegetação da mata, misturadas com ruídos de galhos que se quebram e com passos sobre a folhagem apodrecida[87].

Ora, o que nos parece ocorrer é que a modernista técnica do interseccionismo, na primeira citação ilustrada pelo cruzamento de dois planos espaciais (Andaluzia/quarto, exterior/interior), é proteicamente transfigurada e reaproveitada, semântica e formalmente, na obra de Cardoso Pires. A analogia consubstancia-se, pois, não só porque os registos discursivos das diversas vozes constantemente se cruzam e constantemente interseccionam o discurso do narrador, mas, num outro plano, e numa espécie de interseccionismo virtual, porque esses discursos outros sistematicamente contaminam o discurso pessoal e o discurso avaliativo da instância narrativa:

> E eles avançam de cabeça levantada, mão na mão, sem um cumprimento a quem quer que fosse; sem uma palavra entre ambos e muito menos para o mestiço que os esperava com os cães pela trela. Duas silhuetas de moeda, dois infantes. Dois quê?

---

[87] *O Delfim*, pp. 330 e 333, respectivamente (relembre-se "Chuva Oblíqua").

116   *Post-Modernismo no Romance Português Contemporâneo*

Sorrio: Infante nunca foi um termo meu. Saltou-me à ponta da frase porque desde que cheguei que o tenho no ouvido[88].

A técnica interseccionista parece estender-se, outrossim, à instância temporal, já que, para além de chegarem de "sítios incríveis", as vozes trazem consigo, também, ecos de tempos não menos incríveis, mais ou menos longínquos, mas que, nem por isso, deixam de interpor-se ao presente da narrativa. Esses tempos cruzam[-se] de diferentes modos [n]o tempo da memória do narrador-caçador que, no quarto da pensão, tenta re-compor as peças do *puzzle* narrativo. Por vezes, o passado, próximo de horas ou remoto de séculos, ensombra o presente simplesmente por pura associação de ideias, algo ou alguém que da janela se observa despoleta recordações de situações vividas, ouvidas ou lidas.

«Tomás, nem tu sabes como me apetecia um whisky,» suspiro agora, em pensamento.
«Serve-te», grita-me ele sentado nos degraus que dão para o pátio, a afinar a guitarra;

Tinham rostos nebulosos esses cavaleiros lavradores. Emergiam de um passado intemporal em que reinavam guerrilheiros de crucifixo no bolso e onde havia lenços vermelhos a flutuar sobre as searas[89].

Em outros momentos, os tempos emergem de forma inconsciente e gradual, pontualmente, e intertextualmente, ganhando proporções dessa surrealidade entre nós tardia e pouco coesa. Surrealidade sustentada pelo torpor e pela névoa alheada de que são feitos o espaço e o tempo da insónia, lugar de encontro de sonhos e de

---

[88] *Ibidem*, p. 26. "E crucificada nela e na sua legenda de caracteres ibéricos, digo lusitanos, a igreja", p. 15. Cf. pp. 347-348 para o cruzamento de vozes, "chegadas de sítios incríveis".

[89] *Ibidem*, pp. 119, 170, respectivamente.

"Memória e associações de circunstância entrecruzam-se com a observação imediata, provocando não só movimentações em espaço/tempo, através do apropósito e da referência indirecta, aproximações, manobras de diversão, etc. O estilo *ad libitum* do relato vem muito dessa disponibilidade de discorrer-sobre e à-margem, e também das escritas paralelas ou daquelas que se recuperam, sobrepondo-se; mas acima de tudo deriva de uma escolha de posição do narrador, ou seja, do «distanciamento interessado» em que ele se coloca perante o caos apaixonado que o cerca" (*E agora, José?*. Ed. cit., p. 170).

pesadelos – como esse em que os cães que uivam na lareira passam a ser os corpulentos mastins do Engenheiro, Lorde e Maruja, de dentes aguçados, agora monstros torturados pelo Velho-dum-Só Dente. Este, num cenário de nevoeiro cada vez mais carregado, retalha-os com as unhas e desfibra-os até ao esqueleto em sangrentas cordas de carne que, afinal, se transfiguram em enguias grotescamente apregoadas [90].

E porque "Um ano vivido assim, numa tarde, desorienta", ou, se preferirmos, porque "escrever ficção não é propriamente levantar um edifício racionalizado pedra a pedra" [91], não pode senão aliar-se essa desorientação, traduzida na disseminação/fragmentação e na descontinuidade narrativas (já instauradas pelo colectivo de vozes e, *pour cause*, pelo interseccionismo), a um registo escrito que parece convocar, centripetamente, não apenas algo da subversiva dimensão, visual e não só, da poesia experimental.

Convoca-se, também, se quisermos retroceder um pouco mais no tempo literário, algo das ousadias gráficas dos primeiros modernistas, de quem não podemos deixar de destacar os nomes de Álvaro de Campos, de Almada Negreiros e de Mário de Sá-Carneiro. Os seus gritos apoteóticos da indústria tipográfica e das empresas jornalísticas prolongam-se, sem dúvida, pelas páginas de *O Delfim* seja através da citação de títulos de jornais e de revistas, seja a partir de referências publicitárias.

Assim acontece, por exemplo, nas linhas que a seguir transcrevemos:

UM LAVRADOR FESTEJOU O NASCIMENTO DE UM FILHO VARÃO;

«Portuguesidade e contemporaneidade»;

«Inauguração duma Cantina Escolar»;

«Monges do Vietnam…A Purificação Pelo Fogo» (Reuter);

Tem a ossatura sólida das mulheres do tipo Sagitário (cf. *Elle, Horoscope*, professor Trintzius…);

---

[90] Cf. *O Delfim*, pp. 263-264 (cf., ainda, p. 354).

[91] *Ibidem*, pp. 234-235 e *E agora, José?*, p. 144, respectivamente.

118 *Post-Modernismo no Romance Português Contemporâneo*

Produtos Rekord: Letras vermelhas a gritarem no altifalante sobre a cabina. «Rekord», lê-se nos lados e nas portas de trás. Avante, alegres propagandistas de feira, e bons negócios para as «Pomadas-Vermífugos-Dentífricos-Preços de Laboratório» e para o mais que não cabe no letreiro da furgoneta;

Os barmen podiam fazer um tratado sobre o assunto. Dez tratados, se quisessem. Uma enciclopédia do tamanho da Britânica *by appointment to His Majesty* Johnnie Walker Rótulo Preto;

E o Gago a envelhecer. E os lenços a chegarem pelo correio em caixinhas de meia dúzia. «*La Preciosa – Tejidos y Mercearia al por mayor*»", dizia o rótulo, sempre o mesmo;

Sentei-me numa saca de adubo, entretido, por um lado, com ele, por outro, com a confusão que o rodeava – sal, panos, confeitos, a placa de uma *Companhia de Seguros, Agência* (...) um calendário de parede com uma jovem colorida a beijar um cão: *John M. Da Cunha – Grocery Store & Meat Market – Newark, N. J.*[92].

Com efeito, salvaguardando evidentemente certos aspectos de descoincidência entre os dois tipos de discurso de que agora nos ocupamos, bem como as implicações advenientes das respectivas diferenças modais, já que se trata de extrapolar para o texto narrativo teorias centradas no texto poético, a verdade é que a conceptualização teórica do Experimentalismo português apresenta-se, na esteira da tradição de vanguarda do primeiro Modernismo, como um vasto manancial passível de caucionar algumas das grandes e genéricas linhas do post-modernista texto cardoseano.

António Aragão, num artigo teórico intitulado "Intervenção e movimento", publicado em 24 de Janeiro de 1965 no Suplemento Especial do *Jornal do Fundão*[93], expõe a ideia de que o já então agónico culto excessivo do individualismo contribuiu, em grande medida, para o alargamento do fosso entre os dois pólos do circuito de comunicação literária, o sujeito de enunciação/artista e o leitor/ /público, obviando, por essa distanciação, uma "posse total do objecto artístico". Afastado do processo de criação, o leitor seria,

---

[92] *O Delfim*, pp. 150, 210, 211, 212, 284, 55, 119, 165 e 84-85, respectivamente.
[93] *Vide PO-EX*. Ed. cit., pp. 51-56.

pois, neste sentido, mero receptor passivo do universo criado na/e pela linguagem de uma entidade encerrada na "torre de marfim e mistério", designação que, acreditamos, encerra em si a possibilidade de a identificarmos, total e plenamente, com o narrador no seu papel de "potestade omnisciente", criador de universos para os outros mas não com os outros.

O que se reivindica é, pois, a necessidade de uma actuação em comum, de uma espécie de "metajogo" entre artista e público fruidor; facto que, entre outros, justificará a tentativa de estabelecermos pontos de contacto, melhor seria dizer, de contaminação, entre a técnica experimental e a obra adventícia dos ventos do Post-Modernismo.

Assim, do mesmo modo que a atomização da linguagem e o desvendamento do jogo e dos segredos, e a exibição dos truques, com a consequente destruição do discurso convencional, passam a requerer, para os poetas desta nova vaga, a presença e a colaboração recíprocas da imaginação criadora do leitor, também em *O Delfim*, a implosão desmistificadora do tradicionalmente monológico *"ludus encantatório"*, a emergência de uma escrita que, nas palavras de Julia Kristeva e já não nas de António Aragão, é, pode ser, uma "experiência de limites"[94], passa a obrigar a um semelhante tipo de concepção sobre o papel e o posicionamento do leitor. Este deixa de ser subalternizado, porque mantido à distância do interior da esfera da criação.

O já aludido registo polifónico, mas também, mais explicitamente, as constantes interpelações a essa entidade, por natureza e tradição extradiegética, permitem trazê-la, pois (através dos mais variados artifícios, alguns dos quais de recorte garrettiano), para dentro do universo narrativo. O efeito que se obtém através da presentificação e da cristalização do leitor na teia da própria ficção conduz, pensamos, ao estreitamento (até a uma quase abolição em alguns casos) das fronteiras inter-mundos: o intra- e o extra-diegético, o ficcional e o real.

---

[94] Julia Kristeva, "Postmodernism?", in Harry Garvin (ed.), *Bucknell Review: Romanticism, Modernism, Postmodernism*. Vol.XXV, n.º 2. Lewisburg, Pa.: Bucknell University Press, 1980, p. 137.

Não se trata, pois, e apenas, de uma mera colaboração indirectamente solicitada, como no caso da Poesia Experimental cujo jogo linguístico pressupunha empírica e virtualmente a colaboração decifradora do fruidor. Trata-se, também, agora, de verbalizar o jogo de uma actuação que se quer pôr em comum.

A importância de uma verdadeira reconciliação do escritor com o público é sublinhada por António Lobo Antunes que a considera um dos pontos fulcrais da renovação do romance português. Renovação que, em sua opinião, terá ocorrido depois da Revolução de 1974 (data de efectivo início do vigésimo século literário português) em virtude também, pelo que depreendemos das suas palavras, de os escritores portugueses terem deixado de lado o recurso a uma linguagem demasiado elaborada, substituindo-a por uma linguagem mais simplificada, mais prosaica e, por isso, mais inteligível por parte do público [95].

Se concordamos com o autor sobre o facto de a aludida reconciliação do escritor com o público (adveniente, com efeito, dessa simplificação da linguagem) poder justificar-se pela crescente relevância que o leitor vai adquirindo na urdidura narrativa, dele discordamos, no entanto, no que diz respeito à delimitação *a quo* da renovação do romance português.

Com efeito, como temos vindo a verificar, é possível remontar essencialmente à década de sessenta para encontrar a consolidação dessa linha embrionariamente enraizada em alguns dos -ismos de início de século ou, se quisermos, em esporádicas tentativas de escritores mais remotos como Almeida Garrett e Laurence Sterne.

Quanto ao outro aspecto implícito nas palavras de Lobo Antunes, o da simplificação da linguagem como contribuinte privilegiado do esbatimento das fronteiras entre uma literatura para uma elite e uma literatura para as massas, ressalve-se que nem sempre se confirma totalmente a veracidade da proposição. Isso permite, também aqui, apontar uma outra contradição do Post-Modernismo, qual

---

[95] Cf. Anne-Marie Quint, "Entretien avec le romancier portugais António Lobo Antunes", in *Les langues néo-latines*, n.º 284. Paris, 1984, p. 100 e Francis Utéza (coord.), "Lobo Antunes: Le point de vue de L'écrivain", in *Quadrant*. Montpellier, 1984, pp. 147-156.

seja, de acordo com Linda Hutcheon, o facto de muitos desses romances serem simultaneamente sucessos comerciais e objecto de teses académicas[96].

Segundo julgamos, e pelo que nos é dado a conhecer do panorama literário nacional, o que na prática pode também paradoxalmente acontecer é que, apesar desse crescente prosaísmo verbal, a orquestração a que é sujeita a narrativa (a colagem dos diversos discursos) acaba por desagradar ao leitor comum, mais habituado ao conforto facultado pela linearidade do relato do que a encarnar do avesso o papel que lhe era tradicionalmente destinado. Neste sentido, a popularização da literatura pode redundar numa academização maior e, em consequência, mesmo que obliquamente, num desvanecimento da aludida aproximação entre a arte de elite e a arte de massas.

Seja qual for a situação, e voltando a dobar o fio da nossa meada, em *O Delfim* confirma-se a convocação do leitor para a tessitura narrativa e, consequentemente, para a decifração conjunta do universo diegético, seja através de interpelações directas, seja, mais indirectamente, pelo recurso a outros artifícios através dos quais se chama a sua atenção:

> <u>Repare-se</u> que tenho a mão direita pousada num livro antigo – *Monografia do Termo da Gafeira*;

> Tão escura [a sombra da muralha], <u>observe-se</u>, tão carregada de hora para hora, que parece uma mensagem antecipada da noite; ou, <u>se preferirem</u>, uma insinuação de trevas posta a circular pela muralha em pleno dia para tornar o largo mais só...;

> (<u>consulte-se</u> a *Monografia do Termo da Gafeira*, do Abade Agostinho Saraiva, MDCCCI);

> E não deixarei de ter um momento de ternura para as ingenuidades deste zelador de *antiquitates lusitanae* (é assim que se diz?), instalado na sua prosa cuidada, no seu elzevir oitocentista que volto a saborear com as licenças necessárias e o privilégio real. <u>Fiz-me entender, leitor benigno?</u> Fui claro, monge amigo? E nós, minha hospedeira?;

---

[96] Cf. Linda Hutcheon, *Poética do Pós-Modernismo*. Ed. cit., p. 40 e *passim*.

Aprendei, crianças do meu país [a propósito da imagem de cães cristalizada em gravuras escolares]:

«E o Engenheiro, muita estroinice, muita estroinice, mas portas adentro cuidadinho. (...)»/ Acenei que sim (e continuo a acenar) [97].

Outro aspecto em que mundo real e mundo fictício (criado no/e pelo papel/escrita) se entrecruzam, chamando também a atenção para a ficcionalidade da obra, parece dizer respeito, já não à dramatização do leitor a que acabamos de aludir, mas a uma crescente exposição-dramatização do controle exercido por quem cria sobre quem relata. Controle que institui, consequentemente, novas relações dialógicas em torno de conceitos como autor e narrador.

Em 1958 Wolfgang Kayser afirmava a sua convicção plena de que o narrador não era jamais passível de identificação com o autor, sendo, pelo contrário, um simples papel, inventado e adoptado por ele. Tendo como função conduzir a narração dos acontecimentos, ele seria uma [outra] personagem de ficção na qual o autor se havia metamorfoseado[98]. Três anos depois, Wayne Booth reitera e alarga o âmbito deste ponto de vista ao propor novas nomenclaturas e, com elas, novas abordagens dos conceitos em apreço.

Ao mesmo tempo que reitera a necessidade de distinguir entre autor e narrador (ou orador, como também lhe chama), cria a designação, nem sempre consensual, de 'autor implicado'. Esta designará, então, o *alter ego* do autor, o resultado da imagem-ideia literária criada/reconstruída pela leitura do texto. Espécie de segundo eu, ela será, também, sempre diferente do «homem a sério»-autor real ou empírico.

Como a dado momento afirma, "independentemente da sinceridade que o autor intenda, cada uma das suas obras implicará diferentes versões, diferentes combinações ideais de normas", de acordo com a necessidade de cada obra. Ele será, em suma, "a

---

[97] *O Delfim*, respectivamente pp. 9, 14, 15, 58, 88, 199 (trazendo o leitor para dentro da narrativa, desloca-se ele próprio para o presente da leitura) (sublinhados nossos). Cf., ainda, inúmeras perguntas retóricas, por exemplo, na p. 121.

[98] Cf. Wolfgang Kaiser, "Qui raconte le roman?", in *Poétique*, n.º 4, 1970, p. 504.

soma das opções deste homem" real [99].

A leitura de *O Delfim* parece atestar a exequibilidade da teorização de Wayne Booth, na medida em que é possível descortinar a presença de uma entidade narrativa que, também por várias vezes no metatexto "Memória Descritiva", in *E agora José?*, se assume como diferente do autor real:

> Esse recurso «abusivo» [insinuação da personagem narrador como Autor do romance] só pretende «acordar» o leitor, afastando-o de uma comunhão sentimental com a estória ao nível naturalista e trazê-lo a um plano mais crítico que é o da própria redacção. E se mais adiante, numa nota de pé de página do capítulo XV, vai ao ponto de se identificar descaradamente com J.C.P., seu desafortunado inventor, a intenção continua a ser idêntica: trata-se de uma chamada em asterisco, de inspiração cem por cento camiliana, destinada a arrancar o leitor para fora da mancha do texto ou muito simplesmente a explorar, por efeito, uma função fática. No mais, embora «inventor de verdades», como ele se define e define a sua qualidade de «escritor», o furão Narrador fica muito bem onde deve ficar, quero dizer, nos limites duma novela, e com os méritos e argúcias que não chegam para fazer dele o demiurgo que às vezes parece ser pela maneira como se comporta. Entendido? [100].

Os sentidos expostos no presente excerto traduzem-se no universo delfiniano, *ab initio*, na presença de um narrador de primeira pessoa que, ostensivamente, se auto-denomina Autor e que, sucessiva e progressivamente, se assumirá quer como observador a

---

[99] Wayne C. Booth, *A retórica da ficção*. Lisboa: Arcádia, 1980, p. 89, 92 e 167. Para além das várias versões oficiais que de si mesmo se permite dar, o autor implicado cria também o "elemento" narrador. Este é "geralmente aceite como o «eu» da obra, mas o «eu» raramente, ou mesmo nunca, é idêntico à imagem implícita do artista" e "pode dele ser diferenciado por amplas ironias" (p. 90). Nos casos em que esta entidade "fala ou actua de acordo com as normas da obra (ou seja, com as normas do autor implícito)", Booth, salvaguardando todavia a inadequação da expressão, designa-o de *fidedigno*; quando, pelo contrário, o não faz, classifica-o de *pouco digno de confiança* (p. 174).

[100] José Cardoso Pires, *E agora, José?*. Ed. cit., pp. 146-147 (*vide* também p. 145). Citem-se, a propósito da identificação das duas entidades, alguns exemplos de *O Delfim*: "Sou um visitante de pé (...), um Autor apoiado na lição do mestre", "A sério, palavra de senhor escritor", "E para mim, que sou senhor escritor?", pp. 10, 41, 82, respectivamente.

quem compete mostrar e contar os acontecimentos, quer como agente perfeitamente consciente do seu papel de escritor-organizador do universo romanesco, por isso tecendo reflexões sobre o acto de escrita.

A desmistificação de uma possível identificação entre autor, o real, e o autor-narrador (e, consequentemente, entre autor real e autor implicado ou textual) é explicitamente dramatizada no capítulo zero. Essa dramatização (semelhante à que observaremos em *Amadeo*, de Mário Cláudio) ocorre a partir da oscilação entre o discurso de 1.ª pessoa e um discurso de 3.ª pessoa (eu/ele) (também patente na página final). A oscilação é, aliás, formalmente assinalada pelo intervalo branco de duas linhas, desse modo assinalando na ficção o que, anos depois, explicitaria no que já designámos por metatexto:

> Temos, pois, o Autor instalado numa janela de pensão de caçadores. Sente vida por baixo e à volta dele, sim, pode senti-la, mas por enquanto fixa-se unicamente, e com intenção, no tal sopro de nuvens que é a lagoa. Não a vê dali, bem o sabe, porque fica no vale, para lá dos montes, secreta e indiferente. No entanto, aprendeu a assinalá-la...

Mas o que deste modo se reclama, mesmo sub-repticiamente, é um poder demiurgicamente manipulador que nos leva a ponderar o facto de o autor implicado poder funcionar em *O Delfim* (como verificamos pela versão que de si mesmo constrói) como extensão do sistema estético-ideológico que sabemos ser defendido pelo autor real.

Concordando embora com a pertinência e com a aplicabilidade englobantes da teoria de Booth, julgamos que, no contexto deste romance pelo menos, há que proceder à sua relativização. Apoiamo-nos aliás, e para tanto, na assunção do próprio Booth de que "embora o autor possa, em certa medida, escolher os seus disfarces, não pode nunca optar por desaparecer"[101]. A noção de que o autor implicado é "sempre distinto do «homem a sério»" deve, assim, revestir-se de uma tonalidade menos peremptória: o autor implicado é <u>quase</u> "sempre distinto do «homem a sério»".

---

[101] Wayne Booth, op. cit., p. 38.

Acreditamos, pois (e apesar da tentativa de desmistificação que parece querer levar-se a cabo em "Memória Descritiva"), que *O Delfim* nos encaminha não para o quadro conceptual proposto pelo teórico americano mas, antes, para o argumento genettiano de que

> un récit de fiction est fictivement produit par son narrateur, et effectivement par son auteur (réel); entre eux, personne ne travaille, et toute espèce de performance textuelle ne peut être attribuée qu'à l'un ou à l'autre, selon le plan adopté. (...) Le style de l'*Étranger* est en fiction la manière dont s'exprime Mersault, et en réalité la manière dont le fait s'exprimer un auteur que rien n'autorise à distinguer de M. Albert Camus, écrivain de langue française, etc. Aucune place ici pour l'activité d'un troisième homme, aucune raison pour décharger de ses responsabilités effectives (idéologiques, stylistiques, techniques et autres) l'auteur réel – sauf à tomber lourdement du formalisme dans l'angélisme [102].

A posição de Genette tem sido, aliás, cabalmente reiterada por José Saramago, autor que, em diversas entrevistas, continua a reforçar a sua identificação com o que vulgarmente se designa por "ser de papel":

> The novel is the author's attempt at saying who he is. Reading a novel, the reader himself is also saying who he is. I sometimes say that the reader does not read the novel. The reader reads the novelist [103].

---

[102] Gérard Genette, *Nouveau discours du récit*. Paris: Seuil, 1983, p. 96 (cf. p. 101 para a referência a duas excepções: "celle de l'*apocriphe*, c'est-à-dire d'une imitation parfaite sans paratexte dénonciateur" e "celle, symétrique, que le langage courant affuble, en français, d'une dénomination quelque peu raciste. Lorsqu'une vedette du spectacle ou de la politique signe de son nom un livre écrit, moyennant rétribuition, par un tâcheron anonyme, le lecteur, de nouveau, n'est pas censé percevoir les deux instances auctoriales; il en perçoit une, qui n'est pas la vraie"). Para o autor, e de acordo com Mieke Bal ("Notes on Narrative Embedding", in *Poetics Today*. Vol.2, n.º 2, Winter 1981, p. 42), esta teria sido uma distinção útil e sedutora para a esquerda dos anos 60, na medida em que lhe permitiria condenar um texto sem condenar o seu autor e vice versa.

[103] José Saramago em entrevista a Julian Evans, "Pulling against the march of time", in *Financial Times* (Books). 2 de Dezembro de 2000, p. VI.

126　　*Post-Modernismo no Romance Português Contemporâneo*

O que em última instância se insinua a partir desta crescente indeterminação de fronteiras epistemológicas e ontológicas é o que Roxana Eminescu designa por era da "suspeita, senão da própria presença do autor, pelo menos do acto de escrita". Suspeita que, sintomaticamente depois de *O Delfim*, começa a ensombrar a "situação «norma» da literatura romanesca", até então quase sempre vertida na "enunciação impessoal ou do Eu" [104].

4. Narciso: máscaras e espelhos

Se a inter-acção suscitada pelas intromissões do leitor e do autor (real ou ficcionalmente travestido em narrador) na urdidura romanesca destrói, parcialmente, o canónico jogo-pacto da leitura, outro aspecto há que, de modo bastante mais incisivo, contribui para a tentativa de desmistificação da eventual verosimilhança de um mundo possível demiurgicamente re-criado, re-instaurando um outro tipo de jogo com novas e bem mais subversivas regras. Uma espécie de metajogo, ou de jogo metaficcional, em que se desvenda e desmonta o modo como a narrativa se vai construindo e, consequentemente, em que se permite o exame das suas estruturas e a exploração da sua capacidade de representar o mundo real:

> *Metafiction* is a term given to fictional writing which self consciously and sistematically draws attention to its status as artefact in order to pose questions about the relationship between fiction and reality [105].

Os exemplos que a seguir transcrevemos, sendo prova dessa emergência do modo como se escreve, reflexo de um elevado grau de consciência do escritor como artífice, são, também, e por isso,

---

[104] Roxana Eminescu, *Novas coordenadas no romance português*. Ed. cit., p. 23.

[105] Patricia Waugh, *Metafiction. The Theory and Practice of Self-Conscious Fiction*. London and New York: Routledge, 1988, p. 2. Apesar de, na década de 60, diversas palavras conterem o prefixo 'meta-', indicador do modo como se constrói uma determinada experiência do mundo, o termo 'metaficção' parece ter origem em um ensaio de William H. Gass, *Fiction and the Figures of Life*. New York: Knopf, 1970, p. 25.

O Delfim – *Continuidade(s) e ruptura(s) ...* 127

evidência do claro afastamento de uma concepção expressiva da escrita literária, de nítidos [ainda] recortes românticos:

E, crucificada nela e na sua legenda de caracteres ibéricos, digo, lusitanos, a igreja;

Para o compreender tenho de fazer um desvio, recuar um ano. Escolher uma manhã de domingo e colocar, ao centro da moldura de argolas encimada pela legenda romana... um Jaguar modelo E-4.2 litros... Gente, não a meto por enquanto (...);

(Chega. Todos, homens e mulheres, estariam como mandam as narrações sagradas, isto é, na apatia dos seus corpos cansados; todos a repetirem um ciclo de palavras, transmitido e simplificado, de geração em geração, como o movimento da enxada);

Seriam sessenta metros ao todo (ponhamos mesmo setenta (...)). Duas silhuetas de moeda, dois infantes do meio-dia. Dois quê?

Sorrio: *Infante* nunca foi um termo meu;

Queriam saber do Engenheiro (do Infante, peço desculpa);

Portanto, onde pus *Infante* ponho *Engenheiro* ou simplesmente o nome próprio, Tomás Manuel, e desvio o olhar do café onde deixei o Velho e o Batedor;

Fiquemos por aqui. Não é necessário que a minha hospedeira torne a evocar a dama da lagoa no seu exílio do vale;

(Assunto a desenvolver no meu caderno de notas: a caridade como elemento de equilíbrio social; logo, como estabilizador das hierarquias. *«Da necessidade da existência dos pobres para se alcançar o Reino dos Céus.»* Mas não. Não vale a pena gastar tempo com o assunto. Vem nos catecismos, Professor.);

Depois – explico – cada romance tem as suas recordações à margem das aventuras que conta, cada um vai crescendo com o tempo, corrigindo-se com o corpo e a voz do homem que o escreveu. Isso, as memórias ligadas a uma obra e a certeza de a trazermos continuamente connosco, suspensa, inacabada;

(Um momento: é aqui que Tomás Manuel irá jogar um dos seus pensamentos favoritos, o da cabra e da rédea curta);

«Amor, que insensatez,» teria ela dito, lavada em lágrimas.

Assim é que está certo" [e não o insulto anteriormente grafado];

Esta canção *October sigh* nunca existiu. Nem jamais alguém a poderá repetir, incluindo eu que acabo de a inventar e que não me hei-de lembrar dela por muito tempo;

«Se fosse a ti, Sherlock duma figa, não punha as coisas em termos tão simplistas.(...)

«Vai gozar outro.»

«Não estou a gozar, estou a ir ao encontro dos leitores. O ideal seria que o velho fosse amigo do pai dela. Não queres? Pronto, não compliquemos»[A propósito da história da Unhas de Prata];

(Aqui um parêntese: (...) Fechei o parêntese sobre Domingos;

Tenho de a desenterrar dos rabiscos que escrevi há um ano, destas ruínas de prosa e não sei mesmo se das outras;

É, considero aqui, um ofício delicado contar o tempo vencido;

(vide processo respectivo nos arquivos da G.N.R.);

Ou será confusão minha? [106].

A audácia experimental atinge, contudo, o seu ponto máximo quando re-escreve o capítulo XXV(I)-a, apresentando uma segunda versão – o capítulo XXVI-b.

---

[106] *O Delfim*, pp. 15, 20-21, 22, 26, 28, 34, 49, 74, 109, 111, 183, 208, 251, 270-276, 287, 312, 328, 359. Registem-se, ainda, os seguintes exemplos: "Tão escura, observe-se, tão carregada de hora para hora, que parece uma mensagem antecipada da noite; ou, se preferirem, uma insinuação de trevas posta a circular pela muralha em pleno dia para tornar o largo mais só, deixando-o entregue aos vermes que o minam (p. 14); "E etc." (p. 30); "Corto as considerações da minha hospedeira porque me vem à lembrança um estrondo poderoso, rasgando a aprumada linha do meio dia" (p. 36); "Uma formiga-mestra a comentar a solidão (...). Ou então (como escreveria um romancista citadino e de pena em dia), uma mulher que embala a infância, perseguindo-a na imagem de uma criada criança (...)" (p. 45); "Estou a exagerar?/Em princípio sim. Uma hidropisia é, na verdade, um exagero, uma caricatura da morte. Nenhum narrador eficaz cairia nessa armadilha, nessa escolha tão espaventosa no catálogo das doenças possíveis" (p. 173); "Conta-se (não estou para localizar a pessoa, o relator) que uma mulherzinha da casa – a Aninhas, quem havia de ser? (...)" (p. 175); "Não há capítulo de romance que resista a uma retórica tão descaradamente colorida..." (p. 210); "Aceito. Só por um bocadinho (...) porque o pato que eu tenho de derrotar amanhã, etc., etc. e etc" (p. 236); "(... Mas não julgo que haja vantagem em pôr-me para aqui a enumerar tantos nomes. Não só não conseguiriam impressionar o meu amigo como iriam ocupar mais três ou quatro linhas de texto sem parágrafo)" (p. 248).

Aliados à já aludida fragmentação causada pelo entrecruzar e pela colagem de tempos e de vozes, os comentários e reflexões sobre a escrita, melhor, sobre o modo como se vai escrevendo, permitem a entrada do leitor nos bastidores da ficção, guiando-o através de um universo onde, até então, lhe era praticamente vedada a entrada.

Ao mesmo tempo, jogando-se assim estes diversos dados sobre as folhas, o que em última instância se consegue é uma maior intervenção das capacidades interpretativas do leitor, na medida em que a desordem que se instaura, potencializando um elevado grau de entropia [107], constantemente obriga a uma espécie de exercício extensional desse Jogo do Olho Vivo praticado pelo narrador e pelo Padre Novo.

Como na leitura dos textos da Poesia Experimental, lê-se, avança-se, recua-se, estabelecem-se conexões inter-textuais em diversos sentidos. No entanto, ao contrário da minimal estruturalista leitura de quem apenas lida com a matéria-prima da palavra grafada, na poesia ou na prosa, a exigência interpretativa estende-se em *O Delfim* a associações outras, agora também de natureza intra- ou extra-textual. Tal ocorre pelo que nele existe de diálogo com outros textos e com outros autores e, também, pelo que nele existe de crítica ideologicamente empenhada em relação à realidade que vê nascer a obra.

Os exercícios metaficcionais de que vimos falando devem, ainda, e de forma mais complexa, porque mais velada e subtil, equacionar-se com uma noção de extrema importância para as novas andanças da ficção mais recente. Referimo-nos, como não podia deixar de ser, ao conceito de *mise en abyme*, técnica prolixamente utilizada pelo *Nouveau Roman*, mas já em 1893 teorizada por André Gide, e posteriormente cunhada por C.E. Magny, numa

---

[107] De acordo com Umberto Eco, *Tratado de semiótica generale*. Ed. cit., p. 88, "La información, en la medida en que mide la equiprobabilidad de una distribuición estadística uniforme en la fuente, es, según sus teóricos, directamente proporcional a la ENTROPIA del sistema (...), dado que la entropía es el estado de equiprobabilidad a que tenden los elementos del sistema". Um sistema literário desorganizado, ou caracterizado por ruídos de ordem diversa, encontra-se afectado, pois, por um elevado grau de entropia.

130 Post-Modernismo no Romance Português Contemporâneo

formulação que, apesar de parcelar, embrionariamente, apelava, todavia, à inscrição dos novos sentidos a vir:

> J'aime assez qu'en une oeuvre d'art on retrouve ainsi transposé, à l'échelle des personnages, le sujet même de cette oeuvre. Rien ne l'éclaire mieux et n'établit plus sûrement toutes les proportions de l'ensemble. Ainsi, dans tels tableaux de Memling ou de Quentin Metzys, un petit miroir convexe et sombre reflète, à son tour, l'intérieur de la pièce où se joue la scène peinte. Ainsi, dans le tableau des *Ménines* de Velasquez (mais un peut différement). Enfin, en littérature, dans *Hamlet*, la scène de la comédie; et ailleurs dans bien d'autres pièces (...). Aucun de ces exemples n'est absolument juste. Ce qui le serait beaucoup plus, ce qui dirait mieux ce que j'ai voulu dans mes *Cahiers*, dans mon *Narcisse* et dans *la Tentative*, c'est la comparaison avec le procédé du blason qui consiste, dans le premier, à en mettre un second «en abyme» [108].

Se no excerto transcrito se entrevê uma concepção ainda demasiado redutora de *mise en abyme*, a de obra dentro da obra ou a de mera duplicação interior, a produção posterior de Gide aponta, de acordo com Lucien Dällenbach, para uma tríplice generalização atinente à especulação interna/reduplicação de um ou vários aspectos da história: reduplicação simples, se um excerto estabelece uma relação de similitude com a obra que o inclui; reduplicação ao infinito, se ao caso anterior se aduzir que o excerto-reflexo inclui um outro excerto-reflexo e assim sucessivamente; reduplicação aporística, fragmento que é suposto incluir a obra que o inclui [109].

Conceito plural, portanto, reformulado por Dällenbach nos seguintes termos:

> est mise en abyme tout miroir interne réfléchissant l'ensemble du récit par réproduction simple, répétée ou spécieuse,

---

[108] André Gide *apud* Lucien Dällenbach, *Le récit spéculaire. Essai sur la mise en abyme*. Paris: Seuil, 1977, p. 15 (itálicos do autor). Lucien Dällenbach define a *mise en abyme* de Gide nos seguintes termos: "un couplage ou un jumelage d'activités portant sur un objet similaire ou, si l'on préfère, comme un rapport de rapports, la relation du narrateur N à son récit R étant homologique de celle du personnage narrateur n à son récit r" (op. cit. p. 30).

[109] Cf. *Ibidem*, p. 51.

e posteriormente completado e enriquecido pela inclusão de uma outra subcategoria que, mantendo contudo semelhanças de família com as supracitadas (pois em qualquer dos casos se pretende artificiosamente tornar o invisível visível), delas difere porque, ao invés de reflectir o resultado de um acto de produção – nível do enunciado –, coloca em cena o agente e o processo dessa produção – nível da enunciação:

> l'on entendra par mise en abyme de l'énonciation: 1) la «présentification» diégétique du producteur ou du récepteur du récit, 2) la mise en évidence de la production ou de la réception comme telles, 3) la manifestation du contexte qui conditionne (qui a conditionné) cette production-réception [110].

Assim sendo, e se por um lado nos parece possível estabelecer uma conexão-identificação entre esta última definição de Dällenbach e a definição de metaficção propugnada por Patricia Waugh, cujos exemplos em *O Delfim* acima transcrevemos, afigura-se-nos, também, que a obra em causa permite, outrossim, ilustrar a primeira e mais canónica acepção de discurso especular, ou de 'estrutura em abismo' como lhe chamou Gérard Genette.

O caso das Unhas de Prata, contada pelo Engenheiro em Novembro de 1965, e a breve mas elucidativa história da louva-a--deus são, cada uma a seu modo, mais ou menos metaforicamente, especulações, reflexos embutidos sob a forma de reduplicações simples, de um dos aspectos da história tecida à volta das personagens da casa da Lagoa, nomeadamente no que concerne à morte de Domingos. Em ambos os casos a morte dos 'machos' acontece *post coitum*, maquiavelicamente premeditada pela protagonista da relação, na primeira situação, simplesmente provocada por contingências da Natureza na segunda. Por outro lado, a breve referência intertextual à personagem de Shakespeare, Ofélia, remete para o modo como se verifica a morte de Maria das Mercês.

Todavia, *de per si* e isoladamente, como logo se depreende do exposto, cada uma delas reflecte apenas um muito parcelar aspecto

---

[110] *Ibidem*, pp. 52 e 100, respectivamente.

132   *Post-Modernismo no Romance Português Contemporâneo*

do desfecho das relações entre a senhora da lagoa e o criado, nenhuma reflectindo a totalidade do acontecido – a morte de ambos.

O que parece acontecer é que o sentido de cada uma das referências completa o sentido das restantes e, por isso, sob pena de desvirtuarmos a dällenbachiana concepção de *mise en abyme*, talvez seja correcto alvitrar a hipótese de que, se as entendermos como um todo, conseguimos, pela conglomeração dos micro-sentidos que delas individualmente é possível extrair e reter, atingir uma mais cabal reconstituição especular [111].

Se a estes excertos-reflexo, aspectos perturbadores de uma linearidade discursiva e, consequentemente, inibidores de uma, também ela, linear e pacífica leitura, aliarmos, ainda, esses outros fragmentos que já referimos, resultantes da instauração da vertente polifónica do romance e ousadamente colados, também eles, no devir narrativo, teremos, finalmente, percorrido quase todo o vasto leque de exemplos a partir dos quais é possível estabelecer uma das grandes e genéricas linhas de continuidade em relação à Poética do Fragmentário da estética do Modernismo.

É certo que não encontramos, propriamente, um sujeito de enunciação em fragmentária crise de identidade e que, por isso, constantemente busca uma totalidade que sempre se constata impossível de alcançar, mas não é menos certo que, quanto ao aspecto formal, *O Delfim* em muito se aproxima de uma orientação fragmentarista ensombrada pela *nuance* do livro *in fieri*, do livro que se vai fazendo pela conjugação de contributos de índole diversa.

Livro *in fieri* não porque possamos ordená-lo a nosso bel-prazer mas porque, apesar de tudo, se convocam a cooperação e a competência do leitor no encaixe semântico dos estilhaços que, em polifónica dispersão, vão sendo facultados.

5. Proteu: de narrador a detective(s), de dramaturgo a ensaísta

O aumento do que podemos designar por virtuosismo enunciativo (a 'performance' de que fala James Mellard) decorre, ainda, por via da instauração daquela que é hoje considerada uma das

---

[111] Para a história das Unhas de Prata, cf. *O Delfim*, pp. 249-255; para a história da louva-a-deus, pp. 313-314; a referência a Ofélia encontra-se nas pp. 202-203.

O Delfim – *Continuidade(s) e ruptura(s) ...* 133

grandes características da estética do Post-Modernismo; referimo--nos, é claro, ao esbatimento das fronteiras, já não entre narrador e leitor, mas à fluidez com que se encara o próprio género romance.

A convenção romanesca herdada do século XIX parece não mais preencher os requisitos de um colectivo de autores que, cada vez mais, se empenha em escrever de acordo com os códigos de uma série de subgéneros considerados marginais (romance policial, por exemplo), convencionalmente excluídos como literatura (ensaio, texto jornalístico, discurso publicitário), e de géneros perifericamente posicionados (drama, poesia) numa cena literária em que, até por motivos inerentes ao próprio código periodológico – caso do Realismo-Naturalismo ou do mais recente Neo-Realismo –, o romance aparecia como o meio de expressão mais adequado ao registo da(s) realidade(s) a ser(em) descrita(s).

Não se trata aqui, simplesmente, como afirma Theo D'Haen, de uma mera troca de posições, passando para o centro do sistema o que dantes era secundário[112]. Trata-se, sim, na maior parte dos casos, de incorporação pura, de coexistência nem sempre pacífica (e tantas vezes paródica) num mesmo enunciado, leia-se num mesmo romance, de características específicas desses registos outros. A morte do romance, mote recorrente nos últimos anos no panorama crítico nacional e internacional, apenas existe, pois, se nos reportarmos ao da 'canónica linhagem' temática e/ou formalmente enraizada no paradigma do romance realista-naturalista e neo-realista.

Segundo John Hollowell, os argumentos relativos à tendência para advogar a morte iminente do romance têm acompanhado, como se de uma moda se tratasse, os primórdios do aparecimento deste género literário. Contudo, ainda de acordo com o mesmo autor, parece ser essencialmente a partir da segunda década do século vinte que autores como T.S. Eliot ou Ortega y Gasset mais concretamente têm expressado a ideia do seu desaparecimento, fundamentando-se no final do pontificado de Gustave Flaubert e de Henry James ou na crescente desumanização da arte numa sociedade cada vez mais industrializada[113].

---

[112] Cf. Theo D'Haen, "Genres Conventions in Postmodern Fiction", in Theo D'Haen *et alii*, *Convention and Innovation in Literature*. Amsterdam/Philadelphia: John Benjamins Publishing Company, 1989, p. 408.

[113] Cf. John Hollowell, *Fact and Fiction. The New Journalism and the Nonfictional Novel*. Chapel Hill: The University of North Carolina Press, 1977, p. 6 e *passim*.

Ecos mais sistemáticos das posições defendidas por Eliot e por Gasset recorrem no passado mais próximo da década de sessenta, momento em que, como atestam as Histórias nacionais, tornando--se a realidade progressiva e gradualmente mais absurda do que a própria ficção [114] (ao ponto de ser por vezes difícil delimitar as fronteiras exactas entre facto e criatividade ficcional, quase como se a realidade tivesse deixado de ser real), se alarga o argumento relativo à crescente dificuldade em definir e retratar, leia-se, repre-sentar, a realidade histórico-social.

No cenário social português podemos, indubitavelmente, apon-tar como similares incríveis dos exemplos referidos por Hollowell, a manutenção de um sistema ditatorial onde as viola-ções aos mais elementares direitos humanos eram protagonizadas por agentes da PIDE, aparentemente convictos da justeza e do civismo das atitudes-atrocidades levadas a cabo; a guerra do ultra-mar, última tentativa de expansão colonial e, consequentemente, da prossecução e cumprimento do velho e anacrónico sonho portu-guês de 'alargamento do império'; o assassínio do general Hum-berto Delgado e a falta de empenhamento na determinação dos factos; ou, ainda, e já muito recentemente, a atribuição de reformas a ex-Pides e a sua não atribuição a ex-combatentes da guerra no Ultramar.

A propósito do panorama social norte-americano em meados do século XX, Philip Roth afirma, em 1961, em termos suficiente-mente genéricos para que nos lembremos do nosso próprio palco social, que

> The American writer (...) has his hands full in trying to understand, then describe, and then make *credible* much of the American reali-ty. It stupefies, it sickens, it infuriates, and finally it is even a kind of embarrassment to one's meager imagination. The actuality is continually outdoing our talents, and the culture tosses up figures almost daily that are the envy of any novelist [115].

---

[114] Alguns dos exemplos apontados por John Hollowell dizem respeito ao assassí-nio do Presidente John F. Kennedy em Novembro de 1963; ao esfaqueamento até à morte de uma mulher, em Nova Iorque, perante trinta e oito testemunhas sem que alguma delas fizesse algo para impedir a tragédia; ou, ainda, ao envolvimento americano na guerra do Vietnam, cf. op. cit., pp. 3-4.

[115] *Apud* John Hollowell, op. cit., p. 5 (itálico do autor).

Outros críticos, como Leslie Fiedler ou John Barth, mesmo não afirmando peremptoriamente a morte do romance, mostram-se convencidos, todavia, da exaustão dos procedimentos ficcionais típicos do cânone realista e, *eo ipso*, do possível desaparecimento do género romance. Duas prováveis razões parecem presidir a esta asserção. Em primeiro lugar, porque jaz morta a fé artística em que se apoiavam os escritores, constatação que leva Barth a afirmar a importância de nos questionarmos não apenas e simplesmente sobre se o romance morreu ou não, mas sobre o porquê de muitos assim o sentirem:

> Literary forms certainly have histories and historical contingencies, and it may well be that the novel's time as a major art form is up, as the "times" of classical tragedy, grand opera, or the sonnet sequence came to be. No necessary cause for alarm in this at all, except perhaps to certain novelists, and one way to handle such a feeling might be to write a novel about it. Whether historically the novel expires or persists seems immaterial to me; if enough writers and critics *feel* apocalyptical about it, their feeling becomes a considerable cultural fact, like the *feeling* that Western civilization, or the world, is going to end rather soon [116].

Em segundo lugar, porque as necessidades do público leitor que o romance supostamente deveria preencher começam a ser satisfeitas por outros meios de comunicação, como a televisão [117].

Apesar de tudo, o que nos parece estar em causa com os diferentes e pouco ortodoxos procedimentos artístico-ficcionais que se põem em prática é, afinal, um sintoma da evolução dos tempos e dos ventos literários que, recentemente, se têm vindo a consolidar em íntima conexão com a crise de representação da realidade. Uma realidade que, efectivamente, por vezes mais parece ficção, mas que, nem por isso, deixa de ser matéria-prima para uma produção romanesca quantitativa e qualitativamente capaz de contrariar a ideia de morte do romance *tout court*.

Indício claro, mais uma vez, da crise da legitimidade das grandes narrativas de que nos fala Jean-François Lyotard, o romance

---

[116] John Barth, "The Literature of Exhaustion", in *Atlantic*. Vol.220, n.º 2, August 1967, pp. 32-33.

136 Post-Modernismo no Romance Português Contemporâneo

novo, para que, pela inversão, se distinga do outro da década de cinquenta, é assim comentado por José Saramago:

> Afirmam músicos e musicólogos que uma sinfonia, hoje, é algo impossível, como o será também, digo-o eu, esculpir um capitel coríntio segundo os preceitos clássicos. (...) Ora, quem sabe se não deveríamos nós próprios confrontar-nos com a responsabilidade de aplicar a mesma sentença ao romance, afirmando, por exemplo, que também ele se tornou impossível na sua forma, por assim dizer, paradigmática, prolongada até hoje apenas com variações mínimas, só muito raramente radicais e logo assimiladas e integradas no corpo tópico, o que vem permitindo, com a graça de Deus e a bênção dos editores, que continuemos a escrever romances como comporíamos sinfonias brahmsianas ou talharíamos capitéis coríntios. Mas este romance, que assim pareço estar condenando, contém acaso em si, já nos seus diferentes e actuais avatares, a possibilidade de se transformar no *lugar literário* (propositadamente digo lugar e não género) capaz de receber, como um grande, convulso e sonoro mar, os afluentes torrenciais da poesia, do drama, do ensaio, e também da filosofia e da ciência, tornando-se expressão de um conhecimento, de uma sabedoria, de uma mundivisão, como o foram, para o seu tempo, os grandes poemas da antiguidade clássica [118].

Justificando, primeiro, a extensão da citação pela importância de um testemunho de um autor indelevelmente ligado à evolução do romance, acrescente-se, e complete-se, que a ideia de transformação do romance em *lugar literário*, se bem que podendo sempre continuar a enriquecer-se por intermédio desses "diferentes e actuais avatares" que povoam o aqui e o agora do ano de publicação do *Diário-V* de Saramago, já há muito se iniciou. *O Delfim*, bem como outros romances de que nos ocuparemos no capítulo seguinte (um deles do autor em questão) e a propósito dos quais desenvolveremos o exposto, é, também neste caso, marco iniciático e, por isso, exemplo perfeito do que acabamos de referir.

---

[117] Cf. Leslie Fidler, *Waiting for the End*. New York: Stein & Day, 1970, p. 173.
[118] José Saramago, *Cadernos de Lanzarote. Diário V*. Lisboa: Caminho, 1998, pp. 212-213.

A analogia de *O Delfim* com o subgénero do romance policial, por exemplo, decorre do facto, já referido, de o narrador-caçador acabar por se ver enredado numa teia de versões-dos-acontecimen-tos-crimes-da-casa-da-lagoa e episódios adjacentes que, *ab initio*, desvirtuando o primitivo sentido da caçada, o transformam, pelo contrário, em narrador-detective (e o leitor com ele) que compila os diversos factos de modo a desvendar o mistério – como morreu Maria das Mercês?, qual o papel do Engenheiro nessa morte?, a quem atribuir a esterilidade?:

> Donde vem o mal que impede os frutos? Da esposa inabitável ou da semente que não tem força para viver dentro dela? De ambos? Caso a apurar. A excelentíssima classe médica é que devia pronun-ciar-se. (…) Inútil abordar o médico a esse respeito.
> Mudemos de pista. Deixemos o consultório da Vila, alonguemos o olhar mais para o sul (…) e aí, Lisboa (…), existe uma outra ficha. Ficha, não. Um punhado de documentos arquivados na secretaria de um externato religioso;

> Tomás Manuel está como convém a uma narrativa policial: lareira ao fundo da sala, espingarda na parede, silêncio na lagoa. Eu sou o indispensável ouvinte que se interessa por destrinçar o nó do pro-blema. E vamos a isto [119].

Todavia, se no episódio das Unhas de Prata se consegue, de facto, destrinçar o nó do problema, o mesmo não acontece relativa-mente aos mistérios mais próximos do seu presente de enunciação. O que deste modo progressivamente se mina, no âmbito de uma subversão muito post-modernista, são as específicas convenções ficcionais do romance policial, principalmente no que toca ao final esperado nesse tipo de texto: descoberta dos culpados, reconstitui-ção o mais completa possível dos passos percorridos pelos interve-nientes, desvendamento consequente de pontos que, até então, haviam permanecido obscuros e, por isso, de significado incerto.

Ora, em vez do canónico final fechado, *O Delfim* apresenta um final aberto, permitindo, assim o entendemos, o estreitamento dos laços que durante a narração/leitura haviam sido criados com o

---

[119] *O Delfim*, pp. 141-142 e 252-253, respectivamente.

leitor. É que, não lhe sendo facultadas certezas, a ele caberá, dora-vante, proceder às investigações, numa espécie de retrocesso infi-nito em que as mortes e os mistérios serão sempre crónica anuncia-da e nunca cabalmente desvendada [120].

As contaminações inter-genológicas estendem-se, ainda, por via de algumas das peculiares características do género dramático, quer através de directa constatação do narrador:

> Pausa longa. Parece que estamos no teatro [121],

quer pela indicação dos interlocutores do diálogo travado:

> E eu, do vão da janela:
> «É possível. De resto, tinha todo o direito a isso.»
> E ela:
> «O quê, ao lado dos outros Palma Bravos? Senhor, eram pessoas de respeito.»
> Eu:
> «Bem sei, está aqui no livro.»
> Ela:
> «Nunca naquela família tinha havido até à data o menor escânda-lo. Não me acredita?» (...) [122],

quer, ainda, através da utilização de recursos típicos, como indica-ções cénicas e àpartes:

> Mas *(e aqui baixar o tom de voz)*, todos os caprichos que ele tinha no que tocava à Casa da Lagoa era para um dia figurar nos livros ao lado dos antepassados. Acredite, senhor. Cá por mim, os tais ditos não tinham outro motivo. Cuido que se sentia mais perto dos

---

[120] Para David Lodge, "The difficulty, for the reader, of postmodernist writing, is not so much a matter of obscurity (which might be cleared up) as of uncertainty, which is endemic, and manifests itself on the level of narrative rather than style. (...) Endings, the 'exits' of fictions, are particularly significant in this connection. Instead of the closed ending of the traditional novel, in which mystery is explained and fortunes are settled, and instead of the open ending of the modernist novel, 'satisfying but not final' (...), we get the multiple ending, the false ending, the mock ending or parody ending" (*The Modes of Modern Writing. Metaphor, Metonymy, and the Typology of Modern Literature*. London: Edward Arnold, 1977, p. 226).

[121] *O Delfim*, p. 249.

[122] *Ibidem*, pp. 46-47.

avós quando os empregava, faço-me compreender? *(Pausa, durante a qual afaga tristemente o vestido nos joelhos.)*;

E ela (alisando o vestido?);

(De caminho traz também uma garrafa de whisky que mete à boca quando atravessa o pátio às escuras);

Isso, confessa-me o Engenheiro em àparte, só lhe dava vontade de a mandar vestir e, ala, para o olho da rua. Palavra [123].

A transformação de *O Delfim* no romance-*"lugar literário"* de que fala Saramago é passível de ser corroborada, outrossim, pelo alargamento, agora, a influências provenientes de registos normalmente considerados estranhos à prática literária. Referimo-nos, desta feita, ao ensombramento do discurso jornalístico e do discurso publicitário, de acordo com o que anteriormente aludimos [124], e ao enviesado contágio de uma vertente ensaística de que são prova as diversas notas infrapaginais que percorrem a urdidura narrativa deste romance.

Tal como sucede em trabalhos académicos, também no texto de Cardoso Pires as notas de rodapé visam o duplo objectivo de, por um lado, validação do que se expõe pela indicação das fontes bibliográficas hetero- e homoautorais e, por outro, de explicitação e complemento do que no corpo do texto se afirma [125].

---

[123] *Ibidem*, pp. 43-44, 53, 177, 252, respectivamente.
[124] Cf. *supra*, pp. 117-118.
[125] Para as notas de rodapé, cf. *O Delfim*, pp. 17, 75, 129-130, 162, 288 e 312.

CAPÍTULO III

(In)definições genológicas

> Que veut-on finalement dans le mélange des genres? Qu'on les sépare aussi exactement que possible dans les traités dogmatiques, à la bonne heure; mais quand un homme de génie, dans des dessins plus hauts, en fait entrer plusieurs dans un seule et même ouvrage, il faut oublier le livre dogmatique et voir seulement si l'auteur a réalisé son dessein. (...) il suffit que cet hybride me plaise et m'instruise plus que les productions régulières de vos auteurs corrects, tels que Racine et autres.
>
> LESSING

> one waits only for quantum theory in verse or biography in algebra.
>
> CLIFFORD GEERTZ

1. Generofagias: o ludíbrio do paratexto

O encontro numa mesma obra de diversos géneros literários secular e canonicamente aceites como distintos, não é, ao contrário do que poderia pensar-se, invenção recente e prática exclusiva de alguma ficção mais ousada a que, também por esse encontro entre géneros, mas não só por causa dele, se convencionou apodar de post-modernista [1]. Não é também, e em consequência, como pode

---

[1] A propensão do romance para, desde o século XIII, assimilar de modos diversos características do registo poético, epistolar ou dramático, entre outros, encontra-se atestada em *Les genres insérés dans le roman*. Actes du Colloque Internacional du 10 au 12

deduzir-se das palavras de Lessing que em epígrafe transcrevemos, uma preocupação nova no âmbito da crítica e dos estudos literários.

Novidade da recente produção literária das últimas décadas parece ser, como já referimos a propósito de *O Delfim*, não apenas o aparecimento em primeiro plano de subgéneros até muito recentemente considerados marginais, ou a recorrente e crescente utilização e aglutinação de maior diversidade de géneros ou, ainda, a tendência para, pela presença mais ou menos ostensiva e mais ou menos equilibrada de traços característicos dessas diferentes tipologias, implodir e esbater os contornos das fronteiras inter-genológicas, e, com isso, dificultar a inserção da obra explicitamente em um ou em outro género.

Sobremaneira interessante é, essencialmente, a constante frequência com que se minam os próprios clichés genológicos, como subvertendo, contrariando e violando preceitos básicos se fazem implodir os próprios universais de representação. O que fundamentalmente muda, pois, é o tipo e o modo de transgressão. Mais do que nunca, torna-se verdadeira a assunção de Jacques Derrida sobre o facto de que todo o texto participa em um ou diversos géneros sem que, não obstante, tal participação assuma proporções passíveis de se revestirem de uma semântica de pertença ou de inclusão[2].

Além do mais, aduza-se ao exposto, os escritores que consideramos como post-modernistas não só não enformam as suas obras em fórmulas literárias convencionais como, cada vez com maior regularidade, nelas presentificam, revelando metaficcionalmente, a existência dessas fórmulas como e enquanto fórmulas[3].

Esta constante transgressão de fronteiras, e a consequente emergência de formas pouco ou nada convencionais, tem levado as reflexões de alguns autores a revestir-se dessas tonalidades um

---

Décembre 1992. Lyon: Université Jean Moulin C.E.D.I.C, s/d. Há que ter em conta, no entanto, a necessidade de salvaguardar as oscilações, flutuações semânticas e evoluções do conceito de romance desde a Idade Média.

[2] Cf. Jacques Derrida, "The Law of Genre", in *Critical Inquiry*. Vol.7, n.º 1, Autumn 1980, p. 65.

[3] Cf. Theo D'Haen, "Genre Convention in Postmodern Fiction", in Theo D'Haen *et alii* (eds.), *Convention and Innovation in Literature*. Ed. cit. p. 418.

tudo nada fundamentalistas que podemos ler, por exemplo, nas palavras de Maurice Blanchot:

> The book alone is important, as it is, far from genres, outside rubrics – prose, poetry, the novel, the first-person account – under which it refuses to be arranged and to which it denies the power to fix its place and to determine its form. A book no longer belongs to a genre; every book arises from literature alone, as if the latter possessed in advance, in its generality, the secrets and the formulas that alone allow book reality to be given to that which is written. Everything happens as if genres having dissipated, literature alone was affirmed, alone shone in the mysterious light that it spreads and that every literary creation sends back to it while multiplying it – as if there were an 'essence' of literature[4].

A irrelevância do conceito de género é também corroborada e sublinhada por Ihab Hassan, enquanto René Wellek, por seu lado, e numa perspectiva menos extremista, simplesmente coloca em dúvida o próprio conceito[5].

Qualquer uma das asserções afigura-se-nos demasiado radical, na medida em que o sistema genológico tem sido considerado uma área aberta a constantes transfigurações; basta tão somente consultar (entre múltiplas outras) as sinopses sobre a matéria levadas a cabo por Gérard Genette ou por Aguiar e Silva[6].

Assim, relativamente à posição de René Wellek, é sempre possível argumentar que as novas formas, que provisória mas sugestivamente pensamos poder apodar de *genres-melting-pots*, apenas configuram o início de um género outro que, em breve, deverá encontrar designação *ex post facto* e desse modo passar a integrar o coevo sistema literário. A visão radical de Ihab Hassan e de Maurice Blanchot perderá pertinência e força crítica, por seu lado, se pensarmos que só dentro de um conceptual e terminológico quadro de referências histórico nos será possível compreender as recentes proliferações artístico-literárias.

---

[4] *Apud* Marjorie Perloff (ed.), *Postmodern Genres*. Norman and London: University of Oklahoma Press, 1995, p. 3.

[5] Cf. I. Hassan, *The Dismemberment of Orpheus*. Ed cit., p. 254 e René Wellek, *Discriminations*. New Haven: Yale University Press, 1970, p. 225.

[6] *Vide* Gérard Genette, *Introduction à l'architexte*. Paris: Seuil, 1979 e Vítor Aguiar e Silva, *Teoria da literatura*, 8.ª ed. Coimbra: Almedina, 1984.

144　Post-Modernismo no Romance Português Contemporâneo

O *corpus* de obras que seleccionámos para este capítulo da dissertação é, a todos os níveis, exemplificativo das indeterminações que temos vindo a referir. *Balada da Praia dos Cães* de José Cardoso Pires *Manual de Pintura e Caligrafia* de José Saramago e *Amadeo* de Mário Cláudio, configuram e anunciam nos próprios títulos a relação possível com determinados protocolos genológicos que, em boa verdade, e de forma mais ou menos explícita, serão matéria-prima de transgressão e de implosão.

Por norma, o que de um título se espera ou, pelo menos, o que até recentemente tradicional e primordialmente se esperava, já que novas (contra-) expectativas vão sendo criadas, é a sua capacidade para revelar e não para esconder [7]. T.W. Adorno, por exemplo, concebe o título como o "microcosmos da obra" e John Hollander refere-se-lhe como algo que implicitamente alberga, ou é, "a kind of literary statement" cuja função crucial é emoldurar ou apresentar a obra. Do mesmo modo que os títulos não literários, *verbi gratia* os nobiliárquicos, condicionam os rituais de comportamento em relação ao portador, também os títulos literários suscitam peculiar atenção e *feedback* [8].

Segundo John Hollander, estes funcionam de modo semelhante à classificação de género, que eventualmente surge grafada na capa da obra, no sentido de, também eles, serem susceptíveis de criar determinadas expectativas no leitor, levando-o ou não a adquiri-la. O poder de alguma forma persuasivo deste paratexto é assim comentado por Steven G. Kellman:

> Literary titles are, after all, a form of advertising, and, assuming the product is both distinctive and appealing, a sample can be an extremely effective publicity device [9].

---

[7] Cf. Harry Levin, "The Title as a Literary Genre", in *Modern Language Review*. Vol.72, n.º 1, January 1977, p. xxiv. De acordo com este autor, que procede à historicização das variadas maneiras como, desde as tábuas-livros de barro babilónicas e assírias designadas apenas por números, se têm vindo a referenciar textos de índole diversa, a época post-clássica terá sido o momento em que começou a verificar-se a escolha deliberada do título pelo autor.

[8] Cf. T. W. Adorno *apud ibidem*, p. xxiii e John Hollander, "'Haddocks' Eyes': A Note on Theory of Titles", in *Vision and Resonance. Two Senses of Poetic Form*. New York: Oxford University Press, 1975, p. 214.

[9] Steven G. Kellman, "Dropping Names: the Poetics of Titles", in *Criticism*. Vol.XVII, n.º 2, Spring 1975, p. 160. Sobre a estrutura e a função do título *vide*, ainda,

O que nos títulos das obras que acima mencionámos se revela é, contudo, segundo acreditamos e como certificaremos, por vezes menos do que os aspectos que neles se escondem. Tal acontece não só no que se relaciona com a arquitectura semântica da obra a que presidem e que anunciam, mas também, e essencialmente, quer no que respeita à organização dos traços da arquitectura formal, quer, ainda, no que se refere às interacções genológicas que abertamente sugerem. Hipótese também a deixar em aberto, o facto de, eventualmente, o que neles se presentifica ser passível de desvendamento apenas depois de aturada leitura-análise.

Comecemos por dedicar a nossa atenção ao título da obra de José Cardoso Pires cuja palavra inicial – *Balada* – activa esquemas cognitivos que fariam supor estarmos perante uma forma em verso e não em prosa e que, além disso, poderiam gerar expectativas passíveis de permitir dois posteriores tipos de relacionação.

Por um lado, a balada enquanto uma das primeiras formas de literatura. A balada destinada a ser cantada ou recitada, onde o sobrenatural, a coragem física e o amor se destacam como temas mais frequentes de tramas não muito complicadas, mas dramáticas ou excitantes (muitas vezes episódios domésticos), protagonizadas por pessoas comuns quase nunca caracterizadas em pormenor, aliás de acordo com a parca existência de descrições. Por outro lado, e cremos que mais remotamente, a balada de popular origem francesa, constituída por estrofes de irregular número de versos em que a variação, desta feita silábica, era uma constante e onde a peroração era supostamente dirigida ao mais importante membro da corte ou ao mecenas do poeta.

O índice de inter-referencialidade estético-semântica criado pela *Balada* cardoseana é, simultaneamente, contrariado e aparentemente precisado pelo próprio autor quando, na folha de rosto, estranhamente intercalada entre duas folhas onde se enumeram e descrevem as características de um cadáver e o modo como foi encontrado numa praia chamada do Mastro e não dos cães, classifica a obra como 'Dissertação sobre um Crime'. A contrariedade

---

Gérard Genette, "Structure and Functions of the Title in Literature", in *Critical Inquiry*. Vol.14, n.º 4, Summer 1988, pp. 692-720 e Carlos Reis e A. Cristina M. Lopes, *Dicionário de narratologia*. Ed. cit. ("Título").

146   Post-Modernismo no Romance Português Contemporâneo

surge do facto de a nova classificação convocar novos sentidos formais que, agora, se relacionam com uma exposição em prosa, de teor académico e pendor ensaístico e, consequentemente, de eminente seriedade teórico-conceptual. Características, de algum modo também presentes nos dois paratextos finais (Apêndice e *Nota final*), opostas à impersonalidade e simplicidade da supracitada balada.

A explicitação pode advir do facto de a menção a um crime possibilitar, simultaneamente, por um lado, a aproximação com o romance policial ou de mistério e, por outro, a concretização do assunto-tema da 'balada' enquanto narração de episódios excitantes porque muitas vezes violentos.

Refira-se, por último, o facto de a crítica ter atribuído a esta obra o Prémio de Romance e Novela da Associação Portuguesa de Escritores (1982) o que, em termos institucionalizados, a coloca, por seu turno, no englobante *ranking* das narrativas ficcionais. Facto que, apesar de sabermos da crescente consolidação das novas tendências transgressoras, pode, ainda, gerar certos comportamentos-resposta conformes a um modelo de género demasiado tradicional e conservador.

Este mesmo último ponto pode aplicar-se a propósito da obra de Mário Cláudio, também ela galardoada com o mesmo Prémio (em 1984) e também ela portadora de um título não isento de potencialidades capazes de fazer implodir o seu carácter ontológico. Como aponta Eduardo Prado Coelho, o leitor poderá pensar, *ab initio*, estar perante uma biografia, já que o título epónimo, *Amadeo*, isso mesmo leva a crer, na medida em que remete para o pintor Amadeo de Souza-Cardoso, valendo a reprodução de um fragmento de um dos seus quadros (1.ª edição) como confirmação do exposto. Mesmo que não considerássemos esta redundância visual, a identificação poderia ser a mesma pois, de acordo com a lei das probabilidades e no âmbito da história e da teoria da biografia, se um título for constituído pelo nome de uma pessoa que, em princípio, facilmente reconhecemos como elemento relevante da cena cultural, tanto mais seremos induzidos a crer tratar-se de um relato de vida real.

Prado Coelho acrescenta, contudo, a ideia de que a menção (já no corpo do texto) a um outro Amadeo como sendo, eventualmente,

(In)definições genológicas 147

"uma entidade totalmente imaginária", pode insinuar, de modo extensionalmente ambíguo, que do pintor Amadeo se falará, sim, mas como personagem de romance, situação que porá o leitor perante uma biografia, mas romanceada [10].

Antes, porém, de nos ocuparmos desta e de outras frustrações de expectativas, que se prenderão com as contra-conexões estabelecidas entre os paratextos e a "paisagem da escrita", como diria Mário Cláudio [11], saliente-se, pelo menos para o caso das edições posteriores, a ausência da necessidade de recorrer a essas relações para a suposição de se tratar de uma biografia romanceada. A suspeita sobre a veracidade biográfica advirá, por exemplo, da classificação genológica apensada – romance. Informação adicional que, no entanto, aparece grafada não na capa, mas numa das páginas/paratextos interiores que antecedem a narrativa.

Assim, por um lado, o que sem dúvida se esperaria de um autor de uma obra portadora de título epónimo, neste âmbito alusivo ao nome de uma pessoa, seria o cumprimento do indício de que se procederá à enunciação mais ou menos detalhada, e real, do percurso do protagonista do nascimento até à morte. Mas, mesmo neste caso em que potencial e virtualmente se geraria um elevado pacto de credibilidade (e extrapolando para situações outras que não a do autor em apreço), há, julgamos, que ter em conta a existência de um elemento de relatividade dependente, quer da fiabilidade e do reconhecimento académico-institucional de quem escreve, quer, ainda, do facto (mais recente nesta era de polémica e de escândalos) de a biografia ser ou não publicamente autorizada, ou desacreditada, pelo próprio biografado ou pelos seus familiares.

Por outro lado, e relembrando que temos também em mente a hipótese de o próprio título *Amadeo* evidenciar, *tout court* (isto é, sem relação com outros paratextos verbais ou visuais ou com o texto em si), potencialidades capazes de ensombrar a relação maniqueísta título epónimo-biografia, assim abrindo caminho para o universo do romance, sublinhemos a existência anterior de outros

---

[10] Cf. Eduardo Prado Coelho, "Amadeo", in *A noite do mundo*. Ed. cit., p. 77.

Esse outro Amadeo poderá ser o bispo de Auxerre, morto em 418, cf. Mário Cláudio, *Amadeo*, in *Trilogia da Mão. Lisboa*: Dom Quixote, 1993, p. 50.

[11] *Amadeo*, p. 13.

títulos idênticos que não se consubstanciam em relatos verídicos mas ficcionais[12]. Do grau e do modo de articulação generofágica destas cargas semânticas, divididas, por enquanto, pelos pólos realidade – ficção, ocupar-nos-emos oportunamente.

Entretanto, aduzamos ao exposto que a aparentemente auto-evidente poética do género biográfico, enquanto registo escrupuloso de verdades fossilizadas, é reexaminada por teóricos, como Catherine N. Parke ou Richard Ellmann, para quem o desenvolvimento de ciências como a psicanálise de Sigmund Freud em muito contribuiu para os novos fôlegos semânticos deste género que, inicialmente, era retoricamente vinculado à História.

Na verdade, a convicção freudiana de que "a secret life is going on within us that is only partly under our control"[13], parece ter progressivamente estimulado a imaginação dos biógrafos no preenchimento de lapsos cronológico-factuais e na explicação de atitudes dos biografados, muitas vezes ao ponto de se tornar difícil a distinção entre verdade e ficção. Ou, como diria Virginia Woolf,

---

[12] Como exemplos de obras diversas, do drama ao romance, passando pelo cinema, cujos títulos são baseados no nome do protagonista, Steven Kellman aponta, entre outros, os seguintes exemplos: *Otello, Anna Karenina, Le Tartuffe* ou *Citizen Kane*, cf. art. cit., pp. 159-160. A estes acrescentemos, ainda, *David Copperfield* ou *Robinson Crusoe*.

[13] Richard Ellmann, "Freud and Literary Biography", in *The American Scholar*. Vol.53, Autumn 1984, p. 465. Sobre a influência da psicanálise de Sigmund Freud na abordagem das biografias, *vide*, também, Anthony Storr, "Psychiatry and Literary Biography", in John Batchelor (ed.), *The Art of Literary Biography*. Oxford: Clarendon Press, 1995. As premissas do autor são assim por ele apresentadas: "The first is that detailed causal psyhoanalytic interpretations of the character and behaviour of deceased persons in terms of what may have happened to them in early childhood are intrinsically unreliable. The second premiss is that, in contrast, ideas and concepts originally derived from psychoanalysis have become so incorporated into intellectual discourse that biographers automatically employ them without always realizing whence they came. The third premiss is that, although psychoanalytic causal interpretation has not been as useful a tool for the biographer as the early Freudian disciples hoped, clinical psychiatry – based on the diagnosis and description of various forms of psychiatric illness such as obsessional neurosis and manic-depressive disorder – has provided biographical insights into literary figures which are invaluable and often unappreciated" (p. 73).

Para considerações de índole diversa sobre o género biográfico, bem como para uma história da sua expansão, *vide* Catherine N. Parke, *Biography. Writing Lives*. New York: Twayne Publishers, 1996, em especial o Prefácio e pp. 1-34.

entre a verdade do facto e a verdade da ficção; verdades incompatíveis por natureza e, todavia, paradoxalmente cada vez mais capazes de impelir o biógrafo a proceder à sua fusão na tessitura do relato, assim se travestindo o cronista em artista que, contudo, não deverá deixar-se arrastar por reflexões incautas, sob pena de desvirtuar o carácter verídico da vida de que se ocupa:

> the biographer's imagination is always being stimulated to use the novelist's art of arrangement, suggestion, dramatic effect to expound the private life. Yet, if he carries the use of fiction too far, so that he disregards the truth, or can only introduce it with incongruity, he loses both worlds; he has neither the freedom of fiction nor the substance of fact [14].

As cinco possíveis taxonomias passíveis de discriminar as diferentes maneiras de escrever (sobre) vidas corroboram, precisamente, a virtual riqueza semântica de títulos susceptíveis de evidenciarem pertencer a este género cuja designação se não reveste de traços de monolitismo:

> There are various ways to divide up this generic territory. One way is to discriminate among (1) popular biographies narrating the lives of current celebrities – movie stars and sport heroes, for instance; (2) historical biographies emphasizing their central and influential figures' relations to and effects on their times; (3) literary biographies recreating the life and personality of artists, attempting to account for the particular bent of their talent and sometimes, as in critical biographies, interpreting and assessing their work; (4) reference biographies, also called collective biographies, consisting of alphabetically arranged, relatively brief entries on notable figures, associatively collected by several factors, such as profession, notable achievement, and geographical-historical coordinates of their lives; and (5) fictional biographies taking factual materials about real people and events and developing them by applying fictional narrative techniques [15].

O que Umberto Eco denomina por 'efeito poético', a capacidade de um texto de gerar leituras sempre diversas, "senza consu-

---

[14] Virginia Woolf, *Collected Essays*. London: Chatto & Windus, 1969, p. 234.
[15] Catherine N. Parke, op. cit., p. 29.

150 *Post-Modernismo no Romance Português Contemporâneo*

marsi mai del tutto"[16], pode, pois, ser extrapolado para o micro-cosmos da titulogia dos romances post-modernistas. Nestes, ao contrário do que pretendia Harry Levin, e justificando o que a propósito já dissemos com a opinião endógena do autor italiano, "Un titulo deve confondere le idee, non irreggimentarle"[17].

Manual de Pintura e Caligrafia entretece e justapõe, precisa-mente, na sequência do que temos vindo a argumentar, diversos géneros que oferecem ao leitor uma ambiguidade que agora se estende e se alarga, mais uma vez, pela possível ideia de coexistên-cia pacífica entre o não literário e o literário. Destarte, a relatividade e a variabilidade são *ab initio* facultadas pela presença do substan-tivo 'Manual'. Este remete, empiricamente, para uma obra de cariz pedagógico-didáctico onde se apresentarão diferentes princípios de criação estética: o da imagem plástica e o da imagem verbal, numa tácita aliança que soará estranha para o leitor mais desatento ou menos habituado às recíprocas influências entre as linguagens das duas artes.

A ambiguidade aumenta pela constatação de que ao título se apõe a classificação de 'Romance', desse modo instaurando a ten-são entre o carácter utilitário da designação primeira e o, por nor-ma, distintivo carácter lúdico desta última:

> Saído pela primeira vez em 1977, o *Manual* (...) mal foi notado pela crítica, mas lentamente descoberto pelo público que esgotou a edição. O título do livro deve ter confundido o leitor desatento, que nele julgou ver uma obra didáctica, e não reparou que, sob aquela designação aparentemente inauspiciosa, se encontra um inte-ressantíssimo romance do género autobiográfico. A novidade do tema suscita igualmente a surpresa, pois nunca se tinha abordado entre nós, dentro do próprio género romanesco, com tanta perti-nência e de modo tão intenso a problemática da obra de arte, con-siderada tanto na sua forma plástica como literária[18].

---

[16] Umberto Eco, *Postille a Il nombre della rosa*. Milão: Bompiani, 1984, p. 11.

[17] *Ibidem*, p. 8. O autor reporta-se, evidentemente, ao caso dos romances, salva-guardando que "Quando scrivevo opere teoriche il mio atteggiamento verso i recensori era di tipo giudiziario: hanno capito o no quello che volevo dire?" (p. 9).

[18] Luís de Sousa Rebelo, "Os rumos da ficção de José Saramago", Prefácio à 3.ª ed. de *Manual de Pintura e Caligrafia*. Lisboa: Caminho, 1985, p. 24.

(In)definições genológicas

Aduza-se, parenteticamente, que a fluidez e o esbatimento da autoridade mais ou menos ortodoxa das categorias genológicas, implícita não apenas na coexistência de vários géneros mas também na que se revela(rá) dentro de uma mesma tipologia, havia sido mais claramente anunciada na 1.ª edição de *Manual* que ostentava o subtítulo de 'Ensaio de Romance'. O que desse modo se anunciava, trinta anos depois de uma primária tentativa de percorrer os caminhos do romance com *Terra do Pecado*, ainda nitidamente ensombrado, temática e formalmente, pela influência e inspiração queirosianas, era uma outra tentativa-experimentação de um género a cujas regras conscientemente se não prestava obediência canónica.

As palavras de Luís de Sousa Rebelo que citámos são praticamente repetidas no paratexto menor que aparece na contracapa da obra. Assim, para o caso de o leitor, no acto de aquisição, não se ter preocupado em, transversalmente, consultar o Prefácio (ou ainda, se o fez, para o caso de não ter tropeçado nesse comentário), o efeito que se obtém dessa quase repetição em lugar de destaque é, sem dúvida, a instauração de uma nova retórica de presença genológica. Esta, circularmente fechando a moldura do livro, completa (e complica) a fluidez e a ambiguidade genológicas já facultadas pelo título. O que agora surge é, pois, a autobiografia, ou melhor, o "romance do género autobiográfico", assim se re-criando nova expectativa atinente à re-distribuição de traços semântico-formais a encontrar no corpo do texto.

Com uma origem que alguns autores fazem radicar na laicização do género das confissões religiosas [19], da autobiografia, talvez porque tal como a biografia ela é apontada como tendo tido um anterior estatuto exterior à literatura [20], muitos esperam não apenas a manutenção de um fiável (subjectivo-objectivo e cronológico) discurso inter-pessoal. Aguarda-se, outrossim, um relato consubstanciado no desvendamento rememorativo do percurso de uma vida, um perpétuo jogo de informações capazes de satisfazer objectivos de leitura de índole diversa, desde pesquisas académicas, passando por leituras recreativas, até à satisfação da avidez desse público cujas emoções só se parecem cumprir pelo conhecimento de vidas outras.

---

[19] Cf. Philippe Lejeune, *Le pacte autobiographique*. Paris: Seuil, 1975, pp. 116-117.

[20] Cf. *ibidem*, p. 312 e ss e Catherine N. Parke, op. cit., p. 13.

Ao enumerar as três regras do acto autobiográfico, que sumariamente indicamos, Elisabeth W. Bruss refere, por exemplo, em primeiro lugar, que o sujeito revelado na organização do texto é suposto ser idêntico a esse outro cuja existência pode ser publicamente constatada; em segundo lugar, as informações e os acontecimentos relatados, íntimos ou públicos, deverão ser tidos como verdadeiros e, finalmente, em terceiro lugar, espera-se que o próprio autobiógrafo acredite nas afirmações feitas.

Depois de enunciar as regras que acima transcrevemos, a autora admite, no entanto, que todas elas, ou algumas delas, pelo menos, são passíveis de transgressão. Tal facto acarreta consequências quer para o autobiógrafo quer para o seu público, na medida em que, e pelo que deduzimos do parco desenvolvimento a que é sujeito este ponto, o não preenchimento de algumas das regras--expectativas (ou da força ilocutória do texto, segundo a terminologia utilizada e baseada na teoria dos actos de fala, de J.R. Searle) pode, no mínimo, afectar a imagem moral e intelectual que do autor se faz. Para criar a força ilocutória é, então, primordial que o autor pretenda ter cumprido essas condições e que o público o considere responsável pelo que conseguiu ou não satisfazer.

Uma autobiografia que premeditadamente deforme e altere a verdade consubstanciada na identidade do sujeito de enunciação torna-se, pois, juridicamente penalizável. A autora exemplifica com o caso de Clifford Irving, processado por ter-se feito passar por mero editor de uma autobiografia de Howard Hughes quando, com efeito, a obra havia sido escrita por ele próprio sem que, para tal, tenha sequer estabelecido o menor contacto com o 'autobiografado'. Apesar do carácter normativo do ponto de vista assumido, Elisabeth Bruss parece abrir caminho para a sua imanente relatividade ao considerar que os gerais traços funcionais apontados

> sont loin de tout spécifier. Il y est stipulé que le sujet de l'oeuvre doit se rapporter à l'identité de l'auteur; mais à part cela, l'oeuvre peut traiter de n'importe quel sujet, sans restriction; ni la question de savoir si l'autobiographie doit concerner l'homme «intérieur», ni celle de savoir quelle proportion du texte doit être consacrée au moi plutôt qu'à autrui, ne font l'objet d'aucune stipulation [21].

---

[21] Elisabeth Bruss, "L'autobiographie considérée comme acte littéraire", in *Poétique*, n.º 17, 1974, p. 24; *vide* pp. 22-23. Francis Hart, no artigo intitulado "Notes for an

Não esqueçamos, pois, na sequência do exposto, que na presente situação o pacto de confiança a depositar no autobiógrafo pode ser contrariado, ou minado, por via dessa designação de género em lugar de subtítulo; ideia que, aliás, acompanha também as palavras de Luís de Sousa Rebelo.

Além do mais, o género autobiográfico, à semelhança dos outros géneros literários, apresenta-se cada vez mais como susceptível de, endogenamente, conter potencialidades transgressoras e características pouco sólidas, mesmo para aqueles que tentativamente o normativizam através do estabelecimento de regras quase sempre hereditariamente estabelecidas com arquétipos ancestrais:

> although many writers indicate the genre in which they are operating, their own designation may be called into question by critics who use the mark of autobiography to authorize or deauthorize the work. The mark of autobiography may delegitimate (as in, "this is not a novel, but an 'autobiographical' novel") or elevate ("this is not merely an autobiographical, but an epic", or lyric, etc.). The crisis that structures autobiographical form as a crisis in genre is an evaluative one. The mark of autobiography is a discursive effect, an effect of reading in relation to certain discourses, defined through the simultaneous assembling and disassembling of other discourses and genres. Thus, the mark of autobiography creates an enlivening instability in both text and context [22].

Destarte, nos casos expostos, como em outras situações a que já fizemos alusão, o cepticismo instaurado, agora adveniente do não reconhecimento absoluto do valor de um único género, é mais uma vez passível de ser relacionado com o conceito lyotardiano de deslegitimação das grandes narrativas – uma das primaciais carac-

---

Anatomy of Modern Autobiography", in *New Literary History*. Vol.I, n.º 3, Spring, 1970, *passim*, assume um ponto de vista menos normativo que o de Elisabeth Bruss. Através de exemplos diversos, ilustrativos da relativização da verdade e da adjacente dificuldade de distinguir o desenho histórico do desenho ficcional, de Rousseau a Nabokov, a autora salienta, em última instância, a inexistência de um modelo único de autobiografia. Esta ideia de multiplicidade não implica, no entanto, a falência da noção de unidade global do campo autobiográfico.

[22] Leigh Gilmore, "The Mark of Autobiography: Postmodernism, Autobiography, and Genre", in Kathleen Ashley *et alii* (eds.), *Autobiography & Postmodernism*. Amherst: The University of Massachusetts Press, 1994, p. 7.

154 *Post-Modernismo no Romance Português Contemporâneo*

terísticas da condição pós-moderna e, por extrapolação que entre-vemos legítima, do Post-Modernismo enquanto fenómeno estético--literário.

2. Generofagias textuais: dança de alteridade

A certidão de nascimento de *Manual de Pintura e Caligrafia*, romance do género autobiográfico, relembramos, é parcial e em-brionariamente estranhada aquando da leitura das primeiras linhas da obra. Se, por um lado, lhe é dada continuidade através da pre-sença de um eu-protagonista-narrador-pintor, por outro lado, o lei-tor vê-se confrontado com o facto de essa identidade profissional não corresponder à que sabemos ser, ou ter sido, exercida pelo cidadão e autor José Saramago.

Quebrada desta forma a essencial regra do pacto autobiográfi-co, de acordo com Elisabeth Bruss, mais não resta, por enquanto, senão suspender essa expectativa e aguardar que, eventualmente, se não cumpra uma 'morte' assim prematuramente anunciada.

H. é a inicial, "não se sabe se referente a um nome «real» ou se simplesmente relativa a «Homem» ou a «Herói»[23], pela qual se autodesigna o pintor académico que, saturado da mediana vida e do rotineiro trabalho que faz "sem contentamento, porque está nos preceitos", começa, com a pintura do segundo retrato de S., a sentir a divisão "entre a segurança das regras aprendidas no manual e a hesitação do que [irá] escolher para ser"[24].

> E mais: sempre julguei saber (sinal secundário de esquizofrenia) como devia pintar o justo retrato, e sempre me obriguei a calar (ou supus que a calar-me me obrigava, assim me iludindo e cumplici-tando) diante do modelo desarmado que se entregava (...), apenas certo do dinheiro com que pagaria, mas ridiculamente assustado diante das forças invisíveis que vagarosas se enrolavam entre a superfície da tela e os meus olhos. Só eu sabia que o quadro já

---

[23] Cf. Horácio Costa, *José Saramago: o período formativo*. Lisboa: Caminho, 1997, p. 279.

[24] José Saramago, *Manual de Pintura e Caligrafia*. Ed. cit., pp. 45 e 44, respecti-vamente.

estava feito antes da primeira sessão de pose e que todo o meu trabalho iria ser disfarçar o que não poderia ser mostrado [25].

O que aqui assim se confessa é a progressiva instauração da descrença na força e na capacidade de continuar a exercer uma certa pintura de tipo mimético, essa em que ao ícone representado corresponde unívoca e monoliticamente uma verdade da realidade envolvente, pessoa ou coisa – no caso, a figura de S. A pintura, e o pintor com ela, começa a oferecer resistência ao tradicional e académico tipo de representação, ao mesmo tempo que, por outro lado, se revela incapaz de representar essa pluralidade de verdades outras, passíveis de ser descortinadas de dentro da verdade que se julgava única.

A consciencização da impossibilidade de a (sua) pintura levar a cabo este processo de des-ocultação, que conduziria, porventura, ao verdadeiro conhecimento de outrem e concomitantemente ao seu próprio conhecimento, trazendo algumas respostas sobre o sentido da arte e da vida, contribui indubitavelmente para a agudização dessa crise, também de carácter pessoal, que leva H. a procurar o registo escrito como meio possível de auto- e de hetero--conhecimento:

> E tal como já disse logo na primeira página, andarei de sala em sala, de cavalete em cavalete, mas sempre virei dar a esta pequena mesa, a esta luz, a esta caligrafia, a este fio que constantemente se parte e ato debaixo da caneta e que, não obstante, é a minha única possibilidade de salvação e de conhecimento;

> Quem retrata, a si mesmo se retrata. (...) Mas, quem escreve? Também a si se escreverá? Que é Tolstoi na *Guerra e Paz*? Que é Stendhal na *Cartuxa*? (...) Quando um e outro acabaram de escrever estes livros, encontraram-se neles? (...) Não passou mais de um mês desde o dia em que comecei este manuscrito, e não me parece que seja hoje quem era então. Por ter somado mais trinta dias ao meu tempo de vida? Não. Por ter escrito;

> torno a dizer que escrever me parece arte doutra maior subtileza, talvez mais reveladora de quem é o que escreve;

---

[25] *Ibidem*, p. 46.

156   *Post-Modernismo no Romance Português Contemporâneo*

E lembro que depois não fui capaz de lhe dizer [a António] que já lera, quando enfim li o livro, mas não todo. Deve isto ficar confessado porque é a verdade. Recordo-o na cena do quadro descoberto no meu quarto de arrumações, aquele coberto de tinta preta que ocultava o segundo retrato de S. (como me parece distante), e examino-a à luz desta situação de hoje. À luz, também, da luz que estas páginas (me) fizeram. Tudo me parece agora claro [26].

A exteriorização, levada a cabo nas páginas que sempre parecem folhas de um diário, e materializada na utilização de um 'verbo verbal' sempre posto em paralelo com um 'verbo pictórico'[27], traveste-se, pois, em caminho duplamente epifânico que orienta também o leitor nos meandros dessa introspecção gnoseológica e fenomenológica.

Doravante, diante do branco da folha de papel, H. preencherá uma nova certidão de nascimento que nos permitirá assistir, progressivamente, ao seu duplo percurso evolutivo.

Além disso, e à medida que for desvendando os segredos da própria escrita, aproveitará, bem a propósito, para advertir o leitor do facto de que nela "não será traçado o risco que separa o sabido do inventado" [28]. Comentário que, mais uma vez, nos permite verificar a certeza com que se contrariam os preceitos do género auto-

---

[26] *Ibidem*, pp. 50, 117-118, 167 e 272, respectivamente.

[27] As afinidades entre as duas estéticas são directa e objectivamente sublinhadas em vários outros excertos: "Brinco com as palavras como se misturasse as cores e as misturasse ainda na paleta" (p. 92); "Entre morte e vida, entre grafia de morte e grafia de vida, vou escrevendo estas coisas, equilibrado na estreitíssima ponte, de braços abertos agarrando o ar, a desejá-lo mais denso – para que não fosse ou não seja demasiado rápida a queda. Não fosse, não seja. Em pintura, seriam dois tons próximos de uma mesma cor, a cor «ser», para maior exactidão. Um verbo é uma cor, um substantivo um traço" (pp. 171-172); "Olho o santo e escrevo e é como se estivesse pintando" (p. 174); "Até esta minha vida tranquila, este pouco sair, este estar em casa pintando (escrevendo, desde há meses), este simples respirar, este comer, este pôr roupa em cima do corpo, esta tinta de pintar e agora de escrever (...)" (p. 178); "Quando ela quiser? Como se diria isto pintando? Não sei, mas a diferença seria certamente (refiro-o pela segunda vez) a de dois tons diferentes da cor (...). Faltar-me-ia agora descobrir o escrepintar, esse novo e universal esperanto que a todos nós transformaria em escrepintores, então talvez dignos de bentas artemages" (p. 178). Outros exemplos a partir dos quais é possível extrapolar para a relação entre as paletas literária e pictórica podem ser lidos nas pp. 64, 69, 108, 179.

[28] *Ibidem*, p. 62.

biográfico nestas páginas que, no entanto, em determinado momento nega serem romance e que afirma não querer transformar em diário[29].

A viagem epifânica de H. (enquanto pintor, escritor e, por consequência lógica, enquanto homem) processa-se, então, entre um estado de passividade de "contentamento descontente", típico de quem aceita (sobre)viver de acordo com as regras e com as expectativas de outrem, e esse outro nível em que a "dor de pensar", experienciada na sua plenitude, o leva a tentar descortinar o que jaz além de toda e qualquer primeira aparência.

Por outras palavras, é a intensificação dessa dor (aparentemente da mesma cor daquela outrora sentida por Pessoa-Caeiro, cuja sombra, aliás, atravessa algumas páginas da obra[30] numa intertextualidade também recorrente em *Amadeo*) que conduz o protagonista, ostensivamente, a afirmar pictórica e verbalmente a sua rebelião quando (não) pinta o retrato dos Senhores da Lapa e quando, peremptoriamente, se recusa a desfazer-se dele, vendendo-o aos inquietos retratados. Assim atinge, consciente e conscienciosamente, um ponto de impossível retorno já ensaiado quando, às escondidas, pintara o segundo retrato de S.[31]:

---

[29] "Sou eu, aliás, o grato, como já expliquei nestas páginas, de que direi, no a-propósito da boa ocasião, não serem elas romance"; "Não escrevi durante os últimos dias porque não quero transformar estas páginas em diário. Se elas o fossem, teria registado que todas as horas acordadas as passei a recordar o encontro com M., a ler o que sobre esse encontro escrevi", pp. 209-210 e 290 respectivamente.

[30] "Que florestas deram estas folhas de papel, ou que trapos, ou que panos bordados? Parte de mim dorme, a outra escreve, mas só a que dorme poderia ler o que está escrito nas folhas de papel, é só no sonho que existe este vento levíssimo que as faz passar, uma a uma, à medida do tempo que a leitura demora" (*ibidem*, p. 212). O fascínio pelo ludismo verbal, de que se dá conta e que comenta três páginas depois, traz consigo a influência da atmosfera onírica e multiplamente desdobrada, tal como o sujeito que aí se des-constitui, que encontramos presente em textos como "Na Floresta do alheamento", de Bernardo Soares (*vide Livro do Desassossego de Bernardo Soares*. Apresentação, selecção e sugestões para análise literária de Maria Alzira Seixo. Lisboa: Comunicação, 1986, pp. 166-172). Oportunamente traçaremos um paralelo possível entre os desdobramentos e a fragmentação pessoanas e a sua apropriação saramaguiana.

[31] Cf. *Manual de Pintura*, p. 242. É o próprio H. quem assume a decisão de pintar o segundo retrato de S. como o seu primeiro acto de rebelião, ainda cobarde e tímida, contudo (cf. *ibidem*, p. 262). Luís de Sousa Rebelo, no supracitado Prefácio a esta obra (p. 31), refere-se-lhe como rebelião "inassumida e cobardemente abafada".

158 *Post-Modernismo no Romance Português Contemporâneo*

> Cesteiro que faz um cesto, faz um cento; ninguém diga desta água não beberei; tantas vezes vai o cântaro à fonte, que por fim lá deixa a asa. Eu fizera o cesto, podia fazer o cento, bebera a água e deixara os meus modelos frustrados, com a asa do cântaro na mão. Dentro de vinte e quatro horas (...), a Lisboa que me usava as habilidades saberia que não deveria voltar a chamar-me. (...) Escrevi tudo isto no condicional mas é no futuro que devo escrever, agora que me encontro em casa, no acto que já não posso evitar desta escrita. É no futuro e também no presente: estou liquidado como pintor destas merdas que tenho pintado e que me têm feito viver, e essa liquidação efectiva irá ser feita nestes próximos dias [32].

Horácio Costa aponta e delimita ainda o que podemos designar por ensaio simbólico de fuga à letargia afectivo-moral e sócio-estética, ou, nas palavras do autor corroboradas pelas de Luís de Sousa Rebelo, de fuga ao corrosivo e insidioso mal de acídia em que vive o sujeito anterior a esta nova etapa. Entendendo e explicando este mal na esteira reminiscente da ataraxia vivida por alguns modernistas de clássica sensibilidade, o autor (depois de exemplificar o rotineiro quotidiano de H., frágil mas conscientemente orquestrado em torno de reproduções académicas e anódinas relações amigáveis e amorosas) entrevê a sua decisão de tomar banho de chuveiro e não de imersão (água corrente regeneradora e não água paúlica) como uma das vias de auto-salvação:

> Quando enfim fechei a torneira, o primeiro instante pareceu-me de silêncio total, mas, ao começar a despir-me, ouvi um rádio da vizinhança que lançava para o ar (discretamente) uma canção (...). Maduros, a um passo do pouco resto que ainda lhes sobra e que já temem seja quase nada: o tempo de entrar num banho quente e lá ficar, enquanto o prédio se recolhe pacatamente, enquanto o corpo vai arrefecendo e com ele a água, apenas persistindo o pingar da torneira mal fechada, ficando apenas por saber se alguém dará pelo acontecido antes de a água transbordar e cair para o andar de baixo. Num impulso que nem sequer fingi reter, puxei a válvula da tina: a água baixou rapidamente até ao gorgolejo final da canalização antiquada. Então salvo da morte, liguei o duche e lavei-me. Depressa. E daí a poucos minutos, mal enxuto, metido num roupão, olhava

---

[32] Cf. *Manual de Pintura*, p. 246.

(In)definições genológicas 159

por uma das janelas do atelier o céu já todo escuro, as luzes do rio, a noite. «Que se passa?», perguntei[33].

Às outras vias salvíficas apontadas, a "«via deambulatória»" (relacionada com o conhecimento facultado pelas viagens, no espaço português da Lisboa coeva e no museu mental de uma Itália culturalmente canonizada) e a "«via ficcional»", subsidiárias ambas dessa outra "«via escritural»"[34], genologicamente fluida, como oportunamente verificaremos, e bastas vezes reafirmada como hipótese única de conhecimento e salvação, devemos indubitavelmente aduzir essa outra que, na esteira da taxonomia proposta na tese do autor, podemos designar por 'via sentimental'.

Com efeito, por tudo o que provoca, o aparecimento de M. (inicial de Mulher ou de Maria, enquanto arquetípico nome capaz de significativamente reunir em si todo um universo feminino) é passível de desempenhar também o papel de importante coadjuvante na fuga, agora definitiva, ao mal de acídia vivido pelo eu-sujeito-e-objecto-de-escrita.

As verdades que se procuravam passam, pois, e ainda, pela re--constituição das potencialidades do indivíduo enquanto ser capaz de se relacionar consigo próprio e com os outros; lendo e entendendo estes outros como os protagonistas de actos de amor e de amizades cujos laços se estreitam e se consolidam pelo dinamismo (bem como pela motivação e pelo empenhamento) que passa, por um lado, a caracterizar os encontros com M., em tudo diferentes dos ocasionais encontros com a secretária Olga ou dos pontualmente afectivos encontros com Adelina.

Por outro lado, a vivacidade inquieta e nervosa de alguém que se sente iniciar novos rumos desdobra-se nessa outra linha de exteriorização comportamental de um sujeito moral e ideologicamente mais apto e, por isso, capaz não só de sentir os problemas do seu semelhante, como também de neles se envolver, fazendo mais do que o mínimo que pensava poder[35]. Reportamo-nos, como não

---

[33] *Ibidem*, p. 95. Cf., a propósito, Luís de Sousa Rebelo, "Os rumos da ficção de José Saramago", Prefácio cit., p. 28 e *passim*.

[34] Horácio Costa, *José Saramago: o período formativo*. Ed. cit., p. 292 e *passim*.

[35] Cf. *Manual de Pintura*, p. 276. A tensão interior prenunciadora dessa mudança, o quase clímax da mudança, anuncia-se também entre as pp. 263-267, quando afirma

podia deixar de ser, ao re-conhecimento de António e à notória compreensão e humanidade com que se preocupa em ajudar os pais deste, agora numa vasa não forçada de um jogo não obrigado a naipe [36]:

> É chegada a altura de ter medo: murmurei estas palavras. Pelo horizonte do meu deserto estão a entrar novas pessoas. Estes dois velhos, quem são, que serenidade é a que têm? E o António, preso, que liberdade transportou consigo para a cadeia? E M., que me sorri de longe, pisando a areia com pés de vento, que usa as palavras como se elas fossem lâminas de cristal e que de repente se aproxima e me dá um beijo? (...) «Gostei de estar contigo», disse ela. Aplicadamente, cuidando do desenho da letra, escrevo e torno a escrever estas palavras. Viajo devagar. O tempo é este papel em que escrevo.

O que se nos oferece ler nas páginas da obra em apreço é, por conseguinte, não a história de um eu individual, personagem-homem coerente e unificado, como aconteceria numa autobiografia genericamente coesa e conforme ao tradicional ponto de vista humanista do sujeito, mas, pelo contrário, é-nos permitida a entrada no universo a partir do qual se acede à constituição desse indivíduo que Betty Bergland classifica de postmoderno.

Este sujeito posmoderno é, de acordo com a autora, um indivíduo dinâmico, historicamente situado e posicionado entre múltiplos discursos e que, por isso, leva a bom termo ao longo de um *continuum* temporal, que no caso de H. é também o papel em que escreve (a folha de papel é também o lugar do homem, lembre-

---

sentir-se oposto aos retratos que pintara, a si próprio, ao que o rodeia. Qual "soldado excitado que se impacienta com a demora do ataque do inimigo e avança, ou como a criança fremente de energia acumulada que esgotou um jogo e anseia por outro", espera que à casa do passado liquidado se substitua essa outra casa a construir, que, aplanado e fertilizado o espaço de deserto, chegue, enfim, uma Primavera redentora que ainda não conhece.

[36] Ao contrário, por exemplo, da resposta-"vasa forçada num jogo obrigado a naipe" (*ibidem*, p. 126) que anteriormente viveu com Adelina e, extensionalmente, com Ana, Francisco, Sandra ou Carmo, entre outros. As linhas que a seguir transcrevemos encontram-se na p. 295.

mos), as virtuais capacidades de mudança que em si encerrava[37] e das quais plenamente demonstra conscientizar-se.

Não esqueçamos, porém, que a aquisição dessa consciência absoluta de que falamos não se verificou *ex abrupto* e, muito menos, *ex nihilo*. Entre o desalentado e melancólico desabafo com que no início reconhece o facto de não ter nascido ainda e a constatação final de que "o meu tempo chegou", e que, por lógica consequência, "Esta escrita vai terminar" pois "Durou o tempo que era necessário para se acabar um homem e começar outro"[38], encontra-se um sujeito que não só se re-conhece pela escrita, como já aludimos, mas, essencialmente, um sujeito que se faz pela(s) linguagem(ns)-escrita(s) e pelo progressivo controlo que sobre as suas técnicas e os seus segredos vai exercendo. No mesmo âmbito da concepção exposta por Betty Bergland, Theo D'Haen assume que

> At variance with the modern world view, the postmodern world view does not posit man as a unique individual or as a separate conscience. The postmodernists see man as the meeting point of *signifying* practices, in which linguistics (verbal and textual) codes play a prominent part. Obviously, this holds not just for postmodern man, but for all men at all times. However, it is an essential strategy of the humanist or modern world view to veil this fact by talking of man as an individual consciousness. The difference between modern and postmodern man, then, is to be located in the fact that the latter, unlike the former, is *aware* of being caught in a web of codes, and only existing at the point where a number of such codes intersect[39].

É exactamente no âmbito desse exercício, moroso mas progressivamente elucidativo, para H. e para o leitor, que o protagonista ensaiará o seu ostensivo posicionamento perante um outro tipo de registo (ou talvez perante uma versão explicitamente nomeada de um mesmo tipo de registo). Este entrecruzará e pontualmente

---

[37] Cf. *ibidem*, pp. 295 e 258. Sobre o indivíduo postmoderno, cf. Betty Bergland, "Postmodernism and the Autobiographical Subject: Reconstructing the 'Other'", in Kathleen Ashley *et alii* (eds.), *Autobiography and Postmodernism*. Ed. cit., p. 134.

[38] *Manual de Pintura*, pp. 311 e 312 (cf. também p. 45).

[39] Theo D'Haen, "Genre Conventions in Postmodern Fiction", in op. cit., pp. 411-412.

interromperá o anterior discurso de tipo confessional, em uma nova experiência cuja classificação genológica plural ao mesmo tempo que a aproxima da autobiografia dela a afasta, em virtude de explícita e implicitamente questionar os seus sentidos primaciais e convocar diferentes protocolos genológicos, como a narrativa de viagem ou a crónica.

Pormenor curioso, no entanto, ou se calhar não tão curioso como isso pois, afinal, do que se trata nestas páginas é de desenhar um percurso de aprendizagem, antes de escrever os seus cinco exercícios de autobiografia copia excertos de textos afins ao que pretende exercitar, como se, desse modo, copiando vidas, aprendesse a contar a sua, tentando "compreender (...) a arte de romper o véu que são as palavras e de dispor as luzes que as palavras são" [40].

Robinson Crusoe, Jean-Jacques Rousseau e Adriano, sendo, contudo, exemplos e ilustrações de vida são, essencialmente, os protagonistas de diversos modos de contar existências. A primeira traduz-se numa invenção de Daniel Defoe, a segunda em uma confissão que credulamente aceitamos como verdadeira, porquanto sabemos tratar-se de alguém que efectivamente existiu, a terceira numa re-composição na diferida instância da pena de Marguerite Yourcenar da memória do imperador romano.

Em suma, textos/testemunhos em que o próprio conceito de verdade se multiplica, esbatendo-se e espraiando-se pelo que designa por "verdade suspeita" e por "mentira idónea". Diferentes no grau da substância, e apesar de evidenciarem "dóceis acatamentos às regras de um género: todas começam num ponto comum, a que se dá o nome de nascimento", a verdade é, também, que todas essas rememorações "são, se bem repararmos, outras transpostas histórias que igualmente podiam começar, ainda mais obedientes à tradição, por «Era uma vez»". Talvez por isso, enquanto copia e tenta perceber esses exemplos, se sinta "inclinado a afirmar que toda a verdade é ficção" [41].

Constatação feita, problematizadas as subtilezas com que se engana a verdade, ou a mentira, a aprendizagem que daqui se

---

[40] *Manual de Pintura*, p. 132.
[41] *Ibidem*, pp. 143 e 134, respectivamente.

(In)definições genológicas 163

retira não é, não podia sê-lo da parte de quem já havia começado a revelar-se (e também a rebelar-se) nos protocolares preceitos de uma pintura de tipo académico, de cega obediência ao método clássico de se biografar. Por isso, na microestrutura constituída pelos cinco exercícios de autobiografia[42], "descrições da viagem que fez à Itália há dois anos" lhe chama Adelina, livro dentro de um livro, podemos chamar-lhe nós, o «Era uma vez» de H. não pretende propriamente cingir-se, não se cinge com certeza, à canónica indicação da data e lugar de nascimento civil, e desenvolvimentos adjacentes.

Com efeito, pela subversão dessa verdade cronológica, que não da verdade pessoal e ideológica mais íntima, esse «Era uma vez» tem por objectivo delimitar, permitir decidir pela descoberta, o tempo-lugar em que verdadeiramente nasceu, em que pela primeira vez olhou por/e para dentro de si próprio, isto é, em que pela primeira vez lançou "um olhar inteligente sobre si mesmo"[43].

E o tempo e o lugar foram o da viagem: por uma Milão onde ironicamente se felicita a autoridade da força policial e onde, muito provavelmente, por isso admite não ter nascido; por uma Veneza cujo silêncio e sombra albergam os pássaros de Trubbiani; pela Pádua dos frescos de Giotto; por Ferrara onde tudo convoca Francesco del Cossa ou Vitale da Bologna e onde reconhece ser ali que devia viver; por Florença e Siena, naturais pinacotecas de Andrea di Bonaiuto e Ambrogio Lorenzetti e onde, finalmente, a epifania parece ter ocorrido.

Curiosamente, esta hipótese põe-se não porque a propósito fale do nascimento que esperávamos, mas porque, invertendo e subvertendo a semântica do código linguístico, claramente afirme que aí gostaria de morrer. E, afinal, talvez o verdadeiro lugar de

---

[42] "Primeiro exercício de autobiografia, em forma de narrativa de viagem. Título: As impossíveis crónicas" (*ibidem*, p. 137 ss); "Segundo exercício de autobiografia em forma de capítulo de livro. Título: Eu, bienal em Veneza" (p. 159 ss); "Terceiro exercício de autobiografia em forma de capítulo de livro. Título: O comprador de bilhetes-postais" (p. 181 ss); "Quarto exercício de autobiografia em forma de capítulo de livro. Título: Os dois corações do mundo" (p. 201 ss); "Quinto e último exercício de autobiografia em forma de narrativa de viagem. Título: As luzes e as sombras (p. 225 ss)". Cf. p. 157 para o comentário de Adelina.

[43] *Ibidem*, p. 134.

164 Post-Modernismo no Romance Português Contemporâneo

nascimento seja bem esse em que se descobre o local em que se gostaria de morrer, pois essa é uma consciência que só a pode ter quem se olhou por dentro.

Deste modo, *Manual de Pintura e Caligrafia,* podendo embora ser um romance cujo alibi genológico o aproxima da autobiografia, é, outrossim, passível de ser entendido à luz das implicações aportadas pela noção de romance de ideias, subgénero que Luís de Sousa Rebelo entrevê como "exame das questões teóricas e práticas, normalmente associadas com a criação estética, mas tomadas como enfadonhas e prejudiciais ao prazer que se espera de uma obra de imaginação"[44]. Destacamos, a propósito, os seguintes excertos, elucidativos não apenas no que diz respeito à possibilidade de ilustrar esse debate teórico, mas também porque permitem exemplificar a prática metaficcional que caracteriza, numa nota englobante e todavia incisiva, as obras do Post-Modernismo:

Escrever não é outra tentativa de destruição mas antes a tentativa de reconstruir tudo pelo lado de dentro, medindo e pesando todas as engrenagens, as rodas dentadas, aferindo os eixos milimetricamente, examinando o oscilar silencioso das molas e a vibração rítmica das moléculas no interior dos aços;

Fiquei ali sentado o resto da noite, olhando umas vezes o rio, outras vezes o céu negro e as estrelas (que deve o escritor dizer das estrelas quando diz que as olhou? afortunado eu que apenas escrevo, e assim, e por isso a mais não sou obrigado);

Na verdade, como vou eu recuperar do passado tantos anos já, e não apenas meus porque estão misturados com os de outra gente, e mexer nestes meus é desarrumar os que não me pertencem hoje nem pertenceram nunca, (...)? Provavelmente, nenhuma vida pode ser contada, porque a vida são páginas de livro sobrepostas ou camadas de tinta que abertas ou descascadas para leitura e visão logo se desfazem em poeira, logo apodrecem: falta-lhes a invisível força que as ligava, o seu próprio peso, a sua aglutinação, a sua continuidade[45].

---

[44] Luís de Sousa Rebelo, Prefácio cit., p. 24.

[45] *Manual de Pintura*, pp. 57-58, 128 e 129. Cf. p. 116 e pp. 215-216 para os comentários tecidos pelo narrador-pintor a propósito dos artifícios e do virtuosismo linguístico que acabara de levar a cabo no final do capítulo precedente; pp. 131-135 para

Além do mais, na medida em que um dos sentidos que perpassa pela urdidura romanesca é também o da procura de si mesmo, podemos, ainda, convocar a noção de romance de formação (nitidamente bordejando esse outro conceito de romance de artista), entendido como

> o romance que narra e analisa o desenvolvimento espiritual, o desdobramento sentimental, a aprendizagem humana e social de um herói. Este é um adolescente ou um jovem adulto que, confrontando-se com o seu meio, vai aprendendo a conhecer-se a si mesmo e aos outros, vai gradualmente penetrando nos segredos e problemas da existência, haurindo nas suas experiências vitais a conformação do seu espírito e do seu carácter[46].

Em termos mais genéricos, mas não menos adequados à obra em causa, Georg Lukács refere-se ao romance como

> la forme de l'aventure, celle qui convient à la valeur propre de l'intériorité; le contenu en est l'histoire de cette âme qui va dans le monde pour apprendre a se connaître, cherche des aventures pour s'éprouver en elles et, par cette preuve, donne sa mesure et découvre sa propre essence[47].

As aventuras referidas podem, pois, encontrar paralelo nas viagens que o protagonista leva a cabo, ou nos próprios ensaios de escrita e de novos modos de representação verbo-pictóricos. No âmbito, sempre relativizado, da terminologia lukácsiana, este romance poder-se-ia situar, ainda, entre o romance psicológico (a alma do herói passivo é demasiado grande para se adaptar ao mundo) e o romance educativo (o de uma renúncia consciente que não é nem resignação nem desespero).

---

a problematização de autobiografias e pp. 151-152 para a exposição das dificuldades de escrever na primeira pessoa.

[46] Vítor Manuel de Aguiar e Silva, *A estrutura do romance*. Coimbra: Almedina, 1974, p. 68. O autor aponta como distinção entre romance de formação e romance de artista, espécie de ramificação da primeira tipologia, o facto de, nesse caso concreto, a formação a que se alude ser a de um herói que é artista.

[47] Georg Lukács, *La théorie du roman*. Trad. Jean Clairevoye. Paris: Denoël, 1970, p. 85. *Vide* a propósito, Lucien Goldmann, "Introduction aux premiers écrits de Lukács", in *ibidem*, p. 175.

166   *Post-Modernismo no Romance Português Contemporâneo*

O que se intui do enorme leque de possibilidades genológicas (ou subgenológicas, se quisermos ser mais precisos) que nimba este *Manual de Pintura e Caligrafia* parece-nos, efectivamente, corroborar a posição defendida por Ralph Cohen. Para este, as marcas genológicas não são absolutas em si mesmas, muito menos os traços partilhados por diferentes géneros desempenham exactamente a mesma função. Os géneros não existem independentemente pois, fazendo parte de um sistema, cada um deles define-se e ganha consistência apenas em relação com os seus congéneres [48].

O predomínio de um sobre os outros pode desde sempre ter servido para determinar classificações mais precisas e pontuais quer por agentes exógenos, os críticos literários, quer por agentes endógenos, os próprios autores que, cada vez com maior frequência, se encarregam de classificar as obras que dão à estampa. A categorização que assim é levada a cabo origina e convoca um conjunto de expectativas susceptível, sem margem para dúvidas, de condicionar as diversas fases de contacto do leitor com a obra: motivação para a adquirir, orientação das linhas possíveis de interpretação e preenchimento ou frustração das expectativas geradas. Disso mesmo nos dá conta Inge Crossman ao ressaltar que

> readers of novels are caught in multiple, interlocking systems of reference whose complexity varies from novel to novel, depending on the particular features of the individual text and on the patterns of interaction that evolve in the course of reading. The outermost frame of reference in which we begin our reading is based on prior knowledge of genre conventions, that is, our familiarity with what a book is, and more specifically, what kind of book a novel is. This kind of awareness has important pragmatic consequences, since it presupposes a certain kind of communication and raises certain kinds of expectations, all of which shape our reading [49].

No entanto, a verdade última, ou primeira, é que, mesmo nessa situação e como acabamos de verificar a partir do *Manual* de Sara-

---

[48] Cf. Ralph Cohen, "History and Genre", in *New Literary History*. Vol.17, n.º 2, Winter 1986, p. 207.

[49] Inge Crossman, "Reference and the Reader", in *Poetics Today*. Vol.4, n.º 1, 1983, p. 90.

mago, primeiro livro de uma série já anunciada no subcapítulo anterior, a obra literária pode muito bem servir de reduto a diversos indicadores de género. Nesse caso, ela pode, virtualmente (já que a abordagem depende do ponto de vista e dos objectivos a atingir), oferecer ao leitor que a lê e que a usa, como diria Umberto Eco, a possibilidade de descortinar outras afinidades e outras presenças genológicas.

A problematização e a subversão, directas ou indirectas, de tipologias anteriores são, aliás, muitas vezes em número suficiente para contrariar, ou, no mínimo, minar e implodir, não raro completar, a classificação homoautoral.

O processo de preenchimento e de alteração do horizonte de expectativas é assim comentado por Hans Robert Jauss:

> The new text evokes for the reader (listener) the horizon of expectations and "rules of the game" familiar to him from earlier texts, which as such can then be varied, extended, corrected, but also transformed, crossed out, or simply reproduced. Variation, extension, and correction determine the latitude of a generic structure; a break with the convention on the one hand and mere reproduction on the other determines its boundaries [50].

E de acordo com as regras do jogo oferecido pelo romance em apreço, podemos, acreditamos que legitimamente, aproximar a definição de romance de formação, a um quase nível de intersecção, como se as misturássemos numa paleta (como se H. as misturasse na paleta, vestindo a distância que as separava [51]), à tipologia anteriormente sugerida de romance de ideias. Até porque a aventura narrativa interior é indissociável da simultaneidade com que se vive essa outra aventura, agora facultada pelo conhecimento estético de quem se olha e se estuda no espelho da pintura e no espelho da

---

[50] Hans Robert Jauss, *Toward an Aesthetic of Reception*. Trad. Timothy Bahti. Minneapolis: University of Minnesota Press, 1982, p. 88. Para outros comentários relacionados com o horizonte de expectativas genológicas, *vide* Ralph Cohen, art. cit., pp. 210-213 e Jonathan Culler, "Towards a Theory of Non-Genre Literature", in Raymond Federman (ed.), *Surfiction Now and Tomorrow*. 2nd ed. Chicago: Swallow Press, 1981, pp. 255-256.

[51] Cf. *Manual de Pintura*, p. 108.

168 *Post-Modernismo no Romance Português Contemporâneo*

linguagem feita escrita. Duas faces de uma mesma técnica, duas faces de uma mesma moeda similar à cunhada por Narciso-olhan-do-se-e-estudando-se-nas-águas:

> Não tem sido fácil articular estas frases. A mim mesmo lembro que não tenho o hábito de escrever, que não domino certas habilidades de escrita (adivinhadas no acto da escrita, contudo não sabidas, não domináveis), mas verifico que por este caminho vou chegando a certas conclusões que até agora me estavam inacessíveis, e uma delas, por mais simples que pareça, agora se me apresenta neste ponto da minha escrita, e vem a ser o contentamento de saber que posso falar de pintura, certo de que a faço má e não me importar com isso, de que falo das obras de arte, ciente de que os meus trabalhos em nada irão perturbar as discussões e as análises dos entendidos.
>
> Tiro sempre o relógio para pintar, tiro-o também para escrever, e em geral enfio-o num dedo do Santo António ou, respeitosamente coloco-lho no pulso, para que este santo (...) saiba, ao menos quando eu escrevo ou pinto, a quantas anda – enquanto eu ando à procura de mim [52].

Este sujeito que cronotopicamente se constitui é um indivíduo diferido, ou se preferirmos, é o porta-voz de uma (auto)biografia em segunda mão, de uma (auto)biografia descentrada ou dissimulada, como H. a designa no comentário ao seu primeiro exercício, já que o que lemos e tentamos entender é o paralelo percurso do autor José Saramago. O eu que fala neste discurso, e que determina e constrói o aqui e o agora do espaço e do tempo da narrativa, projectando-se nas suas múltiplas facetas, define, pois, extensio-nalmente, o eu-autor-José Saramago quer em termos de referências pessoais, quer estético-literárias, quer, ainda, ideológicas.

É como se, apropriando-se dos processos de alteridade e de desdobramento existencial típicos dos primeiros modernistas, o au-tor civil se desdobrasse numa personagem literária que, traçando o seu perfil estético-ideológico, traça também o do autor que o cria – – como se este procurasse em outro, e por outro, o que a si lhe pertence, construindo uma história de si a partir de um outro/H.

---

[52] *Ibidem*, pp. 147 e 178.

(In)definições genológicas   169

que é ele, num dissimulado jogo autobiográfico onde, aparentemente, a "personagem pode ser escritor mas o escritor *não* é personagem"[53], pelo menos não o é abertamente, como já sublinhámos.

Gostaríamos, a propósito, de propor uma reflexão sobre esta problemática do eu-do-outro-ou-dos-outros, na medida em que consideramos ser porventura possível levar mais longe, alargando a um ponto quase extremo tendo em conta a arquitectura semântica do romance, esta ideia de desdobramento (semi-heteronímico) de nítida herança modernista. Com efeito, e caucionando esta proposta com alguns excertos que a seguir citaremos, acreditamos que, em última instância, perpassa a hipótese de se dilucidar que H. e S. são duas faces de uma mesma moeda.

Tenhamos em mente que, de início, H. afirma querer levantar "o projecto de por meio do segundo retrato e desta escrita saber quem fosse S."; asserção que, aliada aos diversos exemplos em que admite a escrita como meio de conhecimento salvífico, acaba por permitir a identificação de H. com S. Isto é, andando H. à procura de outro (S.) é também a si quem procura e, descobrindo o (seu) outro (S.) é a si que descobre? E, finalmente, e em consequência, num processo duplamente diferido (que julgamos sugerido e caucionado pela referência ao "homem triplo" na página 51), se H. é/ /pode ser o outro/S. e se H. pode especular Saramago, S./o outro é/ /pode ser (um dos) Saramago?:

> Juntar mais pormenores da fisionomia de S. é inútil. Estão aí os dois retratos que dizem quanto basta para o que menos conta. Com outro rigor: que dizem o que não me basta, mas que satisfazem a quem de fisionomias só cure. O meu trabalho vai agora ser outro: descobrir tudo na vida de S. e tudo relatar por escrito, distinguir entre o que é verdade de dentro e pele luzidia, entre a essência e a fossa (...). Separar, dividir, confrontar, compreender. Perceber. Exactamente o que nunca pude alcançar enquanto pintei;

> S. é uma inicial vazia que só eu posso encher com o que saberei e com o que inventarei, como inventei o Senado e o Povo Romano, mas em relação a S. não será traçado o risco que separa o sabido do inventado;

---

[53] Maria Alzira Seixo, "Narrativa e romance: esboço de uma articulação teórica", in *A palavra do romance. Ensaios de genologia e análise.* Lisboa: Livros Horizonte, p. 24.

170 Post-Modernismo no Romance Português Contemporâneo

Restam estes papéis. Resta este desenho novo, nascendo sem que eu o tivesse aprendido (...). Quando assento o aparo na curva interrompida de uma letra, de uma palavra (...), limito-me a prosseguir um movimento que vem detrás: este desenho é, ao mesmo tempo, o código e a decifração. Mas código e decifração de quê? Dos factos e da personalidade de S., ou de mim próprio? Quando resolvi começar este trabalho, julgo tê-lo feito (...) para descobrir a verdade de S. Ora, que sei eu disso, da chamada verdade de S.? Quem é S. (esse)? Que é a verdade? perguntou Pilatos;

Basta de fazer perguntas. Estou a retomar, no terreno do adversário de S., as interrogações que me fizera quando levantei o projecto de por meio do segundo retrato e desta escrita saber quem fosse S. Caminhei em círculo e cheguei ao lugar onde estivera – depois de ter viajado [54].

Neste sentido, quer a tentativa, falhada, de pintar um retrato segundo, quer a consecução, alcançada, de escrever para (se) conhecer podem de algum modo metaforicamente ilustrar a necessidade de abandonar meios e técnicas de anteriores registos-retratos (o romance de ensombramento realista, a poesia ou a crónica em que não se conseguiu re-conhecer?) em favor de novas experimentações, essas sim, passíveis de delinear uma verdade possível.

Cabe ao leitor responder aos diversos desafios metaficcionais que labirinticamente se lhe vão pondo, e que desenvolveremos em capítulo próprio, para que possa (tentar) descobrir o que, não parecendo ser, é. Não podemos, todavia, deixar de ter em conta que, como diz Francis Hart, "unreliability is an inescapable condition, not a rhetorical option; truth, like form and intention, is a problematic goal to be sought in various ways", ou, nas palavras de R. Pascal, "there is a cone of darkness at the centre" e, precisamente por isso, um dos grandes prazeres da leitura de autobiografias é o podermos assistir à luta com a verdade. Para Saramago,

Tudo é biografia, digo eu. Tudo é autobiografia, digo com mais razão ainda, eu que a procuro (a autobiografia? a razão?). Em tudo ela se introduz (qual?), como uma delgadíssima lâmina metida na fenda da porta e que faz saltar o trinco, devassando a casa. Só a

---

[54] *Manual de Pintura*, pp. 58-59, 63, 99 (98), 274, respectivamente.

(In)definições genológicas 171

complexidade das multiplicadas linguagens em que essa autobiografia se escreve e se mostra, permite, ainda assim, que em relativo recato, em segredo bastante, possamos circular no meio dos nossos diferentes semelhantes[55].

Tudo é (auto)biografia porque, mesmo instituindo-se numa permanente dialéctica de encobrimento e de revelação, por exemplo quando seguidamente afirma que o seu quarto capítulo-exercício de autobiografia nada biografa, a verdade é que esta escrita ou escrituração (como lhe chama na página 259) faz "saltar o trinco, devassando a casa" saramaguiana, permitindo descortinar essas linhas paralelas com que se orquestra e escora a una dualidade do par eu-H./eu-Saramago. "A questão está", adverte significativamente o narrador, "em saber lê-la", até porque, não só, em sentido restrito, "uma narrativa de viagem serve tão bem para o efeito como uma autobiografia em boa e devida forma" como, em termos mais englobantes, "A invenção não pode ser confrontada com a realidade, logo, tem mais possibilidades de ser exacta"[56].

Por isso, apesar de a possível exactidão de um mesmo percurso pessoal no seu todo parecer mais difícil de determinar, porquanto são esparsas as informações que publicamente conhecemos da vida privada de Saramago e que, consequentemente, poderíamos comparar com os episódios protagonizados por H., cremos que essa 'lacuna' é colmatada pelo que consideramos notória equivalência do percurso estético-literário e da especulação ideológica de ambos.

Salientamos, todavia, dois exemplos que, *en passant*, nos facultam essa convergência entre a identidade civil e a ficcional: a referência a uma infância e adolescência onde conheceu algumas

---

[55] *Ibidem*, p. 207. "O que ainda não está, o que veio e transita, o que já não está. O lugar só espaço e não lugar, o lugar ocupado e, portanto, nomeado, o lugar outra vez espaço e depósito do que fica. Esta é a mais simples biografia de um homem, de um mundo e talvez também de um quadro. Ou de um livro. Insisto que tudo é biografia. Tudo é vida vivida, pintada, escrita: o estar vivendo, o estar pintando, o estar escrevendo: o ter vivido, o ter escrevido, o ter pintado" (p. 170).

O comentário de R. Pascal é citado por Francis R. Hart no artigo "Notes for an Anatomy of Modern Autobiography", in *New Literary History*. Vol. cit., p. 488; cf. *ibidem*, mesma página, para o comentário da autora.

[56] *Manual de Pintura e Caligrafia*, pp. 153 e 172.

privações materiais, já que o dinheiro não abundava (e relembremos como corroboração o que de si disse no discurso proferido perante a Real Academia Sueca quando em 10 de Dezembro de 1998 recebe o há muito merecido Prémio Nobel da Literatura), e a menção, não de grande importância, como o próprio afirma, ao facto de já ter sido casado [57].

Mas porque, afinal, o assunto de um livro é sempre uma expressão do autor-sujeito-ou-não-da-enunciação (quem escreve também a si se escreve), mais importante do que esses dados é a coincidência entre a dupla busca ontológica e ôntica (entre a descoberta-conhecimento do ser e do caminho que a ele leva). Esta dupla procura é, por sua vez, passível de se consubstanciar, desdobrando-se e obliquamente se encontrando, na busca afim da ontologia e da onticidade do próprio processo de criação. O que em *Manual* se dramatiza é a criação de uma identidade literária, é o percurso de conquista e de reaprendizagem, trinta anos depois, de um lugar que em 1947 se havia ensaiado com *Terra do Pecado*, romance de uma juventude literária que amadurecerá quando, regressando no papel do poeta que escreve *Os Poemas Possíveis* ou do cronista de *Deste Mundo e do Outro*, retoma progressivamente o seu lugar na cena literária nacional.

Deste modo, e já que parece ser cada vez maior a liberdade com que se cunham novos termos, talvez possamos, também, classificar este *Manual de Pintura e Caligrafia* como uma obra do género *autorbiográfico*. A classificação que agora convocamos prende-se com uma das terminologias propostas por Luigi Cazzato [58] e cujo sentido original alteramos ligeiramente. Validamos e justifi-

---

[57] Cf. *ibidem*, pp. 174 e 212.

[58] Luigi Cazzato, "Hard Metafiction and the Return of the Author-Subject: The Decline of Postmodernism?", in Jane Dowson and Steven Earnshaw (eds.), *Postmodern Subjects/Postmodern Texts*. Amsterdam-Atalanta GA: Rodopi, 1995, pp. 35-36: "In hard metafictional novels, the anxiety we are talking about may be classified according to the factors of the literary communication that are most predominant. ADDRESSER (the author): the author-narrator becomes a character, thus expressing an anxiety about the authenticity of the story (it is what can be called *authorbiographic* mode). MESSAGE/ CONTEXT (hi*story*): the author-narrator becomes a historian in order to express an anxiety about the manipulation of hi*story* (*historiographic* mode). ADDRESSEE (the reader): the author-narrator becomes a critic, finally expressing an anxiety about the destiny of his/her message (*criticgraphic* mode)" (itálicos do autor).

(In)definições genológicas 173

camos esse pequeno desvirtuamento não apenas porque a transformação e/ou a variação conceptuais surgem caucionadas, como
temos vindo a demonstrar, pelos ideais do Post-Modernismo. Pro-
cedemos a essa alteração, essencialmente, pelo facto de a própria
obra em apreço subverter outros sentidos canónicos.

De acordo com Luigi Cazzato, sob a égide de múltiplos outros
autores, as metaficções de maior amplitude recorrem a todo o tipo
de processos de desmistificação do modo de funcionamento do
poder sobre a linguagem e, *eo ipso*, sobre o processo de construção narrativa. Explicando, pois, o modo como se conta e como se
lê, como se deve ler, essas obras apontam directamente para a
fonte emissora da 'mensagem', assim expondo, cada vez mais, o
posicionamento do autor como sujeito ideológico passível, por seu
turno, aduza-se ao exposto, de configurar diferentes modos do que
designa por *ansiedade metaficcional*. O termo *autorbiografia* é
assim utilizado para classificar o tipo de romance em que o autor-
-narrador se transforma em personagem, mesmo que virtualmente,
dessa forma expressando a sua ansiedade relativamente à autentici-
dade da história que conta.

Autorbiografia, pois, não porque claramente seja personagem
da obra, não porque consideremos haver ansiedade perante a veracidade dos factos, mas porque na obra em apreço nos é possível
assistir ao re-nascimento de José Saramago como autor-romancista.

Tendo ensaiado novos passos num quase deserto que a escrita
futura vai fertilizar (e não esqueçamos o subtítulo da 1.ª edição –
'Ensaio de romance' –), chegou, tal como para H., também o tempo de fertilizar o seu deserto; o tempo em que se apercebe, mesmo
que aparentemente de modo inconsciente, de que, tendo tirado a
limpo, averiguado, destruído e aniquilado um passado, mais não
fez "do que preparar um terreno: tirei as pedras, arranquei vegetação, arrasei o que tirava a vista, e desta maneira (...) fiz um deserto",
onde se encontra "agora de pé no centro dele, sabendo que este é o
lugar da minha casa a construir (se de casa se trata), mas nada mais
sabendo" [59].

---

[59] *Manual de Pintura*. Ed. cit., p. 264 (cf. *supra*, nota 35). Sobre o assunto, cf.
Horácio Costa, *José Saramago: o período formativo*. Ed. cit., pp. 274-275; o excerto da
entrevista a Noé Jitrik, intitulada "Conversación en La Habana" encontra-se nas pp. 274-
-275, n.3.

Esta ideia (de uma "casa a construir"), por um lado, aproxima agora a obra às fronteiras do texto programático, numa hipótese corroborada pelo que diz em entrevista a Noé Jitrik:

> Cuando, en 1977, escribí esa novela que se llama *Manual de pintura y caligrafía*, que es casi una especie de programa – aunque yo no estuviera consciente de eso porque es el pintor quien escribe –, yo no me dije "voy a ir en contra de lo que se hace o lo voy hacer de esta manera"; sólo me encontré con la necesidad de expresar lo que sabía, que no es mucho.

No entanto, por outro lado, e subvertendo em última instância a expectativa criada pelo título, ela não faz do *Manual* uma obra pedagogicamente direccionada para um tu-receptor que objectivamente aí encontrará, num registo didáctico, um conjunto de regras sobre como fazer pintura e caligrafia. Pelo contrário, faz dele um manual, sim, mas para o próprio; um manual enquanto repositório de coordenadas estético-ideológicas a que o autor parece sempre voltar na produção de futuros romances. Arrasou-se efectivamente "o que tirava a vista" mas instauraram-se férteis nódulos temáticos que reaparecerão, coloridos por outras mesmas tintas, no imaginário do universo saramaguiano.

Sublinhemos, a título de exemplo, alguns desses fios que deste migram para outros romances: em primeiro lugar, a emergência de(a) M.(ulher) como mola de conhecimento, retomada numa Faustina ou numa Gracinda Mau-Tempo, mulheres-companheiras de armas de homens que ensaiam um novo tempo de consciência humana e política; em Blimunda dos olhos excessivos cujos poderes, aliados ao sonho quimérico de Bartolomeu Lourenço, abrem novos horizontes a Baltasar; em Joana Carda ou Maria Guavaira, sem as quais se não podia entender plenamente o sentido da viagem de uma península à deriva; em Maria Sara, por causa de quem Raimundo escreve a sua *História do Cerco de Lisboa* num percurso que é também o da afectividade; em Maria de Magdala, responsável por um Jesus capaz de humanamente amar, e errar; numa Lídia que é o elo a um mundo que não o de Ricardo Reis; na mulher do médico, única personagem que ao longo do romance *Ensaio sobre a Cegueira* mantém a capacidade de olhar e de ver e de, por isso, ajudar a compreender; na incógnita figura feminina de

Todos os Nomes, mentora indirecta da fuga de José ao mal de acídia; ou, ainda, numa Marta Isasca ou numa Isaura Madruga, responsáveis, em *A Caverna*, cada uma à sua maneira, por novos alentos na vida de Cipriano Algor.

Em segundo lugar, o ateísmo bastas vezes confesso de José Saramago, retomado com maior ou menor incidência em obras posteriores, perpassa, também, pelas páginas escritas por este homem (escritor) aprendiz que, por um lado, aqui re-aprende a estilhaçar a herança de códigos religiosos de um Deus-ideia arquetipicamente pré-existente, "criador segundo de uma religião de medo que precisava de um Sexta-Feira para ser igreja" [60] e que, por outro lado, ensaia vagamente esses outros passos a percorrer, por exemplo, em *O Evangelho Segundo Cristo*. Referimo-nos à regulação da simpatia de um narrador ideologicamente mais empenhado em traçar, não o divino percurso de um Jesus fazedor de milagres mas, pelo contrário, o humano percurso de Jesus-vítima de armadilhas engendradas por desígnios divinamente malignos.

Intimamente relacionado com os comentários de H. relativos às injustiças e ignomínias praticadas pelo, ou em nome do, poder espiritual, encontra-se ainda o reflexo desse homem politicamente empenhado na defesa de uma ideologia comunista, também ela várias vezes publicamente afirmada, apesar de, dizem, o tempo ser de crise das ideologias.

Tendo como pano de fundo a recta final da era marcelista, a acção de *Manual de Pintura* serve, pois, de pré-texto a todo um vasto leque de asserções de jaez político-ideológico que, por vezes, aparecem travestidas de ecos de tempos idos. Assim acontece quando refere, pontualmente, num tom que oscila entre a paródia e a ironia mesclada de humor desencantado, o decreto de Fernando VII sobre a restauração do Conselho da Inquisição e os outros Tribunais do Santo Ofício. Instrumentos de exercício de poderes a ser historicamente recriados na malha de *Memorial do Convento*, ou apenas diferentemente coloridos pela Polícia de *O Ano da Morte de Ricardo Reis*, pela PIDE de *Levantado do Chão* ou deste mesmo *Manual* que, progressivamente, já vimos porquê, se con-

---

[60] *Manual de Pintura*, pp. 144-145. Para outro exemplo, *vide* p. 249.

176   *Post-Modernismo no Romance Português Contemporâneo*

substancia em mais objectivos gritos de revolta e de discordância contra todo e qualquer tipo de opressão que tenha feito adormecer a pátria. A sua e, extensionalmente, todas as outras, como essa Espanha onde a junção das forças do credo religioso e do credo político se traduziu na união estilística de uma oração-manifesto que o fez corar de vergonha quando pela primeira vez a leu[61].

Eventualmente, esta obra consubstanciar-se-á, pois, em manual para o leitor que, heuristicamente, num jogo que desvirtua a semântica inicial e imanente desse termo, se disponha a entretecer inter- e intra-relacionalmente, a fragmentaridade pessoal e discursiva de modo a que, tentando descortinar as *nuances* deste espaço-tempo auto[r]biográfico, enviesadamente reconstitua, no e a partir do eu ficcional que escreve, a tipologia afectiva-intelectual do eu real José Saramago.

A escrita durou, efectivamente, "o tempo que era necessário para se acabar um homem e começar outro", até porque, o que desde início parecia importar era registar "o rosto que ainda é", e apontar "as primeiras feições do que nasce"[62] para novos rumos literários.

3. Generofagias textuais: sinfonia de vidas

Se em *Manual de Pintura e Caligrafia* as relações entre pintura e literatura são explicitamente comentadas ao longo do xadrez narrativo, em *Amadeo* a afinidade entre as duas artes reveste-se de características peculiarmente interessantes. Com efeito, esta obra de Mário Cláudio apela, tocando os limites da exigência, a uma maior inter-actividade do leitor, agora envolvido num sub-reptício jogo que, em última análise, permitirá verificar que a técnica de registo escrito-narrativo especula a própria técnica pictórica-figurativa do pintor modernista.

O colorido ritmo e a mobilidade da perspectiva presentes nos quadros de Amadeo de Souza-Cardoso, de acordo com José-Au-

---

[61] Cf. *ibidem*, pp. 264-268, 200. A consciência sócio-ideológica é ainda ilustrada em outros momentos que podemos ler nas pp. 239-240, 249, 269 e *passim*.

[62] *Ibidem*, p. 312.

gusto França, "criam, estruturalmente, planos múltiplos e reflexos, num estilhaçamento de espaços" onde casas, cais, objectos e pessoas se torcem "num ritmo de dança ou de cavalgada"[63]. Planos que Mário Cláudio decalca, *lato sensu*, numa escrita biograficamente ziguezagueante onde se articulam os passos do biografado e dos biografantes. A articulação decalca-se num presente de enunciação que frequentemente transpira ecos da ambiência do passado que se re-constrói quer porque, como suspeita Álvaro, Papi parece estar restaurando a casa de Santa Eufrásia de Goivos para nela insinuar a de Manhufe, quer, ainda, porque, aqui e além, se insinua a presença estilístico-conceptual do paganismo e do estoicismo do pessoano Ricardo Reis, numa espécie de reapropriação do presente intelectual em que o artista viveu, pensou e agiu[64].

Além disso, e numa perspectiva mais restrita, o que se comenta do estilo mágico e feérico de Amadeo-pintor pode, sem dúvida, visualizar-se principalmente na semântica das primeiras vinte páginas desta obra; espaço-momento onde o modo como se biografa o mundo da infância vivido na Casa em muito se assemelha a alguns dos mais interessantes quadros do pintor.

Assim surge a Casa, na primeira página, como "uma teoria volumétrica por entre a vegetação", e "um bestiário a habita, nela cirandando ou em torno lhe correndo, heráldicos bichos esguios, indistintos da paisagem". Apesar da brevidade da citação, não nos parece difícil certificar que o narrador escrituralmente mescla e dá

---

[63] José-Augusto França, *Amadeo & Almada*. 2.ª ed. Lisboa: Bertrand, 1983, pp. 55 e 35, respectivamente, (a propósito de «A Cozinha de Manhufe", 1913, e «Marinha, Pont-l'Abbé», 1911).

[64] "Que tempo, pergunto-me, levará a responder? Não muito, espero, que só esse os deuses nos concedem para em tudo pensarmos", "Só os deuses, para quem a morte é jovem, pairam eternamente em regiões assim, o que será talvez conclusivo sinal da genialidade do servo que convocaram" (*Amadeo*, pp. 57, 135, respectivamente). Outros ecos pessoanos contaminam ainda Papi e Amadeo: "A vida apenas se lhe torna inteligível na vida de outrem", "eu sou um espirito dramatico e a minha alma representa sempre uma tragedia em que eu sou o unico espectador", pp. 15 e 43. *Vide* p. 50 para a referência ao modo como, na casa de Santa Eufrásia de Goivos, se tenta insinuar a de Manhufe.

Vide, a propósito da ideia de reapropriação, Robert Skidelsky, "Only Connect: Biography and Truth", in Eric Homberger e John Charmley (eds.), *The Troubled Face of Biography*. St. Martin's Press: New York, 1988, p. 15.

178   *Post-Modernismo no Romance Português Contemporâneo*

corpo às formas patentes, por exemplo, em duas pinturas de cerca de 1910 e em «O Salto do Coelho», de 1911, ou, de modo mais obviamente explícito e elaborado, às imagens esguia e fugidiamente fixadas em «A Casa de Manhufe» e «A Cozinha de Manhufe», ambas de 1913.

A fantasia volumetricamente ondulante que caracteriza esta fase do pintor encontra-se, ainda, obliquamente patente em *Amadeo* pela tontura vertiginosa com que se matizam e se cruzam elementos recognoscivamente reais e referências folclóricas, por exemplo, quer às "princesas moiras que vêm beber, ou molhar o cabelo, em nascentes em cujo fundo uma cobra se enrosca", quer às

> feiticeiras de cabelos lisos e prateados, que no rio se banhavam em grandes contorções, ante a pávida inquietação dos peixes e o breve sobressalto das ramas limítrofes(?) A adaga finíssima da lua, apara de uma unha acabada de cortar, no negro de piche do firmamento se estampava. E as feiticeiras não sossegavam, dedilhando suas harpas invisíveis, exibindo o musgo do púbis, fazendo balançar os seios agudos, de órbitas abertas como as máscaras,

numa descrição que nos traz à memória o bem conhecido quadro «O Banho das Feiticeiras», de 1912.

A interferência da pintura na escrita ocorre ainda quando, num eco talvez de «Procissão de Amarante», de 1913, assim se descreve a

> aldeia, toda concentrada numa força que em foguetes haveria de explodir imprimindo rosas e cruzes nos lenços de muitas cores, percorrida por um Diabo e uma Diaba que escacavam púcaros pelos cantos, comiam à dentada os girassóis, se debruçavam na boca dos poços donde os dedos se retiravam carregados de limos[65].

O que deste 'quadro' se intui é, ainda, um enorme fascínio por elementos de raiz popular, também patentes, entre outros, nos dois excertos que a seguir transcrevemos:

> Os vindimadores, ao contrário, bem poderiam facilmente raptá-lo, levá-lo por montes e vales, a visitar em silêncio os covis dos lobos, as cavernas das bruxas, as fontes onde as raparigas cuspiam um fio de oiro infinito;

---

[65] *Amadeo*, p. 14. As citações anteriores encontram-se nas pp. 12 e 20-21, respectivamente.

(In)definições genológicas   179

> Logo que se dava em bufar do lado de nascente, os demónios se
> soltavam. Irrompiam acenando abanicos de muita cor, sacudindo
> os alicerces da Casa (...). O fogo do lar apagava-se em cinzas que
> um bafo exterior disseminava, os gatos fugiam a encrespar-se nos
> cantos, derramando ao fazê-lo os pires de leite. E Amadeo se reco-
> nhecia no centro mais perfeito do vendaval. Em suas falanges se
> enredavam os fios de que o sobressalto dependia, e a inteira Casa
> de irmãos e de pais, de tios e de primos, de criados e de cães, em
> torno dele rodopiava num espanto que só o âmago da noite era
> capaz de deter. Regressavam os demónios a suas covas do monte,
> rastejando por sob tapadas de silvas, de um salto vencendo ria-
> chos, atrás de si deixando um rasto de enxofre e de fumo, pálido e
> incerto, terrível de se sentir [66].

Ao exposto devemos sem dúvida acescentar esse outro fascínio com que se descreve a envolvência da paisagem interior e
exterior, num jogo de flutuantes aromas e cores (ou de cores que
em si contêm a impressão de aromas, e vice versa) que parecem
celebrar, na/e pela escrita, o carácter imediato do acto de percepção pictórica. Ao mesmo tempo, faculta-se a transmissão simbólica
de sentidos que se prendem com a concepção tradicional do tempo
da infância como (irreversível) reduto de fantásticas e singulares
vivências e percepções.

Assim se dobra "o cheiro dos toros de pinheiro ardido sobre o
da manteiga esbranquiçada que nas horas vagas se bate" na cozinha dessa Casa inserida numa paisagem-"teia intrincada de verdes,
trigais bordejados de latadas, regatos, cúmulos de brancura", passando "por baixo e por cima do homem, num rio perene de seivas
ligamentos e grãos", e onde "Corriam mamíferos e répteis e insectos, e as aves cruzavam espaços, fervilhavam nas moitas" [67].

A problematização de formas anteriores, a que já aludimos no
ponto precedente, a propósito da consciente diluição de fronteiras
inter-(sub)géneros literários, abre-se agora para um sentido mais
amplo. O que permite, também, a exploração múltipla, num fenómeno de importações recíprocas (em *Amadeo* de modo mais ilustrativo e menos teórico do que em *Manual de Pintura*), de caracte-

---

[66] *Ibidem*, pp. 18 e 28-29, respectivamente. *Vide*, ainda, pp. 25, 27 e 78.

[67] *Ibidem*, p. 11 para a primeira citação e p. 27 para as seguintes.

rísticas próprias de diferentes modos de representação, como a pintura e a literatura, isto é, o visual e o verbal.

A violação, a implosão ou o simples descentramento de regras, para enumerarmos apenas algumas características dos textos post-modernistas, pode ocorrer, ainda, como verificaremos posteriormente, pela exploração-contaminação do espaço entre, por exemplo, romance e História (*A Paixão do Conde de Fróis* e *História do Cerco de Lisboa*); representação e invenção (*Balada da Praia dos Cães, Manual de Pintura e Caligrafia* e *Amadeo*), ou texto original e comentário (*O Delfim*). Neste contexto, afirma Marjorie Perloff, "*purity, autonomy,* and *objectood* are the enemy (...), the pleasure of the text being regularly seen as one *transgression* and *contamination,* of what Derrida calls the play of representations"[68].

O que *ab initio* se depreende em *Amadeo* é, pois, e apesar de algumas afinidades (que se prendem, entre outros exemplos, com uma vera toponímia), essa post-modernista subversão de códigos. No caso, uma não obediência estrita aos convencionais clichés e fórmulas de grafar vidas. O sentido de fuga ao registo tradicional instaura-se, assim, pelo aparato de artifícios imaginativos presentes no preenchimento dos silêncios da infância do artista. Este procedimento conduz não só a uma espécie de anulação da distância emocional que perante o biografado se diz dever manter-se, mas também, e em consequência, a uma ruptura do padrão de fiabilidade e de objectividade esperadas[69].

---

[68] Marjorie Perloff (ed.), *Postmodern Genres* ("Introduction"). Ed. cit., p. 8.

A um outro nível, como veremos no capítulo seguinte, também os romances *Era bom que trocássemos umas ideias sobre o assunto* e *As Batalhas do Caia* poderiam ser incluídos como exemplos da contaminação interactiva entre representação e invenção. Optámos, contudo, por apontar os outros títulos porque, de modo mais ou menos directo, qualquer um deles remete para uma realidade mais sólida, isto é, mais identificável como tendo existido de facto.

[69] A ausência de objectividade em *Amadeo* é contudo diferente da que é apontada aos modelos biográficos da época vitoriana. Nestes, a subjectividade do biógrafo não se traduz propriamente em jogos de linguagem abstracticizante. Impõe-se, sim, pelo elevado número de asserções encomiásticas. A explicação desta parcialidade radica não só no espírito e na moral da época mas, essencialmente, na relação contratual estabelecida entre o biógrafo e os familiares do biografado que o impediam de revelar determinados aspectos que se entendiam não dever ser conhecidos. A instauração de novos modelos e do que

É verdade, sem dúvida, que cada vez mais os teorizadores do género biográfico, muitas vezes eles próprios biógrafos, parecem empenhados em estabelecer a distinção entre biografia histórica e biografia literária, concedendo a esta última maiores privilégios estéticos e mais amplas liberdades interpretativas que a aproximam das técnicas do romance. Contudo, mesmo tendo em mente essas afinidades (responsáveis pela introdução na biografia da capacidade imaginativa e da humana e subjectiva intuição, numa tentativa de incutir maior vida ao retrato traçado), a verdade é que, nas palavras de Desmond MacCarthy corroboradas por Victoria Glendinning, o biógrafo, ao contrário do romancista, é um artista sob juramento. Afirmação bem significativa de que, em termos factuais, o registo de vida não pode, não deve, ser contrariado por documentos ou outras evidências [70].

O que neste sentido ocorre, pelo menos no início da obra em questão, é que (apesar de ao leitor se apresentar um sujeito contextualmente inserido num cenário que, efectivamente, sabemos corresponder à realidade) as tintas com que se matizam personagem e espaço, impossíveis de sofrerem certificação documental, mais pendem para o lado de uma ficção parcamente ancorada na realidade do que para uma realidade vaga e tecnicamente aparentada com a ficção.

Mesmo reconhecendo que a ausência de documentação, relativa às primícias vivenciais dos sujeitos sobre quem se escreve, impele a glosas algo romanceadas, das quais se não espera uma total acuidade de dados, o que aqui se consubstancia ultrapassa, assim o julgamos, os limites últimos da biografia. E do Amadeo sugerido pelo título retém o leitor não uma cronologia (e uma vida) mais ou menos objectiva e linear, mas uma sequência-amálgama de plásticas impressões sobre o que pode ter sido (foi?) o seu percurso pela Casa de Manhufe.

---

se convencionou denominar por biografia moderna ocorre depois da I Grande Guerra, momento em que a emergência da mudança de mentalidades começa a permitir maiores incursões pelos territórios da vida privada (cf. Robert Skidelsky, art. cit., pp. 4-9).

[70] Cf. Victoria Glendinning, "Lies and Silences", in Eric Homberger e Eric Charmley (eds.) *The Troubled Face of Biography*. Ed. cit., pp. 54-55.

182   *Post-Modernismo no Romance Português Contemporâneo*

Abandonando-se o vínculo a esse juramento que obrigaria a uma construção obediente (se bem que sempre de modo relativo, relembremos) a um padrão de fiabilidade, o que se nos oferece ler é uma escrita que se enreda em variados jogos. Estes não dizem respeito, no entanto, a um tratamento objectivo da realidade, em que os planos narrados se distinguem de forma estruturalmente clara, mas a movimentadas justaposições de imagens que nimbam a narrativa (a narração e a leitura) de um ritmo lúdico e de uma cor que oscila entre o mistério e o exotismo, próprios do mais alucinante conto de fadas.

Tudo parece conjurar-se, pois, num registo de teor abstracticizante em que a Casa e os ventos que a percorrem e atravessam parecem emissários embrionários do mágico desatino com que o pintor deformará o real humano e o real natural. Mais uma vez, a escrita consubstancia-se numa post-modernista experiência de limites que, adaptando ao caso concreto as palavras de Julia Kristeva,

> fixes in signs what, in the imagination, is irreducible to the experience of others, what is most singular, even if no one escapes that singularity. (...) Never before has this exploration of the limits of meaning been attempted in such an unprotected manner, that is, without religious, mystical or other justification [71].

Em *Amadeo* as surpresas de apresentação formal não apenas não abandonam nunca a semântica biográfica, como sistematicamente se desdobram e se travestem em múltiplas experimentações. Todavia, à medida que o livro e a vida decorrem, à medida que os tempos em que "Aprendia a ser-se" passam a ter por fugaz cenário Coimbra, Espinho, Lisboa, e, mais longamente, Paris, e Manhufe novamente [72], parece-nos possível descortinar uma maior, contudo nunca total, preocupação relativa à veiculação de informações moduladas por esse programa (biográfico) que Robert Skidelsky refere como o programa de dizer a verdade [73]. Tudo decorre como se, de

---

[71] *Apud* Christine Brooke-Rose, "Eximplosions", in *Genre*. Vol.14, n.º 1, Spring 1981, p. 12.

[72] Cf. *Amadeo*, pp. 30, 32, 40, 44, 98.

[73] Cf. Robert Skidelsky, "Only Connect: Biography and Truth", in Eric Homberger e Eric Charmley (eds.), *The Troubled Face of Biography*. Ed. cit., p. 12. *Vide* sobre o

alguma forma respondendo a expectativas criadas, o autor (que autor?) caminhasse rumo ao desempenho do acto de equilíbrio entre

> objectivity and personal engagement, between reliance on documentary evidence (letters, journals, and memoirs) and intuitive recreation, between the subject's underdocumented childhood and his/her well-monitored but perhaps tedious years of elderly distinction. The literary biographer needs the skills of an intellectual and cultural historian, a literary critic, a novelist, and a psychiatrist. Where the record is fragmentary he/she should add to that list the abilities of an archivist, an archeologist, and a sleuth [74].

Com efeito, não só a atmosfera descrita parece retomar verosímeis laços com a coeva realidade circundante, que aprendemos empiricamente a re-conhecer através de documentos e de obras outras, como também se evidencia a maior preocupação em cronologicamente delimitar os passos de Amadeo de Souza-Cardoso.

Destarte, se de Coimbra se diz não ter colhido muitos frutos, dela e das suas vivências pouco lhe ficando "para o caminho", em Espinho o vazio será preenchido quer pela emanação de "motivos inspiradores", quer porque esse lhe será "o tempo de medir tensões com os semelhantes", num ano que se afirma ter sido o de 1904 e num espaço que, entre outros, encontra certificado histórico nas páginas escritas por José-Augusto França. Estas, relato mais objectivo e 'sério', apresentam-se por isso como mais fiáveis para o leitor desconfiado das potencialidades do romance ou da biografia romanceada.

Do cotejo de um breve excerto de *Amadeo* com outro de *Amadeo & Almada*, ressalta, precisamente, a já mencionada adesão a uma linha de objectividade que, apesar de tudo, parece querer impor-se:

> Corria o verão de mil novecentos e quatro. Amadeo, com outros desprezantes dessa tômbola permanente, acolhia-se aos ocultos do

---

percurso-aceitação deste Programa que transforma as biografias em obras de referência, Robert Blake, "The Art of Biography", in *ibidem*, p. 76 e *passim* e Jürgen Schlaeger, "Biography: Cult as Culture", in John Batchelor (ed.), *The Art of Literary Biography*. Ed. cit., p. 65 e *passim*.

[74] John Batchelor, "Introduction" a *The Art of Literary Biography*. Ed. cit., pp. 4-5.

184 *Post-Modernismo no Romance Português Contemporâneo*

> Café Chinês, desfiava com Manuel Laranjeira, sofredor de acha-
> ques vários e de «tédio doloroso», uma palestra de entusiasmo e
> respeito. O pensador contorcia-se na cadeira, que não raro ameaça-
> va quebrar, numa incessante demanda do afecto infinito ou do lan-
> ce redentor para o xadrez do espírito;

> Um outro homem, porém, muito influenciaria o jovem artista: Ma-
> nuel Laranjeira, médico no Porto, que ele via desde rapazinho
> todos os verões na praia de Espinho, onde os pais tinham casa.
> Longas conversas às mesas do Café Chinês, em tertúlia ociosa,
> largos passeios a dois, muita correspondência mais tarde, fizeram
> de Amadeo um confidente deste espírito angustiado [75].

O respeito por uma vertente documental pode ocorrer também, oblíqua e indirectamente, quando no romance de Mário Cláudio o narrador parece furtar-se a fornecer informações mais deta-
lhadas sobre um determinado assunto ou sobre a personagem.
Exemplificamos: estranhar-se-á, porventura, a brevidade com que,
depois de Coimbra, se referem os tempos na capital portuguesa, a
cidade-albergue do jovem pintor entre 1905-1906 e também a
cidade-modelo acabado de um "mal colectivo" ilustrado pela
"astenia de Laranjeira". A verdade, no entanto, é que essa ausência
de informações traduz, agora, uma espécie de recusa em enveredar
pelos caminhos da recriação imaginativa, assim obedecendo, apenas, ao que se sabe, ou que se não sabe, sobre este período da vida
do pintor.

Em derradeira instância, o que se verifica é a tentativa recuperação, perdida nas páginas iniciais, de um certo grau de fidelidade
ao 'juramento biográfico' pois, no âmbito do que menciona José-
-Augusto França sobre o facto de pouco ou nada se saber "da vida

---

[75] Respectivamente, *Amadeo*, p. 35 e *Amadeo & Almada*. Ed. cit., p. 20 (cf. p. 21
para a reprodução da caricatura de Manuel Laranjeira contorcendo-se na cadeira). Para os
comentários sobre Coimbra e Espinho cf. *Amadeo*, pp. 31, 33 e 35 (pp. 40-41 para as
outras alusões).

Apesar de José-Augusto França afirmar, no Prefácio à obra que citamos, ter-se
arredado "da «história» e à biografia" ter preferido "a discussão crítica da obra" (p. 12), a
verdade é que a inevitável quantidade de dados biográficos presentes nas cerca de cento e
cinquenta páginas parcialmente o contraria.

que Amadeo fez durante esses meses", o nosso autor opta por menções pontuais e sucintas à frequência da Escola de Belas-Artes (no Curso de Arquitectura) e à prática da caricatura como "dieta para escorar o talento, desta forma lhe prometendo acesso a um porvir de mais altos cometimentos"[76]. Referências verídicas, é certo, mas eventualmente coloridas por *nuances* da capacidade imaginativa e interpretativa que, sabemos já, nunca deve abandonar o biógrafo.

A presença do colorido subjectivo ocorre de modo algo explícito quando se questiona, por exemplo, "Mas chegar a Paris como teria sido?"[77], pela utilização do condicional apontando para o facto de que o preenchimento do percurso parisiense de Amadeo será atravessado por laivos que mais apontam para uma re-constituição do que para uma reprodução cujo objectivo primacial completamente se reduziria a uma vertente historicista ou historicizante. Daí a referência a comezinhos pormenores que não resistiriam à erosão dos anos, por não serem dignos de relevo, como acontece com "O nó da gravata retocado" ou com o afeiçoar "ordenadamente as luvas cinzentas a cada um dos dedos, levantando as bagagens sem esforço nem sujeição"[78].

Daí, ainda, o modo como se penetra, numa óbvia técnica da omnisciência narrativamente ficcional, nos mais íntimos pensamentos do biografado, desde o desejo de

> poder esbofetear o Lopes Brasileiro, espezinhar o toutiço dos basbaques do Passeio das Cardosas, escarrar nessas trupes que ao domingo abancavam comendo sável no Areinho,

---

[76] *Amadeo & Almada*, p. 21, *Amadeo*, pp. 40 e 41, respectivamente. Compare-se, mais uma vez, o que se diz em *Amadeo* com o que José-Augusto França diz do jovem artista plástico: "Mais lhe interessou então fazer caricaturas de professores e colegas, fraca compensação da mediocridade do sacrifício pago à entrada na Academia. Que poderia ele ter visto em Lisboa por essa altura, no meio de uma sociedade melancólica e pessimista, agitada pelo franquismo e cumprindo o retrato anedótico que ainda poucos anos atrás Eça de Queirós lhe tirara, ou Rafael Bordalo, falecido meses antes?" (p. 21).

[77] *Amadeo*, p. 50. Cremos que, de modo obliquamente idêntico, o mesmo se pode dizer do futuro utilizado a propósito da ténue referência aos tempos de Coimbra: "Mas quem dirá, quem dirá do tempo de Coimbra?", p. 30.

[78] *Ibidem*, pp. 44 e 45.

até à caracterização das relações com Lúcia como "lençol amarrotado, compromisso mais ou menos honrado para que a sobrevivência se viabilize", ou à certeza com que se afirma ter Amadeo deixado Paris, "nesses primórdios da guerra, com dentro de si um coração namorado de lances convertido à realização do todo"[79].

Salientemos ainda, de entre muitos outros exemplos, este belíssimo excerto:

> O inverno pesava sobre a fictícia fortaleza do pintor, a neve fazendo-o saltar do divã, espiar os telhados carregados de branco, reentrar na chama recôndita que no corpo se guardava. As noites eram sempre eriçadas de gemidos e prantos, um copo que se escacava, uma risada dorida. Os tarecos fugiam esbaforidos e sibilando, não muito longe daí um homem aperfeiçoava a técnica do suicídio adiado. A escolha que Amadeo realizava, trucidado entre vertigem e programa, reclamava a mobilização das mais remotas energias. Sabia-se um exemplo de vitória, vertical, com a brevíssima gravata flutuando ao vento[80].

A atravessar a exposição romanceada continuam a surgir, contudo, gotas de informação desapaixonada passíveis de ser corroboradas pelo que de objectivo e verdadeiramente se conhece do artista, assim mais uma vez se atestando o parentesco oblíquo com a arte de narrar vidas e, em simultâneo, assim se indo parcialmente ao encontro de expectativas geradas pelo título.

Os exemplos susceptíveis de mais directamente se acordarem com o universo de verídicas crenças do leitor dizem respeito, por um lado, a menções atinentes a locais em que viveu (caso, entre outros, do atelier de Boulevard Montparnasse, do número 14 da Cité Falguière, ou do número 3 da Rue Colonel Combes); à referência às relações com um leque de outros artistas, de onde destacamos Eduardo Viana, José Pacheko, Francisco Smith, Robert e Sarah Delaunay ou Amedeo Modigliani que, em mil novecentos e onze, leva a cabo a sua primeira exposição de escultura no estúdio da Colonel Combes; à indicação da participação nessa grande ex-

---

[79] *Ibidem*, pp. 44, 77 e 98, respectivamente.
[80] *Ibidem*, pp. 55-56.

posição de mil novecentos e treze, The Armory Show, trampolim para uma notoriedade além-mar, ainda hoje passível de ser atestada pela presença pictórica no Art Institute de Chicago [81].

Por outro lado, fazem ainda parte da moldura documental o conjunto de quatro fotografias que a meio do livro se inserem, duas de carácter pessoal (Amadeo enquanto jovem e Amadeo e Lúcia de Souza-Cardoso com a avó materna do pintor) e duas representativas da sua veia artística (*Casa de Manhufe* e *Entrada*) que, bastas vezes, se ilustra na evocação ou descrição gráfica de outros dos seus quadros [82].

A emergência de epístolas no tecido narrativo (em número suficientemente equilibrado para, contaminando contudo a obra com matizes desse género literário, não a transformar num romance epistolar) prende-se também com um propósito de verosimilhança conducente à acreditação da personagem e da ficção (tanto mais que na semântica gráfica se reconhece a sua mais antiga utilização de início de século). Tal acontece na medida em que, por algumas delas, principalmente as que se inserem através de uma (suposta) transcrição exacta (note-se a reprodução diferenciada do restante texto pela utilização de aspas), se possibilita a 'vera' sondagem dos sentimentos íntimos e profundos da personagem-homem em causa.

É este o caso das cartas que de Lisboa e Paris envia à mãe, em 1906 e 1908; ao pai, também de Paris, em 1907, ou de Espinho, em 1917, ao irmão António. Esse aparente rigor parece desvanecer-se quando, sumariamente, se faz menção à carta a alguém em que Amadeo "dá conta da sua lida, real ou ironicamente imaginada, de pintar pescadores", ou quando, por paráfrase, se relata "a Robert uma extraordinária ocorrência" protagonizada por Sonia [83], e onde é, sem dúvida, possível descortinar a romanceada presença da voz que fala.

---

[81] Cf. *ibidem*, pp. 50, 55, 64-65, 93 e José-Augusto França, op. cit., p. 35 e *passim*.

[82] Cf. *Amadeo*, pp. 72, 79, 86, 90.

[83] *Ibidem*, pp. 42, 67, 49, 128; 32-33 e 118 (carta de 14 de Abril de 1916), respectivamente. Cf., ainda, pp. 83-84 para a carta a Helena.

188   *Post-Modernismo no Romance Português Contemporâneo*

Ora, apesar de a partir do exposto ser permitido deduzir a coexistência algo pacífica entre o exercício de/e a fuga a traços típicos dos clichés biográficos, a verdade é que, desde cedo, foram instauradas outras linhas semântico-formais. Estas terão acabado, de modo irremediável, por frustrar o canónico leque de sentidos biográficos sugeridos por *Amadeo*, mesmo entre os leitores que de um romancista esperavam não uma tradicional biografia histórica mas uma biografia romanceada.

O que assim novamente se sugere é essa espécie de mudança na continuidade que, desde tempos remotos, tem permitido a origem e a institucionalização de novas formas genológicas, mesmo sendo elas os *genres melting-pots* do Post-Modernismo. Atente-se tão somente na *Poética* de Aristóteles onde, para além de ignorar a noção de poesia lírica (no sentido de não a considerar importante em termos paradigmáticos) [84], ou de deixar de lado um dos modos de representação platónicos mais tarde conhecidos como géneros poéticos [85], o filósofo procede ao redimensionamento de géneros já conhecidos.

---

[84] A origem remota da integração da poesia lírica nos sistemas platónico e aristotélico remonta ao final da Antiguidade. É, contudo, na época clássica, através do subtil alargamento do conceito de imitação, que o sistema triádico se consuma e globalmente se consolida como hoje institucionalmente o aceitamos. Se até então a aplicação do conceito de imitação se reduzia, fechando-se, à imitação da natureza e das acções humanas, depois do alargamento facultado pelas reflexões teóricas de Francisco Cascales e de Batteux torna-se consensual a possibilidade de aceitar, também, a imitação-exposição dos sentimentos do sujeito como uma das formas desse objectivo mais geral que seria a imitação da natureza. O facto de a tríade taxonómica lírico, épico e dramático ter começado a dominar o panorama dos estudos literários não tem obstado, no entanto, até ao momento presente, à apresentação de novas denominações, redutoras ou amplificadoras (não só, mas também), em termos das espécies a incluir em cada categoria mais genérica (cf. Gérard Genette, *Introduction à l'architexte*. Ed. cit., pp. 36-38). Para uma abordagem histórica geral das alterações, rupturas, continuidades e renúncias dos sistemas platónico e aristotélico, entre outros, cf. *ibidem*.

[85] Dos três pólos passíveis de representar-narrar os acontecimentos passados, presentes ou futuros – o da narrativa pura (ditirambo), o mimético (tragédia e comédia em que a enunciação cabia apenas às personagens) e o misto (epopeia com a enunciação a cargo de personagens e poeta) -, Aristóteles, para quem os seres humanos em acção são o único objecto passível de imitação, faz desaparecer o estatuto do ditirambo e procede à eliminação da distinção entre narrativa pura e narrativa impura do modo misto, reunindo, sob a mesma designação de modo narrativo, a epopeia e a paródia. A tragédia e a comédia são mantidas no mesmo grupo, agora todavia designado como modo dramático.

(*In*)*definições genológicas*

O que esta referência ancestral permite é, sem dúvida, extensionalmente validar a flexibilidade e a abertura (entenda-se também a hipótese de contaminação) do sistema genológico. Assim se prova que não apenas sofrem os géneros transformações individuais, como também constantemente se configuram novos *corpora*, de acordo com o espírito e as particulares necessidades gnoseológicas e ideológicas inerentes a cada época histórica e literária[86], progressivamente mais distantes do peculiar *modus vivendi*, e consequentemente *modus dicendi*, da Antiguidade clássica.

Recordem-se, para tanto, entre outros exemplos possíveis, por um lado, as substanciais diferenças entre as odes camonianas e as odes do modernista Álvaro de Campos e, por outro, o aparecimento do romance de cavalaria e do romance sentimental na Idade Média. Relembrem-se, também, a ocorrência do romance e do drama históricos na era romântica ou, ainda, o aparecimento do romance não ficcional tal como foi entendido pelos seguidores do Novo Jornalismo, no início da década de setenta, género recente cujos vestígios, mesclados com outros de índole e origem diversas, como não podia deixar de acontecer, percorrerão a tessitura narrativa de *Balada da Praia dos Cães* de José Cardoso Pires.

Ilustradas pela obra em apreço não apenas em virtude do que acima expusemos, a maleabilidade e a capacidade do sistema

---

O género épico e o género dramático são, pois, o resultado desses diversos modos de enunciação que visam narrar e imitar as acções de seres humanos superiores, iguais ou inferiores a nós próprios. Aristóteles parece preocupar-se principalmente com o aprofundamento dos géneros nobres, como a tragédia e a epopeia, em especial a primeira, o que leva Gérard Genette a afirmar que a *Poética* se reduz, praticamente, a uma teoria da Tragédia – cf. *ibidem*, pp. 19-20.

[86] A consciência destas necessidades, bem como das oportunidades configuradas, parece ter sido, aliás, a base para a preocupação respeitante à distinção entre os termos e os conceitos de género e de modo literários, entendidos, respectivamente, como categorias históricas e como categorias meta-históricas. *Vide* sobre a matéria: Aguiar e Silva, *Teoria da literatura*. 8.ª ed. Coimbra: Almedina, 1984, pp. 389-391; Karl Viëtor, "L'histoire des genres littéraires", in *Poétique*, n.º 32, Nov., 1977, pp. 490-91; René Wellek e Austin Warren, *Theory of Literature*. 3rd ed., New York: Harcourt, Brace & World, 1956, p. 227; Tzvetan Todorov, *Les genres du discours*. Paris: Seuil, 1978, p. 50; Alastair Fowler, *Kinds of Literature. An Introduction to the Theory of Genres and Modes*. Oxford: Clarendon Press, 1985, p. 54 e *passim*; Gérard Genette, art. cit., pp. 418-419.

190   *Post-Modernismo no Romance Português Contemporâneo*

genológico para receber novas formas ou para se sujeitar a perspectivas menos institucionalizadas, como a de Northop Frye [87], são, ainda, passíveis de ser ilustradas, porque o que nela se dá a ler diz respeito a relatos (e a técnicas de apresentação) menos esperados, pelo menos de uma obra com os parentescos apontados.

Desta forma, *Amadeo* traveste-se agora em múltiplo e fragmentário registo de vidas e de histórias – do biografado Amadeo de Souza-Cardoso, do virtual biógrafo, Papi, e de Frederico, efectivo biógrafo e narrador "de si e do trabalho a que seu Tio se dedicava"[88] – assim dando origem a um singular triângulo em que as vidas (semi-)contadas não se sucedem linearmente. Pelo contrário, mesclam-se pelos interstícios de uma escrita diarística (que abrange um período de cerca de nove meses), para a qual de modo diverso se chama a atenção[89] e cujo inerente carácter fragmentário aqui se amplia pelos intervalados silêncios de dias e dias.

---

[87] Apesar de evidentes pontos de contacto com os sistemas platónico e aristotélico (nomeadamente no que diz respeito aos radicais de apresentação genológica, que se prendem com a forma como, na obra, o poeta/autor se dirige ao público – representação/ /drama, transmissão oral/epos, canto-entoação/lírico e transmissão escrita/ficção), a perspectiva sobre modos que dimana do quadro terminológico-conceptual de Frye é, de facto, pautada pela originalidade. O aspecto curioso da teoria advém, essencialmente, do seu enraizamento em leis da natureza e nos grandes ciclos da humanidade (o ciclo natural das estações do ano, Verão e Inverno, Outono e Primavera e as quatro fases do dia, zénite e noite, pôr do sol e madrugada). Romance e ironia/sátira, tragédia e comédia, consubstanciam, pois, as categorias narrativas, ou *mythoi*, consideradas como mais englobantes e logicamente pré-existentes aos ordinários géneros literários. Da mesma forma que a atribuição e consubstanciação de cada um dos radicais de apresentação num género específico não invalida a possibilidade de inter-assimilação genológica e consequente ocorrência de dois radicais no mesmo texto, também no caso dos *mythoi*, a oposição intrapares (romance *versus* ironia, tragédia *versus* comédia) não obsta, contudo, à contaminação interpares, cf. Northop Frye, *The Anatomy of Criticism*. Princeton: Princeton University Press, 1957, pp. 247-248).

Sobre diversas outras abordagens e perspectivas, por vezes igualmente curiosas (como a aproximação filosófica proposta por Robert Champigny), *vide* Joseph P. Strelka (ed.), *Theories of Literary Genre*. Park-London: The Pennsylvania State University Press, 1978.

[88] *Amadeo*, p. 136.

[89] Para além das entradas típicas do Diário, registem-se, ainda, as seguintes chamadas de atenção: "Desperto, enfim, descansado e esquecido do episódio que só agora lembro diante deste diário, pelas pancadas que Lucinda vibra na porta, chamando o «menino» para o chá"; "Pergunto-me o que sentirá na morte Amadeo, seguido por um tio

(In)definições genológicas   191

O que assim se consubstancia na tessitura narrativa é a implosão (mais uma) da básica regra atinente ao facto de

> The biographer, like any romantic novelist, believes in the impor-
> tance of a central character and a strong and logically connected
> narrative which – give or take a modish disruption or two, usually
> to the opening scene – proceeds from cradle to grave in an unbroken
> arc [90].

O arco é quebrado não apenas porque, como já dissemos,
sucessiva e sincopadamente se adia e se relega para segundo plano
a vida de Amadeo, através, por exemplo, do registo das rememorações de episódios do quotidiano (o trabalho de Papi aqui, evidentemente, incluído) protagonizados pelas personagens que percorrem
o espaço de Santa Eufrásia de Goivos e, de modo menos sistemático,
da Barca. O arco tende a desaparecer também, e essencialmente,
em virtude de duas outras razões fundamentais.

Em primeiro lugar porque, há que não esquecer, "Assiste-se",
também, "a este homem que conta o percurso de outro homem" [91],
ou melhor, assiste o leitor, também, ao modo como Frederico assiste a Papi que conta o percurso de Amadeo, numa transmissão diferida que, além do mais, pontualmente se confessa ser o resultado
de parciais informações facultadas por Papi:

> Conta-me o que conhece de como vive em Paris a viúva do pintor,
> em seu estrito apartamento atafulhado de móveis, com as obras do
> homem embrulhadas no «Figaro» e encostadas ao longo da faixa.
> Relata-me o quotidiano da senhora, atormentada pelo nome de seu
> morto, temente a estranhos sobretudo se portugueses, sequestrada
> por um porteiro espanhol e um círculo de amigas de dúbia fideli-
> dade;

> Paris, ao que Papi escreve, é-lhe nova revelação (...). A Cité Fal-
> guière, explica ele, é ainda um cul-de-sac;

---

cocainómano e um sobrinho diarista (...)"; "Reli e reli, como calculará, as linhas do diário
que lhe mando, na esperança de nelas descortinar a chave deste mistério" (*ibidem*, pp. 43,
115, 137, respectivamente).

[90] Catherine Peters, "Secondary Lives", in John Batchelor (ed.). *The Art of Literary
Biography*. Ed. cit., p. 44.

[91] *Amadeo*, p. 22.

Papi ia perorando (...) sobre grandes hotéis por onde circulara (...). Contou-me depois de uma visita recente a Manhufe, da carreteira através de ravinas onde o tojo irrompe, da capelita de azulejos, do casarão com seus dois terreiros, ousando quase ser nobre, detendo- -se quase a tempo[92].

Transmissão diferida, ainda, que, depois de indícios sub-reptí- cios, admite ser, muitas vezes, o resultado de dados que se colhem numa escrita que se espreita por uma porta entreaberta. Estes, por sua vez, cristalizam-se em momentos que, pela sua brevidade, parecem especular as limitações inerentes ao carácter descontínuo e lacunar das espreitadelas ao desenvolvimento e ao trabalho do que denomina por "livro interminável":

> O artista Amadeo entre nós se planta, na construção que o tempo vai estoirando, com toda a certeza que lhe advém de ter vida vivida, cronologia que nada pode abalar. Há anos que falamos dele, até nos saturarmos de assim o trazermos no convívio de quem lhe não pertence, atribuindo-lhe uma astúcia nossa. (...) Aqui fabricou a Avó seu vasto enxoval, o Pai partiu para aulas e retornou a férias, acumularam-se romances e contas, pautas de música e cartões de visita;

> Que diria Papi se soubesse da astúcia com que lhe espreito a escri- ta, intenso e torturado como um voyeur? E que significa este livro outro que vou preenchendo, de fragmentos ligados por um discur- so absurdo? E que pensaria Amadeo, não já do que de si um tio magica sob a vigilância de um sobrinho, mas desta outra vida, quem sabe se mais autêntica, acumulada na fantasia do último? (...) São todos os relatos um relato, os homens todos eles outro homem, deles apenas e de cada um a morte que for de todos[93].

---

[92] *Ibidem*, pp. 61, 87, 101 (sublinhado nosso). O relato dos "sucessos da vida de Amadeo" é completado com esse outro relato paralelo sobre "os andaimes do livro" (p. 79).

[93] *Ibidem*, pp. 29, 108, respectivamente. Cf. p. 58 para a referência ao "livro interminável". Para o que consideramos serem os indícios, ou as oportunidades criadas para o voyeurismo, registem-se as seguintes citações: "Lucinda (...) vem agora, lesta mas sem ruído (...) espiar (e Frederico com ela) as acções de Papi através da frincha da porta da sala" (p. 13); "Vejo-o quando passo no corredor e esqueceu a porta entreaberta" (p. 16); "Pela sempre mesma porta por fechar, vejo-o agora estirado no divã, um braço descaído a tocar o tapete, a outra mão deposta sobre o peito" (p. 26).

Em segundo lugar, a descontinuidade narrativa ocorre não apenas porque Frederico constantemente se empenha na revelação dos métodos e dos processos de investigação e, concomitantemente, de construção da biografia (num desvendamento metaficcional que a fará aproximar-se do ensaio). A ausência de linearidade verifica--se ainda porque, por essa via, ele parcialmente se apropria do relato biográfico, inevitavelmente nimbando-o com as cores da sua própria fantasia. A personagem termina, em menor grau do que Papi, ou pelo menos de maneira diferente, por se aparentar dupla-mente com essa espécie de vagabundo que acaba, de facto, por ser convidado para o jantar, assim de algum modo se enveredando pelos caminhos do que Catherine Peters denomina "biografia ventríloqua" [94].

O desvendamento do trabalho de bastidores (a exposição dos artifícios metaficcionais que permitem a aproximação ao ensaio) ou, num eco de Jean-François Lyotard, a apresentação do que por convenção deveria permanecer impresentificável, estende-se, em primeiro lugar, pela enumeração dos "instrumentos de «ofício»" do biógrafo; nestes se incluem, para além dos óbvios lápis com que na "«banca»" procederá à escrituração, "ensaios, dicionários, artigos de jornal". Em segundo lugar, essa apresentação desdobra-se pela exposição dos problemas inerentes a um trabalho desta natureza: a subtracção ou a sonegação de informações por parte dos feudatários do artista. Finalmente, em terceiro lugar, ela desdobra-se, ainda, pela referência aos contactos com o "Art Institute of Chicago, que por quinze dólares se prontifica a fornecer-lhe reproduções a preto

---

[94] Por "ventriloquist biography", considerada como experimentação corajosa mas mal direccionada, Catherine Peters entende "one in which the biographer seeks to annihilate the distance between self and his subject by taking on the subject's own voice" (art. cit., p. 45); situação claramente exemplificada em *Amadeo* quando se comenta: "O auto--retrato como pedinte é uma mentira infame. Esse enjeitado dos trilhos rurais, da ralé dos que se quedam lamuriando um padre-nosso, às terças-feiras, por detrás das grades do portão, eis o que nunca Amadeo se quis", p. 124 (sublinhado nosso). A referência anterior é uma alusão à interessante imagem de Richard Holmes de que "there is something frequently comic about the trailing figure of the biographer: a sort of tramp permanently knocking at the kitchen window and secretly hoping he might be invited in for supper" (*Footsteps. Adventures of a Romantic Biographer*. New York: Elisabeth Sifton Books, 1985, p. 144).

194   *Post-Modernismo no Romance Português Contemporâneo*

e branco das três peças do pintor lá existentes" e pela menção às visitas a Paris e a Manhufe, viagens de re-conhecimento dos locais percorridos por Amadeo[95].

Ao exposto alia-se, numa espécie de desafio outro à fiabilidade da narrativa, a sistemática e mais concreta chamada de atenção para a obra como fluido construto ficcional. A sua fluidez sente-se conscientemente, como já aludimos, no toque com as fronteiras do romance, do ensaio, do diário e da biografia em que, se é verdade que falam factos verídicos, não menos verdade é que com eles se entretecem o "silêncio e a ficção". É por este entretecimento, também ele de índole metaficcional, que, definitiva e irremediavelmente, se instaura o fantasma da suspeição, já presente na miscelânia estético-formal que abordámos:

> Melhor faz Papi, empenhado em sua escrita, em que não acredita mas a que se agarra para salvar a pele;

> Estamos a milénios da vera crónica de Amadeo de Souza-Cardoso, recriamos o que nunca foi ou para sempre se esconde;

> Previne-me que *Amadeo* cada vez mais ameaça ser romance, com os elementos que lhe subtraem os feudatários do artista, a viúva prometendo pulverizar-se entre os vagos pavilhões de um hospital ilocalizável;

> Hoje tem sido um fala-só, debitando para consumo próprio as intenções da biografia que lavra, equiparando-a a uma tela do pintor, dessas últimas, com os fragmentos da vista, o fruto, o título, o insecto, as cordas da viola. Mais afirma pretendê-la como história subjacente, inventando não os eventos mas os pressupostos, não os efeitos mas as origens[96].

---

[95] Cf. *Amadeo*, pp. 12-13 (na p. 26 encontramos a menção à "incrível confusão, contra o que é de regra, [que] domina as superfícies de trabalho, ofícios, fotocópias, sobrescritos, fichas"), 88 (cf. p. 35), 79, 73 e 101, respectivamente (cf. pp. 82 e 87 para outras referências à viagem a Paris). Nesta apresentação do que deveria permanecer impresentificável pode também incluir-se o indiciar da subjectividade que acompanha a construção da biografia, patente na menção ao facto de o estudo da cronologia das reproduções de telas do artista parecer permitir a Papi o desvendamento do sentido do homem (cf. p. 21).

[96] *Ibidem*, pp. 57, 61, 88, 103. Cf. p. 83 para a menção à biografia, ensaio, romance de Amadeo e p. 59 para a referência seguinte.

De acordo com a linha de raciocínio que vimos desenvolvendo, parece-nos que os sentidos que assim se convocam neste bosque narrativo (ecos de Eco, mais uma vez) podem ser adaptados às noções, propostas por Teun van Dijk, de narrativa natural e narrativa artificial[97]. Não falaremos, contudo, de distinção entre uma e outra tipologia, mas antes, e de acordo com o que se espera de uma obra post-modernista, de esbatimento de fronteiras e de intersecção de características.

A satisfação de um critério de verdade, passível de ser atestado por documentos veros, a narração, mesmo que pontual, do que se sabe ter acontecido realmente é, pois (e apesar de a designação Romance se encontrar ausente na capa do livro), colorida por elementos desmistificadores de ordem diversa.

Referimo-nos quer aos indícios menos ostensivos que, todavia, revelam a narrativa como artificial (o facto de o narrador ter acesso aos pensamentos e emoções das personagens, por exemplo), quer às asserções sobre o faz-de-conta na obra que se lê. Estas, exemplificadas também pelas citações acima transcritas, são manifesta e metaficcionalmente impositivas dessa vertente ficcional. Nos casos mais ostensivos não há sequer, evidentemente, a preocupação em mascarar as invenções com a pretensão última de as ver entendidas como verdadeiras, lidas como narrativa natural.

Além do mais, parece-nos que o rol de revelações (e de transgressões) aponta ainda, e em instância final que se assemelha a um *lapsus calami*, para a existência de uma outra consciência, a do autor Mário Cláudio, que imanentemente terá controlado, de modo velado, a globalidade dos incidentes narrativos.

Reportamo-nos agora ao momento em que Frederico, evidenciando uma omnisciência impossível sobre o seu futuro (e o dos escritos), dado o rumo dos acontecimentos que culminarão com a sua morte, identifica Álvaro como o "delator futuro de todos eles".

---

[97] Cf. Teun van Dijk, "Philosophy of Action and Theory of Narrative", in *Poetics*. Vol.5, 1976, em especial pp. 323-333. A intersecção entre os conceitos de narrativa natural e de narrativa artificial pode ser entendida, segundo cremos, como exemplificação do que Marjorie Perloff designa por contaminação entre os pólos da dicotomia representação-invenção, a propósito da necessária ausência de pureza das obras post-modernistas.

Situação que efectivamente se confirma nas surpreendentes páginas finais quando, pela voz de Álvaro em carta ao autor, em quem se delega a responsabilidade do destino a atribuir a estas páginas, se rematam os destinos dos protagonistas. Ao mesmo tempo, corrobora-se e justifica-se o carácter fragmentário deste *Amadeo--(agora)diário-e-sinopse* "daquilo que julgo projectaria como *Vida de Amadeo de Souza-Cardoso*" [98].

O que parece consubstanciar-se através deste procedimento, e como já havíamos anunciado no capítulo precedente, é a (sempre) eventual validação da distinção, proposta por Wayne Booth, entre autor real e autor implicado.

A assunção assim (ficcionalmente) dramatizada de que à figura real do escritor Mário Cláudio <u>apenas</u> cumpriu ordenar, articular e publicar "os quatro cadernos de capa de oleado" de Papi e o "maço de folhas em que Frederico (...) foi dando conta de si e do trabalho a que seu tio se dedicava" [99], parece ser caucionada pela existência, na escrita diarística, de outros elementos (de outras informações) de natureza diversa.

De acordo com a teoria de Booth, a sistemática, mas nem sempre directa, alusão a Papi como cocainómano [100], por exemplo (dependência que poderia explicar aqueles momentos de fantásticos e ondulantes devaneios que atravessam a narrativa e a narração), levar-nos-ia, por conseguinte, à construção de uma imagem diferente (Genette diria, mais sugestivamente, ideia) daquela que, no âmbito da nossa enciclopédia, fazemos do autor cujo nome aparece grafado na capa do livro.

Verdade, com certeza. Mas não menos verdadeira, mais uma vez, se nos afigura a posição defendida por Gérard Genette. Para este, a infidelidade ou o desajustamento da imagem/ideia veiculada pela obra pode ser justificada, essencialmente, através de duas hipóteses, qualquer uma delas passível, em última instância, de derrogar a necessidade vital e absoluta do conceito de autor implicado, trans-

---

[98] *Amadeo*, p. 136. Cf. p. 115 para a referência a Álvaro como "delator futuro de todos eles".

[99] O erro de inserção cronológica relativo à entrada do diário de 13 de Junho de 1980, p. 37, (aparece a seguir à entrada de 23 de Junho) seria, pois, o resultado de um erro nessa distribuição/organização do material facultado.

formando-o em instância fantasma ou residual. Por um lado, o autor real pode proceder à revelação involuntária de uma personalidade inconsciente e, por outro lado, pode, agora voluntariamente, e no que acreditamos ser o que se verifica em *Amadeo*, simular uma personalidade diferente. Em qualquer das situações entra sempre em jogo a competência do leitor, a quem cumprirá destrinçar, interpretando e por vezes usando o texto, o que é possivelmente verdadeiro do que é engenhosamente simulado [101]. Em qualquer dos casos, ainda, não acreditamos, como defendeu Roland Barthes, que "the birth of the reader must be at the cost of the death of the author" [102].

Fazê-lo significaria desprover o texto de mais ou menos precisos e correctos efeitos ideológicos. Descobrir e identificar o autor que presidiu à criação não implica, pois, e no entanto, impor um limite interpretativo ao texto que se lê, até porque o leitor acaba sempre por descortinar outros nexos e outras simbologias em que o autor não pensou.

O efeito que se consegue pela inclusão da epístola afigura-se--nos ainda como uma tentativa para, apesar de tudo, aproximar do real a globalidade desta narrativa, na medida em que traz para o (mesmo) plano real do autor, as personagens da ficção.

Nesta se desvenda, como já dissemos, e consubstanciando-se no que pode ser um novo subgénero tipicamente post-modernista, a própria biografia (artífica e pessoal) dos biografantes. Ambos atados, e Mário Cláudio com eles, não como Jean Santeuil rumo "às planícies a perder de vista que antecedem Penmarch", com a borrasca a trazer-lhes "ao encontro da marcha, grandes flocos de espuma amarela, com seixos e farrapos de sargaços", mas em direcção a um Amadeo que se reconhece escapar-se por entre as linhas e que, por isso, parece não assumir forma.

Um Amadeo, em suma, que se esconde pela casa, a de Manhufe [103], e por essa outra, a desta escrita em que, apesar de tudo, é

---

[100] Cf. *ibidem*, pp. 26, 37-38, 57-58, 115. *Vide* pp. 48, 70, 80 para outras indicações sobre a personagem.

[101] Cf. Gérard Genette, *Nouveau discours du récit*. Ed. cit., pp. 98-99.

[102] Roland Barthes, "The Death of the Author", in *Image-Music-Texte*. Trad. Stephen Heath. New York: Hill and Wang, 1985, p. 148.

[103] Cf. *Amadeo*, pp. 85, 37, 68 e 26.

198 *Post-Modernismo no Romance Português Contemporâneo*

possível comprovar um carácter duplamente pedagógico: o que de Amadeo se apre(e)nde e o que do processo de criação biográfico-literário se assimila, numa aliança tácita entre aprendizagem, pedagogia e fruição estética.

4. Generofagias textuais: valsa de realidades

A propósito de *Balada da Praia dos Cães* pode também falar-se, numa perspectiva diferente, contudo, de carácter pedagógico.

Aproximando-se de *O Delfim* no que concerne aos aspectos temáticos e no que respeita às técnicas de apresentação formal, desta obra, publicada em 1982, emerge um narrador cujas preocupações se estendem não apenas à descrição habilidosa e irónica (como a seu tempo exemplificaremos) da sociedade portuguesa dos ainda não muito distantes anos sessenta. Elas alargam-se, também, pelo relato e pela decifração de um crime efectivamente cometido (e cujos contornos cronológicos aqui se adiam em dias, conforme pode ser constatado pela leitura de diversas notícias saídas em jornais da época, cujos títulos, aliás, são indicados ao longo da narrativa [104]).

A apetência pelo subgénero do romance policial, vagamente indiciada pelo subtítulo, consuma-se ao longo da obra essencialmente pela presença de Elias Santana, chefe de brigada da Polícia Judiciária. A ele cumpre, qual detective-herói de Conan Doyle ou de Agatha Christie, dilucidar os antecedentes que levaram ao assassinato do (aqui) major Luís Dantas Castro, depois da sua fuga, juntamente com o arquitecto Renato Fontenova e o Cabo Bernardino Barroca, do forte prisional de Elvas em Dezembro de 1959.

---

[104] Cf. José Cardoso Pires, *Balada da Praia dos Cães*. 2.ª ed. Lisboa: O Jornal, 1982, pp. 20, 23 (*Século Ilustrado*); 24, 25, 34, 70, 111 (*Diário da Manhã*); 98-99 (*Diário de Notícias*); 148 (*Diário Popular*); 34 (*A Voz*); 91-92 (*Tribuna Popular* – jornal brasileiro). Cf., ainda, pp. 16-17 para transcrição de notícia e p. 21 para um título ("Descoberto o covil do crime/Onde teria estado sequestrada/Uma jovem Enlouquecida") que parece remeter para o *Diário de Notícias* de 9 de Abril de 1960 ("O mistério da Praia do Guincho/É conhecido o local/nos arredores de Lisboa/onde a vítima esteve escondida após a evasão de Elvas"). As citações serão feitas sobre esta edição, indicando-se apenas parte do título e a página.

Para maior clareza da exposição e, consequentemente, para melhor compreensão dos sentidos genológicos cujos contornos se atraiçoarão (ou não), precisemos que entenderemos por romance policial o que autores como Michael Holquist, A.E. Murch ou Hanna Charney designam por "classical detective story" ou, numa extensão formal sempre afim desta, por "classical detective novel". Embora reconhecendo as diferenças inerentes à especificidade do contexto social que lhe dá origem, Murch define-o globalmente (já que se reconhece também um leque de características comuns) como:

> a tale in which the primary interest lies in the methodical discovery, by rational means, of the exact circumstances of a mysterious event or series of events. The story is designed to arouse the reader's curiosity by a puzzling problem which usually, though not always, concerns a crime. Fiction of this type, though not as yet precisely of 'fixed form', has nevertheless acquired its own methods of plot construction, characteristic techniques of presentation and a code of ethical values peculiar to itself [105].

[105] A.E. Murch, *The Development of the Detective Novel*. 2.ª ed. rev. Port Washington, N.Y.: Kennikat Press, 1968, p. 11; *vide* pp. 11-12 para as diferenças e analogias entre histórias de detectives (policiais), histórias de crime e histórias de mistério. Para referências e enumeração das básicas convenções éticas da narrativa de detectives clássica, *vide ibidem*, pp. 225, 229 e 243 e Michael Holquist, "Whodunit and Other Questions: Metaphysical Detective Stories in Post-War Fiction", in *New Literary History*. Vol.III, n.º 1, Autumn 1971, pp. 141-142.

Definições afins são apresentadas por Michael Holquist, art.cit., p. 139 e por Hanna Charney, *The Detective Novel of Manners. Hedonism, Morality and the Life of Reason*. Rutherford. Madison. Teaneck: Fairleigh Dickinson University Press, 1981, p. xx: "what is meant in this paper by detective story is rather the tale of pure puzzle, pure ratiocination, associated with Poe, Conan Doyle, Agatha Christie. As Jacques Barzun and W.H. Taylor have recently written: 'A detective story should be mainly occupied with detecting', which would exclude gothic romances, psychological studies of criminals, and hard-boiled thrillers"; "If all stories revolve around a mystery, they are nevertheless not all detective novels. What then is a detective novel? According to Auden's lucid formula, the basic plot of the detective story is this: 'a murder occurs; many are suspected; all but one suspect, who is the murderer, are eliminated; the murderer is arrested or dies'. (...) 'A murder occurs': this is the beginning, and the verb is well chosen. Nothing leads up to the murder in the province of detection; it occurs inexplicably. There are variants: a death may occur; which later turns out to have been murder. This death is the initial shock that sets the action in motion".

200   *Post-Modernismo no Romance Português Contemporâneo*

Assassínio e desvendamento dos factos pela sagacidade, capacidade de raciocínio e de fria e desapaixonada observação de um detective que é visto e aceite como metáfora essencial da ordem e por quem, em consequência, o leitor não pode deixar de nutrir simpatia [106], são, pois, as grandes linhas directrizes que devem nortear as constantes re-criações dessa figura-chave de uma nova instituição genológica que, por meados do século XIX [107], emerge no panorama literário, progressivamente disputando terreno aos géneros canónicos.

O que o aparecimento desta nova forma prova é, mais uma vez, a ratificação da ideia de que os géneros literários fazem parte de um sistema de classificação em constante renovação, de acordo, e em paralelo, como já dissemos, com as necessidades sentidas em cada época. As novas ocorrências não significam, todavia, o desaparecimento, *tout court*, de outros géneros menos na moda. Pelo contrário, e sob a linha de orientação de Tzvetan Todorov [108], as formas do passado, recente e mais distante, coexistem, mesmo que dissimuladamente, com essas outras que, desobedecendo embora às ancestrais leis, e consequentemente criando novos paradigmas, não invalidam a existência e a pertinência do género de cujas normas se afastam. Até porque, para haver a constatação de uma transgressão, é necessário o conhecimento da lei que constitui a norma.

Balada da Praia dos Cães parece, por exemplo, reunir as condições essenciais para que se estabeleçam as devidas afinidades

---

[106] Cf. H. Charney, *ibidem*, pp. xix, xxi e *passim*; A.E. Murch, *ibidem*, pp. 12, 16 e *passim* e M. Holquist, p. 141 e *passim*.

[107] Como bem e coerentemente alega M. Holquist, o (sub)género em causa não podia existir sem que se tivesse preenchido o requisito essencial da existência histórica de detectives, o que ocorre no início do século XIX com a fundação da Sûreté, em Paris, e da Bow Street Runners, precursora da Scotland Yard, em Londres. Em todo o caso, continua o autor, não se verifica uma coincidência exacta entre a emergência do subgénero e dessas instituições, por motivos que se prendem com o facto de, inicialmente, as forças policiais manterem notórias ligações com o mundo do crime, factores por si só geradores de desconfiança pública. O inspirador dos futuros detectives seria, pois, não um Eugène François Vidocq (um dos fundadores da Sûreté), mas um Chevalier Dupin criado por Edgar Allan Poe em 1841 (cf. art. cit., pp. 138-141 e A.E. Murch, op. cit., pp. 41-48, 67-83).

[108] Cf. Tzvetan Todorov, *Les genres du discours*. Ed. cit., pp. 45-46.

(In)definições genológicas

com o subgénero em causa. Não só não falta a figura do detective, como, de acordo com o que já referimos anteriormente, também não falta o cadáver. A descrição deste, bem como a narração da descoberta, distribui-se por duas folhas num tipo de discurso que polariza e globalmente identifica, *ab initio*, a objectividade e a subjectividade que sempre se entretecerão ao longo da obra.

Como não podia deixar de ser para que se cumpram, por enquanto, os devidos trâmites e expectativas genológicos, a investigação é levada a cabo de acordo com o ritual esperado, isto é, percorrendo-se as diversas etapas que levarão à decifração e à descoberta da verdade (ou, pelo menos, à descoberta de uma verdade possível).

Esta, depois de descartada a hipótese de crime sexual, parece rodear-se dos envolventes e misteriosos contornos de um assassínio político, pois, sinal de ritual de execução de traidores, o cadáver havia sido calçado com os sapatos trocados. Hipótese em todo o caso desmentida por um final em que, se por um lado se confirmam as culpas dos suspeitos iniciais, por outro lado contraria essa motivação política. A ausência de motivos político-partidários é, aliás, gradualmente sugerida pelas parcelares confissões de Mena que vão intersectando a narrativa, sendo confirmada, de modo mais sistemático, pela não menos típica reconstituição do crime que ocorre nas páginas finais do livro.

Ao invés, aponta-se e desvenda-se uma trama que oscila entre a violência passional e a violência doméstica. Recordemos que Mena é vítima de várias violências, físicas e psicológicas (torturas, espancamentos e queimaduras de cigarro), enquanto o arquitecto e o cabo, principalmente este último, protagonizam episódios de sordidez psicológica. Além disso, nesta Balada, em que as personagens presentificam a maniqueísta ideia de matar ou ser morto, não falta, lembramos também, a pitada temática do amor (que, em última instância, se transforma em medo e em rancor) e da coragem, primeiro psicológica e depois física, patente na decisão de pôr cobro à situação que se vivia na Casa da Vereda.

Factos que, como brevemente já referimos, de algum modo justificam e preenchem enviesadamente, em bordejos de simplicismo, a expectativa criada pela designação 'balada' presente no título.

202   *Post-Modernismo no Romance Português Contemporâneo*

Classificação também pontualmente corroborada no corpo do texto quando, através da técnica de focalização interna, Elias Santana classifica como folhetim o enredo que desvenda:

> Mas alto aí, o folhetim parece que deu uma volta. Pelo que acaba de perceber, o major depois de informado dos segredos do lençol alheio e do remorso da bela adúltera, luziu-lhe lá uma certa estreli-nha e amandou a palmada do bom pastor na ovelha tresmalhada. Ah tigre. Aplicou-lha com tal sentimento e com tal dedicação que a desprevenida perdeu o pé e caiu redonda logo ali [109].

Ao mesmo tempo, no entanto, e numa perspectiva mais ampla, a rede de relações interpessoais que se desenha na Casa da Vereda permite começar a entrever a mistura genológica (e o consequente afastamento em relação ao romance policial) que também caracte-rizará esta obra cardoseana.

De acordo com Douwe Fokkema, a teia vivencial delineada abre, pois, a hipótese de ler a aproximação com esses outros subgéneros do romance erótico e do romance existencialista, prin-cipalmente, sublinha o autor, para o leitor estrangeiro. Este, desco-nhecedor da realidade portuguesa do período salazarista e, acres-centamos nós, porque eventualmente desconfiado do jogo ficção--facto que na *Nota final* se diz e se confessa, poderá evidenciar a tendência para, tendo entendido essa confissão como mais um arti-fício ficcional, anular as implicações verídicas e sócio-políticas do enredo que determinarão esse outro alibi com o romance documen-tal, assunto sobre o qual não é ainda tempo de tecer considerações.

Sublinhemos contudo que, aceitando embora como plausível e legítima a hipótese de "inferir que o leitor português está em con-dições de produzir uma leitura mais enriquecedora, uma vez que

---

[109] *Balada*, p. 170. Para Óscar Lopes ("Os tempos e as vozes na obra de Cardoso Pires", in *Cifras do tempo*. Lisboa: Caminho, 1990, p. 305), o crime que acaba por ser cometido é "essa espécie de crime edipiano que é a morte deste (major) às mãos do soldado-filho e do arquitecto-oficial-miliciano, que temporariamente irá substituir o major no leito de Filomena". Simbologia semelhante é estabelecida pelo inspector Otero: "Não foi só o cabo (...), está visto que não foi o cabo, mas para a viúva o cabo é que personifica o crime, se assim me posso exprimir. É o soldado, que mata o pai dos soldados, daí a grande traição", in *Balada*, p. 118.

(In)definições genológicas   203

historicamente informada", não nos parece, na senda de considerações tecidas por Maria Helena Santana, que no que diz respeito "à importância a atribuir aos factos que motivaram o relato" estes "devam ser <u>necessariamente</u> postos entre parêntesis, mesmo se o próprio autor nos convida implicitamente a fazê-lo, ao reclamar para o seu texto o estatuto de 'matéria de ficção'"[110].

Mas, e retomando sem mais delongas o que vínhamos dizendo sobre o pertinente pendor policial de *Balada da Praia dos Cães*, é, então, pelos processos utilizados na investigação que Elias Santana se aproxima, por exemplo, de um Sherlock Holmes (não esqueçamos que, também ele, tem o seu Watson-agente-Silvino Roque), de um Hercule Poirot ou de um Comissário Maigret. Registemos, a título de ilustração empiricamente comparativa, as metódicas capacidades postas em prática quando visita a Casa da Vereda onde, coadjuvado pelo agente Roque, circula

> sem tocar e reconhecendo o geral.
> Transitam em primeira paisagem, se assim se pode dizer. Nada lhes garante que no fundo duma gaveta não esteja a chave do segredo; ou que por baixo daquelas mantas de trapo tecelão os topa-a-tudo do laboratório, com as suas lupas e os seus reagentes, não façam acordar as implacáveis manchas azul da prússia que falam como gente quando acusam: Sangue, cá está. E eles lá andam, os topa-a-tudo; e o fotógrafo. Andam todos. Elias e o seu ajudante é que não se impressionam, continuam na hora do gato. Antes de medir à unha e de raspar no grão de pó há que avaliar em horizonte, ligar entradas e saídas, vaguear pelo piso inferior que em tempos foi garagem (...); e subir aos quartos, subir à mansarda onde haverá uma pilha de jornais que eles terão de soletrar na esperança de descobrirem uma data, um número de telefone, uma página mutilada[111].

---

[110] Maria Helena Santana "Verosimilhança, verdade e construção do sentido na *Balada da Praia dos Cães*", in *Diagonais das letras portuguesas contemporâneas* (Actas do 2.º Encontro de Estudos Portugueses). Aveiro, 9-10 de Novembro, 1995, p. 89 (sublinhado nosso). Cf. Douwe Fokkema, "Empirical Questions about Symbolic Worlds: A Reflection on Potential Interpretations of José Cardoso Pires, *Ballad of Dogs' Beach* (1982), in *Dedalus*, n.º 2, Dezembro 1992, pp. 65-66 para as menções anteriores.

[111] *Balada*, p. 22.

Sublinhem-se, também, a reconstituição de trajectos percorridos pelos envolvidos; a observação e procura de 'fios soltos' em peças acabadas de chegar do laboratório, em relatórios das análises e em outras provas como etiquetas de roupas e o caderno do major ("Indícios e mais indícios, pistas por todos os lados"); as necessárias releituras de apontamentos e de fotografias; as deslocações ao Forte de Elvas onde se ouvem, lêem, vêem e verificam dados e pistas-motivações que também se procuram nos sublinhados do livro de Jack London (numa interrogação que percorre todo o romance) ou na análise de documentação diversa, onde incluímos a Imprensa e a Rádio, bem como os documentos chegados às instalações da Polícia Judiciária [112].

Estes últimos elementos, por seu turno, contribuem para a variedade e disseminação de pistas-hipóteses, sempre peculiares à narrativa detectivesca, ao re-instaurarem a suspeição (já vagamente anunciada inicialmente, pelo menos para o leitor politicamente consciente que na exposta prática de execução de traidores leu uma encenação pidesca) de uma possível atribuição de culpas à polícia política.

Apesar de tudo, se por um lado assim se cumprem algumas das codificações inerentes a este subgénero de notórias raízes anglo-americanas, por outro lado é pela própria figura do chefe de brigada, sugestivamente alcunhado o Covas, que se quebram as protocolares convenções e estereótipos, no que se nos afigura como uma corroboração do prazer estético que Hans Robert Jauss admite poder ser retirado deste tipo de romance:

> The pleasure does not arise from the self-sufficient immersion in a work qua work but rather from a generic expectation which is at play between works. This expectation, together with each new variation in the basic pattern, enhances the reader's enjoyment [113].

Destarte, numa linha de sensibilidade pessoal que parece, contudo, poder ser a linha de leitura de grande parte dos leitores, Elias

---

[112] Cf. *ibidem*, pp. 26; 29-31; 35; 51; 52 e *passim*; 16 e *passim* (cf. pp. 89-91 para a documentação que chega às instalações da Judiciária).

[113] H. Robert Jauss, "Theses on the Transition from the Aesthetics of Literary Works to a Theory of Aethetics Experience", in Mario J. Valdés and Owen J. Miller (eds.), *Interpretation of Narrative*. Toronto: University of Toronto Press, 1978, p. 144.

Santana presentifica, psicológica e fisicamente, um sujeito a quem, desde sempre, reagimos negativamente. É, pois, por esta personagem que se começam a minar os códigos do (sub)género policial que percorrem a obra. A sua caracterização obsta, sem dúvida, em mais uma subversão post-modernista (que também aqui se traduz numa simultânea incorporação e desvio de características básicas), ao cumprimento do clássico pacto de simpatia-empatia pela personagem incumbida da reposição da ordem social. Com efeito, e ao contrário da ideia expressa por Douwe Fokkema, cremos que esses sentimentos são, gradualmente, canalizados para os culpados.

Este autor sustenta a propósito que, depois de uma certa repulsa inicial pela figura do Covas, e à medida que aumentam as dúvidas sobre o papel desempenhado pelos evadidos, e por Mena, o leitor acabará por relativizar e retrair a aliança sentimental estabelecida com este grupo de personagens; personagens estas cujas relações, no microcosmos da Casa da Vereda, especulam os conflitos do Portugal ditatorial que eles próprios combatiam (ecoando assim o que já referimos a propósito da simbologia da Gafeira em *O Delfim*).

> Neste sentido, podendo apesar de tudo continuar a conceder alguma piedade aos sujeitos-objectos da tirania implacável do major, o certo é que alguma da simpatia perdida reverteria a favor do "miserável investigador do crime" [114].

A ideia de que "Everyone seems to be at the mercy of guards and in the grip of terror. No one is completely free", justificando essa mudança de atitude, justificaria, ainda de acordo com o mesmo autor, a inclusão de Elias Santana, bem como dos seus colegas da Judiciária, no grupo dos prisioneiros do regime e em última instância da própria PIDE.

Aceitando embora a imagem de suspeição geral e englobante imposta pelas instituições inquisitoriais de Salazar, parece-nos, contudo, que esta linha de leitura que desculpabiliza a Judiciária é demasiado forçada. Esta, e juntamente com outros órgãos como a Censura Prévia ou a Polícia de Segurança Pública, funcionava, em todo o caso, como filtro e braço extensional do cruel e mórbido

---

[114] Cf. Douwe Fokkema, art. cit., pp. 61-62.

206 *Post-Modernismo no Romance Português Contemporâneo*

exercício do regime ditatorial.

Além disso, a forte personalidade de Mena que ressalta dos interrogatórios a que é sujeita, e o clima de opressivo terror que se diz ter sido vivido na Casa da Vereda (e provocado pela repressiva manipulação protagonizada por Dantas Castro), de algum modo justificam a atitude tomada (matar o major). Decisão que, assim, e muito pelo contrário, não reduz os laços afectivos que começámos a desenvolver pelas personagens.

O próprio narrador, numa prática intertextual não isenta de conotações ideológicas, porque evidenciadora de irónico e crítico distanciamento, e onde não falta uma pitada de sorriso paródico, se encarrega de convocar às instalações da Polícia Criminal uma imagem de soturnidade e de morte. Tal ocorre quando alude ao "Noivado do Sepulcro", o ultra-romântico poema de Soares de Passos, assim enviesadamente ilustrando os possíveis noivados de morte que ali se urdiram, com ou sem a supervisão da mais alta patente da Polícia Secreta [115].

A soturnidade do ambiente prolonga-se e completa-se, pois, pelas características físicas e morais das personagens que neles se movimentam. Disso mesmo é exemplo o Director PJ, o "director Judiciário Judiciaribus", o "moscardo de serviço completo" ou, mais precisamente, o

> (Grão moscardo, se atendermos ao grau e à patente. Um grão-moscardo a vários voos, com escalas pela Pide, pela Censura e pelos entrefolhos da nação.) Isso é lá com ele, dir-se-á. Mas, porra, um esvoaçar de tal alcance baralha o geral e engrossa o dejecto [116].

O ambiente privado e íntimo em que se movimenta Elias Santana, o da sua casa repleta de "móveis amortalhados" e outros objectos-sudários (e por isso descrita como "uma morgue doméstica

---

[115] "Vai alta a tarde na mansão da Judite Judiciária e àquela hora a maior parte dos agentes anda a mariscar pelas cervejarias do Conde Redondo e arredores", "Vai alta a lua na mansão da Judite quando Elias Santana faz rumo a casa. Na Gomes Freire em vez de eléctricos há operários de armadura e pistola de autogéneo a abrirem faíscas nos carris; à volta deles sossego. A horas tão mortas o bairro revezou os usos, galdérias não há, polícias ainda menos", *Balada*, pp. 31 e 198.

[116] *Ibidem*, p. 92.

(In)definições genológicas   207

de objectos trabalhados" onde o cheiro a ratos não engana um nariz a eles habituado [117]), parece-nos também contribuir, a par com a caracterização física e psicológica que directa e indirectamente vai sendo facultada, para a progressiva coloração de uma figura que praticamente atinge a fronteira da repugnância mesclada com *nuances* de parolo ridículo.

Relembramos, a propósito, o elucidativo episódio do telefonema mistério, cuja sequência se encerra com a descrição animalesca do cumprimento das suas necessidades fisiológicas [118]. Ou, ainda, e numa linha que atravessa o relato, o modo como o chefe de brigada conduz os repetidos interrogatórios a que Mena é submetida. Momentos de que ressalta uma desnecessária crueza que se pratica num tempo-espaço subterrâneo onde "Não há horas nem deshoras (...) nem há lua nem sol". Tempo-espaço que sempre se invade numa "Violentação do território do sono e outras", como se assim se facilitasse a 'caça' da "presa sentada em solidão", em "campo aberto".

A intensificação da ideia de opressão-perseguição parece conseguir-se, pois, e também, pela abertura e ambiguidade semântica do substantivo "presa" que, como sugerimos, duplamente se desdobra, ou melhor, que eclecticamente reúne em si os primordiais sentidos de 'prisioneira' e de 'vítima-do-predador'. Esta sugestão é caucionada pela forma como se descreve o ritual de um interrogatório (os outros não variariam muito) em que a progressiva conquista de terreno por Elias Santana activa esquemas cognitivos que nos permitem, mentalmente, visualizar rituais de caça no cenário outro da natureza:

> Logo na primeira sessão de perguntas o chefe de brigada montou o cenário arrastando maples e mesas para ficar à-vontade com Mena no gabinete do inspector. Ele sentado a um canto, ela no meio da casa, em campo aberto. Depois, pergunta a pergunta, Elias foi chegando mais a cadeira. Palmo a palmo, como que por acaso. A presa sentada em solidão, sempre mais agarrada ao seu espaço íntimo, e ele a aproximar-se atrás de cada pergunta. Como que por acaso.

---

[117] *Ibidem*, p. 15.
[118] Cf. *ibidem*, pp. 148-151.

208   *Post-Modernismo no Romance Português Contemporâneo*

Pode fazer-se isso com pequenos movimentos de quem se inclina para ouvir melhor e avança um pouco a cadeira, ou no acto de se apanhar qualquer objecto que se deixou cair, ou indo à janela e ganhando mais um palmo ao sentar-se. Mil pretextos. Perguntas, sempre perguntas; às duas por três Elias já estava colado à prisioneira, cobria-a com o seu bafo de polícia. Invasão do espaço individual [119].

À manutenção desta ideia de repulsa não é despiciendo, por um lado, o sempre repetido e caricatural pormenor que desde cedo se apõe ao retrato da personagem: "a unha do dedo mínimo que é crescida e envernizada", "unha fantasma", "unha de estimação" e marcador incolor de "todos os momentos indecisos da pessoa e dos casos"; unha que, por vezes, metonimicamente substitui Elias Santana, num índice de desumanização que não nos deixa indiferentes:

A unha passeia, a unha passeia. É um bico de ave deserta a sobrevoar o penteado duma caveira democrática;

Elias vai em salteado (conhece os textos). Pára e treslê, no tresler é que está a leitura, é assim que ele arruma a cabecinha, e de quando em quando queda-se a admirar a unha gigante. Também pensa de alto, às vezes diz coisas. Mas se fala e ao mesmo tempo lê, a unha escuta;

Abancam a um canto, de livro debaixo da asa na companhia das primas universitárias, as quais (é a unha de Elias que o diz) navegam regra geral devidamente artilhadas com cartucheiras de pílulas [120].

Por outro lado, não lhe é também alheia, muito menos, a doentia fixação erótica por um corpo que constantemente se adivinha, se imagina e se deseja, num crescendo que culminará com a cena da masturbação [121]. Conjugação de sentimentos que, em última instância, ou em primeira (e num ensaio-resposta que julgamos plau-

---

[119] *Ibidem*, pp. 61-62 (sublinhado nosso).
[120] *Ibidem*, pp. 68, 52, 110 (sublinhado nosso) e pp. 13, 134, 209 e 52 para as citações anteriores. Para outros exemplos, *vide* pp. 19, 64, 87, 93, 166, 183, 184, 187.
[121] Cf. *ibidem*, p. 189 e, para a fixação doentia, pp. 28, 188-189, 36, 57, 83, 87, 100, 104, 106-107, 151, 174, 180-183, 207, 213, 235.

(In)definições genológicas 209

sível para a questão "a quem interessava prolongar a morte do major?"), explicarão e justificarão o carácter contínuo e sistemático com que obriga Mena a repetir as confissões, desse modo prolongando uma investigação cuja verdade se conclui possuir desde os primeiros dias, mas cujo adiamento lhe faculta, afinal, a proximidade com o objecto da sua obsessão [122].

Pelo meio desta trama detectivesca/policial, cujos clichés vão sendo minados (tal como já o haviam sido em *O Delfim*), há ainda que salientar um outro nó genológico, responsável, também ele, pela diluição-implosão de fronteiras de géneros. Referimo-nos a esse subgénero do Novo Jornalismo – romance documental ou romance não ficcional (romance-reportagem chamará José Cardoso Pires a *Balada*) –, criado e praticado por Norman Mailer e Truman Capote, em meados da década de sessenta, e assim explicitado por John Hellmann:

> new journalistic works, far from being realistically dramatized do-
> cumentaries or even absurdist transcriptions of fact, are profoundly
> *transforming* literary experiments embodying confrontations be-
> tween fact and mind, between the worlds of journalism and fiction.
> Their authors attempt to 'make up' or construct meaningful versions
> of the 'news' that continually threatens to overwhelm conscious-
> ness [123].

Desta forma, os outros sentidos que vão sendo convocados e acrescentados, prendendo-se embora, e ainda, com a autópsia do crime (numa sequência de acontecimentos que pode ser corroborada pela consulta de jornais da época), relacionam-se, outrossim, com a re-criação da ambiência histórico-social, numa também e sempre

---

[122] "uma atenta releitura dos autos e uma análise das datas das confissões de Mena levam a concluir que O CHEFE DE BRIGADA DESDE OS PRIMEIROS DIAS QUE ESTAVA NA POSSE DE TODA A VERDADE./Estava, Só quem não queira ver (...). O agente Silvino Roque (...) admite que ela tenha feito confissão completa do crime no segundo interrogatório (...). O Covas teria em casa um outro processo de Mena que guardava para ele?", *ibidem*, pp. 95-96.

[123] John Hellmann, *Fables of Fact. The New Journalism as New Fiction*. Urbana, Chicago and London: University of Illinois Press, 1981, p. x (itálico do autor, sublinhado nosso).

210 *Post-Modernismo no Romance Português Contemporâneo*

estreita relação entre facto e ficção. Aliança pontualmente condimentada pela incorporação de técnicas do modo dramático, nomeadamente pelo que julgamos serem reminiscências-aproximações de indicações cénicas (notem-se os esclarecimentos dados entre parêntesis, por exemplo, e entre outros, no desfecho da acção), ou pela indicação dos nomes dos interlocutores envolvidos no diálogo, como acontece, também entre outros exemplos, no 'fragmento' intitulado *Máscaras & Figurinos*.

Estes diversos elementos distribuem-se, ainda, por outros (sub)capítulos sugestiva e algo parodicamente titulados e formalmente organizados (agora de modo mais ostensivo do que no romance de José Saramago ou no de Mário Cláudio) numa quase orgíaca proliferação-colagem de registos-vozes de índole diversa. A variedade decorre não só do conteúdo exposto mas, ainda, do que diz respeito a uma apresentação gráfica visualmente passível de quebrar, também, os canónicos protocolos que George Orwell criativamente designou por "the Geneva conventions of the mind"[124].

Designação englobante para uma série de regras opostas às provocações temáticas, linguísticas e narrativas que encontram eco na extensa lista de traços característicos da ficção portuguesa, de meados dos anos setenta a meados dos anos oitenta (e seguintes, acrescentamos agora), proposta por Maria Alzira Seixo:

> desenvolvimento de prática e de experiências; (…) alargamento da temática, nomeadamente no campo político, integrando vivências da revolução de abril, dos tempos difíceis que a precederam e do problemático período que se lhe tem seguido, recorrendo a mananciais como a guerra colonial e os transes da emigração (…); diversidade na composição: valorização da escrita, recurso a formas de pluralização discursiva (diversidade de registos, fragmentação narrativa), modalizações homogéneas e decorrente primado da subjectividade com acentuado recurso às intromissões líricas ou aos desenvolvimentos reflexivos, nítido primado da enunciação; aglomeração de estéticas (…); e uma sedução particular por formas fictivas que justamente atacam a sua organização tradicional de

---

[124] *Apud* Tom Wolfe, *The New Journalism* (With an anthology edited by T. Wolfe and E.W. Johnson). New York: Harper & Row, 1973, p. 21.

(In)definições genológicas 211

nexos perfeitos e que são o fantástico (e tipos afins) e as marginalidades narrativas (géneros da primeira pessoa, diários, crónicas, etc.) [125].

Assim, os pequenos capítulos redigidos em itálico, onde sobressai um tipo de objectividade linguística muito semelhante ao estilo das reportagens que, no passado, deram conta das ocorrências (relembrem-se e comparem-se, por exemplo, as notícias saídas em jornais da época com as páginas em que se dá conta do modo como Mena cai nas mãos da Judiciária, da maneira como se procede à detenção-internamento de Marta Aires Fontenova Sarmento ou da forma como decorre a prisão de Renato Fontenova e de Bernardino Barroca [126]), coexistem com fragmentos de outro teor, mas de um semelhante registo desapaixonado.

Estes, muitas vezes, parecem não apresentar qualquer relação lógica com o que anteriormente se vinha expondo, numa aleatória emergência estético-semântica que, contribuindo também para uma narrativa-de-retalhos-de-linearidade-implodida, indubitavelmente perturba o leitor mais habituado à coerência da escola literária tradicional do que a esta espécie de esquizofrenia da palavra e da forma, em todo o caso sempre agravada por diversos aparatos de diferente grau de metaficcionalidade.

Referimo-nos, entre outros, por um lado, quer ao registo-pastiche dos diversos autos de reconstituição, bem como às declarações de Marta Fontenova, Aldina Mariano, Maria Norah d'Almeida ou Francisco Ataíde, quer às diversas notas de rodapé, cuja informação pretensamente contribui para ancorar os acontecimentos numa realidade factual. Estas notas infrapaginais, de proveniência diversa (abarcam explicitações do narrador, citações do caderno do major ou de *O Lobo do Mar* de Jack London, e incluem ainda um breve excerto de declarações do advogado Gama e Sá, também facultadas em outros momentos da narrativa), servindo o propósito de explicitar e/ou ilustrar a matéria narrativa presente no corpo do

---

[125] Maria Alzira Seixo, "Dez anos de literatura portuguesa (1974-1984), in *Colóquio/Letras*, n.º 78, Março, 1984, p. 42.

[126] Cf. *Balada*, pp. 46-47, 125-128 e 202-203 e *Diário de Notícias* de 9, 16, 24 e 25 de Abril de 1960.

212 *Post-Modernismo no Romance Português Contemporâneo*

texto, servem, outrossim, para aproximar a obra do género ensaio--dissertação [127].

Por outro lado, e agora a implodir a ilusão de factualidade, há que registar as intromissões de um narrador que claramente chama a atenção para o modo como (se) vai urdindo a narrativa, num tempo que foi o de "Hoje, 1982":

> Bem entendido que estes e outros acessórios também têm a sua palavra a dizer sobre o ocorrido, mas não para já;

> Mas atenção, aviso. Lisboa, esse vulto constelado de luzes frias do outro lado do rio é um animal sedentário que se estende a todo o país. É cinzento e finge paz. Atenção, *achtung*;

> Mena, soprando o fumo do cigarro: Foi assim.

> Intervalo;

> Mas o major deu-lhe para ali. Interessou-se particularmente por um tubo de mâsque de beauté marca Scandale, digo, Standale, digo, Stendhal (...);

> Quando é que aquela folha de agenda foi deixada na secretária de Elias não vale a pena averiguar, é manhã de mais para isso [128].

Dignos de menção, e numa técnica semelhante à já utilizada em *O Delfim*, são, também, a transcrição de fragmentos que identificamos com títulos e com notícias de jornal, a colagem de docu-

---

[127] Cf. *ibidem*, pp. 60, 78, 86, 106, 186, 195, 230; 74, 76, 102 e 104 para os autos de reconstituição e para as declarações das personagens. Para as notas de rodapé, cf. pp. 33, 127, 144, 58, 133, 136 e 70. Acrescente-se a nota infrapaginal da p. 21 onde a ostensiva presença de uma nota do autor, cuja presença novamente se afirma pela tradução de uma página da revista *Erotika* encontrada nas águas-furtadas da Casa da Vereda (pp. 120-123), permite, também, colorir o enunciado com laivos de realidade verídica.

À título de curiosidade, refira-se que a existência de notas de rodapé, numa nova tendência do subgénero, é passível de ser encontrada em *detective stories* de John Dickson Carr; a função destas é, contudo, não tanto a de explicitação mas, e à laia de manobra de diversão, a de fornecer pistas sobre o enredo.

[128] *Ibidem*, pp. 22, 49, 50, 191, 215, respectivamente (cf. p. 96 para a indicação do ano). Na esteira de Mieke Bal, consideramos como intrusões do narrador apenas os comentários sobre o próprio discurso, e não os que reflectem opiniões sobre a história, as personagens e/ou os acontecimentos, cf. "Notes on Narrative Embedding", in *Poetics Today*. Vol.2, n.º 2, Winter 1981, pp. 55-56.

mentos/versões diversas sobre o crime ou, ainda, a transcrição da identificação do cabo, em caligrafia (supostamente) do mesmo, e a reprodução da "PAGELA DA IRMÃ MARIA DO DIVINO CORAÇÃO" [129].

Em simultâneo, pelos juízos de valor que se vão exercendo, e como também já vimos quase sempre mais sugeridos do que directamente explicitados, estreitam-se os laços com a subjectividade da entidade narrativa. Esta persegue também, então, a irónica e crítica autópsia social de um Portugal, e de uma mentalidade, que se "pega de cernelha" e que não se "larga sem lhe fazer bolsar a pesporrência, a idiotia pequenina, o vitupério manso, a cobardia imputrescível" [130].

Não por acaso, pois, e a provar novamente que a sensibilidade literária do Post-Modernismo não é propriamente caracterizada pelo indiferentismo social e político [131], este romance aparece emoldurado pela referência a um cartaz publicitário onde pode ler-se (sem outros comentários a não ser a alusão a um ambiente fantasmagórico na primeira ocorrência e a um ambiente fechado na segunda) "PORTUGAL, *Europe's Best Kept Secret*, FLY TAP".

A ideia que assim metaforicamente se convoca é a de um espaço-tempo de isolamento, ou até de desolamento, de um país adormecido (já representado em *O Delfim*) ao qual, numa espécie de extensão da sugestiva imagem de reminiscências orwellianas do *big brother is watching you*, sempre preside o "Mestre da (de uma) Pátria" 'orgulhosamente só': "Lisboa é uma cidade contornada por um sibilar de antenas e por uma auréola de fotografias de malditos com o Mestre da Pátria a presidir" [132]. A estagnação e a cristaliza-

---

[129] Cf. *Balada*, por exemplo, pp. 16-17, 21, 89, 52, 105.

[130] Fátima Maldonado, "Os quixotes matam-se", in *Expresso*/Revista, 13 de Abril, 1996, p. 48.

[131] Cf. M. A. Seixo "Narrativa e ficção – Problemas de tempo e espaço na literatura europeia do pós-modernismo", in *Colóquio/Letras*, n.° 134, Out.-Dez., 1994, pp. 110-111.

[132] *Balada*, p. 49. Outras referências à constante presença de Salazar podem ser encontradas nas pp. 19, 39, 48, 141 e 215. A propósito da "questão da leitura implicada da obra, enquanto representação do espaço sócio-político português dos últimos anos do salazarismo", Maria Helena Santana (art. cit., p. 94) sublinha que "O quadro que se obtém do regime, sempre sugerido e nunca sistematicamente descrito, é o da presença constante, dominadora, do Poder e dos seus tentáculos: o inspector Otero fala pela boca

ção da mentalidade da época parecem-nos ser, também, implicitamente criticadas pela alusão à crença na prática miraculosamente activa do já falecido cirurgião Sousa Martins, o "apóstolo-doutor encarnado em bronze" e "santo clandestino", "rodeado de oferendas humildes e de flores funerárias".

De acordo com o jogo que dualmente se instaura, pela coexistência de remissões para o real e do desnudamento do texto como artefacto ficcional, a "Dissertação sobre um crime", que o subtítulo anuncia e que as notas de rodapé prolongam, transforma-se, pois, como sublinha Maria Lúcia Lepecki, mais em "dissertação fingida", porque "activa e criadora", do que em reprodução rigorosa do acontecido e do sabido. Isto é,

> A *Balada* tanto se alicerça no real – e finge ser «reprodução» – quanto ao mesmo real foge. Oscilação onde se encontram as raízes do hibridismo substancial do discurso dissertativo do romance. Um dissertar simultaneamente repetitivo – traz carga histórica, concreta, «cientificamente comprovável» – e criativa: tem dimensão estética, literária, valor universal [133].

Esta asserção é claramente confirmada na já aludida *Nota final* onde, expondo contudo as circunstâncias e as fontes factuais e verídicas em que o livro teve origem (leitura dos processos-crime e do relato, escrito e a viva voz de Jacques Valente), o narrador, ou o autor, ostensivamente declara a inclusão de matéria ficcional, desse modo introduzindo o leitor no mundo da fantasia:

---

do director da Polícia, que por sua vez é a voz do Poder, simbolizado no retrato de Salazar, pendurado na sua como em todas as paredes institucionais. A expressão autista de um país isolado e totalitário é formulada de forma metafórica em lugares estratégicos do livro: no início (p. 9), quando junto ao cadáver, na praia, se avista um cartaz publicitário: 'Portugal, Europe's best kept secret, Fly TAP', sem comentários, mas num ambiente desolado e fantasmagórico, 'crucificado num poste solitário'. No final (p. 249), também sem comentários, Elias vê o mesmo cartaz numa vitrine, ao mesmo tempo que passam na noite lisboeta três jaulas de circo, levando dentro apenas os tratadores, caras e pernas saindo grotescamente das grades. O próprio Elias segura na mão um frasco com insectos que servirão de alimento ao seu lagarto de estimação, 'uma confusão de bocas e articulações a debaterem-se num espaço fechado'". *Vide* também Douwe Fokkema, art. cit., p. 64. Cf. *Balada*, pp. 246-247 para as referências seguintes ao cirurgião Sousa Martins.

[133] Maria Lúcia Lepecki "José Cardoso Pires. *Balada da Praia dos Cães*", in *Colóquio/Letras*, n.º 77, Jan. 1984, p. 92.

(In)definições genológicas 215

foi assim que pensei este livro, um romance. Nele o arquitecto Fontenova é uma personagem literária, e da mesma maneira o major. E Mena. E o cabo Barroca. Todos são personagens literárias, isto é, dissertadas de figuras reais.

De modo que entre o facto e a ficção há distanciamentos e aproximações a cada passo, e tudo se pretende num paralelismo autónomo e numa confluência conflituosa, numa verdade e numa dúvida que não são pura coincidência.

O que assim se estabelece é uma combinação entre aparatos de contratos de leitura característicos do mundo do novo jornalismo e aparatos próprios dos meandros da ficção [134]. Aliança que, em última instância, coloca também a *Balada da Praia dos Cães* nessa encruzilhada post-modernista de constantes jogos de diversas e nem sempre anunciadas (meta)linguagens, genológicas e narrativas.

Encruzilhada, ainda, que, em virtude de crescentes influências recíprocas, aumenta a improbabilidade da existência de uma obra pura. Ou, no mínimo, pelo seu carácter abertamente ostensivo, impede, definitivamente, que à obra se aponha, de forma confortável e linear, uma única máscara tipológica.

Ora, se a diversidade de géneros numa mesma obra não é característica recente, a verdade é que, pelo modo como é utilizada (e à semelhança do que acontece com a existência de características metaficcionais, ou com a utilização de matéria marcadamente histórica), ela reveste-se de tons de novidade e, consequentemente, de característica possível das obras do Post-Modernismo.

Referimo-nos, pois, não apenas ao facto de a mistura de géneros ser agora mais sistematicamente recorrente, ou ao facto de a sua coexistência com artifícios metaficcionais claramente desvendar, num aparente artifício para minar a referencialidade narrativa, o que, em obras do passado, se encontrava diluído. Reportamo-

---

[134] Segundo John Hellmann, *Fables of Fact*. Ed. cit., p. 11 "In his desire to break through the crisis of credibility in an incredible world, the fiction writer has escaped the problems of plausibility and fragmentation by the radically simple device of assuring that he is dealing in pure fantasy. With as just as bold a solution, the new journalist has escaped the same problems by the opposite method, promising the reader that he is dealing in pure fact". *Vide*, ainda, *ibidem*, p. 14 e *passim*.

-nos, outrossim, ao modo como são re-aproveitadas as marcas dos variados géneros que cohabitam na tessitura narrativa. Isto é, a apropriação de características traduz-se não numa incorporação pacífica mas, pelo contrário, muitas vezes, e como acontece também em *Manual de Pintura e Caligrafia* ou em *Amadeo*, numa incorporação que, residual e/ou ostensivamente, acaba por contestá-las.

O importante não é tanto a fluidez genológica que ocorre, mas antes a mudança no tipo de transgressões que, agora, diferentemente se combinam de modo a criar uma obra genologicamente múltipla, no sentido profundo do termo.

A ideia de obra pura, no sentido de fidelidade absoluta a um cânone de género, não parece, aliás, ser bem aceite por alguns autores. Afigura-se-nos, sem dúvida, ser esse o caso de Hans Robert Jauss ou de Maurice Blanchot. De acordo com o primeiro,

> If a text simply reproduces the elements of a generic structure, only plugs some other material into the preserved model of representation and merely takes over the received topics and metaphorics, it constitutes that stereotypical kind of literature into which, precisely, successful genres such as, for example, the chanson the gest in the twelfth century or the fabliau in the thirteenth soon sink. The limit that is thereby reached is that of mere use-value or 'consumption-character'.The more stereotypically a text repeats the generic, the more inferior is its artistic character and its degree of historicity [135].

Para Blanchot, por seu lado, "when one encounters a novel written according to all the rules of the past historic tense and third person narration, one has not, of course, encountered 'literature'". Argumento que, indubitavelmente, derroga as pretensões dos que teimam em afirmar a morte do romance e, numa linha adjacente, do desvanecimento da ideia de literatura nas obras post-modernistas.

Como já dissemos nas páginas finais do capítulo I, do que se trata afinal é de substituir um entendimento tradicional e funda-

---

[135] Hans Robert Jauss, *Toward an Aesthetic of Reception*. Ed. cit., p. 89. Para a citação de Blanchot, *vide* Jonathan Culler, "Towards a Theory of Non-Genre Literature", in Raymond Federman (ed.), *Surfiction Now and Tomorrow*. Ed. cit., p. 262.

mentalista de romance, e consequentemente de literatura, por uma concepção mais abrangente. Nesta, a vulgaridade e o prosaísmo da linguagem e do enredo, as audazes insolências técnico-compositivas também, devem poder entrar no museu das *belles lettres*, espaço canonicamente reservado a um discurso aristocrático ou, no mínimo, considerado como mais correcto, porque obediente a modelos que fizeram lei no passado.

CAPÍTULO IV

Referencialidade *vs* metaficção?
a dicotomia de morte anunciada

> Les grands récits se reconnaissent à ce signe que la fiction qu'ils proposent n'est rien d'autre que la dramatisation de leur propre fonctionnement.
>
> JEAN RICARDOU

> «As estruturas não descem à rua».
>
> LUCIEN GOLDMANN

1. *Larvatus pro creatione 1*

A implosão dos limites tradicionais de mimese e o consequente afastamento mais ou menos radical de uma estética realista têm sido considerados por alguns ensaístas (Harry Levin ou Charles Newman) como os motivos principais de desacreditação da nova literatura do Post-Modernismo.

O que nas últimas décadas parece ocupar o centro do debate da problemática da referencialidade e da não-referencialidade das obras deste sócio-código não é, no entanto, como seria de supor, o modo como determinados elementos do plano semântico (supranaturais ou fantasticamente imaginativos e/ou oníricos) contribuem para o seu desenraizamento ontológico.

Com efeito, a argumentação tecida à volta da alegada perda da capacidade mimético-representativa da literatura (facto que, como já referimos no capítulo I, levou Hans Bertens a, dicotomicamente, considerar a existência de obras postmodernistas de índole solipsista por oposição a outras de índole referencial) prende-se, pelo contrário, e essencialmente, com as dificuldades criadas pelo exercício de uma escrita percorrida por malabarismos sintáctico-formais ("performative writing"). Estas práticas redundariam não apenas numa esteticização extrema mas, pela aliança com comentários metaficcionais, que de modos diversos chamam a atenção do/e no texto para a sua própria construção, seriam, também, as grandes responsáveis pela desestabilização, senão pelo curto-circuito, da relação texto-mundo.

Neste sentido (que parece abrir caminho à instauração e à pertinência de perspectivas estruturalistas), do ponto de vista de Charles Newman ressalta a possibilidade de se acusar a nova ficção de entropia estética e moral. A acusação é justificada pelo facto de se ter abandonado o ético e o histórico, bem como a intensa exploração da personagem em favor do esteticamente indecoroso, numa total indiferença aos seus efeitos [1]. Do mesmo modo, de acordo com Gerald Graff, a literatura parece ter perdido a sua responsabilidade humanista, na medida em que deixou de desempenhar o papel de 'adversário' em relação à sociedade.

Segundo este autor, que ilustra este ponto de vista com as palavras de Hans Magnus Enzensberger, o potencial crítico e o papel preponderante da literatura na esfera política são (aparentemente) neutralizados. A literatura (ou, pelo menos, um certo tipo de literatura) acaba por se reduzir a uma autonomia radical da imaginação, a estético-linguística incluída, de acordo com a assunção de que a obra não deve significar mas ser:

> Proceeding from the valid insight that something has happened to the sense of reality and that modern technological reality is in some profound sense unreal, many writers and critics leap to the conclusion that literature must for this reason abandon its preten-

---

[1] Cf. Charles Newman, *The Postmodern Aura. The Act of Fiction in an Age of Inflation*. Ed. cit., p. 42; cf., ainda, pp. 5-6, 16, 17, 20, 73-74, 97, 173, 178. Para um ponto de vista mais refinadamente moderado, mas nem por isso menos crítico, *vide* Fredric Jameson, "Postmodernism and Consumer Society", in Hal Foster (ed.), *The Anti-Aesthetics. Essays on Postmodern Culture*. Ed. cit., pp. 124-125.

Referencialidade vs Metaficção? A dicotomia de morte anunciada   221

sions to represent external reality and become either a self-contained reality unto itself or a disintegrated, dispersed process[2].

Ora, se, por um lado, este tempo parece ser o de uma realidade fantasticamente irreal (ligue-se tão somente a televisão ou o rádio e preste-se atenção às notícias) e, por isso, problemática; se, por outro lado, a literatura é acusada de irrealidade, não será este o caso de considerarmos estar perante um exemplo (enviesado, é certo, mas apesar de tudo possível segundo o que já havíamos alvitrado no capítulo I) de uma percepção mimética?

O problema que se põe aos acérrimos defensores e cultores da nova ficção reveste-se, curiosamente, de tonalidades afins às expostas. Com efeito, essa ideia de independência da obra literária em relação à realidade e, *eo ipso*, em relação à vida, ressalta, também, das assunções de Raymond Federman e dos pontos de vista de Richard Kostelanetz, de Jerome Klinkowitz ou de Ronald Sukenick.

Atentemos, por exemplo, na semelhança das palavras de Raymond Federman com o já mencionado comentário de Graff ou com a posição de Newman:

> Contemporary works of fiction are often experienced with a certain anxiety, not because they threaten to extinguish the short story or the novel as recognizable genres, but because they challenge the traditional bases of both cultural and aesthetic judgement. Literature has most often been accepted as culturally significant to the extent that it represents the external world, either through the depiction of a social/historical situation, or through the verbalization of psychological states. Much contemporary fiction does not relate the reader directly to the external world (reality), nor does it provide the reader with a sense of lived experience (truth), but instead, contemporary fiction dwells on the circumstances of its own possibilities, on the conventions of narrative, and on the openess of language to multiple meanings, to contradiction, irony, paradox[3].

---

[2] Gerald Graff, "Culture, Criticism and Unreality", in *Literature Against Itself*. Ed. cit., p. 9; *vide*, também, pp. 1-2.

[3] Raymond Federman, "Fiction Today or the Pursuit of Non-Knowledge", in R. Federman (ed.), *Surfiction. Fiction Now... and Tomorrow*. Ed. cit., p. 292. Para um ponto

Por outras palavras, a ambiguidade judicativa desta matéria parece dizer respeito às seguintes questões: pode a literatura, entendida como construto linguístico, especular (imitar) o real circundante? Como o faz, em que casos e em que grau? ou, como se interrogou Marcel Proust na assunção legítima de que todo o enunciado é produzido (e consequentemente manipulado) por um sujeito que observa, interiorizando para depois exteriorizar, "A magia da contemplação deixa os objectos intactos?"[4].

É correcto afirmar-se que a produção literária se desliga categórica e peremptoriamente desse mesmo real, e das verdades onto-epistemológicas que este encerra, no caso extremo de (parecer) evidenciar uma preocupação apenas com os processos de construção de uma sua alquimia interna?

Contrariando a concepção de Jean-Paul Sartre, relativamente a um leque de características que vão de uma concepção racionalista da actividade literária, passando pela obra como meio de comunicação (social, moral e politicamente empenhada), até ao acto de escrever como forma de libertação de opressões de diversa índole, Federman alega que a nova ficção, ao invés, procura não um significado para o mundo ou para o Homem, mas precisamente a ausência de todo e qualquer sentido[5].

A nova preocupação, de teor endogenamente solipsista e formalista, refere-se à tematização do acto de escrever, seja pela exposição do modo como se constrói a obra literária, seja pela apresentação das dificuldades surgidas na e pela orquestração narrativa, seja, ainda, pelo facto de o desmantelamento da prosódia convencional, numa tentativa de atingir o sem-sentido ou o não-sentido, pretender traduzir a própria impossibilidade da escrita.

Mais uma vez, na esteira desse outro contra-argumento que acima propusemos, parece-nos que também este radicalismo dos

---

de vista semelhante, *vide*: R. Kostelanetz, "New Fiction in America", in *ibidem*, pp. 85--100; J. Klinkowitz, "Literary Disruptions: Or, What's Become of American Fiction", in *ibidem*, pp. 165-180; R. Sukenick, "The New Tradition in Fiction", in *ibidem*, pp. 35-46.

[4] Marcel Proust, *Le temps retrouvé*, t.VIII, vol.2. Paris: Gallimard, 1927, p. 33.

[5] Cf. Raymond Federman, art. cit., p. 294 e Jean-Paul Sartre, *Qu'est-ce que la littérature*. Paris: Gallimard, 1948, pp. 20, 33, 64 e *passim*.

Referencialidade vs Metaficção? A dicotomia de morte anunciada 223

que, apesar de tudo, vêem o Post-Modernismo em termos positivos, pode reverter favoravelmente em prol da instauração de uma nova força mimética ou referencial. Não se trata agora, como na nossa assunção anterior, de considerar apenas que a mais ou menos aparente irrealidade da obra, que por vezes pode parecer só linguagem, reflecte a verdade da própria irrealidade do real *lato sensu* entendido.

Trata-se, sim, de defender que, para além dessa, ou aliada a essa, consoante os casos, a nova possibilidade representacional diz respeito à especulação da própria micro-realidade em que, parcialmente e *stricto sensu*, vive o escritor. Referimo-nos à realidade do processo criativo (para o qual, por estratégias diversas, se chama a atenção) e a todas as dificuldades daí decorrentes. Ou, por outras palavras, reportamo-nos à imitação-representação do processo ficcional na própria ficção, estratégia agora usada, finalmente, em termos suficientemente abrangentes, quantitativa e qualitativamente, para nos permitirem falar de 'escola'.

Diga-se, entre parêntesis, que Wayne Booth prova quase à exaustão não ser a auto-reflexividade um processo novo na literatura, relembrando entre outros, Cervantes em *Don Quixote*, 1605 (1615); Swift em *A Tale of a Tub*, 1704; Fielding em *Joseph Andrews* ou em *Tom Jones*, 1741 e 1749, ou Sterne em *Tristram Shandy*, 1760. No entanto, das palavras do mesmo autor ressalta uma outra ideia que, complementarmente, mitiga essa prolixidade.

A ideia de que, na maioria desses romances, antes e depois de Fielding, e segundo cremos até aos novos caminhos do Post-Modernismo, a amplitude deste artifício não ia muito além do mero ornamento, reduzindo-se ao capítulo inicial ou ao Prefácio da obra. Aduza-se, também, que a profusão da prática da auto-consciência narratorial se confinava, quase exclusivamente, aos romances cómicos, aos facetos e aos satíricos também, e não, como hoje acontece, a romances de natureza seriamente diversa[6]; acrescente-

---

[6] Cf. Wayne Booth, "The Self-Conscious Narrator in Comic Fiction Before *Tristram Shandy*", in *PMLA*. Vol.LXVII, n.º 2, March, 1952, em especial pp. 165, 168, 180. No cenário literário português é, sem dúvida, de salientar Almeida Garrett e a obra *Viagens na minha terra*, 1843-45.

Sobre o assunto, *vide*, também, Linda Hutcheon, *Narcissistic Narrative. The Metafictional Paradox*. New York and London: Methuen, 1984, p. 37 e *passim* e Wolfgang

224 *Post-Modernismo no Romance Português Contemporâneo*

-se, ainda, que as obras mencionadas são, afinal, exemplos de pré--romance como género posteriormente estruturado e canonizado, não podendo, por conseguinte, levar a cabo o mesmo tipo de exercícios metaficcionais, bem como o mesmo tipo de questionamento e de subversão do cânone que os romances post-modernistas apresentarão, relativamente a uma linha romanesca tradicional que se consolida no século XIX.

Manual de Pintura e Caligrafia revela-se, consequentemente, como obra paradigmática, e por isso incontornável, no âmbito da problemática que vimos expondo. Nele emblematicamente se ensaiam e se dramatizam, em simultâneo, por um lado, a preocupação com a representação/re-construção de um real e, por outro, a preocupação com a ênfase na pluralidade ontológica ou instabilidade da própria ficção, decorrente, por exemplo, da exposição do labor criativo que acompanha o acto de escrita.

O que assim parece conseguir-se é uma espécie de aliança entre dois tipos de mimese. Uma, designada por Linda Hutcheon como 'mimese de produto' (a peça fundamental da base teórica do realismo tradicional), solicita ao leitor uma identificação linear e um reconhecimento passivo das similaridades entre os objectos e os sujeitos da realidade imitada e os presentes na obra literária; a outra, pelo contrário, a 'mimese de processo', confronta o leitor com a exposição dos códigos segundo os quais deverá nortear a sua aproximação ao texto:

> The novel no longer seeks just to provide an order and meaning to be recognized by the reader. It now demands that he be conscious of the work, the actual construction, that he too is undertaking, for it is the reader who, in Ingarden's terms, 'concretizes' the work of art and gives it life [7].

Iser. *The Act of Reading. A Theory of Aesthetic Response*. The Johns Hopkins University Press: Baltimore and London, 1980, p. 33 e *passim*.

[7] Linda Hutcheon, op. cit., p. 39. Jerry A. Varsava, *Contingent Meanings. Postmodern Fiction, Mimesis, and the Reader*. Tallahassee: The Florida State University Press, 1990, p. 55, distingue entre literatura de mimese significativa e literatura de mimese privada, sendo ambas entendidas, respectivamente, numa acepção idêntica às propostas de Hutcheon.

De acordo com subtítulo cunhado por Lilian Furst ("Undoing the text: postmodern realism"), o que se consubstancia é, afinal, um novo realismo, o postmoderno, cf. Lilian Furst (ed.), *Realism.*London & New York: Longman, 1992, p. 18.

Do que se trata na obra em apreço é, pois, essencialmente, de encarar, no/e pelo texto literário, problemas sobre a criação artística no geral e sobre a criação literária em particular. Neste sentido, não se pretende simplesmente desmistificar o modo como se escreve o romance ou, se preferirmos, e parafraseando Thomas Pynchon em *V.* [8], apresentar o modo como o processo de escrita acaba por se tornar personagem. Em termos latos (numa linha de aproximação ao texto programático a que já aludimos no capítulo anterior), intenta-se, sim, escrever sobre a própria condição da literatura, sem esquecer as suas (nem sempre) evidentes relações com o real que lhe dá origem.

A experiência individual de H. e os actos de rebelião que protagoniza como pintor, e simultaneamente como escritor, ilustram, em estreita correspondência, os ventos de mudança que por altura da publicação da obra já ensombravam o panorama literário nacional.

Assim, principalmente depois de 1968, com a publicação de *O Delfim*, parece tornar-se claro e certo o afastamento relativamente a anteriores produções de pendor realista. No entanto, essa certeza advém mais de uma percepção que empiricamente se extrai, através das inusitadas e pouco ortodoxas técnicas que perpassam pela orquestração narrativa, e não tanto, como acontece em *Manual*, do facto de a entidade que rege o discurso denunciar e problematizar, de forma explícita, consciente e, por isso, ostensiva, a sua recusa em seguir determinadas regras – na pintura e, em paralelo, na escrita.

A assunção dessa mudança de rumo literário, individual e colectiva, bem como uma eventual premonição do papel que a obra em apreço virá a desempenhar na consolidação do cenário post-modernista português, pode, enviesadamente, ser lida no momento em que H. afirma haver

> ocasiões em que penso e me convenço de que sou o único pintor de retratos que resta, e que depois de mim não se perderá mais tempo em poses fatigantes, a procurar semelhanças que a toda a hora se escapam [9].

---

[8] T. Pynchon, *V.* Trad. de Salvato T. de Menezes. Lisboa: Ed. Notícias, 2000, p. 299.
[9] *Manual de Pintura e Caligrafia*. Ed. cit., p. 46.

Salvaguardando, na esteira de Jean-Paul Sartre[10], as privadas diferenças de forma e de conteúdo entre artes como a literatura, a música e a pintura, relembramos, contudo, que esta obra de José Saramago se oferece como profícuo terreno de experimentação, teórica e prática, para, através do império da imagem plástica, possibilitar a problematização e a compreensão de velhas e novas eventuais (in)capacidades de representação do império da imagem verbal. Advertimos, por isso, que quando falarmos de uma deveremos sempre pressupor a outra.

Atentemos na seguinte citação:

> Enquanto transporto meticulosamente as proporções do modelo para a tela, ouço um certo murmúrio meu interior a insistir que a pintura não é nada disto que eu faço[11].

É possível, pois, falar de crise de representação, de rebelião contra uma prática instituída também, mas essencialmente, segundo cremos, é legítimo falar de um despertar consciencioso e íntimo que não nega englobantes capacidades de representação da pintura e da literatura *tout court*.

Rejeitam-se alguns traços, os tradicionais, os de um realismo clássico e institucionalizado, os que estão nos "preceitos tão banais como os que dão forma ao mais naturalista e exterior dos retratos"[12] e cuja validade e actualidade já não se garantem porque é outro o tempo. Como tudo e todos, também as tendências artísticas têm o seu tempo de vida e a semente lançada por novas experimentações começa a dar os seus frutos, transformando académicos modos de ver em "arte morta".

A concepção que se tinha do "retrato justo", enquanto imitação linear e meticulosa de um modelo que transformava o sujeito

---

[10] Cf. Jean-Paul Sartre, *Qu'est-ce que la littérature*. Ed. cit., pp. 14-18.

[11] *Manual de Pintura e Caligrafia*, p. 45.

[12] *Ibidem*, p. 52 (*vide* pp. 45 a 48). A renúncia sub-reptícia ao estereótipo tradicional das convenções afigura-se-nos ainda passível de ser descortinada quando, ao dar conta do rompimento da sua relação com Adelina, se distancia do que usam fazer outros heróis de romance: "E se é certo, por alguma coisa que tenho lido, que usam os heróis de romance desabafar suas mágoas carpindo sobre o retrato da ingrata, não será neste caso assim, embora haja aí um retrato dela" (p. 209).

Referencialidade vs Metaficção? A dicotomia de morte anunciada 227

de enunciação em "demiurgo castrado" (porque precisamente se almejava a não inscrição da subjectividade), assume-se, indelevelmente, como ponto de enorme falibilidade.

Tal como a fotografia "agora feita arte", também a literatura se faz arte de outro jaez "por obra de filtros e emulsões", os do sujeito epistémico tornado sujeito individual que, num movimento regressivo face ao conhecimento dito científico, "parece afinal muito mais capaz de romper as epidermes e mostrar a primeira camada íntima das pessoas"[13]. A camada que resulta da magia subjectiva de re-construção dos reais, o seu próprio e o da obra, assim plenamente exemplificando a re-conquista de uma virilidade demiúrgica já antes exercida, de modo peculiar, pelos rebeldes do primeiro Modernismo.

Entenda-se, pois, por virilidade demiúrgica, não a capacidade evidenciada por potestades de omnisciente ciência capazes de, por isso, manipular a seu bel-prazer o universo narrativo. Numa linha de alargamento semântico, induza-se desta expressão a capacidade para assumir, claramente, que o discurso não nasce limpo e fluido mas que, por detrás, há uma entidade que o trabalha artisticamente, manipulando-o e controlando-o, sim, mas porque se procede a uma "escavação pelo interior da estátua", agora feita escrita, na tentativa de ultrapassar "o grande erro", o de

> julgar que a verdade é captável de fora, com os olhos só, supor que existe uma verdade apreensível num instante e daí para diante tranquilamente imóvel, como nem mesmo a estátua o é, ela que se contrai e dilata à mercê da temperatura, que se corrói com o tempo

---

[13] *Ibidem*, p. 46. Para J. Piaget (*Logique et connaissance scientifique*. Paris: Pléiade, 1967, pp. 14-15), a concepção de "sujeito epistémico" respeita às capacidades cognitivas comuns evidenciadas por "todos os indivíduos de um mesmo nível de desenvolvimento, independentemente das diferenças individuais: por exemplo, as actividades de classificar, de ordenar e de numerar (...)". O "sujeito individual", por seu turno, designará "o que é próprio a tal indivíduo: exemplo, cada um pode simbolizar esta série de números através de uma imagem mental particular (sequência de traços verticais, discos empilhados, etc.)". Assim, se o que "caracteriza o conhecimento científico é (...) a capacidade de atingir uma objectividade cada vez maior por um duplo movimento de adequação ao objecto e de descentração do sujeito individual na direcção do sujeito epistémico", no caso da literatura a descentração de que fala o autor processar-se-á no sentido inverso, isto é, do sujeito epistémico em direcção ao sujeito individual.

228 *Post-Modernismo no Romance Português Contemporâneo*

e que modifica não só o espaço que a envolve como, subtilmente, a composição do chão onde assenta, pelas ínfimas partículas de mármore que vai soltando de si, como nós cabelos, as aparas de unhas, a saliva e as palavras que dizemos [14].

A procura da verdade torna-se, pois, uma das grandes preocupações do narrador-autor, seja a verdade de S., a sua própria verdade, a da pintura ou a da escrita que a vai substituindo.

Como salienta Luís de Sousa Rebelo, o problema reside, de facto, não apenas "em saber se existe uma verdade só, ou se ela é um somatório de um número variável de verdades, porventura ilimitado, que coexistem no mesmo objecto e não na sua essência". A questão que também se põe diz respeito à necessidade de "averiguar a natureza e a essência da mesma verdade, ou das «verdades», que a fazem una na pluralidade do conjunto", o que, residualmente, cria esse outro problema, o "de saber-se qual dessas verdades é a que o artista deverá explorar no objecto da sua própria criação" [15].

Deste modo, afirmando-se que a verdade não pode, não deve, ser apenas "captável de fora, com os olhos só", num "ajustamento de certa maneira mimético: o pintor imitava o modelo", "anestesiado e alheio" [16], assume-se a necessidade de, pelo contrário, e também, fazer depender o 'objecto' dos olhos interiores que o miram.

---

[14] *Manual*, p. 116; cf. p. 58 para a citação anterior.

[15] Luís de Sousa Rebelo, "Os rumos da Ficção de José Saramago", Prefácio cit., pp. 27-28. Para comentários sobre a problemática da verdade cf., também, *Manual*, pp. 53, 57-58, 82, 86, 98, 99, 107, 134. Esta obra de Saramago revela-se, assim, como um romance plenamente capaz de integrar o leque das produções auto-conscientes. Estas são definidas por Robert Alter (*Partial Magic. The Novel as Self-Conscious Genre*. Berkeley. Los Angels. London: University of California Press, 1978, pp. x-xi) como as que "sistematically flaunt[s] its own condition of artifice and that by so doing probe[s] into the problematic relationship between real-seeming artifice and reality"; "from beginning to end, through the style, the handling of narrative viewpoint, the names and words imposed on the characters, the patterning of the narration, the nature of the characters and what befalls them, there is a consistent effort to convey to us a sense of the fictional world as an authorial construct set up against a background of literary tradition and convention".

[16] *Manual*, pp. 262 e 49.

Referencialidade vs Metaficção? A dicotomia de morte anunciada   229

O que se consegue com essa reprodução subjectiva é desviar e subverter a linearidade da fórmula de adaptação ao modelo (pela pintura e pela linguagem escrita), em modelo adaptado por e para o sujeito-pintor-escritor, na esteira de uma versão mitigada da teoria do reflexo.

Em consequência, o que também se oferece ler nas páginas de *Manual* é a dramatização literária, e a resolução ecléctica, do que Adam Shaff classifica de "*diferendo sempre actual, no quadro da teoria do conhecimento*". Este

> *reduz-se a estabelecer o que é* primário: *a linguagem – que nessa hipótese* criaria *a nossa imagem da realidade – ou a realidade – que seria, então,* reflectida *pela linguagem, reproduzida, copiada?* O diferendo sugere claramente a seguinte alternativa: *ou o processo linguístico é o acto de* criação *da imagem da realidade, ou é o acto do seu* reflexo, *da sua reprodução, etc.* Nos termos desta alternativa, *se o processo linguístico é o acto do reflexo cognitivo da realidade, ter-se-ia de excluir o papel activo, criador da linguagem nesse processo,* e vice-versa [17].

Digamos, pois, que o simplismo maniqueísta implícito na citação anterior começa a ser eclecticamente resolvido por H. que, ao conciliar/matizar o que olha com o que vê, sentindo, relativiza a noção de que a linguagem é, *tout court*, o reflexo-cópia-reprodução de uma realidade independente e objectiva. Ao mesmo tempo, e decorrente desta, relativiza-se, ainda, pela semelhança com os modelos que de algum modo sempre se consegue, como adiante verificaremos, uma linha idealista radical que não deixa "lugar para mais nada fora da *imagem subjectiva do mundo*" [18].

---

[17] A. Schaff, *Linguagem e Conhecimento*. Coimbra: Almedina, 1974, pp. 213-214 (itálicos do autor).

[18] *Ibidem*, p. 215. De acordo com o autor (p. 219), a linguagem "*criadora* da imagem do mundo é, também ela, uma 'criação' desse mundo"; a prová-lo, o facto de a língua dinamicamente se enriquecer com novos e múltiplos vocábulos, de acordo com as novas manifestações científicas, tecnológicas e sócio-culturais. Este contra-argumento, sublinhando a influência de factores externos sobre a língua, atesta, ainda, a sua não dependência exclusiva do sujeito. Até porque, se é certo que as condições físico-biológicas que permitem o exercício da linguagem nascem com ele, não é menos certo que esta não é inata. Resulta, pelo contrário, de uma aprendizagem tanto mais enriquecedora e

230   *Post-Modernismo no Romance Português Contemporâneo*

Este não é, contudo, um processo de aprendizagem fácil e passível de uma pronta exequibilidade. Por isso, a acompanhar ainda uma prática de ancestrais preceitos, consumados no primeiro retrato (reflexo) de S., vão germinando novas "formas desviadas de aproximação e descoberta"; formas que se começam a traduzir num segundo retrato de S. que se quer (re)criação ou "análise psicológica em forma de pintura"[19].

Quase em simultâneo, desenvolve-se a aptidão para um outro tipo de registo, o do exercício da escrita, fundamental para a consecução última do processo de conhecimento e de rebelião. Este terá como resultados, por um lado, um livro-*Manual* de índole bem diferente de um romance como *Terra do Pecado* e, por outro lado, o seu equivalente pictórico consubstanciado, como veremos, no retrato dos senhores da Lapa. Pelo meio, e com o auxílio do verbo que se experimenta, registam-se os percalços do caminho-ensaio de mudança que permitirão cobrir "os sinais naturalistas com que antes pretendera exprimir um poder industrial e financeiro". Assim sabemos, por exemplo, das angústias e das dúvidas resultantes da admissão de que nenhum segundo retrato lhe é permitido enquanto continuar "obediente e assalariado, a pintar o primeiro"[20].

O impulso inicial de revolta inscrito no segundo retrato será, pois, por um tempo, como confessa, uma tentativa falhada que não ousa mostrar a outrem e que, aparentemente votando vencido, esconde sob um spray de tinta preta[21]. Não obstante, ele foi indispensável para a maturação do olhar diferente a que submete os retratados da Lapa, e que fixa num quadro de "outra factura técnica" (ou que "talvez profundamente o não seja"), finalmente exposto

---

variada quanto mais vasto for o poliédrico mundo de objectos-conceitos em que se movimenta o sujeito. Georges Mounin rejeita também as teorias do apriorismo linguístico (fundamentadas na tese de que a linguagem cria a realidade, isto é, que a estrutura de uma língua influencia o modo como o falante compreende o que o rodeia, o que o levaria a representar o universo de forma diferente caso usasse esta ou aquela língua), com base na ideia, por exemplo, de que se assim fosse as traduções de uma para outra língua não seriam possíveis, cf. *Lingüística y Filosofía*. Trad. Gabriel Ter-Sakarien. Madrid: Gredos, 1979, p. 215.

[19] *Manual*, pp. 199 e 57, respectivamente.

[20] Cf. *ibidem*, pp. 109 e 97, respectivamente.

[21] Cf. *ibidem*, pp. 111 e 98.

aos olhos de outros, mesmo que apenas no espaço íntimo da sua casa, numa assunção plena de mudança atingida:

> O fundo era branco, não precisamente branco, claro, mas trabalhado com aquela mistura de cores que sugere um branco indiscutível ou o efeito que o branco produz na retina, que de cada vez temos de ajustar (diria que não a retina, mas talvez ela, afinal) à ideia que fazemos do branco. A semelhança dos modelos não podia ser posta em dúvida, mas, na verdade, este quadro não era um digno sucessor das escorridas e dessoradas telas à custa das quais eu vinha vivendo. Tanto a mulher como o homem, estavam (como vou dizer?) duplamente pintados, isto é, com as primeiras tintas necessárias para lhes reproduzir os traços e os planos do rosto, da cabeça, do pescoço, e depois, sobre tudo isto, mas de uma maneira que não permitia descobrir facilmente onde estava o excesso, outra pintura se sobrepunha, que, por assim dizer, não fazia mais do que acentuar o que já lá estava. No caso da mulher o efeito era mais visível porque com ela tivera eu de interpor a pintura intermédia que era a maquilhagem. O quadro produzia uma impressão de desconforto, como a de um riso súbito no interior de uma casa deserta [22].

A impressão de desconforto que se gera advém, segundo cremos, do facto de o valor de caricatura que o quadro adquire, pela sugestão da dupla pintura de traços, claramente evidenciar um sistema de manipulação subjectiva de um sujeito que parece dizer: "O mundo está cheio de probabilidades" [23], este é o retrato dos senhores da Lapa, sim, mas é o resultado de uma actualização subjectiva levada a cabo por um "camaleão [que] não mudou de cor". Um 'camaleão' que, como já dissemos, não se adaptou linearmente ao modelo mas, pelo contrário, fez o modelo adaptar-se aos seus desígnios: "Se pardo era, pardo ficou, e foi com olhos de pardo que registou e transpôs as cores que se lhe opunham ou a que (com maior rigor) se opunha".

Notemos que o reflexo-fatia de mundo possível é colorido de diferentes tonalidades sem que a semelhança dos modelos seja posta em dúvida, deste modo se asseverando que atitudes de sub-

---

[22] *Ibidem*, pp. 241-242. Cf. p. 262, para a citação anterior.

[23] *Ibidem*, p. 237; cf. p. 262 para as citações que se seguem.

232 *Post-Modernismo no Romance Português Contemporâneo*

versão e de irreverência, em relação a canónicas representações de produto (ou significativas), não obstam necessariamente à manutenção de linhas de ancoragem no real. São apenas diferentes modos de o ver e de o traduzir.

Assim, o que mais uma vez decorre do exposto é a relativização e a suavização da excessiva e radical carga semântica que alguns inscrevem na palavra-conceito 'reflexo'.

Com efeito, esta parece progressivamente deixar de ser aceite quer no sentido literal de cópia ou reprodução, como o tentou um realismo ingénuo ao defender a asserção demasiado objectiva, redutora e utópica "que as coisas são tais como parecem ser e que as qualidades sensíveis residem nas próprias coisas", quer (numa fórmula de aplicação mais directa aos estudos literários que Stendhal retoma de Saint-Réal) de acordo com a ideia que "Um romance é um espelho que fazemos passar lentamente ao longo de um caminho" [24].

Pelo contrário, a ilação englobante que parece retirar-se é a de que a noção de reflexo, ou de modo mais abrangente a de mimese, deverá ser entendida como metáfora de fronteiras fluidas, na medida em que, como é sabido, toda e qualquer tentativa de reproduzir a realidade (física e social) passa, obrigatoriamente, pelo filtro subjectivo dos sujeitos cognoscentes. Estes, agindo verbalmente em estreita e tácita aliança com a *"experiência social filogenética"* que a sociedade lhes "transmitiu ao longo da sua educação linguística" [25], ou com a sua enciclopédia, para utilizarmos o profícuo conceito de Umberto Eco, acabarão, em última instância, por conferir certas particularidades ao objecto contemplado, e reflectido.

O objecto é colorido de diferentes cores, é certo (senão como explicaríamos os diferentes estilos dos autores?), mas em tonalida-

---

[24] Stendhal, *O Vermelho e o Preto*. Trad. Maria Manuel e Branquinho da Fonseca. Lisboa: Círculo de Leitores, 1978, p. 83. Cf. Adam Schaff, op. cit., p. 230 para a primeira citação.

[25] Adam Schaff, op. cit., p. 240. O carácter dual (subjectividade mesclada e influenciada pelo peso das tradições sócio-linguísticas) da percepção é, ainda, assim ilustrado pelo autor: "o indivíduo humano percebe o mundo e capta-o intelectualmente através de 'lunetas sociais', – tanto no sentido das influências actuais como no sentido da acção das experiências acumuladas pelas gerações passadas".

Referencialidade vs Metaficção? A dicotomia de morte anunciada   233

des que instauram em maior ou menor grau um vasto leque de relações de conformidade com o mundo objectivo, sob pena de, se tal não acontecer, se obstar ao cumprimento do processo de comunicação.

As ilações oferecidas pelo microepisódio do retrato dos Senhores da Lapa estendem-se ao 'quadro' macroestrutural da obra, réplica, pois, em diferente suporte, das mesmas ansiedades e crises. A deflação da ilusão realista, mas não o corte total e absoluto com o real, consegue-se, agora, através de dois procedimentos fundamentais.

Em primeiro lugar, pela ausência de alguns nomes, o do narrador-pintor-autor, o do administrador que o contrata e o da irmã de António, substituídos pelas iniciais H., S. e M. De modo semelhante, também a empresa administrada por S. aparece frequentemente designada pelas iniciais SPQR. Estas, mesmo sendo por vezes escritas por extenso como Senatus Populusque Romanus, parecem dificultar um inequívoco enraizamento histórico-social já que, a propósito, se afirma ser tal designação um "disfarce" e um "gosto (...) de anacronismo"[26].

Se, como seguidamente reconhece, referindo-se a S., a vantagem desta classificação não nominal, facultada pela utilização de uma inicial vazia, diz respeito à possibilidade de a poder encher com o que sabe e com o que inventará, assim parecendo denunciar a pretensão em desligar-se do real, a verdade é que tal facto não nos parece impedimento para que daí possamos extrair uma mais-valia de sentido.

Os cenários físicos e anímicos, desenhados para estas e para outras personagens de nome não ausente, podem não imitar exacta e objectivamente espaços e pessoas que integram o campo de referência externa[27] (e cuja existência pode ser histórico-socialmente

---

[26] *Manual*, p. 61. A propósito da importância dos nomes próprios na criação da ilusão realista, *vide* Roland Barthes, *S/Z*. Paris: Seuil, 1970, pp. 101-102.

[27] A realidade existente. De acordo com Benjamin Harshaw ("Fictionality and Fields of Reference", in *Poetics Today*. Vol.5, n.º 2, 1984, em especial pp. 229-231 e 243), uma ficção é um Campo de Referência, um amplo universo contendo uma multiplicidade de quadros de referência (todo e qualquer *continuum* semântico de dois ou mais referentes de que possamos falar) que se cruzam e se interrelacionam no xadrez narrativo, de modo a constituir de forma individual um Campo de Referência Interna, no sentido de

234 *Post-Modernismo no Romance Português Contemporâneo*

confirmada e recognoscida), todavia, a nossa enciclopédia reconhece-lhes características verosímeis. Por isso, aceita-os como representações, de crédito praticamente ilimitado, capazes de configurar, por ora, e na terminologia de Albaladejo, um modelo de mundo de tipo II.

Referimo-nos, não podíamos deixar de o fazer neste contexto, à Teoria dos Mundos Possíveis, de acordo com a expressão (Ugo Volli prefere a designação de metáfora) cunhada por Saul Kripke[28]. Estes são definidos de modo semelhante por David Lewis, Umberto Eco, Thomas Pavel e Tomás Albaladejo, entre outros.

Destacamos, no entanto, por acreditarmos tratar-se da que melhor cumpre os nossos propósitos, por ser mais englobante e terminologicamente mais ecléctica, a conceptualização levada a cabo por Albaladejo. Para este autor,

> Existen tres tipos generales de modelo de mundo a los cuales corresponden los diferentes modelos de mundo concretos, particulares. El tipo I de modelo de mundo es el de lo verdadero; a él corresponden los modelos de mundo cuyas reglas son las del mundo objetivamente existente. De acuerdo con estos modelos los productores elaboran estructuras de conjunto referencial que son parte del mundo real objetivo (...). El tipo II de modelo de mundo es el de lo ficcional verosímil; es aquel al que corresponden los modelos de mundo cuyas reglas no son las del mundo real objetivo, pero están construidas de acuerdo con estas. Los productores construyen según estos modelos estructuras de conjunto referencial que, si bien no son parte del mundo real objetivo, podrían serlo, pues cumplen las leyes de constitución semántica de éste (...). El tipo III de modelo de mundo es el de lo ficcional no verosímil; a él corresponden los modelos de mundo cuyas reglas no son las del

---

instaurar "a whole network of interrelated referents of various kinds: characters, events, situations, ideas, dialogues, etc". Este ganha sentido e coerência quer pelas relações que os diferentes elementos presentificam diegeticamente entre si, isto é, no âmbito de um quadro de referência presente, quer pelas relações que é possível deduzir-reconstruir a partir de um quadro de referência ausente, de acordo com o grau de amplitude da dicotomia conhecimento-desconhecimento do leitor relativamente a factos-coisas reais ou ideais.

[28] Cf. Ugo Volli, "Mondi possibili, logica, semiotica", in *Versus*, n.º 19-20, 1978, p. 123.

Referencialidade vs Metaficção? A dicotomia de morte anunciada   235

mundo real objetivo ni son similares a éstas, implicando una trans-gresión de las mismas (...)[29].

Poder-se-ia pensar que a definição empreendida para o modelo de mundo de tipo III acaba por contrariar a nossa posição de base, relativa à convicção de que em maior ou em menor grau há sempre uma âncora referencial que liga o mundo da obra ao mundo real. Seria eventualmente assim se o próprio Albaladejo não procedesse à clarificação extensional desta sua teoria com o que designa por "lei dos máximos semânticos". Segundo esta, a classificação dos modelos de mundo depende do nível semântico máximo a que o texto consegue fazer alusão, desse modo não se inviabilizando a existência numa mesma obra de elementos característicos de outros modelos.

À laia de exemplo, uma estrutura referencial onde coexistem elementos semânticos característicos de modelos de mundo de tipo I,

---

[29] T. Albaladejo Mayordomo, *Teoría de los mundos posibles y macroestructura narrativa*. Alicante: Universidad de Alicante, 1986, pp. 58-59. Cf. pp. 74-91 e pp. 61-62 para a "lei dos máximos semânticos".

Se para David Lewis "It is uncontroversially true that things might have been otherwise than they are. (...) I therefore believe in the existence of entities which might be called 'ways things could have been'. I prefer to call them 'possible worlds'" (*apud ibidem*, p. 75), para Umberto Eco, por seu lado, um mundo possível é um *ens rationis*, um construto racional, que define como (i) "(...) a *possible state of affairs* expressed by a set of relevant propositions where for every proposition either p or $\sim p$; (ii) as such it outlines a set of possible *individuals* along with their *properties*; (iii) since some of these properties or predicates are actions, a possible world is also a *possible course of events*; (iv) since this course of events is not actual, it must depend on the *propositional attitudes* of somebody; in other terms possible worlds are worlds imagined, believed, wished, etcetera" – "Possible Worlds and Text Pragmatics: 'Un dramme bien parisien'", in *Versus*, n.º cit., p. 29. Thomas Pavel *(Fictional Worlds*. Cambridge, Mass., London: Harvard University Press, 1986, p. 50) define o conceito em apreço com base na proposta de Alvin Plantinga, nos seguintes termos: "Possible worlds can be understood as abstract collections of state of affairs, distinct from the statements describing those states, distinct thereby from the complete list of sentences kept in the *book about the world*". *Vide* sobre o mesmo assunto, *idem*, "The Borders of Fiction", in *Poetics Today*, Vol.4, n.º 1, 1983, pp. 83-88.

Para uma aplicação da teoria dos mundos possíveis a alguns romances saramaguia-nos (*Memorial do Convento, O Ano da Morte de Ricardo Reis, História do Cerco de Lisboa*), *vide* Adriana Alves de Paula Martins, *História e ficção – um diálogo*. Tese de Mestrado apresentada à Fac. de Letras da Universidade de Coimbra, dact., 1992.

II e III está necessariamente implicada por uma classificação atinente a um modelo de mundo de tipo III.

Pese embora o facto (susceptível de alguma controvérsia, como certificaremos a propósito de *História do Cerco de Lisboa* ou de *A Paixão do Conde de Fróis*) de a primeira das cinco secções onde se procede à explicitação da lei admitir a existência exclusiva de um modelo de mundo de tipo I, caso do texto histórico, a verdade é que não é possível descortinar em nenhuma das restantes secções qualquer referência à possibilidade da existência de um modelo de mundo – o de tipo III – exclusivamente regido por regras total e absolutamente diferentes das do mundo real objectivo.

As regras existentes no texto ficcional podem nem sequer ser similares às 'verdadeiras', mas nada aponta para a inexistência de um conjunto de referentes verosímeis, logo de acordo com o que sabemos (poder) existir.

O que acontece, no espírito da lei orquestrada, é o predomínio de um sobre outro conjunto referencial, prevalecendo, em todo o caso, a hipótese de representação do real[30]. Um real onde os possíveis parecem tornar-se mais vastos, mas nem por isso menos credíveis, talvez apenas alibis miméticos a provar que o mundo do texto não nasce *ex nihilo*, numa assunção que explicitamente, e mais uma vez, podemos caucionar, agora com as palavras de Umberto Eco:

> No fictional world could be totally autonomous since it would be impossible for it to outline a maximal and consistent state of affairs by stipulating *ex nihilo* the whole of its individuals and of their properties. (...)

> It is quite impossible to build up a complete alternative world or even to describe our 'real' one as completely built up. Even from a strictly formal point of view it seems hard to produce an exhaustive description of a complete state of affairs, and it is easier to resort to a model ensemble or to a partial description, a reduced schema of a possible world which is a part of our 'real' one[31].

---

[30] Esta é também a posição defendida por Harshaw (cf. *supra*, nota 27); para este, os universos (re)construídos pelo texto literário consubstanciar-se-ão, em consequência, como Campos de Referência Interna, denominação e teoria que o autor prefere à de 'Mundo Ficcional' ou 'Mundo Possível', cuja autonomia absoluta em relação a referentes ontologicamente enraizados num Campo de Referência Externa se afigura impossível.

[31] Umberto Eco, art. cit., p. 31.

Semelhante à proposta de Albaladejo parece ser a de Andrzej Zgorzelski. Todavia, em virtude do exposto, cremos que esta se traveste de tonalidades demasiado arrojadas e radicais no que concerne a determinadas opções terminológicas, nomeadamente as de literatura anti-mimética e de literatura não-mimética que, juntamente com a literatura fantástica, podemos fazer equivaler ao já mencionado modelo de mundo de tipo III. Aliás, as definições apresentadas, mantendo entre si estreitas afinidades quanto aos princípios de base, variam apenas nos seus pressupostos globais (respeitantes à *correcção* de uma visão defeituosa do universo, à *especulação* sobre outros possíveis modelos da realidade, ou ao *confronto* da ordem da realidade com uma outra diferente) e na metodologia utilizada para os fazer valer.

Partindo da ideia de que é necessário ter em conta a competência linguística do leitor e o seu conhecimento da realidade empírica, esses princípios traduzem-se na existência quer do supranatural, que assim cria um diferente *modelo* de realidade; quer de mundos oníricos criadores, agora, de *modelos* que não são textualmente confrontados entre si ou com o modelo empírico do universo; quer, ainda, de elementos invulgares constituintes de *modelos* de mundo cuja estranheza é acentuada em relação à ordem conhecida da realidade.

As duas restantes categorias supragenológicas de ficção apontadas por Zgorzelski podem, também elas, encontrar equivalência maior ou menor na conceptualização do teórico espanhol. A designada por literatura mimética revela-se numa definição aproximada à do modelo de mundo de tipo I, ao pressupor o reconhecimento no universo ficcional da ordem da realidade empírica e ao afirmar a pretensão de que este se consubstancia em cópia desta. A segunda, a literatura paramimética, equivale ao modelo de mundo de tipo II, na medida em que, mesmo sendo a realidade traduzida por via da alegoria ou da metáfora, essa tradução não deixa de ser feita de acordo com as regras da realidade empírica [32].

À configuração ou efeito de real, nas palavras de Roland Barthes [33], não é alheio o facto de, frequentemente, e retornando a

---

[32] Cf. Andrzej Zgorzelski, "On differentiating fantastic fiction", in *Poetics Today*. Vol.5, n.º 2, 1984, pp. 302-303.

[33] Cf. Roland Barthes, "L'effet de réel", in *Communications*, n.º 11, 1968, pp. 84-89.

238 Post-Modernismo no Romance Português Contemporâneo

Manual de Pintura e Caligrafia, se fazer menção à moldura históri-co-social que circunscreve o percurso das personagens e as acções narradas. Encontramos, pois, nomes, entidades e eventos perfeita-mente recognoscíveis, porque conformes ao que sabemos ter sido o estado da realidade pré-Revolução de Abril.

Assim acontece, entre muitos outros exemplos, com a alusão à guerra numa África-palco de atrocidades já devidamente documen-tadas por relatos históricos oficializados; com a referência ao regi-me fascista onde pontificam os nomes de Salazar, "Marcelo com dois ll" e Tomás que é Thomaz; com a constatação de que "Caxias é apenas uma prisão dentro de outra prisão maior, que é o País", ou com a menção, na página final, ao golpe militar que provoca a queda do regime [34].

Em segundo lugar, mas não menos relevante, e tal como se havia notado no retrato dos senhores da Lapa, não é difícil verifi-car que na globalidade da obra existem traços sobrepostos suscep-tíveis de dar a nítida sensação de um 'quadro' duplamente pintado.

Com efeito, como já dissemos no capítulo III, ao mesmo tem-po que instaura uma linha narrativa que constitui o mundo possível onde desvenda o seu percurso de (auto)conhecimento e onde narra as relações periféricas que mantém com um grupo de amigos e com a sociedade coeva, H. inscreve, escrevendo e sobrepondo em paralelo, e por excesso relativamente a uma ideia tradicional de romance, uma outra linha narrativa. A que expõe e problematiza a verdadeira essência da obra e a subjectividade do sujeito-escritor, quer a que apresenta os processos que presidiram à construção da trama romanesca quer a que desvenda a imagética do escritor como artesão. Este, por exemplo, afirma não ser verdade, como antes escrevera, que ficara a "misturar caridosamente as tintas na paleta enquanto ouvia: isso foi depois, e não caridosamente" [35].

---

[34] Cf. *Manual*, pp. 200, 240, 283, 315. Destacamos, ainda, pelo elevado número de referências, o relato de uma viagem por terras de Itália onde reconhecemos topónimos, nomes de pintores e respectivas pinturas.

[35] *Ibidem*, p. 87. Alude-se aqui ao que na p. 64 se comenta a propósito de uma conversa com S.: "Disse-me S. por palavras diferentes estas coisas (excepto as que eu descobri mais tarde) para que as não soubesse doutra maneira, e eu caridosamente fui misturando as tintas na paleta enquanto ouvia".

Referencialidade vs Metaficção? A dicotomia de morte anunciada   239

A estátua que se escava pelo interior é agora a dos alicerces ficcionais, numa duplicidade de registos que faculta o lado de cá, o produto, e o lado de lá, o de quem avança apontando com o dedo a própria máscara do processo artístico e privado em que entrou

> de mãos nuas, sem tintas nem pincéis, apenas com esta caligrafia, este fio negro que se enrola e desenrola, que se detém em pontos, em vírgulas, que respira dentro de pequenas clareiras brancas e logo avança sinuosa, como se percorresse o labirinto de Creta ou os intestinos de S. (Interessante esta última comparação veio sem que eu a esperasse ou provocasse) [36].

E com a mostra do enrolar e desenrolar deste fio negro, e da presença de quem o controla, novamente se deflaciona a tradicional ilusão realista, já que, de acordo com Gérard Genette, a mimese se define por um máximo de informação e um mínimo de informador [37]. É, contudo, através dessa deflação que se cria uma outra nova ilusão não menos realista: a de que assistimos à redacção da própria obra.

Em função do exposto, e sem pretendermos propriamente completar teorias *de per si* pertinentes e válidas, talvez possamos, no entanto, sugerir e começar a reflectir sobre a hipótese de que o que dessa forma se configura é um novo modelo de mundo. Um modelo de tipo IV, o da criação ficcional ou da metaficção, de acordo com a expressão cunhada por William Gass na década de setenta. A ele passariam a corresponder os modelos de mundo cuja orquestração imita, e actualiza à superfície, as estruturas de conjunto referencial que são parte do universo criativo subjectivamente existente antes, e aquando, da produção literária.

Nestas estruturas incluir-se-iam quer os mais directos e ostensivos comentários do narrador sobre o processo de construção da narrativa, quer intromissões ou manipulações de índole mais sub-

---

[36] *Ibidem*, p. 50.

[37] Gérard Genette, *Figures III*. Paris: Seuil, 1972, p. 187: "Les facteurs mimétiques proprement textuels se ramènent, me semble-t-il, à ces deux données déjà implicitement présentes dans les remarques de Platon: la quantité de l'information narrative (récit plus développé, ou plus *détaillé*) et l'absence (oú présence minimale) de l'informateur, c'est à dire du narrateur".

240   *Post-Modernismo no Romance Português Contemporâneo*

-reptícia mas que, de qualquer modo, e na medida em que também elas interrompem a linearidade do fluxo narrativo, chamam a atenção para o facto de que, efectivamente, se trata de uma ficção.

Em qualquer dos casos, o recurso a estas estratégias obriga o leitor a experienciar e a desmistificar activamente o que na ficção realista tradicional é simplesmente reflectido, melhor seria dizer o que é premeditadamente escondido e, por isso, passivamente recebido [38].

Assim, aos exemplos que temos vindo a citar do *Manual* de Saramago, aduzamos, ainda, para além da longa problematização do processo de escrever autobiografias [39], os comentários tecidos a propósito dos artifícios e do virtuosismo linguístico que acabara de levar a cabo:

> Reconheço, não obstante, apesar desta crítica que me faço, que não é mal achado aquele «uma parte de mim está dormindo, a outra escreve»: é somente um pequeno e nada arriscado salto mortal de estilo, mas louvo-me por tê-lo dado bem.
> O artifício tem os seus méritos: foi um artifício que me permitiu simular o sonho, sonhá-lo, viver a situação, e assistir a tudo isto, rememorando ao mesmo tempo coisas passadas, com um ar de dormente fingido, que fala para que o ouçam e calculando o efeito do que está dizendo;

a correcção da frase que imediatamente antes escrevera:

> Três dias depois fez-se a primeira sessão. Tudo fora combinado através da secretária Olga (impropriamente digo através: exacto seria dizer por intermédio de);

---

[38] Cf. Marguerite Alexander, *Flights from Realism. Themes and Strategies in Postmodernist British and American Fiction*. London, New York, Melbourne, Auckland: Edward Arnold, 1990, p. 10.

[39] "Alguém conta a vida de alguém que não existiu ou não existiu assim: Defoe inventa. Alguém conta uma vida dizendo-a sua e confiando na nossa credulidade: Rousseau confessa-se. Alguém conta a vida de um ser que viveu antes: Marguerite Yourcenar memoriza Adriano, é Adriano na memória que lhe inventa. Diante destes exemplos, estou, eu, H., incógnito nesta inicial, enquanto escolarmente copio e tento perceber, inclinado a afirmar que toda a verdade é ficção, abonando-me, para o dizer em seis testemunhos de verdade suspeita e de mentira idónea que se chamam Robinson e Defoe, Adriano e Yourcenar e Rousseau duas vezes", *Manual de Pintura*, p. 134 (a problematização estende-se pelas páginas 131-135, cf. *supra*, Capítulo III, pp. 161-163).

a exposição das dificuldades em escrever na primeira pessoa:

> Escrever na primeira pessoa é uma facilidade, mas é também uma amputação. Diz-se o que está acontecendo na presença do narrador, diz-se o que ele pensa (se ele o quiser confessar) e o que diz e o que faz, e o que dizem e fazem os que com ele estão, porém não o que esses pensam, salvo quando o dito coincida com o pensado, e sobre isso ninguém pode ter a certeza. (...) Se este escrito não fosse na primeira pessoa, eu teria achado mais perfeita forma de me enganar: por essa maneira imaginaria todos os pensamentos e todas as palavras, e, tudo somando, acreditaria na verdade de tudo, mesmo na mentira que nisso houvesse, porque também seria verdade essa mentira;

ou a apresentação do modo como urde o mundo possível da narrativa:

> Repito: escrevo isto horas depois, é do ponto de vista do acontecido que relato o que aconteceu: não descrevo, recordo e reconstruo;

> Estas coisas que escrevo, se alguma vez as li antes, estarei agora imitando-as, mas não é de propósito que o faço. Se nunca as li, estou-as inventando, e se pelo contrário li, então é porque as aprendera e tenho o direito de me servir delas como se minhas fossem e inventadas agora mesmo [40].

Escrever revela-se, portanto, "uma escolha, tal como pintar", numa brincadeira de palavras que, mesmo que apenas aproximadamente, relatam "estas coisas acontecidas"; revela-se, outrossim, um jogo em que, bastas vezes *a contrario*, ou seja pela reivindicação directa ou indirecta de verdades acontecidas, se denuncia o estatuto ficcional da obra.

Nessa escolha é clara, pois, a opção por um tipo de manuscrito que "não disfarçará as costuras, as soldagens, os remendos, a obra doutra mão. Pelo contrário, acentuará tudo" numa cópia que não se recusa mas cuja essência se deseja tornar explícita, levantando, no âmbito deste novo realismo post-modernista em que a escrita é

---

[40] *Manual*, pp. 215-216, 75, 151-152, 280, 129-130, respectivamente.

242   *Post-Modernismo no Romance Português Contemporâneo*

também personagem, "as tampas (...) que a escondem"[41] e assim permitindo a entrada nos camarins da própria ficção.

A implosão dos limites tradicionais de mimese a que se assim se procede não significa, no entanto, como já sublinhámos, a sua desacreditação total e absoluta.

É certo que a nova produção estético-literária pode, efectivamente, oferecer diferentes níveis de resistência mimética. Tais níveis de resistência podem até parecer almejar o desenraizamento ontológico de toda a espécie, em virtude dos malabarismos metaficcionais traduzidos, por vezes, em efeitos de montagem, de colagem, de fragmentação, de descontinuidade, de *nonsense*, de paródia, entre outros. Não é menos certo, contudo, que, em última análise, estes virtuosismos de índole diversa apenas atingem o estatuto de manobras de diversão. Nas palavras de Linda Hutcheon,

> Unlike Gerald Graff, I would not argue that in metafiction the life-art connection has been either severed completely or resolutely denied. Instead, I would say that this 'vital' link is reforged, on a new level – on that of the imaginative process (of storytelling), instead of on that of the product (the story told);
>
> metafiction is less a departure from the mimetic novelistic tradition than a reworking of it. It is simplistic to say, as reviewers did for years, that this kind of narrative is sterile, that it has nothing to do with 'life'[42].

---

[41] Cf. *ibidem*, pp. 301, 92, 314 (duas últimas citações), respectivamente. A evidência das costuras e dos remendos a que alude dizem também respeito ao efeito de colagem que se obtém por intermédio da apresentação-citação de significados de palavras como: Retórica (p. 50), tweed (p. 56), deserto e desertar (pp. 192-193); da exposição de breves informações sobre Lucius Séneca (p. 63) ou sobre o rio Meandro (p. 313); da citação de excertos do Evangelho segundo S. Lucas (pp. 191-192) ou de Raul Brandão (p. 238).

[42] Linda Hutcheon, *Narcissistic Narrative. The Metafictional Paradox.* Ed. cit., pp. 3 e 5. De acordo com Marcel Cornis-Pop, citando Alan Wilde, "'Midfiction negotiates the oppositional extremes of realism and reflexivity', subordinating metafictional techniques to a mimetic poetics. Only indirectly, 'by way of some strategic *écart* or swerve in its fabric, [it allows us] to perceive... the moral perplexities of inhabiting a world that is itself, as 'text', ontologically ironic, contingent and problematic'" – "Postmodernism Beyond Self-Reflection", in Ronald Bogue (ed), *Mimesis in Contemporary Theory.* Vol.2 *Mimesis, Semiotics and Power.* Philadelphia & Amsterdam: John Benjamins, 1991, p. 130.

Referencialidade vs Metaficção? A dicotomia de morte anunciada

Deste modo, consideramos necessária a manutenção da ideia de que a literatura post-modernista conserva, apesar de tudo, capacidade de representação.

É verdade que se trata de uma nova força referencial, na medida em que, por oposição a uma concepção tradicional onde a superfície textual parecia imediatamente traduzir a realidade objectiva (não exigindo, assim, grande esforço interpretativo e compositivo), o que agora se verifica é a premência de uma maior e mais ampla, também mais complicada e labiríntica, atitude heurística e hermenêutica, justificada devido a dois factores fundamentais. Por um lado, porque a (multiplamente caótica) tessitura narrativa oferece maior resistência e, por outro, porque o desvendamento do (sub)-mundo que preside à criação literária choca o mais desprevenido dos leitores e assim reclama uma diferente aproximação a esta exposição do texto como artefacto.

Em todo o caso, e independentemente do grau ou da forma de entropia verificada na obra, é sempre possível descortinar laços e identificações com o real circundante. Assim, contrariamente ao que afirma Raymond Federman, parece-nos lícito afirmar a impossibilidade da existência de uma literatura de "Non-knowledge", de uma literatura "that refuses to represent the world or express the inner-self of man"[43] – senão, como justificar os ensaios, as teses, ou as mais prosaicas tentativas de decifração que de uma ou outra maneira dissolvem e radicam os textos na vida?

Esta nova literatura não pode, como já referimos, fechar-se no formalismo estético, mesmo tratando-se daquela que nada mais parece apresentar do que um jogo exponencial de palavras. Tentamos sempre ordenar o caos, ligar o aparente *nonsense* ao real, ao de todos nós ou ao interior do autor; fizemo-lo no Simbolismo ou no Surrealismo por que não fazê-lo no Post-Modernismo?

Curiosamente, de uma maneira ou de outra, mais tarde ou mais cedo no decorrer da argumentação, esses mesmos oponentes à sobrevivência das capacidades representativas na literatura post-

---

[43] R. Federman, "Fiction Today or the Pursuit of Non Knowledge", in R. Federman (ed.), *Surfiction. Fiction Now...and Tomorrow*. Ed. cit., p. 299. Para uma posição idêntica à nossa, *vide* M. Greenman, "Understanding New Fiction", in *Modern Fiction Studies*. Vol.20, n.º 3, Autumn 1974, pp. 307-316 e L. Hutcheon, op. cit., p. 17.

244 *Post-Modernismo no Romance Português Contemporâneo*

-modernista (ou em alguma literatura post-modernista, pelo menos) acabam por relativizar as (suas) asserções mais fundamentalistas, assim evidenciando a fragilidade da perspectiva tomada. Atentemos, para tanto, nas palavras de Gerald Graff,

> The representation of objective reality cannot be restricted to a single literary method. Fantastic or nonrealistic methods may serve the end of illustrating aspects of reality as well as conventionally realistic methods, and even radically anti-realistic methods are sometimes defensible as legitimate means of representating an unreal reality;

ou nas de Raymond Federman,

> What replaces knowledge then, about the world and about man, is the act of searching – researching even – within the fiction itself for the meaning of what it means to write fiction. It is an act of self-reflection (...) Fiction will become the metaphor of its own narrative progress, and will establish itself as it writes itself. This does not mean, however, that the future novel will only be a 'novel of the novel', but rather that it will create a kind of writing, a kind of discourse, a kind of reality – a real fictious discourse – whose shape will be an interrogation, an endless interrogation of what it is doing while doing it, an endless denunciation of its own fraudulence, of what IT really is: an illusion, a fiction, just as life is an illusion, a fiction [44].

Em derradeira instância, o desnudamento-representação do próprio processo de des-construção radica, afinal, numa suprema imitação alternativa, a mimese artístico-criativa (a mesma que Linda Hutcheon apoda de 'mimese de processo' e Jerry Varsava de 'mimese privada'). Esta leva-nos, de modo nem sempre confortável, a voluntariamente proceder, numa inversão da fórmula de Coleridge, à suspensão voluntária da crença na veracidade e na fiabilidade de uma narrativa que, apesar de tudo, mais não faz do que revestir-se e reger-se, por diferentes processos, de tonalidades de possíveis mundos outros.

---

[44] Raymond Federman, art. cit., p. 300 e Gerald Graff, "Culture, Criticism and Unreality", in *Literature Against Itself*. Ed. cit., p. 12.

Referencialidade vs Metaficção? A dicotomia de morte anunciada   245

Para além disso, o facto de lermos a obra com a consciência de que se trata de um construto não impede, em nossa opinião, que tentemos vinculá-la, directa ou indirectamente, aos reais circundantes [45].

Talvez possamos, pois, inclusivamente, falar de dupla mimese. Tal justifica-se porque se abre a possibilidade de representar, na e pela narrativa, não apenas o/um mundo exterior que, como argumentámos, o sujeito-leitor tentará actualizar de acordo com a sua enciclopédia, mas também os mecanismos (semântico-formais em alguns casos) que presidiram ao modo como se contemplou o objecto. Como bem disse Federman, se bem que na tentativa de corroborar essa linha de argumentação de intuito contrário ao nosso,

> While pretending to be telling the story of his life, or the story of any life, the fiction writer can at the same time tell the story of the story he is telling, the story of the language he is manipulating, the story of the methods he is using... the story of the fiction he is inventing, and even the story of the anguish (or joy, or disgust, or exhilaration) he is feeling while telling his story [46].

2. *Larvatus pro creatione 2*

O que parece estar em causa é, em consequência, o redimensionamento do acto de escrita. Este passa, agora, a desmistificar constantemente a inexistência de um caminho de dois sentidos entre a boca de cena e os bastidores da ficção. Contudo, se este desvendamento pode, efectivamente, levar o leitor à suspensão voluntária da crença na verdade absoluta do relato que o saúda em pleno palco,

---

[45] Sobre o assunto, *vide*: John Barth, "The Literature of Exhaustion", in *Atlantic*. Vol.220, n.º 2, August, 1967, pp. 29-34 e "The Literature of Replenishment. Postmodernist Fiction", in *The Friday Book. Essays and Other Nonfiction*. New York: G.P. Putnam's sons, 1984, em especial pp. 200-206; Patricia Waugh, *Metafiction. The Theory and Practice of Self-Conscious Fiction*. London & New York: Routledge, 1988; Mark Currie (ed.), *Metafiction*. Ed. cit.; Robert Scholes, *Fabulation and Metafiction*. Urbana, Chicago, London: University of Illinois Press, 1979.

[46] Raymond Federman, "Surfiction: Four Propositions in Form of an Introduction", in R. Federman (ed.), *Surfiction. Fiction Now... and Tomorrow*. Ed. cit., p. 12.

por outro lado, é por aqui que se abre a hipótese de uma reposição modalizada do primitivo pacto coleridgiano.

Destarte, se o exercício de paradigmas metaficcionais leva o leitor a pôr em causa um total e linear enraizamento ontológico da parcela de realidade representada (todavia enviesadamente possível ou verosímil como já dissemos), é este mesmo facto que o leva, agora, a aceitar como verdadeira a representação do trabalho (des)construtivo que se vai expondo, mesmo que este não passe de mais uma ilusão.

Afinal, como disse Mário de Carvalho, relembrando que "Ficção vem de 'fingo', que quer dizer fingir, dar a ilusão de que...", o que os autores têm para dar é ilusões

> de preferência bem conseguidas, de forma a que, quando falamos de sapatos, o leitor os aceite, ainda que o sapateiro possa torcer o nariz. E em sendo caso disso, vai-se a uma fábrica, consultam-se umas obras, ouvem-se umas pessoas. Carrega-se o efeito de fingimento com pontos de verosimilhança, ainda que não se perceba – nem tenha de se perceber – nada do assunto [47].

Deste modo, por um lado, a Advertência a *Era bom que trocássemos umas ideias sobre o assunto*, de Mário de Carvalho, anuncia e garante que "Este livro contém particularidades irritantes para os mais acostumados. Ainda mais para os menos. Tem caricaturas. Humores. Derivações. E alguns anacolutos", assim parecendo, *ab initio*, pretender desorganizar e desorientar o leitor porque, de certa forma, o alerta para o facto de que a ficção, esta que se dá a ler, não é História mas invenção, ilusão criada (o próprio narrador afirma a determinado momento não ter conseguido inventar melhor [48]). Todavia, por outro lado, a verdade é que, apesar disso, se consegue um belíssimo e recognoscível retrato de tipos que povoaram (e que povoam) um espaço e um tempo de uma época.

---

[47] Mário de Carvalho em entrevista a Osvaldo Silvestre e A. Lindeza Diogo, p. 5, in <http://www.ciberkiosk.pt>, arquivo, n.º 1, 1998.

[48] Cf. Mário de Carvalho, *Era bom que trocássemos umas ideias sobre o assunto*. Lisboa: Caminho, 1995, p. 59. Afirmação feita a propósito do possível local onde Eduarda terá adquirido "um ror de palavras finas" como *Blasé, interface, intertextualidade, frontispício, new age, paralaxe, pórtico*" (itálicos do autor).

Imitação imperfeita é certo, de acordo com os preceitos platónicos que almejavam uma perfeita cópia desde sempre impossível, mas representação possível dentro da enciclopédia[49] de quem se tem mostrado atento ao panorama social do Portugal pós-Revolução dos cravos. A ilusão que se cria, mesmo desmistificada, repetimos, configura um mundo possível onde as características de um modelo de tipo II (em franca coexistência, como iremos constatando, com características que, de acordo com a lei dos máximos semânticos, abrirão caminho para o propugnado modelo de tipo IV) parecem ser coloridas com menos sobriedade, com menos angústia e amargura pelo menos, do que em *Manual de Pintura e Caligrafia*.

Do que se trata em *Era bom que trocássemos umas ideias sobre o assunto* não é tanto fazer doutrina e teorização de tom sério sobre um recente campo de experimentação e inovação literárias, apresentando-o na estrutura de superfície da obra, em oposição a tradicionais práticas de ensombramento oitocentista. Trata-se, antes, de utilizar o mesmo post-modernista paradigma metaficcional para, agora sob uma meramente aparente ligeireza discursiva[50], posicionar ao nível de uma estrutura profunda os estiletes com que "leva a cabo",

> uma série de ajustes de contas com o seu passado e presente de militante do PC, e ainda – o que foi muito notado – com o mundo do jornalismo contemporâneo, aqui caracterizado com toda a acidez que há um século Eça destilara a propósito dos Palma Cavalões do tempo[51].

---

[49] É também esta competência linguística, genérica e ideológica, que desempenha importante papel na decifração da ironia, implícita ou explícita, veiculada no tratamento das personagens e dos contextos em que se movimentam. *Vide* sobre a questão, Linda Hutcheon, "Ironie, satire, parodie. Une approche pragmatique de l'ironie", in *Poétique*, n.º 46, Avril, 1981, pp. 151-152 e Catherine Kerbrat-Orecchioni, "L'ironie comme trope", in *Poétique*, n.º 41, Février, 1980, pp. 116-117.

[50] O carácter meramente aparente de uma ideia de ligeireza é também sublinhado por António Guerreiro que, a propósito de *Os Alferes*, também de Mário de Carvalho, escreve: "é falsa toda a aparente ligeireza, do mesmo modo que é aparente todo o descomprometimento em relação à Literatura" ("Alegorias do absurdo", in *Expresso*, 13 de Janeiro, 1990).

[51] O. Silvestre e A. Lindeza Diogo, "Entrevista a Mário de Carvalho", p. 1, in <http://www.ciberkiosk.pt>, arquivo, n.º 1, 1998. Sobre a mesma questão, cf. Linda Santos Costa, "*Era bom que trocássemos umas ideias sobre o assunto*, de Mário de Carvalho. A arquitectura, a violência", in *Público/*Leituras, 11 de Novembro, 1995.

A competência semiótica exigida para a compreensão destes e de outros "ajustes de contas" traduz-se, então, na necessidade de descodificar a obra não apenas à luz de paródicas relações intertextuais que estabelece com outros textos (dentro do espírito dessa contradição do Post-Modernismo atinente à incorporação de estratégias que parecem rejeitar-se), mas também à luz do forte impulso satírico e irónico, e por isso mais hilariantemente corrosivo, desse outro texto que é o mundo para que somos remetidos.

Entendendo por sátira a

> critical representation, always comic and often caricatural, of "non-modelled reality", i.e. of real objects (their reality may be mythical or hypothetical) which the receiver reconstructs as the referents of the message. The satirized original "reality" may include mores, attitudes, types, social structures, prejudices, and the like [52],

parece-nos pertinente identificar três importantes núcleos de personagens-tipo. Núcleos a partir dos quais se torna possível estabelecer laços com um colectivo de gentes cuja ascensão decorreu dos libertários tempos de Abril. Delas podemos até nem conhecer os rostos individualmente, mas sabemos os tiques acumulados e cultivados e isso basta para que se despolete o processo mimético, o processo de uma representação, se não verdadeira, pelo menos verosímil (*si non è vero è bene trovato!*).

Salvaguardando as devidas distâncias pictóricas e alegóricas, da mesma maneira que em *Era bom que trocássemos umas ideias sobre o assunto*, Jorge Matos olha para *A Caça ao Leão* (de Delacroix) e lembra-se da gravura "sobre a revolução de 1830, com a demoiselle aux grosses mamelles sobressaindo, branca, entre beligerantes irados, escopetas, cadáveres e desolações" [53], que não havia podido comprar visto ter sido apreendida pela PIDE, também o leitor desta obra ao olhar, lendo, personagens como Rui Vaz Alves, Eduarda Galvão ou Joel Strosse Neves (e outras personagens colaterais, mas afins), activa certas estruturas cognitivas que lhe trazem à mente uma galeria de figuras bem interessantes.

---

[52] Ziva Ben-Porat, *apud* Linda Hutcheon, *A Theory of Parody. The Teachings of Twentieth Century Art Forms*. New York & London: Methuen, 1985, p. 49.

Referencialidade vs Metaficção? A dicotomia de morte anunciada 249

Referimo-nos aos que, na linha do espírito jocoso sempre latente na obra, podemos apodar, numa primeira categoria, de tipo do parolo empresário da cultura. Rui Alves, bem falante de vazio conteúdo (e cujo discurso por vezes se corrige[54]), é, pois, o tipo do homem pseudo culto; do género dos que obtêm no estrangeiro a sua licenciatura, no caso sobre "«As Disposições das Alminhas nas Encruzilhadas do Alto da Beira»", por incapacidade de o fazer num Portugal onde, porventura, se detectariam os erros de ortografia. No seu braço, o eventual bom gosto de um relógio Rolex é traído pela coexistência pacífica, mas promíscua, de "uma daquelas pulseiras com duas esferazitas de metal", supostamente capazes de afastar reumatismos, "dar energia e evitar doenças e não sei se maus-olhados"[55], que há anos fizeram moda entre gente crédula e incauta.

Adjacente ao delinear deste retrato, completando-o extensionalmente e de um modo que permite, porventura arrevesadamente, uma mais lata imiscuição crítica no papel de algumas das nossas veras Instituições, os dados facultados sobre a Fundação, de cuja administração é vogal, revelam (desde a prioridade dos subsídios a atribuir até às exemplares secretárias que ali labutam) a tacanhez e a falta de iniciativa no que diz respeito a aspectos culturais[56].

---

[53] *Era bom que trocássemos...*, p. 46.

[54] À semelhança do que já fizera José Cardoso Pires em *O Delfim*, são várias as oportunidades aproveitadas pelo narrador para correcção do discurso desta e de outras personagens: "Nessa conformidade (ele [Rui Alves] dizia «como tal») o primeiro requisito que se exigia era que os colaboradores (eufemismo para «empregados») fossem capazes de «implementar, em primeiro lugar a eficácia, em segundo a eficácia e em terceiro, a eficácia»", *ibidem*, p. 22; "Era um mau prenúncio (*pernúncio* [Eduarda]). Haveria uma catástrofe, um dilúvio com chuva de enxofre e depois o mundo seria melhor", p. 38; "«Ainda bem que o encontro, porque era precisamente consigo ("com você" [Eduarda]) que eu queria falar", p. 61; "Eu vinha pedir ao senhor doutor (*sôtor* [Eduarda]) um grande favor", p. 72; "O sargento da GNR declarou, de bigodes ameaçadores, que o caso (a «ocorrência») era da competência dos tribunais", p. 109; "Depois, respirou fundo, da fadiga, ajeitou o braço que trazia ao peito e pediu licença para dormir (ele [o bispo de Grudemil] dizia: «para se concentrar») um pedacinho", p. 111.

[55] *Ibidem*, pp. 18-22. Não esqueçamos a sua capacidade de criar frases originalíssimas (!) do tipo "«*Laissez faire! Laissez passer*»", em artigos célebres, género "«A mão invisível actua com pés de lã»".

[56] Os critérios que presidem à atribuição de subsídios estendem-se ironicamente pelo "«dignificante»" de "uma exposição de colchas bordadas à mão pela Marquesa de Valverde, um curso de *ikebana*, ou uma conferência sobre heráldica" (aduza-se, ainda,

250   *Post-Modernismo no Romance Português Contemporâneo*

Num segundo grupo, salientemos o tipo da (pseudo) jornalista incompetente e arrivista, representante também, via revistas *Modelar* e *Reflex*, de um género de imprensa de influência estrangeira, de cujo nome o autor afirma não querer recordar-se mas que facilmente identificamos com as 'Holas' expostas nas bancas de jornais.

Os traços iniciais desta personagem, sobre a qual o narrador confessa não querer "entrar em muitos pormenores psicológicos, porque tenho pressa, e prometi não aprofundar em excesso esta figura" (e de quem sente por vezes vontade de "dar cabo"), mesmo sendo facultados "a pinceladas rápidas, de zarcão, despachadamente", permitem, contudo, e desde logo, induzir o perfil ridiculamente oportunista (que será progressivamente completado de modo sempre mais acintoso) dos muitos a quem vai dando jeito, ainda hoje, dedicar-se mais à cultura[57].

Em comentário com o qual não concordamos inteiramente, Linda Santos Costa sustenta:

> Eduarda Galvão é a ocasião, que o autor se oferece, para exercitar o seu pendor moralista (todo o humorista esconde um moralista que se ignora) e ajustar contas com um mundo e valores que lhe são estranhos (no duplo sentido de desconhecidos e alheios). A sátira é violenta e conseguida, mas destoa do tom geral do livro. Dir-se-ia que Eduarda Galvão e Vera Quitério não pertencem, por razões opostas, ao espírito que presidiu à criação do romance[58].

Ao contrário do que afirma a autora, não julgamos que o tom de virulência utilizado destoa do que perpassa pela globalidade do texto. A própria bonomia com que é tratada Vera Quitério, se é

---

que a mediatização pode operar o milagre de arrumar os Marcos Paulos da época nesta mesma categoria), enquanto "um espectáculo da Cornucópia, um recital de versos de Alexandre O'Neill, ou um filme português (...) sofreriam a nota de «interessante mas não prioritário»"; "Um livro de poesia de um jovem autor seria inexistente", *ibidem*, pp. 23-24. Sobre a questão do árduo trabalho das secretárias que fazem fichas "à mão, à razão de uma ou duas fichas por dia" porque, afinal, as "práticas Tarot e conversações" sobre a mesma matéria revestem-se de bem maior importância (!), cf. pp. 138-139.

[57] Cf. *ibidem*, pp. 61, 29 e 58. Cf. p. 104 para o desejo de dar cabo de Eduarda.

[58] Linda Santos Costa, "*Era bom que trocássemos umas ideias sobre o assunto*, de Mário de Carvalho. A arquitectura, a violência", art.cit., p. 10.

certo que se afasta desse tom satírico, revela-se, contudo, necessária como ilustração complementar contrastiva, e por isso susceptível de aumentar o grau de crítica exercida, para melhor compreender a degenerescência de certos valores de esquerda, de certos valores de Abril em termos mais englobantes. Nestes se incluem os que satiriza a partir de Eduarda Galvão, o que nos leva a discordar, também, da alegação de que o ajuste de contas que faz a partir desta personagem diga respeito a um mundo que lhe é desconhecido e alheio.

Afinal de contas, o autor (e nós com ele) assistiu e viveu na leitura dos jornais ao aparecimento e ascensão das Eduardas Galvão de uma imprensa seduzida por bombásticas notícias do género 'cão mordido por um bispo'; as mesmas Eduardas que não morrerão "tão cedo, nem no romance nem fora dele"[59]. As mesmas que, ainda, revelando-se incapazes de fazer entrevistas, na língua materna ou em outra (caso da entrevista ao escafandrista Bertrand L'Église), se arrogam o direito e a capacidade de vestir a pele do crítico literário que, em duvidosas e sempre caricatas secções de revistas recomendam a leitura de Alberto Helder (*sic*) e "outros poetas «modernos»".

Este comentário-deslize, que ajuda o narrador a traçar o retrato-robot da jornalista ignorante e oportunista, encontra-se perfeitamente sintonizado com as características que, posteriormente, ressaltarão também dos excertos irónico-jocosos em que se dá conta da entrevista à escritora Agustina Bessa Luís:

> Foi a promissora Eduarda que mandaram ao Minho, entrevistar uma certa Agustina Bessa Luís, de quem na altura se falava muito. Ela leu um terço de *A Sibila* no comboio e gostou muito do primeiro terço desse terço;

> Quando, já no comboio, Eduarda consultou os seus apontamentos, sentiu-se muito confundida. Não conseguia reconstituir a maior parte das frases. Não ousara pedir autorização para usar o gravador e agora via-se com umas folhas garatujadas que lhe pareciam não corresponder exactamente ao que lá na revista esperavam de uma conversa com Agustina. E sobressaltou-se, porque se lembrou dum

---

[59] *Era bom que trocássemos...*, p. 212.

252 *Post-Modernismo no Romance Português Contemporâneo*

episódio ocorrido com um colega, recentemente despedido da *Reflex*, por causa de algumas imprecisões mal compreendidas pela chefia[60].

Este episódio é seguidamente relatado, de forma a, em termos mais gerais e englobantes, ilustrar a extensão do problema da ignorância no terreno jornalístico. O entrevistado é, agora, um escritor de tipo abjeccionista que, entre outras coisas, conta ao jovem entrevistador ter sido "colega de curso de Gomes Eanes de Zurara, num colégio de Messejana, que costumavam ambos faltar às aulas para ir às bananas e aos abacates, numa quinta que era do pai do intendente Pina Manique (aquele dos automóveis...)"!.

A ironia virulenta que sempre acompanha a vertente satírica, e nunca isenta de interessantíssimas contaminações culturalmente humorísticas, é exercida, ainda e sobretudo, a propósito da terceira categoria, a do tipo do cidadão pseudo-intelectual e pseudo-empenhado, aspirante ao que vulgarmente designamos por esquerda festiva, na pessoa de Joel Strosse Neves.

Em episódio que assume "repleto de expedientes literários", e por isso poupando "o leitor a mais um" (apesar de confessar que "Vinha a calhar agora um sonho, com multidões, cânticos e bandeiras e umas irrupções disparatadas" de tonalidades surrealistas[61]), a personagem começa a ser desenhada nos acordes ideologicamente caricatos que se consubstanciarão no decorrer da narrativa.

O fascínio, há muito adormecido, pela envolvência misteriosa que, por alturas da ditadura salazarista, rodeava o grupo de esquerda

---

[60] *Ibidem*, pp. 118 e 144-145, respectivamente; cf. p. 58 para a menção a Alberto Helder; pp. 65-66, 71-73, 85-88 para a incapacidade de entrevistar o escafandrista Bertrand L'Église e pp. 145-146 para o episódio da entrevista com o escritor de tipo abjeccionista.

A propósito deste e de outros tipos criados, *vide* João Paulo Cotrim, "Mário de Carvalho. O mistério da Literatura", entrevista ao autor, in *LER*, n.º 34, Primavera 1996, pp. 38-49. A propósito das Eduardas do tempo que corre, comenta Mário de Carvalho: "Substituiu-se a crítica pelo comentário jornalístico. Há, em dado momento, um retrocesso. Quem aparece a fazer crítica não tem a mesma espessura de conhecimento, de cultura, de capacidade de associação, de sensibilidade em relação aos textos (...). Instalou-se muito desconhecimento da nossa literatura, às vezes até por falta de formação académica das pessoas que fazem esse trabalho", pp. 46-47.

[61] *Era bom que trocássemos*, p. 33.

Referencialidade vs Metaficção? A dicotomia de morte anunciada 253

a que pertencia Jorge Matos, e decorrente mais do desejo de sair do medíocre anonimato em que vivia e entrar no "panteão dos heróis", do que de fortes e arreigadas convicções políticas[62], é acordado em Joel Neves por mero acaso. A revelação acontece quando, em gesto apodado de "bastante inspirador", descobre na estante alguns dos livros, agora empoeirados, que, para impressionar, comprara em tempos de juventude universitária.

No presente, como no passado, fica todavia claro que o hábito não faz o monge. O desajuste que Joel ilustra, entre o que se quer parecer e o que efectivamente se é, traduz-se, embrionariamente, entre outros exemplos, na incapacidade para ler um Engels que se fecha sem cerimónia e se larga na alcatifa, ou para ler uma *Ça ira!* que, devidamente enrolada, termina a servir de interessante arma mortífera contra as moscas[63].

É, contudo, a partir da sua decisão para ingressar nas fileiras do PCP que mais veementemente se processa o ajuste de contas do autor quer em relação ao Partido, quer no que respeita a extemporâneas tentativas de adesão da parte de certas pessoas. Essas em que a ausência de convicções político-ideológicas é resolvida por um desmesurado e anacrónico desejo de pertencer a um grupo que foi, outrora, protagonista de uma história empenhada. O mesmo grupo que hoje, o de agora e o do presente de enunciação respeitante ao ano de 1994, parece querer ser frequentado, *ad exemplum*, por 'tipos' para quem ser de esquerda é uma moda marginal (de que fazem parte, entre outros sinais, a ostentação de certos livros ideologicamente conotados, a ida notada à festa do *Avante* ou a

---

[62] *Ibidem*, pp. 51-53. A mitificação de um futuro papel de relevo na actividade partidária encontra-se bem patente nos seguintes excertos: "a palavra «camarada» tomava cada vez mais para ele uma conotação ao mesmo tempo heróica e ternurenta. Ao passar em frente do Hotel Vitória imaginava o movimento lá dentro, tenso, transpirado com reuniões, conversas políticas, leituras comentadas de Lénine, preparação de movimentos sociais, fraternidades de operários e intelectuais, invenção meticulosa e científica de palavras de ordem... (...). E via-se numa daquelas reuniões, com o tecto abaixado pelo acúmulo algodoado dos fumos de cigarro, debruçado sobre um mapa de Lisboa, a conspirar. (...)" (pp. 139-140); "Ele iria contar tudo à classe operária. Iria explicar que espécie de sujeito era Rui Alves, iria denunciar os podres da Fundação, dissecar a sua natureza de classe, oferecer-se para escrever um artigo fulminador para o *Avante!*" (p. 183).

[63] Cf. *ibidem*, pp. 32, 42-43.

254 *Post-Modernismo no Romance Português Contemporâneo*

frequência de determinados locais) e, por conseguinte, susceptível de facultar, pela diferença, estatuto destacado no cenário social coetâneo.

O efeito de caricatura satírica que se obtém resulta, pois, por um lado, não só da exagerada vontade de militância de Joel Neves, mas também da sua crença na manutenção de uma linha de sigilo e de uma linha de cunha recomendada[64]. Estas transformam o percurso de adesão ao Partido numa espécie de anacrónica e injustificável secreta odisseia repleta de humor, na medida em que, consabidamente, os tempos democráticos tornaram o Partido perfeitamente legal, legítimo e aberto a novos militantes. Por outro lado, resulta outrossim, e de forma igualmente interessante, de desenhos colaterais que a iniciativa da personagem faculta.

Referimo-nos ao facto de, a propósito, se fazer desfilar um leque de personagens-figuras, como Vitorino Nunes, Júlio Baptista, o balofo advogado Heitor do Carmo Velho, o professor de grego que conventiona chamar-se Reboredo, ou o próprio Jorge Matos. Figuras bem elucidativas, alvitramos, da degenerescência de valores, do desinteresse pela política na sua essência e do fosso entre os ideais de esquerda e a sua prática efectiva, num momento em que o real panorama político tem vindo, efectivamente, a ser marcado mais por guerrilhas inter- e intra-partidos e por (hipócritas) desejos de ascensão pessoal e menos pelo zelo na defesa séria de sérios problemas.

As pressuposições que anteriormente tecemos afiguram-se-nos susceptíveis de caucionação, por exemplo, pelo relato da reunião "subordinada ao tema «O Partido, as políticas de educação e o momento político»". Reunião onde algumas das escassas, e aborrecidas, vinte pessoas aí presentes aproveitam o oportuno momento do discurso de Júlio Baptista para se esgueirarem, enquanto as restantes acatam, agradecidas e sorridentes, a não menos oportuna

---

[64] Entre o reconhecimento de Jorge Matos (cf. *ibidem*, p. 44), que parece despoletar a decisão de aderir ao PCP (p. 54), e o derradeiro encontro entre ambos no bar sugestivamente nomeado A OFICINA (pp. 202-210) ocorre uma série de diálogos cujo pendor caricatural é, por vezes, realçado por breves informações que, à laia de indicações cénicas, numa evidente contaminação pelo género dramático, se colocam entre parênteses, cf. pp. 69, 78.

Referencialidade vs Metaficção? A dicotomia de morte anunciada　　255

exclamação de "«já são oito horas!»" que dá por findo o pouco ou nada profícuo encontro. Arrumadas as pastas e recolhidos os papéis, anula-se definitivamente qualquer possibilidade de alcançar resultados efectivos quer no que respeita ao cerne da reunião, quer no que concerne à possibilidade de o hesitante Vitorino Nunes, arrastado também para a 'secreta odisseia', comunicar o desejo de Joel Neves [65].

O que assim sub-repticiamente ressalta deste episódio é um acérrimo ataque ao grupo militante para quem o Partido parece ter apenas uma função decorativa. Esta linha crítica estende-se, ainda, pela forma como se narra o jantar no Solar do Macedo, local de encontro marcado de personagens já nossas conhecidas e espaço que "Um cidadão desprevenido" facilmente classificaria de

> tasca infecta. E teria razão. Essa era de resto a opinião geral dos frequentadores das quintas-feiras, a quem a sordidez e a pobreza do local agradavam sobremaneira. Eles estavam fartos de bifes, queriam era peixe frito; estavam fartos de *Periquita*, queriam era tintol, mesmo com um picozinho; estavam fartos de napas almofadadas, queriam era cadeiras de pau, ou bancos com um buraquinho redondo de enfiar o dedo [66].

O repasto que periodicamente aqui decorre, e que vagamente traz à memória (numa relação inversa já que esse pretendia ser um esforço de vida social sofisticada) o célebre episódio do jantar do Hotel Central em *Os Maias*, de Eça de Queirós, traduz-se por uma estratégia sinuosa de crítica aos que deveriam defender os ideais da classe trabalhadora mas que, na prática, acabam por brincar ao proletariado uma vez por semana.

Mesmo aceitando, na sequência do que já havia advertido em *Os Alferes*, que estas histórias possam ser "inventadas de ponta a ponta" [67], o certo é que o leitor coevo não pode deixar de considerar que elas contêm, não obstante, um mínimo de referências que as torna recognoscíveis e que, por isso, as faz parecer plausíveis e possíveis.

---

[65] Cf. *ibidem*, pp. 126-128.

[66] Cf. *ibidem*, pp. 120-121.

[67] Mário de Carvalho, *Os Alferes*. Lisboa: Caminho, 1989 ("Nota do autor").

Como observa Eduardo Prado Coelho, em comentário tecido a propósito de um ensaio de Karlheinz Stierle, e recordando que a ficção para este teórico "não pode ser nem um reflexo do mundo (...), nem a representação de um outro mundo inteiramente diverso":

> O mundo é horizonte da ficção *e a ficção é horizonte do mundo enquanto hipótese de um outro mundo.* Um outro mundo que, por ser outro, é *ainda o outro do mundo da nossa experiência,* e por isso mantém com este vínculos imprescindíveis [68].

Apesar de ser possível verificar, como faz Mukarovsky, a descoincidência entre as duas realidades, a que a obra representa e a que a obra alude, e tendo em conta a natureza semiológica da obra de arte literária numa revalorização do processo de recepção, a verdade é que

> poder-se-á ir um pouco mais além e afirmar que *a realidade representada surge como suporte da realidade aludida.* A realidade representada aparece no antes-da-obra. A realidade aludida aparece no depois-da-obra – em função do papel do receptor [69].

Aliás, como bem sublinha Moshe Ron,

> Mimesis is not, despite the desire that it might be or the illusion that it sometimes is, a representation of things as they are or happened. To say this is to flog a dead horse (which may never have been quite alive), but this does not make it any less true. Literary mimesis does not aim at truth, either as unveilling or as adequation.

A mimese literária [70], pelo contrário, deve ser assumida como um jogo retórico de linguagem que visa criar no leitor a impressão

---

[68] E. Prado Coelho, *Os universos da crítica.* Lisboa: Ed. 70, 1982, pp. 488-489.

[69] *Ibidem,* p. 387. Como disse Jauss, numa notória superação do formalismo, "O mundo da ficção deixa de ser um mundo em si, mas torna-se o que a ficção sempre foi na experiência estética e comunicativa da arte antes de se declarar autónoma: um horizonte que nos descobre o sentido do mundo através dos olhos de um outro", *apud ibidem,* p. 491.

[70] *Vide* sobre a matéria, Erich Auerbach, *Mimesis.* Ed. cit. O sistemático percurso histórico do conceito de mimese, delineado por Auerbach, em 1946, foi recentemente (1992) sujeito a considerações que visam expandir e rever o método utilizado pelo filólogo alemão, *vide* Gunter Gebauer e Christoph Wulf, *Mimesis. Culture. Art. Society.*

Referencialidade vs Metaficção? A dicotomia de morte anunciada

ou o efeito de semelhança com o mundo verdadeiro[71]. O mundo ficcional consiste, pois,

> of representations not essentially different from those a reader may make himself of the 'real' world in any major respect other than his being able to characterize them as fictional[72].

Não nos parece despiciendo acrescentar, pois, que na criação do efeito de um mundo (real) possível na obra em apreço ganha papel de relevo, por exemplo, e para além dos traços histórico-geográficos em pano de fundo, o facto de uma figura do mundo real, Agustina Bessa Luís, ser chamada ao território da ficção onde interage com Eduarda Galvão, uma personagem do mundo de papel[73]. Esta criação possível, da inteira responsabilidade da entidade que rege o discurso[74], traduz-se, nas palavras de Patricia Waugh,

---

Trad. Don Reneau. Berkeley/Los Angeles/London: University of California Press, 1995. Para estes autores, que distanciam o conceito de mimese de noções de imitação, a principal lacuna na abordagem empreendida por Auerbach diz respeito à ausência de considerações e explicações mais pormenorizadas sobre o modo como o 'realismo' faz referência a uma prática social, ou, por outras palavras, falha no sentido de considerar que os textos são produzidos quer como, e enquanto, encontros verbais com a realidade social, quer como uma espécie de empenhamento textual no mundo a que o próprio narrador pertence. Para uma abordagem não menos interessante mas mais incompleta porque menos historicista, *vide* Arne Melberg, *Theories of Mimesis*. Cambridge: Cambridge University Press, 1995.

[71] Como sublinha Aristóteles, e de modo diferente Platão, a mimese não visa propriamente simular um discurso verdadeiro, pretende, pelo contrário, apelar à lei das probabilidades (cf. *Poética*. 4.ª ed., trad. pref., int., comentário e apêndices de Eudoro de Sousa. Lisboa: IN-CM, 1994, pp. 106-107 e *A República*. 8.ª ed., int., trad. e notas de M. H. Rocha Pereira. Lisboa: Fund. Calouste Gulbenkian, 1996, 598c, p. 457).

[72] Moshe Ron, "Free Indirect Discourse, Mimetic Language Games and the Subject of Fiction", in *Poetics Today*. Vol.2, n.º 2, Winter 1981, pp. 18-19. *Vide* a propósito da sobrevivência de uma linha diacrónica de hesitação sobre as capacidades representativas da literatura, W.J.T. Mitchell, "Representation", in Frank Lentricchia and Thomas McLaughlin (eds), *Critical Terms for Literary Study*. 2nd ed. Chicago and London: The University of Chicago Press, 1995, p. 14 e Philippe Hamon, "Um discurso determinado", in Roland Barthes *et alii*, *Literatura e realidade*. Lisboa: Dom Quixote, 1984, p. 130.

[73] Cf. *Era bom que trocássemos...*, pp. 143-144.

[74] A propósito da cadeia de Pinheiro da Cruz, onde se encontra preso Cláudio Ribeiro Neves, e reafirmando abertamente as vantagens da focalização omnisciente, comenta, por exemplo, "Joel Strosse não conhece todo este percurso, aqui explicado pelo à-vontade do omnisciente narrador, o qual, se a cadeia de Pinheiro da Cruz não for

258 *Post-Modernismo no Romance Português Contemporâneo*

numa metaficcional "celebration of the power of the creative imagination together with an uncertainty about the validity of its representations".

Para além desta marca característica das metaficções, a ensaísta acrescenta outras como:

> an extreme self-consciousness about language, literary form and the act of writing fictions; a pervasive insecurity about the relationship of fiction to reality; a parodic, playful, excessive or deceptively naïve style of writing [75].

Marcas facilmente identificáveis na obra em apreço nos múltiplos momentos em que se materializam as "tentações de criminalidade literária" [76], passíveis de corroboração, *ad exemplum*, no seguinte excerto:

> Agora há uma passagem muito rápida em que se contam uns pormenores relevantes que me convém despachar antes de rematar a primeira parte do livro. Daqui a bocado preciso de dirigir uma pequena interpelação ao Joel Strosse, e, até lá, não convém que fique nada por elucidar. Se não fosse abusar, até usava alíneas e limitava-me a substantivos. Mas como costumo ficar incomodado das habilidades modernaças, armadas ao pingarelho, com que a minha concisão poderia confundir-se, forço-me, por disciplina, a debitar texto, embora escasso. Onde é que eu ia? [77].

Não concordamos, por conseguinte, com a opinião expressa por Osvaldo Silvestre quando, ao assinalar o "ímpeto desconstrutivo" de Mário de Carvalho, considera curioso que este não o tenha conduzido "à prática da metaficção tão frequente nos nossos dias", reservando a referência a um "afloramento metaficcional" para o caso do epílogo de *Casos do Beco das Sardinheiras*, mo-

---

exactamente assim, convida desde já os Serviços Prisionais a conformarem-se ao texto, ou pelo menos a absterem-se de polémicas incómodas e derivativas do que lhes interessa a eles e a mim", *ibidem*, p. 35.

[75] Patricia Waugh, *Metafiction.* Ed. cit., p. 2.

[76] *Era bom que trocássemos...*, p. 104.

[77] *Ibidem*, p. 112.

Referencialidade vs Metaficção? A dicotomia de morte anunciada 259

mento em que o autor é visitado pelas personagens criadas[78]. Em nossa opinião, este procedimento é, no entanto, apenas mais um modo, extremo sem dúvida, de chamar a atenção para a obra como construto ficcional.

Curiosamente, em *Era bom que trocássemos...*, onde bastas vezes indicia a sua posição e a sua função de autor totalitário na orquestração e manipulação do discurso, esta forma extrema de metaficção é apenas exposta como ensaio não conseguido. Deslizando do seu "Olimpo" e instalando-se na "sala pelintra" de Joel Strosse afirma tentar chegar à fala com a personagem, "interpelá-lo e tratá-lo, por instantes fugazes, na segunda pessoa do singular"; apercebe-se, todavia, "de que é inútil querer chegar ao contacto de Joel Strosse" porque, numa inversão de ontologias existenciais que, apesar disso, acabam por traçar a linha divisória entre realidade e ficção, "Joel existe, eu não"[79].

Para além dos exemplos que temos vindo a registar, e de outros que posteriormente mencionaremos, o exercício metaficcional acontece, também, quando evidencia plena consciência da diferença entre o tempo do discurso e o tempo da história ("Por um instante fugaz – tanto que leva mais tempo a contar do que a acontecer – tentou recordar as suas aulas de judo, em adolescente, no Lisboa Ginásio"), ou quando elucida que um «como» que utiliza "não introduz metáforas, por ora, que as reservo para mais tarde, talvez dedicando-lhes meio capítulo ou um inteiro, para conferir um toque de literariedade *petite-bourgeoise*, muito vendável, a este texto...".

A auto-reflexividade (que, nas suas manifestações extremas, autores como Raymond Federman apontam como responsável pela ausência de uma função mimética em alguma literatura post-modernista) ocorre também quando, revelando que os pensamentos grafados não são seus, o narrador permite entrever a contaminação pessoal a que os sujeita:

> Estes pensamentos não são meus que não quero ferir susceptibilidades de criadores de *dobermans*, mas eram mais ou menos – descontando a parte do Ray Bradbury – os de Joel Strosse,

---

[78] Cf. Osvaldo Silvestre, "Mário de Carvalho: revolução e contra-revolução ou um passo atrás e dois à frente", in *Colóquio/Letras*, n.º 147-148, Janeiro-Junho, 1998, p. 218.

[79] *Era bom que trocássemos...*, p. 114.

260   *Post-Modernismo no Romance Português Contemporâneo*

ou quando confessa omitir uma conversa "completamente destituída de importância" entre Eduarda e Cremilde "a bem da economia da história", ou, ainda, quando admite não dizer tudo "sobre a mobília" da sala de Jorge Matos porque "ir mais longe era exagerar"[80].

As "particularidades irritantes para os mais acostumados", referidas na Advertência, são também patentes, e confirmadas, pela confissão de lhe apetecer "um derivativo de deixar assentar os nervos"[81].

O que parece começar a consubstanciar-se, pois, e de acordo com as obras que temos vindo a comentar neste capítulo, e também em conexão com o que observaremos em *As Batalhas do Caia*, é a possibilidade (sempre facultativa) de agrupar os diversos modos como as narrativas se revelam conscientes do seu carácter ficcional.

Neste âmbito, há que fazer menção, principalmente, a três grandes propostas: a de Jean Ricardou, a de Robert Scholes e, finalmente, aquela que nos parece mais englobante, a de Linda Hutcheon que, aliás, apresenta e comenta de modo muitíssimo pertinente as duas outras tipologias.

Ricardou apresenta um jogo um tudo nada confuso entre auto-representações verticais e horizontais; jogo que peca, entre outros aspectos, como aliás acontece também no caso de Scholes, pelo facto de ser demasiado redutor no que concerne à inclusão de outros tipos de narrativas narcisistas e por não distinguir entre os textos que são auto-conscientes dos seus processos diegéticos e os que são linguisticamente auto-reflexivos.

O autor propõe que no primeiro caso se inclua, por um lado, a auto-representação vertical ascendente (produtora) em que "certains aspects de la dimension référentielle se modèlent sur certains caractères de la dimension littérale: *les aventures sont soumises à l'écriture*" (isto é, o *como é dito* influencia e, em última instância, controla *o que é dito* no sentido de que, alegoricamente ou não, o texto aponta para si próprio – a escrita controla o real, em termos mais simplistas).

---

[80] *Ibidem*, pp. 27, 50, 34, 38 e 47, respectivamente.

[81] *Ibidem*, p. 81. Sobre esta e outras subversões, *vide* Madalena Relvão, *Estratégias de subversão em* Mário de Carvalho. Dissertação de Mestrado em Estudos Portugueses apresentada à Universidade de Aveiro, dact., 1999.

Por outro lado, aponta a auto-representação vertical descendente (expressiva). Nesta, inversamente, "certains aspects de la dimension littérale de la fiction se modèlent sur certains aspects de la dimension référentielle: *l'écriture est subordonnée aux aventures*"; o que é dito controla o modo como é dito. É o caso do romance realista onde nitidamente predomina a função referencial, facto que nos leva, na esteira de Hutcheon, a considerar que, por isso, esta não deveria ser entendida como uma variante metaficcional. O mesmo posicionamento crítico pode ser evidenciado, segundo cremos, em relação a uma das formas das variantes de Scholes (que ao carácter demasiado genérico aliam o facto de se revestirem de uma mais profícua aplicabilidade a partes de obras do que à sua globalidade). Referimo-nos, destarte, a essa que denomina por ficção de existência, a que imita, numa mimese afim daquela cujo sentido é veiculado por Auerbach, não propriamente as formas da ficção mas as formas do comportamento humano[82].

Nos dois outros pólos do sistema quadripartido proposto pelo teórico de que nos vínhamos ocupando salientamos, em primeiro lugar, a auto-representação horizontal referencial (produtora). Nesta, "certains aspects de la dimension référentielle de la fiction servent de modèle à une part plus ou moins importante du reste: *les aventures imitent les aventures*", numa repetição estrutural identificável com a *myse-en-abyme*. Finalmente, em segundo lugar, encontramos o conceito que poderemos aproximar das formas dissimuladas ("covert") de metaficção propugnadas por Linda Hutcheon. Referimo-nos à auto-representação horizontal literal (produtora), onde "certains aspects de la dimension littérale de la fiction servent de modéle à une part plus ou moins importante du reste: *l'écriture imite l'écriture*", o *como é dito* torna-se *o que é dito*[83].

---

[82] Cf. Robert Scholes, "Metafiction", in Mark Currie (ed.), *Metafiction*. Ed. cit., pp. 22-26. Os três restantes modelos, que em nosso entender carecem de pormenorização em termos de referência a procedimentos concretos e a estratégias utilizadas para chamar a atenção para a auto-reflexividade do texto, são: a ficção de ideias, não no sentido do romance de ideias mas a ficção dos contos populares; a ficção de formas, que imita outra ficção; e a ficção de essência, preocupada com a estrutura profunda do ser.

[83] Jean Ricardou, "La population des miroirs", in *Poétique*, n.º 22, 1975, em particular pp. 211-215. A auto-representação vertical ascendente (produtora) e a auto-representação horizontal referencial (produtora) serão compatíveis com as formas mani-

262 *Post-Modernismo no Romance Português Contemporâneo*

A teoria de Hutcheon, para além de ser terminologicamente mais simples e atractiva, parece-nos, contudo, como já afirmámos, a que melhor serve os intuitos de uma eventual tipologia das metaficções. É também ela genérica, sem dúvida, mas em sentido diferente do que o eram as anteriores; é genérica não no sentido de pouco clara ou pormenorizada, mas no sentido em que as explicitações tecidas sobre os conceitos se revestem de um carácter globalizante, e contudo preciso, assim permitindo, numa transformação da desvantagem em vantagem, abarcar um vastíssimo leque de obras. Assim, de um lado apontam-se as ficções conscientes do seu próprio processo narrativo e criativo e, de outro, aquelas que são linguisticamente auto-reflexivas. Dentro de cada um destes modos (o diegético e o linguístico) devem distinguir-se, pelo menos, duas formas ou variantes: a manifesta ("overt") e a dissimulada ("covert").

No primeiro caso, relativo à forma manifesta do modo diegético, a auto-reflexão e a auto-consciência (que pode ser menos evidente na forma dissimulada, da qual pode até encontrar-se ausente) [84] descortinam-se através de manifestações tematicamente explicitadas, por exemplo através de indicações que vão sendo facultadas e/ou de comentários que vão sendo tecidos sobre o próprio acto de escrita.

Assim acontece, *ad exemplum*, em *Era bom que trocássemos umas ideias sobre o assunto* e *A Paixão do Conde de Fróis* ou, de forma diferente e em grau diverso, em *Amadeo, As Batalhas do Caia, Manual de Pintura e Caligrafia* ou *História do Cerco de Lisboa*.

Estas manifestações podem consubstanciar-se, ainda, através de processos alegóricos (ou simbólicos, onde podemos incluir também *Manual de Pintura*, pela possibilidade oferecida de extrapolação do processo de criação pictórica para o processo de criação 'escritural').

A forma manifesta do modo linguístico diz respeito, por seu turno, a textos em que a auto-consciência decorre não da exposi-

---

festas da tipologia de Hutcheon, cf. *Narcissistic Narrative*. Ed. cit., p. 28. Cf., ainda, pp. 31 e 34 para a equivalência entre a auto-representação literal (produtora) e as formas dissimuladas.

[84] Cf. Linda Hutcheon, op. cit., pp. 23, 31.

ção do nível semântico, mas da exposição do nível estrutural da obra. Aqui, "the text would actually show its building blocks – the very language whose referents serve to construct that imaginative world" [85].

Em qualquer dos modos, os diversos e variados processos de (des)organização semântica, estrutural e linguística (entre os quais se conta a indicação genológica) que são utilizados forçam o leitor a (re)aprender a construir o sentido do mundo narrado e, também, do seu próprio mundo.

Um sentido que se conquista unindo referentes por vezes contraditórios (a indicação de género na capa *versus* o que se concretiza no decorrer da narrativa) ou atando as pontas do fragmentário discurso com que somos brindados. Lembremos, para tanto, os romances saramaguianos de *Manual de Pintura e Caligrafia* a *Ensaio sobre a Cegueira* em que à muito frequentemente criticada inquietude formal se alia uma tortuosa técnica narrativa, não menos vezes negativamente apontada. Ou convoquemos, simplesmente, os romances *O Delfim*, *Balada da Praia dos Cães* e *Amadeo*.

Apesar de a evidência de um código de género (inscrito na capa ou na folha de rosto da obra) parecer também revestir-se do estatuto de característica metaficcional (e, em nosso entender, passível de ser incorporado pelo modo diegético pois, de facto, é por aí que se começa a desmistificar a veracidade da obra), é de toda a conveniência sublinhar que não devemos encarar todas as obras portadoras de tal marca como passíveis de ser inseridas no paradigma metaficcional. No caso do romance tradicional, de linear narrativa, se é verdade que tal estratégia leva, *ab initio*, a uma descrença fortuita na veracidade do relato, acreditamos, no entanto, que o leitor acaba por se esquecer dessa indicação (tornando-a operatoriamente inútil), em virtude da aceitação do contrato de suspensão voluntária da descrença decorrente das características do discurso.

A classificação genológica como índice de [meta]ficção parece, contudo, pertinente no caso da ficção post-modernista, pois não só

---

[85] *Ibidem*, pp. 28-29. Se na forma manifesta o papel do leitor é ensinado e, de algum modo, tematizado, na forma dissimulada ele é, ao invés, pressuposto, na medida em que resulta da actualização levada a cabo.

será confirmada pelo adentramento na obra, onde se exercem e aliam outros processos de desmistificação, como poderá, inclusivamente, tornar-se alvo de controvérsia (logo passível de revelar a obra como artefacto), se o universo narrativo for palco de miscigenação de géneros.

Retornemos, contudo, à questão da tipologia sugerida por Hutcheon. No segundo caso que já mencionámos, relativo às formas dissimuladas, a auto-reflexão é implícita e, no caso dos textos do modo diegético, ela manifesta-se através de modelos axiomaticamente incorporados que se prendem, entre outros, com as expectativas que determinados paradigmas literários criam no leitor. Expectativas estas que, por si só, remetem para a ficcionalidade da obra. "The reader of a murder mistery", por exemplo, "comes to expect the presence of a detective story writer within the story itself", enquanto no caso do romance fantástico o leitor é implicitamente levado a descobrir o seu carácter de artefacto, por ser obrigado a criar "a fictive imaginative world separate from the empirical one in which he lives" [86].

De salientar, ainda, que a forma dissimulada, agora no seu modo linguístico, é passível de ser ilustrada e actualizada através desses casos extremos em que parece instaurar-se o caos linguístico. Tal acontece pela utilização de trocadilhos e por outros jogos de duplicidade semântica afins, num processo em que se nos afigura legítimo incluir os casos em que a linguagem parece ser exponencialmente gerada (lembremos o posicionamento de Kostelanetz, Klinkowitz ou Sukenick). Num processo, ainda, a partir do qual, mais uma vez implicitamente e não porque lhe sejam fornecidas indicações directas sobre o modo como se constrói a narrativa (caso das formas manifestas), o leitor é levado a verificar a ficcionalidade dos referentes.

Em qualquer dos modos e das formas apontados, em qualquer das obras que integram o *corpus* seleccionado, quebra-se uma li-

---

[86] *Ibidem*, pp. 31-32. Um outro exemplo de forma dissimulada do modo diegético refere-se a obras que enfatizam o processo e não o produto final, caso dos romances que apresentam a estrutura de um jogo (baseball, xadrez). Cf. pp. 34-35 para o tratamento da forma dissimulada no modo linguístico.

nha confortável de leitura que nos obriga a ler o texto como construto e que, finalmente, instaura a metaficção como grande característica do Post-Modernismo.

Sendo pois verdade que a auto-reflexividade em *Era bom que trocássemos umas ideias sobre o assunto* se revela como empenho de base que acompanha a construção-caracterização satírica das personagens (e, *pour cause*, do enredo em geral), a que se alia a devida ironia e o consequente afastamento da instância reguladora do discurso, não é menos verdade que de todo este processo ressaltam relações intertextualmente paródicas com passadas tradições literárias. Facto que, assim, obliquamente, aproxima esta escrita de Mário de Carvalho das preocupações registadas no *Manual* de José Saramago.

Acrescentemos ao exposto, para efeitos de clareza terminológico-conceptual, que, de acordo com Linda Hutcheon, há que não confundir sátira com paródia. Visando alvos diversos, a descodificação da primeira deverá nortear-se por pressupostos que radicam em conexões a estabelecer com uma realidade extra-literária, enquanto a segunda deverá ser lida à luz de outros textos que se consubstanciam em realidade intra-literária.

Para a autora, paródia não pode ter apenas a carga de imitação ridícula cristalizada por definições de dicionários e veiculada ou sublinhada por obras de certos autores (como Margaret Rose ou Michele Hannoosh[87]) que, na esteira de utilizações muito em voga em séculos anteriores, trazem sempre à carga semântica do conceito um intuito manifestamente cómico. Paródia dirá respeito, pois, a uma activação do passado numa versão controlada por um contexto irónico, a uma "form of imitation, but imitation characterized by ironic inversion, not always at the expense of the parodied text"[88].

Tal como Gérard Genette, Linda Hutcheon entende a paródia como a relação formal entre dois textos (o que a aproxima do dialogismo de Bakhtin) mas, numa perspectiva pragmática, em que

---

[87] Cf. Margaret Rose, *Paradody/Meta-fiction*. Londres: Croom Helm, 1979 e Michele Hannoosh, *Parody and Decadence. Laforgue's Moralités légendaires*. Columbus: The Ohio State University Press, 1979.

[88] Linda Hutcheon, *A Theory of Parody*. Ed. cit., pp. 6, 53 e *passim*.

266 *Post-Modernismo no Romance Português Contemporâneo*

ganha papel fulcral a capacidade do leitor para descodificar e identificar as diferenças entre os textos, não a reduz a mero sinónimo de intertextualidade. Tal ocorre na medida em que, alargando o âmbito da relação levada a cabo (e neste ponto aproxima-se de Margaret Rose e de Michele Hannoosh), a conexão pode estabelecer-se não apenas com um texto mas com as coordenadas estéticas de um estilo de escola ou com um género literário.

Ao contrário deste conceito, o pastiche encontra-se em textos de onde ressalta não uma ideia de diferença-afastamento em relação a outros textos mas uma relação de similaridade[89]. Como sublinha Fredric Jameson, em definição onde constatamos uma aproximação ao posicionamento de Margaret Rose e de Michele Hannoosh quanto à permanente presença de impulsos e de estratégias risíveis na paródia,

> Pastiche is, like parody the imitation of a peculiar or unique style, the wearing of a stylistic mask, speech in a dead language: but it is a neutral pratice of such mimicry, without parody's ulterior motive, without the satirical impulse, without laughter, without that still latent feeling that there is something normal compared to which what is being compared is rather comic. Pastiche is blank parody that has lost its sense of humour[90].

Citando Ziva Ben-Porat mais uma vez, e admitindo a pertinência da definição proposta, consideramos que Linda Hutcheon contraria, em derradeira instância, eventuais críticas de que a sua teoria se reveste de traços demasiado restritivos[91], principalmente porque não entraria em linha de conta com a acepção ancestral de carga caricatural e cómica. De acordo com a teorização feita, que inclui um vasto leque de *ethos* que se estendem da troça ridícula à homenagem respeitosa, ressalta, precisamente, a ideia oposta. Apenas se advoga que a paródia, considerada como "imitation with critical difference", não é sempre, necessariamente, respeitante a

---

[89] Cf. *ibidem*, p. 32.

[90] Fredric Jameson, "Postmodernism and Consumer Society", in Hal Foster (ed.), *The Anti-Aesthetic*. Ed. cit., p. 114.

[91] Cf. Daniel Sangsue, *La parodie*. Paris: Hachette, 1994, pp. 73-74.

Referencialidade vs Metaficção? A dicotomia de morte anunciada　　267

um juízo negativo ou sempre imbuída de intuito cómico. Numa definição alternativa, paródia é

> alleged representation, usually comic, of a literary text or other artistic object – i.e. a representation of a "modelled reality", which is itself already a particular representation of an original "reality". The parodic representations expose the model's conventions and lay bare its devices through the coexistence of the two codes in the same message[92].

Em *Era bom que trocássemos umas ideias sobre o assunto*, a apropriação/relação paródica não se consubstancia propriamente, e apenas, pela coexistência dos dois códigos referidos por Ben-Porat, e que ao leitor caberia decifrar e destrinçar. A distância irónica sublinhada por Hutcheon em relação às obras imitadas ou, de forma mais englobante, em relação às coordenadas estéticas de certo movimento literário, é conseguida, essencialmente, em virtude de a dessacralização da origem do(s) texto(s) – o da tradição a que se alude e o que se escreve – traduzir um diferencial de registo metaficcional que visa, abertamente, impor as diferenças mais do que as similitudes e as correspondências (caso que nos colocaria perante o exercício de uma técnica de pastiche).

Por outras palavras, a relação paródica instaurada não compete exclusivamente às capacidades hermenêuticas e enciclopédicas do leitor (como de algum modo acontece na metaficcional forma dissimulada do modo diegético). Numa espécie de relação edipiana morta à nascença e posta a descoberto, cabe também ao narrador que, manifestamente, assume, expondo à flor da tessitura do seu discurso, a ausência das características do texto-estilo parodiado. Este, contudo, acaba por ser incorporado, assim ilustrando essa já tantas vezes notada contradição do Post-Modernismo.

Mesmo quando parece seguir-se essa tradição, o desnudamento metaficcional do processo obsta à consecução do pastiche, impondo, segundo cremos, o devido afastamento irónico.

---

[92] Ziva Ben-Porat *apud* Linda Hutcheon, *A Theory of Parody*. Ed. cit., pp. 49. Cf., ainda, pp. 6, 18, 20, 24, 25, 36. Para uma abordagem pormenorizada da história e teorização do conceito de Paródia, *vide* Daniel Sangsue, op. cit.

268   *Post-Modernismo no Romance Português Contemporâneo*

É assim que, por exemplo, na apresentação de personagens como Rui Alves e Joel Neves, se convocam (antecedendo, acompanhando e muitas vezes prolongando a caracterização) processos e técnicas narrativas cuja aplicação deve indubitavelmente ser lida como afastamento crítico, mais ou menos velado, de práticas literárias que já fizeram moda e cânone no século XIX:

> Ora, no sexto andar do edifício aludido, num gabinete amplo e com decoração assim-assim, que seria ocioso especificar, fitam-se duas personagens: uma do lado do proprietário da secretária, a outra, do outro. O titular do gabinete e anfitrião chama-se Rui Vaz Alves, é vogal da administração e dirige o «departamento de contacto» da casa; o outro chama-se Joel Strosse Neves, estancia habitualmente num dos pisos de baixo e tem, sobre o primeiro, a única vantagem de ser o protagonista desta história. Como, neste breve relance, os dois homens estão apenas a olhar um para o outro, e não adiantam nada, eu aproveito a ocasião para me prevalecer duma velha tradição literária e apresentá-los ao leitor, com o acrescento dumas circunstâncias esclarecedoras[93].

Antes, já o narrador confessara ter falhado a ocasião de "«fazer progredir o romance»", na medida em que, por já ir na página dezasseis (por acaso é a página dezoito) se encontra em "atraso sobre o momento em que os teóricos da escrita criativa obrigam ao início da acção". Facto que o leva a ver-se "obrigado" a deixar considerações que vinha tecendo "para passar de chofre ao movimento, ao enredo. Na página três já deveria haver alguém surpreendido, amado, ou morto".

Se no excerto que acima transcrevemos se faz uma paródia à convenção, se exorcizam os mandamentos do passado literário, e as regras de bem compor um romance, pela incorporação distanciada e explícita de técnicas de apresentação de personagens, momentos há em que o exorcismo se exerce através de uma clara e franca rejeição de outros preceitos, no caso os da minuciosa estética realista.

---

[93] *Era bom que trocássemos…*, p. 18 (sublinhado nosso).

Assim acontece quando, a propósito da sede da revista *Modelar* e, posteriormente, do ridículo episódio de caça às moscas no gabinete de Bernardo Veloso, na revista *Reflex*, comenta:

> Como seria interessante aprofundar este pequeno microcosmos naquele andar do Forno do Tijolo, dividido por tabiques de pasta de madeira, onde incessantemente ronronava um fax quando os telefones o deixavam ouvir e as letras corriam céleres nas pantalhas dos monitores... Seria um tratado de vida. Porém, não é para isso que eu aqui estou. Interessa-me tão só a Eduarda Galvão;
>
> A brincadeira prossegue até à hora do jantar, sobrando ainda algumas moscas para o dia seguinte. Um escritor estilista dedicaria umas boas três páginas a descrevê-la, com gestos, saltos, risinhos, urros e queda de objectos. Eu por aqui me fico. Não quero abusar das oportunidades. Basta-me perscrutar o olhar de Bernardo e anotar que ele se mostra sinceramente reconhecido para com Eva [94].

A assunção do controlo narrativo que o narrador exerce permite-lhe, ainda (e ao mesmo tempo que, como no *Manual* de José Saramago, se reivindica um valor de verdade nos acontecimentos, denunciando *a contrario* o estatuto de artefacto do que se conta), atestar a impossibilidade de continuar a tradição de um certo romantismo de tempos camilianos:

> A segunda parte queria eu começá-la logo de rijo, e em festa. Tinha ensejado para este lugar uma vasta elipse, de proporções conformes aos estilos consabidos da Retórica e da Geometria. Mas, antes, arrebatou-me um escrúpulo cadastral de apontar, em sinopse, o que ocorreu no interim, com prejuízo da tal figura de estilo, que fica a dever à perfeição. Teria a vida facilitada se os acontecimentos houvessem evolucionado de molde a eu poder dizer como Camilo «decorreram dez meses sem sucesso digno de menção...», deixando o tempo, entretanto, a trabalhar para o romancista. Mas o que aconteceu, aconteceu, e não lhe falta a sua pertinência. Conta-se em poucas penadas.

Apesar de todas as advertências para o estatuto ficcional do que conta, há, contudo, ainda outros momentos em que o narrador

---

[94] *Ibidem*, pp. 57 e 84, respectivamente (sublinhados nossos).

afirma um enraizamento no real. Depois de se ter preparado "para descrever melhor o gabinete de Bernardo", e quando "já ensaiava vários ângulos, com movimentos cinematográficos do olhar, a que não faltava um contra-picado, (...) alguém, truz, truz!, bateu à porta e (...) estragou os arranjos", acaba por observar que "A vida, não raro, ficciona, devaneia, absurdiza e eu hei-de conformar-me a ela, mais do que ao famoso pacto de verosimilhança outorgado com o leitor" [95].

Numa abordagem passível de ser considerada demasiado redutora poder-se-ia encarar este tipo de auto-referencialidade, que pelas paródicas relações intertextuais remete para o mundo da própria literatura, como um atestado do pendor formalista das obras. No entanto, e de acordo com a linha de raciocínio que vimos seguindo, cremos que se deve proceder à derrogação de tal hipótese. Convocamos, a propósito, duas observações dignas de nota.

Em primeiro lugar, nos casos em que a apropriação textual se processa entre duas obras singulares (a. o *Ulysses* de Joyce e b. a *Odisseia* de Homero, para referir dois dos mais conhecidos exemplos), acreditamos na necessidade de ter em conta que, sendo certo verificar-se a remissão de um para outro texto, de a. para b., não é menos certo que, por sua vez, b. reenvia para a representação de um determinado cenário-mundo que, em diferido e salvaguardadas as devidas distâncias temporais e estético-ideológicas, se imita.

Parece acontecer, pois, um duplo enraizamento ontológico, no texto que se imita e, em segunda mão, no mundo que este representa, veículo eventual para os "passeios inferencialais", satíricos ou não, propugnados por Umberto Eco [96].

Em segundo lugar, no caso concreto de *Era bom que trocássemos umas ideias sobre o assunto*, a saída do espartilho formalista

---

[95] *Ibidem*, p. 84. Cf. p. 117, para a citação anterior (sublinhado nosso).

[96] Umberto Eco, *Leitura do texto literário. Lector in Fabula*. Trad. Mário Brito. Lisboa: Presença, 1979, pp. 126-127: "Para arriscar previsões que tenham uma probabilidade mínima de satisfazer o curso da história, o leitor *sai do texto*. Elabora inferências, mas vai procurar noutro lado uma das premissas prováveis do próprio entimema. (...) activar um quadro (sobretudo se for intertextual) significa recorrer a um *topos*. A estas saídas do texto (para a ele regressar carregados com um reservatório intertextual) chamamos *passeios inferenciais* (itálicos do autor). Cf. Linda Hutcheon, op. cit., p. 53 para a menção registada no parágrafo anterior.

Referencialidade vs Metaficção? A dicotomia de morte anunciada 271

parece processar-se não só pela já mencionada possibilidade de identificarmos certas personagens com gente-tipos coetaneamente reais, mas também porque determinados segmentos do texto ecoam lascas de cenários e de tipos já patentes em outros textos, no caso, os ecianos. Estes permitem reiterar, numa representação diferida que se projecta num futuro que é o presente em que vivemos (e, no caso, abrindo caminho para a sátira), a ligação a uma realidade extra-literária.

Esta, mais de um século decorrido, suscita, apesar de tudo, críticas afins: às limitações de mentalidade e à diferença entre o que se é e o que se quer parecer e, principalmente, à sordidez e à pouca seriedade de ambientes jornalísticos, antros de venalidade e de incompetência.

A extrapolação crítica é permitida, como já referimos, quer pela caracterização de certas personagens quer pela descrição de determinados ambientes (muitas vezes complemento e/ou extensão de traços marcantes da gente que os povoa). Eduarda Galvão, por exemplo (e do mesmo modo os ambientes jornalísticos por onde se movimenta), é, sem dúvida, o exemplo flagrante do prolongamento possível do tipo do jornalista, oportunista e sem escrúpulos, de nítido recorte eciano[97].

A prosaica máxima que o narrador de *Os Maias* coloca na boca de Palma Cavalão ("O mal não foi grande, e sempre se fez alguma coisa pela porca da vida") é em Eduarda uma espécie de jeito especial que lhe permite alcançar com sucesso, e sem olhar a meios, os fins desejados. Tal acontece quando, ainda na Revista *Modelar*, "em apenas dois meses", consegue "quatro vitórias im-

---

[97] Relembremos, por exemplo, o episódio em que Palma Cavalão, após ter acedido publicar, mediante pagamento, o verrinoso texto de Dâmaso contra Carlos da Maia, concorda em vender as provas comprometedoras do responsável. Depois de recolhido "o baguinho" que estava a arrefecer, o inescrupuloso jornalista comenta hipocritamente: "Foi uma sorte que se escangalhasse a máquina! Senão estava agora entalado, irra! E tinha desgosto, palavra, caramba, tinha desgosto! Mas acabou-se! O mal não foi grande, e sempre se fez alguma coisa pela porca da vida". Palavras de eventual arrependimento, imediatamente desmistificadas pelas atitudes que se lhe seguem: "Vivamente, com um olhar, recontara o dinheiro na palma da mão: depois esvaziou a genebra, dum trago consolado e ruidoso" (Eça de Queirós, *Os Maias*. Lisboa: Livros do Brasil, s./d., p. 542).

portantes para o ego": para além de ver o seu nome citado no *Expresso*, causa uma depressão na jornalista fumadora que assim se vê obrigada a meter baixa; seduz o fotógrafo numismata "deixando que a pretendente o soubesse (...), mas escondendo o facto ao director"; e martiriza "uma jovem estagiária, licenciada em Química (...) e a quem começou por rosnar, à laia de recepção: «Química, hem? Ah, estas vocações falhadas...»".

A hipocrisia da personagem é ainda bem patente nesse jocoso excerto onde se dá conta da sua mudança de atitude em relação a um rapaz que, inicialmente, lhe parece repugnante mas que, depois de o saber editor da Revista *Reflex*, começa a interessar-lhe:

> A metamorfose de Eduarda foi tão rápida que eu suspeito de que andou por ali uma fada, que fez trabalhar a varinha competente nesse preciso momento, operando a metamorfose de Eduarda após ter operado a do batráquio. Não sei se o alvejado reparou na maravilha, mas Eduarda, que não tinha saúde para desistências, cogitou: «'Tás aqui, 'tás no papo!»[98].

A falta de ética jornalística, numa completa ausência de regras deontológicas, é passível de ser ilustrada de modo mais consistente quando, impedida de ouvir as respostas dadas pelo escafandrista que pretendia tentar a travessia do Tejo (em virtude de deficiência na gravação, quase parecendo que "os elementos e o material japonês" se tinham conjurado contra ela), a jornalista de *Era bom que trocássemos umas ideias sobre o assunto* não hesita em aceitar a sugestão de Jorge Matos:

> – Não importa. Inventam-se aí umas coisas. Desde que sejam lisonjeiras para o homem, ele até fica feliz. Ora senta-te lá ao computador e escreve. Eu, depois, corrijo-te a ortografia.
> E foi ditando perguntas e respostas (...).

Episódio que, agora, traz à memória esse outro em que Agostinho Pinheiro, redactor da *Voz do Distrito* em *O Crime do Padre Amaro*, recorda a João Eduardo a recomendação que, na véspera,

---

[98] *Era bom que trocássemos...*, p. 60. *Ibidem*, p. 57 para a citação anterior.

Referencialidade vs Metaficção? A dicotomia de morte anunciada　　273

lhe havia sido feita pelo doutor Godinho, director do jornal: "Em tudo que cheirar a padre, para baixo! Havendo escândalo, conta-se! Não havendo, inventa-se!"[99].

A distância que metaficcionalmente se instaura nos outros segmentos em que, de modo diverso, se convocam à tessitura de *Era bom que trocássemos*... parcerias com autores do passado literário (pela negação, pela inscrita ausência ou pela paródica apropriação das características do modelo/estilo imitado), permite, por um lado (ao abrir as portas extra-literárias dos bastidores do modo como se constrói o que se conta), contribuir para a instauração da mimese de processo. Por outro lado, em simultâneo, os laços intertextuais estabelecidos possibilitam a reflexão sobre o facto de que, sendo outro o contexto sócio-cultural, são também outras as exigências e as modas dos ventos literários que percorrem o cenário coevo e que assolam os gostos do público leitor.

De acordo com Carlos Reis,

> o que aqui se passa algo tem a ver com a narratologia (...) no sentido em que aquilo que este romance evidencia é a exaustão de um género (ou, se se quiser ser mais moderado, os riscos de exaustão que ele corre), por força de uma **institucionalização** que decorre também dos termos em que foi **apropriado** pela teoria literária e pelas instituições (...) que o acolhem. Deste modo, como romancista, M.C. **antecipa-se à pergunta** que muitas vezes ouvimos em aulas e em sessões de esclarecimento várias: «o autor saberia mesmo que estava a utilizar uma focalização?» A pergunta é idiota e

---

[99] Eça de Queirós, *O Crime do Padre Amaro*. Ed. crítica de Carlos Reis e M. Rosário Cunha. Lisboa: IN-CM, 2000, pp. 409. Esta atitude é posteriormente alterada quando, em virtude das conveniências e do restabelecimento do "«comércio de amizade»" com o clero, passa a recomendar, desta vez ao próprio João Eduardo, "que não fosse espalhar, por despeito, acusações que só serviam para destruir o prestígio do sacerdócio, indispensável numa sociedade bem constituída! – Sem ele tudo seria anarquia e orgia" (p. 567). A veemência do novo posicionamento perante o clero é também reiterada nos seguintes excertos: "«não seremos nós que regatearemos ao clero os meios de exercer proficuamente a sua divina missão»" e "enquanto eu for vivo, pelo menos em Leiria, há-de ser respeitada a Fé e o princípio da Ordem! Podem pôr a Europa a fogo e sangue, em Leiria não hão-de erguer a cabeça. Em Leiria estou eu alerta, e juro que lhes hei-de ser funesto!", pp. 479 e 573, respectivamente. Cf. *Era bom que trocássemos*..., pp. 80 e 86 para as referências anteriores (sublinhados nossos).

274 Post-Modernismo no Romance Português Contemporâneo

M.C. responde a ela pelo seu **reverso**, ou seja, mostrando o seu absurdo, do ponto de vista da escrita em acção [100].

3. *Larvatus pro creatione 3*

Neste sentido, *As Batalhas do Caia*, de Mário Cláudio, publicadas no ano da comemoração dos 150 anos do nascimento de Eça de Queirós (1995), revestem-se de particular interesse não apenas porque reconstituem uma parte do percurso de vida de Eça de Queirós ou porque expõem a preocupação, ainda actual, com problemas relacionados com a identidade nacional, mas também, e essencialmente, porque facultam ao leitor a possibilidade de entrar nos bastidores da criação ficcional, e da "escrita em acção", por onde ambos os autores se perderam e/ou se encontraram.

O que se oferece no romance é, assim, um peculiar encontro entre um não menos peculiar tipo de mimese de processo ou artística (atinente à exposição/desnudamento dos códigos e meandros que deverão nortear a aproximação ao texto, relembramos) e uma quase sempre mais consentânea mimese de produto (entendida como a que permite uma identificação ou um reconhecimento linear e passivo das similaridades entre os objectos e os sujeitos da realidade imitada e os presentes na obra literária). Ambos os tipos de mimese, no entanto, e como não podia deixar de acontecer no âmbito dos novos rumos post-modernistas de que nos ocupamos, acabam por se concretizar de forma oblíqua e arrevesada.

Com efeito, a representação do labor literário ou, se preferirmos, a representação metaficcional do que já apodámos de bastidores da ficção, normalmente feita pelo eu-sujeito-enunciador/narrador a propósito da constituição do seu próprio discurso, é, agora, essencialmente facultada em segunda mão, ou seja, através da experiência de outrem, no caso, o labor criativo de Eça.

Ao mesmo tempo, as possíveis âncoras ontológicas ao real (as necessárias ao estabelecimento da mimese de produto) radicam no

---

[100] C. Reis, "Mário de Carvalho. Incitação ao romance", in *Jornal de Letras, Artes e Ideias*, 28 Agosto, 1996, p. 23 (destacados do autor).

Referencialidade vs Metaficção? A dicotomia de morte anunciada 275

facto de uma das traves mestras do romance se apoiar no efectivo percurso biográfico de Eça de Queirós que, entre Newcastle-on--Tyne, Bristol e Paris, vai urdindo um livro a escrever e que fica por cumprir na sua totalidade, dele restando apenas, aparentemente, o relato intitulado *A Catástrofe* (publicado postumamente, em 1925, em conjunto com *O Conde de Abranhos*).

Apesar de ficcionalmente invadir as fronteiras territoriais do que os estudos sobre o autor facultam de modo mais objectivo e distanciado, Mário Cláudio, evidenciando consciência plena de que o "trabalho de ficção não é propriamente uma pesquisa académica", urde o *seu* Eça complacente e carinhosamente, de acordo com um quadro vivencial onde sabe poder inventar o que lhe apetecer, "desde que não distorça a figura, não a transforme num fantoche" [101]; de acordo, ainda, como sublinhou Maria Alzira Seixo,

> com os processos usuais do pós-modernismo, aliando o factual à invenção de modo muitas vezes indecidível, e praticando ostensivamente a hipótese do narrador com a interioridade da personagem narrada, presa embora a usos exteriores que nela são do conhecimento comum.

A autora cita, a propósito, o seguinte excerto de *As Batalhas do Caia*:

> Não seria justo porém omitir que amiúde experimenta o nosso José Maria a nostálgica recordação da melhor cozinha das Gálias, sobremaneira adequada aos voos do seu génio. A lembrança de um ou outro creme precioso, ainda não contaminado pela industrialização dos restaurateurs, é quanto basta para o projectar numa forma de cândido recolhimento. E o desvelo especial que merecem os ovos, mais na fantasia do nosso diplomata do que na realidade dos factos, surge-lhe diademado das entrelinhas da magia, ao trazer-lhe à mente a textura do cetim amarelo de um quadrinho de Boucher, entremostrando a nudez de uma rapariga de nádegas rosadas como certas nuvens de verão. E eis que vai ele colher aí a sugestão de

---

[101] Mário Cláudio em entrevista a Fernando Venâncio, "Mário Cláudio. Traumas e paranóias", in *Jornal de Letras, Artes e Ideias* de 3 a 16 de Janeiro de 1996, p. 14. Veremos no próximo capítulo que esta máxima nem sempre faz lei, principalmente no que diz respeito ao recente romance histórico post-modernista.

276   *Post-Modernismo no Romance Português Contemporâneo*

um soufflé de maçãs camoesas, tão volátil e tão evanescente que não deseja a alma do nosso autor outra hipótese de eternidade[102].

O pano de fundo do romance de Mário Cláudio resulta, por conseguinte, do entrecruzar destas duas grandes linhas: a reconstituição dos cerca de vinte últimos anos de vida do "nosso homem", como frequentemente lhe chama[103], e o desenvolvimento do relato *A Catástrofe*. Relato que ele mesmo acaba por re-escrever num pastiche pleno ao espírito e ao estilo do texto original.

Segundo se crê, *A Catástrofe* faria parte de um ousado e mais extenso plano de Eça para escrever uma obra de índole polémica e provocatória, *A Batalha do Caia*, relato de uma hipotética invasão e subjugação da Pátria portuguesa pelo vizinho país espanhol, em 1881, "como consequência de um conflito entre as grandes potências"[104] e, muito provavelmente, como depreende Alan Freeland, inspirado pela obra *The Battle of Dorking*, de George Chesney (inicialmente publicada em 1871), onde, na sequência da invasão prussiana da França, se imagina uma invasão semelhante de Inglaterra[105].

Relato, ainda e sobretudo, onde à vontade de "dar um grande choque eléctrico ao enorme porco adormecido", a Pátria, se alia um particular interesse de algum proveito económico, como constatamos pelas palavras que, de Newcastle, dirige a Ramalho Ortigão, em carta de 10 de Novembro de 1878. Epístola também parcialmente citada por Mário Cláudio (e que a seguir transcrevemos um pouco mais pormenorizadamente), num procedimento que, junta-

---

[102] Mário Cláudio, *As Batalhas do Caia*. Lisboa: D. Quixote, 1995, p. 58. Para a citação anterior, cf. Maria Alzira Seixo, "Mário Cláudio, «As Batalhas do Caia». Trabalhos de artista", in *Jornal de Letras, Artes e Ideias*, 24 de Abril, 1996, p. 22.

[103] Cf. *As Batalhas do Caia*, p. 14 e *passim*. Eça é também por vezes referido como "o nosso José Maria", "o nosso cônsul", "o nosso diplomata", "o nosso homem", "o nosso escritor", "o nosso romancista", "o nosso autor" ou "o nosso herói".

[104] Cf. A. Campos Matos (Dir. e Coord.), *Dicionário de Eça de Queirós*. Lisboa: Caminho, 1988 ((A) Batalha do Caia).

[105] Cf. Alan Freeland, "Imagined Endings: National Catastrophe in the Fiction of Eça de Queirós", in *Portuguese Studies*, n.º 15, 1999, pp. 107-108; e I.F. Clarke, *Voices Prophesying War: Future Wars 1763-3749*. 2nd ed. Oxford-New York: Oxford University Press, 1992 (capítulo 2. "The Break-in Phase: The Battle of Dorking Episode").

Referencialidade vs Metaficção? A dicotomia de morte anunciada   277

mente com outros da mesma índole [106] (e dos quais destacamos a referência ao momento em que primeiro se desenhou o livro, bem como a descrição do efeito provocado pela leitura do esboço do manuscrito "a um tal de Vaz", que a carta citada confirma ser "nosso *attaché* em Londres" [107]), conferem veracidade ao relato apresentado:

> Você dirá: – Qual choque! Oh, ingénuo! O porco dorme: podes-lhe dar quantos choques quiseres, com livros, que o porco há-de dormir. O destino mantém-no na sonolência, e murmura-lhe: *Dorme, dorme, meu porco!* Perfeitamente: mas eu estou-lhe a dizer o que pretendo fazer – e não o que o País fará: naturalmente, continuará a dormir: veremos. – Além do escândalo, quero dinheiro. Se o «Primo Basílio» se vendeu – porque se não há-de vender a «Batalha do Caia»? Cuida você que lhe hão-de faltar os episódios picantes, lúgubres, voluptu-osos, *épatants? Pas si bête.* Há-de ter de tudo: – um *salmis d'horreurs.* O burguês gosta da rica cena de deboche? Há-de tê-la: somente desta vez é a sua própria filha violada, em pleno quintal, pelo brutal catalão dos dragões de Pavia (...). Portanto – se o livro se vende – porque não hei-de fazer especulação e tratar de pagar as minhas dívidas? *Donc*, resumamos: choque eléctrico ao porco, e dinheiro para *bebé (bebé, c'est moi).* (...)
> O que resta é isto – e aí vai *ma pensée intime*: – é que a ideia publicada ou inédita é um capital: esse capital tenho direito a ele: que me venha do Chardron (ou do público, melhor) pela publicação, ou que me venha do Governo pela proibição, – é-me indiferente: e Você está por esta encarregado de fazer produzir capital à ideia [108].

---

[106] É o próprio Mário Cláudio quem, em página/apêndice final da obra em apreço, se encarrega de inscrever a veracidade dos textos citados: "O texto final da p. 44 e o texto do início da p. 46 são transcritos do conto *A Catástrofe* de Eça de Queirós. O texto do fim da p. 47 e início da p. 48 reproduz passagens de uma carta de Eça de Queirós a Ramalho Ortigão, datada de Novembro de 1878. O texto da p. 49 é um fragmento de uma carta de Ramalho Ortigão a Eça de Queirós, datada do mesmo mês e do mesmo ano. O texto final da p. 68 corresponde à primeira estância do poema «A Portugal», de Tomás Ribeiro. O texto do final da p. 97 é extraído de uma carta de Oliveira Martins a Eça de Queirós, datada de Setembro de 1891".

[107] Comparem-se as páginas 21 e 43 a 45 de *As Batalhas do Caia* com o início da 4.ª e da 5.ª páginas, respectivamente, da carta que referimos, in Eça de Queirós, *Correspondência*. 1.º vol. Leitura, coordenação, prefácio e notas de Guilherme de Castilho. Lisboa: IN-CM, 1983, pp. 163-164.

[108] Eça de Queirós, *Correspondência*, vol. cit., pp. 163-164 e 166. *Vide*, ainda, carta de 28 de Novembro do mesmo ano, também a Ramalho Ortigão.

Ora se, de facto, Eça de Queirós não levou, a seu tempo e a bom termo, a consecução da planejada provocação em forma de texto literário, a verdade é que o destino último desta parece cumprir-se com e pelas *Batalhas* em que Mário Cláudio escreve o livro não escrito pelo autor de oitocentos, veículo agora, e também, como veremos, dessa possível representação arrevesada que acima referimos, numa espécie de missão delegada para um futuro que é, afinal, o presente em que vivemos.

É no texto de Mário Cláudio que encontramos, sem dúvida, de modo mais incisivo e acintoso, o preenchimento e o desenvolvimento do *"salmis d'horreurs"* que Eça de Queirós brevemente menciona na carta a Ramalho Ortigão e que, de forma também breve e fragmentária, expõe em *A Catástrofe*.

Deste modo, em primeiro lugar, e para mencionar apenas alguns exemplos, "os detalhes da invasão, as desgraças, os episódios temerosos, os capítulos sanguinolentos da sinistra história"[109], que no início do relato de Eça se encontra consumada, sendo apenas dados breves detalhes entre as páginas 204 e 208, são, pois, facultados por Mário Cláudio que narra e descreve as diversas etapas da invasão.

Referimo-nos à resistência inicial oferecida pelos portugueses, ao desenrolar e ao completar dos acontecimentos, bem como ao consequente rol de atrocidades e de perda da identidade nacional que se segue[110]. Esta é passível de ser ilustrada quando, por exemplo, os nobres, "lambendo as botas dos seus carrascos", confraternizam com os oficiais estrangeiros, não se cansando de aplaudir a anexação e de a apontar como o "redentor desfecho para um país que por completo perdera o norte"; quando as mulheres fingem ter esquecido os mais simples vocábulos da língua portuguesa; ou, ainda, quando os deputados introduzem "frases sinuosas na língua dos que nos tinham conquistado"[111].

---

[109] Eça de Queirós, *A Catástrofe*, in *O Conde de Abranhos* e *A Catástrofe*. Lisboa: Livros do Brasil, s./d., p. 210.

[110] Cf. *As Batalhas*, pp. 43, 62-66, 67-68, 74-76, 82, 83-85 e *passim*.

[111] *Ibidem*, pp. 93 e 94, 96 e 95, respectivamente. O *"salmis d'horreurs"* referido por Eça é, por exemplo, plenamente ilustrado pelo seguinte excerto: "À cupidez dos bens patrimoniais juntavam eles o apetite da carne, e a cada fêmea com quem cruzavam, jovem ou velha, deitavam a garra hedionda, derrubando-a após curta resistência pelos dentros de

Em segundo lugar, se o texto de Eça nos permite saber, por vezes ironicamente, que alguma esperança de redenção começa a invadir o sentimento nacional[112], a verdade é que não encontramos referência, por exemplo, a quaisquer actos de sabotagem que contrariem o espírito de vencidismo e de inércia que percorre e domina a tessitura narrativa. Pelo contrário, em *As Batalhas do Caia*, e de certa forma atenuando o englobante sentido pessimista do texto queirosiano, é-nos oferecida a descrição de diversos actos que visam contrariar e minar a subjugação inimiga e que, não esqueçamos, são protagonizados pelo povo.

Disso mesmo são exemplo, por um lado, as varinas de Lisboa que "cessando de lançar os seus pregões", "desatavam a bater as chinelas com um desplante em que se denotava claríssima vontade de desfeitear os intrusos"; os ferreiros que fixavam "às três pancadas as ferraduras na expectativa óbvia de que se viessem eles a estatelar"; os talhantes que lhes impingiam "as carnes duras e nervosas"; as fruteiras com o abastecimento "das mais amargas laranjas"; os aguadeiros com o fornecimento da "vaza das nascentes dos cemitérios, se não aquela em que haviam malevolamente mijado"; o batalhão de raparigas de Mariquinhas Vaidosa que, "dispostas a abrir as pernas aos da estranja", não raro lhes transmitiam doenças venéreas[113].

Por outro lado, em termos de manifestações mais ostensivas, e também mais sérias, ou de "plano mais concertado de derrube do inimigo", destacamos "os pequenos participantes da marcha revol-

---

um milheiral. Mas encontravam-se os que fingiam a mansidão dos namorados, levando a sua presa ao cultivo de uma confiança crescente, a fim de se apossarem do cordão e das arrecadas que a desgraçada lhes entregava, impelida pela ilusão de comprar assim uma licença de casar. A uma rapariga de Vagos, por ser de grande beleza, empregou-a um batalhão como soldadeira, e nem os oficiais de alta patente lhe desprezavam os favores. Usada e sem préstimo enfim largaram-na à beira de um estradão, abraçada à trouxa em que transportava os seus haveres...", pp. 82-83.

[112] Lembramos, em *A Catástrofe*, a referência ao "sonho da desforra [que] faz suportar a realidade da catástrofe...", p. 197; o "esforço de heroísmo numa vasta indiferença pública" do grupo que entoa um hino patriótico, pp. 202-203; a decisão que, apesar de tudo, se começa a ver "nas atitudes, nos modos", p. 209; a celebração, às escondidas, "de um modo quase religioso", das antigas festas da pátria", p. 211.

[113] *As Batalhas*, pp. 97 e 137-138.

280 *Post-Modernismo no Romance Português Contemporâneo*

tosa"; as "pequenas células de resistência" que, pelas ruas da capital, passando palavra ou distribuindo panfletos "De porta em porta ao longo da noite", alimentavam "o vigor de uma revolta prestes a rebentar"; os "ganapos vivaços" que circulavam "por entre os peralvilhos da estranja que frequentavam os botequins, a catar uma informação aqui e além, a falsamente sugerir os movimentos e os alvos dos próceres da restauração"; ou, ainda, os guerrilheiros que fazem rebentar bombardas e que, no Porto, provocam a explosão que atira pelos ares "o paiol dos campos da pasteleira, liquidando a maior parte da guarnição"[114].

Sublinhamos, todavia, que a fuga ao espírito pessimista que domina o texto de Eça só se concretiza de modo parcial, pois, mesmo após a restauração e o regresso do rei, a verdade é que continua a sentir-se a necessidade de melhorar certos aspectos sócio-económicos[115].

Em todo o caso, sendo certo que a História desmente a ficção, pois a invasão de 1881 não se verificou, e que dificilmente as previsões coevas mais pessimistas se concretizarão, não é menos certo que os mundos possíveis re-criados por ambos os autores oferecem conotadores de mimese que, se não representam o que existiu, são, pelo menos, plausíveis no âmbito de uma eventual simbologia, ou não, que, ao permitir intersecções diversas, pode referir-se a este ou a outro espaço-tempo.

Neste em que vivemos, por exemplo, remotamente mas não sem alguma pertinência, os mais descrentes em económicas e políticas uniões europeias permitem-se, ainda, antever laivos de ameaças de outras invasões. Agora não propriamente do território físico-geográfico, mas as que se traduzem em invasões de índole diversa e contudo afim pois, em todo o caso, a identidade nacional vai-se mais ou menos lentamente extinguindo, seja pela inevitável descaracterização linguística – decorrente, não só mas também, da 'cultura telenovelística'–, seja pela não menos inevitável invasão do mercado económico nacional, ainda e sempre, pelas mesmas grandes potências, as que Eça já referia, com capacidade para produzir mais e mais barato.

---

[114] *Ibidem*, pp. 114, 117-119, 122, 136-139.
[115] Cf. *ibidem*, pp. 198-199.

Referencialidade vs Metaficção? A dicotomia de morte anunciada   281

Nas palavras desalentadas e um tudo-nada melancólicas de Policarpo Alfredo Gomes dos Santos, o duplo do soldado sem nome do texto queirosiano sobre quem se coloca a responsabilidade da narração que cria um nível hipodiegético no romance de Mário Cláudio, o que vai desfiando o rol das misérias nacionais e da "horrorosa condição de abaixamento", numa expressão do próprio Eça na carta a Ramalho Ortigão que já mencionámos, nessas palavras, escrevíamos, é possível ler a preocupação com a perda da alma pátria. Esta perda projectar-se-á no tempo presente de uma globalização sem limites, assim alegoricamente se confirmando e se cumprindo, de forma pontualmente pessimista, o que no/e para o passado se prognosticava.

Afinal, talvez por isso tenha o autor tanta certeza de que este é um livro "que não agradará aos políticos deste país" [116].

Fazendo ecoar impressões já insertas em *A Catástrofe* de que

> Nem mesmo quando o velho Salisbury, quase no seu leito de morte, lançou o seu grande manifesto e declarou a guerra à Alemanha, e quando vimos assim a nossa única protectora tão ocupada numa luta no Norte, nos considerámos em perigo. E todavia <u>parecia ter chegado o dia terrível em que podiam desaparecer da Europa as pequenas nacionalidades!</u> [117],

escreve Policarpo o que poderá ser lido em qualquer crónica coeva:

> Lembrávamo-nos do tempo em que era cada país europeu aquilo mesmo que era, e <u>tremíamos em face da aberração da natureza que tornaria iguais os homens e as paisagens, as casas e as lojas, e que nos converteria numa espécie de bonecos comandados por uma entidade, sem rosto e sem nome, governados por mandato de outra entidade nenhuma</u> [118].

Adriana Bebiano, em interessantíssima abordagem da obra em apreço, e referindo-se aos "vilões de estimação" do "herói Policarpo", comenta:

> estranhamente não são os soldados do exército, mas os burocratas, que "esfregavam as pálidas mãozitas" com o sonho do dinheiro

---

[116] Mário Cláudio, entrevista citada, p. 14.
[117] Eça de Queirós, *A Catástrofe*. Ed. cit., p. 198.
[118] *As Batalhas do Caia*, p. 116.

282   *Post-Modernismo no Romance Português Contemporâneo*

"que pelos dedos lhes iria passar, e com o império que haveriam de adquirir as imensas secretarias". São dos burocratas os argumentos de "prosperidade" nos campos e de "avanço" na indústria, enquanto, na realidade, "rebentariam os nossos pescadores a puxar as redes alheias, definhariam os nossos lavradores, a desenterrar as batatas que mais ninguém queria". Este não é o Portugal de Eça, mas o Portugal na UE na versão dos seus críticos, o país de "complicado sistema de subvenções à agricultura, exigindo o preenchimento de impressos sucessivos e a intervenção de um numeroso quadro de organizações". Um país governado pelos burocratas, pela papelada, pela máquina "sem rosto e sem nome". Um país dos outros [119].

É sobretudo em virtude desta transcontextualização para o tempo presente que Isabel Pires de Lima advoga estarmos neste romance "longe de um *pastiche*". Para a autora,

> Mário Cláudio não tenta, nem quer imitar Eça de Queirós. Apropria-se de uma ideia queirosiana, de certos tiques mais frequentes do seu estilo (...) e dá-lhes um novo contexto. É assim que aquela passada batalha do Caia, no singular, se torna plural, permitindo-nos transcontextualizá-la para o momento presente. Não viveremos hoje outra/s invasões, outra/s batalhas do Caia? [120].

Em nossa opinião, como acima já afirmámos, e tendo em conta que apesar de a paródia se consubstanciar numa "atitude dupla de aproximação e de fuga", ou de "imitation with critical distance", de acordo com Linda Hutcheon, esta obra de Mário Cláudio, ou melhor, o texto intradiegético de *As Batalhas*, aproxima-se bem mais de uma relação de similaridade, estrutural, semântica e estilística, logo de pastiche, com *A Catástrofe*, do que de diferença e de distância em relação ao mesmo texto.

Imita-se o texto eciano, e o catastrófico cenário possível, numa re-escrita de estilo (quase) colado, que passa inclusivamente

---

[119] Adriana Bebiano, *A invenção da raiz. Representações da nação na ficção portuguesa e irlandesa contemporâneas*. Relatório apresentado à Fundação para a Ciência e Tecnologia no âmbito do projecto "A sociedade portuguesa e os desafios da globalização". Centro de Estudos Sociais de Coimbra, dact., 1999, p. 93. As citações feitas a partir de *As Batalhas do Caia* dizem respeito às pp. 117 e 198.

[120] Isabel Pires de Lima, "Mário Cláudio. Máquinas de sonhos", in *Jornal de Letras, Artes e Ideias*. 28 de Fevereiro, 1996, p. 22.

Referencialidade vs Metaficção? A dicotomia de morte anunciada   283

pela apropriação de fragmentos, com o intuito primeiro de o fazer caber no projecto maior de *As Batalhas* e, como tal, a re-constituição refere-se, em primeira instância, de forma coesa e coerente ao mundo queirosiano. Se é certo que o intratexto oferece potencialidades alegóricas que se projectam no nosso tempo, não é menos certo que estas só se actualizam de modo mais englobante e pertinente, de acordo com a re-leitura paralela dos referentes primeiros, respeitantes ao cenário pessimista do Portugal de finais do século XIX; pessimismo interiorizado por toda uma geração (a de 70) de que Eça é também porta-voz[121].

A fuga que aqui se estabelece, a extrapolação para o tempo presente e o consequente distanciamento do passado, numa espécie de segundo intuito subjacente, vem, a partir do pastiche feito, por acréscimo de semelhanças eventuais entre os dois finais de século; vem, como podemos deduzir das palavras do autor, da constatação de que, na década de setenta, "o País estava <u>ainda</u> em estado de invasão. Invasão da hipocrisia, da maldade, da mesquinhez dos políticos"[122]. Mesmo referindo-se a um outro tempo, o que se procura é uma linha de aproximação, paródica, sim, mas de uma paródia mimética, de duplicação, ou de uma paródia branca nas palavras de Fredric Jameson, e não de uma paródia irónica[123], de distanciamento e de estabelecimento de diferenças.

Mas *As Batalhas do Caia* consubstanciam-se ainda em mais do que esta re-escrita do projecto queirosiano. Não é só por oferecerem a possibilidade de transcontextualizar o intratexto para o momento presente, ou por se referirem aos textos escritos, ou projectados, por Mário Cláudio e por Eça de Queirós, que se justifica o plural utilizado no título.

Com efeito, do que também se dá conta nesta obra é de uma outra batalha de sentido íncito bem diferente do veiculado denota-

---

[121] *Vide*, a propósito, as recensões de Fernando Sobral e de José Leon Machado, "O Caia e as misérias nacionais" e "*As Batalhas do Caia* de Mário Cláudio", respectivamente, in <http://www.altavista.digital.com/Projecto Vercial> (1997). A primeira recensão foi inicialmente publicada em *Diário Económico*, 9 de Janeiro de 1996.

[122] Mário Cláudio, entrevista citada, p. 15 (sublinhado nosso).

[123] Cf. Maria Alzira Seixo, art. cit., p. 23. Cf. *supra*, p. 266, para a definição de paródia branca.

284   *Post-Modernismo no Romance Português Contemporâneo*

tivamente. A batalha, ou melhor, as batalhas que podemos ler, são, por outro lado, relativas ao trabalho de construção da escrita (ou à "escrita em acção", nas palavras de Carlos Reis), à luta entre autor e imaginação, na materialização gráfica do universo que se pretende narrar ou, como diria José Saramago, no preenchimento da certidão de nascimento da obra.

É no que concerne a este preenchimento, trabalho de orquestração do texto nos bastidores do processo criativo, que se verifica a *sui generis* mimese artística ou privada a que acima fizemos referência.

Se em *Manual de Pintura e Caligrafia* e em *Era bom que trocássemos umas ideias sobre o assunto* a auto-reflexividade e a auto-consciência do carácter ficcional se estabelecem de modo directo, isto é, por via de/e a propósito da própria obra que se escreve, neste romance a imitação do labor da escrita impõe-se em estreita e tácita aliança com uma consciência diferida; impõe-se, se preferirmos, através de uma consciência em segunda mão, projectada e sublimada por Mário Cláudio em Eça de Queirós, nas páginas do romance sobre o romance que ao primeiro cumpre escrever.

É como se, desnudando as etapas do processo criativo de outrem, se possibilitasse a extrapolação para compreender o processo de criação individual que, por vezes, é também apresentado e representado. Imagina-se a imaginação imaginando e assim se oferece a metaficcional re-construção entrecruzada das duas batalhas artísticas vividas.

A imagem do livro "que se vai desenhando na fantasia do nosso homem", a matéria-prima em bruto que primeiramente concebe [124] não será, pois, imediatamente sujeita a um (sempre ilusório) registo fluido e linear de quem escreveu ao correr da pena.

O facto de o intratexto se disseminar pelas páginas do romance faculta, desde logo, se bem que indirectamente, a sensação de que a escrita é um processo longo, já que acompanha e se prolonga nos últimos anos de vida de Eça. Em simultâneo, essa disseminação possibilita ainda a intervenção metaficcional que vai dando conta dos trabalhos, das "papeletas esborratadas" e dos "rabiscos" que

---

[124] Cf. *As Batalhas do Caia*, p. 21.

Referencialidade vs Metaficção? A dicotomia de morte anunciada   285

presidiram ao resultado final da escrita. Uma escrita que se desvenda "infatigável" e cautelosa [125] e cujo estatuto ficcional claramente se afirma na menção à "invejável liberdade" que leva, por exemplo, "a colocar mentalmente na fala do ["inventado"] herói Policarpo", responsável pela narração do "imaginado romance", "o retrato dos sucessos da Pátria achincalhada" [126].

Assim sabemos, ainda, das insónias e das alucinações que brindaram

> o cônsul português em Newcastle-on-Tyne. Revolvendo-se na cama, sem encontrar posição, rejeitando o travesseiro e as almofadas para logo os reutilizar, deparavam-se-lhe folhas e folhas que se não articulavam, capítulos e capítulos que se abatiam, provas rasuradas e borrões ilegíveis. (…)
> De instante a instante, e num impulso, saltava dos lençóis o nosso José Maria, extraía um caderninho de apontamentos do montão de roupa arremessada à bergère, anotava cousas que certamente se manifestariam ridículas ou desnecessárias (…), uma ou outra anotação metodológica, «utilizar a carta de um soldado», dosear o discurso directo», «estudar o conflito franco-prussiano», linhas e linhas rabiscadas na desorientação de todos os sentidos, as quais sabia já por vária e substanciosa experiência revelar-se incapaz de decifrar [127].

Assim sabemos, também, do processo interior que escapa ao registo nas folhas do "belo papel Wattman"; da suspensão da tarefa que desempenha, "quando menos nítida se lhe depara, ou mais desfocada, a imagem da pátria onde foi parido"; "da conjectura desses movimentos militares, os quais nunca se transformam em romance"; ou das linhas que não escreve, "já que dentro de si as revolve, declinando-as nas virtualidades que apresentam, experimentando novos contornos delas como se pusesse a rodar um caleidoscópio" [128].

---

[125] *Ibidem*, pp. 23 e 27. Cf. p. 31 para a indicação e o comentário do modo como escreve durante as "sucessivas horas de trabalho".

[126] *Ibidem*, p. 92. Cf. p. 136 para a citação entre parênteses.

[127] *Ibidem*, pp. 22-23.

[128] *Ibidem*, pp. 32, 33, 77 e 76, respectivamente.

286   *Post-Modernismo no Romance Português Contemporâneo*

Mas, em última instância, num fio de uma verdade última que se vai desenovelando, admite-se a presença da imaginação da entidade que, por detrás de Eça, vinha criativa e ficcionalmente imaginando[129]. Aquela que do actual tempo extradiegético viaja ao interior da ficção para, quando entende "urgente intervir", lhe segredar "avisos que não percebe ele donde vêm, se do céu ou da terra, se de dentro ou de fora da sua pessoa"[130].

A mesma entidade que, socorrendo-se de metaficcionais liberdades, coexiste esporadicamente num mesmo espaço-tempo, artifício que lhe permite receber notícias do falecimento de Oliveira Martins[131] e testemunhar um relato que, de forma cúmplice, é acompanhado por uma piscadela de olho do "nosso cônsul"[132].

Pela negação de que "em nenhuma resma de papel, Wattman ou qualquer outro, terá sido escrita esta história das fabulosas batalhas do Caia"[133], o criador último, ou primeiro, de *As Batalhas* de sentido plural assume não só a responsabilidade do controle narrativo e criativo e a necessidade de ajustamentos que levou a cabo: o retirar uma figura e acrescentar outra, o aprimoramento das "restantes, a fim de que do conjunto saia adequada obra de carpintaria"[134]; o ter feito padecer "o saudoso escritor de uma casta inominável de violências, com o propósito de que rigorosamente lhe assentasse a história que contámos"[135].

Assume, também, e finalmente, o carácter de construto dos universos narrados, e se é verdade que "este que vos[/nos] escreve, relator de um processo que ascende à última instância, possui ele a vantagem enorme de não terem jamais reparado na sua presença os

---

[129] Para além dos facultados no corpo do texto, registem-se ainda os seguintes: "Sem que o nosso homem me dirija a palavra agora, afastando do tampo da banca o *Petit Larousse* e dois tomos do *Portugal Antigo e Moderno*, eis o que imagino que me poderia ele dizer"; "Situamo-nos neste instante em que a nave da vida encalha no anúncio da morte, quando não dão sinal de avançar as linhas do romance que levamos"; "E eis que afinal se lhe dirige o moribundo, ou assim o imagina o que relata as exaltantes batalhas do Caia (...)", *ibidem*, pp. 97, 173 e 195, respectivamente.

[130] *Ibidem*, pp. 60-61.

[131] Cf. *ibidem*, p. 100.

[132] *Ibidem*, pp. 147-148.

[133] *Ibidem*, p. 201.

[134] *Ibidem*, p. 150.

[135] *Ibidem*, p. 205.

que andaram povoando a vida do nosso José Maria" [136], não é menos verdade, em função do que acabamos de verificar, não ter ele conseguido passar-nos despercebido nos combates artísticos travados.

4. *Habent sua fata concetti*

Decorre do exposto nos pontos anteriores que a viabilidade de uma teoria mimética resulta da aceitação de que a relação instaura-da na/e pela linguagem se consubstancia em uma analogia com o real (em maior ou menor grau) e não em uma relação de identidade absoluta, como essa almejada por realistas-naturalistas que, na esteira de Émile Zola sonhavam com "uma composição simples, uma língua precisa, algo como uma casa de vidro deixando ver as ideias no seu interior (...), os documentos humanos dados na sua nudez severa" [137].

De acordo com Brian McHale,

> the only ontological difference that the heterocosm approach admits is the opposition between fictional and real. This does nor mean, however, that *no* relationship exists between the fictional heterocosm and the real world. (...) For the real world to be reflected in the mirror of literary mimesis, the imitation must be distinguishable from the imitated: the mirror of art must stand apart from and opposite to the nature to be mirrored. A mimetic relation is one of similarity, not *identity*, and similarity implies difference – the difference between the original object and its reflection, between the real world and the fictional heterocosm [138].

---

[136] *Ibidem*, p. 195.

[137] *Apud* Philippe Hamon, "Um discurso determinado", in Roland Barthes *et alii*, *Literatura e realidade*. Ed. cit., p. 183, nota 1.

[138] Brian McHale, *Postmodernist Fiction*. Ed. cit., p. 28 (itálicos do autor). Para Adam Schaff, *Linguagem e Conhecimento*. Ed. cit., p. 222, "quando se afirma que a relação que se estabelece entre os fenómenos do conhecimento humano e a realidade conhecida, é *análoga* (nenhuma pessoa razoável sustentará que é *idêntica*) à relação entre o reflexo no espelho e o objecto reflectido, ou entre o original e a cópia, ou ainda entre o objecto e a sua reprodução fotográfica, etc. – emite-se um ponto de vista indissociavelmente ligado à concepção segundo a qual um juízo é verdadeiro quando o que enuncia é conforme ao seu objecto" (itálicos do autor).

Mesmo no caso da ficção científica (o género genuinamente caracterizado pela dominante ontológica no sentido veiculado por este autor, isto é, o de descrição teorética de um universo), só aparentemente, e em primeira análise, é que se verifica o que Darko Suvin denomina por estranhamento cognitivo ("cognitive estrangement"), resultante de uma rede de aportações e de projecções mitopoéticas que parecem não ter qualquer enraizamento na lógica do real conhecido e vivido. No entanto, em derradeira instância, e de acordo com a capacidade humana que nos impele a fazer sentido do caos, a rede que se tece implicitamente permite maiores ou menores confrontos-comparações com o nosso mundo, desse modo progressivamente aproximando as descontinuidades representacionais construídas [139].

Alargando o âmbito da ficção científica para a literatura fantástica no geral, Linda Hutcheon observa que este tipo de produção

> must create new self-sufficient worlds, but has at its disposal only the language of this one. All writers of fiction create symbolic constructs or fictive worlds; but all writers of fantasy have to make their autonomous worlds sufficiently representational to be acceptable to the reader. As Tzvetan Todorov has explained, fantasy literature is a hesitation or compromise between the empirically real and the totally imaginary [140].

Umberto Eco, por seu turno, numa posição análoga à apresentada por Paul Ricoeur, considera que a irrealidade das referências apresentadas por uma obra depende das construções culturais facultadas pela enciclopédia do leitor. Baseando-se na história do Capuchinho Vermelho, onde, de acordo com o princípio da termodinâmica (dado da nossa enciclopédia), consideramos "«irreal» a propriedade de sobreviver à ingurgitação por parte do lobo", admite

---

[139] Cf. Brian McHale, op. cit., p. 59. Um possível exemplo do que acabamos de expor é o paradigmático "Frank Herbert's *Dune* (1965), which constructs an integral, self-contained planetary world nowhere explicitly related to our Earth. Here the confrontation between the projected world and our empirical world is implicit, experienced by no representative character but *reconstructed* by the reader" (p. 60) (itálico do autor).

[140] Linda Hutcheon, *Narcissistic Narrative*. Ed. cit., p. 32 (cf. Tzvetan Todorov, *Introduction à la littérature fantastique*. Paris: Seuil, 1970, p. 29).

Referencialidade vs Metaficção? A dicotomia de morte anunciada   289

que, mudando a enciclopédia, se pode tornar pertinente um dado diverso. Seria o caso do leitor antigo, detentor de uma outra enciclopédia que o tornaria crente na história de Jonas e para quem, por conseguinte, a história do Capuchinho "teria sido verosímil porque de acordo com as leis do mundo «real»"[141].

No âmbito de uma perspectiva mais englobante, e servindo-se do mesmo exemplo, Umberto Eco considera ainda a seguinte hipótese: o que de facto interessa não é "a ontologia dos mundos possíveis e dos seus habitantes", mas *a posição do leitor*". Por outras palavras, "Como leitores empíricos, sabemos perfeitamente que os lobos não falam, mas como leitores modelo temos de aceitar mover-nos num mundo onde os lobos falam", até porque, no caso destes universos ficcionais, "não temos dúvidas de que contêm uma mensagem e por detrás deles está uma entidade autorial, como seu criador, e dentro deles um conjunto de instruções de leitura"[142].

Por conseguinte, e adequando ao contexto em questão as palavras de Foucault, a grande utopia

> d'un langage parfaitement transparent où les choses elles-mêmes seraient nommées sans brouillage, soit par un système totalement arbitraire, mais exactement réfléchi (langue artificielle) soit par un langage si naturel qu'il traduirait la pensée comme le visage quand il exprime une passion[143],

afigura-se de uma impossibilidade total, mesmo dentro dos ditames dessa escola de oitocentos cuja "escrita realista está longe de ser neutra". Ela está, pelo contrário, "carregada com os signos mais

---

[141] Umberto Eco, *Leitura do texto literário. Lector in Fabula*. Ed. cit., p. 141. Paul Ricoeur, para quem a narrativa comporta três relações miméticas ("au temps agi et vécu, au temps propre de la mise en intrigue, au temps de la lecture"), "Une esthétique de la réception ne peut engager le problème de la *communication* sans engager aussi celui de la *référence*. Ce qui est communiqué, en dernière instance, c'est, par-delà le sens d'une oeuvre, le monde qu'elle projette et qui en constitue l'horizon. En ce sens, l'auditeur ou le lecteur le reçoivent selon leur propre capacité d'accueil qui, elle aussi, se définit par une situation à la fois limitée et ouverte sur un horizon de monde", *Temps et Récit*. T.I. Paris: Seuil, 1983, p. 146 (itálicos do autor).

[142] Umberto Eco, *Seis passeios nos bosques da ficção*. 2.ª ed. Trad. Wanda Ramos. Lisboa, 1997, pp. 113 e 122.

[143] Michel Foucault, *Les mots et les choses*. Paris: Gallimard,1966, p. 133.

290   *Post-Modernismo no Romance Português Contemporâneo*

espectaculares da fabricação", principalmente porque não há "escrita mais artificial do que a que pretende pintar mais exactamente a natureza[144].

Assim, numa linha de prolongamento da ideia de diferença já indubitavelmente veiculada positivamente pela teoria aristotélica, a mimese enquanto reflexo de uma certa realidade deverá sempre ser tomada como "coisa diferente da realidade", como "uma aportação *subjectiva* em relação à realidade *objectiva*" que "em cada um dos seus sentidos, implica a *subjectividade*"[145].

Deste modo, e confirmando as migrações dos desenvolvimentos semânticos do termo, o conceito de mimese passará, inexoravelmente, a reclamar para o seu universo, numa coexistência cada vez mais pacífica, essoutro sentido de *poiesis*. Isto é, o sentido de criação e de construção e, repitamo-lo, não de mera duplicação. Em consonância com o espírito da teoria de Platão, e não com o carácter negativo incutido, o real (o das ideias ou o das formas) afigura-se não passível de reprodução exacta mas de re-criação e de fabricação.

Esta constatação faculta-nos uma aproximação às teorias construtivistas de que o sujeito de algum modo constrói o real, facto que, no caso concreto da literatura, se travestirá na teoria dos mundos possíveis. Aduzamos, todavia, que não pretendemos manifestar uma concordância absoluta com as teorias construtivistas, pelo menos não com essa linha radical que, admitindo como única hipótese possível a existência da realidade como construto, procede à negação total de que a realidade é ou foi.

Pretendemos, sim, na esteira de Linda Hutcheon, cujo posicionamento se baseia em "uma longa tradição filosófica" atestada por Cristopher Norris, afirmar "que, embora possa existir 'lá fora', a realidade é inevitavelmente organizada pelos conceitos e pelas categorias de nossa compreensão humana"[146].

---

[144] Roland Barthes, *O grau zero da escrita*. Lisboa: Ed. 70, 1973, p. 67.

[145] Adam Schaff, op. cit., p. 225 (itálicos do autor).

[146] Linda Hutcheon, *Poética do Pós-Modernismo*. Ed cit. p. 189. Para uma abordagem do construtivismo radical, *vide* S.J. Schmidt, "The Fiction is that Reality Exists. A Constructivist Model of Reality, Fiction and Literature", in *Poetics Today*. Vol.5, n.º 2, 1984, pp. 253-274.

Referencialidade vs Metaficção? A dicotomia de morte anunciada

Sublinhemos que a inclusão de uma ideia de *poiesis* no vasto campo da mimese não nos leva a concordar com um leque de assunções radicais, como essa aparentemente evidenciada nas palavras de Robert Scholes de que "Language is language and reality is reality – and never the twain shall meet. (...)" ou, ainda,

> It is because reality cannot be recorded that realism is dead. All writing, all composition, is construction. We do not imitate the world, we construct versions of it. There is no mimesis, only poiesis. No recording, only constructing.

Esta tese é, aliás, relativizada pelo próprio, quando posteriormente defende que "Though all writing is construction, some models may well bear a useful and quite direct relationship to certain aspects of our human situation"[147].

Não podendo oferecer uma cópia exacta da vida real (possibilidade que apoda de falácia realista), a ficção pode, apesar de tudo, veicular modelos de mundo relacionados com e ancorados na realidade que, existindo previamente, não existe contudo de forma independente de um sujeito, na medida em que só consistentemente se actualiza através do diálogo decorrente da aliança objecto contemplado/acto perceptivo do sujeito epistémico tornado sujeito individual.

Segundo Armando de Castro,

> a 'equilibração' gnosiológica não resulta apenas das estruturas do sujeito através da assimilação, resulta, também, da sua acomodação ao objecto real, que é exterior à sua estrutura biopsíquica: o sujeito cognoscente constrói as suas próprias leis numa inter-relação com o mundo real.

---

[147] Robert Scholes, "The Fictional Criticism of the Future", in *Structural Fabulation. An essay on fiction of the future*. Notre Dame & London: University of Notre Dame Press, 1975, pp. 4,7 e 10, respectivamente. A ligação a um possível real consubstancia-se, ainda, nas seguintes palavras tecidas a propósito de eminentes post-modernistas norte--americanos: "Magic is real. The fairy tales are true. Beast and princess are not phony symbols for Coover but fictional ideas of human essence. Barth and Barthelme are chroniclers of our despair: despair over the exhausted forms of our thought and our existence. (...) Coover and Gass are reaching through form and behaviour for some ultimate values, some true truth" – "Metafiction", in Mark Currie (ed.), *Metafiction*. London & New York: Longman, 1995, p. 38.

Intervindo na elaboração de sentidos dos elementos fornecidos pelo meio, o sujeito revela-se, pois, como uma "organização
organizante" capaz de criar modelos isomorfos da realidade e/ou
novas teias de relações [148].

A insistência na presença e na importância de um sujeito na
construção-representação do real faculta, pois, uma oblíqua aproximação com a já mencionada versão mitigada da teoria do reflexo.
Ao mesmo tempo, permite destronar teorias de índole demasiado
formalista, como essa que já encontrámos na primeira das asserções de Scholes, numa linha também presente na alegação barthesiana de que

> Le récit ne fait pas voir, il n'imite pas; la passion qui peut nous
> enflammer à la lecture d'un roman n'est pas celle d'une «vision»
> (en fait, nous ne «voyons» rien), c'est celle du sens, c'est-à-dire
> d'un ordre supérieure de la relation, qui possède, lui aussi, ses
> émotions, ses espoirs, ses menaces, ses triomphes: «ce qui se pas-
> se» dans le récit n'est, du point de vue référentiel (réel), à la lettre:
> *rien*; «ce qui arrive», c'est le langage tout seul, l'aventure du lan-
> gage, dont la venue ne cesse jamais d'être fêtée [149].

---

[148] Armando de Castro, *Teoria do Conhecimento Científico*. 1.º vol. Porto: Limiar,
1975, p. 123. Em todo o caso, há sempre que ter em conta, nas palavras de Jean Piaget
que "O objecto é um limite, no sentido matemático, aproximamo-nos constantemente da
objectividade, mas nunca se atinge o objecto em si mesmo. O objecto que se pensa ter
atingido é sempre um objecto representado e interpretado pela inteligência do sujeito. (...)
o objecto existe mas só lhe descobrimos as propriedades através de aproximações sucessivas. É o contrário do idealismo. Aproximamo-nos constantemente do objecto mas nunca o atingimos, porque para isso seria sem dúvida necessária uma infinidade de propriedades de que grande parte nos escapam", *apud* Jean-Claude Bringuier, *Conversas com
Jean Piaget*. Lisboa: Bertrand, 1978, p. 112.

Parece-nos sobreviver no exposto uma afinidade remotamente enviesada, e meramente residual, com a teoria platónica de que o imitador é o "autor daquilo que está três
pontos afastado da realidade" (Platão, *República*. Ed. Cit., 597e, p. 456), já porque
apenas se imitam as aparências de formas naturais, já porque no processo de mediação se
vai perdendo algo dessa verdade apenas existente no supra-sensível mundo das Ideias, só
alcançável através de um processo de anamnésis. Sublinhamos, todavia, os vocábulos
'afinidade enviesada' porque, afinal, admitindo-se a existência de objectos reais procede-
-se ao afastamento radical do racionalismo transcendente do autor grego.

[149] Roland Barthes, "Introduction à l'analyse structurale des récits", in *Communications*, n.º 8, 1966, pp. 26-27 (itálico do autor).

Decorre do exposto que as novas inflexões de mimese (de que o termo 'representação' parece ser, apesar de tudo, empírica e pragmaticamente mais convincente e motivado) conservam mais a melodia englobante e relacional de uma arquetípica e primitiva moral do conceito, e menos a sua busca de uma desde sempre perdida verdade de identificação-especulação absoluta.

Em todo o acto de percepção, de que a literatura é o mais lato e complexo representante, existem, consequentemente, elementos que não podem ser considerados como meras reacções-traduções-pela-escrita a estímulos objectivos. Pelo contrário, eles devem ser vistos como adições representativas de uma consciência perceptiva, numa linha de maior ou menor fidelidade aos reais circundantes, ou, se preferirmos, numa linha ficcional variável de acordo com a concordância, proposita ou não, com os valores de verdade que se instauram em relação ao mundo real [150].

---

[150] Cf. Benjamin Harshaw, "Fictionality and Fields of Reference", art. cit., p. 229.

CAPÍTULO V

A história contra-ataca

> I aver, on the contrary, that by introducing the busy and the youthful to "truths severe in fairy fiction dressed", I am doing a real service to the more ingenious and the more apt among them; for the love of knowledge wants but a beginning – the least spark will give fire when the train is properly prepared; and having been interested in fictitious adventures, ascribed to an historical period and characters, the reader begins next to be anxious to learn what the facts really were, and how far the novelist has justly represented them.
> But even where the mind of the more careless reader remains satisfied with the light perusal he has offered to a tale of fiction, he will still lay down the book with a degree of knowledge not perhaps of the most accurate kind, but such as he might not otherwise have acquired.
>
> WALTER SCOTT

1. Alquimias: História e (meta)ficção históri(ográfi)ca

À ortodoxa ideia de História como narração de factos reais, tratados e batalhas, e à mais recente preocupação com aspectos não factuais da Nova História deve, indubitavelmente, acrescentar-se a produção romanesca, seja a de temática histórica, seja, tão somente, a de carácter ficcional.

Com efeito, a obra de arte literária evidencia virtuais (porque sujeitas a actualização e a descodificação) capacidades de representação, e reflecte, de modo mais ou menos evidente, como temos vindo a demonstrar, coordenadas geográficas, ideológicas e axiológicas do cenário social e humano que lhe dá origem ou, no caso do romance de temática histórica, da época à qual se reporta, mesmo sendo elevado o grau de ficcionalidade introduzido pelo autor.

A importância da literatura como coadjuvante da reconstituição de certos elementos históricos é, inclusivamente, atestada e reconhecida por historiadores que, como José Mattoso, lhe atribuem um papel semelhante ao desempenhado por outras fontes históricas:

> Os documentos também nada dizem acerca do comportamento sexual normal das populações. Mas nem por isso os historiadores se resignam a ignorar tudo a esse respeito. Estudam os penitenciais que registam as reparações exigidas dos pecadores, os sermões que mencionam os vícios do tempo, <u>os romances e poesias com as suas alusões claras ou ocultas, os símbolos e metáforas usadas para definir a relação entre o masculino e o feminino, e assim sucessivamente. (...) Os resultados podem ser magros mas alguma coisa se consegue. A sua verosimilhança depende da articulação com os conhecimentos anteriormente adquiridos acerca da época, da região onde se observam os fenómenos, do estrato social a que se referem</u> [1].

A questão que se põe não é, contudo, pacífica e linear, justificando, por isso, a necessidade de a submetermos, previamente ao tratamento dos romances, a uma abordagem e a uma reflexão teórica relativamente alongadas. Um dos primeiros e mais importantes problemas a colocar, não obstante o que acabamos de referir (ou, talvez, mais precisamente por causa de), diz forçosamente respeito à mais lata e canónica distinção entre História e ficção, num ensaio de tarefa cuja consecução é, sempre e ainda, dificultada por diferentes concepções sobre a ciência histórica.

A segunda questão, mais restrita, mas não menos importante e complexa, pois duplamente se apresenta, refere-se às conexões que, mesmo brevemente, cumpre estabelecer com uma linha romanesca que a tradição faz remontar a Walter Scott. Refere-se, ainda,

---

[1] José Mattoso, *A escrita da História. Teoria e métodos*. Lisboa: Estampa, 1988, p. 26 (sublinhado nosso).

à delimitação de possíveis e sempre provisórias fronteiras subgenológicas entre outros tipos de romance e o romance histórico, ou de temática histórica, numa tipologia menos incisiva e peremptória, mais do agrado de escritores que, na esteira de José Saramago, rejeitam a estreiteza literária e ideológica da etiqueta cujo uso vem fazendo norma:

> Cada vez tenho mais o direito de sacudir a etiqueta de romancista histórico porque o que tento fazer é inventar uma história e colocá-la no lugar da História. O romance histórico seria atento, venerador e obrigado. Pratico o anacronismo e a ignorância de facto da História, que me permite usar atrevidas liberdades. A realidade é uma cintilação, não se capta tal e qual [2].

A fragilidade e a instabilidade dos conceitos aparentemente tão diversos como História e ficção, problemática que ocupa indubitavelmente o centro dos debates coevos, radica, contudo (mais uma vez), segundo Paul Hamilton, nos remotos tempos da Antiguidade Clássica. A tentativa para operar a diferenciação absoluta entre ambos traduz-se em fracasso até mesmo para o próprio Platão que acaba por cair nos erros que o haviam levado a propugnar a expulsão dos poetas trágicos da sua República ideal.

De acordo com Hamilton, os mitos de cenários imaginários a que Platão recorre para acreditar as suas teorias filosóficas acabam por redundar em ficções, pela ausência de factos comprovativos da sua veracidade histórica [3], assim se aproximando o verbo do filósofo da alegada ausência de verdade imputada ao verbo dos poetas a banir.

Interessante é também a posição de Aristóteles que, evidenciando uma atitude em que claramente lemos a delimitação de fronteiras entre ambos os ofícios, o de poeta e o de historiador, oferece, todavia, a possibilidade de entendermos as potencialidades

---

[2] José Saramago em entrevista conduzida por Clara Ferreira Alves, "O Cerco a José Saramago", in *Expresso*/Revista, 22 de Abril de 1989, p. 62.

[3] Cf. Paul Hamilton, *Historicism*. London & New York: Routledge, 1996, p. 7. O autor refere-se ao mito da caverna e ao mito de Er; sobre estes mitos, *vide* Livros 7 e 10 de *A República*.

298 *Post-Modernismo no Romance Português Contemporâneo*

do acto criativo poético(/ficcional) em termos menos negativos e redutores que em Platão:

> não é ofício de poeta narrar o que aconteceu; é, sim, o de representar o que poderia acontecer, quer dizer: o que é possível segundo a verosimilhança e a necessidade. Com efeito, não diferem o historiador e o poeta, por escreverem verso ou prosa (pois que bem poderiam ser postas em verso as obras de Heródoto, e nem por isso deixariam de ser história, se fossem em verso o que eram em prosa) - diferem, sim, em que diz um as coisas que sucederam, e outro as que poderiam suceder[4].

Acreditamos que a validade outorgada por Aristóteles às "[coisas] que poderiam suceder" permite descortinar a instabilidade da diferenciação que linearmente e apesar de tudo afirma. Legitimando as capacidades representativas da poesia na (re)construção hipotética de cenários onde "o que é possível é plausível"[5], de algum modo a coloca ao nível dos conhecimentos oferecidos e facultadas pela História. A mesma História supostamente responsável pela narração de factos verdadeiros e objectivos, mas que, contudo, de acordo com Cícero, sempre se misturam com o limbo de linhas fantasiosas, assim mais uma vez obrigando ao esbatimento de fronteiras rigidamente estabelecidas:

> different principles are to be followed in history and poetry... for in history the standard by which everything is judged is the truth, while in poetry it is generally the pleasure one gives; however, in the works of Herodotus, the father of History, and in those of Theopompus, one finds innumerable fabulous tales[6].

Mesmo tendo em conta as evidentes contaminações que de tempos ancestrais se anunciam e que de modo progressivo se têm vindo a instaurar, a verdade é que o desejo de separação entre os dois domínios, ou melhor, entre a arte literária e a ciência histórica, não apenas se mantém (sujeito evidentemente a diferentes cambiantes de acordo com os intervenientes) como surge de certa forma caucionado por alguns romancistas. Relembremos, para tanto, as

---

[4] Aristóteles, *Poética*. Ed. cit., p. 115.

A *História contra-ataca* 299

palavras em epígrafe, de Walter Scott, onde, e apesar de nelas lermos o reconhecimento do pertinente pendor pedagógico-didáctico do romance histórico, nos é permitido descortinar, como aponta Mark Weinstein, que a imaginação e a invenção patentes neste tipo de obras podem aparecer contrapostas à seriedade e ao conjunto--de-factos-verdades-objectivas da História[7]: "the reader begins next to be anxious to learn what the facts really were, and how far the novelist has justly represented them".

O que assim se afirma em 1823 encontra, em outro nível, sintonia plena, ainda segundo Weinstein, com a paixão pelos factos que a crença positivista da História de Ranke, aliada às tradições empiricistas (defensoras da separação entre sujeito e objecto e, concomitantemente, da ideia de que as impressões sensoriais são independentes da sua consciência), instauraria no cenário europeu de oitocentos[8].

No entanto, como muito bem aponta Maria de Fátima Marinho, "A ideia [contrária] de que um bom romance histórico ensinava mais do que um livro de História" é passível de ser lida nas asserções de autores como Alexandre Herculano:

> Quando o carácter dos indivíduos ou das nações é suficientemente conhecido, quando os monumentos e as tradições, e as crónicas desenharam esse carácter com pincel firme, o romancista pode ser mais verídico do que o historiador; porque está mais habituado a recompor o coração do que é morto pelo coração do que vive, o génio do povo que passou pelo do povo que passa[9].

---

[5] *Ibidem*, p. 116.

[6] *Apud* Paul Hamilton, op. cit., pp. 9-10.

[7] Cf. Mark A. Weinstein, "The Creative Imagination in Fiction and History", in *Genre*. Vol.IX, n.º 3, Fall, 1976, pp. 263-264.

[8] Cf. E.H. Carr, *Que é a História?*. Trad. Ana Maria Prata Dias da Rocha. Lisboa: Gradiva, 1986, p. 8. Para Ranke "a tarefa do historiador consistia «simplesmente em mostrar como as coisas, na verdade, se tinham passado»". Para a caracterização desta dimensão positivista, *vide* Fernando Catroga, "Positivistas e Republicanos", in Luís Reis Torgal *et alii*, *História da História em Portugal. Séculos XIX-XX*. Vol.2. Lisboa: Temas & Debates, 1998, pp. 105-119.

[9] *Apud* Maria de Fátima Marinho, *O romance histórico em Portugal*. Porto: Campo das Letras, 1999, pp. 15-16. O mesmo tipo de posicionamento leva Tolstoi a observar, no posfácio a *Guerra e Paz*, que o romancista é o verdadeiro historiador – cf. *ibidem*, p. 16.

300 Post-Modernismo no Romance Português Contemporâneo

No tempo que é o nosso não é apenas José Saramago quem afirma, de modo menos radical todavia, a importância de "toda a ficção literária (e, em sentido mais lato, [de] toda a obra de arte)" que "não só é histórica, como não poderá deixar de o ser". Ideia à qual acrescenta que:

> um romance que quisesse apresentar-se como «leitura» deste preciso momento em que nos encontramos, não teria outro remédio que utilizar materiais históricos de todo o tipo (lexicais, ideológicos, etc.), tanto os imediatamente anteriores quanto os mais longínquos, acaso negados e abominados em nome de um qualquer modernismo, como, com alguma monotonia, temos vindo a assistir. Sempre os modernismos vão a essa batalha, sempre a essa batalha não poderão deixar de ir. E sempre a perderão porque inapelavelmente sempre a vencem [10].

Seomara da Veiga Ferreira, autora recente de romances como *Memórias de Agripina* (1993) ou *Leonor Teles ou o Canto da Salamandra* (1998), considera também qualquer romance como histórico, pois "o romancista é sempre um historiador, deve ser, pelo menos, um historiador da sua época ou de outra qualquer. Tudo é História" [11]. De forma mais moderada, o historiador Luís Reis Torgal sublinha:

> O que nos parece indubitável é que a arte, e afinal todas as produções vitais, tem uma dimensão histórica que deve ser hábil e complexamente analisada. (...) toda a obra de arte, até a que parece mais desintegrada e que parece «recusar a história», tem o seu circunstancialismo histórico [12].

---

[10] José Saramago, "O tempo e a História", in *Jornal de Letras, Artes & Ideias*, 27 de Janeiro, 1999, p. 5.

[11] José Saramago em entrevista conduzida por Maria João Martins, "A pátria romana", in *Jornal de Letras Artes e Ideias*, 31 de Agosto, 1993, p. 10. Sobre o assunto, *vide* Maria João Martins, "Os nossos heróis do passado", in *ibidem*, pp. 12-13.

[12] Luís Reis R. Torgal, "História, divulgação e ficção", in L.R. Torgal *et alii*, *História da História em Portugal*. Ed. cit., pp. 156-157 e ainda p. 194. A propósito do texto de ficção como documento histórico e como forma de conhecimento *vide*, ainda, Edmond Cros, *Literatura, ideología y sociedad*. Madrid: Gredos, 1986, p. 17 e Earl Miner, "That Literature Is a Kind of Knowledge", in *Critical Inquiry*. Vol.2, n.º 3, Spring, 1976, pp. 487-518.

A aproximação entre romancista e historiador a que estes comentários aludem parece surgir na senda de R.G. Collingwood que, em inícios da década de quarenta do século vinte, claramente se insurgindo contra o credo positivista do século precedente, assume uma subjectividade extrema perante o tratamento da História, seja porque a entende como "the re-enactment of past thought in the historian's own mind", seja porque, indelevelmente, assume a aproximação entre o papel desempenhado pelo romancista e o protagonizado pelo historiador [13].

Como se fossem duas faces da mesma moeda, as duas entidades tendem à construção de um todo coerente, partilhando, por isso e como tal, a mesma matéria-prima que moldam de acordo com a actividade da imaginação *a priori*. Ora, se a comparação que acabamos de utilizar permite, por um lado, a ilustração da equivalência proposta, por outro lado, é ainda essa mesma imagem que viabiliza a instauração da diferença. Esta é admitida pelo próprio historiador quando, alargando o âmbito dos objectivos a alcançar, delimita o que, em última instância, preside ao desenho re-criativo de cada uma das entidades – o elemento verdade:

> The novelist has a single task only: to construct a coherent picture, one that makes sense. The historian has a double task: he has both to do this and to construct a picture of things as they really were and of events as they really happened [14].

Na consecução dessa dupla tarefa o historiador vê-se obrigado, pois, a obedecer a três regras de primordial importância: a localiza-

---

[13] R.G. Collingwood, *The Idea of History*. Oxford: Oxford University Press, 1963, p. 215. Nas pp. 245-246 pode ainda ler-se: "Each of them makes it his business to construct a picture which is partly a narrative of events, partly a description of situations, exhibition of motives, analysis of characters. Each aims at making his picture a coherent whole, where every character and every situation is so bound up with the rest that this character in this situation cannot but act in this way, and we cannot imagine him as acting otherwise. The novel and the history must both of them make sense; nothing is admissible in either except what is necessary, and the judge of this necessity is in both cases the imagination. Both the novel and the history are self-explanatory, self-justifying, the product of an autonomous or self-authorizing activity; and in both cases this activity is the *a priori* imagination".

[14] *Ibidem*, p. 246.

302 *Post-Modernismo no Romance Português Contemporâneo*

ção espácio-temporal do 'quadro', a consistência da História com ela própria e, finalmente, a relação com evidências.

No entanto, e apesar de tudo, a obediência a este conjunto de regras continua a não obstar à manutenção de uma linha de subjectividade. A propósito da diferenciação entre romancista e historiador, e aliando o sentido canónico da palavra 'ficção' como "«invenção fabulosa ou artificiosa»" (veiculado em "bons dicionários de língua portuguesa") às suas origens latinas, Luís Reis Torgal chama a nossa atenção para a necessidade de a devermos também entender como "«arte de modelar», como «criação»". Sentido também correspondente, de facto, ao acto de escrever História que, assim, se torna permissivo a uma redução do grau de objectividade. Esta, apesar de prevalecer no trabalho do historiador, não permite, mais uma vez, o estabelecimento de fronteiras nítidas e absolutas entre os dois ramos do saber em questão.

Na modelação do passado que lhe cumpre fazer, o historiador

> não deixa nunca de usar, ao descrever e até ao interpretar, uma linguagem literária, ainda que reduzida, mesmo que se esforce por utilizar uma terminologia rigorosa e por formular juízos objectivos [15],

numa atitude que, inexoravelmente, acabará não só por contaminar o critério de verdade que desde os remotos tempos de Platão se almeja, mas também por permitir a instauração e a legitimação do que podemos apodar de aura de suspeição da História. Essa mesma História que já Almeida Garrett, pela voz de Carlos, chamava de tola e que Eça de Queirós prognosticava ser "sempre uma grande Fantasia", numa linha de pensamento também corroborada por Fradi-

---

[15] L. R. Torgal, in op. cit., pp. 155-156. E.H. Carr (*Que é a História*. Ed cit., p. 19 e *passim*) sublinha mais peremptoriamente que "os factos da história nunca nos chegam «puros», visto que não existem nem podem existir sob uma forma pura: eles surgem sempre refractados através da mente do registador. Segue-se que, quando nos empenhamos num trabalho de história, a nossa primeira preocupação deveria ser, não com os factos que ele contém, mas com o historiador que o elaborou", assim se lançando o descrédito sobre a possibilidade positivista de "a realidade da narrativa" poder representar "a narrativa da realidade", numa expressão de F. Catroga, utilizada no capítulo intitulado "Positivistas e Republicanos" (p. 119) a que acima nos referimos.

A História contra-ataca 303

que Mendes (supostamente como resposta ao desejo expresso pelo próprio Eça de escrever um romance sobre a Babilónia):

> Desaprovo energicamente a sua ideia de romance sobre a Babilónia (...). Diz V. que nada há mais interessante para o homem moderno do que descobrir nos outros, de outras idades, os sentimentos, as paixões, os ridículos, a comédia e a tragédia que hoje o agitam a ele. Mas está V. certo de que sabe quais eram os sentimentos e os ridículos dos homens que habitavam a cidade do Eufrates? Esteve V. lá, alojado num pequeno casebre de tijolo, à sombra do templo de Belu, observando e tomando notas? Ressuscitou por acaso algum babilónio para lhe vir dar a representação dos sentimentos e das ideias do seu tempo? Como os pode você conhecer? [16].

O cerne dos debates sobre a questão da indelével diferença entre História e ficção, sobre a supremacia de uma sobre a outra, ou da intercontaminação entre ambas, não nos parece, todavia, dever ser apenas susceptível de uma abordagem que tem por principais protagonistas as entidades (historiadores, filósofos da História, romancistas) que se revelam directamente responsáveis pela utilização e consequente materialização do legado histórico-cultural. Há também que abrir e deslocar esta problemática para essou-

---

[16] *Cartas Inéditas de Fradique Mendes e mais Páginas Esquecidas*, in *Obra Completa*.Vol.3. Porto: Lello, s./d., p. 854. Para as citações anteriores cf. Almeida Garrett, *Viagens na minha terra*. Lisboa: Europa-América, 1975, p. 208 e Eça de Queirós, carta ao Conde de Ficalho (15.6.1885), in *Correspondência*. Ed. cit., p. 265: "A história é uma tola./ Eu não posso abrir um livro de história que me não ria. Sobretudo as ponderações e adivinhações dos historiadores acho-as de um cómico irresistível. O que sabem eles das causas, dos motivos, do valor e importância de quase todos os factos que recontam?" (carta de Carlos a Joaninha); "Debalde, amigo, se consultam in-fólios, mármores de museus, estampas, e coisas em línguas mortas: a História será sempre uma grande Fantasia". Veja-se, ainda, a carta a Oliveira Martins de 26.4.1894, p. 314, in *ibidem*, vol.2: "E aí está o que é um grande historiador chafurdar em Política: insensivelmente transporta para o homem do passado a ironia ou o desdém que lhe inspiraram os homens da véspera – e desabafa nas costas dos mortos! Também não me agradam muito certas minudências do detalhe plástico, como a notação dos gestos, etc. Como os sabes tu? Que documento tens tu para dizer que a Rainha cobriu de beijos o Andeiro, ou que o Mestre passou pensativamente a mão pela face? Estavas lá? Viste? (...) Mas afora estas pequeninas reservas (...) As grandes figuras estão magistralmente postas de pé e solidamente modeladas (...)".

304 Post-Modernismo no Romance Português Contemporâneo

tro campo do horizonte de expectativas que, virtualmente, cada uma das designações cria nos diversos níveis do público-leitor.

Ao encetar a leitura de uma obra chancelada com o nome de um historiador, seja ele muito ou pouco conhecido, o leitor, pelo menos o leitor comum, se é certo que reconhece afinidades formais com esses universos romanescos aos quais não tem dúvida em conceder máxima liberdade de orquestração semântica, predispõe-se, no entanto, a aceitar como séria e plenamente verdadeiros os factos e os acontecimentos narrados, acreditando que foi "posta adeparte toda afeiçom" e que a narrativa que lê (ou, nos tempos mediáticos que correm, a narrativa que ouve e vê nos écrans de televisão), se norteia pelo desejo de

> escprever verdade, sem outra mestura, leixamdo nos boõs aqueecimentos todo fimgido louvor, e nuamente mostrar ao poboo quaaes quer comtrairas cousas, da guisa que aveherõ [17].

Ora, apesar deste empenho de base que sempre, ou quase sempre, ainda se reconhece ser atributo do que faz pesquisa histórica (mesmo tendo sido ele remotamente enunciado antes da historiografia científica inaugurada por Alexandre Herculano), a verdade é que podemos afirmar que qualquer leitor mais ou menos interessado pelos imbricados meandros da aquisição e transmissão de conhecimentos históricos não pode senão questionar o que se lhe apresenta como resultado final. Esse questionamento levá-lo-á, pois, a relativizar sempre a objectividade de uma, a História, e a admitir a inerente subjectividade de outra, a ficção, e, por conseguinte, a aceitar as potencialidades de ambas para possibilitar, sob diversas perspectivas, conhecimentos sobre passados mais ou menos remotos.

Caucionado, entre outros, pelos relativamente recentes auxílios e desenvolvimentos técnicos do "exame químico do suporte, da escrita e da tinta, a codicologia e o aperfeiçoamento da paleografia" [18], o historiador pode ingenuamente acreditar estar a contar

---

[17] Fernão Lopes, Prólogo da *Crónica del Rei D. João I da boa memória*. Parte Primeira. Lisboa: IN-CM, 1973, p. 2.

[18] José Mattoso. *A escrita da História*. Ed. cit., p. 35. Na ausência de documentos não escritos, o rigor histórico do trabalho do historiador (bem como o consequente

A *História contra-ataca* 305

a verdade. No entanto, essa será sempre uma verdade relativa pois, *ad exemplum* no caso em que o número de fontes se revele insuficiente, para que da comparação inerente ao método de selecção se retirem ilações cabais e verosímeis, não há maneira de provar a verdade última do conteúdo das mesmas.

O grau de parcialidade e o carácter subjectivo das entidades que primeiro contemplaram o objecto (ainda e sempre Proust) revela--se, pois, não passível de determinação. E o historiador, que do presente investiga o passado, acabará, sem dúvida, por interpretar a representação que melhor se adequa ao fio condutor, à afectividade e à orientação intelectual que vem conferindo ao seu relato [19].

O problema aumenta, ainda, se tivermos em conta que a ampliação da designada História tradicional se estende pelo desbravamento do não-factual, dos "eventos ainda não consagrados como tais: a história dos territórios, das mentalidades, da loucura ou da procura de segurança através dos tempos" [20], numa "pretensão de totalidade" que, nas palavras de José Mattoso, "desafia a capacidade de imaginação humana" [21]. Leia-se e entenda-se, no âmbito do racio-

---

desenvolvimento de "critérios sistemáticos e hierarquizados de selecção") é, de acordo com o mesmo autor, possibilitado pela "aplicação do enorme arsenal das ciências experimentais aos vestígios arqueológicos", assim permitindo "situar no tempo os testemunhos não datados" e "usar com mais rigor as coordenadas espaciais dos lugares em que eles foram depositados, como condições básicas para a sua interpretação".

[19] Cf. Hayden White, "Interpretation in History", in *Tropics of Discourse. Essays in Cultural Criticism*. Baltimore & London: Johns Hopkins, 1978, pp. 51-80.

[20] Paul Veyne, *Como se escreve a História. Foucault revoluciona a História*. Trad. Alda Baltar e Maria Auxiliadora Kneipp. Brasília: Ed. Universidade de Brasília, 1982, p. 19.

Sobre o modo como as mudanças no entendimento da historiografia influenciaram a evolução do romance histórico, *vide* Elisabeth Wesseling, *Writing History as a Prophet. Postmodernist Innovations of the Historical Novel*. Amsterdam/Philadelphia: John Benjamins, 1991, pp. 72-74.

[21] José Mattoso, op. cit., p. 17. Se para Veyne a História passou do estudo de "uma clareira no meio da imensa floresta" ao "desmatamento das zonas vizinhas a essa clareira" (op. cit., p. 19), para Mattoso, numa imagem mais lírica mas nem por isso menos elucidativa (e a propósito de cujo conteúdo afirma prever uma série de objecções), este alargamento estende-se "do conteúdo 'útil' dos documentos" à procura do "sentido dos actos humanos na sua globalidade, ou seja, muito concretamente a não dar mais valor à queda de um império do que ao nascimento de uma criança, nem mais peso às acções de um rei do que a um suspiro de amor".

cínio que vimos seguindo, capacidade de imaginação do historiador.

Significará o exposto que História e ficção se revelam passíveis de uma relação sinonímica? Apesar das evidentes dificuldades em destrinçar fronteiras territoriais, não é nosso objectivo, como já temos vindo a sugerir, forçar, *tout court*, uma identificação total e absoluta entre os dois domínios. Do mesmo modo, não cremos ter sido esse o objectivo dos escritores que mencionámos (Alexandre Herculano ou, mais recentemente, José Saramago e Seomara da Veiga Ferreira) e que, de formas diversas (mais ou menos peremptoriamente), pareciam afirmá-lo.

Acreditamos, no entanto, no pleno direito que a ficção tem de pôr em causa a História (principalmente, como veremos, um certo tipo de ficção histórica), duvidando quer dos seus métodos quer das suas opções para conferir maior relevo a uma ou a outra figura, a um ou a outro evento, assim instaurando, ou pelo menos propondo, novos cenários do que poderia ter acontecido. Cenários que, em maior ou menor grau, possibilitam, como já foi dito em início de capítulo, alguns conhecimentos sobre os diversos e variados contextos que lhes dão origem.

Acreditamos, ainda, no âmbito dos novos rumos por que parece nortear-se a historiografia contemporânea, que alguma ficção procede também à reconstituição de certos percursos de mentalidade e de certos modos de vida. Numa linha adjacente, certa ficção leva ainda a cabo o redimensionamento e a reabilitação de figuras anónimas a quem, apesar de tudo, ainda se não confere e reconhece, na materialidade gráfica do discurso histórico, a devida importância na formação do que hoje somos como país e como povo.

Acreditamos, finalmente, no direito de escolher contrárias e diversas fontes, mesmo que tal opção se revele ostensiva para com todo um legado canonicamente transmitido. Referimo-nos concretamente, como já dissemos em outro lugar, ao choque e à irritação que, por exemplo, os episódios da relação de humano amor entre Jesus e Maria Madalena (ou a afirmação de que Maria não teria concebido sem pecado) causaram em certos leitores de *O Evangelho segundo Jesus Cristo*, de José Saramago. Esta é uma linha de leitura possível, tão válida quanto outras, porquanto encontra, inclusivamente, corroboração no *Evangelho de Filipe*, documento apócrifo, é certo; mas o que nos garante que as outras fontes sejam mais fiáveis? Aqui, para além de se mencionar o facto de Maria, a mãe, não ter concebido do Espírito Santo, regista-se o facto de Maria, a de Magdala e a companheira de Jesus, e a mais amada de todos os seus discípulos, ser por ele frequentemente beijada na boca [22].

Apesar de tudo, consideramos também, como muito bem sublinha Luís Reis Torgal, numa posição idêntica à de Hayden White, que

> O historiador tem hoje consciência de que não pode «reconstituir» o passado, mas também sabe que a sua ficção tem os limites impostos pelos dados das «representações» que possui, ou seja, os documentos a que tem acesso, compromisso a que o escritor ou o realizador de cinema não está necessariamente ligado, porque o seu objectivo é mesmo a «fantasia» [23].

Servindo-se embora dos métodos e técnicas que presidem à estruturação da narrativa romanesca, o historiador, em tácito compromisso deontológico, visa essencialmente, fugindo ao arbitrário [24], construir um "romance real". Isto é, o conteúdo da sua história tem de prender-se com o tratamento de acontecimentos acreditados como tendo de facto acontecido, numa aliança entre a verdade da coerência e a verdade da correspondência, o que implica, de

---

[22] Cf. Ana Paula Arnaut, "Paleta de mundos possíveis: o Prémio Nobel e a obra de José Saramago", in <http://www.ciberkiosk.pt>, arquivo, n.º 7, 1999 e *L'Évangile selon Philippe*. Louvain: Imprimerie Orientaliste, 1967 (Tese de doutoramento de Jacques-É. Ménard): "(Il y en avait) trois (qui) marchaient toujours avec le Seigneur: Marie, sa Mère, et sa soeur (de cette dernière) et Madeleine qui est appelée sa compagne" (p. 61, sent.32); "Et la compagne du [Fils est Marie-] Mad[leine]. Le [Seigneur aimait Marie] plus que [tous] les disci[ples et il] l'embrassait [souvent sur la bouche] (p. 71, sent.55). Cf. *ibidem*, p. 55, sent.17 para a referência a Maria, mãe de Jesus.

A apetência de José Saramago pelo recurso a fontes históricas marginais é também passível de ser encontrada no romance *Memorial do Convento*, principalmente no que diz respeito à construção da personagem Blimunda (*vide* sobre o assunto, Ana Paula Arnaut, *Memorial do Convento. História, ficção e ideologia*. Coimbra: Fora do Texto, 1996, pp. 63-69).

[23] L.R. Torgal *et alii*, *História da História em Portugal*. Ed. cit., p. 196.

[24] Cf. Paul Veyne, *Como se escreve a História*. Ed. cit., p. 33 e José Mattoso, *A escrita da História*. Ed. cit., pp. 20 e 23.

acordo com White, que a forma(-estrutura) final sob a qual se apresentam esses acontecimentos seja encontrada e não construída:

> Where the aim in view is the telling of a story, the problem of narrativity turns on the issue of whether historical events can be truthfully represented as manifesting the structures and processes of events met with more commonly in certain kinds of "imaginative" discourses, that is, such fictions as the epic, the folk tale, myth, romance, tragedy, comedy, farce, and the like. This means that what distinguishes "historical" from "fictional" stories is first and foremost their content, rather than their form [25].

O romancista, por seu turno, liberto das grilhetas éticas e estéticas, e se assim o entender (e, em nossa opinião, sem que a obra perca totalmente as suas capacidades representativas), permite-se baralhar e voltar a dar as cartas de um jogo que pode subverter semântica e formalmente. Neste jogo é-lhe permitido manter ou não as traves-mestras de referentes históricos, ou mantê-las em maior ou menor grau, optando por uma linguagem mais auto-conscientemente poético-literária (jogos metaficcionais incluídos) e/ou por um discurso mais abertamente paródico.

Em qualquer das situações, e como certificaremos posteriormente, é possível verificar que o romancista histórico assegura um conjunto de características/propriedades fundamentais que facultam a recognoscibilidade das objectividades apresentadas, definidas por Roman Ingarden como "tudo o que é *normalmente* projectado qualquer que seja a categoria objectiva e a essência material" (coi-

---

[25] Hayden White, "The Question of Narrative in Contemporary Historical Theory", in *The Content of the Form. Narrative Discourse and Historical Representation*. Baltimore & London: Johns Hopkins, 1987, p. 27. *Vide*, ainda, *idem*, "Fictions of Factual Representation", in *Tropics of Discourse*. Ed. Cit., pp. 121-134. A expressão "romance real" é da lavra de Paul Veyne (cf. op. cit., p. 15) para quem a História interessa "porque narra, assim como o romance. Apenas distingue-se do romance num ponto essencial (...)", na História "o romance é verdadeiro, o que o dispensa de ser cativante (...)", "o historiador, esse, não é nem um coleccionador, nem um esteta; a beleza não lhe interessa, a raridade tampouco. Só a verdade". Para Paul Ricoeur (*Temps et récit*. T.I. Ed. cit., p. 154), "Seule l'historiographie peut revindiquer une référence qui s'inscrit dans l'*empirie*, dans la mesure où l'intentionnalité historique vise des évenements qui ont *effectivement* eu lieu" (itálico do autor).

sas, pessoas e, ainda, quaisquer sucessos possíveis, estados, actos pessoais, etc).

Isto é, estes 'objectos' devem ser, no seu conteúdo, "de tal modo determinados que (...) poderiam «representar» as personalidades reais, «imitar» o seu carácter, as suas acções, as suas situações de vida e proceder «inteiramente» como elas»"[26]. A representação do modelo, tão fiel quanto possível, deveria, por conseguinte, levar o leitor a praticamente esquecer que são "«meras reproduções»".

Ora, se no caso do romance histórico tradicional o objectivo parece traduzir-se no encobrimento e na substituição do reproduzido (pela tentativa de ocultar o mais possível as particularidades da reprodução), assim dando, ainda, a ilusão da inexistência de pontos de indeterminação, no caso da mais recente produção post--modernista a situação afigurar-se-á de índole bem diferente.

Nesta, como veremos, e apesar de as objectividades apresentadas manterem aspectos recognoscíveis, o leitor será constantemente alertado para a impossibilidade de o discurso histórico (o literário e, extensionalmente, o científico) poder preencher, cabalmente, os pontos de indeterminação de um passado que apenas nos chega textualizado. O jogo a instaurar transformar-se-á numa espécie de relação interactiva que, seja através da exposição do modo como se constroem a História e a história, seja através de subversões de jaez e grau diversos, dialoga com a enciclopédia do leitor, a individual e a colectiva.

A revelação metaficcionalmente consciente da existência de pontos de indeterminação na matéria narrada (a infracção de uma linearidade semântica e formal que chegaria à simulação quase perfeita) conduzirá, pois, também, inevitavelmente, a um mais consciente questionamento do critério 'verdade'[27].

---

[26] Roman Ingarden, *A obra de arte literária*. Trad. Albin E. Beau *et alii*. Lisboa: Fund. Calouste Gulbenkian, 1973, pp. 241 e 266, respectivamente (itálicos do autor). Cf. pp. 267 e 274 para as referências seguintes.

[27] Para Ingarden (*ibidem*, p. 329), verdadeira é "uma objectividade apresentada e concebida na função de reprodução (ou as frases que a constituem) quando ela é uma *reprodução* o mais possível *fiel* de uma correspondente objectividade real imitada, quando ela é, portanto, uma «boa» cópia, um «bom» retrato, com semelhança" (itálicos do autor).

Demonstrado, como pensamos, que, apesar de tudo, História e ficção partilham certos traços comuns e certos meios de exposição narrativa, embora visando diferentes fins[28], parece-nos profícuo (e antes de procedermos à ilustração prática destes aspectos) estreitar e pormenorizar o campo das comparações que vimos tecendo. Ou seja, apesar de termos presentes as imanentes capacidades históricas de todo e qualquer tipo de ficção, consideramos que é, evidentemente, a ficção histórica que, mesmo parodicamente, mais e melhor se identifica com o conteúdo da História que, de um modo ou de outro, sempre tende à recuperação do passado.

A questão que agora se deve discutir é, não só mas também, de ordem cronológica; isto é, em que ponto do passado deve a trama romanesca ser colocada para que o romance seja considerado como histórico? Ou, nas palavras de Fátima Marinho, que hiato temporal deve marcar "a distanciação suficiente não só para criar uma boa perspectiva, mas também para afastar o momento da enunciação (...) do tempo em que decorre a acção"[29]?

Para Avrom Fleishman, qualquer romance que se refira a um passado distante de duas gerações (40-60 anos) é passível de ser encarado como histórico, enquanto aqueles que se referem a tempos mais próximos e, por isso, porventura vividos pelo leitor, devem ser apodados de "romances do passado recente". Sendo evidente que este não é um critério linear e por si só suficiente, até porque a ancoragem num cenário real é característica de qualquer tipo de ficção, o autor aduz a necessidade da presença "of a specific link to history: not merely a real building or a real event but a real person among the fictious ones"[30].

Entendemos, todavia, que o critério apontado não deve ser a única e exclusiva condição para permitir a inserção de um romance

---

[28] Cf. Joseph W. Turner, "The Kinds of Historical Fiction: An Essay in Definition and Methodology", in *Genre*, vol.XII, n.º 3, Fall, 1979, p. 334. *Vide* também a propósito da distinção entre História e ficção, Christos S. Romanos, *Poetics of a Fictional Historian*. New York: Peter Lang, 1985, em especial pp. 47-54.

[29] Maria de Fátima Marinho, *O romance histórico em Portugal*. Ed. cit., p. 11. Cf. também Joseph W. Turner, art. cit., p. 333.

[30] Avrom Fleishman, *The English Historical Novel. Walter Scott to* Virginia Woolf. Baltimore & London: Johns Hopkins, 1971, pp. 3-4.

no campo dos históricos. A "pessoa real" pode não existir nas páginas da obra mas, segundo julgamos, o facto de a narrativa ser pautada e enquadrada, de modo sistemático, por um leque de acontecimentos cuja dimensão e importância se encontram atestadas nas Histórias oficiais torna-se pertinente, também, para estabelecer uma catalogação genológica idêntica. Esta, todavia, nunca poderá ser muito rígida e definitiva, principalmente, como já vimos no capítulo III, neste coevo cenário literário em que a diluição de fronteiras de género se impõe como característica de fundamental importância.

Decorre do exposto que não julgamos como útil a delimitação cronológica de Fleishman e, *eo ipso*, a diferenciação entre romances históricos e "romances do passado recente". Se existe já uma História escrita, praticamente alargada até aos nossos dias, que permite as referências cruzadas passíveis de determinar 'historicidades' (pessoas, factos e eventos incluídos) – subvertidas ou fiéis, não interessa agora -, por que não aceitar a capacidade romanesca para representar os mesmos lapsos de tempo?

Fátima Marinho, apesar de aceitar a delimitação proposta por Avrom Fleishman, opta por "uma solução de compromisso" no caso dos romances/sagas familiares, pois estes, embora aludindo no final ao "*nosso* tempo", apresentam um percurso geracional "em comunhão estrita com os sucessos públicos" que pertenceram a um passado mais remoto. O passado recente "só é aí tratado, uma vez que ele se apresenta numa sequência que tem a sua origem mais de cem anos antes", acrescentando, por isso, que "Interessam-nos menos as alusões ao *nosso* tempo do que a forma como se textualizou e assimilou o passado".

Se, por um lado, concordamos com a inclusão de sagas familiares no grupo dos romances históricos, desde que, como bem sublinha a autora, "o percurso familiar" se estabeleça "em comunhão estrita com os sucessos públicos", não nos parece legítimo admitir, por outro lado, e de acordo com o que vimos expondo, que se conceda menor atenção e se dê menor relevo ao *nosso* presente. A propósito de um dos romances/sagas familiares apontados por Fátima Marinho, *Levantado do Chão* de José Saramago, pensamos, por exemplo, que as últimas referências à geração de João Mau-Tempo, bem como à de Gracinda ou à de Maria Adelaide

312 *Post-Modernismo no Romance Português Contemporâneo*

(ilustrativas de um tempo bem próximo do da escrita e publicação do livro), são tão importantes e re-criativamente válidas como aquelas que traçam o percurso familiar da geração de Domingos Mau-Tempo e de Sara da Conceição que, em início do século XX, iniciam a saga[31].

A questão pode ser resolvida não tendo em conta a distanciação relativamente ao passado que se revisita mas, antes, atentando no modo como se procede a essa operação de recuperação, em estreita aliança com os usos que o escritor faz da História. Neste sentido, são duas as propostas que, por caminhos diferentes mas complementares, consideramos de útil referência. Joseph Turner, embora admitindo de modo extremamente pertinente que "all we can say in general about the genre is that it resists generalization", considera a existência de três tipos de romances históricos: "those that invent a past, those that disguise a documented past, and those that re-create a documented past"[32].

Neste último caso, no âmbito das designadas "documented historical novels", é possível ler ecos dessa proposta de Fleishman relativa à aceitação da existência, na tessitura narrativa, de uma pessoa real como condição *sine qua non* para a inserção no género do romance histórico.

Se aqui parece ser notória a ligação próxima que se estabelece com a História, nos romances do segundo tipo ("disguised historical novels") o vínculo parece atenuar-se, sem, contudo, se reduzir a uma ausência total e absoluta, em virtude da inexistência de personagens ou de acontecimentos acreditados. Embora pareça prevalecer a vertente mais fantasiosa da ficção, há elementos que permitem estabelecer nexos de correspondência com personagens ou cenários históricos.

---

[31] Cf. M. F. Marinho, op. cit., p. 149. É também esta a posição de Helena Kaufman que, derrogando a delimitação de Fleishman, ou a de H. Henderson, para quem a delimitação cronológica respeitaria ao mundo "that existed before the author was born" (cf. *Versions of the Past: The Historical Imagination in American Fiction*. N. Y. & Oxford: Oxford UP, 1974, p. xvi), inclui no *corpus* analisado obras que aludem a um passado bem recente, caso de *Tetralogia Lusitana* de Almeida Faria, ou de *Os Cus de Judas* de Lobo Antunes (cf. *Ficção histórica portuguesa do pós-revolução*. Tese de Doutoramento apresentada à Universidade de Madison-Wisconsin, dact., 1991).

[32] Joseph W. Turner, art. cit., p. 335 (pp. 337-347 para o desenvolvimento e comentário da tipologia apresentada).

Na categoria da ficção histórica inventada, pelo contrário, abre-se a entrada a universos totalmente imaginários, percorridos por personagens e emoldurados por acontecimentos cuja existência não encontra qualquer tipo de certificação fora do texto. No entanto, a cor local e a inserção da acção em muito remotos tempos do passado acabam por accionar e criar no leitor contemporâneo um sugestivo e plausível efeito histórico. A História acreditada não pode, de facto, ser tida como ponto de referência, mas as arquetípicas ideias sobre gentes e cenários longínquos (que, precisamente por o serem, se envolvem em uma aura de mistério sedutor) possibilitam e validam o estabelecimento de um pacto histórico, mesmo que ficcional.

Não é, contudo, apenas em virtude do exposto que Turner justifica a existência desta terceira categoria. Aduz, numa correspondência a desenvolver com um dos usos da História de Harry Shaw (passível de complementar esta ou outra tipologia sobre o romance histórico), a ideia de que, de alguma forma, este tipo de romances instaura uma linha de reflexão sobre o modo como se conhece a História.

De facto, a abordagem proposta por Harry Shaw não apenas parece coincidir com a que é delineada por Turner, como também a completa. Segundo este autor, é o conceito de probabilidade ficcional que permite a definição e a identificação da ficção histórica:

> We can say that while in most novels probability stems from our general ideas about life and society, in historical novels the major source of probability is specifically historical. Though many kinds of novels may incorporate a sense of history, in historical novels history is, as the Russian Formalists would put it, 'foregrounded'. When we read historical novels, we take their events, characters, settings, and language to be historical in one or both of two ways. They may represent societies, modes of speech, or events that in very fact existed in the past, in which case their probability points outward from the work to the world it represents; or they may promote some sort of historical effect within the work, such as providing an entry for the reader into the past, in which case the probability points inward, to the design of the work itself [33].

---

[33] Harry Shaw, *The Forms of Historical Fiction. Sir Walter Scott and His Successors*. 2nd ed., Ithaca & London: Cornell University Press, 1985, p. 21. "Probability involves our sense of a novel's 'fit', both the way it fits the world it imitates and the way its parts fit together to produce a unified whole".

314   *Post-Modernismo no Romance Português Contemporâneo*

Para além de o primeiro conjunto parecer apontar para os dois últimos tipos de ficção histórica de Turner, enquanto o segundo parece encontrar correspondência nas "invented historical novels", a verdade é que a tese deste autor apresenta uma mais valia importante para a compreensão da questão em apreço. Referimo-nos à posição que decorre da ideia de que não é possível extrair sentido da ficção histórica se não re-conhecermos o papel desempenhado pela História na tessitura narrativa que se nos apresenta.

Assim, numa aliança de perspectivas que nos irão permitir abrir caminho para o estabelecimento de fronteiras entre uma linha ficcional *à la Scott* e a mais recente linha de desenvolvimento e aproveitamento post-modernista de dados históricos, Harry Shaw admite, numa gama de diferentes designações cujos sentidos não obrigam a que mutuamente se excluam, que a História pode ser usada como "pastoral", como "drama" ou como "sujeito".

O mesmo é dizer, de acordo com os dois primeiros usos apontados, que a História é, por vezes, utilizada como uma espécie de instrumento didáctico, de forma a que o recuo ao passado especule os problemas e as preocupações do presente de enunciação, ou, num sentido que julgamos muitas vezes poder mesclar-se com este, como meio para intensificar a força imaginativa do romance, numa tentativa de atingir um certo efeito catártico [34].

Não nos parece difícil ler nestas assunções uma identificação quer com os romances escritos por Almeida Garrett e Alexandre Herculano no período áureo do nosso Romantismo de oitocentos, quer com mais recentes produções romanescas do século XX. Nestes casos, identificados com a linha de um romance histórico de tipo tradicional, o efeito de probabilidade histórica (e, em consequência, a instauração de uma maior equivalência com o discurso historiográfico acreditado que, por sua vez, conduz a um pacto de leitura onde a descrença voluntariamente se suspende) advém, certamente, de dois factores essenciais.

Por um lado, no que podemos apodar de motivação intrínseca, o efeito de probabilidade histórica decorre do facto de o principal objectivo de quem da História quer fazer literatura se traduzir no ensejo de re-escrever o mais fielmente possível os tempos passa-

---

[34] Cf. *ibidem*, pp. 81-82 e, também a propósito, pp. 52-56.

A História contra-ataca

315

dos. Nas palavras de Rebelo da Silva, onde sem dúvida perpassam ecos do credo scottiano,

> Em assuntos históricos, o dever do romance consiste em cunhar com a verdade mais aproximada a expressão do viver e crer de Portugal, ou de outra qualquer nação, n'uma designada época[35].

Posição que, aliás, perpassa também pela concepção de romance histórico veiculada por Helen Maud Cam. Para esta,

> The function then, of the historical novel is to awaken the incurious, especially the young, to interest in the past, widening the horizons of all and enticing a minority to serious study. For such it can arouse the critical faculty and stimulate investigation for the verification or disproof of familiar facts, leading to first-hand acquaintance with original sources. It can enlarge the sympathies by compelling the reader to see abstract generalizations, whether political, social or economic, in terms of the human individual. The historical novelist has resources (...) from which the scientific historian is debarred. <u>He may fill in the lamentable hiatuses with his own inventions. But he must keep the rules. His inventions must not be incompatible with the temper of the age – its morals and its psychology no less than its material conditions – and they must not be incompatible with the established facts of history. The novel that can do all this is a good historical novel</u>[36].

Por outro lado, e como consequência do que acabamos de apontar, esse mesmo efeito decorre do facto de a utilização de meios artísticos próprios à ficção não obstar, na urdidura da teia narrativa, à demonstração e exposição da realidade histórica conforme ela tem sido transmitida[37]. Assim, mesmo aceitando que

---

[35] *Apud* Fátima Marinho, *O romance histórico em Portugal*. Ed. cit., p. 18.

[36] Helen Maud Cam, *Historical Novels*. London: Routledge & Kegan Paul, 1961, p. 19 (sublinhado nosso).

[37] De acordo com Georges Lukács, *Le roman historique*. Trad. Robert Sailley. Paris: Payot, 1977, p. 45, o que importa ao romance histórico é *"démontrer par des moyens artistiques* que les circonstances et les personnages historiques ont éxisté précisément de telle ou telle manière. Ce qu'on a appelé chez Scott très superficiellement l'«authenticité de la couleur locale», c'est en réalité cette démonstration artistique de la réalité historique. C'est la figuration de la large base que constituent les événements historiques dans leur enchevêtrement et leur complexité, dans leurs multiples interactions avec les personnages" (itálicos do autor).

sempre se procede a uma ressurreição poética de seres humanos que figuraram em certos acontecimentos históricos e que algumas personagens, embora inventadas, tomam o primeiro plano da narrativa, não podemos olvidar que estas são ainda "créées selon les mêmes principes artistiques que les figures historiques familières"[38].

Além do mais, a "inclusão de dados rigorosamente históricos no meio da intriga"[39] e o aparecimento, mesmo que esporádico, de conhecidas figuras históricas (que, na sua verdadeira grandeza, cumprem a sua missão já atestada nos anais oficiais) garantem, também pela completude das informações facultadas através de um narrador responsável por um discurso linear e pela seriedade de tom que o norteia, o estabelecimento de universos credíveis e verosímeis.

O que o terceiro uso da História mencionado por Harry Shaw traz de novo e de importante é a possibilidade de, alargando, ou melhor, aproximando ao nosso presente o âmbito cronológico do *corpus* proposto, nos permitir começar a estabelecer um diferencial entre esta linha tradicional e os novos rumos da ficção histórica.

A designação de "História como sujeito" advém, pois, do reconhecimento de que alguns romances não se limitam a incorporar visões da História, antes a tomam para seu assunto, representando ou comentando o processo histórico, normalmente através de meios simbólicos e/ou alegóricos que, sem dúvida, dificultam a linearidade da leitura:

> Historical novelists whose works center on history are usually not content to give a panoramic view of an age. They wish to understand, evaluate, and sometimes to rebel against or accommodate themselves to what they have presented. They are faced, in other words, with the problem of giving not only shape but meaning to history. One way in which this can be done is by inserting essays, brief ot long, into a novel, but many authors are not satisfied with this solution. They wish to use their plotted actions and characters to dramatize directly the meaning they have discovered in historical process. <u>Because of the state of literary theory and practice</u>

---

[38] *Ibidem*, pp. 39, 43-44.

[39] Fátima Marinho, op. cit., p. 20. Cf. Georges Lukács, op. cit., pp. 38, 67, 71 para as referências seguintes.

during the period in which the works with which I am concerned were written, this dramatization is likely to depend upon characters and scenes that function as historical symbols [40].

E se as obras sobre que se debruça dizem essencialmente respeito ao século XIX, condicionadas, pois, por uma determinada prática literária moldada pela moda e pelos gostos da época, em relação aos quais este tipo de representação simbólica do processo histórico era, apesar de tudo, uma inovação, não podemos deixar de registar, como bem sublinha Harry Shaw, que "In most respects, historical fiction depends upon the formal techniques and cultural assumptions of the main traditions of the novel" [41].

Deste modo, de acordo com os novos rumos da ficção contemporânea post-modernista (cujas fronteiras se iniciam em Portugal com a publicação de *O Delfim*, como propomos no capítulo II desta dissertação), o carácter metaficcional da produção romanesca, *lato sensu* entendida, não pode deixar de estender-se à ficção histórica em particular.

Significa o exposto que esta última tipologia de Shaw pode e deve ser actualizada de modo a que nela caiba essa outra variante em que a História é usada como assunto não apenas simbolicamente, mas também em sentidos que se desdobram quer por veios semanticamente subversivos, de nítidas implicações ideológicas, quer pela própria problematização e reflexão sobre o modo como a conhecemos ou sobre a forma como ela tem vindo a ser construída e registada pela historiografia. Segundo Helena Kaufman,

> A modificação do termo "ficção histórica" para "ficção historiográfica" sublinharia a sua característica predominante: o tom reflexivo que questiona as várias versões ou os próprios factos da História [42].

O questionamento apontado por Kaufman afigura-se-nos, todavia, susceptível de ser duplamente aplicado. Por um lado, em

---

[40] Harry Shaw, *The Forms of Historical Fiction*. Ed. cit., p. 101; cf., também, pp. 102 e 117 (sublinhado nosso).

[41] *Ibidem*, p. 23.

[42] Helena Kaufman, *Ficção histórica portuguesa do pós-revolução*. Tese citada, p. 40.

318 *Post-Modernismo no Romance Português Contemporâneo*

alguns romances post-modernistas que tomam a História por assunto, a reflexão e posterior problematização advêm da aplicação e contaminação de diversos procedimentos metaficcionais ao modo como se vai tecendo a narrativa. Estes, ao chamarem a atenção para o carácter ficcional do que se escreve e narra (seja, entre outros, através de intromissões do narrador que, muitas vezes, adopta o ponto de vista dos mais fracos numa nítida violação das convenções da historiografia, seja por estratégias que visam o risível e a consequente instauração de uma linha paródica), indirecta e enviesadamente contaminam a reflexão sobre a História, acabando por alertar para o facto de que também os dados históricos facultados são/podem ser manipulados e manipuláveis [43].

Por outro lado, por vezes em estreita e tácita conexão com a modelização paródica do passado (figuras, cenários, língua), o processo é levado mais além e a exposição clara, objectiva e, por isso, mais ou menos ostensiva do carácter lacunar das fontes, ou da imanente parcialidade a que o registo histórico pode estar sujeito, implica, mais do que o desvendamento do modo como se orquestra a história, o desnudamento da forma como se constrói a História.

De acordo com Brian McHale, enquanto as ficções históricas tradicionais "typically involve some violation of ontological boundaries", tentando sempre, no entanto, "to supress these violations, to hide the ontological 'seams' between fictional projections and real world facts" [44], no caso da ficção histórica post-modernista as 'costuras' ontológicas são, precisamente, o que se pretende ostensivamente mostrar. Todavia, a verdade é que a suspeição instaurada em relação à veracidade da História pode favoravelmente jogar, em qualquer dos casos apontados, na imposição do universo narrado como mais um universo possível. Afinal, como diria Eça, não estávamos lá para ver.

---

[43] Linda Hutcheon em *Poética do Pós-Modernismo*. Ed. cit., p. 131, escreve: "Autoconscientemente, a metaficção historiográfica nos lembra que, embora os acontecimentos tenham mesmo ocorrido no passado real empírico, nós denominamos e constituímos esses acontecimentos como fatos históricos por meio da seleção e do posicionamento narrativo".

[44] Brian McHale, *Postmodernist Fiction*. Ed. cit., pp. 16-17.

Assim, de acordo com o exposto, pensamos ser mais correcto designar estes romances com o mais pormenorizado termo de metaficção historiográfica proposto por Linda Hutcheon (pois, de facto, é o prefixo 'meta-' que confere uma maior carga distintiva em relação a uma linha tradicional do romance histórico), independentemente de esta nova ficção poder ser identificada com qualquer uma das tipologias apresentadas [45].

Registemos, ainda, a tipologia de Elisabeth Wesseling, muito semelhante em termos de definição à delineada por Linda Hutcheon, dela divergindo, essencialmente, pelo facto de proceder à sua ramificação:

> The first enlarges the generic repertoire of the historical novel with strategies that turn epistemological questions concerning the nature and intelligibility of history into a literary theme. Self-reflective historical fiction not only represents the past itself, but also the search for the past, and can be regarded as a conflation of the historical novel and the detective. (…) Postmodernist novelists, however, also depart from the traditional historical novel by inventing alternate versions of history, which focus on groups of people who have been relegated to insignificance by official history. (…) These apocryphal histories inject the utopian potential of science

---

[45] Deste modo, também os diversos tipos da mais vasta categorização proposta por Maria de Fátima Marinho na obra que já citámos – saga familiar, biografia de personagens referenciais, autobiografia fictícia, focalização heterodoxa, romance sob o signo da ironia, Histórias alternativas e subversivas, romance de anulação do tempo e da morte e romance sobre o significado da História -, assumir-se-ão como típicas formas post--modernistas do romance histórico se facultarem o registo metaficcional (em qualquer um dos modos e formas propugnados por Linda Hutcheon, cf. *supra*, Capítulo IV, pp. 262--264) e o consequente questionamento do *status* ontológico e epistemológico do(s) facto(s) histórico(s).

De acordo com a definição proposta por Linda Hutcheon, op. cit., pp. 21-22, o termo refere-se "àqueles romances famosos e populares que, ao mesmo tempo, são intensamente auto-reflexivos e mesmo assim, de maneira paradoxal, também se apropriam de acontecimentos e personagens históricos (…). Na maior parte dos trabalhos de crítica sobre o pós-modernismo, é a narrativa – seja na literatura, na história ou na teoria – que tem constituído o principal foco de atenção. A metaficção historiográfica incorpora todos esses três domínios, ou seja, sua autoconsciência teórica sobre a história e a ficção como criações humanas (*meta*ficção historio*gráfica*) passa a ser a base para seu repensar e sua reelaboração das formas e do conteúdo do passado" (itálico da autora).

320 *Post-Modernismo no Romance Português Contemporâneo*

fiction into the generic model of the historical novel, which produce a new form of narrative fiction one could call "uchronian"[46].

As novas variantes do romance histórico postmodernista são, assim, repartidas pelos pólos das ficções históricas auto-reflexivas (num alargamento do âmbito da contaminação a que acima fizemos referência) e das ficções históricas ucrónicas, em termos que, segundo cremos, e como o prova a *História do Cerco de Lisboa* de José Saramago, se não excluem mutuamente.

Parece ser claro, pois, que o uso da história típico de um cenário post-modernista se afasta do que caracterizou, e caracteriza, uma linha tradicional. Se, como afirma José Saramago,

> Duas serão as atitudes possíveis do romancista que escolheu, para a sua ficção, os caminhos da História: uma, discreta e respeitosa, consistirá em reproduzir ponto por ponto os factos conhecidos, sendo a ficção mera servidora duma fidelidade que se quer inatacável; a outra, ousada, levá-lo-á a entretecer dados históricos não mais que suficientes num tecido ficcional que se manterá predominante. Porém, estes dois vastos mundos, o mundo das verdades históricas e o mundo das verdades ficcionais, à primeira vista inconciliáveis, podem vir a ser harmonizados na instância narradora[47],

a verdade é que essa harmonização deixa de passar por um retorno e por uma recuperação pedagogicamente nostálgica do passado revisitado. O tempo perdido da nossa História torna-se, agora, ma-

---

[46] Elisabeth Wesseling, *Writing History as a Prophet*. Ed. cit., pp. vii-viii. A ficção ucrónica é entendida como uma subespécie do que designa por ficção histórica contrafactual ("fiction that deliberately departs from canonized history", p. 102). Esta é, por sua vez, dividida em paródias da História negativas ("negational") e confirmativas ("confirmational"): "The first category comprises novels which haphazardly transform history. The second category includes works which unfold alternate histories inspired, with varying degrees of emphasis, by emancipating utopian ideals" (p. 157).

[47] José Saramago, "História e Ficção", in *Jornal de Letras, Artes & Ideias*, 6 de Março, 1990, p. 19. *Vide* a propósito da doutrina histórica do autor, Carlos Reis, *Diálogos com José Saramago*. Lisboa: Caminho, 1998, em especial o *Diálogo III*, "Sobre a História como experiência" (pp. 79-89), "Onde se fala do tempo e da História e onde o escritor reclama, para a memória histórica, gente anónima que povoa o passado e que nele deixou ténues marcas; e também onde a ficção desafia a História como discurso que a reinventa e compensa a sua parcialidade. E ainda: onde se refuta o fim da História, como mistificação".

téria-prima de um jogo onde, pela ironia e pela metaficção, se implodem sentidos canonicamente transmitidos[48].

Os romances *História do Cerco de Lisboa* de José Saramago, e *A Paixão do Conde de Fróis* de Mário de Carvalho, afiguram-se-nos, pois, como ilustrações perfeitas destas novas tendências que parecem considerar que "o trabalho de emendar é o único que nunca se acabará no mundo", até porque "o reino da terra é dos que têm o talento de pôr o não ao serviço do sim"[49], mesmo que esse "não" surja apenas travestido de problematização mais do que de negação absoluta.

Em qualquer dos casos, as emendas semânticas e formais, os acrescentos da lavra da imaginação de quem escreve, sempre servem e cumprem a sua função de preenchimento das ausências (da mais variada índole) que se sentem na História.

2. Viagem ao centro da escrita: irreverência e subversão da H(h)istória

História do Cerco de Lisboa é um romance exemplar e emblemático não apenas no que diz respeito às capacidades e modos de representação post-modernista de cenários históricos. Ele reveste-se também de fundamental importância porque o seu tecido literário-ficcional é percorrido pela singular e pormenorizada dramatização das recentes preocupações que (já o dissemos em início do capítulo) têm ocupado o centro dos debates sobre historiografia. As realidades que se reflectem são, pois, múltiplas e diversas.

Por um lado, a narrativa primeira do narrador principal faculta o conhecimento da Lisboa coeva[50] e, através do percurso diegético

---

[48] Cf. José Saramago, art. cit., p. 20 e Linda Hutcheon, op. cit., p. 127.

[49] José Saramago, *História do Cerco de Lisboa*. Lisboa: Caminho, 1989, pp. 14 e 330, respectivamente.

[50] Mesmo afirmando que "eu não posso fazer nada sem ver, mesmo que aquilo que eu veja não seja aquilo que está agora ali", num notório entretecimento entre imaginação e realidade, é o próprio autor quem reconhece a preocupação com o estudo prévio da topografia local, bem como de alguns espaços interiores (caso do quarto 201 no Hotel Bragança em *O Ano da Morte de Ricardo Reis*), cf. "Entrevista a José Saramago", conduzida por Manuel Gusmão, in *Vértice*, 14 Maio, 1989, p. 91.

322 *Post-Modernismo no Romance Português Contemporâneo*

do par de personagens Raimundo Silva/Maria Sara, alguma coisa dos hábitos e das mentalidades de um determinado grupo social. Por outro lado, à medida que o herói vai progressivamente ganhando estatura moral e afectiva e, por consequência, nome próprio[51], abre-se, ou melhor, alarga-se a entrada para esse outro tempo do século XII que, gradual e sistematicamente, se entrecruzará com o presente[52] através de uma narração onde se mesclam as vozes dos dois narradores.

Esta narrativa segunda, onde diversamente se demonstra o claro controlo que o narrador principal exerce sobre o universo diegético, é provocada pelo deliberado acto de rebelião de Raimundo Silva quando, subindo "acima da chinela",

> com mão firme segura a esferográfica e acrescenta uma palavra à página, uma palavra que o historiador não escreveu, que em nome da verdade histórica não poderia ter escrito nunca, a palavra Não (...), os cruzados Não auxiliarão os portugueses a conquistar Lisboa[53].

Gesto iniciático este que, posteriormente, se traduzirá numa paralela evolução da personalidade intelectual, física e afectiva, levando-o, numa atitude quase inconsciente de protecção da 'cria', a esconder o *seu* livro da chuva, a deixar de pintar o cabelo ou a desejar que o tempo passe para "conhecer a sua verdadeira cara" de "homem novo" "que olhando-se num espelho [ainda] não se reconhece"[54].

---

[51] A identificação da personagem pela utilização do nome próprio só ocorre no início do terceiro capítulo do romance, p. 31, quando, de modo mais premente, se começa a manifestar a sua rebelião contra a autoridade magistral da História.

[52] Sobre este assunto, *vide* Maria Alzira Seixo, "*História do Cerco de Lisboa* ou a respiração da sombra", in *Lugares da ficção de José Saramago*. Lisboa: IN-CM, 1999, pp. 73-82.

[53] *História do Cerco de Lisboa*, p. 50 (p. 14 e *passim* para a citação anterior).

[54] Cf. *ibidem*, pp. 111-112, 121, 132 e 241, respectivamente. A transformação, ou a evolução, de Raimundo é, ainda, simbolicamente passível de ser detectada quando, depois da ida à editora e do 'banho de chuva purificadora' a que se sujeita no regresso a casa, veste a gabardina que havia usado na véspera e se sente "como se estivesse a enfiar--se na pele dum animal morto"(p. 131). Note-se que, antes, já havia aceite a tarefa, proposta por Maria Sara (responsável, também, pela evolução da personagem), de re-escrever uma nova H(h)istória em que os Cruzados não ajudaram o rei (p. 109).

A História contra-ataca

Antes da ousada inscrição do <u>Não</u>, porém, já a insubmissão perante os relatos acreditados havia sido embrionariamente manifestada. Referimo-nos não apenas ao diálogo inicial com o historiador[55] mas também ao momento em que, mentalmente, corrige o texto que lhe cumpre rever, acrescentando "o miúdo pormenor [que] não interessaria à história".

As correcções feitas por Raimundo (o "formoso acordar de almuadem na madrugada de Lisboa, com tal abundância de pormenores realistas que chega a parecer obra de testemunha aqui presente", a existência "no parapeito das varandas das almádenas" de "sinais na pedra que apontariam, provavelmente na forma de setas, a direcção de Meca", os mouros "vivendo paredes meias com a canzoada"[56]) permitem, pois, em simultâneo, indirectamente chamar a atenção para a liberdade interpretativa da literatura e iniciar, irónica e criticamente, a problematização do modo como são transmitidos e aproveitados os factos e o conhecimento históricos:

> Trememos só de imaginar que aquela descrição do amanhecer do almuadem poderia tomar lugar, abusivo, no científico texto do autor, frutos, um e outro, de estudos aturados, de pesquisas profundas, de confrontações minuciosas. (...)
> Está demonstrado, portanto, que o revisor errou, que se não errou confundiu, que se não confundiu imaginou, mas venha atirar-lhe a primeira pedra aquele que não tenha errado, confundido ou imaginado nunca[57].

Destarte, a verdade é que o gesto de negação/inversão da História protagonizado por Raimundo Silva (esse que claramente instaura a remodelação ficcional), reforçado e ratificado intratextualmente por uma sua reduplicação menor, o relato de Mogueime a propósito da tomada de Santarém, num episódio em que teria sido ele a subir "aos ombros de Mem Ramires para prender as escadas

---

[55] "O meu livro, recordo-lho eu, é de história, Assim realmente o designariam segundo a classificação tradicional dos géneros, porém, não sendo propósito meu apontar outras contradições, em minha discreta opinião, senhor doutor, tudo quanto não for vida, é literatura, A história também, A história sobretudo, sem querer ofender", *ibidem*, p. 15.

[56] *Ibidem*, pp. 17-19, 22-23, 25.

[57] *Ibidem*, p. 25.

324 Post-Modernismo no Romance Português Contemporâneo

nas ameias do muro"[58], permite, em última instância e *lato sensu*, extensionalmente ilustrar, numa espécie de *mise en abyme* intermundos (o real do autor e o ficcional da personagem), a atitude post-modernista de José Saramago perante os inabaláveis factos da História.

Ao mesmo tempo, com essa sua peculiar problematização dos factos históricos, no que respeita às dúvidas atinentes ao seu estatuto ontológico e epistemológico, corrobora-se a crise de legitimação das grandes narrativas de que fala Jean François-Lyotard. Esta é ainda caucionada e exemplificada pela, por vezes pouco sistemática, irónica utilização intertextual dessa outra grande narrativa que é o texto bíblico, ou de pendor religioso, num aproveitamento recorrente também, de modo diferente como certificaremos, em *A Paixão do Conde de Fróis* de Mário de Carvalho.

2.1. *Distanásias dessacralizantes*

A enunciação de juízos valorativos sobre o posicionamento de José Saramago em relação à religião é, sem dúvida, sobejamente conhecida. Ateu confesso[59], os comentários que de modo mais ou menos discreto, ou de forma mais ou menos ostensiva, perpassam pelas suas obras traem, sem dúvida, uma subjectividade capaz de revelar uma emblemática preocupação com a releitura desmistificadora e marcadamente empenhada desses outros textos oficiais que se estendem também pelos caminhos da História sacra.

---

[58] *Ibidem*, p. 192. O relato de Mogueime, p. 187, reza o seguinte: "abaixámo-nos cosidos com a sombra do muro, e depois, como não davam os mouros sinal, chamou-me Mem Ramires por ser o mais alto e mandou-me que subisse aos seus ombros, e eu prendi a escada em cima, depois subiu ele, e eu com ele, e outro comigo (...)". *Vide* p. 340 para a versão de Mem Ramires.

[59] *Vide*: entrevista a Clara Ferreira Alves, "Saramago: «No meu caso, o alvo é Deus»", in *Expresso*, 2 de Novembro de 1991, p. 82R; *Ler*, Revista do Círculo de Leitores, Outono/91, pp. 30-34; *Visão*, n.º 1, 25 a 31 de Março de 1993, p. 83; Juan Arias, *José Saramago: O amor possível*. Trad. Carlos Aboim de Brito. Lisboa: D. Quixote, 2000, em especial o capítulo IV, "«Surpreende-me que se fale tão pouco de Deus»", pp. 97-124.

Corroborando a consciência de efectivos "desencontros entre a palavra e o sentido" e de que "as palavras andam ideologicamente desorientadas", como afirma a páginas 72 e 177 da obra em apreço, a subversiva e não menos jocosa (e todavia quase sempre amarga e desalentada) utilização a que se submete o discurso bíblico, bem como alguns dos episódios [con]sagrados, visa, essencialmente, e apesar do espírito crítico, a instauração de uma tendência humanista e ecuménica, no verdadeiro sentido das palavras. Esta tendência, implodindo ancestrais e, para alguns, inabaláveis sentidos canonicamente veiculados, corrige, aproveitando extensionalmente de modo a fazer valer o ponto de vista do narrador, as versões de uma religião em nome da qual vive[ra]m, mata[ra]m e enriquece-[ra]m muitas e desvairadas gentes.

Sublinhe-se que a relação que se estabelece entre Deus e Homem (e tenhamos em mente a possibilidade de que "Deus ou Alá é tudo o mesmo") é de alguma forma pautada pela reciprocidade de proveitos. Joguetes inconscientes de uma trama em que "o Alá dos mouros e o Deus dos cristãos"[60] se assumem como protagonistas de acordos celestiais, as humanas gentes servem e cumprem a dupla função de mão-de-obra à edificação de vaidosos Impérios de Fé e de peões-brinquedo que na arena terrena se digladiam

> sob o indiferente e irónico olhar de deuses que, tendo deixado de guerrear uns contra os outros por serem imortais, se distraem do aborrecimento eterno aplaudindo os que ganham e os que perdem, uns porque mataram, outros porque morreram[61].

O que assim se ilustra é a "eventualidade", comprovada demoradamente em *O Evangelho segundo Jesus Cristo* pela conversa entre a divindade e o Diabo, "de que a Deus [são] igualmente indiferentes o sim e o não, o bem e o mal", por isso dando e tirando (Deus e Alá) como muito bem cumpre e apraz "aos seus desígnios irrevogáveis".

Sub-repticiamente, ou se calhar não tanto quanto isso, a ideia que ressalta do tratamento desta temática nas páginas de *História*

---

[60] *História do Cerco de Lisboa*, pp. 202 e 196, respectivamente..
[61] *Ibidem*, p. 345, cf. pp. 154 e 204 para as referências seguintes.

326 *Post-Modernismo no Romance Português Contemporâneo*

do Cerco de Lisboa prende-se, pois, com o eco da assunção de que só ao Homem compete segurar as estrelas e sustentar o mundo, até porque, no presente como no passado a que se alude, não só os deuses facilmente se substituem[62], como se apresentam, na semelhança de objectivos a alcançar, como não fiáveis. Assim se corrobora que

> em primeiro lugar (...) o cristianismo não valeu a pena, que se não tivesse havido cristianismo, se tivéssemos continuado com os velhos deuses, não seríamos muito diferentes daquilo que somos[63].

A desalentada consciência que assim preside ao trabalhar e à subversão da tradição religiosa (que, afinal, na esteira da proposta de Linda Hutcheon, é também um passado que nos chega textualizado e, por isso, passível de suscitar dúvidas quanto à sua completa validade e veracidade, o que de algum modo legitima o ponto de vista apresentado[64]) reveste-se de outras tonalidades em *A Paixão do Conde de Fróis*. Neste romance, onde claramente se afirma a possibilidade de dispensar alguns elementos caracterizadores do passado[65], ela transforma-se numa utilização mais singela e desassombrada de mágoa (pelas misérias e atrocidades que a estrita obediência a dogmas provoca), mas nem por isso mais inócua de possíveis ilações ideológico-subversivas.

Com efeito, no romance de Mário de Carvalho, considerado por Fernando Mendonça como "no fundo, uma história de padres. Pois, como o próprio A. diz (p.72), «padres é o que não falta na literatura portuguesa»"[66], as referências a dados de cariz religioso revestem-se de acintoso e jocoso espírito crítico. Este, pela leitura inversa e irónica das homologias traçadas, serve os propósitos de uma grotesca caricatura de uma parcela da sociedade de setecentos:

> *A Paixão do Conde de Fróis* seria uma historieta sem consequências, se não fosse o minucioso e expectante desenvolvimento da acção. No percurso narrativo, vão-se construindo simbolicamente os

---

[62] Cf. *ibidem*, p. 40.

[63] José Saramago, entrevista citada.

[64] Cf. Linda Hutcheon, *Poética do Pós-Modernismo*. Ed cit., p. 186 e *passim*.

[65] Cf. *A Paixão do Conde de Fróis*. 3.ª ed. Lisboa: Caminho, 1987, p. 173.

[66] Fernando Mendonça, "*A Paixão do Conde de Fróis*", in *Colóquio/Letras*, n.º 99. Setembro-Outubro, 1997, p. 104.

aspectos que caracterizam a sociedade portuguesa, a do século XVIII, que no fundo é a dos séculos subsequentes. A nobreza teimosa, surda aos apelos do povo, o povo que é o pau-mandado da nobreza e não sabe porquê. O clero, que na sombra manipula a nobreza e o povo. Este é, de facto, o pano de fundo de *A Paixão do Conde de Fróis*, a paixão de ser capaz de reconstruir uma fortaleza absolutamente inútil[67].

Mas o título remete para mais do que essa paixão que torna a personagem capaz de reconstruir a fortaleza. De acordo com a subversiva linha de consecução do alternativo tratamento post-modernista da(s) História(s), julgamos que o que também se pretende é traçar um paralelo, dessacralizante e risível, com o solene sentido bíblico da paixão de Jesus Cristo que desde a prisão no horto à expiração na cruz sofre inúmeros e indignos tormentos.

Do mesmo modo (!), também o nosso protagonista, no início apresentado como dado a estroinices de índole diversa (é precisamente por isso desterrado para S. Gens, onde deve assessorar o comandante da praça), sofre, progressivamente, uma semelhante *via crucis* de incompreensão, desencadeada pelo inexplicável e assombroso empenho com que pretende defender a praça que acaba por interinamente comandar.

Além disso, e agora no que respeita à incorporação irónica de referências intertextuais a um discurso histórico consagrado e não sagrado, a personagem é também pomposamente (e premonitoriamente) descrita pelo parlamentário espanhol (esse que se desloca à praça de S. Gens para negociar a rendição dos sitiados) como misto de Calígula e de Heliogábalo[68]. Epítetos em nada abonatórios que,

---

[67] *Ibidem*, p. 104.

[68] Cf. *A Paixão do Conde de Fróis*. Ed cit., p. 151. Calígula (n.12, assassinado a 41) inicia o seu reinado sob ventos auspiciosos mas, ao tomar conhecimento de que largos milhares de vítimas haviam sido sacrificadas aos deuses para que estes o livrassem da doença que sofria, torna-se delirante de sangue e de uma brutalidade que não mais o abandona. Heliogábalo (n.204, m.222), vítima também de assassinato, protagoniza um reinado de devassidão, infâmia e crueldade. Cf. *Grande Enciclopédia Portuguesa e Brasileira*. Ed. cit. Interessante e não menos premonitoriamente simbólico e irónico parece ser o facto de S. Gens ser o espaço escolhido para o desenrolar da acção pois, de acordo com a hagiografia, este santo que dá origem ao topónimo foi um mártir romano. Em qualquer dos casos apontados ressalta a ideia não apenas de morte violenta, mas de morte

em derradeira instância, ridicularizam, pela desproporção da comparação, a figura deste conde que, pela sua obsessão e teimosia compulsiva, granjeia a antipatia do povo. O mesmo povo que, motivado pelo padre capelão, manhosamente frustra os intentos de manutenção do domínio de uma praça que, aqui, parece reduplicar, com cores inversas mas não menos irónicas e caricatas, essa outra de facto protagonista de cerco e de conquista historicamente atestados e imputados ao marquês de Sarria.

Referimo-nos, por conseguinte, ao episódio do cerco de Almeida, entre 7 e 25 de Agosto de 1762. Com efeito, a determinação obsessiva e doentia do marechal de campo Alexandre Palhares parece ter inspirado Mário de Carvalho na construção do seu protagonista. No entanto, se ambas a figuras se aproximam pela incompetência demonstrada (e pelo ridículo das situações em que se envolvem), elas afastam-se na medida em que o primeiro contraria ordens superiores, acabando por optar pela capitulação da praça, porque é movido por uma extremosa preocupação em defender os interesses da população ameaçada pelos intensos bombardeamentos dos sitiantes.

Ora, em *A Paixão do Conde de Fróis*, se é certo que o grotesco nobre é apresentado como tendo sofrido uma metamorfose comparada à de "S. Paulo a caminho de Damasco"[69], a verdade é que esta comparação não pode ser lida senão à luz de um espírito contrário e, mais uma vez, dessacralizante. Não se trata, pois, de uma transformação conducente ao dealbar de uma mais humana e generosa personalidade, trata-se, sim, de uma intensificação de características que de um estróina civil fazem um compenetrado estróina militar, o qual, empenhado na criação de um mundo muito seu, não hesita em abater o tendeiro revoltoso que se preparava para, das muralhas, agitar o pano branco da rendição[70].

A preocupação em atingir uma excessiva competência de estratega redunda, pois, em derradeira instância, numa caricata incom-

---

provocada por outrem; precisamente o que acontece ao conde de Fróis cuja morte decorre de ruidosa manobra da população que prefere entregar-se aos sitiantes a continuar a sofrer as suas investidas.

[69] *A Paixão do Conde de Fróis*, p. 27.
[70] Cf. *Ibidem*, pp. 166-168.

A *História contra-ataca* 329

petência que se traduz na impossibilidade de gerir diplomaticamente as relações entre civis, padres incluídos, e militares.

Se os conflitos que estabelece com a sociedade envolvente parecem fazer do protagonista um tipo de herói canónico, nomeadamente o do Romantismo de oitocentos, a verdade é que, mais uma vez, prevalece a subversão e a consequente dessolenização. Características que decorrem, agora, não apenas de uma englobante urdidura irónica[71] (onde, como veremos, desempenham papel fundamental os metaficcionais comentários do narrador que do século XX revisita o passado) mas também do modo como grotescamente se delineiam os traços fisicos da personagem em questão:

> Sobre o baixo, escanzelado, com o ombro esquerdo ligeiramente descaído, em consequência duma justa de touros infeliz que lhe amassou costelas e retorceu a clavícula, parecia ligeiramente disforme, com os braços de comprimento desmesurado e pernas muito esguias, tortas e nodosas. O olhar era mortiço, cínzeo, parado, sonolento. A face comprimia-se abaixo das fontes, para recuperar espaço na zona da testa, larga e protuberante, a contrastar com o afunilamento do queixo. Não havia peruca que lhe servisse, antes se dispunham tortas e indiscretas logo ao primeiro uso, deixando entrever, por debaixo, os cabelos cortados cerce, finos e arruivados. A boca traçava-lhe a cara, quase de extremo a extremo (…).
> A voz saía-lhe roufenha, pesada, arrastada, quando não hesitante[72].

O contraste dessacralizante, e que sempre redunda em irónico sorriso, entre a solenidade das referências intertextuais e o ridículo de uma situação que se insiste em levar demasiadamente a sério, seja pelo conde de Fróis, seja pelo espanhol marquês de Alagon (igualmente casmurro nos seus desejos de vencer um cerco que, em última instância, se fica inadvertidamente a dever a um carvoeiro que se arroga o direito de tentar afugentar os espanhóis ao hiperbolizar as grandezas das defesas de S. Gens[73]), ocorre, ainda, em

---

[71] Sobre a ironia nesta obra de Mário de Carvalho, bem como sobre as possíveis ilações cómicas, *vide* Maria Goreti Rosas Sequeira, *Aproximação a uma leitura do risível em A Paixão do Conde de Fróis*. Tese de Mestrado apresentada à Faculdade de Letras da Universidade do Porto, dact., 1996, em especial pp. 83-90 e 23-27.

[72] *A Paixão*, pp. 74-75.

[73] Cf. *ibidem*, p. 120 (ainda a propósito do episódio do carvoeiro, cf. p. 105). Depois do interrogatório em que a personagem declara a existência de "mais de vinte

330   *Post-Modernismo no Romance Português Contemporâneo*

outra situação. Reportamo-nos ao episódio em que, a propósito da preparação dos trabalhos deste cerco de uma praça que nem sequer vinha no mapa, se estabelece a comparação entre Sarria e o responsável por esse outro cerco de dimensões escatológicas protagonizado pelo "imperador Tito em frente de Jerusalém"[74].

Em qualquer dos casos, todavia, como já referimos variadas vezes, o que assim se consegue é a manutenção de mais uma das características do Post-Modernismo enquanto fenómeno por vezes contraditório, já que

> usa e abusa, instala e depois subverte, os próprios conceitos que desafia – seja na arquitectura, na literatura, na pintura, na filosofia, na teoria estética, na psicanálise, na linguística ou na historiografia.

3. A saga continua

Se os romances históricos de linha ortodoxa se limitavam (e ainda se limitam), como já citámos, a "reproduzir ponto por ponto os factos conhecidos, sendo a ficção mera servidora duma fidelidade que se quer inatacável", os de José Saramago e de Mário de Carvalho, e dos post-modernistas no geral levam, pelo contrário, os romancistas a "entretecer dados históricos não mais do que suficientes num tecido ficcional que se manterá predominante".

Deste modo, apesar de, *ab initio*, e retornando a *História do Cerco de Lisboa*, o gesto de Raimundo Silva parecer consubstanciar-se numa total e radical negação dos factos, a verdade é que se procede à constatação de que

> Raimundo Silva não pode é continuar na sua, isto é, que nenhum cruzado havia querido fazer negócio com o rei, porquanto está aí a

---

canhões e quatro batalhões, fora os homens da milícia, sob o comando do conde de Fróis, experimentado oficial das guerras de Mazagão e da Índia", o marquês de Alagon "passou em torno um olhar triunfante sobre as faces perplexas e inquietadas do seu Estado-Maior", ao mesmo tempo que mentalmente reprovava os "senhores oficiais que queriam passar de largo..." pois "já se via a chegar ao cerco de Bragança com a artilharia e tomadias de S. Gens, pondo em evidência a inépcia dos que, antes dele, haviam substimado a praça".

[74] *Ibidem*, p. 174 (p. 118 para a referência anterior). Ver Linda Hutcheon, *Poética do Pós-Modernismo*. Ed. cit., p. 19 para a citação seguinte.

A *História contra-ataca*

História Acreditada a dizer-nos que, tirando alguma não conhecida excepção, aqueles senhores prosperaram muito na terra portuguesa, basta lembrar (...) que a D. Alardo, francês, deu o nosso bom rei Vila Verde (...) onde há alguma confusão é na Azambuja, que não se sabe se foi logo dada a Gil de Rolim ou mais tarde a um seu filho com o mesmo nome, neste caso não se trata de uma falta de registo, mas da imprecisão que existe [75].

Nesse relato que, depois de 'julgado e condenado' pelos seus superiores, Raimundo é levado a re-escrever mantêm-se, pois, apesar de tudo, as englobantes traves mestras da História, numa quase "mesma música baixando de meio-tom todas as notas" [76]: a conquista de Lisboa aos mouros, as referências a determinadas estratégias de guerra ou à falta de vitualhas na sitiada cidade moura. Conservam-se, outrossim, alguns dos nomes *ex oficio* inscritos nos seus anais: D. Afonso Henriques, o francês Alardo, os irmãos La Corni... Ao mesmo tempo, preenchem-se os interstícios provocados pela parcialidade dos que fizeram crónica do passado e esses outros, gerados pelo encontro com a capacidade criadora e ficcional de quem escreve, até porque, relembremos as palavras de Aristóteles, ao ofício do 'poeta' concerne a representação do que poderia acontecer.

É precisamente neste ponto que Raimundo Silva acaba por encarnar, ainda (para lá da figura do historiador), a figura do detective [77]. Tal como este, também Raimundo protagoniza uma procura re-construtiva: consulta e compara pistas, que agora são fontes documentais diversas; reconstitui, mental e fisicamente, trajectos

---

[75] *História do Cerco de Lisboa*, p. 180.

[76] *Ibidem*, p. 254.

[77] A comparação surge a propósito do paralelismo apontado por Elisabeth Wesseling entre (alguma) "Historical Fiction and the Detective Novel": "The detective relates the crime which has been committed before the narrative within the novel begins, but the major plot deals with the unravelling of the crime. Likewise, the self-reflexive historical novel relates a series of events that have taken place in the past, but focuses on the ways in which these events are grasped and explained in retrospect. Both are concerned with «understanding the past through interpretation» (...), although in self-reflexive historical fiction this interpretative process is not concluded by a solution as univocal as that in the regular whodunit" (*Writing History as a Prophet*. Ed. cit., p. 90).

332   *Post-Modernismo no Romance Português Contemporâneo*

dos intervenientes; ou expõe os passos da investigação (desta feita histórica) que o ocupa e de que são exemplo, entre outros, as incursões que enceta pelas muralhas do castelo a fim de tentar descortinar movimentos e estratégias possíveis que podiam ter ocorrido no passado remoto.

Por conseguinte, e de acordo com uma linha de evolução genológica proposta por Alastair Fowler, e que Elisabeth Wesseling adequa ao género histórico em particular, estes novos romances farão parte de uma fase terciária cujas produções se revestem sob a forma de novidade, assumindo "the shapes of parody, burlesque, antithesis, or 'symbolic modulation'" [78]. Assim,

> this tertiary mutation differs from the classical historical novel in that the complementary position with respect to historiography is exchanged for a metahistorical one. Postmodernist writers do not consider it their task to propagate historical knowledge, but to inquire into the very possibility, nature, and use of historical knowledge from an epistemological or political perspective. In the first case, novelists reflect upon the intelligibility of history, the polynterpretability of the historical records, and other such issues that relate to the retrieval of the past. In the second case, they expose the partisan nature of historical knowledge by foregrounding the intimate connection between versions of history and the legitimation of political power. These modes of questioning historical knowledge go together with different sets of literary strategies, the first inducing the development of self-reflexive devices, the second the invention of alternate histories [79].

"Que seria de nós se não fosse o deleatur" [80] ?, perguntamos nós com Raimundo. Sem a sua carga simbólica, que aqui convocamos para legitimar a paródia às H(h)istória(s) do Cerco, este de Lisboa e essoutro da praça de S. Gens, de onde também se não ausentam referentes históricos (menção ao Pacto de Família, o

---

[78] Alastair Fowler, "The Life and Death of Literary Forms", in *New Literary History*. Vol.II, n.º 2, Winter, 1971, pp. 212-213. Numa primeira fase verifica-se a conglomeração de características que farão do género um modelo específico, enquanto na segunda os diversos autores procedem à imitação dos traços das primeiras versões.

[79] Elisabeth Wesseling, op. cit., pp. 73-74.

[80] *História do Cerco de Lisboa*, p. 16.

A *História contra-ataca*   333

englobante contexto de um cerco que decorre na Guerra dos Sete Anos, reinado de D. José, os nomes de Sarria ou de Lippe-Schaunberg), não seria possível a plena aceitação da pessoal modelização que se inscreve no xadrez narrativo. Não seria também possível o acatamento da subversão da séria máscara da História que se leva a cabo nestes romances cujas páginas, mais ou menos enviesadamente, expõem/denunciam auto-reflexivamente o carácter viciado e selectivo do trabalho de pesquisa dos historiadores.

É assim, por exemplo, que no universo de lavra saramaguiana, o reconstituído discurso do rei D. Afonso Henriques, "para dar a conhecer as propostas com que pretendia atrair à empresa os esforçados combatentes que à Terra Santa tinham apontado seus desígnios resgatadores"[81], surge impregnado de um ostensivamente anacrónico prosaísmo linguístico. Recurso anódino em situações outras, mas aqui utilizado com intuito satírico, porque contrário à gravidade e à solenidade que as penas oficiais imputam ao contexto em que foi produzido:

> Alçou então o rei a poderosa voz, <u>Nós cá, embora vivamos neste cu do mundo</u>, temos ouvido grandes louvores a vosso respeito, que sois homens de muita força e destros nas armas o mais que se pode ser (...). <u>Nós cá</u>, apesar das dificuldades, que tanto nos vêm do ingrato solo como das várias imprevidências de que padece o espírito português em formação, vamos fazendo o possível, <u>nem sempre sardinha nem sempre galinha</u> (...), <u>A bem dizer, a nós o que nos convinha era uma ajuda assim para o gratuito</u>, isto é, vocês ficavam aqui um tempo, a ajudar, quando isto acabasse contentavam-se com uma remuneração simbólica e seguiam para os Santos Lugares, que lá, sim, seriam pagos e repagos (...), <u>ó D. Pedro Pitões</u>, olhe que eu aprendi latim bastante para perceber como vai a tradução[82].

A forma demasiado coloquializante como se orquestra o discurso, numa selecção vocabular entre o familiar e o popular, colo-

---

[81] *Ibidem*, p. 137.

[82] *Ibidem*, p. 139 (sublinhado nosso). A re-criação do discurso do rei prende-se com a liberdade criadora do(s) autor(es) a partir da constatação prévia de que o discurso inserto no livro do historiador (cf. p. 45) "não é discurso em que se acredite, mais parece lance shakespeariano que de bispos arrabaldinos (...)", p. 46.

ca-nos, pois, bem longe desse "anacronismo necessário" que, de acordo com Lukács, e a propósito dos romances de Walter Scott, permite às personagens

> d'exprimer des sentiments et des idées à propos des rapports historiques réels, avec une clarté et une netteté qui eussent été impossibles aux hommes et aux femmes réels de l'époque [83].

O uso do anacronismo é explicitamente assumido no seguinte excerto de *História do Cerco de Lisboa*: "Exemplo disto ["pedir com as palavras apropriadas"] é este mesmo rei, que, tendo nascido de pernas encolhidas, ou atrofiadas, no falar de agora, foi extraordinariamente curado". Ele é, além disso, ostensivamente salvaguardado quando se afirma: "é difícil levar mais longe o exame da situação porque há que ter em conta o primitivismo dos tempos e dos sentimentos, corre-se sempre o risco do anacronismo..." [84].

Interessante, também, é o facto de nesta obra em que ucronicamente um <u>não</u> substitui um <u>sim</u>, melhor é dizer, um <u>não</u> que tenta substituir um <u>sim</u>, ou talvez para justificar a própria liberdade criadora e o direito ao cepticismo e, *eo ipso*, ao direito de corrigir verdades, de Raimundo Silva e do próprio autor (relembre-se a epígrafe retirada do [seu] *Livro dos Conselhos* – "Enquanto não alcançares a verdade, não poderás corrigi-la. Porém, se a não corrigires, não a alcançarás. Entretanto não te resignes"), constantemente se arremedar, de forma progressivamente mais incisiva, o modo como se re-escreve e intemporalmente se exerce a atitude magistral da História.

---

[83] Georges Lukács, *Le roman historique*. Ed. cit., p. 67.

[84] *História do Cerco de Lisboa*, pp. 20 e 227, respectivamente. Outros exemplos de anacronismo dignos de menção surgem na p. 188 ("Um dos magalas, sem mais experiência de guerra do que ver passar a tropa...", "Está na cara que Lisboa vai ser um osso mais duro de roer..."), na p. 222 ("El-rei, cumpridos os trabalhos de agrimensura, encerrou a sessão, de que, para constar, se lavrou a competente acta...") ou, ainda, na p. 306 ("uma parte do meu [cavaleiro Henrique] estado-maior não vai muito à bola com essa ideia das torres..."). A constatação da necessidade em "ter grande cuidado no uso das palavras, não as empregando nunca antes da época em que entraram na circulação geral das ideias, sob pena de nos atirarem para cima com imediatas acusações de anacronismo, o que, entre os actos repreensíveis na terra da escrita, vem logo a seguir ao plágio" (p. 279) deve, pois, ser lida ironicamente.

Questão também tratada (de modo diferente, é certo) no xadrez narrativo de *A Paixão do Conde de Fróis*. A problematização da História levada a cabo neste romance concerne mais a um questionamento indirecto e englobante do que a uma ostensiva reinserção e a uma directa dramatização desmistificadora do modo como se processa o conhecimento do passado. Evocando também um preciso episódio histórico, esse que permanece conhecido como «Guerra Fantástica», Mário de Carvalho joga e entretece os dados históricos com os resultantes da sua imaginação de um modo mais discreto, mas nem por isso menos inocente ou mais nostálgico.

Ao contrário do que sucede no *Cerco* saramaguiano, e apesar de na dedicatória de *A Paixão* se aproveitar o ensejo para alvitrar a inserção do romance no campo da fantasia, ou apesar de, desde o primeiro momento, ser possível detectar a presença de um tom algo irónico e jocoso, o leitor mais ingénuo (ou menos habituado às subversivas convenções do Post-Modernismo) é certamente impelido a esquecer estes indícios e a aceitar o universo narrado como mais credível, porque mais conforme (nesta primeira fase, relembramos) a um canónico pacto de leitura já cultivado nos romances históricos de Herculano ou de Garrett.

De facto, não apenas se não expõem ou debatem abertamente questões colateralmente relacionadas com a re-constituição histórica e com a aberta problematização da História, como, além do mais, os exercícios metaficcionais ou auto-reflexivos apenas se fazem sentir de forma mais sistemática quando a engrenagem da h(H)istória vai já adiantada, sensivelmente a partir do primeiro terço da obra.

Assim, o desvendamento metaficcional de que a narrativa é manipulada pela entidade que do presente coevo preside ao discurso (disso se valendo para, numa íntima e tácita relação com o destinatário extra-literário atestar, apesar de tudo, a veracidade dos factos[85]) só ocorre claramente quando, a propósito da chegada de

---

[85] *A Paixão do Conde de Fróis*. Ed. cit. pp. 105 e 125, respectivamente: "Tanto traste foi enterrado debaixo da lareira, ou entalado nos interiores de granito, que ainda hoje os amadores de antiqualhas e bricabraques lucrariam com a pesquisa, nanja os de panelas de ouro, que não as havia", "Habitualmente os leitores estarão afeiçoados a um certo dramatismo nestas mortes. Considera-se sempre que o passamento de alguém é um

336   *Post-Modernismo no Romance Português Contemporâneo*

uma missiva trazida por um anspeçada do regimento de Miranda (e cujo conteúdo permanece desconhecido para o padre capelão) se comenta sobre o privilégio de conhecimentos que autor e leitor virtualmente detêm [86].

A partir deste momento sucedem-se e intensificam-se os comentários que, de forma mais ou menos explícita, anunciam uma orientação da leitura em estreita cumplicidade com o leitor, ao mesmo tempo que atestam a subjectividade da interpretação dos sujeitos/materiais históricos:

> Era destarte, sem tirar nem pôr, que o conde interpretava aquela tineta do padre de o arredar da praça, e distrair dos seus deveres e compromissos. <u>Interpretava bem, interpretava mal? O leitor o dirá.</u> <u>Mas convém ir-se lembrando</u> de que o padre, ao invés de muito sacerdote caceteiro e brigão do seu tempo, o que mais prezava era o sossego e a pacificação;
>
> <u>Qualquer apreciação sobre um homem</u>, desde que se não seja deus – é o caso do autor que suspeita de que, neste particular, também tem a cumplicidade do leitor –, <u>vem sempre frouxa, contingente e incompleta. Serve para se ir vivendo. No caso dos autores, para se ir escrevendo;</u>
>
> <u>Eu agora simplifiquei.</u> Os projectos do padre não eram assim tão pensados;
>
> <u>Importa agora dizer como era este padre? Penso que não</u>, que vai ele muito aviado com o feitio que lhe foi conferido e não carece de mais acrescentos. Padres é o que não falta na literatura portuguesa. São mesmo de longe muito mais abundantes que os condes, <u>de modo que posso considerar a imaginação do leitor suficientemente habilitada a compor este sacerdote</u>, no físico e demais atributos aparentes. Basta que era cinquentão, baixo e largo./<u>E, retomando o</u>

---

acto tão importante que há-de rodear-se e empavesar-se de trejeitos e ademanes rituais e anunciadores. <u>Nos filmes de agora</u>, por exemplo, como é que é? Os cavaleiros acusam o golpe, estorcem-se, levam a mão à ferida, balanceiam de frente para trás e de trás para a frente, dobram-se sobre a montaria, descaem a cabeça à altura do arção, e lá acabam por cair em grande espectacularidade. Na vida real, como esta que se conta é, não ocorrem assim as coisas" (sublinhado nosso).

[86] "Mas já que o padre não soube [o que se dizia na carta], saibamo-lo nós que, autor e leitor, temos esse privilégio", *ibidem*, p. 58.

A *História contra-ataca*

fio – que a interrupção aproveitou um instante em que o étimo e a declinação de *nudiustertius* foram ali esmiuçadas –, ouve-se o padre perguntar (…)[87].

Estes comentários (que, de acordo com o que referimos, enviesadamente contaminam a linearidade e a veracidade dos 'factos históricos' expostos) começam a obrigar, pois, a uma reapreciação do já lido. Em consequência, eles instauram, também, uma mais premente necessidade de pesquisa paralela em relatos oficialmente acreditados, a fim de confirmar as suspeitas tardiamente instauradas de que, afinal, *A Paixão do Conde de Fróis* não é uma mera revisitação do passado histórico.

Pelo contrário, o romance assume-se como uma re-criação subjectiva de onde, por um lado, se não ausentam possíveis teias ontológicas ao real do que foi e do que aconteceu e em que, por outro lado, é legítimo ler a ideologia de um autor/narrador subtilmente empenhado não na construção de um suplemento da historiografia oficial (como o faria Walter Scott ou, posteriormente, os seguidores de uma linha tradicional[88]), mas na utilização lúdico-irónica do material histórico.

Desta utilização não se encontra isenta, convém sublinhar, a acintosa crítica, já inicialmente indiciada a partir da citação de Fernando Mendonça, a um certo conjunto de padres que desde tempos imemoriais percorrem a literatura portuguesa.

Para além dos notórios traços caricaturais respeitantes à personalidade do mal amado capelão da família Fróis, vítima primacial dos acintes do narrador que desse modo relega para segundo plano o 'pobre' vigário de S. Gens, é de toda a utilidade apontar a influência e a importância desta personagem no desenrolar último dos acontecimentos que culminam com a morte do conde.

É como se, assim, obliquamente, se atestasse o exercício extensional de uma manipulação provinda da entidade religiosa, a qual, sempre mais preocupada em fazer valer pessoais desígnios e uns tantos privados confortos, não olha a meios para conseguir os seus fins, mesmo que tal implique, numa exortação muito pouco orto-

---

[87] *Ibidem*, pp. 72, 73, 76 e 80 (sublinhado nosso).
[88] Cf. Elisabeth Wesseling, *Writing History as a Prophet*. Ed. cit., p. 42.

338 *Post-Modernismo no Romance Português Contemporâneo*

doxamente católica, pedir auxílio ao diabo, caso este esteja disponível [89]!

Se em algumas das apreciações feitas é visível o prolongamento do paradigma metaficcional a que vínhamos aludindo [90], a verdade é que ele se estende, ainda, numa aliança aparentada com técnicas cinematográficas (também presentes em *O Delfim*), à movimentação protagonizada pelo narrador para melhor observar e reger os acontecimentos:

> Deixemos estas entretengas mornas de tiro demonstrativo, e deixemos o padre – ala que se faz tarde! – a caminho de casa, e apreciemos melhor como tudo se passou à janela e perto do conde, que é o sítio de melhor vista;

> Prossigam eles as congeminações e os inventários, sisudamente, que o tempo nos dá para irmos ao arraial espanhol, ver como se dispõem as coisas. (...) Vista de perto ["Toda aquela gente"], com olhos do autor (que os tem de gato, assim lhe fosse também o fôlego...), na noite negra, a azáfama lembra o remexer de uma colónia larvar;

> Tudo visto, volte-se às muralhas e, dentro delas, à torre de menagem onde o conde conferencia com os seus oficiais e o prior vai dormitando, à espera (...) [91].

O que assim se põe em relevo é um claro e assumido domínio sobre a matéria contada [92], velada por vontade própria [93] ou por

---

[89] Cf. *A Paixão*, p. 54. Registemos ainda a emblemática súmula que o narrador faz desta personagem: "A paciência grande é a dos Beneditinos ou a dos santos. Ele não era nem uma coisa nem outra (...)", p. 65.

[90] A propósito da possibilidade de comparação entre o capelão e o espanhol cónego adunco (*ibidem*, pp. 115-117), por exemplo, o narrador/autor arroga-se o direito de peremptoriamente afirmar o definitivo afastamento do segundo da história que conta.

[91] *Ibidem*, pp. 167, 174 e 176 (sublinhados nossos).

[92] "Enquanto aguardava os outros, garatujou uma lista de assuntos numa ardósia, que a ocasião requeria poupança de papel e nem em tudo, por mais prudente, o conde se havia sabido prevenir, como melhor veremos mais adiante", "A ordem, numa longa fieira, desde o pormenor miúdo às questões decisivas, era longa, enfadonha, e se o leitor a não dispensar, dispenso-a eu. Basta referir que (...)", *ibidem*, pp. 172 e 173, respectivamente (sublinhado nosso).

[93] "Grande confissão [a do "senhor conde"] havia de ser, tomando em linha de conta os acontecimentos últimos. Respeitemos-lhe o sigilo", "Num ressalto, meio oculta-

A História contra-ataca

respeito a uma verdade que sempre se contraria e ficcionaliza[94] porque, afinal, não há que respeitar uma representação realista da matéria histórica. Como depreendemos de confissão ostensiva e impertinentemente tecida a propósito de certa táctica militar, não existe, inclusivamente, qualquer pudor em assumir a ignorância e/ /ou o desconhecimento de coisas sobre as quais sabe tanto como de grego[95].

Em *História do Cerco de Lisboa* o debate sobre esta questão, intimamente relacionada com o modo como se transmitem os conhecimentos históricos, põe-se, ao invés, desde as páginas iniciais. Nelas se ilustra, ainda de modo aparentemente ingénuo, a ancestral continuidade e validação do erro. A ilustração é feita por via do magistral exemplo de Aristóteles cuja afirmação "de que a mosca doméstica comum tem quatro patas" é perpetuada não só por autores posteriores, mas também por essa gente que, apesar de em criança ter pela experimentação contrariado o sábio, acaba por acatar a sua autoridade, com ele dizendo "A mosca tem quatro patas"[96].

Em paralelo, e visando também a instauração, senão absoluta pelo menos parcial, da desconfiança face aos relatos históricos, apresenta-se um exemplo retirado do livro que a Raimundo Silva cumpre rever. Assim, depois de detectar a existência de dois erros, relacionado um com a inclusão das quinas de Portugal no pendão de Afonso Henriques e o outro com a existência do crescente muçulmano na bandeira erguida sobre os muros de Lisboa, comenta-se, num registo que oscila entre o jocoso e o indignado:

> amanhã irão dizer os leitores inocentes e repetirá a juventude das escolas que a mosca tem quatro patas, por assim o ter afirmado Aristóteles, e no próximo centenário da tomada de Lisboa aos mouros, no ano de dois mil e quarenta e sete, se Lisboa houver

---

da por entulhos, escoras, e por uma parede nova de reforço, furava a velha porta gótica, chamada da traição, como em outras praças, por razões semânticas que não cabe aqui referir", *ibidem*, pp. 180 e 196 respectivamente (sublinhado nosso).

[94] "Por pudor, omitam-se as alusões, nem todas verdadeiras, com que o capitão de cavalaria foi brindado, e cheguemo-nos mais ao final da conversa, de novo derivada para a apreciação das circunstâncias do cerco (…), *ibidem*, p. 191.

[95] Cf. *ibidem*, p. 185.

[96] *História do Cerco de Lisboa*, p. 27.

340 *Post-Modernismo no Romance Português Contemporâneo*

ainda e portugueses nela, não faltará um presidente para evocar aquela suprema hora em que as quinas, ovantes no orgulho da vitória, tomaram o lugar do ímpio crescente no céu azul da nossa formosa cidade [97].

A problemática das fontes históricas (e o curto-circuito de representação que, consequentemente, se acciona) é também colorida pelo 'fantasma da parcialidade' quando, depois do pedido de rendição aos emissários dos sitiados, o arcebispo de Braga ordena ao "escrivão, Frei Rogeiro" que ignore a réplica de um mouro:

> não façais constância do que disse esse mouro, foram palavras lançadas ao vento e nós já não estávamos aqui, íamos descendo a encosta de Santo André, a caminho do real onde el-rei nos espera, ele verá, sacando nós as espadas e fazendo-as brilhar ao sol, que é começada a batalha, isto sim, podeis escrever [98].

O desvirtuamento da verdade ocorre também de modo explícito quando se constata que o mesmo Frei Rogeiro "vai introduzindo [no discurso do arcebispo de Braga] redondeios de lavra própria, fruto da inspiração estimulada", para mais tarde deixando os "aformoseamentos oratórios" [99]; processo que, aliás, parece ser seguido por Raimundo Silva quando "acordou com ideias muito claras sobre como dispor finalmente as tropas no terreno para o assalto, incluindo certos pormenores tácticos da sua própria lavra".

Apesar de inscritas numa ficção cujos outros procedimentos metaficcionais instauram, por si só, como veremos, a suspensão voluntária da crença no que se lê, estas reflexões revelam-se de grande importância. Com efeito, tomando a História (e a sua construção) como sujeito, elas acabam por agravar o estado de desconfortável descrença do leitor, levando-o a pôr em causa extensionalmente (ou, pelo menos, a interrogar-se sobre) a total veracidade e imparcialidade dos dados facultados pela História oficial.

Se, como afirma Elisabeth Wesseling, os romancistas do século XIX "sought to complement historiography by enlivening avai-

---

[97] *Ibidem*, p. 43.

[98] *Ibidem*, p. 207.

[99] *Ibidem*, p. 200. Cf. pp. 232-233 para a citação seguinte.

lable historical information in the interest of entertainment and instruction", os escritores contemporâneos, por seu turno, "rather critically comment upon historiography by investigating the nature of historical knowledge"[100]. Facto que, e embora aceitando o leitor a condição ficcional da obra literária, não poderá deixar de o levar a interrogar-se sobre a hipótese de, na História, como no romance, as *res gestae* (os feitos cometidos por alguém em épocas passadas) não serem linear e veridicamente reflectidos pela *historia rerum gestarum* (a narrativa desses eventos).

Além disso, e no caso de *História do Cerco de Lisboa*, apresentando abertamente o modo como o *seu* escrivão Frei Rogeiro compila e redige os acontecimentos (ou, como também diria Wesseling, expondo a construção da História como resultado de um "mode of consciousness rather than an objective process or state of affairs"), o narrador coloca, ainda, inevitavelmente, e numa relação de complementaridade com a problemática da veracidade e da imparcialidade, outra questão de fundamental importância. Referimo-nos ao que, na esteira de comentários tecidos por José Saramago, podemos apodar de parcelaridade da História[101].

Isto é, o que também se denuncia, mesmo que sub-repticiamente, é o carácter selectivo de uma História desde sempre mais empenhada em dar uma lição de grandeza nacional que, destacando os feitos e as palavras das grandes figuras, relega para plano secundário o papel desempenhado pelo homem comum. Talvez por isso pareça interessar mais ao arcebispo de Braga a atitude do rei, e a sua própria (o sacar da espada e o fazê-la brilhar ao sol para que se saiba que "é começada a batalha"), do que as palavras do mouro, que se pede/ordena sejam ignoradas.

---

[100] Elisabeth Wesseling, *Writing History as a Prophet*. Ed. cit., p. 193. Previamente, p. 119, comenta-se o seguinte: "Instead of presenting the reader with the finished product of a well-made story, these novelists [postmodernist] make the production process visible which precedes the final synthesis of a coherent story about the past. (...) It is to be noted that these commentaries upon historiography in the making still represent the retrospective retrieval of the past as an endeavor worthy of serious consideration. Self-reflexive historical fiction detracts from the claim to objectivity, but still grants the possibility of authentic historical knowledge the benefit of the doubt". Cf. *ibidem*, p. 82 para as referências seguintes.

[101] Cf. Carlos Reis, *Diálogos com José Saramago*. Ed. cit., p. 81.

342   *Post-Modernismo no Romance Português Contemporâneo*

Para Elisabeth Wesseling, o carácter viciado e selectivo da História é passível de ser explicado por três diferentes motivos,

> The first is a purely accidental one: we have to make do with whatever relics happen to have survived the wear and tear of time. The second cause is epistemological. (...) our insights into the past are determined by the type of questions we put to the source materials. (...) Accordingly, the historian only selects as noteworthy those historical data that fit into the picture which he has in mind. The third cause of selectivity in historiography is political. Historiography can only concern itself with those individuals and collectivities who have made the historical record [102].

Este último caso resultará, segundo a mesma autora, no apagamento dos oprimidos dessa memória histórica que apenas se lembrará dos vencedores, porque politicamente poderosos.

Na mesma linha de raciocínio, para o(s) narrador(es) de *História do Cerco de Lisboa*,

> o mal das fontes, ainda que verazes de intenção, está na imprecisão dos dados, na propagação alucinada das notícias (...) e, decorrente desta como que multiplicação de esporos, dá-se a proliferação das próprias fontes segundas e terceiras, as que copiaram, as que o fizeram mal, as que repetiram por ouvir dizer, as que alteraram de boa-fé, as que de má-fé alteraram, as que interpretaram, as que rectificaram, as que tanto lhes fazia, e também as que se proclamaram única, eterna e insubstituível verdade, suspeitas, estas, acima de todas as outras [103].

O carácter selectivo, viciado, e acima de tudo suspeito, das fontes com que se faz História é ainda passível de ser lido quando:

> Nos seus apontamentos para a carta a Osberno, notou Frei Rogeiro, embora de tal não viesse a fazer menção na redacção definitiva, uma minuciosa descrição da chegada do cavaleiro Henrique ao arraial da Porta de Ferro, incluindo certa alusão, pelos vistos irrefreável, à mulher que com ele vinha,

---

[102] Elisabeth Wesseling, op. cit., pp. 125-126.
[103] *História do Cerco de Lisboa*, pp. 124-125.

ou quando, a propósito do relato do ataque final à cidade, depois de construídas as três torres, se comenta:

> Quanto a Frei Rogeiro, não há perigo, anda a observar por outras paragens, se alguém lhe for delatar o que aqui se passou, sempre poderemos argumentar, Como é que pode ter a certeza, se não estava lá.

A contradição existente entre algumas fontes históricas é, por sua vez, registada com a referência ao que a Crónica dos Cinco Reis de Portugal e a Crónica de D. Afonso Henriques, de Frei António Brandão, dizem sobre as águas da fonte de Atamarma (uma refere-as como doces e a outra como amargas) [104].

Em termos globais, nestes como em outros excertos, parodia-se carnavalescamente a versão oficial do cerco, e da História em geral, principalmente a que se refere aos episódios protagonizados pelas grandes figuras. No entanto, há outros momentos em que o tom disfórico, e simultaneamente cómico, parece atenuar-se, consubstanciando-se em situações-pastiche, em situações de amarga paródia branca onde, exactamente pela ausência desse impulso criticamente ridículo, é possível ler a ideologia de um narrador sistematicamente empenhado em evidenciar a sua simpatia pela praticamente sempre esquecida humanidade da ex-cêntrica "arraia-miúda".

Isto mesmo pode ser ilustrado pela descrição dos homens-guerreiros que, vítimas da tentativa de assalto à Porta de Ferro, se tornam, agora,

> fila de corpos sujos e sangrentos, deitados ombro com ombro, à espera do embarque, alguns de olhos ainda abertos arregalados para o céu (...), é um estendal de chagas, de feridas hiantes que as moscas devoram, não se sabe quem sejam ou tivessem sido estes homens, só os amigos mais de perto lhes conhecerão os nomes, ou porque dos mesmos lugares vieram, ou porque juntos se encontraram num mesmo perigo, Morreram pela pátria, diria el-rei se aqui viesse prestar aos heróis o último preito, mas D. Afonso Henriques tem lá no seu arraial os seus próprios mortos, não precisa vir de tão longe (...). O exército não terá de avisar as famílias por telegrama [105].

---

[104] Cf. *ibidem*, pp. 190-191. As duas citações anteriores encontram-se nas pp. 308 e 347, respectivamente (sublinhado nosso).

[105] *Ibidem*, p. 284.

344   *Post-Modernismo no Romance Português Contemporâneo*

Estas linhas servem, em primeiro lugar, para atestar, por contraste com a solenidade com que no acampamento é tratado o corpo do cavaleiro Henrique, alemão de Bona, que se em vida não são os homens iguais (até porque "já naquela época havia desigualdades sociais" [106]) muito menos o são na morte, apesar de, como sublinha o narrador,

> Sendo o calor muito, ao fim de algumas horas já se lhe desfigurarão os traços, sumir-se-á o sorriso feliz, entre este cadáver ilustre e qualquer outro destituído de méritos particulares não se notará diferença, mais tarde ou mais cedo todos acabamos por ficar iguais perante a morte [107].

Além disso, em segundo lugar, o que através deste e de outros juízos de valor se pretende é, de algum modo, repor a injustiça do anonimato a que foi votada toda a multidão dos que combateram "para criar uma pátria que lhes sirva" [108] e que pagaram com a vida a constituição da identidade nacional. Por isso, à semelhança do que já havia feito em outro lugar, grafa um rol de nomes [109] para que, pela inscrição nominal nesta outra história que é a literatura, se proceda ao seu resgate e à sua imortalização.

Como já frisámos em outro lugar [110], a acompanhar este empenho de base com a "arraia-miúda", em muitos casos representada individualmente por personagens cujos percursos de vida cumprem destinos colectivos, é de sublinhar a clara denúncia às crónicas violações dos mais fundamentais Direitos do Homem, assim se assegurando que à literatura cabe, ainda, na esteira do movimento neo-realista, um papel determinante e interventivo neste tempo em que tanto se fala do fim das ideologias.

Se tal sentido decorre, por um lado, da leitura e interpretação global do xadrez narrativo, como depreendemos do que acabamos de referir (*Ensaio sobre a Cegueira* exemplifica, também, magistralmente, as consequências do esquecimento do disposto no artigo

---

[106] *Ibidem*, p. 21.

[107] *Ibidem*, p. 317.

[108] *Ibidem*, p. 203.

[109] Cf. *ibidem*, pp. 285-286 e *Memorial do Convento*. Lisboa: Caminho, 1982, p. 242.

[110] Cf. "Paleta de Mundos Possíveis: O Prémio Nobel e a obra de José Saramago", art. cit.

A *História contra-ataca*

primeiro [111] da Declaração aprovada pela Assembleia Geral das Nações Unidas em 10 de Dezembro de 1948), por outro lado, ele ressalta de possibilidades oferecidas por determinados episódios cuja descrição e orquestração, mesmo que pontualmente, estabelece um paralelo mais explícito com alguns dos artigos dessa mesma Declaração.

Destacamos, entre muitos outros exemplos possíveis de outros romances históricos saramaguianos, o atentado ao número 2 do artigo 23, "Toda a pessoa tem direito, sem discriminação nenhuma, a salário igual por trabalho igual", patente em *História do Cerco de Lisboa* na reivindicação dos soldados em receber pela tabela dos cruzados, sob pena de não irem à guerra [112].

Aliado aos outros exemplos que acima citámos, o que assim se contraria é a ideia dos teóricos que, como Fredric Jameson, Terry Eagleton ou Charles Newman, pretendem que a produção literária do Post-Modernismo nada mais faz do que utilizar o passado como mera decoração (da qual se encontra ausente qualquer impulso satírico) ou como redução apolítica da História à estética, com o consequente afastamento em relação a qualquer forma de ideologia:

> The past is thereby itself modified: what was once, in the historical novel as Lukács defines it, the organic genealogy of the bourgeois collective past (...) has meanwhile itself become a vast collection of multidinous photographic simulacrum. Guy Debord's powerful slogan ['the image has become the final form of commodity reification'] is now even more apt for the 'prehistory' of a society bereft of all historicity, whose own putative past is little more than a set of dusty spectacles. In faithful conformity to poststructuralist linguistic theory, the past as 'referent' finds itself gradually bracketed, and then effaced altogether, leaving us with nothing but texts;

> Postmodernism (...) mimes the formal resolution of art and social life attempted by the avant garde, while remorselessly emptying it of its political content (...);

> It is fiercely dedicated to the integrity of autonomous verbal expression (...). It is radical aesthetically, largely apolitical and

---

[111] "Todos os seres humanos nascem livres e iguais em dignidade e direitos e, dotados como são de razão e consciência, têm de comportar-se uns com os outros com espírito fraternal".

[112] Cf. *História do Cerco de Lisboa*, pp. 338-339.

346 Post-Modernismo no Romance Português Contemporâneo

ahistorical, and in its relation of even the most terrifying matters, purportedly value-free [113].

Ao aproveitar, ora emendando ora acrescentando, os triviais pormenores e, por vezes, os estranhos casos deixados de lado pela História oficial (talvez porque, muito simplesmente, não se enquadrassem no "estilo grandíloquo e corrente" de que são feitas as suas versões canónicas), José Saramago confirma, pelo contrário, as asserções de Linda Hutcheon e de Elisabeth Wesseling sobre o carácter político-ideológico da metaficção historiográfica post-modernista [114].

A confirmação é feita não apenas pelos motivos que já apontámos, os que se prendem com a denúncia clara de que pelo passado são também responsáveis pessoas singularmente comuns, mas também pelo facto de, problematizando a (im)parcialidade das fontes, o narrador tomar posição (arrastando o leitor) sobre os procedimentos da *doxa* implicada na construção e na transmissão da História.

De acordo com a tipologia de Wesselling, *História do Cerco de Lisboa* apresenta-se, pois, simultaneamente, como romance histórico auto-reflexivo e ucrónico. Sublinhe-se, contudo, que a auto--reflexividade, ou o jogo metaficcional, se institui em relação ao modo como se conhecem a História e a história.

Ao levar a cabo a representação do que poderia ter sido envereda-se, *stricto sensu* (como acontece em *A Paixão do Conde de Fróis*), pela exposição das técnicas utilizadas no próprio processo de

---

[113] Fredric Jameson, "Postmodernism, or the Cultural Logic of Late Capitalism", in *New Left Review*, n.º 146, July-August, 1984, p. 66; Terry Eagleton, "Capitalism, Modernism and Postmodernism", in *New Left Review*, n.º 152, July-August, 1985, p. 61; Charles Newman, *The Post-Modern Aura. The Act of Fiction in an Age of Inflation*. Ed. cit., p. 172 (respectivamente). Sobre a suspensão postmodernista da História *vide*, também, Griselda Pollock, *Vision and Difference: Femininity, Feminism and Histories of Art*. London & New York: Routledge, 1988, p. 158.

Para uma perspectiva jocosa e satírica da ausência de compromisso, político e não só, do Post-Modernismo, *vide* Francisco Umbral, *Guía de la Postmodernidad. Crónicas, personajes e itinerarios madrileños*. Madrid: Temas de Hoy, 1987, p. 11 e *passim*.

[114] Cf. Linda Hutcheon, *Poética do Pós-Modernismo*. Ed cit., p. 20 (e *passim*) – "aquilo que quero chamar de pós-modernismo é fundamentalmente contraditório, deliberadamente histórico e inevitavelmente político" – e o mais recente livro, *The Politics of Postmodernism*. Ed. cit., p. 3 e *passim*. Cf., ainda, Elisabeth Wesseling, *Writing History as a Prophet*. Ed. cit., pp. 113-114.

composição romanesca. Como já afirmámos, tradicionalmente elidia-se a forma como se organizavam e dispunham os alicerces e as traves narrativas que escoravam uma construção estruturada e linear, deste modo apenas permitindo o acesso à matéria final e assim facilitando ao leitor a entrada num universo que, pelo canónico jogo-pacto da leitura da suspensão voluntária da descrença, momentaneamente se acatava como real, ou no mínimo como possível.

Agora, pelo desnudamento do próprio processo de des-construção, pouco mais parece restar do que, ao invés e de modo nem sempre confortável, voluntariamente proceder à suspensão voluntária da crença na veracidade e fiabilidade absolutas de uma narrativa que, constantemente, reivindica a sua condição de artefacto.

O diálogo inicial entre o sempre inominado historiador e o ainda anónimo revisor parece dramatizar esta mesma questão:

> Agora me ocorre que tanto o Eça como o Balzac se sentiriam os mais felizes dos homens, nos tempos de hoje, diante de um computador, interpolando, transpondo, recorrendo linhas, trocando capítulos, E nós, leitores, nunca saberíamos por que caminhos eles andaram e se perderam antes de alcançarem a definitiva forma, se existe tal coisa [115]

Isto é, em tempos idos, os processos de constituição da escrita de um autor eram passíveis de ser verificados e descodificados apenas pela análise dos manuscritos, pelas revisões e pelas emendas que neles se foram burilando antes da impressão final; o que em *História do Cerco de Lisboa* se concretiza, num tempo em que os computadores apagam as pessoais marcas e inviabilizam o próprio conceito de espólio literário, é a possibilidade de se inscrever no texto final, que quase parece um rascunho revisto e anotado, as angústias, as dúvidas, os caminhos por onde andou e se perdeu, ou se encontrou, o autor.

Este jogo metaficcional de registo auto-consciencioso é conseguido através de mecanismos que oscilam entre um elevado grau de explicitação e uma presentificação mais velada. A experimentação técnica, respeitante também, por exemplo, à pontuação ou à

---

[115] *História do Cerco de Lisboa*, p. 13.

348   *Post-Modernismo no Romance Português Contemporâneo*

representação da "auralidade" da palavra – das personagens e do narrador[116] –, acompanha e recupera, apesar de tudo, a narratividade perdida em anteriores momentos da história literária.

Em qualquer dos casos, os comentários e as reflexões sobre a escrita, melhor, sobre o modo como se vai escrevendo, permitem a entrada do leitor nos bastidores da ficção, guiando-o através de um universo onde, até então, lhe era praticamente vedada a entrada. Ao mesmo tempo, jogando-se assim estes diversos dados sobre as folhas, o que em última instância se consegue é uma maior intervenção das capacidades interpretativas, e interventivas, do leitor que, perturbada a linear leitura, vê desmistificada a ideia de que

> nos livros tudo parece[sse] correntio, espontâneo, quase necessário, não porque efectivamente o fosse, mas porque qualquer escrita, boa ou má, sempre acaba por apresentar-se como uma cristalização predeterminada, ainda que não se saiba como nem quando nem porquê nem por quem[117].

A estes mecanismos devemos também acrescentar a fragmentação causada pelo entrecruzar e pela colagem de tempos e de vozes. Isto é, o carácter polifónico da instância narrativa ou, na senda de Julia Kristeva e já não de Bakhtine, o texto como mosaico de citações, ou como manta de retalhos, estabelece-se, neste como em outros romances do autor, a partir da copresença e inter-actividade dialógica de grande diversidade de vozes outras:

- provérbios populares na sua forma exacta ou alterada;
- alusões homo-autorais consubstanciadas na presença de alguns nomes ou de algumas situações/cenários que transitam de uma para outra obra (a referência às relações entre pintura e literatura presentes em *Manual de Pintura e Caligrafia*; a menção à flor marcenda, num eco de *O Ano da Morte de Ricardo Reis*; a alusão à passarola e à história de amor sem palavras de amor que Maria Sara pede a Raimundo Silva que invente, e que se supõe ter já acontecido, remete, inquestionavelmente, para *Memorial do Convento*, fonte também da constatação de que "são vagarosos os progressos da verdade";

---

[116] Cf. Manuel Gusmão, "Entrevista com José Saramago", art. cit., p. 95.
[117] *História do Cerco de Lisboa*, p. 130.

A História contra-ataca

- alusões hetero-autorais (ecos da epígrafe de *Esteiros*, de Soeiro Pereira Gomes; do *Frei Luís de Sousa*, de Almeida Garrett; do *Hamlet* de Shakespeare);
- citações e alusões bíblicas (a segunda tentação de Cristo e a justiça de Salomão, por exemplo) [118];
- presença factual e/ou paródica de hipotextos históricos (*Crónica dos Cinco Reis de Portugal, Crónica de D. Afonso Henriques* de Frei António Brandão).

Ao efeito manta de retalhos, de narrativa fragmentária, que ao leitor cumpre re-organizar e articular (como acontece em *O Delfim*), não é alheia a mistura e o entrecruzar do tempo (e do espaço) passado da conquista de Lisboa com o tempo (e o espaço) do presente de enunciação. Assim acontece, por exemplo, no episódio da Leitaria A Graciosa, "onde o revisor vai entrando":

> Uma leitaria é, desde sempre, bom lugar para saber as novidades (...), e sendo este um bairro popular, onde todos se conhecem e onde a familiaridade do quotidiano já reduziu ao mínimo as cerimónias prévias à comunicação (...), é natural que em pouco se passe às preocupações do dia, que são várias e graves. A cidade está que é um coro de lamentações, com toda essa gente que vem entrando fugida, enxotada pelas tropas de Ibn Arrinque, o Galego, que Alá o fulmine e condene ao inferno profundo, e vêm em lastimoso estado os infelizes, escorrendo sangue de feridas, chorando e gritando, não poucos trazendo cotos em lugar de mãos, ou cruelmente desorelhados, ou sem nariz, é o aviso que manda adiante o rei português, E parece, diz o dono da leitaria, que vêm cruzados por mar, malditos sejam eles, corre que serão uns duzentos navios, as coisas desta vez estão feias, não há dúvida, Ai, coitadinhos, diz uma mulher gorda, limpando uma lágrima, que mesmo agora

---

[118] Cf. *ibidem,* pp. 15, 24, 71, 139, entre outras, para os provérbios; pp. 15, 232, 95 e 264 (cf., a propósito dos progressos da verdade, *Memorial do Convento*, p. 241) para as alusões homo-autorais; 68, 86 e 72 para as alusões hetero-autorais; pp. 156 ou 252, entre outras, para as citações e alusões bíblicas.

Em *A Paixão do Conde de Fróis* é também sistemática a utilização de anexins ou ditos populares, na sua forma simples ou adequada ao discurso, facto que, sem dúvida, se encontra em plena sintonia com o carácter de uma narrativa pautada por uma linguagem desembaraçada de palavras e de estruturas barroquizantes; cf. pp. 34, 35, 48, 71, 76, 85, 86, 89, 96, 103, 126, 139, 142, 150, 172, 178, 185, 190, 199.

350 Post-Modernismo no Romance Português Contemporâneo

> venho da Porta de Ferro, é um estendal de misérias e desgraças, não sabem os médicos a que lado acudir (...), que a espada do Profeta caia sobre os assassinos, Cairá, disse um homem novo que, encostado ao balcão, bebia um copo de leite, se for a nossa mão a empunhá-la, Não nos renderemos, disse o dono da leitaria (...)[119].

O papel que assim cabe ao leitor, prendendo-se com o desconforto adveniente da leitura do texto de fruição propugnado por Roland Barthes[120], liga-se, inevitavelmente, ao facto de os diversos exercícios metaficcionais postos em prática lhe exigirem uma maior e mais estrita participação.

Deste modo, se de facto a metaficção não é uma prática recente, ela aparece, contudo, travestida de novas tonalidades na ficção post-modernista. Tonalidades que se traduzem quer numa maior explicitação e intensificação do ímpeto des-construtivo (numa maior auto-consciência também), quer na possibilidade de incluir no paradigma metaficcional as formas que se encontram dissimuladas no interior do texto e as que pela utilização desorganizadamente exponencial da linguagem denunciam o estatuto ficcional do que é dado a ler[121].

Na obra em apreço, o alegado desconforto instaura-se, ainda, através do apelo constante ao acompanhamento do processo de criação literária quando, *ad exemplum*, parodiando e subvertendo normas tradicionais e expectativas de leitura, o narrador, como já dissemos, chama a atenção para a sua presença na tessitura narrativa, e para o efectivo controlo que exerce sobre a narração e a des-construção dos factos.

---

[119] *História do Cerco de Lisboa*, pp. 61-62. Exemplos semelhantes podem ser encontrados nas pp. 73, 75, 135, 158, 159, 173, 183, 196, 220, 229, 244, 246, 250, 255, 290, 319. A propósito do entrecruzar de tempos, *vide* Maria Alzira Seixo, *"História do Cerco de Lisboa* ou a respiração da sombra", in *Lugares da ficção de José Saramago*. Ed. cit., pp. 73-82.

[120] Cf. *supra*, Capítulo I, p. 53. Para Stanley Fish a ficção pós-modernista oferece uma "apresentação literária 'dialéctica', uma apresentação que perturba os leitores, forçando-os a examinar seus próprios valores e crenças, em vez de satisfazê-los ou mostrar--lhes complacência", *apud* Linda Hutcheon, *Poética do Pós-Modernismo*. Ed. cit., p. 69.

[121] Cf. Linda Hutcheon, *Narcissistic Narrative*. Ed. cit., pp. 18-26-27 e 31. Cf. *supra*, Capítulo IV, pp. 262-264.

Neste sentido, é o leitor advertido para a "hábil mudança do plano narrativo"[122]; para a tentativa de

> encontrar por aqui [arraial português] alguém que possa servir de personagem a Raimundo Silva, pois este, tímido por natureza ou feitio, infenso a multidões, deixou-se ficar na sua janela da Rua do Milagre de Santo António[123];

para o carácter conjectural "de um narrador preocupado com a verosimilhança, mais do que com a verdade, que tem por inalcançável"[124]; para o papel de uma entidade narrativa que vai tecendo comentários não isentos de ilações ideológicas[125], que desvenda a ficcionalidade de pensamentos de personagens como Mogueime[126], que decide que "Não é, contudo, hora de navegar por tão torcidos meandros"[127] ou que, ainda, a propósito da caracterização de um certo estado de espírito do revisor, claramente afirma as suas opções linguísticas:

> estranho caso, um sinal de inquietação toca algures o corpo de Raimundo Silva, perturbação seria a palavra justa, agora deveríamos escolher o adjectivo adequado para acompanhá-la, por exemplo, sexual, porém não o faremos[128].

---

[122] *História do Cerco de Lisboa*, pp. 120-121.

[123] *Ibidem*, p. 184.

[124] *Ibidem*, p. 198.

[125] "Não parecem palavras próprias de um pastor de almas (...), porém, antes de seguirmos adiante, deixemos ficar nova menção, agora sublinhada, daquele de algum modo inesperado reconhecimento de que a gente que aqui está, cristã e moura, é toda ela filha da mesma natureza e de um mesmo princípio" (*ibidem*, p. 202). A comentários de carácter geral deve aduzir-se essoutro tipo de intervenção atinente à explicação de atitudes de personagens, como o que ocorre no seguinte excerto: "Não se infira daqui, porém, que as inclinações de Raimundo Silva vão todas para o lado dos mouros, entendamo-las, antes como um movimento de espontânea caridade, porque, enfim, por mais que o tentasse não poderia esquecer-se de que os mouros vão ser vencidos, mas sobretudo porque sendo ele também cristão, ainda que não praticante, o indignam certas hipocrisias, certas invejas, certas infâmias que no seu próprio campo têm carta branca. Enfim, o jogo está na mesa (...)", *ibidem*, p. 233.

[126] Cf. *ibidem*, 289.

[127] *Ibidem*, p. 155.

[128] *Ibidem*, p. 87.

352   *Post-Modernismo no Romance Português Contemporâneo*

De acordo com comentários tecidos por Brian McHale, a revisão levada a cabo neste e em outros romances deve, pois, ser duplamente entendida:

> First, it revises the *content* of the historical record, reinterpreting the historical record, often demystifying or debunking the orthodox version of the past. Secondly, it revises, indeed transforms, the conventions and norms of historical fiction itself [129].

Instaurando o que McHale designa por "escândalo ontológico", numa violação ostensiva dos realemas históricos (através, por exemplo, do premeditado anacronismo ou da visão do mundo da época à qual se reporta), mantém-se, contudo, na nomenclatura de Albert Halsall, o pendor histórico-didáctico [130] de *História do Cerco*

---

[129] Brian McHale, *Postmodernist Fiction*. London & New York: Routledge, 1994, p. 90. Para Allen Thiher, *Words in Reflection. Modern Language Theory and Postmodern Fiction*. Chicago & London: The University of Chicago Press, 1984, p. 190: "postmodern fiction can be likened to a laboratory in which multiple experiments have brought about new insights into what history is and can be. These experiments have in turn displaced our views as to what relations history and fiction might entertain. (...) In coming to grips with history/History, postmodern writing perhaps displays its most overtly ethical stance, fot it is a dominant assumption of much contemporary fiction that only a proper understanding of history, a demystification of History, can allow us to gain the lucidity and freedom to deal with those confusions and atrocities that History, as we are still wont to say, thrusts upon us".

[130] Cf. Albert Halsall, "Le roman historico-didactique", in *Poétique*, n.º 57, 1984. Para este autor, no entanto, o âmbito do romance histórico-didáctico parece reduzir-se a "ces récits où continue à dominer un certain respect pour l'historicité (...). Pourvu que les paroles et les actes des personnages n'entrent pas en conflit avec les versions historiques établies soit par des historiens respectés, soit par les *doxa* culturelles en vigueur, un lecteur compétent et quelque peu sceptique ne trouvera pas de raison de se sentir (trop) manipulé par le texte" (pp. 86-87). Em categorização semelhante à apresentada por Joseph Turner, Halsall divide os romances históricos em cinco grupos: 1) os que evidenciam respeito escrupuloso pela documentação histórica, 2) os que se caracterizam pela ausência de confirmação documental (nestes as referências históricas são mínimas, prevalece o anacronismo, a arbitrariedade espacial e as personagens inventadas), 3) os que combinam personagens e acontecimentos históricos com personagens e acontecimentos inventados, 4) aqueles onde continua a dominar um certo respeito pela historicidade pois as falas e os actos das personagens não entram em conflito com as *doxai* culturais em vigor, 5) aqueles em que abundam os 'chavões'/frases históricas que a tradição atribui aos grandes nomes do passado (pp. 81-104).

de Lisboa, de *A Paixão do Conde de Fróis* e, por extrapolação, da ficção histórica post-modernista.

Em qualquer dos romances apontados, este não tem a ver com uma atitude veneradora dos registos do passado, tem, antes, que ser pensado à luz da criação desse mundo possível que o autor pretende instalar. Um mundo possível onde a realidade objectiva é carnavalizada de modo a criar um mundo ficcional, mas verosímil, apesar das subversões, ou apesar de nele incluir, como acontece em *Memorial do Convento*, esses elementos feéricos de que se reveste a construção da passarola ou os intrigantes dons de Blimunda[131].

A ideia de carnavalização[132] pode ser aplicada, pois, *lato sensu*, à metaficção historiográfica do autor. Este cria uma História ao contrário onde a classe baixa vai gradualmente tomando o lugar dos heróis oficiais, num sistema de permuta que acontece pela mão de um narrador ideologicamente empenhado e consciente das suas liberdades para operar a substituição de lugares.

Esta nova história do cerco (e do mesmo modo a do romance de Mário de Carvalho) mantém pontos de contacto e semelhanças com a oficial mas (e adequando à situação o comentário que o narrador tece a propósito dos provérbios, em que o maior lugar comum pode "aparecer como novidade, a questão está só em saber manejar adequadamente as palavras que estejam antes e depois"[133]) o manejo criativo com que se preenchem os espaços em branco, como se reaproveitam as fontes e se procede ao encontro dos diversos jogos de linguagem obsta a que ela se transforme em banal cristalização de acontecimentos passados.

Apesar de frequentemente se chamar a atenção para a delimitação de fronteiras entre História e ficção (quer pelo "não" que Raimundo Silva inscreve quer pelos registos metaficcionais, mani-

---

[131] *Vide*, a propósito, Ana Paula Arnaut, *Memorial do Convento. História, ficção e ideologia*. Ed. cit. e Adriana Alves de Paula Martins, *História e ficção – um diálogo*. Tese citada.

[132] Cf. Mikhail Bakhtin, *Rabelais and His World*, Trad. Hélène Iswolsky, Bloomington, Indiana University Press, 1984. A este propósito, *vide* Iris M. Zavala, *La Postmodernidad y Mijail Bajtin*, Madrid: Espasa-Calpe, 1991.

[133] *História do Cerco de Lisboa*, p. 13.

354 *Post-Modernismo no Romance Português Contemporâneo*

festos ou dissimulados, ou por outras estratégias discursivas a que já aludimos e entre as quais contamos a ironia e a manipulação dos registos de linguagem), o certo é que esta diferenciação acaba por se diluir.

Destarte, apesar de tudo, e no caso concreto do segundo plano narrativo da obra, algumas vezes se chama a atenção para "a verdade histórica", para "um narrador preocupado com a verosimilhança" ou com o "amor à simples verdade". Procedimento que, aliás, ocorre também em *A Paixão do Conde de Fróis* no momento em que

> Seria talvez a altura de o autor, que nunca no decorrer da narração deixou de mostrar alguma admiração pelo conde e governador de S. Gens, lhe pôr na boca ou no pensamento uma tirada dramática, de burilado recorte, dando conta do agastamento com a traição que assim era perpetrada. Mas a história tem os seus pruridos de verdade que se sobrepõem às parcialidades do autor e este vê-se constrangido a relatar o que ao conde calhou dizer, e não o que ele gostaria que o conde dissesse [134].

Em suma, talvez para a História, e para as histórias da História, valha apenas a justíssima asserção de que "a verdade não pode ser mais do que uma cara sobreposta às infinitas máscaras variantes" [135]. Estas concretizam-se, em derradeira instância, não só na consecução do que John Woods designa por modalidades mistas de existência [136], isto é, na convivência no universo narrado de personagens, acontecimentos e lugares aceites como históricos, com personagens, acontecimentos e espaços ficcionais, mas também no facto de em cada uma destas categorias poderem, eventualmente, coexistir as duas linhas de força: a histórica e a ficcional. "En ce sens", como diz Ricoeur, "la fiction emprunterait autant à l'histoire que l'histoire emprunte à la fiction" [137].

---

[134] *A Paixão do Conde de Fróis*. Ed. cit., pp. 199-200 (sublinhado nosso).

[135] *História do Cerco de Lisboa*, p. 26. Cf. pp. 29, 198, 199 para as referências anteriores.

[136] Cf. John Woods, *The Logic of Fiction*. Paris: Mouton, 1974, pp. 41-42.

[137] Paul Ricoeur, *Temps et récit*. T.I. Ed. cit., p. 154.

CONCLUSÃO

1. Foi principal objectivo desta dissertação demonstrar a pertinência e, acima de tudo, a necessidade de aceitar a nova delimitação periodológica que, de acordo com as características teorizadas e postas em prática por eminentes críticos e romancistas norte-americanos, tem vindo a ser designada e divulgada, não sem grande controvérsia, por Post-Modernismo.

Para esta controvérsia contribuem, sem dúvida, as aparentes contradições enformadas no/e pelo aparato conceptual do termo que, como se comprova através de diversas historicizações e de múltiplos ensaios, surge utilizado, muito frequentemente, numa relação de permissiva sinonímia com esse outro termo post-modernidade. Facto este que tem contribuído, de forma quase exponencial, para o ensombramento confuso da semântica inerente a ambos os lexemas.

Apesar de aparentemente próximas, as duas designações devem ser aplicadas a distintas áreas do saber: uma, a post-modernidade, relativa a um mais amplo domínio sócio-político-cultural e outra, o Post-Modernismo, atinente ao mais restrito domínio da literatura que, como não podia deixar de acontecer, se encontra inserido no primeiro.

O debate sobre esta questão, mas essencialmente sobre a validação da nova estética literária, tem ocupado um elevado número de críticos norte-americanos. Apesar de apoiados nas mais variadas premissas para justificarem as suas posições pró ou contra a aceitação do Post-Modernismo, a verdade é que ambos os grupos admitem um diferencial de novidade e de inovação na literatura que, segundo julgamos, permite legitimar a instauração de um novo paradigma periodológico-literário.

356 *Post-Modernismo no Romance Português Contemporâneo*

Em Portugal, pelo contrário, a contenda em torno da questão da eventual existência de um movimento post-modernista (que identificaria também o ponto de viragem na literatura lusa) não parece ter sido tão prolixa. No entanto, nos mesmos anos sessenta em que o debate se intensificava nos Estados Unidos, é possível verificar no panorama literário nacional a existência de alguns ensaios onde se problematizam e se propõem cortes com uma tradição literária ainda ensombrada pelas figuras tutelares de escritores do século XIX.

Algumas dessas propostas, bem como os argumentos apresentados, são, em nossa opinião, ora insuficientes ora prematuras pois, por um lado, certas publicações, como por exemplo o *nouveau roman* ou o romance de teor existencialista à Vergílio Ferreira, não se consubstanciaram em número suficiente para instaurar um novo e cabal paradigma periodológico. Por outro lado, em algumas obras apontadas como ponto de viragem é ainda notório um certo tradicionalismo, referente, por exemplo, a técnicas narrativas (ainda que não só a elas) que, em muito, lembram os autores de oitocentos.

A ruptura (que não significa oposição total e absoluta ao movimento cuja designação faz parte do novo termo), depois da iconoclastia de um Primeiro Modernismo, do retrocesso da Presença, da preocupação marcadamente ideológica do Neo-Realismo ou da respigada ousadia do Surrealismo, ocorre na ficção portuguesa contemporânea (e em virtude de nítidas influências norte-americanas) principalmente depois da publicação de *O Delfim* de José Cardoso Pires. Se bem que retomando coordenadas estéticas e ideológicas da produção literária de movimentos anteriores (principalmente de correntes dos séculos XIX e XX, ou não fosse o efeito 'manta de retalhos' uma das características liminares da nova estética post-modernista), este é o romance que, pela modalização levada a cabo, evidencia tendências e características outras que delas o distanciam.

Por outras palavras, o que legitima do ponto de vista institucional-literário o novo período consubstancia-se, em primeiro lugar, na existência de marcas inovadoras, não porque sejam algo de inédito mas porque, precisamente, passam a ser traduzidas e vertidas na escrita através de utilizações modalizadas, logo diferentes, de características que marcaram períodos anteriores. Em segundo lugar, mas não menos importante, porque algumas das técnicas e dos artifícios de narração a que anteriormente apenas pontualmente se recorria são, agora, sistematicamente utilizados em termos e em número suficientemente latos para alcançarem o estatuto de características passíveis de integrar o novo sócio-código.

Referimo-nos, destarte, à polifonia narrativa, à fluidez genológica, à modelização paródica da História e da história, e aos exercícios metaficcionais ou auto-reflexivos. Estes, como o exemplifica o *corpus* seleccionado, deverão ser considerados, em virtude do seu carácter recorrente e mais abrangente, e sempre na esteira de influências norte-americanas, a grande tendência da ficção portuguesa post-modernista. Com efeito, e ao mesmo tempo que tacitamente incorporam outras características já apontadas, qualquer das obras em apreço apresenta diversos níveis e exercícios de metaficção que, com maior ou menor intensidade e ousadia, reflectem o modo como se desenha e se constrói (também como se desconstrói) a sua arquitectura interna.

Em termos genéricos, se no passado o autor permitia o cumprimento do contrato coleridgiano que conduzia à suspensão voluntária da descrença, a tendência contemporânea aponta no sentido inverso – o da suspensão voluntária da crença (na história, e na História, e na sua construção). É agora possível, pois, observar-se a destruição da ilusão criada pelas ficções anteriores, essas em que a quase ausência de intromissões do narrador, quer acerca da história quer acerca do modo como esta se tece, transportava o leitor para o mundo da ilusão narrativa, para um real cuja validade equivalia ao tempo da leitura.

De acordo com a linha de orientação por que enveredámos, e no âmbito das grandes linhas teóricas desenvolvidas e postas em prática pelos post-modernistas norte-americanos, *O Delfim* deverá ser considerado o grande marco inicial do Post-Modernismo português. Com efeito, é esta obra que, em nossa opinião, reúne, recuperando e travestindo de forma embrionária, as grandes tendências periodológicas que, doravante, passarão a ser a imagem de uma nova *griffe* literária.

Assim, como não podia deixar de acontecer numa obra de confluências modalizadas, nela é possível encontrar uma linha de continuidade das coordenadas ideológicas do movimento neo-realista, nomeadamente no que concerne à crítica social (desse modo indiciando um posicionamento contrário ao defendido por teóricos que vêem no novo paradigma uma ausência de preocupações de índole político-social). No entanto, e como também se esperaria, a realização estética posta em prática neste romance, permitindo claramente falar de distanciamento em relação ao aludido movimento, permite, em consequência, repetimos, encará-lo como ponto de viragem, na medida em que a diferença que se institui inaugura esses outros caminhos estéticos.

Para a ideia de ruptura em relação a outras obras neo-realistas contribui a polifonia narrativa, muitas vezes em estreita conexão com a instauração da fluidez genológica. Aludimos, agora, em primeira instância, à incorporação cada vez mais sistemática de diversos discursos/vozes. No caso, a *Monografia* do Abade, o Tratado das Aves, a prosa da Dona da Pensão, do Velho-dum-Só Dente, do caderno de apontamentos; em segunda instância, às interferências de tipo jornalístico e ensaístico, caucionadas, respectivamente, pela existência de 'recortes linguísticos' (acompanhados ou não de títulos de jornais) e de notas de rodapé.

À diluição de fronteiras inter-géneros não é também alheia a incorporação de laivos, subvertidos ou frustrados, de uma tessitura policial (ou não se tratasse de descortinar uma verdade, que não se alcança totalmente, sobre um eventual crime) ou de marcas do texto dramático.

Os novos caminhos estéticos constroem-se, também, por esse reaproveitamento intertextual (que contribui, sem dúvida, para o efeito 'manta de retalhos') de características do Surrealismo, da Poesia Experimental ou, ainda, de traços identificativos do sócio-código do Modernismo. É o caso, por exemplo, do Interseccionismo (traduzido na referência a textos pessoanos), das ousadias gráficas ou dos descontrutivos comentários metalinguísticos/reflexões sobre a escrita que, como dissemos, não atingem ainda o carácter desenvolto, sistemático e ostensivo de que se revestirão em obras posteriores.

Os exercícios metaficcionais são passíveis de ser equacionados, por um lado, com uma das acepções de *mise en abyme* de Lucien Dallenbach – as que põem em cena o agente e o processo de produção da enunciação – e, por outro lado, com as mais canónicas *mises en abyme* gideanas, entendidas como especulação interna/ /reduplicação de um ou de vários aspectos da história. Assim, a história das Unhas de Prata, a breve história da louva-a-deus, a também breve referência à personagem de Shakespeare, Ofélia, pertencerão a este grupo, enquanto as reflexões sobre a escrita pertencerão ao primeiro. Em qualquer dos casos, a linearidade discursiva é, em maior ou menor grau, inevitavelmente distorcida e/ /ou quebrada.

Apesar de, com isto, se pôr em causa o papel do narrador como "potestade omnisciente", no dizer de Oscar Tacca, a verdade é que ele sempre se assume presente e manipulador da narrativa, não só pelos já referidos exercícios metaficcionais mas também porque é a ele que cumpre, em primeiro lugar, reger as informações que as diversas vozes lhe facultam.

De qualquer modo, o leitor não mais pode assumir esse papel de receptor passivo do discurso. Sendo constantemente chamado à atenção para a descontinuidade do enunciado, também ele tem que colaborar, juntar as peças do *puzzle* que lhe vão sendo facultadas sobre o crime da casa da lagoa. Tem, em última instância, que descortinar o modo como o narrador se dispõe a narrar a história, tacitamente aceitando um contrato de leitura bem diferente desse que permitia uma linear e pacífica aceitação da 'verdade' ficcional. Se, como bem afirmou Douwe Fokkema, o papel de relevo concedido ao leitor é uma característica do Modernismo, o que agora se verifica é uma intensificação desse papel.

2. A problemática do esbatimento de fronteiras entre os géneros canonicamente aceites, e seguidos, é mais pormenorizadamente levada a cabo nos romances *Balada da Praia dos Cães*, também de José Cardoso Pires, *Manual de Pintura e Caligrafia* de José Saramago e *Amadeo* de Mário Cláudio. Nestes, os pontos de ruptura ou de subversão anunciam-se, desde logo, a partir dos próprios títulos e/ou a partir da relação estabelecida entre eles e outros paratextos.

No caso de *Balada*, a carga semântica dessa designação oferece potencialidades capazes de criar no leitor um conjunto de expectativas que, de forma diversa, são frustradas pela leitura da obra. Do mesmo modo, a dessa outra classificação que surge no subtítulo (Dissertação) e que de forma relativamente clara aponta para a hipótese de um paralelo com um trabalho de índole académica.

Além disso, a ambiguidade genológica aflora, também aqui, pela incorporação de técnicas de elaboração de relatórios ou de técnicas do modo dramático, nomeadamente no que julgamos serem reminiscências/aproximações de indicações cénicas (relembremos por exemplo os esclarecimentos dados entre parêntesis). Nesta obra que, apesar de tudo, surge classificada como Romance é ainda necessário conferir particular atenção aos esclarecimentos facultados pelo Apêndice e pela Nota final pois, se o crime é desvendado pela investigação feita pelos policiais, é essencialmente nestas páginas que se levanta a ponta do véu sobre o modo como se construiu e como deve ser lido o romance, isto é, "numa verdade e numa dúvida que não são pura coincidência".

A mesma máxima pode ser aplicada a *Amadeo*, múltiplo e fragmentário registo de vidas e de histórias: do biografado Amadeo de Souza-Cardoso, do virtual biógrafo Papi e de Frederico, efectivo biógrafo e narrador de si e do "trabalho a que seu tio se dedicava". É, com efeito, nesta teia triangular de relações que consideramos residir o interesse e a complexidade da obra.

As expectativas de um leitor passivo, ou tradicionalmente ingénuo, vão sendo, pois, sucessivamente frustradas. Assim, ao invés de se ver linearmente conduzido através de um canónico romance, ou através de uma biografia não menos canónica sobre o pintor Amadeo (sugerida pelo título ou pelas páginas iniciais), o leitor encontra-se perante uma escrita diarística. Esta, sendo por si só um registo fragmentário, e aqui muito mais porque intervalada de silêncios de dias e dias, vê a sua fragmentaridade intensificada porque sucessivamente se adia a vida de Amadeo, pois os dados a ele relativos vão-se escapando por entre outras informações.

Entre essas, contamos com as espreitadelas de Frederico à escrita de Papi, e ao modo como ela se vai desenvolvendo e consumando, estratégia que, por um lado, diminui o efeito biográfico e que, por outro lado, abre caminho para um ensaio-esboço-tentativa de biografia onde, se é verdade que falam factos verídicos, não menos verdade é que neles (como metaficcionalmente se comenta) se entretecem o "silêncio e a ficção".

Conclusão

O problema da fluidez genológica, ainda e sempre numa perspectiva prática de ilustração do modo como a ficção portuguesa contemporânea se apropriou das grandes marcas do Post-Modernismo norte-americano, é também ilustrado por *Manual de Pintura e Caligrafia*.

À semelhança do que observamos no romance de Cardoso Pires, também neste caso as potencialidades semânticas contidas no título, e as relações estabelecidas com outros paratextos e com a tessitura narrativa, permitem exemplificar a coexistência de diversos géneros e, consequentemente, a indeterminação de fronteiras tipológicas.

A designação *Manual* permite, por exemplo, o estabelecimento de um conjunto de expectativas que só obliquamente se confirmam pelo adentramento na obra. Tal acontece porque ela se revela como 'Manual', sim, mas para o próprio romancista que aqui parece ter cristalizado os embriões temáticos e formais que presidirão a outras obras. Em derradeira instância, a hipótese caucionada pela indicação do código de género da primeira edição (Ensaio sobre o romance e não Romance, como posteriormente ocorrerá) clarificaria, assim, eventuais desconfianças sugeridas pelo título.

Manual de Pintura parece resistir, pois, a uma classificação de género na medida em que as fronteiras genológicas identificadas se espraiam, também, por diversos territórios: Romance?, Manual?, Ensaio?, Projecto de Autobiografia? (ou de Autorbiografia?). Acreditamos que tudo se une e se orquestra, simplesmente, de modo a permitir, ousada e ostensivamente, a exposição, mais madura e reflectida, da dúvida epistemológica e ontológica sobre a representação do real e sobre o modo como se edifica a obra de arte literária.

Este romance de José Saramago serve, por isso, como elo de ligação para, mais cabalmente, ilustrar essa outra marca post-modernista que, de forma rudimentar, porque pouco sistemática, aparece em *O Delfim*. Referimo-nos não apenas aos problemas de representação do real, mas também às suas relações com uma mimese tradicional e com a auto-reflexividade, metaficção ou auto-referencialidade.

Esta problemática consubstancia-se no romance saramaguiano pela procura da verdade através do segundo retrato que H. pinta,

362 *Post-Modernismo no Romance Português Contemporâneo*

procura esta que deve ser equacionada em termos paralelos à procura de uma verdade na escrita. Aliás, não são poucas as vezes em que pintura e registo escrito são comentados em simultâneo pelo narrador.

Assim, as reflexões tecidas a propósito da elaboração do retrato servem o duplo propósito de completar as sistemáticas reflexões sobre o modo como (se) escreve e de corroborar a maneira como se leva a cabo o esbatimento de fronteiras entre romance de ficção e romance sobre o romance. Desvendam-se as técnicas de escrita e, por isso, somos arrastados da plateia para os bastidores da criação literária.

O mesmo tipo de procedimento é adoptado em *Era bom que trocássemos umas ideias sobre o assunto*, romance onde, desde a Advertência Prévia, se chama a atenção do leitor para o facto de o livro conter "particularidades irritantes para os mais acostumados..."; referência que se prende quer com os exercícios metaficcionais que são levados a cabo quer com o aproveitamento ou modelização paródica de algumas personagens-tipo que, apesar de inventadas, claramente nos trazem à memória um leque de figuras enraizadas no tempo-espaço do pós-25 de Abril de 1974. Ao longo da obra, as "tentações de criminalidade literária" materializam-se em constantes referências ao modo como se vai orquestrando a narrativa, e ao como e ao porquê de o narrador ir fazendo aparecer e intervir certas personagens em detrimento de outras.

Uma das consequências deste processo de desmistificação do acto criativo, para além de, novamente, levar à suspensão da crença na verdade ficcional que se lê (sem, contudo, se perderem completamente as âncoras ao real), respeita ao facto de a figura do narrador poder ser, cada vez mais, identificada com a figura do autor totalitário que, de forma crescentemente ostensiva, se assume como manipulador e controlador da enunciação e do enunciado.

Por seu turno, em *As Batalhas do Caia*, o romance sobre um autor que escreve um romance, o como se escreve aparece complexificado, na medida em que ocorre em segunda mão; isto é, as batalhas da escrita travadas são facultadas não tanto através da forma como o narrador escreveu *As Batalhas*, mas, essencialmente, através da forma como Eça escreveu/terá escrito o relato intitulado *A Catástrofe* que, segundo se supõe, faria parte de um projecto mais vasto intitulado *A Batalha do Caia*.

Conclusão   363

Em qualquer dos casos nomeados esbate-se a noção tradicional de mimese, no sentido de as obras reflectirem, *tout court*, (quase) sem intromissões, uma determinada realidade. Apesar do (aparente) caos da tessitura narrativa, oferece-se a possibilidade de verificar, mesmo enviesadamente, laços ao real que lhe deu origem. Em simultâneo, o conceito em apreço abre-se, neste como em outros romances, para esse outro sentido respeitante a uma mimese-representação passível de se relacionar com a possibilidade de assistirmos à imitação do processo que presidiu à criação escrita.

Isso mesmo acontece também em *História do Cerco de Lisboa* e *A Paixão do Conde de Fróis*. Nestes romances, que se afastam dos anteriores pela sua temática marcadamente histórica, é possível identificar, iniludivelmente, os grandes vectores que Linda Hutcheon considera característica do Post-Modernismo: a auto-reflexividade (nas suas diferentes manifestações mais ou menos entrópicas, mais ou menos dissimuladas), a reelaboração da História e a modelização paródica.

No caso do segundo romance mencionado, o narrador dá preciosas indicações sobre o modo como vai re-construindo a sua narrativa, seleccionando eventos e personagens em detrimento de outros. Reescreve-se, modeliza-se parodicamente a História – no caso, o episódio da Guerra Fantástica (1762) -, mas de um modo bem menos sério e bem mais caricato em relação ao processo levado a cabo no romance saramaguiano. A ironia risível surge caricatamente protagonizada pelo Conde de Fróis, boémio redimido que leva demasiado a sério o comando interino da praça de S. Gens e que, por isso, provoca a sua própria guerra, acabando por ser vítima de traição dos próprios soldados e dos habitantes da localidade.

Parece-nos evidente que a tendência para reelaborar a História implica considerações de ordem ideológica que se prendem, em última instância, não só com a crítica ao modo como se escreve a História oficial mas, acima de tudo, ao modo como pacata e obedientemente a temos aceite.

De obediência à História canonicamente aceite não podemos falar a propósito de Saramago pois, neste romance em particular, o passado aparece-nos metaficcionalmente virado do avesso (e contudo, mais uma vez, ancorado na História oficial) quer pela (quase) negação de factos históricos, quer pela substituição dos protagonistas e das versões oficialmente aceites por protagonistas anónimos e por versões diferentes, mas não menos importantes.

Apesar de impregnado de efeitos paródicos, o redimensionamento histórico levado a cabo pelo autor permite-nos retirar ilações (caucionadas, entre outras, pela obra de Elisabeth Wesseling) que conduzem à reflexão sobre a veracidade da verdade (pleonasmo necessário) veiculada pela História.

As intenções paródicas evidenciadas nestes dois romances permitem-nos, pois, extrair implicações de ordem ideológica que se prendem com uma nova maneira de encarar as *doxai* histórico-culturais em vigor.

Por outras palavras, a atitude de Raimundo ao grafar o *Não*, ou as subversões patentes no romance de Mário de Carvalho, especulam, indubitavelmente, a atitude dos autores em relação à (não) aceitação pacífica dos factos veiculados pela História Oficial. Afinal, talvez para a nova tendência do romance histórico, e contrariamente ao que afirma o historiador de *História do Cerco de Lisboa*, o que conta não é apenas o resultado mas os "tenteios e as hesitações" a que se refere o revisor Raimundo Silva.

Em função do exposto, parece-nos claro que, apesar de opiniões contrárias (como a de João Barrento), é imperativo levar a sério a existência do Post-Modernismo em Portugal. Este, apesar de respigar características de outros períodos e movimentos literários, ou até de marcas inovadoras já evidenciadas em obras de autores do nosso passado literário (relembro tão somente Almeida Garrett, em *Viagens na minha terra*, ou Camilo Castelo Branco em alguns momentos de *Amor de Perdição*), consegue travesti-las de novas tonalidades técnicas e semânticas, de modo a consubstanciá-las em pontos estatutários de um novo período literário.

BIBLIOGRAFIA

1. ACTIVA

CARVALHO, Mário – *A Paixão do Conde de Fróis*. 3.ª ed. Lisboa: Caminho, 1993 [1986].

CARVALHO, Mário – *Era bom que trocássemos umas ideias sobre o assunto*. Lisboa: Caminho, 1995.

CLÁUDIO, Mário – *Amadeo*, in *Trilogia da Mão*. Lisboa: D. Quixote, 1993 [1984].

CLÁUDIO, Mário – *As Batalhas do Caia*. Lisboa: D. Quixote, 1995.

PIRES, José Cardoso – *O Delfim*. Lisboa: Moraes, 1968.

PIRES, José Cardoso – *Balada da Praia dos Cães*. 2.ª ed. Lisboa: O Jornal, 1992 [1982].

SARAMAGO, José – *Manual de Pintura e Caligrafia*. 3.ª ed. Lisboa: Caminho, 1985 [1977].

SARAMAGO, José – *História do Cerco de Lisboa*. Lisboa: Caminho, 1989.

2. PASSIVA

2.1. MÁRIO DE CARVALHO

BEBIANO, Adriana – *A invenção da raiz. Representações da nação na ficção portuguesa e irlandesa contemporâneas*. Relatório apresentado à Fundação para a Ciência e Tecnologia, no âmbito do projecto "A sociedade portuguesa e os desafios da globalização. Centro de Estudos Sociais de Coimbra, dact., 1999.

COSTA, Linda Santos – "*Era bom que trocássemos umas ideias sobre o assunto*, de Mário de Carvalho. A arquitectura, a violência", in *Público*/Leituras, 11 de Novembro, 1995.

COTRIM, João Paulo – "Mário de Carvalho. O mistério da Literatura" (entrevista ao autor), in *LER*, n.º 34, Primavera, 1996, pp. 38-49.

GUERREIRO, António – "Alegorias do absurdo", in *Expresso*, 13 de Janeiro, 1990.

MENDONÇA, Fernando – "*A Paixão do Conde de Fróis*", in *Colóquio/Letras*, n.º 99. Setembro-Outubro, 1997, pp. 104-105 (recensão).

REIS, Carlos – "Mário de Carvalho. Incitação ao romance", in *Jornal de Letras, Artes e Ideias*, 28 Agosto, 1996, pp. 22-23.

366   *Post-Modernismo no Romance Português Contemporâneo*

RELVÃO, Madalena – *Estratégias de subversão em Mário de Carvalho*. Dissertação de Mestrado em Estudos Portugueses apresentada à Universidade de Aveiro, dact., 1999.

SEQUEIRA, Maria Goreti Rosas – *Aproximação a uma leitura do risível em A Paixão do Conde de Fróis*. Tese de Mestrado apresentada à Faculdade de Letras da Universidade do Porto, dact., 1996.

SILVESTRE, Osvaldo e DIOGO, Américo Lindeza – "Entrevista/Mário de Carvalho", in <http://www.ciberkiosk.pt>, arquivo, n.º 1, 1998.

SILVESTRE, Osvaldo, "Mário de Carvalho: revolução e contra-revolução ou um passo atrás e dois à frente", in *Colóquio/Letras*, n.º 147-148, Janeiro-Junho, 1998.

2.2. MÁRIO CLÁUDIO

COELHO, Eduardo Prado – *"Amadeo"*, in *A noite do mundo*. Lisboa: IN-CM, 1988, pp. 77-82.

LIMA, Isabel Pires de – "Mário Cláudio. Máquinas de sonhos", in *Jornal de Letras, Artes e Ideias*. 28 de Fevereiro, 1996, pp. 22-23.

MACHADO, José Leon – "*As Batalhas do Caia* de Mário Cláudio", in <http://www.altavista.digital.com /Projecto Vercial> (1997).

MACHADO, Lino – "*Amadeo* – Da biografia à ficção", in *Colóquio/Letras*, n.º 102, Março-Abril, 1988, pp. 69-75.

RIBEIRO, Fernando, "Sobre biografias e biógrafos na ficção de Mário Cláudio", in *Diagonais das Letras Portuguesas Contemporâneas* (Actas do 2.º Encontro de Estudos Portugueses). Aveiro, 9 e 10 de Novembro, 1995, pp. 69-78.

SEIXO, Maria Alzira – "Mário Cláudio, «As Batalhas do Caia». Trabalhos de artista", in *Jornal de Letras, Artes e Ideias*, 24 de Abril a 7 de Maio de 1996, pp. 22-23.

SOBRAL, Fernando – "O Caia e as misérias nacionais", in <http://www.altavista.digital.com/ ProjectoVercial> (1997).

VENÂNCIO, Fernando – "Mário Cláudio. Traumas e paranóias", entrevista ao autor, in *Jornal de Letras, Artes e Ideias* de 3 de Janeiro, 1996, pp. 14-16.

2.3. JOSÉ CARDOSO PIRES

CABRAL, Eunice – *José Cardoso Pires. Representações do mundo social na ficção (1958-1982)*. Lisboa: Cosmos, 1999.

CAÇÃO, Idalécio – "Revisitando José Cardoso Pires ou da importância dum Prefácio", in *Letras & Letras*, 17 de Abril, 1991.

CAMPELO, Juril do Nascimento – *O Delfim. O maneirismo como expressão do romance contemporâneo*. Tese de concurso à Docência-Livre em Literatura Portuguesa. Dep. de Linguística, Letras Clássicas e Vernáculas. Setor de Ciências Humanas, Letras e Artes. Universidade Federal do Paraná. Curitiba, 1976.

CARVALHO, Júlio – "«O Delfim»: leitura semiológica", in *Vozes*. Vol.LXVIII, n.º 4, Maio, 1974, pp. 51-59.

COELHO, Eduardo Prado – "Cardoso Pires: o círculo dos círculos", in *A noite do mundo*. Lisboa: IN-CM, 1986.

COELHO, Nelly Novaes – "José Cardoso Pires – *O Delfim*: uma obra aberta", in *Escritores Portugueses*. São Paulo: Quíron, 1973, pp. 151-173.

CORDEIRO, Herlander *et alii* – *O Delfim de José Cardoso Pires. Propostas para uma leitura orientada*. Porto: Porto Editora, 1995.

CRUZ, Liberto – *José Cardoso Pires*. Lisboa: Arcádia, 1972.

DIONÍSIO, Mário – "Um romance invulgar", in *A Capital*, 3 de Julho, 1968.

DUARTE, Lélia – "Aspectos míticos e ideológicos em Pessach: a travessia e *O Delfim*", in *VI Encontro Nacional de Professores Universitários Brasileiros de Literatura Portuguesa*. Assis: Universidade Estadual Paulista/Instituto de Literatura Portuguesa, História e Psicologia, 1980, pp. 131-147.

FOKKEMA, Douwe – "Empirical Questions about Symbolic Worlds: A Reflection on Potential Interpretations of José Cardoso Pires, *Ballad of Dogs' Beach* (1982)", in *Dedalus*, n.º 2, Dezembro, 1992, pp. 59-66.

GONÇALVES, Virgínia Maria – "O ludismo crítico do romance 'O Delfim' de José Cardoso Pires", in *Colóquio/Letras*, n.º 36, 1977, pp. 70-73.

LEPECKI, Maria Lúcia – "José Cardoso Pires. *Balada da Praia dos Cães*", in *Colóquio/Letras*, n.º 77, Janeiro, 1984, pp. 91-92.

LEPECKI, Maria Lúcia – *Ideologia e imaginário. Ensaio sobre José Cardoso Pires*. Lisboa: Moraes, 1977.

LOPES, Óscar – "José Cardoso Pires – *O Delfim*, romance, Lisboa, 1968", in *O Comércio do Porto*, 25 de Junho, 1968 (recensão).

LOPES, Óscar – "José Cardoso Pires", in *Os sinais e os sentidos. Literatura Portuguesa do século XX*. Lisboa: Caminho, 1986.

LOPES, Óscar – "Os tempos e as vozes na obra de Cardoso Pires", in *Cifras do Tempo*. Lisboa: Caminho, 1990.

LOURENÇO, Eduardo – "Um contador de histórias", in *Letras & Letras*, 17 de Abril, 1991.

MALDONADO, Fátima – "Os quixotes matam-se", in *Expresso*/Revista, 13 de Abril, 1996, pp. 48, 49.

MELO, João de – "As funções do narrador em *O Delfim* de José Cardoso Pires", in *Colóquio/Letras*, n.º 59, Janeiro, 1981, pp. 30-41.

MIRANDA, Alberto Augusto – "José Cardoso Pires, 27 de Março de 1991", in *Letras & Letras*, 17 de Abril, 1991 (entrevista).

NUNES, Natália – "«O Delfim»: uma personagem marialva?", in *Diário de Lisboa*, 3 de Abril, 1969.

NUNES, Natália – "Delfim e Serafim", in *As batalhas que nós perdemos*. Porto: Liv. Paisagem, 1973.

NUNES, Natália – "Poética e metafísica em «O Delfim» de José Cardoso Pires", in *A Capital*, 14, 21 e 28 de Maio, 1969.

OLIVEIRA, Fernando Matos – "A ideologia da técnica na ficção de José Cardoso Pires: inspecção periódica ao Jaguar E-4.2 d'*O Delfim*", in <http://www.ciberkiosk.pt>, arquivo, n.º 3, 1998.

PETROV, Petar – "A ficção de José Cardoso Pires à luz da pós-modernidade", in <http://www.ciberkiosk.pt>, arquivo, n.º 3, 1998.

368 *Post-Modernismo no Romance Português Contemporâneo*

PIRES, Alves – "José Cardoso Pires, um «fabulador exemplar»", in *Brotéria. Cultura e Informação*. Vol.92, n.º 6, Junho, 1971, pp. 811-816.

PIRES, José Cardoso – *E agora, José?*. Lisboa: Moraes, 1977.

REMÉDIOS, Maria Luiza Ritzel – "A Permanência do Neo-Realismo e a polifonia narrativa em *O Delfim*, de José Cardoso Pires", in *Letras & Letras*. Revista do Dep. de Letras da Universidade Federal de Uberlândia. Vol.2, n.º 2, Dezembro, 1986, pp. 341-357.

RODRIGUES, Urbano Tavares – "A marca de José Cardoso Pires", in *Letras & Letras*, 17 de Abril, 1991.

SACRAMENTO, Mário – "Revisão do espaço literário", in *Diário de Lisboa*. 12 de Dezembro, 1968.

SANTANA, Maria Helena – "Verosimilhança, verdade e construção do sentido na *Balada da Praia dos Cães*", in *Diagonais das Letras Portuguesas Contemporâneas* (Actas do 2.º Encontro de Estudos Portugueses). Aveiro, 9 e 10 de Novembro, 1995, pp. 87-96.

TORRES, Alexandre Pinheiro – "Através de «O Delfim»". *Diário de Lisboa*, 28 de Novembro, 1968.

TORRES, Alexandre Pinheiro – "Sociologia e significado do mundo romanesco de José Cardoso Pires", in *O Anjo Ancorado*. 3.ª ed. Lisboa: Moraes, 1964.

2.4. JOSÉ SARAMAGO

ALVES, Clara Ferreira – "O Cerco a José Saramago", in *Expresso*/Revista, 22 de Abril, 1989, p. 62 (entrevista a José Saramago).

ALVES, Clara Ferreira – "Saramago: «No meu caso, o alvo é Deus»", in *Expresso/* Revista, 2 de Novembro, 1991.

ARIAS, Juan – *José Saramago: O amor possível*. Trad. Carlos Aboim de Brito. Lisboa: D. Quixote, 2000.

ARNAUT, Ana Paula – "Paleta de mundos possíveis: o Prémio Nobel e a obra de José Saramago", in <http://www.ciberkiosk.pt>, arquivo, n.º 7, 1999.

ARNAUT, Ana Paula – "Viagem ao centro da escrita: da subversão à irreverência da(s) H(h)istórias", in *Colóquio/Letras*, n.º 151-152, Janeiro-Junho, 1999, pp. 325-334.

ARNAUT, Ana Paula – *Memorial do Convento. História, ficção e ideologia*. Coimbra: Fora do Texto, 1996.

AZEVEDO, Leodegário A. – "Saramago ou a ficção que inventa a história", in *Letras & Letras*, 3 de Abril, 1991.

BERRINI, Beatriz – *Ler Saramago: o romance*. Lisboa: Caminho, 1998.

COSTA, Horácio – *José Saramago: o período formativo*. Lisboa: Caminho, 1997.

EVANS, Julian – "Pulling against the march of time", in *Financial Times* (Books), 2 de Dezembro, 2000 (entrevista a José Saramago).

FINAZZI-AGRÒ, Ettore – "'Da cap': o texto como palimpsesto na «História do Cerco de Lisboa»", in *Colóquio/Letras*, n.º 151-152, pp. 341-351.

GUSMÃO, Manuel – "Entrevista a José Saramago", in *Vértice*, 14 de Maio, 1989, pp. 85-99.

"José Saramago: El Nobel de Literatura habla para Playboy de su vida y su obra", in *Playboy Magazine*, n.º 241, Janeiro, 1999, pp. 51-53 (entrevista).

MARTINS, Adriana Alves de Paula – *História e ficção – um diálogo*. Tese de Mestrado apresentada à Faculdade de Letras da Universidade de Coimbra, dact., 1992.

OLIVEIRA, Isaura de – "Lisboa segundo Saramago: a História, os mitos e a ficção", in *Colóquio/Letras*, n.º 151-152, pp. 357-378.

PACHECO, Fernando Assis – "A ilha de Saramago", in *Visão*, n.º 1, 25 de Março, 1993.

REBELO, Luís de Sousa – "Os rumos da ficção de José Saramago", in *Manual de Pintura e Caligrafia*. 3.ª ed. Lisboa: Caminho, 1985.

REIS, Carlos – *Diálogos com José Saramago*. Lisboa: Caminho, 1998.

SARAMAGO, José – "História e Ficção", in *Jornal de Letras, Artes e Ideias*, 6 de Março, 1990.

SARAMAGO, José – "O tempo e a História", in *Jornal de Letras, Artes e Ideias*, 27 de Janeiro, 1999 (discurso proferido na Universidade de Évora na cerimónia de Doutoramento *honoris causa*).

SEIXO, Maria Alzira – "*História do Cerco de Lisboa* ou a respiração da sombra", in *Lugares da ficção de José Saramago*. Lisboa: IN-CM, 1999, pp. 73-82.

SILVA, Teresa Cristina Cerdeira – *José Saramago. Entre a história e a ficção: uma saga de portugueses*. Lisboa: D. Quixote, 1989.

VENÂNCIO, Fernando – "A oralidade da ficção: Cardoso Pires, Saramago, Olga Gonçalves, Mário de Carvalho", in *Actas do III Congresso da Associação Internacional de Lusitanistas* (Universidade de Coimbra de 18 a 22 de Junho de 1990), pp. 397-409.

3. BIBLIOGRAFIA TEÓRICA

AA.VV. – Actes du Colloque Internacional – "Les genres inserés dans le roman" du 10 au 12 Décembre 1992. Lyon: Université Jean Moulin C.E.D.I.C., 1992.

ABLAMOWICZ, Aleksander – "Le roman et le romanesque", in Actes du Colloque "Le genre du roman, les genres de romans" (1980 – Centre d'études du roman et du romanesque de l'Université de Picardie). Paris: Presses Universitaires de France, 1981, pp. 25-37.

ALBALADEJO, Tomás Mayordomo – *Teoría de los mundos posibles y macroestructura narrativa*. Alicante: Universidad de Alicante, 1986.

ALEXANDER, Marguerite – *Flights from Realism. Themes and Strategies in Postmodernist British and American Fiction*. London, New York, Melbourne, Auckland: Edward Arnold, 1990.

ALTER, Robert – *Partial Magic. The Novel as Self-Conscious Genre*. Berkeley. Los Angeles. London: University of California Press, 1978.

ALTIERI, Charles – "The Hermeneutics of Literary Indeterminacy: A Dissent from the New Orthodoxy", in *New Literary History*. Vol.X, n.º 1 Autumn, 1978, pp. 71-99.

AMARAL, Fernando Pinto do – *O mosaico fluido. Modernidade e pós-modernidade na poesia portuguesa mais recente*. Lisboa: Assírio & Alvim, 1991.

ANDERSON, Perry – *The Origins of Postmodernity*. London. New York: Verso, 1998.

ARISTÓTELES – *Poética*, 4.ª ed., tradução, prefácio, introdução, comentário e apêndices de Eudoro de Sousa. Lisboa: IN-CM, 1994.

ASHLEY, Kathleen *et alii* (eds.) – *Autobiography & Postmodernism*. Amherst: The University of Massachusetts Press, 1994.

370   *Post-Modernismo no Romance Português Contemporâneo*

AUERBACH, Erich – *Mimesis. A representação da realidade na literatura ocidental.* Trad. Suzi Frankl Sperber. São Paulo: Ed. Perspectiva, 1971.

BAKHTIN Mikhail – *Rabelais and his World.* Trans. Hélène Iswolsky. Bloomington: Indiana University Press, 1984.

BAKHTINE Mikhaïl – *Esthétique et théorie du roman.* Trad. Daria Olivier. Paris: Gallimard, 1978.

BAL, Mieke – "Notes on Narrative Embedding", in *Poetics Today.* Vol.2, n.º 2, Winter, 1981, pp. 41-59.

BARRENTO, João – "A razão transversal – *requiem* pelo pós-moderno", in *Vértice*, 25 de Abril, 1990, pp. 31-36.

BARTH, John – "The Literature of Exhaustion", in *Atlantic.* Vol.220, n.º 2, August, 1967, pp. 29-34.

BARTH, John – "The Literature of Replenishment. Postmodernist Fiction", in *The Friday Book. Essays and Other Nonfiction.* New York: G.P. Putnam's Sons, 1984, pp. 193-206.

BARTHES, Roland – "Introduction à l'analyse structurale des récits", in *Communications*, n.º 8, 1966, pp. 1-27.

BARTHES, Roland – "L'effet de réel", in *Communications*, n.º 11, 1968, pp. 84-89.

BARTHES, Roland – *O grau zero da escrita.* Trad. Maria Margarida Barahona. Lisboa: Ed. 70, 1973.

BARTHES, Roland – *O prazer do texto*, 2.ª ed. Trad. de Maria Margarida Barahona. Lisboa: Ed. 70, s./d.

BARTHES, Roland – *S/Z.* Paris: Seuil, 1970.

BARTHES, Roland – "The Death of the Author", in *Image-Music-Texte.* Trad. Stephen Heath. New York: Hill and Wang, 1985, pp. 142-148.

BARTHES, Roland *et alii* – *Literatura e realidade.* Lisboa: D. Quixote, 1984.

BATCHELOR, John (ed.) – *The Art of Literary Biography.* Oxford: Clarendon Press, 1995.

BELL, Bernard Iddings – *Postmodernism and Other Essays.* Milwaukee, Wisc.: Morehouse Pub. Company, 1926.

BERTENS, Hans – *The Idea of the Postmodern. A History.* London & New York: Routledge, 1996.

BERTENS, Hans e FOKKEMA, Douwe (eds.), *International Postmodernism. Theory and Literary Practice.* Amsterdam/Philadelphia: John Benjamins, 1997.

BESSIERE, Jean – "Le roman de l'homme illustre: histoire et biographie", in *Actes du Colloque Le genre du roman, les genres de romans* (1980 – Centre d'études du roman et du romanesque de l'Université de Picardie). Paris: Presses Universitaires de France, 1981, pp. 51-67.

BOISDEFFRE, Pierre de – *Où va le roman.* Paris: Ed. Mondiales, 1972.

BOOTH, Wayne C. – "Distance et point de vue", in *Poétique*, n.º 4, 1970, pp. 511-524.

BOOTH, Wayne C. – "The Self-Conscious Narrator in Comic Fiction Before Tristram Shandy", in *PMLA.* Vol.LXVII, n.º 2, March, 1952, pp. 163-185.

BOOTH, Wayne C. – *A retórica da ficção.* Lisboa: Arcádia, 1980.

BRIONES GARCÍA, Ana Isabel – "Marxismo *versus* postmodernismo. La seriedad o la parodia en favor del compromiso histórico. Una perspectiva metodológica", in *Revista de Filología Románica.* N.º 13, 1997, pp. 287-294.

BROOKE-ROSE, Christine – "Eximplosions", in *Genre*. Vol.14, n.º 1, Spring 1981, pp. 9-21.

BROOKE-ROSE, Christine – *A Rhetoric of the Unreal: Studies in Narrative and Structure Especially of the Fantastic*. Cambridge: Cambridge University Press, 1981.

BRUSS, Elisabeth W. – "L'autobiographie considérée comme acte littéraire", in *Poétique*, n.º 17, 1974, pp. 14-26.

CALINESCU, Mattei – *Five Faces of Modernity. Modernism, Avant Garde, Decadence, Kitsch, Postmodernism*. Durham: Duke University Press, 1987.

CALINESCU, Mattei e FOKKEMA, Douwe (eds.) – *Exploring Postmodernism*. Amsterdam/Philadephia: John Benjamins, 1987.

CAM, Helen Maud – *Historical Novels*. London: Routledge & Kegan Paul, 1961.

CAMILO, João – "Tendances du roman contemporain au Portugal: du Neo-Realisme à l'actualité", in *L'enseignement et l'expansion de la literature portugaise en France. Actes du Colloque* (21-23 Novembre). Paris: Fund. Calouste Gulbenkian, 1985.

CARR, E.H. – *Que é a História?*. Trad. Ana Maria Prata Dias da Rocha. Lisboa: Gradiva, 1986.

CARRILHO, Manuel Maria – *Elogio da modernidade*. Lisboa: Presença, 1989.

CAZZATO, Luigi – "Hard Metafiction and the Return of the Author-Subject: The Decline of Postmodernism?", in J. Dowson and S. Earnshaw (eds.), *Postmodern Subjects/Postmodern Texts*. Amsterdam-Atlanta GA: Rodopi, 1995, pp. 25-39.

CEIA, Carlos – *O que é afinal o Pós-Modernismo?*. Lisboa: Ed. Século XXI, 1998.

CHABOT, C. Barry – "The Problem of the Postmodern", in *New Literary History*. Vol.20, n.º 1, Autumn,1988, pp. 1-20.

CHARNEY, Hanna – *The Detective Novel. Hedonism, Morality and the Life of Reason*. Rutherford. Madison. Teaneck: Fairleigh Dickinson University Press, 1981.

CHEFDOR, Monique *et alii* (eds.) – *Modernism: Challenges and Perspectives*. Urbana and Chicago: University of Illinois Press, 1986.

COELHO, Eduardo Prado – "Pós-moderno, o que é?", in *A mecânica dos fluidos. Literatura, cinema, teoria*. Lisboa: IN-CM, 1984, pp. 295-305.

COELHO, Eduardo Prado – "A poesia portuguesa contemporânea", in *A noite do mundo*. Lisboa: INCM, 1988, pp. 113-132.

COELHO, Eduardo Prado – *Os universos da crítica*. Lisboa: Ed.70, 1982.

COELHO, Nelly Novaes – "Linguagem e ambiguidade na ficção portuguesa contemporânea", in *Colóquio/Letras*, n.º 12, Março de 1973, pp. 68-74.

COHEN, Ralph – "History and Genre", in *New Literary History*. Vol.17, n.º 2, Winter, 1986, pp. 203-218.

COLLINGWOOD, R.G. – *The Idea of History*. Oxford: Oxford University Press, 1963.

CONNOR, Steven – *Postmodernist Culture. An Introduction to Theories of the Contemporary*. Oxford: Basil Blackwell, 1992.

CORNIS-POP, Marcel – "Postmodernism Beyond Self-Reflection", in Ronald Bogue (ed.), *Mimesis in Contemporary Theory*. Vol.2 *Mimesis, Semiotics and Power*. Philadelphia & Amsterdam: John Benjamins, 1991, pp. 127-155.

COWART, David – *History and the Contemporary Novel*. Carbondale & Edwarsville: Southern Illinois University Press, 1989.

CROS, Edmond – *Literatura, ideología y sociedad*. Madrid: Gredos, 1986.

CROSSMAN, Inge – "Reference and the Reader", in *Poetics Today*. Vol.4, n.° 1, 1983, pp. 89-97.

CRUZ, Liberto – "Viragem do romance português", in *Arquivos do Centro Cultural Português*. Vol. III. Paris: Fund. Calouste Gulbenkian, 1971.

CULLER, Jonathan – "Towards a Theory of Non-Genre Literature", in Raymond Federman, *Surfiction Now and Tomorrow*. 2nd ed., Chicago: Swallow Press, 1981, pp. 255-262.

CURRIE, Mark (ed.) – *Metafiction*. London & New York: Longman, 1995.

CURRIE, Mark – *Postmodern Narrative Theory*. London: MacMillan Press, 1998.

D'HAEN, Theo *et alii* (eds.) – *Convention and Innovation in Literature*. Amsterdam / Philadelphia: John Benjamins, 1989, pp. 405-420.

DÄLLENBACH, Lucien – *Le récit spéculaire. Essai sur la mise en abyme*. Paris: Seuil, 1977.

DEMOUGIN, Jacques (dir.) – *Dictionnaire historique, thématique et technique des littératures. Littératures française et étrangères, anciennes et modernes*. 2.ª ed. Paris: Larousse, 1989.

DERRIDA, Jacques – "The Law of Genre", in *Critical Inquiry*. Vol.7, n.° 1, Autumn 1980, pp. 55-81.

DIJK, Teun A. van – "Philosophy of Action and Theory of Narrative", in *Poetics*. Vol.5, 1976.

DIOGO, Américo A. Lindeza – *Modernismo, Pós-Modernismos, Anacronismos. Para uma história da poesia portuguesa recente*. Lisboa: Cosmos, 1993.

DIOGO, Américo A. Lindeza *et alii* – "Vítor Manuel de Aguiar e Silva: pós-modernismo e pós-modernidade", in *O Primeiro de Janeiro*. Suplemento das Artes e das Letras, 2 de Agosto, 1989, p. 6.

DOCHERTY, Thomas (ed.) – *Postmodernism: A Reader*. New York: Harvester Wheatsheaf, 1993.

EAGLETON, Terry – "Capitalism, Modernism and Postmodernism", in *New Left Review*, n.° 152, July-August, 1985, pp. 60-72.

ECO, Umberto – "Possible Worlds and Text Pragmatics: 'Un dramme bien parisien'", in *Versus*, n.° 19-20, 1978, pp. 5-72.

ECO, Umberto – *Leitura do texto literário. Lector in Fabula*. Trad. Mário Brito. Lisboa: Presença, 1979.

ECO, Umberto – *Postille a Il nombre della rosa*. Milão: Bompiani, 1984.

ECO, Umberto – *Seis passeios nos bosques da ficção*. 2.ª ed. Trad. Wanda Ramos. Lisboa, 1997.

ECO, Umberto – *The Limits of Interpretation*. Bloomington & Indianapolis: Indianapolis University Press, 1990.

ECO, Umberto – *Tratado de semiótica generale*. Barcelona: Lumen, 1978.

EDER, Doris E. – "*Surfiction*: Plunging into the Surface", in *Boundary 2*. Vol.V, n.° 1, Fall, 1976, pp. 153-165.

ELAM, Diane – *Romancing the Postmodern*. London & New York: Routledge, 1992.

ELLIOT, Emory (ed.) – *Columbia Literary History of the United States*. New York: Columbia University Press, 1988.

ELLMANN, Richard – "Freud and Literary Biography", in *The American Scholar*. Vol.53, Autumn, 1984, pp. 465-478.

Índices

EMINESCU, Roxana – *Novas coordenadas no romance português*. Lisboa: Biblioteca Breve, 1983.

FEATHERSTONE, Mike (ed.) – *Theory, Culture & Society*, vol.5, n.º 2-3, June, 1988 (special issue on Postmodernism).

FEDERMAN, Raymond – *Surfiction. Fiction Now... and Tomorrow*. 2nd ed. Chicago: Swallow Press, 1981.

FERNANDES, Maria da Penha – *Mimese irónica e metaficção*. Tese de Doutoramento em Teoria da Literatura, apresentada à Universidade do Minho, dact., 1996.

FIEDLER, Leslie – "Cross the Border – Close that Gap: Post-Modernism", in Marcus Cunliffe (ed.), *American Literature Since 1900*. London: Penguin, 1993, pp. 329-351.

FIEDLER, Leslie – "The New Mutants", in *Partisan Review*. Vol.32, n.º 4, 1965, pp. 505-525.

FIEDLER, Leslie – *Waiting for the End*. New York: Stein & Day, 1970.

FLEISHMAN, Avrom – *The English Historical Novel*. Walter Scott to Virginia Woolf. Baltimore & London: Johns Hopkins, 1971.

FOKKEMA, Douwe – *Modernismo e Pós-Modernismo*. Trad. de Abel Barros Baptista. Lisboa: Vega, 1984.

FOKKEMA, Douwe e BERTENS, Hans (eds.) – *Approaching Postmodernism*. Amsterdam/Philadelphia: John Benjamins, 1986.

FOSTER, Hal – "Polémicas (Pós)-Modernas", in *Crítica*, n.º 5, Maio, 1989, pp. 89-102.

FOSTER, Hal – *The Anti-Aesthetic. Essays on Postmodern Culture*. Port Townsend, Washington: Bay Press, 1983.

FOWLER, Alistair – "The Life and Death of Literary Forms", in *New Literary History*. Vol.II, n.º 2, Winter 1971, pp. 199-216.

FOWLER, Alistair – *Kinds of Literature. An Introduction to the Theory of Genres and Modes*. Oxford: Clarendon Press, 1985.

FRANÇA, José-Augusto – "«Il faut être absolument moderne», Rimbaud", in *(In)definições de cultura*. Lisboa: Presença, 1997, pp. 31-37.

FRANÇA, José-Augusto – "Situação do pós-moderno, moda do pós-modernismo", in *(In)definições de cultura*. Lisboa: Presença, 1997, pp. 38-45.

FURST, Lilian (ed.) – *Realism*. London & New York: Longman, 1992.

GAILLARD, Françoise – "The Great Illusion of Realism", in *Poetics Today*. Vol.5, n.º 4, 1984, pp. 753-766.

GARVIN, Harry – *Bucknell Review: Romanticism, Modernism, Postmodernism*. Lewisburg: Bucknell University Press, 1980.

GASS, William – *Fiction and the Figures of Life*. New York: Alfred A. Knoff, 1970.

GEBAUER, Gunter e WULF, Christoph – *Mimesis. Culture. Art. Society*. Trad. Don Reneau. Berkeley/Los Angeles/London: University of California press, 1995.

GEERTZ, Clifford – "Blurred Genres. The Refiguration of Social Thought", in *The American Scholar*. Vol.49, Spring, 1980, pp. 165-179.

GENETTE Gérard – *Discurso da narrativa*. Trad. Fernando Cabral Martins. Lisboa: Vega, s./d.

GENETTE, Gérard – *Figures III*. Paris: Seuil, 1972.

GENETTE Gérard – *Nouveau discours du récit*. Paris: Seuil, 1983.

GENETTE Gérard – *Palimpsestes. La littérature au second dégré*. Paris: Seuil, 1982.

374   *Post-Modernismo no Romance Português Contemporâneo*

GENETTE, Gérard – "Structure and Functions of the Title in Literature", in *Critical Inquiry*. Vol.14, n.º 4, Summer 1988, pp. 692-720.

GENETTE, Gérard – *Introduction à l'architexte*. Paris: Seuil, 1979.

GIDDENS, Anthony – "Modernism and Postmodernism", in *New German Critique*, n.º 22, Winter, 1981, pp. 15-18.

GRAFF, Gerald – *Literature Against Itself. Literary Ideas in Modern Society*. Chicago and London: The University of Chicago Press, 1979.

GREENMAN, Myron – "Understanding New Fiction", in *Modern Fiction Studies*. Vol.20, n.º 3, Autumn 1974, pp. 307-316.

GRODEN, Michael e KREISWIRTH, Martin (eds.) – *The Johns Hopkins Guide to Literary Criticism*. Baltimore and London: The John Hopkins University Press, 1994.

GUILLÉN, Claudio – *Teorías de la historia literaria*. Madrid: Espasa-Calpe, 1989.

GUIMARÃES, Fernando – *A poesia contemporânea portuguesa e o fim da modernidade*. Lisboa: Caminho, 1989.

GUIMARÃES, Fernando – *Os problemas da modernidade*. Lisboa: Presença, 1994.

HABERMAS, Jürgen – "A modernidade: um projecto inacabado?", in *Crítica*, n.º 2, Nov., 1987, pp. 5-23.

HALSALL, Albert W. – "Le roman historico-didactique", in *Poétique*, n.º 57, 1984, pp. 81-104.

HAMILTON, Paul – *Historicism*. London & New York: Routledge, 1996.

HAMON, Philippe – "Um discurso determinado", in Roland Barthes *et alii*, *Literatura e realidade*. Lisboa: Dom Quixote, 1984.

HANNOOSH, Michele – *Parody and Decadence. Laforgue's Moralités légendaires*. Columbus: The Ohio State University Press, 1979.

HARSHAW, Benjamin – "Fictionality and Fields of Reference", in *Poetics Today*. Vol.5, n.º 2, 1984, pp. 227-251.

HART, Francis R. – "Notes for an Anatomy of Modern Autobiography", in *New Literary History*. Vol.I, n.º 3, Spring, 1970, pp. 485-511.

HARVEY, David – *The Condition of Posmodernity*. Cambridge MA and Oxford UK: Blackwell, 1992.

HASSAN, Ihab – *The Dismemberment of Orpheus. Toward a Postmodern Literature*. New York: Oxford University Press, 1971.

HASSAN, Ihab – *The Postmodern Turn. Essays in Postmodern Culture*. Columbus: Ohio University Press, 1987.

HASSAN, Ihab – *The Right Promethean Fire. Imagination, Science, and Cultural Change*. Urbana, Chicago, London: University of Illinois Press, 1980.

HASSAN, Ihab e HASSAN, Sally (eds.) – *Innovation/Renovation: New Perspectives on the Humanities*. Madison: University of Wisconsin Press, 1983.

HELLMANN, John – *Fables of Fact. The New Journalism as New Fiction*. Urbana: University of Illinois Press, 1981.

HENDERSON, Harry – *Versions of the Past: The Historical Imagination in American Fiction*. New York & Oxford: Oxford UP, 1974.

HERMAN, David – "Modernism *versus* Postmodernism: Towards an Analytic Distinction", in *Poetics Today*. Vol.12, n.º 1, Spring, 1991, pp. 55-86.

HOBSBAWM, Eric – *A era dos extremos: história breve do século XX – 1914-91*. Lisboa: Presença, 1996.

HOFFMAN, Gerhard *et alii* – "'Modern', 'Postmodern' and 'Contemporary' as criteria for the analysis of 20th century literature", in *Amerikastudien*. Vol.22, n.º 1, pp. 19-46.

HOLLANDER, John – "'Haddocks' Eyes': A Note on the Theory of Titles", in *Vision and Resonance. Two Senses of Poetic Form*. New York: Oxford University Press, 1975, pp. 212-226.

HOLLOWELL, John – *Fact and Fiction. The New Journalism and the Nonfictional Novel*. Chapel Hill: The University of Carolina Press, 1977.

HOLMES, Richard – *Footsteps. Adventures of a Romantic Biographer*. New York: Elisabeth Sifton Books, 1985.

HOLQUIST, Michael – "Whodunit and Other Questions: Metaphysical Detective Stories in Post-War Fiction, in *New Literary History*. Vol.III, n.º 1, Autumn, 1971, pp. 135-156.

HOMBERGER, Eric e CHARMLEY, John (eds.) – *The Troubled Face of Biography*. St. Martin's Press: New York, 1988.

HOWE, Irving – "Mass Society and Post-Modern Fiction", in *Partisan Review*. Vol.XXVI, n.º 3, 1959, pp. 420-436.

HUTCHEON, Linda – "Ironie, satire, parodie. Une approche pragmatique de l'ironie", in *Poétique*, n.º 46, Avril 1981, pp. 140-156.

HUTCHEON, Linda – *A Theory of Parody. The Teachings of Twentieth Century Art Forms*. New York & London: Methuen, 1985.

HUTCHEON, Linda – *Narcissistic Narrative. The Metafictional Paradox*. New York & London: Methuen, 1984.

HUTCHEON, Linda – *Poética do Pós-Modernismo*. Trad. Ricardo Cruz. Rio de Janeiro: Imago, 1991.

HUTCHEON, Linda – *The Politics of Postmodernism*. London: Routledge, 1991.

HUYSSEN, Andreas – *After the Great Divide. Modernism, Mass Culture, Postmodernism*. Bloomington and Indiana: Indiana University Press,1986.

INGARDEN, Roman – *A obra de arte literária*. Trad. Albin E. Beau *et alii*. Lisboa: Fund. Calouste Gulbenkian, 1973.

JAMESON, Fredric – "Postmodernism and Consumer Society", in Hal Foster (ed.), *The Anti-Aesthetics. Essays on Postmodern Culture*. Port Townsend: Bay Press, 1983, pp. 11-125.

JAMESON, Fredric – "Postmodernism, or the Cultural Logic of Late Capitalism", in *New Left Review*, n.º 146, July-August, 1984, pp. 53-92.

JAMESON, Fredric – *Postmodernism or the Cultural Logic of Late Capitalism*. London: New York: Verso, 1991.

JAMESON, Fredric – *The Ideologies of Theory. Essays 1971-1986*. Vol.2, London: Routledge, 1988.

JAMESON, Fredric – *The Political Unconscious*. London: Methuen, 1986.

JAUSS, H. Robert – "Theses on the Transition from the Aesthetics of Literary Works to a Theory of Aesthetics Experience", in Mario J. Valdés and Owen J. Miller (eds.), *Interpretation of Narrative*. Toronto: University of Toronto Press, 1978, pp. 137--147.

KAUFMAN, Helena – *Ficção histórica portuguesa do pós-revolução*. Tese de Doutoramento apresentada à Universidade de Madison-Wisconsin, dact., 1991.

376 Post-Modernismo no Romance Português Contemporâneo

KAYSER, Wolfgang – "Qui raconte le roman?", in *Poétique*, n.º 4, 1970, pp. 498-510.

KELLMAN, Steven G. – "Dropping Names: the Poetics of Titles", in *Criticism*. Vol.XVII, n.º 2, Spring, 1975, pp. 152-167.

KERBRAT-ORECCHIONI, Catherine – "L'ironie comme trope", in *Poétique*, n.º 41, Fevereiro, 1980, pp. 108-128.

KÖHLER, Michael – "«Pós-Modernismo»: um panorama histórico-conceptual", in *Crítica*, n.º 5, Maio, 1989, pp. 9-24.

KRIEGER, Murray – "Fiction, History, and Empirical Reality", in *Critical Inquiry*. Vol.1, 1974, pp. 335-360.

KRISTEVA, Julia – "Postmodernism?", in Harry Garvin (ed.), *Bucknell Review: Romanticism, Modernism, Postmodernism*. Vol. XXV, n.º 2. Lewisburg, Pa.: Bucknell University Press, 1980.

KRISTEVA, Julia – *Recherches pour une sémanalyse*. Paris: Seuil, 1969.

KRYSINSKI, Wladimir – *Carrefour de signes: essais sur le roman moderne*. Haia: Mouton, 1981.

LEJEUNE, Philippe – *Le pacte autobiographique*. Paris: Seuil, 1975.

LENTRICCHIA, Frank e McLAUGHLIN, Thomas (eds), *Critical Terms for Literary Study*. 2nd ed. Chicago and London: The University of Chicago Press, 1995.

LEVIN, Harry – "The Title as a Literary Genre", in *Modern Language Review*. Vol.72, n.º 1, January, 1977, pp. xxiii-xxxvi.

LEVIN, Harry – *Refractions: Essays on Contemporary Literature*. New York and London: Oxford University Press, 1966.

LODGE, David – *The Modes of Modern Writing. Metaphor, Metonymy, and the Typology of Modern Literature*. London: Edward Arnold, 1977.

LOURENÇO, Eduardo – "Sobre *Mudança*", in *O canto do signo. Existência e literatura*. Lisboa: Presença, 1994, pp. 102-112.

LOURENÇO, Eduardo – "Uma literatura desenvolta ou os filhos de Álvaro de Campos", in *O Tempo e o Modo*, n.º 42, Outubro, 1966, pp. 923-935.

LUKÁCS, Georg – *La théorie du roman*. Trad. Jean Clairevoye. Paris: Denoël, 1970.

LUKÁCS, Georges – *Le roman historique*. Trad. Robert Sailley. Paris: Payot, 1977.

LYOTARD, Jean-François – *A condição pós-moderna*. Trad. José B. de Miranda. Lisboa: Gradiva, s./d.

LYOTARD, Jean-François – *O pós-moderno explicado às crianças*. Trad. Tereza Coelho. Lisboa: Dom Quixote, 1987.

MARINHO, Maria de Fátima – *O romance histórico em Portugal*. Porto: Campo das Letras, 1999.

MATTOSO, José – *A escrita da História. Teoria e métodos*. Lisboa: Estampa, 1988.

McCAFFERY, Larry – *The Metafictional Muse*. Pittsburgh: University of Pittsburgh Press, 1982.

McGOWAN, John – *Postmodernism and its Critics*. Ithaca and London: Cornell University Press, 1991.

McHALE, Brian – *Postmodernist Fiction*. 5.ª ed. London & New York: Routledge, 1994.

MELBERG, Arne – *Theories of Mimesis*. Cambridge: Cambridge University Press, 1995.

MERQUIOR, José Guilherme – "O significado do pós-modernismo", in *Colóquio Letras*, n.º 52, 1979, pp. 5-15.

MINER, Earl – "That Literature is a Kind of Knowledge", in *Critical Inquiry*, vol.2, n.º 3, Spring, 1976, pp. 487-518.

MINK, Louis O. – "History and Fiction as Modes of Comprehension", in *New Literary History*. Vol.I, n.º 3, Spring 1970, pp. 541-558.

MONTEIRO, Adolfo Casais – "A ideia de modernidade", in *A palavra essencial*. 2.ª ed. Lisboa: Verbo, 1972, pp. 17-27.

MOURÃO, Luís – "Três décadas do romance português contemporâneo em pouco mais de 30 K", in <http://www.ciberkiosk.pt>, arquivo, n.º 3, 1998.

MURCH, A.E. – *The Development of the Detective Novel*. Port Washington, New York: Kennikat Press, 1968.

NÄGELE, Rainer – "Modernism and Postmodernism: the Margins of Articulation", in *Studies in Twentieth Century Literature*. Vol.5, Fall, 1980, pp. 5-25.

NEWMAN, Charles – *The Post-Modern Aura. The Act of Fiction in an Age of Inflation*. Evanston: Northwestern University Press, 1985.

NIALL, Lucy – *Postmodern Literary Theory. An Introduction*. Oxford: Blackwell, 1997.

O'CONNOR, William Van – "The new hero and a shift in literary conventions", in *The New University Wits and the End of Modernism*. Carbondale: Southern Illinois University Press, 1963, pp. 133-149.

PALMER, Richard E. – "Postmodernity and Hermeneutics", in *Boundary 2*. Vol.5, n.º 2, Winter 1977, pp. 363-388.

PARKE, Catherine N. – *Biography. Writing Lives*. New York: Twayne Publishers, 1996.

PAVEL, Thomas – "The Borders of Fiction", in *Poetics Today*, Vol.4, n.º 1, 1983, pp. 83-88.

PAVEL, Thomas – *Fictional Worlds*. Cambridge, Mass., London: Harvard University Press, 1986.

PERLOFF, Marjorie (ed.) – *Postmodern Genres*. Norman and London: University of Oklahoma Press, 1989.

PILLAI, A. Sebastian Dravyam – *Postmodernism. An Introduction to Postwar Literature in English*. Tiruchirapalli, India: Theresa Publications, 1991.

PLATÃO – *A República*. 8.ª ed. Int., trad. e notas de Maria Helena da Rocha Pereira. Lisboa: Fund. Calouste Gulbenkian, 1996.

POLLOCK, Griselda – *Vision and Difference: Femininity, Feminism and Histories of Art*. London & New York: Routledge, 1988.

PULGARÍN, Amalia – *Metaficción Historiográfica: La novela histórica en la narrativa hispánica postmodernista*. Madrid: Ed. Fundamentos, 1995.

REIS, Carlos – *O conhecimento da literatura. Introdução aos Estudos Literários*. Coimbra: Almedina, 1995.

REIS, Carlos e LOPES, Ana Cristina M. – *Dicionário de narratologia*. 5.ª ed. Coimbra: Almedina, 1996.

REMÉDIOS, Maria Luiza Ritzel – *O romance português contemporâneo*. Santa Maria: Ed. UFSM, 1986.

REVISTA CRÍTICA DE CIÊNCIAS SOCIAIS (número temático: *Pós-Modernismo e Teoria Crítica*), n.º 24, Março, 1988.

RICARDOU, Jean – "La population des miroirs", in *Poétique*, n.º 22, 1975, pp. 196--226.

RICOEUR, Paul – *Temps et récit*. T.I. Paris: Seuil, 1983.

378 *Post-Modernismo no Romance Português Contemporâneo*

ROBERTS, Thomas J. – *When is Something Fiction?*. Carbondale and Edwardsville: Southern Illinois Press, 1972.

ROCHER, Guy – *Introduction à la sociologie générale. L'action sociale*. Paris: Ed. HMH, 1968.

ROMANOS, Christos S. – *Poetics of a Fictional Historian*. New York: Peter Lang, 1985.

RON, Moshe – "Free Indirect Discourse, Mimetic Language Games and the Subject of Fiction", in *Poetics Today*. Vol.2, n.º 2, Winter, 1981, pp. 17-39.

RORTY, Richard – "Habermas e Lyotard acerca da pós-modernidade", in *Crítica*, n.º 2, Nov.,1987, pp. 39-56.

ROSE, Margaret – *Parody/Meta-fiction*. Londres: Croom Helm, 1979.

RUSSELL, Charles -"The Vault of Language: Self-Reflective Artifice in Contemporary American Fiction", in *Modern Fiction Studies* 20, 3, 1974, pp. 349-59.

SANGSUE, Daniel – *La parodie*. Paris: Hachette, 1994.

SANTOS, Boaventura de Sousa – *Introdução a uma ciência pós-moderna*. 4.ª ed., Porto: Afrontamento, 1995.

SANTOS, Boaventura de Sousa – *Pela mão de Alice. O social e o político na pós--modernidade*. 2.ª ed. Porto: Afrontamento, 1994.

SARTRE, Jean-Paul – *Qu'est-ce que la littérature*. Paris: Gallimard, 1948.

SAUERBERG, Lars Ole – *Fact into Fiction. Documentary Realism in the Contemporary Novel*. New York: St. Martin's Press, 1991.

SCHMIDT, Siegen S.J. – "The Fiction is that Reality Exists. A Constructivist Model of Reality, Fiction, and Literature", in *Poetics Today*. Vol.5, n.º 2, 1984, pp. 253-274.

SCHOLES, Robert – *Fabulation and Metafiction*. Urbana, Chicago, London: University of Illinois Press, 1979.

SCHOLES, Robert – "Les modes de la fiction", in *Poétique*, n.º 32, Nov. 1977, pp. 507--514.

SCHOLES, Robert – *Structural Fabulation. An essay on fiction of the future*. Notre Dame & London: University of Notre Dame Press, 1975.

SEIXO, Maria Alzira – "Dez anos de literatura portuguesa (1974-1984), in *Colóquio/ Letras*, n.º 78, Março, 1984, pp. 30-42).

SEIXO, Maria Alzira – "Narrativa e ficção – Problemas de tempo e espaço na literatura europeia do Pós-Modernismo", in *Colóquio/Letras*, n.º 134, Outubro, Dezembro, 1994, pp. 101-114.

SENA, Jorge de – "Do conceito de modernidade na poesia portuguesa contemporânea", in *Dialécticas aplicadas da literatura*. Lisboa: Ed. 70, 1978.

SHAW, Harry – *The Forms of Historical Fiction. Sir Walter Scott and his Successors*. Ithaca & London: Cornell University Press, 1983.

SILVA, Vítor Manuel de Aguiar e – *A estrutura do romance*. Coimbra: Almedina, 1974.

SILVA, Vítor Manuel de Aguiar e – *Teoria da literatura*, 8.ª ed. Coimbra: Almedina, 1984.

SMART, Barry – *A pós-modernidade*. Trad. Ana Paula Curado. Mem Martins: Pub. Europa-América, 1993.

SMITH, Pierre – "Des genres et des hommes", in *Poétique*, n.º 19, 1974, pp. 294-312.

SMYTH, Edmund J. Smyth (ed.) – *Postmodernism and Contemporary Fiction*. London: B.T. Batsford, 1991.

SONTAG, Susan – "Against Interpretation", in *Against Interpretation and Other Essays*. New York: Farrar, Straus & Giroux, 1966, pp. 3-14.

SONTAG, Susan – "On Style", in *Partisan Review*, n.º 4, 1965, pp. 543-560.

SONTAG, Susan – "One culture and the new sensibility", in *Against Interpretation*. New York: Farrar, Straus & Giroux, 1966, pp. 293-304.

SPANOS, William V. – *Repetitions. The Postmodern Occasion in Literature and Culture*. Baton Rouge and London: Louisiana University Press, 1987.

STRELKA, Joseph P. (ed.) – *Theories of Literary Genre*. University Park and London: The Pennsylvania State University Press, 1978.

STROUT, Cushing – "The Veracious Imagination", in *Partisan Review*, n.º 3, 1983, pp. 429-443.

STUTTERHEIM, Cornelis F.P. – "Prolegomena to a Theory of the Literary Genres", in *Zagadnienia Rodzajów Literackich*. T.VI, vol.2, 1964, pp. 5-24.

THIHER, Allen – *Words in Reflection. Modern Language Theory and Postmodern Fiction*. Chicago & London: The Univ of Chicago Press, 1984.

TODOROV, Tzvetan – *Les genres du discours*. Paris: Seuil, 1978.

TONO MARTÍNEZ, José (coord.) – *La polémica de la posmodernidad*. Madrid: Ediciones Libertarias, 1986.

TORGAL, Luís Reis *et alii* – *História da História em Portugal. Séculos XIX-XX*. Vol.2. Lisboa: Temas & Debates, 1998.

TOYNBEE, Arnold – *A Study of History*. Vol.I. Oxford: Oxford University Press, 1939.

TOYNBEE, Arnold – *A Study of History*. Vol.V. Rep. Oxford: Oxford University Press, 1939.

TOYNBEE, Arnold – *A Study of History*. Vol.IX. Oxford: Oxford University Press, 1954.

TURNER, Joseph W. – "The Kinds of Historical Fiction: An Essay in Definition and Methodology", in *Genre*, vol.XII, n.º 3. Fall, 1979, p. 333-355.

UMBRAL, Francisco – *Guía de la Postmodernidad. Crónicas, personages e itinerarios madrileños*. Madrid: Ediciones Temas de Hoy, 1987.

VARSAVA, Jerry A. – *Contingent Meanings. Postmodern Fiction, Mimesis, and the Reader*. Tallahassee: The Florida State University Press, 1990.

VATTIMO, Gianni – *O fim da modernidade. Niilismo e hermenêutica na cultura pós-moderna*. Trad. de Maria de Fátima Boavida. Lisboa: Presença, 1987.

VEYNE, Paul – *Como se escreve a História. Foucault revoluciona a História*. Trad. Alda Baltar e Maria Auxiliadora Kneipp. Brasília: Ed. Univ de Brasilia, 1982.

VIËTOR, Karl – "L'histoire des genres littéraires", in *Poétique*, n.º 32, Nov. 1977, pp. 490-506.

VILAÇA, Nizia – *Paradoxos do Pós-Moderno: Sujeito e Ficção*. Rio de Janeiro: Ed. UFRJ, 1996.

VOLLI, Ugo – "Mondi possibili, logica, semiotica", in *Versus*, n.º 19-20, 1978, pp. 123--148.

WASSON, Richard – "Notes on a New Sensibility", in *Partisan Review*. Vol.XXXVI, n.º 3, 1969, pp. 460-477.

WASSON, Richard – "From Priest to Prometheus: Culture and Criticism in the Post--Modernist Period", in *Journal of Modern Literature*. Vol.3, n.º 5, July, 1988, pp. 1188-1202.

380 *Post-Modernismo no Romance Português Contemporâneo*

WAUGH, Patricia – *Metafiction. The Theory and Practice of Self-Conscious Fiction.* London: Methuen, 1988.

WAUGH, Patricia (ed.) – *Postmodernism: A Reader.* London: Edward Arnold, 1992.

WEBER, Ronald (ed.) – *The Reporter as Artist: A Look at the New Journalism Controversy.* New York: Hastings House Publishers, 1974.

WEINSTEIN, Mark A. – "The Creative Imagination in Fiction and History", in *Genre.* Vol.IX, n.º 3. Fall, 1976, pp. 263-277.

WELLEK, René – *Concepts of Criticism.* New Haven & London: Yale University Press, 1963.

WELLEK, René e WARREN, Austin – *Teoria da literatura.* Lisboa: Pub. Europa-América, 1962.

WESSELING, Elisabeth – *Writing History as a Prophet. Postmodernist Innovations of the Historical Novel.* Amsterdam/Philadelphia: John Benjamins, 1991.

WHITE, Hayden – *The Content of the Form. Narrative Discourse and Historical Representation.* Baltimore & London: Johns Hopkins, 1987.

WHITE, Hayden – *Tropics Of Discourse. Essays in Cultural Criticism.* Baltimore & London: Johns Hopkins, 1978.

WILDE, Alan – "Postmodernism and the Missionary Position", in *New Literary History.* Vol.20, n.º 1, Autumn, 1988, pp. 23-31.

WOLFE, Tom – *The New Journalism.* New York: Harper & Row Publishers, 1973.

WOOLF, Virginia – "The New Biography", in *Collected Essays.* London: Chatto & Windus, 1969, pp. 229-235.

ZAVALA, Iris M. – *La Postmodernidad y Mijail Bajtin*, Madrid: Espasa-Calpe, 1991.

ZGORZELSKI, Andrzej – "On differentiating fantastic fiction", in *Poetics Today.* Vol. 5, n.º 2, 1984, pp. 299-307.

ÍNDICE DE AUTORES

A., Ruben – 70,71
ABELAIRA, Augusto – 71
ADORNO, T. W. – 144
ALEXANDER, Marguerite – 240
ALLEN, Donald – 31
ALMADA NEGREIROS, J. de – 71, 117
ALTER, Robert – 228
ALVES, Clara Ferreira – 297, 324
AMARAL, F. Pinto do – 67
ANTUNES, A. Lobo – 120,312
ARAGÃO, António – 114, 118, 119
ARIAS, Juan – 324
ARISTÓTELES – 43, 188, 257, 297, 298, 331, 339
ARNAUT, Ana Paula – 307, 353
ASHLEY, Kathleen – 153, 161
AUERBACH, Erich – 20, 256, 261

BAHTI, Timothy – 99, 167
BAKHTIN(E) Mikhail – 54, 101, 102, 103, 115, 265, 348, 353
BAL, Mieke – 152, 212
BALTAR, Alda – 305, 379
BALZAC, H. – 347
BAPTISTA, Abel Barros – 33, 79
BAQUÉ, José Mainer – 26
BARAHONA, M. Margarida – 53
BARRENTO, João – 16, 76, 364
BARTH, John – 24, 32, 37, 38, 135, 245, 291
BARTHELME, Donald – 41, 291
BARTHES, Roland – 53, 197, 233, 237, 264, 290, 292, 301, 350

BATCHELOR, J. – 148, 183, 191
BATTEUX, Charles – 188
BAUDELAIRE, C. – 45
BEAU, Albin E. – 309
BEBIANO, Adriana – 281, 282
BECKETT, Samuel – 49
BELL, B. Iddings – 29
BELLOW, S. – 32
BEN-PORAT, Ziva – 248, 266, 267
BERGLAND, Betty – 160, 161
BERTENS, Hans – 14, 15, 23, 25, 31, 33, 34, 38, 39, 42, 44, 46, 50, 54, 57, 58, 60, 62, 68, 220
BESSA LUÍS, A. – 70, 72, 251, 257
BLAKE, Robert – 183
BLAKE, William – 42
BLANCHOT, Maurice – 143, 216
BOGUE, Ronald – 242
BOISDEFFRE, Pierre de – 46
BOOTH, Wayne C. – 123, 124, 196, 223
BRADBURY, Malcolm – 24, 45, 75
BRANDÃO, Frei António – 343, 349
BRINGUIER, Jean-Claude – 292
BRITO, Carlos Aboim de – 324
BRITO, Mário – 270
BROOKE-ROSE, Christine – 182
BRUSS, Elisabeth W. – 152, 153, 154
BURROUGHS, William – 37
BUTTERICK, George – 31

CABRAL, Eunice – 89, 96, 113
CALINESCU, Mattei – 24, 26, 32, 45, 50, 54, 56, 57, 58, 59, 67, 75

CAM, Helen Maud – 315
CAMPOS, Álvaro de – 70, 84, 117, 189
CAMUS, Albert – 125
CAPOTE, T. – 209
CARMO, José Palla e – 81
CARR, E. H. – 299, 302
CARR, John Dickson – 212
CARRILHO, Manuel M. – 75
CARVALHO, Júlio – 85, 86, 89
CARVALHO, Mário de – 16, 21, 246, 247, 255, 258, 265, 274, 321, 324, 326, 328, 329, 330, 335, 353, 364
CASCALES, F. – 188
CASTELO BRANCO, C. – 364
CASTILHO, Guilherme de – 277
CASTRO, Armando de – 291, 292
CASTRO, E. M. de Melo – 114
CASTRO, Eugénio – 17, 78
CATROGA, Fernando – 299, 302
CAZZATO, Luigi – 172, 179
CEIA, Carlos – 63
CERVANTES, M. de – 223
CHARMLEY, John – 177, 181, 182
CHARNEY, Hanna – 199, 200
CHEFDOR, Monique – 24
CHRISTIE, Agatha – 198, 199
CLAIREVOYE, Jean – 165
CLARKE, I.F. – 276
CLÁUDIO, Mário – 16, 124, 144, 146, 147, 176, 177, 184, 195, 196, 197, 210, 274, 275, 276, 277, 278, 281, 282, 283, 284, 359
COELHO, Eduardo Prado – 73, 146, 147, 256
COELHO, Jacinto Prado – 74, 75
COELHO, Nelly Novaes – 71, 89
COELHO, Tereza – 52
COHEN, Ralph – 166, 167
COLERIDGE, S. T. – 244
COLLINGWOOD, R.G. – 301
CONNOR, Steven – 23
COOVER, R. – 291
CORDEIRO, Herlander – 88, 89

CORNIS-POP, Marcel – 242
CORVALON, Octavio – 26
COSTA, Horácio – 154, 158, 159, 173
COSTA, Linda Santos – 247, 250
COTRIM, João Paulo – 252
CROS, Edmond – 300
CROSSMAN, Inge – 166
CRUZ, Liberto – 16, 69, 70, 81, 93
CRUZ, Ricardo – 53
CULLER, Jonathan – 58, 167, 216
CUNHA, M. do Rosário – 273
CURADO, Ana Paula – 15
CURRIE, Mark – 245, 261, 291

D'HAEN, Theo – 133, 142, 161
DÄLLENBACH, Lucien – 130
DARIO, Ruben – 27
DEFOE, Daniel – 162
DELEUZE G. – 56
DEMOUGIN, Jacques – 26
DERRIDA, Jacques – 18, 142, 180
DIJK, Teun A. van – 195
DIOGO, A. Lindeza – 66, 246, 247
DOCHERTY, Thomas – 23, 27, 67
DOWSON, Jane – 172
DOYLE, Conan – 198, 199
DUARTE, Lélia – 87, 88

EAGLETON, Terry – 345, 346
EARNSHAW, Steven – 172
EÇA DE QUEIRÓS, J.M. – 70, 78, 81, 185, 255, 271, 273, 274, 275, 276, 277, 278, 281, 282, 283, 284, 302, 303, 318, 347
ECO, Umberto – 22, 86, 129, 149, 150, 167, 195, 232, 234, 235, 236
ELIOT, T.S. – 34, 133
ELLIOT, Emory – 38, 39
ELLMANN, Richard – 148
EMINESCU Roxana – 16, 72, 126
ENZENSBERGER, H. Magnus – 220

Índices

EURÍPEDES – 42
EVANS, Julian – 125

FARIA, Almeida – 312
FEATHERSTONE, Mike – 24
FEDERMAN, Raymond – 19, 24, 61, 167, 216, 221, 222, 243, 244, 245, 259
FELICI, Lucio – 26
FERREIRA, Seomara da V. – 300, 306
FERREIRA, Vergílio – 69, 70, 356
FIEDLER, Leslie – 14, 15, 33, 34, 35, 37, 40, 44, 47, 48, 135
FIELDING, Henry – 223
FIGUEIREDO, Tomaz de – 81
FISH, Stanley – 53, 350
FITTS, Dudley – 28
FLAUBERT, Gustave – 133
FLEISHMAN, Avrom – 310, 311, 312
FOKKEMA, Douwe – 15, 23, 25, 26, 31, 33, 38, 42, 46, 54, 57, 58, 60, 62, 68, 79, 202, 203, 205, 214, 359
FONSECA, A. J. Branquinho da – 232
FONSECA, Manuel da – 94
FOSTER, Hal – 56, 60, 62, 220
FOUCAULT, Michel – 53, 57, 289
FOWLER, Alastair – 189, 332
FRANÇA, José-Augusto – 16, 63, 68, 76, 176, 183, 184, 185
FRANKLIN, Bruce – 36
FREELAND, Alan – 276
FREUD, S. – 148
FURST, Lilian – 224

GARRETT, Almeida – 17, 21, 78, 120, 223, 302, 303, 314, 349, 364
GARVIN, R. Harry – 47, 119
GASS, William – 126, 239, 291
GEBAUER, Gunter – 20, 256
GEERTZ, Clifford – 141
GENETTE Gérard – 102, 111, 125, 131, 143, 145, 188, 189, 196, 197, 239, 265
GIDE, André – 129, 130
GILMORE, Leigh – 153
GLENDINNING, Victoria – 181
GOLDMANN, Lucien – 165, 219
GOMES, J. Soeiro P. – 349
GOUVEIA, Margarida – 108
GRAFF, Gerald – 14, 15, 19, 36, 40, 41, 60, 61, 99, 220, 221, 242, 244
GREENMAN, Myron – 243
GRODEN, Michael – 26
GUERREIRO, António – 247
GUILLÉN, Claudio – 80
GUIMARÃES, Fernando – 16, 72, 73
GUSMÃO, Manuel – 321, 348

HABERMAS, Jürgen – 54, 55
HALSALL, Albert W. – 352
HAMILTON, Paul – 297, 299
HAMON, Philippe – 257, 287
HANNOOSH, Michele – 265, 266
HARSHAW, Benjamin – 233, 236, 293
HART, Francis R. – 152, 170
HARVEY, David – 33, 45
HASSAN, Ihab – 15, 24, 37, 45, 47, 49, 50, 56, 58, 75, 143
HASSAN, Sally – 24, 25, 56, 58, 75
HATHERLY, Ana – 114
HEATH, Stephen- 197
HEIDEGGER, Martin – 31, 44
HELLMANN, John – 209, 215
HENDERSON, Harry – 312
HERCULANO, Alexandre – 21, 299, 304, 306, 314, 335
HERMAN, David – 54
HERÓDOTO (Herodutus) – 298
HIRSH, E. D. – 99
HOFFMAN, Gerhard – 25
HOLLANDER, John – 144
HOLLOWELL, John – 133, 134
HOLMES, Richard – 193

HOLQUIST, Michael – 199
HOMBERGER, Eric – 177, 181, 182
HOWE, Irving – 14, 15, 32, 33, 38, 41
HUTCHEON, Linda – 20, 53, 58, 68, 103, 121, 223, 224, 242, 244, 247, 248, 260, 261, 262, 264, 265, 266, 267, 270, 282, 288, 290, 318, 319, 321, 326, 330, 346, 350, 363
HUYSSEN, Andreas – 14, 15, 23, 33, 39, 44, 45, 46, 47, 75

INGARDEN, Roman – 54, 224, 309
IRVING, Clifford – 152
ISWOLSKY, Hélène – 102, 353

JAMES, Henry – 133
JAMESON, Fredric – 13, 53, 54, 55, 56, 58, 59, 60, 220, 266, 283, 345, 346
JARRELL, Randall – 31
JARRY, Alfred – 49
JAUSS, H. Robert – 167, 204, 216, 256
JOYCE, James – 34, 270

KAUFMAN, Helena – 312, 317
KAYSER, Wolfgang – 122
KELLMAN, Steven G. – 144
KERBRAT-O., Catherine – 247
KERMODE, Frank – 24
KLINKOWITZ, Jerome – 19, 215, 221, 264
KNEIPP, M. Auxiliadora – 305
KÖHLER, Michael – 12, 25, 26, 28, 32, 63, 64
KOSTELANETZ, Richard – 19, 221, 264
KRIPKE, Saul – 234
KRISTEVA, Julia – 102, 103, 119, 182, 348
KRYSINSKI, Wladimir – 54

LACAN, Jacques – 56
LARANJEIRA, Manuel – 184

LASH, Scott, – 58
LAUTRÉAMONT – 50
LEIGH, Gilmore – 153
LEJEUNE, Philippe – 151
LEPECKI, Maria Lúcia – 88, 91, 214
LESSING, G. E. – 141, 142
LETHEN, Helmut – 46
LEVIN, Harry – 14, 15, 32, 144, 150, 219
LIMA, Isabel Pires de – 282
LIND, Georg R. – 75
LISBOA, Eugénio – 74
LODGE, David – 138
LONDON, Jack, – 204
LOPES, Ana Cristina M. – 101, 145
LOPES, Fernão – 304
LOPES, Óscar – 9, 212
LOURENÇO, Eduardo – 16, 69, 70, 71, 77, 81, 82, 100
LUKÁCS, Georg(es) – 21, 165, 315, 316, 334, 345
LYOTARD, Jean-François – 45, 51, 53, 56, 58, 135, 193, 324

MacCARTHY, Desmond – 181
MACHADO, Álvaro M. – 71, 72
MACHADO, José Leon – 283
MADARIAGA – 27
MAILER, N. – 32, 209
MALDONADO, Fátima – 213
MALRAUX, André – 75
MANN, Thomas – 34
MARINHO, M. de Fátima – 299, 310, 311, 312, 315, 316, 319
MARTINEZ, G. – 28
MARTINS, Adriana A. de P. – 235, 353
MARTINS, F. Cabral – 111
MARTINS, M. João – 300
MARTINS, Oliveira – 277, 286, 303
MARX, K. – 45
MATOS, A. Campos – 276
MATTOSO, José – 296, 304, 305, 307
MAZZARO, Jerome – 31
McCAFFERY, Larry – 54

McHALE, Brian – 54, 287, 288, 318, 352
MEDINA, João – 66
MELBERG, Arne – 257
MELLARD, James – 24, 61, 132
MELVILLE, Herman – 42
MÉNARD, Jacques E. – 307
MENDES, C. Fradique – 302, 303
MENDONÇA, Fernando – 326, 337
MENEZES, Salvato T. de – 225
MERQUIOR, J. Guilherme – 73
MILLER, Owen J. – 204
MINER, Earl – 300
MIRANDA, José B. de – 51
MISTRAL, Gabriela – 27
MITCHELL, W.J.T. – 257
MONTEIRO, A. Casais – 66, 67, 74
MOUNIN, Georges – 230
MOURÃO-FERREIRA, David – 74
MUKAROVSKY, Jan – 256
MURCH, A.E. – 199, 200
MURDOCH, Iris – 38

NABOKOV, V. – 153
NEWMAN, Charles – 14, 15, 77, 78, 219, 220, 221, 345, 346
NORRIS, Cristopher – 290

O'CONNOR, William van – 14, 15, 32
OLIVEIRA, Carlos de – 81, 84, 100
OLIVIER, Daria – 102
OLSON, Charles – 28, 31, 64
ONÍS, Federico de – 25, 26, 27, 64
ORTEGA y Gasset – 133
ORTIGÃO, Ramalho – 276, 277, 278, 281
ORWELL, George – 210

PALMER, Richard E. – 44, 67
PANNWITZ, Rudolf – 26
PARKE, Catherine N. – 148, 149, 151
PASCAL, R. – 171

PASSOS, A. A. Soares de – 206
PAVEL, Thomas – 54, 234, 235
PEREIRA, J. Carlos S. – 74, 75
PEREIRA, M. Helena da Rocha – 257
PERLOFF, Marjorie – 143, 180, 195
PESSANHA, Camilo – 74
PESSOA, Fernando – 27, 74, 75, 84, 115, 157
PETERS, Catherine – 191, 193
PETRÓNIO – 42
PIAGET, Jean – 227, 292
PIRES, José Cardoso – 16, 18, 71, 72, 79, 84, 86, 87, 88, 89, 90, 93, 94, 102, 114, 123, 144, 145, 189, 198, 203, 209, 214, 249, 356, 359
PLANTINGA, Alvin – 235
PLATÃO – 40, 247, 290, 292, 297, 298, 302
POLITYCKI, Matthias – 76
POLLOCK, Griselda – 337
PORTUGAL, J. Blanc de – 77
PROUST, Marcel – 34, 222, 305
PYNCHON, Thomas – 32, 38, 225

QUADROS, António – 81
QUINT, Anne-Marie – 120

RAMOS, Wanda – 289
RANKE, L. – 299
REBELLO, Luíz Francisco – 69
REBELO, Luís de Sousa – 150, 151, 153, 157, 158, 159, 164, 228
REDOL, Alves – 17, 82, 88, 101, 104
RÉGIO, José – 78
REIS, Carlos – 9, 79, 101, 145, 273, 274, 284, 320, 344
REIS, Ricardo – 174, 177, 235, 321, 348
RELVÃO, Madalena – 260
REMÉDIOS, M. Luiza Ritzel – 113
RENEAU, Don – 257
RICARDOU, Jean – 219, 260, 261
RICOEUR, Paul – 288, 289, 308, 354

RIMBAUD, A. – 50, 53
ROBBE-GRILLET, A. – 38, 81
ROBLES, F. C. Sainz de – 26
ROCHA, Ana M. P. Dias da – 299
ROCHER, Guy – 78
RODRIGUES, Urbano Tavares – 69
ROMANOS, Christos S. – 310
RON, Moshe – 256, 157
RORTY, Richard – 22, 54
ROSE, Margaret – 265, 266
ROTH, Philip – 134
ROUSSEAU, J. J. – 153, 162
RUSSELL, Charles – 24, 54, 61

SÁ-CARNEIRO, Mário de – 71, 117
SACRAMENTO, Mário – 83, 84
SADE – 49, 50
SAILLEY, Robert – 315
SAINT-RÉAL, C. V. – 232
SANDBOTHE, Mike – 26
SANGSUE, Daniel – 266
SANTANA, Maria Helena – 203, 213
SANTOS, B. de Sousa – 64, 65, 69
SARAMAGO, José – 13, 16, 18, 19, 34,
    114, 125, 136, 139, 144, 154, 166,
    168, 169, 170, 171, 173, 175, 176,
    210, 226, 240, 265, 269, 284, 297,
    300, 306, 307, 311, 320, 321, 324,
    326, 330, 341, 346, 359, 361, 363
SARDINHA, A. – 27
SARTRE, Jean-Paul – 222, 226
SCHAFF, Adam – 229, 232, 287, 290
SCHLAEGER, Jürgen – 183
SCHMIDT, S.J. – 290
SCHOLES, Robert – 19, 245, 260, 261,
    291, 292
SCOTT, Walter – 21, 295, 296, 299, 314,
    315, 334, 337
SEARLE, J. R. – 152
SEIXO, Maria Alzira – 16, 157, 169, 210,
    211, 213, 275, 276, 283, 322, 350
SENA, Jorge – 74

SEQUEIRA, M. Goreti Rosas – 329
SHAKESPEARE, W. – 131, 349, 359
SHAW, Harry – 313, 317
SILVA, M. Rebelo – 315
SILVA, Vítor M. de Aguiar e – 66, 111,
    143, 165, 189
SILVEIRA, Pedro da – 75
SILVESTRE, Osvaldo – 246, 247, 258,
    259
SKIDELSKY, Robert – 177, 181, 182
SMART, Barry – 15
SMYTH, Edmund J. – 44, 46, 62, 69
SOARES, Bernardo – 157
SOARES, Mário – 66
SOBRAL, Fernando – 283
SOMERVELL, D. C. – 28
SONTAG, Susan – 14, 15, 35, 37, 38, 40,
    48
SPANOS, William – 14, 42, 43, 44, 48,
    58
SPERBER, Suzi F. – 20
STENDHAL – 155, 212, 232
STERNE, Laurence – 120, 223
STEVICK, Philip – 24
STIERLE, Karlheinz – 256
STORR, Anthony – 148
STRELKA, Joseph P. – 190
SUKENICK, Ronald – 19, 221, 222, 264
SULEIMAN, Susan – 25
SUVIN, Darko – 288
SWIFT, Jonathan – 223
SZABOLCSI, Miklos – 24

TACCA, Oscar – 108, 359
THEOPOMPUS (Teopompo) – 298
TER-SAKARIEN, Gabriel – 230
THIHER, Allen – 352
TODOROV, Tzvetan – 102, 189, 200, 288
TOLSTOI, Léon – 155, 299
TORGAL, Luís Reis – 299, 300, 302,
    307
TORRES, A. Pinheiro – 95, 97, 100

Índices 387

TOYNBEE, Arnold – 27, 28, 29, 64
TURNER, Joseph W. – 310, 312, 313, 352
TZARA, Tristan – 49

UMBRAL, Francisco – 13, 346
UPDIKE, John – 32
UTÉZA, Francis – 120

VALDÉS, Mario J. – 204
VALÉRY, Paul – 34
VARSAVA, Jerry A. – 224, 244
VATTIMO, Gianni – 65
VENÂNCIO, Fernando – 275
VEYNE, Paul – 305, 307
VIEIRA, Pe António – 23, 67
VIËTOR, Karl – 189
VOLLI, Ugo – 234
VONNEGUT, Kurt – 37

WARREN, Austin – 79, 189
WASSON, Richard – 38, 47
WAUGH, Patricia – 126, 131, 245, 258
WEINSTEIN, Mark A. – 299
WELLEK, René – 79, 189
WELSH, Wolfgang – 26
WESSELING, Elisabeth – 21, 305, 320, 331, 332, 337, 341, 342, 346, 364
WHITE, Hayden – 305, 308
WOLFE, Tom – 210
WOODS, John – 354
WOOLF, Virginia – 148, 149
WULF, Christoph – 20, 256

YOURCENAR, Marguerite – 162

ZAVALA, Iris M. – 353
ZGORZELSKI, Andrzej – 237